O LIVRO DAS SOMBRAS

A COMUNIDADE SECRETA

PHILIP PULLMAN

O LIVRO DAS SOMBRAS
VOLUME 2

A COMUNIDADE SECRETA

TRADUÇÃO
JOSÉ RUBENS SIQUEIRA

Copyright © 2019 by Philip Pullman

Grafia atualizada segundo o Acordo Ortográfico da Língua Portuguesa de 1990, que entrou em vigor no Brasil em 2009.

Título original
The Book of Dust: The Secret Commonwealth

Capa
Alceu Chiesorin Nunes

Ilustrações de capa e quarta capa
Jean-Michel Trauscht

Preparação
Stella Carneiro

Revisão
Angela das Neves
Carmen T. S. Costa

Dados Internacionais de Catalogação na Publicação (CIP)
(Câmara Brasileira do Livro, SP, Brasil)

Pullman, Philip
    A comunidade secreta / Philip Pullman ; tradução José Rubens Siqueira. — 1ª ed. — Rio de Janeiro : Suma, 2020. — (O Livro das Sombras ; 2)

    Título original: The Book of Dust : The Secret Commonwealth.
    ISBN 978-85-5651-091-4

    1. Ficção fantástica inglesa I. Título. II. Série.

20-32481   CDD-823

Índice para catálogo sistemático:
1. Ficção : Literatura inglesa   823

Maria Alice Ferreira – Bibliotecária – CRB-8/7964

[2020]
Todos os direitos desta edição reservados à
EDITORA SCHWARCZ S.A.
Praça Floriano, 19, sala 3001 — Cinelândia
20031-050 — Rio de Janeiro — RJ
Telefone: (21) 3993-7510
www.companhiadasletras.com.br
www.blogdacompanhia.com.br
facebook.com/editorasuma
instagram.com/editorasuma
twitter.com/Suma_BR

Tudo em que se pode acreditar é uma imagem da verdade.
William Blake

Sumário

1. Luar e sangue derramado 9
2. Suas roupas tinham cheiro de rosas 21
3. Bagagem abandonada 29
4. A prataria da Faculdade 42
5. O diário do dr. Strauss 57
6. A sra. Lonsdale 67
7. Hannah Relf 86
8. Rua Little Clarendon 102
9. O alquimista 118
10. A sala Linnaeus 139
11. O nó 159
12. A Lua morta 178
13. O zepelim 195
14. O Café Cosmopolitain 210
15. Cartas 227
16. *Lignum Vitae* 242
17. Os mineiros 266
18. Malcolm em Genebra 281
19. O professor de certeza 297
20. O homem-fornalha 316
21. Captura e fuga 341
22. O assassinato do patriarca 357
23. A balsa de Esmirna 375
24. O bazar 391
25. A princesa Rosamond 405
26. A Irmandade deste Sagrado Propósito 415

27. O Café Antalya 429
28. O Myriorama 448
29. Notícias de Tashbulak 459
30. Norman e Barry 478
31. O bastão Pequeno 495
32. Hospitalidade 504
33. A cidade morta 530

Agradecimentos 539

1. LUAR E SANGUE DERRAMADO

Pantalaimon, o daemon de Lyra Belacqua, agora chamada Lyra da Língua Mágica, estava deitado no parapeito da janela do pequeno quarto de Lyra na faculdade Sta. Sophia, tão silencioso e distante quanto era possível estar. Tinha consciência do vento frio que vinha da vidraça entreaberta ao lado dele, da luz quente de nafta na mesa abaixo da janela, do arranhar da caneta de Lyra e da escuridão lá fora. O que ele mais desejava naquele momento era o frio e o escuro. Deitado ali, se virando para sentir o vento percorrer seu corpo, a vontade de sair tornou-se ainda mais forte do que sua relutância em falar com Lyra.

— Abra a janela — ele disse, por fim. — Eu quero sair.

A caneta de Lyra parou; ela empurrou a cadeira e se levantou. Pantalaimon viu o reflexo dela no vidro, suspenso sobre a noite de Oxford. Conseguiu até enxergar a sua expressão de infelicidade silenciosa.

— Eu sei o que você vai falar — disse ele. — Claro que tomarei cuidado. Não sou idiota.

— De certa forma, você é, sim — respondeu ela.

Lyra estendeu a mão por cima dele, subiu a janela e a escorou aberta com o livro mais próximo.

— Não... — ele começou a dizer. — Não feche a janela, sim, Pan, só fique aí sentada, congelando até Pan resolver voltar para casa. Eu não sou nem um pouco idiota. Vai, se manda.

Ele saiu e correu para a hera que cobria a parede da faculdade. Apenas o mais leve farfalhar chegou aos ouvidos de Lyra e só por um momento. Pan não gostava do jeito que eles estavam se falando, ou melhor, não falando; na verdade, aquelas haviam sido as primeiras palavras trocadas entre eles o dia todo. Mas ele não sabia o que fazer em relação a isso e ela tampouco.

Na metade da parede, ele pegou um rato com seus dentes afiados e pensou em comê-lo, mas apenas deu-lhe um susto e deixou que fosse embora. Agachou-se no grosso ramo de hera, saboreando todos os cheiros, todas as rajadas de ar, toda a noite à sua volta.

Mas seria cuidadoso. Tinha que se precaver com duas coisas. Uma era o pedaço de pelo cor de creme que cobria sua garganta, que se destacava com infeliz clareza contra o resto da sua pelagem marrom-avermelhada de marta. Mas não era difícil manter a cabeça baixa ou correr depressa. A outra razão para ser cuidadoso era muito mais séria. Ninguém que o visse acreditaria que ele era uma marta: parecia uma marta das patas à cabeça, mas era um daemon. Não era fácil dizer onde estava a diferença, mas qualquer ser humano no mundo de Lyra reconheceria de imediato, com a mesma certeza com que sabiam o cheiro do café ou a cor vermelha.

E uma pessoa separada de seu daemon, ou um daemon sozinho sem a sua pessoa à vista, era algo estranho, sobrenatural, impossível. Nenhum ser humano comum era capaz de se separar daquele jeito, embora dissessem que as feiticeiras conseguiam. O poder que Lyra e Pan possuíam era único, e tinha sido conquistado a duras penas oito anos antes, no mundo dos mortos. Desde que voltaram para Oxford, depois daquela estranha aventura, não haviam contado a ninguém, guardando o segredo com o máximo de cuidado; mas às vezes, e agora com mais frequência, eles simplesmente precisavam se afastar um do outro.

Motivo pelo qual Pan ficou nas sombras, e enquanto passeava pelos arbustos e pela grama alta que ladeava os grandes e bem cuidados Parques Universitários, aproveitando a noite com tudo que tinha direito, ele não fez nenhum som e manteve a cabeça baixa. Tinha chovido mais cedo e a terra estava macia e úmida sob as patas. Quando chegou a um trecho de lama, ele se agachou e encostou nela a garganta e o peito para esconder o traiçoeiro pedaço de pelo cor de creme.

Deixou os parques e correu pela rua Banbury em um momento em que não havia pedestres na calçada, apenas um veículo distante à vista. Então entrou no jardim de uma das grandes casas do outro lado, depois atravessou cercas vivas, pulou muros, se esgueirou por baixo de cercas, cruzou gramados, indo em direção a Jericó e ao canal, apenas algumas ruas adiante.

Quando chegou ao lamacento caminho junto ao canal, sentiu-se mais seguro. Havia arbustos e grama alta para se esconder, e árvores nas quais podia subir e disparar tão depressa quanto o fogo em um pavio. Aquela parte quase que selvagem da cidade era o seu lugar favorito. Tinha nadado em cada um dos muitos trechos de água que se entrecruzavam por toda Oxford — não apenas o canal, mas também a vasta extensão do Tâmisa e seu afluente, o Cherwell, assim como os incontáveis pequenos riachos desviados dos fluxos principais para mover um moinho ou alimentar um lago decorativo, alguns correndo no subsolo e fora de vista até emergirem debaixo de um muro da faculdade ou detrás de um cemitério ou cervejaria.

No ponto em que um daqueles córregos fluía ao lado do canal com apenas o caminho de sirga entre eles, Pan atravessou uma pequena ponte de ferro e seguiu o córrego até o grande espaço aberto dos jardins do loteamento, com o mercado de gado Oxpens ao norte e o depósito do Correio Real ao lado da estação ferroviária a oeste.

A lua estava cheia e era possível enxergar algumas poucas estrelas entre as nuvens. A claridade fazia com que fosse mais perigoso para ele, mas Pan adorava o frio luar prateado enquanto percorria os lotes, deslizando entre os talos de couve-de-bruxelas ou couve-flor, folhas de cebola ou espinafre, tão silencioso quanto uma sombra. Chegou a um galpão de ferramentas e saltou para se deitar no telhado de papelão duro impermeabilizado com piche e contemplar o campo aberto na direção do depósito do Correio.

Era o único lugar na cidade que parecia ter vida. Pan e Lyra tinham ido lá mais de uma vez, juntos, assistir à chegada dos trens, vindos do norte e do sul para ficar fumegando na plataforma, enquanto os trabalhadores descarregavam sacos de cartas e encomendas em grandes cestos com rodas e os empurravam para dentro do enorme galpão de metal, onde classificavam o correio para Londres e o continente a tempo de ficar pronto para o zepelim matinal. A aeronave estava amarrada ali perto, oscilando e balançando ao vento, suas cordas de amarração estalando e batendo contra o mastro. As luzes brilhavam na plataforma, no mastro de amarração, acima das portas do prédio do Correio Real; vagões ferroviários estrepitavam em um desvio, em algum lugar uma porta de metal se fechou com estrondo.

Pan viu um movimento entre os lotes à direita e, muito lentamente, virou a cabeça para olhar. Um gato rastejava ao longo de uma fileira de repolhos ou brócolis, atento a um rato; mas antes que o gato pudesse dar o bote, uma forma branca e silenciosa maior do que o próprio Pan desceu do céu, pegou o rato e voou de novo para fora do alcance das garras do gato. As asas da coruja bateram em perfeito silêncio enquanto voltava para uma das árvores atrás da praça Paraíso. O gato sentou-se, pareceu refletir sobre o assunto, e então retomou a caça entre os legumes.

A lua brilhava agora, mais alta no céu, quase livre da nuvem, e, de seu ponto de vista no galpão, Pan podia ver tudo que acontecia nos lotes e no mercado de gado. Estufas, espantalhos, currais de ferro galvanizado, barris de água, cercas apodrecidas e cedendo ou em bom estado e bem pintadas, estacas de ervilha amarradas como tendas sem lona, tudo estava silencioso ao luar, como se fosse um cenário para um espetáculo de fantasmas.

Pan sussurrou:

— Lyra, o que aconteceu com a gente?

Não houve resposta.

O trem de correio tinha sido descarregado e agora soava um breve assobio antes de começar a se mover. Não saiu pelo trilho que atravessava o rio na direção sul, logo após os loteamentos, mas avançou devagar, retornando lentamente para um desvio, os vagões protestando com bastante ruído. Nuvens de vapor subiram da locomotiva, para serem rapidamente engolidas pelo vento frio.

Do outro lado do rio, além das árvores, outro trem estava chegando. Não era um trem de correio; não parou no depósito, mas avançou trezentos metros para dentro da estação ferroviária. Devia ser o trem parador que vinha de Reading, Pan adivinhou. Ouviu-o entrar na plataforma com um chiado distante de vapor e os guinchos abafados do freio.

Algo mais estava se movendo.

À esquerda de Pan, onde uma ponte de ferro atravessava o rio, um homem caminhava — ou melhor, andava a passos largos, com um ar de pressa furtiva, ao longo da margem do rio, onde os juncos cresciam espessos.

Imediatamente, Pan desceu do telhado do galpão e correu em silêncio na direção dele através de canteiros de cebola e fileiras de repolhos. Esgueirou-se através de cercas e sob um tanque de água de aço enferrujado, chegou à beira dos terrenos do loteamento e ficou observando o gramado ali em frente através de um painel quebrado da cerca.

O homem ia na direção do depósito do Correio Real, andando de forma cada vez mais cautelosa, até que parou perto de um salgueiro na margem, a cerca de cem metros do portão do depósito, quase em frente ao ponto onde Pan estava agachado sob a cerca do loteamento. Pan mal conseguia distingui-lo na sombra, mesmo com seus olhos aguçados; se desviasse o olhar por um momento, poderia perder o homem de vista completamente.

E então, nada. Foi como se o homem tivesse desaparecido por completo. Um minuto passou, depois outro. Na cidade atrás de Pan, sinos distantes começaram a tocar, duas vezes cada: meia-noite e meia.

Pan olhou ao longo das árvores ao lado do rio. Um pouco à esquerda do salgueiro, havia um velho carvalho, sem folhas e austero em sua pose invernal. À direita...

À direita, uma figura isolada estava escalando o portão do depósito do Correio Real. O recém-chegado saltou do outro lado e correu ao longo da margem do rio na direção do salgueiro onde o primeiro homem estava esperando.

Uma nuvem cobriu a lua por alguns instantes e, nas sombras, Pan escorregou por baixo da cerca e atravessou a grama molhada o mais rápido que pôde, mantendo-se abaixado, cauteloso com aquela coruja, cauteloso com o homem escondido, indo na direção do carvalho. Assim que chegou à árvore, levantou-se, estendendo as garras para se agarrar à casca, e escalou até um galho alto de onde podia ver o salgueiro com clareza, exatamente quando a lua saía de novo.

O homem do depósito do Correio andava com pressa na direção do salgueiro. Diminuiu o passo quando estava chegando, olhou em direção às sombras e o primeiro homem surgiu sem fazer ruído, dizendo baixinho uma palavra. O segundo homem respondeu no mesmo tom e os dois recuaram para onde não havia luz. Estavam muito longe para Pan ouvir o que diziam, mas havia uma sensação de cumplicidade naquilo. O encontro havia sido combinado.

Os daemons de ambos eram cachorros: uma espécie de mastim e um cachorro de pernas curtas. Os cães não conseguiriam escalar, mas poderiam farejá-lo e Pan se colou ainda mais no grosso ramo em que estava deitado. Dava para ouvir o sussurro dos homens, mas não conseguia entender nada do que era falado.

Entre a alta cerca de alambrado do depósito do Correio e o rio, um caminho seguia do campo aberto próximo aos lotes até a estação ferroviária. Era o caminho lógico para se ir da paróquia de Sta. Ebbe até a estação, e até as ruas estreitas das casas que se aglomeravam ao longo do rio, perto do gasômetro. Observando do galho do carvalho, Pan era capaz de enxergar mais do caminho do que os homens lá embaixo, e viu antes deles alguém vindo da direção da estação: um homem solitário, a gola do casaco erguida no pescoço contra o frio.

Então veio um "Ssh" das sombras sob o salgueiro. Os homens também haviam visto o recém-chegado.

Mais cedo naquele dia, em uma elegante casa do século XVII, perto da Catedral de São Pedro, em Genebra, dois homens conversavam. Estavam em uma sala do segundo andar repleta de livros, cujas janelas davam para uma rua tranquila à pouca luz de uma tarde de inverno. Havia uma longa mesa de mogno coberta de mata-borrão, blocos de papel, canetas e lápis, copos e garrafas de água, mas os homens estavam sentados em poltronas de ambos os lados da lareira.

O anfitrião era Marcel Delamare, o secretário-geral de uma organização mais conhecida pelo nome do prédio que ocupava, no qual aquela reunião ocorria. Chamava-se La Maison Juste. Delamare tinha quarenta e poucos anos, usava óculos, estava bem-arrumado, o terno de corte perfeito combinando com a cor de seu cabelo cinza-escuro. Seu daemon era uma coruja-da-neve, empoleirada no encosto de sua poltrona, os olhos amarelos fixos no daemon nas mãos do outro homem, uma cobra escarlate que passava entre os seus dedos. O visitante chamava-se Pierre Binaud. Estava na casa dos sessenta anos, severo, usando um colarinho clerical, e era o presidente da Suprema Corte do Tribunal Consistorial, o braço principal do Magisterium que lidava com disciplina e segurança.

— E então? — perguntou Binaud.

— Mais um membro da equipe científica da estação de Lop Nor desapareceu — disse Delamare.

— Por quê? O que o seu agente tem a dizer sobre isso?

— A história oficial é que o homem desaparecido e seu companheiro se perderam entre os cursos de água, que mudam abruptamente de posição, sem aviso prévio. É um lugar muito difícil, e qualquer pessoa que queira deixar a estação precisa de um guia. Mas nosso agente me diz que há um boato de que eles entraram no deserto, que começa além do lago. Há lendas locais sobre ouro...

— Não quero saber de lendas locais. Eles eram teólogos experimentais, botânicos, homens da ciência. Estavam atrás das rosas, não de ouro. Mas você está dizendo que um deles desapareceu? E quanto ao outro?

— Ele chegou a voltar para a estação, mas partiu imediatamente para a Europa. Seu nome é Hassall. Eu te falei sobre ele na semana passada, mas talvez você estivesse muito ocupado para prestar atenção. Meu agente acredita que ele está com amostras dos materiais das rosas e vários papéis.

— Ainda não capturamos esse homem?

Delamare precisou de um momento para se recompor.

— Se você está bem lembrado, Pierre — disse depois de um instante —, era minha intenção tê-lo detido em Veneza. Essa ideia foi recusada pelo seu pessoal. Deixe que ele chegue à Brytain e siga-o para descobrir onde está indo: essa foi a ordem. Bem, ele está lá agora e esta noite será interceptado.

— Me informe assim que tiver esses materiais. Agora, outra coisa: a garota. O que você sabe sobre ela?

— O aletiômetro...

— Não, não, não. Antiquado, vago, especulação demais. Preciso de fatos, Marcel.

— Temos um novo leitor, que...

— Ah, sim, ouvi falar dele. Um novo método. Melhor que o antigo?

— Os tempos mudam e a maneira como vemos as coisas tem de mudar também.

— O que isso quer dizer?

— Quer dizer que descobrimos algumas coisas sobre a garota que não estavam claras antes. Parece que ela tem um tipo de proteção, não apenas legal. Eu gostaria de começar eliminando a rede de defesa em torno dela, de forma discreta, sem alarde, quase que invisivelmente, por assim dizer. E quando ela estiver vulnerável, será o momento de agir. Até lá...

— Cauteloso — disse Binaud, levantando-se. — Cauteloso demais, Marcel. É um grande defeito. Você precisa ser incisivo. Tomar uma atitude.

Encontre-a, capture-a e traga a garota para cá. Mas faça do seu próprio jeito; não vou passar por cima da sua autoridade desta vez.

Delamare se ergueu para apertar a mão do visitante e levá-lo até a saída. Quando ficaram sozinhos, o daemon voou para seu ombro e se postaram à janela para ver o presidente da Suprema Corte se afastar apressado, um secretário carregando a sua pasta, outro com um guarda-chuva para protegê-lo da neve que começara a cair.

— Eu realmente não gosto de ser interrompido — disse Delamare.

— Acho que ele nem notou — respondeu o daemon.

— Ah, uma hora ele vai notar.

O homem que vinha da estação ferroviária caminhava depressa: em menos de um minuto estava quase na árvore e, assim que chegou, os outros homens o atacaram. Um se adiantou e o atingiu nos joelhos com um pau pesado. Ele caiu de imediato, soltando um grunhido com o choque, e então o segundo homem já estava em cima dele, golpeando com um cassetete curto e mirando na cabeça, nos ombros, nos braços.

Ninguém pronunciou uma palavra. O daemon da vítima, um pequeno falcão, voou, gritando e batendo as asas violentamente, e começou a cair enquanto o homem ia perdendo a consciência sob os golpes.

Mas então Pan viu um lampejo de luar refletido em uma lâmina de faca, e o homem do depósito do Correio gritou e caiu, mas o outro atacante bateu de novo e de novo, e a vítima ficou imóvel. Pan ouviu cada golpe.

O homem estava morto. O segundo homem se levantou e olhou para o companheiro.

— O que ele fez? — perguntou baixinho.

— Cortou a merda do tendão da minha perna. Desgraçado. Olhe, estou sangrando feito um porco.

O daemon do homem, o mestiço de mastim, choramingava e se contorcia no chão ao lado dele.

— Consegue ficar de pé? — A voz do assassino era grossa e abafada, como se ele falasse com a garganta cheia de catarro, e tinha sotaque de Liverpool.

— O que você acha?

Suas vozes eram pouco mais altas do que um sussurro.

— Não consegue andar nada?

O primeiro homem tentou se levantar. Houve outro grunhido de dor. O segundo homem ofereceu a mão e o primeiro conseguiu se pôr de pé, mas era óbvio que só podia usar uma perna.

— O que a gente vai fazer? — ele perguntou.

A lua os iluminou com clareza: o assassino, o homem que não conseguia caminhar e o morto. O coração de Pan batia tão forte que achou que era capaz de eles ouvirem.

— Imbecil. Não viu que ele estava com uma faca? — perguntou o assassino.

— Ele foi muito rápido...

— Achei que você era bom nisso. Sai da frente.

O primeiro homem recuou um passo ou dois. O assassino se abaixou, pegou os tornozelos do homem morto e puxou o corpo para trás, para o meio dos juncos.

O assassino reapareceu e fez um aceno impaciente para que o outro homem se aproximasse.

— Apoie em mim — disse. — Estou quase te deixando aqui sozinho. Só um maldito peso morto. Agora vou ter que voltar e lidar com ele sozinho, essa merda de lua cada vez mais brilhante. Cadê a bolsa dele? Ele não estava com uma bolsa?

— Não tinha bolsa nenhuma. Ele estava sem nada.

— Era para ele estar. Droga.

— O Barry volta com você e te ajuda.

— Muito barulhento. Muito nervoso. Dá o braço aqui, vamos logo.

— Ah, meu Deus... cuidado... aaai, tá doendo...

— Fique quieto e ande o mais depressa que puder. Não dou a mínima se dói. Só fique com a droga da boca fechada.

O primeiro homem pôs o braço em volta dos ombros do assassino e mancou ao lado dele ao se deslocarem lentamente debaixo do carvalho e ao longo da margem do rio. Pan olhou para baixo e viu uma mancha de sangue na grama, brilhando vermelha ao luar.

Esperou até os homens estarem fora de vista e se preparou para descer; mas, antes que pudesse se mexer, alguma coisa agitou os juncos onde jazia o corpo do homem, e algo pálido, do tamanho de um pássaro, tremulou, caiu e voou de novo, debateu-se, caiu, e com uma última explosão de vida voou diretamente para Pan.

Ele estava apavorado demais para se mexer. Se o homem estava morto... Mas aquela daemon também parecia quase morta — então o que Pan poderia fazer? Ele estava pronto para lutar, fugir, desmaiar: mas então ela o alcançou, pousando no galho ao lado dele, lutando para se sustentar, quase caindo, e ele teve que estender a pata e pegá-la. Estava gelada ao toque, mas viva, ou quase. O homem ainda não estava morto.

— Socorro — ela sussurrou debilmente. — Ajude a gente...

— Sim — ele disse. — Claro...

— Depressa!

Ela caiu e conseguiu flutuar até os juncos. Em um segundo, Pan desceu pelo tronco do carvalho, atravessou na direção em que ela desaparecera e encontrou o homem caído nos juncos, a respiração fraca, com o daemon encostado em seu rosto.

Pan ouviu quando ela disse:

— Daemon... separado.

O homem virou um pouco a cabeça e gemeu. Pan ouviu o raspar de ossos quebrados.

— Separado? — murmurou o homem.

— É... aprendemos a fazer isso...

— Sorte a minha. Bolso de dentro. Aqui. — Ele levantou a mão com enorme esforço e tocou o lado direito da jaqueta. — Pegue — sussurrou.

Fazendo o possível para não machucá-lo, e lutando contra o grande tabu que era tocar o corpo de outra pessoa, Pan afastou o casaco e encontrou uma carteira de couro no bolso interno.

— É isso aí. Pegue. Não deixe eles levarem. Tudo depende de você e... da sua...

Pan puxou, mas a carteira não vinha porque o casaco estava preso debaixo do corpo do homem, e ele não conseguia se mexer; mas, depois de vários segundos de dificuldade, conseguiu soltar a carteira e a colocar no chão.

— Vá logo... antes que eles voltem...

O pálido daemon-falcão estava quase sumindo, apenas um fiapo de sombra branca tremulando e se apertando contra a carne dele. Pan odiava ver as pessoas morrerem, por causa do que acontecia com seus daemons: eles desapareciam como uma chama de vela se apagando. Ele queria consolar aquela pobre criatura, que tinha consciência de que ia desaparecer, mas tudo o que ela queria era sentir um último toque do calor que sempre encontrara no corpo de seu humano, a vida inteira juntos. O homem respirou fundo, e então o lindo daemon-falcão deixou totalmente de existir.

E agora Pan tinha que levar aquela carteira de volta até a faculdade Sta. Sophia e o quarto de Lyra.

Agarrou-a entre os dentes e abriu caminho até a borda dos juncos. Não era pesada, mas era estranha, e o que era pior, estava saturada com o cheiro de outra pessoa: suor, colônia, tabaco. Era estar próximo demais de alguém que não era Lyra.

Ele chegou até a cerca ao redor dos jardins do loteamento e então parou para descansar. Bem, teria que ir devagar. A noite ainda duraria muito tempo.

Lyra dormia profundamente quando um choque a acordou, como uma queda repentina, uma sensação física: mas o quê? Estendeu a mão para Pan e lembrou que ele não estava lá: será que teria acontecido alguma coisa com ele? Estava longe de ser a primeira noite que teve que ir para a cama sozinha, e odiava isso. Ah, a loucura de sair sozinho daquele jeito, mas ele não escutava, continuava fazendo, e um dia os dois ainda iam pagar o preço.

Ela ficou acordada por um minuto, mas o sono a rodeava outra vez, e logo ela se rendeu e fechou os olhos.

Os sinos de Oxford estavam batendo as duas horas quando Pan entrou. Deixou a carteira em cima da mesa, abrindo e fechando a boca para aliviar a mandíbula dolorida antes de puxar o livro com o qual Lyra calçara a janela. Pan conhecia o volume: era um romance chamado *Os hiperchorasmianos*, e achava que Lyra estava prestando atenção demais nele. Deixou que o livro caísse no chão e limpou-se meticulosamente antes de colocar a carteira na estante, escondida.

Então subiu no travesseiro dela. No raio de luar que atravessava uma abertura nas cortinas, ele se agachou e olhou para o rosto adormecido.

Ela estava com as faces coradas, o cabelo dourado-escuro úmido; aqueles lábios que lhe haviam sussurrado tantas vezes, o beijado e beijado Will também, estavam apertados; uma pequena ruga pairava na testa, indo e vindo como nuvens em um céu ventoso — todos indicadores de coisas que não estavam certas, de uma pessoa que estava se tornando mais e mais inacessível para ele, assim como ele para ela.

E ele não tinha ideia do que fazer a respeito. Tudo o que podia fazer era deitar junto ao corpo dela; que pelo menos ainda era quente e acolhedor. Pelo menos, eles ainda estavam vivos.

2. SUAS ROUPAS TINHAM CHEIRO DE ROSAS

Lyra acordou e ouviu o relógio da faculdade bater oito horas. Nos primeiros minutos, antes que o pensamento começasse a interferir, suas sensações foram deliciosas, e uma delas era o calor do pelo de seu daemon ao redor do pescoço. Aquele delicioso carinho mútuo fazia parte de sua vida desde que ela conseguia se lembrar.

Ela ficou ali tentando não pensar, mas o pensamento era como uma maré. Respingos de consciência — um trabalho que precisava ser terminado, a roupa que tinha de ser lavada, a consciência de que, se não chegasse ao salão às nove, não haveria mais café da manhã — continuaram fluindo desta ou daquela direção e minaram a sua fugidia sonolência. E então a onda maior: Pan e o distanciamento entre eles. Algo havia acontecido entre os dois, e nenhum deles sabia ao certo o quê, e a única pessoa em quem um podia confiar era no outro, mas essa era a única coisa que não eram capazes de fazer.

Ela empurrou os cobertores e se levantou, tremendo, porque Sta. Sophia era parcimoniosa com relação ao aquecimento. Lavou-se depressa na pia pequena onde a água quente protestava pelos canos antes de concordar em aparecer e vestiu a saia xadrez e a malha cinza-clara que eram praticamente as únicas coisas limpas que tinha.

E todo o tempo Pan fingia dormir no travesseiro. Nunca foi assim quando eram mais jovens, nunca.

— Pan — ela disse, cansada.

Ele tinha que ir, e ela sabia que iria, então ele se levantou, se espreguiçou e deixou que o colocasse no ombro. Ela saiu do quarto e desceu a escada.

— Lyra, vamos fingir que estamos nos falando — ele sussurrou.

— Não sei se fingir é um bom jeito de viver.

— É melhor do que o contrário. Quero te contar o que eu vi ontem à noite. É importante.

— Por que não falou nada quando chegou?

— Você estava dormindo.

— Não estava, não mais do que você, agora há pouco.

— Então como não percebeu que eu tinha uma coisa importante para dizer?

— Eu percebi. Senti alguma coisa acontecer. Mas sabia que teria que discutir para você me contar e, francamente...

Ele ficou em silêncio. Lyra chegou ao pé da escada e entrou no frio úmido da manhã. Uma ou duas garotas vinham na direção do corredor; outras saíam depois de tomar café da manhã, caminhando depressa para os compromissos matutinos, para a biblioteca, para uma aula ou sessão de estudos.

— Ah, não sei — ela concluiu. — Estou cansada disso. Me conte depois do café da manhã.

Ela subiu os degraus até o salão, serviu-se de mingau, levou a tigela a um lugar vago em uma das mesas compridas e sentou-se. À sua volta, meninas de sua idade terminavam os ovos mexidos, mingau, ou torradas, algumas conversavam alegremente, algumas pareciam entediadas, cansadas ou preocupadas, uma ou duas liam cartas ou apenas comiam, impassíveis. Muitas ela conhecia pelo nome, algumas apenas de vista; algumas eram amigas queridas por sua bondade ou inteligência; algumas apenas conhecidas; um pequeno número não era exatamente inimigo, mas garotas de que ela sabia que jamais gostaria porque eram esnobes, arrogantes ou frias. Sentia-se em casa naquela comunidade escolástica, entre aquelas contemporâneas brilhantes, trabalhadoras ou fofoqueiras, tanto como em qualquer outro lugar. Ela devia estar feliz.

Enquanto misturava um pouco de leite no mingau, Lyra percebeu que havia uma garota à sua frente. Chamava-se Miriam Jacobs, uma garota bonita de cabelos escuros, perspicaz e inteligente o bastante para se virar academicamente sem fazer mais que o mínimo; um pouco vaidosa, mas bem-humorada o suficiente para aceitar que brincassem com ela a respeito. Seu daemon-esquilo, Syriax, estava agarrado ao cabelo dela, parecendo angustiado, e Miriam lia uma carta, uma mão cobrindo a boca. O rosto pálido.

Ninguém mais havia notado. Quando Miriam baixou a carta, Lyra se inclinou sobre a mesa e disse:

— Miriam? O que foi?

Miriam piscou e suspirou como se acordasse, então pôs a carta no colo.

— É de casa — disse. — Não é nada.

O daemon rastejou para seu colo com a carta enquanto Miriam assumia uma expressão forçada de indiferença, desperdiçada com suas vizinhas de mesa, que de qualquer maneira não estavam prestando atenção.

— Nada que eu possa ajudar? — Lyra perguntou.

Pan juntou-se a Syriax embaixo da mesa. Ambas as garotas podiam sentir que seus daemons estavam conversando, e que o que quer que Syriax dissesse a Pan seria do conhecimento de Lyra muito em breve. Miriam olhou para Lyra, desamparada. Parecia prestes a cair no choro.

Lyra levantou-se e disse:

— Venha.

A outra garota estava em um estado em que qualquer atitude mais firme, de qualquer pessoa, era recebida como um salva-vidas em um mar agitado. Ela saiu com Lyra para o corredor, com o daemon apertado ao peito, sem perguntar para onde iam, apenas acompanhando como um cordeiro.

— Não aguento mais mingau, torrada fria e ovos mexidos sem gosto — disse Lyra. — Só uma coisa a fazer neste caso.

— O quê? — Miriam perguntou.

— Ir ao George.

— Mas eu tenho aula...

— Não. O professor tem aula, mas você não tem e eu também não. Quero ovos fritos e bacon. Vamos lá, ande. Você era escoteira?

— Não.

— Nem eu. Não sei por que perguntei.

— Tenho de fazer um trabalho...

— Conhece alguém que não tenha um trabalho para fazer? São milhares de jovens damas e cavalheiros *todos* atrasados com seus trabalhos. Não seria certo se fosse de outro jeito. E o George está esperando. O Cadena ainda não está aberto, senão a gente podia ir lá. Vamos, está frio. Quer ir pegar um casaco?

— Quero... rapidinho, então...

Elas correram para pegar seus casacos. O de Lyra era verde e surrado, um pouco pequeno demais. O casaco de Miriam era de cashmere azul-marinho e a vestia com perfeição.

— E se alguém perguntar por que você não estava na aula, no seminário ou sei lá o quê, você pode dizer que estava chateada e a adorável Lyra te levou para passear — Lyra disse enquanto saíam do alojamento.

— Eu nunca fui ao George — disse Miriam.

— Ah, como assim? Não tem como você não ter ido.

— Eu sei onde é, mas... Não sei. Só achei que não era para nós.

O George era um café no Mercado Coberto, muito frequentado por comerciantes e operários dos arredores.

— Eu vou lá desde criança — disse Lyra. — Desde criança *mesmo*. Eu sempre ficava do lado de fora até me darem um pão doce para ir embora.

— É mesmo? De verdade?

— Um pão ou um cascudo. Eu até trabalhei lá um pouco, lavando pratos, fazendo chá e café. Devia ter uns nove anos.

— Seus pais deixavam... Ah, meu Deus. Desculpe. Desculpe.

A única coisa que os amigos de Lyra sabiam sobre seu passado era que seus pais eram pessoas de família importante de ambos os lados e que haviam morrido quando ela era nova. Ficava subentendido que isso era fonte de grande tristeza para Lyra e que ela nunca falava a respeito, então naturalmente a especulação se generalizou. Miriam estava morrendo de vergonha.

— Não, eu estava sob a guarda da Jordan nessa época — Lyra disse, animada. — Se eles soubessem, quer dizer, se o pessoal da Jordan soubesse, acho que iam ficar surpresos, mas iam esquecer e eu teria continuado a ir lá de qualquer jeito. Eu meio que fazia o que queria.

— Ninguém sabia o que você estava fazendo?

— A governanta, a sra. Lonsdale. Ela era bem brava. Estavam sempre me repreendendo, mas ela sabia que não adiantava nada. Eu podia me comportar muito bem quando era preciso.

— Há quanto tempo você... quer dizer, quantos anos você tinha quando... Desculpe. Não quero me intrometer.

— A primeira coisa de que eu lembro é quando me levaram para a Jordan pela primeira vez. Não sei quantos anos eu tinha, talvez fosse só um bebê. Estava sendo carregada por um homem grande. Era meia-noite, numa tempestade com raios e trovões e chuva torrencial. Ele estava a cavalo e eu embrulhada dentro da capa dele. Aí ele bateu numa porta com uma pistola, a porta se abriu, estava tudo quente e claro lá dentro, e ele me entregou para outra pessoa, acho que me deu um beijo, montou no cavalo e foi embora. Ele provavelmente era o meu pai.

Miriam ficou muito impressionada. Na verdade, Lyra não tinha certeza sobre o cavalo, mas achava um detalhe agradável.

— É *tão* romântico — disse Miriam. — E essa é a sua primeira lembrança?

— A primeira. Depois disso eu simplesmente... vivia na Jordan. Foi assim desde então. Qual é a sua primeira lembrança?

— O cheiro de rosas — disse Miriam imediatamente.

— O quê, um jardim em algum lugar?

— Não. A fábrica do meu pai. Onde eles fazem sabão e outras coisas. Eu sentada nos ombros dele, no setor de engarrafamento. Um odor tão forte e doce... As roupas dos homens exalavam o cheiro de rosas e as esposas tinham que lavar para tirar.

Lyra sabia que a família de Miriam era rica e que os sabonetes e perfumes e todas essas coisas eram a origem de sua riqueza; Miriam tinha uma enorme coleção de perfumes, cremes e xampus perfumados, e o passatempo favorito de suas amigas era experimentar todas as novidades.

De repente, Lyra percebeu que a outra garota estava chorando. Ela parou e pegou o braço de Miriam.

— Miriam, o que aconteceu? Foi essa carta?

— Papai está falido — Miriam disse, trêmula. — Está tudo acabado. É isso. Agora você já sabe.

— Ah, Miriam, que terrível!

— E nós não vamos... eles não podem... eles estão vendendo a casa e eu vou ter que sair da faculdade... eles não têm como pagar.

Ela não conseguiu continuar. Lyra a abraçou e Miriam apoiou-se nela, soluçando. Lyra sentiu o perfume de seu xampu e se perguntou se ele também era feito de rosas.

— Calma — ela disse. — Você sabe que existem bolsas e fundos especiais e.... Você não vai ter de ir embora, vai ver só!

— Mas tudo vai mudar! Eles estão tendo que vender tudo e se mudar para... Não sei... E o Danny vai ter que sair de Cambridge e... e vai ser tudo horrível.

— Aposto que parece pior do que é — disse Lyra. Com o canto do olho, ela podia ver Pan sussurrando para Syriax, e sabia que ele estava dizendo exatamente o mesmo tipo de coisa. — Claro que é um choque, descobrir dessa maneira, com uma carta, durante o café da manhã. Mas as pessoas sobrevivem a esse tipo de coisa, sério, e às vezes as coisas acabam muito melhores do que você imagina. Aposto que você não vai ter que sair da faculdade.

— Mas todo mundo vai saber...

— E daí? Não é vergonha nenhuma. Coisas assim acontecem o tempo todo com as famílias das pessoas e não é culpa delas. Se você enfrentar com coragem, as pessoas vão te admirar.

— Não é culpa do papai, afinal.

— Claro que não — disse Lyra, que não fazia a menor ideia. — É como eles ensinam em história da economia: o ciclo econômico. Coisas que são grandes demais para resistir.

— Aconteceu do nada e ninguém previu. — Miriam mexeu no bolso. Tirou a carta amassada e leu: — Os fornecedores simplesmente não veem a razão e, embora papai tenha ido a Latakia várias vezes, não consegue encontrar uma boa fonte em lugar algum... parece que as grandes empresas farmacêuticas estão comprando tudo antes de todo mundo... não há nada que se possa fazer... é simplesmente terrível...

— Fornecedores de quê? — perguntou Lyra. — De rosas?

— Sim. Eles compram dos jardins lá e destilam ou algo assim. Atar. Atar de rosas. Algo assim.

— As rosas inglesas não servem?

— Acho que não. Tem que ser rosas de lá.

— Ou lavanda. Lavanda tem muito.

— Eles... *eu* não sei!

— Imagino que homens vão perder os empregos — disse Lyra ao entrarem na rua Broad, em frente à biblioteca de Bodley. — Os homens das roupas com cheiro de rosas.

— É provável. Ah, que horror.

— É mesmo. Mas você consegue enfrentar isso. Agora, quando a gente sentar, vamos criar um plano para o que você pode fazer, todas as opções, todas as possibilidades e aí você logo vai se sentir melhor. Vai ver só.

No café, Lyra pediu bacon, ovos e um bule de chá. Miriam não queria nada a não ser café, mas Lyra disse a George para trazer um pão com passas mesmo assim.

— Se ela não comer, eu como — disse.

— Eles não te alimentam naquela faculdade? — perguntou George, um homem cujas mãos se moviam mais rápido do que as de qualquer um que Lyra conhecia, para fatiar, passar manteiga, servir, sacudir o saleiro e quebrar ovos. Quando era menor, ela admirara muito a sua capacidade de quebrar em uma frigideira três ovos de uma vez com uma mão só, e sem derramar uma gota da clara, nem furar as gemas ou deixar um pedaço de casca. Um dia, ela gastou duas dúzias de ovos tentando repetir o feito. Isso lhe valeu um cascudo, que ela teve que admitir ter sido merecido. George era mais respeitoso agora. Mas ela ainda não conseguia fazer o truque dos ovos.

Lyra pegou emprestado de George um lápis e um pedaço de papel e desenhou três colunas, uma de *Coisas para fazer*, a outra *Coisas para descobrir* e a terceira *Coisas para parar de se preocupar*. Então ela e Miriam, e seus dois daemons, preencheram as colunas com sugestões e ideias enquanto comiam. Miriam terminou o pão com passas e, quando acabaram de preencher o papel, ela estava quase alegre.

— Pronto — disse Lyra. — Vir ao George é sempre uma boa ideia. Os cafés da manhã da Sta. Sophia são pretensiosos demais. Já a Jordan...

— Aposto que não são tão frugais como os nossos.

— São grandes rechôs de prata cheios de *kedgeree*, de rins ou arenque. É preciso manter o nível ao qual estão acostumados os jovens cavalheiros. Muito bom, mas eu não gostaria disso todos os dias.

— Obrigada, Lyra — disse Miriam. — Me sinto muito melhor. Você tinha razão.

— Então, o que você vai fazer agora?

— Vou procurar a dra. Bell. Depois escrever para casa.

A dra. Bell era tutora moral de Miriam, uma espécie de guia e mentora pastoral. Era uma mulher brusca, mas gentil; ela saberia o que a faculdade poderia fazer para ajudar.

— Ótimo — disse Lyra. — E me conte o que acontece.

— Eu conto — Miriam prometeu.

Lyra continuou sentada ali por alguns minutos depois que Miriam foi embora, conversando com George, recusando com tristeza sua oferta de trabalho nas férias de Natal, e terminou seu bule de chá. Mas finalmente chegou a hora em que ela e Pan se encontraram sozinhos de novo.

— O que ele te disse? — ela perguntou, referindo-se ao daemon de Miriam.

— Ela está preocupada mesmo é com o namorado. Não sabe como contar porque acha que ele não vai gostar mais dela se não for rica. Ele está no Cardinal. Algum tipo de aristocrata.

— Então, depois de todo esse tempo e esforço, ela nem me contou sua maior preocupação? Isso não foi legal — disse Lyra, e pegou seu casaco surrado. — E se ele pensar dessa forma, não vale a pena de qualquer jeito. Pan, me desculpe — disse ela, surpreendendo a si mesma tanto quanto a ele. — Você ia me contar o que viu ontem à noite e eu não tive tempo para responder antes. — Ela acenou para George quando eles saíram.

— Eu vi alguém ser assassinado.

3. BAGAGEM ABANDONADA

Lyra ficou imóvel. Estavam do lado de fora do café, perto da entrada do Mercado Coberto, e o aroma de café torrado enchia o ar.

— O que você falou? — ela perguntou.

— Eu vi dois homens atacarem e matarem outro homem. Aconteceu nos jardins do loteamento, perto do depósito do Correio Real.

Enquanto andava devagar pela rua Market, de volta para a Sta. Sophia, ele contou a ela toda a história.

— E eles pareciam saber sobre a separação — disse ele. — O homem que mataram e a daemon dele. Eles podiam fazer isso. Ela deve ter me visto no galho e voou até mim... com algum esforço, porque estava machucada... e ela não estava assustada nem nada, quer dizer, não assustada de eu estar sozinho, como a maioria das pessoas estaria. E ele reagiu da mesma maneira.

— E essa carteira? Onde está agora?

— Na nossa estante de livros. Ao lado do dicionário de alemão.

— E o que foi que ele falou?

— Ele disse: *pegue... não deixe eles levarem... tudo depende de você e da sua...* e morreu.

— Tudo depende de nós — disse ela. — Bom, melhor a gente dar uma olhada.

Eles acenderam a lareira a gás no quartinho de Lyra na Sta. Sophia, sentaram-se à mesa e acenderam a pequena lâmpada ambárica, porque o céu estava cinzento e a luz sombria.

Lyra pegou a carteira da estante de livros. Era uma carteira simples e sem fecho, não muito maior que a palma da mão. Originalmente, havia uma textura no couro, como de marroquim, mas a maior parte tinha se desgastado em uma maciez gordurosa. Podia um dia ter sido marrom, mas estava quase preta agora, e com marcas em vários lugares dos dentes de Pan.

Ela sentiu o cheiro: um cheiro tênue, ligeiramente picante, ligeiramente aromático, como o de uma colônia masculina misturada com suor. Pan abanou a pata na frente do nariz. Ela examinou cuidadosamente o exterior em busca de alguma marca ou monograma, mas não havia nada.

Ela abriu a carteira e novamente achou tudo perfeitamente normal, perfeitamente comum. Havia quatro notas, seis dólares e cem francos no total — não uma grande soma. No bolso seguinte, encontrou uma passagem de trem de ida e volta de Paris a Marselha.

— Ele era francês? — perguntou Pan.

— Ainda não sei — disse Lyra. — Olhe, tem uma foto.

Do bolso seguinte na carteira, ela pegou um cartão encardido e muito manuseado, que atestava a identidade do dono, com um fotograma do rosto de um homem de uns quarenta anos, com cabelo preto encaracolado e bigode fino.

— É ele — disse Pan.

O cartão tinha sido emitido pelo Ministério das Relações Exteriores de Sua Majestade para Anthony John Roderick Hassall, que era cidadão britânico e cuja data de nascimento mostrava que tinha trinta e oito anos. O fotograma do daemon exibia uma pequena ave de rapina. Pan olhou para as fotos com intenso interesse e pena.

A próxima coisa que ela encontrou foi um pequeno cartão que reconheceu, porque tinha um idêntico em sua bolsa: era um cartão da biblioteca Bodleian. Pan fez um pequeno ruído de surpresa.

— Ele devia fazer parte da universidade — disse. — Olhe, o que é isso?

Era outro cartão, esse emitido pelo Departamento de Botânica da universidade. Certificava o dr. Roderick Hassall como membro do pessoal do Departamento de Ciências Vegetais.

— Por que ele foi atacado? — perguntou Lyra, sem esperar resposta. — Ele parecia ter dinheiro ou estava levando alguma coisa ou o quê?

— Eles disseram... — disse Pan, tentando se lembrar. — Um deles... o assassino... ele ficou surpreso porque o homem não estava com uma bolsa.

Parecia que esperavam que ele estivesse com algo. Mas o outro homem, o que foi ferido, não quis saber disso.

— Ele *estava* com uma bolsa? Ou pasta, uma mala ou qualquer coisa?
— Não. Nada.

O próximo papel que ela encontrou tinha sido muito dobrado e redobrado, reforçado com fita adesiva nos vincos. Tinha o cabeçalho LAISSEZ-PASSER.

— O que é isso? — perguntou Pan.
— Acho que é uma espécie de passaporte...

Tinha sido emitido pelo Ministério de Segurança Interna da Sublime Porta do Império Otomano, em Constantinopla. Dizia em francês, inglês e anatoliano que Anthony John Roderick Hassall, botânico de Oxford, Brytain, tinha permissão para viajar pelos reinos do Império Otomano e que as autoridades deveriam lhe prestar assistência e proteção sempre que necessário.

— De que tamanho é o Império Otomano? — perguntou Pan.
— Enorme. Turquia, Síria, Líbano, Egito, Líbia e milhares de quilômetros a leste também. Eu acho. Espere, tem outro aqui...
— E mais um atrás.

Os outros dois documentos tinham sido emitidos pelo canato do Turquestão, incluindo as regiões de Bactria e Sogdiana, e a prefeitura de Sin Kiang, no Império Celestial de Catai. Diziam quase a mesma coisa, com palavras parecidas, igual ao *laissez-passer* do Império Otomano.

— Estão vencidos — disse Lyra.
— Mas o de Sin Kiang é anterior ao do Turquestão. Quer dizer que ele estava vindo de lá, e levou... três meses. É muita estrada.
— Tem mais uma coisa aqui.

Seus dedos encontraram outro papel escondido em um bolso interno. Ela puxou para fora, desdobrou e descobriu algo bem diferente do resto: um panfleto de uma empresa de navegação anunciando um cruzeiro para o Levante em um navio chamado *SS Zenobia*. Tinha sido emitido pela Linha do Oriente Imperial, e o texto em inglês prometia "um mundo de romance e sol".

— *Um mundo de sedas e perfumes, de tapetes e doces, de espadas adamascadas, do brilho de belos olhos sob o céu estrelado...* — leu Pan.

Lyra continuou:

— *Dance com a música romântica de Carlo Pomerini e sua Orquestra Salon Serenade, se encante com o sussurro do luar nas águas tranquilas do Mediterrâ-*

neo... *Como o luar pode sussurrar? Um Cruzeiro Levantino do Oriente Imperial é a porta de entrada para um mundo de beleza...* Espere, Pan, olhe.

Na parte de trás havia um horário mostrando as datas de chegada e partida em vários portos. O navio partiria de Londres na quinta-feira, 17 de abril, e retornaria a Southampton na sexta-feira, 23 de maio, parando em catorze cidades no trajeto. Alguém tinha feito um círculo em torno da data de segunda-feira, 12 de maio, quando o *Zenobia* faria uma parada em Esmirna e traçado uma linha dali até as palavras rascunhadas "Café Antalya, praça Süleiman, 11h".

— Um encontro! — disse Pan.

Ele pulou da mesa para o aparador da lareira e ficou em pé, com as patas na parede, para examinar o calendário que estava pendurado ali.

— Não foi este ano... espere... é no ano que vem! — disse ele. — Essa é a data certa. Ainda não aconteceu. O que nós vamos fazer?

— Bom... a gente realmente devia falar com a polícia. Quer dizer, precisamos, não é? — disse Lyra.

— Sim — disse Pan, e pulou de volta para a mesa. Ele virou os papéis para lê-los mais de perto. — Isso é tudo que tem na carteira?

— Acho que sim. — Lyra olhou de novo, enfiando os dedos até o fundo dos bolsos. — Não... espere... tem uma coisa aqui... uma moeda?

Ela virou a carteira de cabeça para baixo e sacudiu. Não foi uma moeda que caiu, mas uma chave com uma etiqueta redonda de metal com o número 36.

— Isso parece... — disse Pan.

— É. Nós já vimos algo assim... A gente teve uma dessas. Quando foi?

— Ano passado... A estação de trem...

— Bagagem guardada! — exclamou Lyra. — Ele deixou alguma coisa num guarda-volumes.

— A bolsa que eles acharam que devia estar com ele!

— Deve estar lá ainda.

Eles se entreolharam com olhos arregalados.

Então Lyra sacudiu a cabeça.

— Temos de levar isso para a polícia — disse ela. — Fizemos o que qualquer um faria, demos uma olhada para descobrir de quem era e... e...

— Bom, podemos levar para o Jardim Botânico. Onde fica as Ciências Vegetais. Eles devem saber quem ele era.

— Sim, mas nós sabemos que ele foi morto. Então é um assunto mais para a polícia. Temos de ir, Pan.

— Hum — ele disse. — Imagino que sim.

— Mas nada impede que a gente copie algumas coisas. As datas da viagem, o compromisso em Esmirna...

Ela anotou.

— Isso é tudo? — ele perguntou.

— É. Vou tentar pôr tudo de volta nos lugares certos e depois vamos até a delegacia.

— Por que estamos fazendo isso? De verdade? Copiando essas coisas?

Ela olhou para ele um momento e depois de volta à carteira.

— Só por curiosidade — ela disse. — Não é da nossa conta, mas acontece que nós sabemos como isso foi parar nos juncos. Então, é da nossa conta.

— E ele disse que tudo dependia de nós. Não esqueça isso.

Ela apagou o fogo, trancou a porta e partiram para a principal delegacia de polícia em St. Aldate, com a carteira no bolso.

Vinte e cinco minutos depois, eles estavam esperando em um balcão enquanto o sargento de serviço lidava com um homem que queria uma licença de pesca, e que não aceitava que era a autoridade do rio que emitia a licença e não a polícia. Ele discutiu tanto que Lyra sentou na única cadeira disponível e se preparou para esperar até a hora do almoço.

Pan estava sentado em seu colo, observando tudo. Quando dois outros policiais saíram do escritório e pararam para conversar junto ao balcão, ele se virou para olhar e um instante depois Lyra sentiu as garras se cravarem em sua mão.

Ela não reagiu. Ele iria contar em breve o que estava acontecendo, e assim foi. Pan subiu para o ombro dela e sussurrou:

— Esse aí é o homem da noite passada. É o assassino. Tenho certeza.

Ele se referia ao mais alto e mais pesado dos dois policiais. Lyra ouviu o homem dizer para o outro:

— Não, é hora extra, totalmente correto. Tudo seguindo as regras. Sem nenhuma dúvida.

Sua voz era desagradável, dura e grossa, com um sotaque de Liverpool. No mesmo instante, o homem que queria a licença de pesca disse ao sargento de plantão, quando ele virou as costas:

— Bem, se você tem certeza, eu não tenho escolha. Mas vou querer por escrito.

— Volte de tarde, e o meu colega que vai estar de plantão vai te dar um documento em relação a isso — disse o sargento, dando uma piscadela para os outros dois.

— Tudo bem, vou fazer isso. Não desistirei.

— Não, não desista, não, senhor. Senhorita? Em que posso ajudar?

Ele olhava para Lyra e os outros dois policiais estavam observando.

Ela se levantou e disse:

— Eu não sei se vim ao lugar certo, mas minha bicicleta foi roubada.

— É o lugar certo, sim, senhorita. Preencha este formulário e vamos ver o que podemos fazer.

Ela pegou o papel que ele lhe entregou e disse:

— Estou com um pouco de pressa. Posso trazer de volta mais tarde?

— A qualquer hora, senhorita.

Como seu problema não era muito interessante, ele virou as costas e se juntou à conversa sobre as horas extras. Um momento depois, Lyra e Pan estavam na rua de novo.

— Então, o que a gente faz agora? — perguntou Pan.

— Vamos para o guarda-volumes, claro.

Mas Lyra queria primeiro ver a margem do rio. Enquanto atravessavam Carfax e desciam na direção do castelo, ela repassou a história com Pan outra vez, os dois tão cordiais e cuidadosos com o outro que era quase doloroso. Todas as outras pessoas que Lyra via nas ruas ou nas lojas, todos com quem conversava no Mercado, estavam perfeitamente à vontade com o daemon delas. A daemon do dono do café George, uma rata espalhafatosa, sentada no bolso do peito de seu avental, fazia comentários sardônicos sobre tudo à sua volta, da mesma forma como havia feito quando Lyra era criança, completamente confortável com George assim como ele com ela. Apenas Lyra e Pan estavam infelizes um com o outro.

Então eles fizeram um esforço. Foram para os jardins do loteamento e olharam o portão da cerca alta ao redor do depósito do Correio Real, que o segundo atacante havia escalado, e o caminho da estação de trem por onde a vítima tinha vindo.

Era dia de feira e, além do som de vagões de trem desviando nos ramais, e do barulho de alguém usando uma furadeira ou um triturador para consertar uma máquina no prédio do Correio Real, Lyra ouvia o mugido do gado nos currais ao longe. Havia gente em toda parte.

— Alguém pode estar nos observando — disse ela.

— É possível.

— Então, vamos apenas passear, como se estivéssemos distraídos.

Ela olhou em volta lentamente. Estavam na área entre o rio e o loteamento, um campo aberto onde as pessoas passeavam ou faziam piqueniques no verão, ou se banhavam na margem do rio ou jogavam futebol. Lyra não conhecia muito bem aquela parte de Oxford, cujo território era dominado principalmente pelos moleques de rua de Jericó, oitocentos metros ao norte. Ela tinha lutado muitas batalhas com as gangues dali, de Sta. Ebbe, antes da sua viagem ao Ártico, quando abandonou completamente o seu mundo. Mesmo agora, uma jovem de vinte anos, culta, estudante da Sta. Sofia, estar em território inimigo a enchia de temor.

Saiu devagar, atravessou a grama até a margem do rio, tentando dar a impressão de que fazia qualquer coisa menos procurar o local de um assassinato.

Os dois pararam para olhar um trem carregado de carvão que vinha lentamente da direita em direção à ponte de madeira sobre o rio. Os trens nunca passavam rápido. Ouviram o barulho dos vagões de carvão sobre a ponte e observaram o trem virar para a esquerda na linha de ramal que levava ao gasômetro, e para o desvio ao lado do prédio principal, onde os fornos funcionavam dia e noite.

Lyra disse:

— Pan, se não tivessem atacado aquele homem, para onde ele estava indo? Aonde leva esse caminho?

Estavam no limite sul dos loteamentos, onde Pan estivera quando viu pela primeira vez os homens escondidos debaixo do salgueiro. As duas árvores estavam exatamente à frente deles, na direção do rio, a cerca de cem metros de distância. Se o homem não tivesse sido atacado, o trajeto o levaria ao longo da margem, onde o rio fazia uma curva para a esquerda. Sem falar nada, Lyra e Pan caminharam lentamente até lá para ver aonde ele teria chegado.

O caminho seguia diretamente ao longo da margem em direção a uma passarela sobre o riacho, que por sua vez levava às ruas estreitas de casas geminadas ao redor do gasômetro e à paróquia de Sta. Ebbe.

— Então era para lá que ele ia — disse Pan.

— Mesmo que ele não fizesse ideia. Mesmo que estivesse apenas seguindo o caminho.

— E é dali que o outro homem deve ter vindo, aquele que não saiu do depósito de correio.

— De lá dá para chegar a qualquer lugar — disse Lyra. — Todas aquelas ruas espremidas de Sta. Ebbe, e depois St. Aldate e Carfax… Qualquer lugar.

— Mas não vamos descobrir nunca. Não tentando adivinhar.

Ambos sabiam por que estavam falando assim, no final da passarela sobre o riacho. Nenhum deles queria ir olhar o lugar onde o homem havia sido assassinado.

— Mas precisamos — disse Lyra, e ele respondeu:

— É. Vamos.

Eles se viraram e vagaram ao longo da margem do rio, na direção do salgueiro e do carvalho, onde os juncos cresciam cerrados e o caminho era lamacento. Lyra deu uma olhada discreta ao redor, mas não havia ninguém sinistro ou ameaçador: apenas algumas crianças brincando à beira do riacho mais adiante, alguns homens trabalhando em seus lotes, e um casal idoso no caminho à frente, andando de braços dados e com sacolas de compras.

Passaram pelo casal, que sorriu e acenou com a cabeça quando Lyra disse "Bom dia", e então estavam debaixo do carvalho. Pan saltou do ombro de Lyra e mostrou-lhe onde ficara em cima do galho, depois desceu novamente e correu pela grama na direção do salgueiro.

Ela o seguiu, procurando sinais de luta no chão, mas só enxergava grama e lama pisoteada, nada diferente do resto do percurso.

— Vem vindo alguém? — ela perguntou a Pan.

Ele pulou para o ombro dela e olhou em volta.

— Uma mulher com uma criança pequena e uma sacola de compras está vindo pela passarela. Mais ninguém.

— Vamos olhar nos juncos. Foi por aqui, certo?

— Sim, bem aqui.

— E ele puxou o morto para a água?

— Pelo meio dos juncos, mas não até o fim. Não enquanto eu estava olhando, pelo menos. Ele deve ter voltado mais tarde e feito isso.

Lyra saiu do caminho e desceu a ladeira onde os juncos cresciam. Eles eram altos, o declive era íngreme e avançando menos de dois metros para fora do caminho ela sumia completamente de vista. Era difícil manter o equilíbrio e ia estragar os sapatos, mas ela se ajeitou, abaixou e olhou em volta com cuidado. Alguns juncos tinham sido amassados, os caules quebrados, e alguém tinha puxado alguma coisa para baixo na lama, algo que poderia tranquilamente ser do tamanho de um homem.

Mas não havia sinal de um corpo.

— Não podemos passar muito tempo espreitando por aqui — disse ela, se levantando. — Seria muito suspeito.

— Estação, então.

Enquanto percorriam o caminho ao lado do depósito do Correio, ouviram o grande sino da faculdade Cardinal tocar onze horas, e Lyra pensou na aula que devia estar assistindo naquele momento, a última do semestre. Mas Annie e Helen estariam lá, e ela poderia pegar emprestadas suas anotações; e talvez aquele menino tímido e atraente de Magdalen estivesse sentado nos fundos da sala, como antes, e talvez daquela vez ela pudesse sentar-se ao lado dele e ver o que acontecia; e tudo voltaria ao normal. Só que, enquanto a chave do guarda-volumes estivesse no seu bolso, nada seria normal.

— Você que era sempre impulsiva — disse Pan —, e eu que ficava te segurando. Agora trocamos.

Ela concordou.

— As coisas mudam, não é... A gente podia esperar, Pan, e voltar para St. Aldate quando aquele policial sair de serviço. Hoje à noite, talvez, por volta das seis. Eles não podem estar todos juntos na mesma conspiração. Deve ter alguém honesto lá. Não se trata... não se trata só de furto em loja. É assassinato.

— Eu sei. Eu vi.

— E talvez, fazendo isso, a gente ajude o assassino a escapar. Ao interferir com a investigação. Isso não é certo.

— Mais uma coisa — disse ele.

— O quê?

— Você costumava ser otimista. Sempre pensava que, independentemente do que a gente fizesse, ia dar tudo certo. Mesmo depois que nós voltamos do Norte, você ainda pensava assim. Agora você é cautelosa, ansiosa... Você é pessimista.

Ela sabia que ele tinha razão, mas não era certo ele falar daquela maneira, como se ela tivesse alguma culpa.

— Eu costumava ser jovem — foi tudo o que ela conseguiu dizer.

Ele não respondeu.

Não voltaram a falar até chegar à estação ferroviária. Então ela disse:

— Pan, venha aqui.

Ele saltou imediatamente para as mãos dela. Ela o colocou no ombro e disse baixinho:

— Você vai ter que vigiar a retaguarda. Alguém pode estar espiando.

Ele se virou e se acomodou enquanto ela subia os degraus da entrada.

— Não vá direto para os armários — ele murmurou. — Dê uma olhada nas revistas antes. Eu fico atento para ver se tem alguém por aí, vigiando.

Ela assentiu e virou à esquerda nas portas da estação e foi até a banca de jornal. Enquanto ela folheava uma revista depois da outra, Pan observou todos os homens e mulheres na bilheteria, ou sentados nas mesas tomando café, ou verificando os horários, ou perguntando algo no balcão de informações.

— Parece que está todo mundo ocupado fazendo alguma coisa — ele disse baixinho. — Não estou vendo ninguém apenas circulando.

Lyra estava com a chave do guarda-volumes no bolso.

— Posso ir? — perguntou.

— Sim, vá em frente. Mas sem pressa. Aja naturalmente. Olhe para o relógio ou o quadro de partidas e chegadas, algo do tipo...

Ela devolveu a revista e se afastou da banca de jornal. Parecia-lhe que cem pares de olhos poderiam estar observando, mas tentou parecer despreocupada enquanto passeava até a outra extremidade da bilheteria, onde ficavam os guarda-volumes.

— Tudo certo até o momento — disse Pan. — Ninguém de olho. Vá em frente agora.

O armário número 36 estava na altura da cintura. Ela virou a chave, abriu a porta e encontrou uma mochila de lona surrada ali dentro.

— Espero que não seja muito pesada — ela murmurou, pegando a mochila e deixando a chave na porta.

Era pesada, mas ela a jogou sobre o ombro direito sem dificuldade.

— Eu queria que a gente pudesse fazer o que o Will fazia — disse ela.

Ele sabia o que ela queria dizer. Will Parry tinha um poder de se tornar invisível que deixara chocadas as feiticeiras do Norte, que costumavam desaparecer da mesma maneira: reduzindo o que era interessante nelas até ficarem quase imperceptíveis. Ele havia praticado isso a vida inteira, a fim de evitar ser visto por policiais e assistentes sociais, que podiam se questionar o que aquele menino fazia fora da escola e começar a fazer perguntas que terminariam separando-o de sua amada mãe, uma pessoa perturbada por todos os tipos de medos e paranoias imaginárias.

Quando Will contou a Lyra como era sua vida e quão difícil tinha sido se manter fora de foco, ela primeiro ficou surpresa que alguém pudesse viver de um jeito tão solitário, e depois ficou comovida com a coragem dele, e por último não ficou nem um pouco espantada de as feiticeiras valorizarem tanto a habilidade.

Ela se perguntou, como tantas vezes, o que ele estaria fazendo agora, se sua mãe estaria segura, e que aparência ele teria hoje... Pan murmurou:

— Até agora, tudo bem. Mas vá um pouco mais depressa. Tem um homem na escada da estação olhando para nós.

Já estavam no pátio da estação, onde passageiros embarcavam e desembarcavam de táxis e ônibus. Com a cabeça em Will, Lyra mal percebeu onde tinham chegado.

— Como ele é? — ela perguntou baixinho.

— Grande. Chapéu de feltro preto. Daemon parece ser um mastim.

Ela andou um pouco mais rápido, indo na direção da rua Hythebridge e do centro da cidade.

— O que ele está fazendo?

— Ainda observando...

O caminho mais rápido de volta para a Jordan teria sido o mais direto, claro, mas também era o mais perigoso, porque ela estaria visível ao longo de toda a rua Hythebridge e depois na rua George.

— Ele ainda pode ver a gente? — ela perguntou.

— Não. O hotel está na frente.

— Então se segure.

— O que você vai...

De repente, ela atravessou a rua e se enfiou embaixo dos parapeitos ao redor do cais de carvão, onde os barcos do canal descarregavam. Ignorou os homens que pararam para observar, correu em volta do guindaste a vapor, por trás do prédio do Conselho do Canal e atravessou a rua estreita na direção das cavalariças da rua George.

— Não vejo o homem — disse Pan, o pescoço esticado para olhar.

Lyra correu para a alameda Bulwarks, um caminho entre dois muros altos que tinha no máximo dois palmos de largura. Estava totalmente fora de vista ali: ninguém para ajudar, se tivesse problemas... Mas ela chegou ao fim da alameda, virou à esquerda ao longo de outras cavalariças que corriam atrás do Oratório de São Pedro e depois para a rua New Inn Hall, cheia de pedestres fazendo compras.

— Até aqui tudo bem — disse Pan.

Atravessar a rua e então entrar na alameda Sewy: um pequeno beco úmido ao lado do Hotel Clarendon. Um homem enchia sem pressa uma grande lata de lixo, com seu austero daemon-porco esparramado no chão ao lado, roendo um nabo. Lyra pulou por cima dele, fazendo o homem se sobressaltar e derrubar o cigarro da boca.

— Ei! — ele gritou, mas ela já estava no Cornmarket, a principal rua comercial da cidade, lotada de pedestres e veículos de entrega.

— Continue de olho — disse Lyra, quase sem fôlego.

Ela disparou pela rua e desceu um beco ao lado do Golden Cross Inn, que levava ao Mercado Coberto.

— Vou ter que ir mais devagar — ela disse. — Isso aqui está pesado pra caramba.

Lyra caminhou em ritmo normal pelo mercado, tentando diminuir o ritmo da respiração, observando todos à sua frente, enquanto Pan vigiava. Apenas um breve trecho agora: para a rua Market, depois à esquerda na rua Turl, avançar cinquenta metros, e lá estava a faculdade Jordan. Menos de um minuto até lá. Controlando cada movimento, ela caminhou ao longo do alojamento.

Assim que eles entraram, uma figura atravessou a porta da guarita do porteiro.

— Lyra! Olá. Como foi o seu semestre?

Era o corpulento, ruivo e simpático dr. Polstead, o historiador, ninguém com quem ela quisesse conversar. Ele havia deixado a Jordan alguns anos antes e se mudado para a faculdade Durham, na rua Broad, mas provavelmente tinha negócios que às vezes o traziam de volta para a Jordan.

— Foi bom, obrigada — disse ela, sem muito ânimo.

Um grupo de alunos surgiu naquele momento, a caminho de uma aula ou palestra. Lyra os ignorou, mas todos olharam para ela, como ela bem sabia. Eles até pararam de falar enquanto passavam, tímidos de repente. Quando se afastaram, o dr. Polstead já tinha desistido de esperar por qualquer resposta mais extensa de Lyra e se virado para o porteiro, então ela saiu. Dois minutos depois, Lyra e Pan estavam em sua pequena sala de estar no alto da Escadaria 1, onde ela soltou um suspiro de alívio, largou a mochila no chão e trancou a porta.

— Bom, agora não tem mais volta — disse Pan.

4. A PRATARIA DA FACULDADE

— O que deu errado? — perguntou Marcel Delamare.

O secretário-geral estava em seu escritório em La Maison Juste, e a pessoa a quem se dirigia era um jovem vestido com roupas casuais, cabelo escuro, magro, tenso e amuado, recostado em um sofá com as pernas esticadas e as mãos nos bolsos. Seu daemon-falcão olhava mal-humorado para Delamare.

— Se você trabalha com vigaristas... — disse o visitante.

— Responda à pergunta.

O jovem deu de ombros.

— Eles estragaram tudo. Eram incompetentes.

— Ele está morto?

— Parece que sim.

— Mas não encontraram nada. Ele estava carregando uma bolsa, uma pasta de algum tipo?

— Não consigo ver esse tipo de detalhe. Mas acho que não.

— Então olhe de novo. Olhe com mais atenção.

O jovem fez um aceno preguiçoso com a mão, como se afastasse a ideia. Estava com o cenho franzido, os olhos semicerrados e havia um leve brilho de suor na testa branca.

— Você está bem? — Delamare perguntou.

— Você sabe como o método novo me afeta. Me deixa com os nervos à flor da pele.

— Você é muito bem pago para aguentar esse tipo de coisa. De qualquer forma, eu disse para não usar esse método novo. Eu não confio.

— Vou olhar, tudo bem, vou olhar, mas não agora. Antes preciso me recuperar. Mas posso dizer uma coisa: tinha alguém observando.

— Assistindo à operação? Quem era?

— Não faço ideia. Não consegui ver. Mas tinha mais alguém lá que presenciou tudo.

— Os mecânicos perceberam?

— Não.

— Isso é tudo que pode me dizer a respeito?

— É tudo o que eu sei. Tudo que dá para saber. Só que...

Ele não disse mais nada. O secretário-geral estava acostumado àquela atitude e manteve a calma. Por fim, o jovem continuou:

— Só que eu acho que talvez possa ter sido ela. Aquela garota. Eu não vi, veja bem. Mas podia ser ela.

Ele estava olhando atentamente para Delamare ao dizer isso. Seu empregador sentou-se à escrivaninha e escreveu uma frase ou duas em um pedaço de papel timbrado antes de dobrá-lo e tampar a caneta-tinteiro.

— Pronto, Olivier. Leve isso ao banco. Depois descanse um pouco. Coma bem. Recupere as energias.

O jovem abriu o papel, leu antes de colocá-lo no bolso e saiu sem dizer uma palavra. Mas notou algo que já percebera antes: ao mencionar a menina, a boca de Marcel Delamare tremeu.

Lyra pôs a mochila no chão e afundou na poltrona antiga.

— Por que você se escondeu quando o dr. Polstead apareceu? — perguntou ela.

— Eu não me escondi — disse Pantalaimon.

— Se escondeu, sim. Se enfiou debaixo do meu casaco assim que ouviu a voz dele.

— Só não queria incomodar — disse ele. — Vamos abrir isso aí e dar uma olhada. — Ele estava olhando atentamente para a mochila e levantava as fivelas com o focinho. — É dele com certeza. Mesmo cheiro. Não é o tipo de perfume que o pai de Miriam faz.

— Bom, não podemos fazer isso agora — disse ela. — Temos vinte minutos para voltar a Sta. Sophia e encontrar a dra. Lieberson.

Era uma reunião que todo estudante de graduação tinha que ter com seu orientador perto do fim do semestre: uma avaliação, um aviso para se dedicar mais, um elogio pelo bom trabalho realizado, sugestões para leituras de férias. Lyra nunca tinha perdido essa reunião, mas se não se apressasse...

Ela se levantou, mas Pan não se mexeu.

— É melhor escondermos isso — ele disse.

— O quê? Ninguém vem aqui! É absolutamente seguro.

— Estou falando sério. Pense no homem de ontem à noite. Alguém queria isso aí a ponto de matar para conseguir.

Lyra entendeu o argumento e afastou o tapete gasto. Debaixo das tábuas do assoalho havia um espaço que eles usavam para esconder coisas. Ficou bem apertado, mas conseguiram enfiar a mochila e puxar o tapete de volta. Ao descer correndo, Lyra ouviu o relógio da Jordan tocar onze e quarenta e cinco.

Chegaram com apenas um minuto de sobra, e, acalorados e com os rostos corados, escutaram os elogios da dra. Lieberson. Aparentemente, Lyra havia trabalhado bem e começava a entender as complexidades da política mediterrânea e bizantina, embora sempre houvesse o perigo de imaginar que um domínio superficial dos acontecimentos valia tanto quanto uma compreensão fundamental dos princípios subjacentes. Lyra concordou, assentindo com força. Podia ter escrito aquilo ela mesma. A orientadora, uma jovem de cabelo louro com corte severo e um daemon-pintassilgo, olhou para ela ceticamente.

— Leia sobre o assunto — ela disse. — Frankopan é bom. Hughes-Williams tem um capítulo muito bom sobre o comércio do Levante. Não esqueça...

— Ah, comércio, claro. Dra. Lieberson, o comércio levantino... desculpe interromper... sempre envolve rosas, perfumes e coisas assim?

— E folhas de fumo, desde que foram descobertas. A grande fonte de óleo de rosas, atar de rosas, na época medieval, era a Bulgária. Mas o comércio de lá sofreu com as guerras dos Bálcãs e com os impostos que o Império Otomano impôs ao tráfego pelo Bósforo e, além disso, o clima estava mudando um pouco e os cultivadores de rosas búlgaros encontraram mais dificuldades em cultivar os melhores tipos de plantas, então o comércio mudou gradualmente para o leste.

— A senhora sabe por que está enfrentando problemas agora?
— Está?

Lyra contou-lhe brevemente sobre o pai de Miriam e a dificuldade em obter suprimentos para a sua fábrica.

— Muito interessante — disse a dra. Lieberson. — A história não acaba, entende? Ela acontece o tempo todo. O problema hoje seria principalmente a política regional, eu imagino. Vou investigar. Tenha boas férias.

O fim do semestre era marcado por diferentes eventos, que variavam de faculdade para faculdade. Sta. Sophia tinha uma política rigorosa quanto a eventos em geral, e com um ar de "se é realmente necessário" produzia um jantar ligeiramente melhor que o normal quando a comemoração era inevitável. A Jordan, por outro lado, realizava uma Festa do Fundador de grande esplendor e muita comida. Quando era mais nova, Lyra sempre esperava ansiosamente pela Festa do Fundador, não porque fosse convidada (não era), mas por causa da oportunidade de ganhar uns guinéus polindo a prata. A tarefa havia se tornado uma tradição em si e, depois de um almoço rápido com alguns amigos na Sta. Sophia (durante o qual Miriam parecia estar bem mais animada), Lyra correu para a despensa da Jordan, onde o sr. Cawson, o mordomo, estava tirando pratos, tigelas, travessas, taças e a grande lata de pó Redvers.

O mordomo era o funcionário sênior responsável por todas as cerimônias da faculdade, os jantares suntuosos, a prataria, a Sala de Descanso e todos os seus luxos. Lyra já tivera mais medo do sr. Cawson do que de qualquer outra pessoa em Oxford, mas recentemente ele começara a mostrar sinais de uma improvável humanidade. Ela sentou-se à longa mesa forrada de feltro verde, enfiou um pano úmido na lata de pó e poliu tigelas, pratos e taças até que as superfícies brilhassem a ponto de parecerem se dissolver na luz da lâmpada da nafta.

— Muito bem — disse o sr. Cawson, ao virar uma tigela entre as palmas das mãos e examinar o brilho impecável.

— Quanto vale tudo isso, sr. Cawson? — perguntou ela, pegando o maior item de todos, um prato raso de sessenta centímetros de diâmetro, com uma depressão no centro.

— É inestimável — disse ele. — Insubstituível. Não se pode comprar nada assim hoje, porque não fazem mais essas coisas. Perderam a habilidade — disse, olhando o grande prato que Lyra estava polindo. — Esse aí tem trezentos e quarenta anos e a grossura de dois guinéus. Nenhum valor monetário faz jus a isso. E este banquete é provavelmente a última vez que vamos usar esse prato — concluiu ele com um suspiro.

— Verdade? Para que serve este prato?

— Você nunca participou de um banquete completo, não é, Lyra? — disse o velho. — Jantou no salão muitas vezes... com frequência na Mesa Alta... mas nunca um banquete completo, estou certo?

— Bom, eu não fui convidada — disse Lyra, humilde. — Não seria certo. Nunca me permitiram ir para a Sala de Descanso depois, imagine o resto.

— Humm — disse Cawson, impassível.

— Então, eu nunca vi para que serve este prato grande. É para trufas, na sobremesa?

— Tente pôr em cima da mesa.

Lyra colocou-o no feltro e, devido ao fundo arredondado, o prato tombou e ficou inclinado de um lado.

— Parece incômodo — ela disse.

— Porque não é para pôr na mesa, é para ser carregado. É um prato de água de rosas.

— Água de rosas? — Lyra olhou para o velho, mais interessada agora.

— Isso mesmo. Depois da carne, e antes que eles troquem de lugar para a sobremesa, nós circulamos com os pratos de água de rosas. Quatro deles e este é o melhor. É para os cavalheiros e seus convidados molharem os guardanapos, enxaguarem os dedos, o que eles quiserem. Mas não conseguimos mais água de rosas. Temos o suficiente para esta festa, e acabou-se.

— Por que não conseguem? Plantam rosas em toda parte. O jardim do reitor está cheio delas! Com certeza dá para fazer um pouco de água de rosas? Aposto que eu conseguia. Aposto que não é difícil de fazer.

— Ah, a água de rosas inglesa não está em falta — disse o mordomo, e ergueu um frasco pesado de uma prateleira acima da porta —, mas é coisa rala. Nada encorpada. A melhor vem do Levante, ou de mais longe. Veja... cheire isso aqui.

Ele tirou a rolha do frasco. Lyra se inclinou sobre o vidro aberto e sentiu a fragrância concentrada de toda rosa que já havia florescido: uma doçura e poder tão profundos que superavam a própria doçura, ultrapassando em muito sua complexidade até um reino de limpidez e beleza pura e simples. Era como cheirar a própria luz do sol.

— Ah! — disse ela. — Entendo o que o senhor quer dizer. E este é o último frasco?

— O último que eu consegui. Acho que o sr. Ellis, o camarista do Cardeal, ainda tem algumas garrafas. Mas ele é muito reservado, o sr. Ellis. Eu tentarei cair nas boas graças dele.

O tom do sr. Cawson era tão seco que Lyra nunca tinha certeza de até que ponto ele estava brincando. Mas essa questão da água de rosas era interessante demais para deixar de lado.

— De onde o senhor disse que vem, a água boa? — perguntou ela.

— Do Levante. Síria e Turquia principalmente, pelo que sei; existe um jeito de perceber a diferença entre elas, mas eu nunca consegui. Não é como vinho, como Tokay ou Porto; há uma riqueza de sabores em cada copo, e uma vez que você entra em contato com eles, não há como confundir uma safra com outra, muito menos um tipo de vinho com outro diferente. Mas com o vinho você tem a língua e o paladar envolvidos, não é? A boca inteira está envolvida. Com água de rosas, lida-se apenas com uma fragrância. Ainda assim, tenho certeza de que existe gente capaz de dizer a diferença.

— Por que está ficando escassa?

— Pulgões, eu acho. Então, Lyra, você já fez tudo?

— Só falta este candelabro. Sr. Cawson, quem é o fornecedor da água de rosas? Quer dizer, onde o senhor compra?

— É uma empresa chamada Sidgwick. Por que você de repente está interessada em água de rosas?

— Estou interessada em tudo.

— Verdade, esqueci. Bom, é melhor você ficar com isto aqui... — Ele abriu uma gaveta, pegou uma garrafinha de vidro que não era maior que o dedo mínimo de Lyra, e deu para ela segurar. — Tire a rolha e segure firme — disse ele.

Ela obedeceu e, com o maior cuidado e a mão muito firme, o sr. Cawson encheu a garrafinha com a água de rosas do frasco.

— Pronto — ele disse. — Podemos abrir mão desse tanto, e como você não é convidada para o banquete e não tem permissão para ir à Sala de Descanso, pode pelo menos ter isso.

— Obrigada! — disse ela.

— Agora pode ir. Ah, se quiser saber sobre o Levante, o Leste e tudo mais, é melhor perguntar para o dr. Polstead, na Durham.

— Ah, claro. Vou perguntar. Obrigada, sr. Cawson.

Ela deixou a despensa do mordomo e saiu para a tarde de inverno. Sem entusiasmo, olhou os prédios da faculdade Durham do outro lado da rua Broad; certamente o dr. Polstead estava em seus aposentos, certamente ela podia atravessar a rua e bater na porta, certamente ele a receberia, muito gentil, a convidaria a se sentar, explicaria tudo sobre a história do Levante com detalhes intermináveis e dentro de cinco minutos ela desejaria não ter perguntado.

— E aí? — ela perguntou a Pan.

— Não. Podemos falar com ele a qualquer momento. Mas não podemos contar a ele sobre a mochila. Ele ia dizer simplesmente para irmos até a polícia, e a gente teria que dizer que não, e...

— Pan, o que foi?

— O quê?

— Tem algo que você não está me contando.

— Não, não tem. Vamos ver o que tem na mochila.

— Agora não. Isso pode esperar. Temos trabalho de verdade para fazer, não esqueça. — Lyra lembrou a ele. — Se a gente começar hoje, vai ter muito menos coisa para fazer depois.

— Bom, vamos levar a mochila, pelo menos.

— Não! Deixe ela lá. É totalmente seguro. Logo voltamos aqui nas férias, e se levarmos para Sta. Sophia, você vai ficar perturbando para olhar o tempo todo.

— Eu não perturbo.

— Até parece.

Quando voltaram a Sta. Sophia, Pan fingiu que foi dormir, enquanto Lyra conferia as referências de seu último trabalho e pensava novamente na mochila; então vestiu seu último vestido limpo e desceu para jantar.

Diante do cozido de carneiro, algumas amigas tentaram convencê-la a ir com elas a um concerto na prefeitura, onde um jovem pianista muito bonito ia interpretar Mozart. Normalmente, seria bem tentador, mas Lyra tinha outra coisa em mente e, depois do pudim de arroz, ela escapou, vestiu o casaco, desceu para a rua Broad e entrou em um bar chamado White Horse.

Não era habitual uma moça entrar sozinha em um bar, mas Lyra, em seu humor atual, estava longe de ser uma dama. De qualquer forma, procurava alguém que logo encontrou. A área do balcão do White Horse era pequena e estreita, e para ter certeza de que a pessoa que procurava estava lá, Lyra teve que abrir caminho em meio à multidão noturna de executivos até o pequeno reservado dos fundos. Em época de aulas, estaria cheio de universitários porque, ao contrário de outros bares, o White Horse era frequentado pelos dois grupos, mas o ano estava terminando e os estudantes voltariam apenas em meados de janeiro. Mas Lyra não era uma universitária naquele momento: aquela noite ela era apenas uma moradora local.

E ali no reservado estava Dick Orchard, junto com Billy Warner e duas garotas que Lyra não conhecia.

— Oi, Dick — disse ela.

O rosto dele se iluminou, e era um rosto atraente. O cabelo preto, encaracolado e brilhante; os olhos grandes, com íris escuras luminosas e o branco claro; os traços bem definidos, a pele saudável e dourada; o tipo de rosto que ficaria bem em um fotograma, nada borrado ou fora de foco nele; e, além disso, havia um ar de riso, ou pelo menos de prazer, atrás de cada expressão que passava por seu rosto. Ele usava um lenço azul e branco de bolinhas em torno do pescoço, no estilo gípcio. Seu daemon era uma pequena raposa, que se levantou com prazer para cumprimentar Pan; eles sempre gostaram um do outro. Quando Lyra tinha nove anos, Dick era o líder de um bando de garotos que ficava pelo mercado, e ela o admirara muito por sua capacidade de cuspir mais longe que qualquer outra pessoa. Mais recentemente, os dois tiveram um breve e intenso relacionamento e, o mais importante, separaram-se como amigos. Ela estava genuinamente contente de encontrá-lo ali, mas claro que nunca iria demonstrar isso com outras garotas assistindo.

— Por onde você tem andado? — perguntou Dick. — Faz semanas que não te vejo.

— Coisas para fazer — disse ela. — Pessoas para ver. Livros para ler.

— Oi, Lyra — cumprimentou Billy, um rapaz simpático que seguia Dick desde a escola primária. — Como vai?

— Oi, Billy. Tem lugar para mim?

— Quem é essa? — perguntou uma das garotas.

Todos a ignoraram. Billy deslizou pelo banco e Lyra sentou-se.

— Ei — disse a outra garota. — Qual é a sua, se enfiando aqui?

Lyra a ignorou também.

— Você ainda trabalha no mercado, Dick? — perguntou.

— Não, aquilo lá que se dane. Carregar batata pra lá e pra cá, empilhar repolho. Tô trabalhando no depósito do Correio agora. O que você vai beber, Lyra?

— Uma Badger — respondeu, animada. Estivera certa em relação ao trabalho dele.

Dick levantou-se e espremeu-se passando por uma das garotas, que protestou:

— O que você está fazendo, Dick? Quem é ela?

— É minha namorada.

Ele olhou para Lyra com um sorriso meio indolente nos olhos, e ela olhou de volta, ousada, tranquila e cúmplice. Então ele se foi, e a menina pegou a bolsa e foi atrás, reclamando. Lyra não olhou para ela nem uma vez. A outra garota disse:

— Como foi que ele te chamou? Laura?

— Lyra.

Billy disse:

— Esta é a Ellen. Ela trabalha na central telefônica.

— Ah, claro — disse Lyra. — O que você faz agora, Billy?

— Eu estou na Acott da rua High.

— Vendendo pianos? Não sabia que você sabia tocar piano.

— Não sei. Apenas transporto. Tipo, hoje à noite tem um concerto na prefeitura, e o piano deles lá é muito ruim, então alugaram um nosso, dos bons. Precisou três caras pra carregar, mas pagam direito. Você tá fazendo o quê? Já terminou com suas provas?

— Ainda não.

— Que provas? Você é estudante? — perguntou a garota.

Lyra assentiu. Dick voltou com um chope Badger pequeno. A outra garota tinha sumido.

— Ah, um pequeno. Obrigada, Dick — disse Lyra. — Se eu soubesse que você estava com pouco dinheiro, teria pedido um copo de água.

— Cadê a Rachel? — perguntou a garota.

Dick sentou-se.

— Não comprei um chope grande por causa de um artigo no jornal — disse ele. — Falava que mulher não deve beber tanto assim de uma vez, é forte demais pra elas, deixa elas loucas com desejos e vontades estranhas.

— Demais para você aguentar, então — disse Lyra.

— Bom, eu dou conta, mas estava preocupado com os espectadores inocentes.

— Rachel foi embora? — perguntou a garota, tentando procurar na multidão.

— Você está muito gípcio esta noite — disse Lyra a Dick.

— É preciso mostrar o que se tem de melhor, né? — disse ele.

— Você acha mesmo?

— Lembra do gípcio do meu avô. Giorgio Brabandt. Ele também é bonito. Vai estar em Oxford neste fim de semana, vou te apresentar.

— Já estou de saco cheio disto aqui — disse Ellen a Billy.

— Ah, o que é isso, Ellen?

— Vou com a Rachel. Você pode vir ou não, a escolha é sua — disse ela, e em seu ombro o daemon-estorninho bateu as asas enquanto ela se levantava.

Billy olhou para Dick, que deu de ombros; então Billy se levantou também.

— A gente se vê, Dick. Até mais, Lyra — disse ele, e seguiu a moça pelo bar lotado.

— Veja só — disse Dick. — Estamos sozinhos.

— Me conte do Correio. O que você faz lá?

— É o escritório de classificação principal para o sul da Inglaterra. Chega coisa nos trens do correio, em sacos lacrados, a gente abre e classifica a correspondência por região. Aí distribui de volta em caixas, cores diferentes pra regiões diferentes, carrega em outros trens, ou no zepelim pra Londres.

— E isso acontece durante o dia todo?

— Dia e noite. Vinte e quatro horas. Por que o interesse?

— Tem um motivo. Talvez eu conte, talvez não conte. Você está em que turno?

— Esta semana, de noite. Entro hoje às dez da noite.

— Tem um homem que trabalha lá, um homem grande, forte, que estava de serviço segunda-feira de noite, ontem à noite, e que machucou a perna?

— Essa é uma pergunta estranha. Tem centenas de pessoas trabalhando lá, principalmente nesta época do ano.

— Imagino que sim...

— Mas acontece que eu sei de quem está falando. Tem um cara grande e feio lá que se chama Benny Morris. Ouvi alguém dizer, hoje mais cedo, que ele machucou a perna, caiu da escada. Pena que não foi o pescoço. O engraçado é que ele estava trabalhando ontem de noite, na primeira parte do turno, e saiu no meio. Pelo menos ninguém mais viu o cara depois da meia-noite. Aí, hoje de tarde, ouvi dizer que tinha quebrado a perna ou algo do tipo.

— É fácil sair do depósito sem ninguém saber?

— Bom, não tem como sair pelo portão principal sem ninguém te ver. Mas não é difícil pular a cerca, ou atravessar. O que tá acontecendo, Lyra?

Bindi, o daemon de Dick, pulara de leve no banco ao lado dele e observava Lyra com brilhantes olhos negros. Pan estava na mesa perto do cotovelo de Lyra. Ambos acompanhavam atentos a conversa.

Lyra se inclinou e falou mais baixinho.

— Ontem de noite, depois da meia-noite, alguém pulou o portão do depósito para o loteamento, foi seguindo o rio e encontrou outro homem que estava escondido nas árvores. Aí, um terceiro homem chegou pelo caminho da estação e foi atacado pelos dois. Eles mataram e esconderam o corpo entre os juncos. Não estava mais lá hoje de manhã, porque nós fomos olhar.

— Como você sabe disso?

— Porque a gente viu.

— Por que não contou pra polícia?

Lyra tomou um longo gole do chope, sem tirar os olhos do rosto dele. Então pôs o copo na mesa.

— Não podemos — disse ela. — Por um bom motivo.
— Mas o que você tava fazendo lá depois da meia-noite?
— Roubando legumes. Não faz diferença por que a gente estava lá. A gente estava lá e viu.

Bindi olhou para Pan e Pan olhou de volta, tão tranquilo e inocente quanto a própria Lyra.

— E esses dois homens... eles não te viram?
— Se tivessem visto, teriam ido atrás da gente e tentado nos matar também. Mas a questão é esta: eles não esperavam que a vítima revidasse, só que ele tinha uma faca e cortou um deles na perna.

Dick piscou surpreso e recuou um pouco.

— E você diz que viu eles jogarem o corpo no rio?
— Nos juncos, pelo menos. Depois foram para a ponte de pedestres até o gasômetro, um ajudando o outro que estava com a perna machucada.
— Se o corpo ficou só nos juncos, eles tiveram que voltar mais tarde e se livrar dele direito. Qualquer um podia encontrar. Tem criança brincando na margem, tem gente indo e vindo pelo caminho o tempo todo. Pelo menos durante o dia.
— A gente achou melhor não ficar lá para descobrir — disse Lyra.
— Não.

Ela terminou a cerveja.

— Quer outro? — ele perguntou. — Pego um chope grande dessa vez.
— Não. Obrigada, vou embora daqui a pouco.
— Aquele outro homem, não o que foi atacado, o que tava esperando. Você viu a cara dele?
— Não, não com clareza. Mas ouvimos a voz. E isso... — ela olhou ao redor e viu que ninguém os observava — é o motivo de não podermos ir à polícia. Porque ouvimos um policial falando com alguém e era a mesma voz. Exatamente a mesma voz. Foi o policial que matou o homem.

Dick fez um movimento com os lábios como se fosse assobiar, mas não fez o som. Então tomou um longo gole.

— Certo — disse ele. — Situação complicada.
— Eu não sei o que fazer, Dick.
— Melhor não fazer nada, então. Apenas deixar de lado.
— Eu não posso.

— Porque você fica com isso na cabeça. Pense em outra coisa.

Ela fez que sim. Era o melhor conselho que ele poderia lhe oferecer. Então, de repente, ela realmente pensou em outra coisa.

— Dick, eles aceitam trabalhadores extras no Natal, não é, no Correio Real?

— Aceitam. Você tá a fim de um emprego?

— Talvez.

— É só passar no escritório e perguntar. É bem divertido. Mas é trabalho duro. Não vai sobrar tempo para dar uma de detetive.

— Não. Só quero sentir como é o lugar. De qualquer jeito, não seria por muito tempo.

— Certeza que não quer outra rodada?

— Certeza.

— Quais são seus planos para o resto da noite?

— Coisas para fazer, livros para ler...

— Fique comigo. A gente podia se divertir. Você espantou as outras garotas. Vai me deixar sozinho?

— Eu não espantei ninguém!

— Deixou as duas morrendo de medo.

Ela sentiu uma pontada de vergonha. Começou a corar; ficou perturbada ao lembrar como tinha sido antipática com as duas meninas, quando teria sido tão simples ser amigável com elas.

— Outra hora, Dick — disse ela. Não foi fácil falar.

— Você só promete — ele disse, mas com bom humor. Ele sabia que não levaria muito tempo para encontrar outra garota com quem passar a noite, uma garota que não tivesse nada do que se envergonhar e que estivesse feliz com seu daemon. E eles iam se divertir, como ele disse. Por um momento, Lyra invejou essa outra garota desconhecida, porque Dick era uma boa companhia e atencioso, além de ser muito atraente; mas então lembrou que, depois de apenas algumas semanas com ele, começara a se sentir presa. Ela se dedicava apaixonadamente a algumas áreas de sua vida sobre as quais ele era indiferente ou simplesmente inconsciente. Nunca contara a ele sobre Pan e a separação, por exemplo.

Ela se levantou, curvou-se e lhe deu um beijo, causando-lhe surpresa.

— Você não vai precisar esperar muito — disse ela.

Ele sorriu. Bindi e Pan tocaram os narizes, então Pan saltou para o ombro de Lyra e eles se afastaram pelo bar e saíram para a rua fria.

Ela começou a virar à esquerda, mas parou, pensou um segundo, depois atravessou a rua e foi para a Jordan.

— E agora? — Pan perguntou, enquanto ela acenava para o porteiro na janela do alojamento.

— A mochila.

Subiram em silêncio a escada para a antiga sala. Depois de trancar a porta e ligar a lareira a gás, ela enrolou o tapete e ergueu a tábua do chão. Estava tudo como eles tinham deixado.

Ela pegou a mochila e levou-a para a poltrona, debaixo da lâmpada. Pan agachou-se na mesinha enquanto Lyra soltava as fivelas. Ela sentia muita vontade de conversar com Pan sobre o quanto estava inquieta, em parte culpada, em parte triste, em parte loucamente curiosa. Mas falar era tão difícil.

— Para quem a gente vai contar isso? — perguntou ele.

— Depende do que a gente encontrar.

— Por quê?

— Não sei. Talvez não dependa disso. Vamos só...

Ela não se deu ao trabalho de terminar a frase. Ergueu a aba da mochila e encontrou uma camisa cuidadosamente dobrada que um dia tinha sido branca e um suéter de lã grosseira azul-escura, ambos muito usados, e debaixo deles um par de sandálias com sola de corda, muito gastas, e uma caixa mais ou menos do tamanho de uma Bíblia grande, fechada com dois elásticos grossos. Era pesada, e o conteúdo não se moveu ou fez barulho quando ela girou a caixa nas mãos. Contivera folhas de fumo turco algum dia, mas o desenho estava quase apagado. Abriu-a e encontrou várias garrafinhas e caixas de papelão seladas, bem embrulhadas com fibras de algodão.

— Talvez sejam coisas botânicas — disse ela.

— Isso é tudo? — perguntou Pan.

— Não. Aqui tem o nécessaire dele, ou algo assim.

Era feita de lona desbotada e continha uma navalha, um pincel de barba e um tubo quase vazio de pasta de dente.

— Tem mais alguma coisa — disse Pan, olhando dentro da mochila.

A mão dela encontrou um livro, dois livros, e os pegou. Infelizmente, estavam ambos em línguas que ela desconhecia, embora um, pelas ilustrações, parecesse um manual de botânica e o outro, pelo jeito que ocupava a página, um longo poema.

— Tem mais ainda — disse Pan.

No fundo da mochila, ela encontrou um monte de papéis e pegou todos. Consistiam de três ou quatro separatas de revistas científicas, todas sobre botânica, um pequeno caderno surrado que, à primeira vista, continha nomes e endereços de lugares por toda a Europa e além, e algumas poucas páginas manuscritas. Estas estavam vincadas e manchadas, e as palavras eram escritas com lápis pálido. Mas, enquanto as separatas das revistas eram em latim ou alemão, ela logo percebeu que as páginas manuscritas estavam em inglês.

— Então — disse Pan. — Vamos ler isso?

— Claro. Mas não aqui. A luz é horrível. Não entendo como a gente conseguia trabalhar aqui.

Ela dobrou as páginas e colocou-as em um bolso interno, depois devolveu todo o resto antes de destrancar a porta e se preparar para sair.

— E você vai me deixar ler também? — perguntou ele.

— Ah, pelo amor de Deus.

Não trocaram uma palavra no caminho de volta para Sta. Sophia.

5. O DIÁRIO DO DR. STRAUSS

Lyra preparou um pouco de chocolate quente e sentou-se a sua pequena mesa junto ao fogo, com a luminária ao lado, para ler o documento encontrado na mochila. Consistia em várias páginas de papel pautado, aparentemente arrancadas de um caderno, cobertas de escrita a lápis. Pan sentou-se ostensivamente longe do braço dela, mas perto o bastante para ler junto.

DO DIÁRIO DO DR. STRAUSS

Tashbulak, 12 de setembro
Chen, o pastor de camelos, diz que esteve em Karamakan. Uma vez lá, ele conseguiu penetrar no coração do deserto. Perguntei o que havia lá. Ele disse que era vigiado por padres. Foi a palavra usada por ele, mas eu sei que ele estava procurando outra que expressasse melhor o que eles eram. Como soldados, ele disse. Mas padres.

Mas o que eles guardavam? Era um prédio. Ele não sabia dizer o que havia dentro. Eles não permitiram que entrasse.

Que tipo de prédio? De que tamanho? Qual era sua aparência? Grande como uma enorme duna de areia, ele disse, o maior do mundo, feito de pedra vermelha, muito antigo. Não parecia um prédio feito por pessoas. Como uma colina, então, ou uma montanha? Não, regular como um prédio. E vermelho. Mas não como uma casa ou uma residência. Como um templo? Ele deu de ombros.

Que língua eles falavam, os guardas? Todas as línguas, ele disse. (Imagino que ele quer dizer todas as línguas que conhece, que não são poucas: como muitos de seus colegas cameleiros, ele é familiarizado com uma dúzia de idiomas, do mandarim ao persa.)

Tashbulak, 15 de setembro
Vi Chen de novo. Perguntei por que ele queria entrar em Karamakan. Respondeu que sempre ouviu histórias sobre os tesouros que havia lá. Muitas pessoas tentaram, mas a maioria tinha desistido antes de avançar muito, por causa da dor da jornada akterrakeh, como eles pronunciam.
 Eu perguntei como ele superou a dor. Pensando em ouro, ele disse.
 E você achou algum?, perguntei.
 Olhe para mim, ele disse. Olhe para nós.
 Ele é uma figura esfarrapada e esquelética. As faces encovadas, os olhos fundos em meio a mil rugas. As mãos entranhadas de sujeira. A roupa deixaria um espantalho envergonhado. Seu daemon, um rato do deserto, quase sem pelos com a pele nua coberta de lesões. Ele é evitado pelos outros cameleiros, que parecem ter medo. A natureza solitária de seu estilo de vida é obviamente adequada a ele. Os outros começaram a me evitar, provavelmente por causa do meu contato com ele. Sabem da sua capacidade de se separar e o temem e evitam por causa disso.
 Ele não temia por seu daemon? Se ela tivesse se perdido, o que ele teria feito?
 Teria procurado por ela em al-Khan al-Azraq. Meu árabe é fraco, mas Hassall me disse que significava o Hotel Azul. Achei estranho, mas Chen insistiu: al-Khan al-Azraq, o Hotel Azul. E onde ficava esse Hotel Azul? Ele não sabia. Apenas um lugar onde os daemons vão. De qualquer forma, disse, ela provavelmente não teria ido para lá, porque estava atrás do ouro tanto quanto ele. Parece que foi algum tipo de piada, porque ele riu quando disse isso.

Lyra olhou para Pan e viu que ele estava olhando para a página com feroz intensidade. Ela continuou a leitura:

Tashbulak, 17 de setembro
Quanto mais a examinamos, mais parece que Rosa lopnoriae é a mãe e os outros, R. tadjikiae e o resto, os descendentes. Os fenômenos ópticos são, até certo ponto, mais visíveis com o ol. R. lopnoriae. E quanto mais

longe de Karamakan, mais difícil é o cultivo. Mesmo quando arranjadas as condições ideais para duplicar o solo, a temperatura, a umidade etc., de K., a ponto de serem mais ou menos idênticos, os espécimes de R. lopnoriae não prosperam e logo morrem. Há algo que estamos deixando passar. As outras variantes devem ter sido hibridizadas de forma a produzir uma planta com pelo menos algumas das virtudes de R. lop e ser viável de crescer em outros lugares.

Uma questão é como escrever tudo isso. Claro que os trabalhos científicos virão primeiro. Mas ninguém pode ignorar as implicações mais amplas. Assim que os fatos sobre as rosas forem conhecidos no mundo, haverá um frenesi de exploração, de abuso, e nós, esta modesta estação, ficaremos de fora, seremos postos de lado, se não formos eliminados de vez. Assim como todos os cultivadores de rosas próximos. E isso não é tudo: dada a natureza do que o processo óptico revela, haverá ira religiosa e política, pânico, perseguição, tão certo como a noite segue o dia.

Tashbulak, 23 de setembro
Eu pedi a Chen que fosse meu guia em Karamakan. Haverá ouro para ele. Rod Hassall também virá. Não me agrada a ideia, mas não há como evitar. Achei que ia ser difícil convencer Cartwright a nos deixar tentar, mas ele foi totalmente favorável. Consegue ver a importância disso tão bem quanto nós. De qualquer forma, as coisas aqui são desesperadoras.

Tashbulak, 25 de setembro
Relatos de violência em Khulanshan e Akdzhar, a apenas cerca de cento e cinquenta quilômetros a oeste. Os jardins de rosas foram queimados e escavados por homens das montanhas; pelo menos é o que dizem. Nós achamos que esse problema específico estava restrito à Ásia Menor. É um mau sinal se realmente se espalhou até aqui.

Amanhã nós entramos em Karamakan, se for possível. Cariad me implora para não ir. O daemon de Hassall também. Eles têm medo, claro, e meu Deus!, eu também.

Karamakan, 26 de setembro
Essa dor é angustiante, quase indescritível, completamente dominante e imponente. Mas não é exatamente uma dor. Uma espécie de angústia profunda e triste, uma doença, um medo, um desespero quase mortal. É tudo isso, variando em intensidade. A dor física diminuiu depois de mais ou menos meia hora. Acho que eu não conseguiria suportar mais tempo. Quanto a Cariad... É doloroso demais comentar. O que eu fiz? O que eu fiz com ela, minha alma? Seus olhos tão arregalados, tão chocados, quando olhei para trás.
 Não consigo escrever a respeito.
 A pior coisa que já fiz e a mais necessária. Rezo para que haja algum futuro em que possamos nos encontrar e que ela me perdoe.

A página terminava ali. Enquanto lia, Lyra sentiu um movimento no cotovelo e viu que Pan se afastava. Ele se deitou na beira da mesa de costas para ela. Ela sentiu um nó na garganta; não teria sido capaz de falar, mesmo que soubesse o que dizer a ele.

Ela fechou os olhos por um momento e continuou a leitura:

Avançamos quatro quilômetros na região e estamos descansando para recuperar um pouco as forças. É um lugar infernal. Hassall sentiu muito no começo, mas se recuperou mais depressa que eu. Chen, ao contrário, está bastante animado. Claro, ele já passou por isso antes.
 A paisagem é totalmente estéril. Extensas dunas de areia de cujo pico não se vê nada além de mais dunas a perder de vista. O calor é terrível. Miragens piscam na borda da visão e cada som parece ser ampliado de alguma forma; o vento que passa sobre a areia cria um raspar insuportável, que range, como se um milhão de insetos vivesse logo abaixo da superfície, e também debaixo da nossa pele, de modo que, invisíveis, essas criaturas horrendas levam uma vida de roer, mastigar, rasgar, morder, que devora o nosso próprio corpo, bem como a substância do mundo em si. Mas não há vida, vegetal ou animal. Apenas nossos camelos parecem tranquilos.
 As miragens, se isso é o que são, desaparecem quando se olha diretamente para elas, mas se recombinam imediatamente quando se olha

para o outro lado. Parecem imagens de deuses furiosos ou demônios fazendo gestos ameaçadores. É quase demais para suportar. Hassall está sofrendo também. Chen diz que devemos pedir sempre perdão a essas divindades, recitando uma fórmula de contrição e desculpas que ele tentou nos ensinar. Ele diz que as miragens são aspectos do Simurgh, algum tipo de pássaro monstruoso. É muito difícil entender do que ele está falando.

É hora de seguir em frente.

Karamakan, mais tarde
Progresso lento. Estamos acampando para a noite, apesar de Chen aconselhar que continuemos andando. Simplesmente não temos mais forças. Precisamos descansar e nos recuperar. Chen nos acordará antes do amanhecer para que possamos viajar durante o momento mais fresco do dia. Ah, Cariad, Cariad.

Karamakan, 27 de setembro
Uma noite tenebrosa. Quase não dormi por causa de pesadelos de tortura, desmembramento, estripamento; sofrimentos terríveis a que tive que assistir, incapaz de fugir, fechar os olhos ou ajudar. Acordei várias vezes com meus próprios gritos, temendo dormir novamente, incapaz de me impedir. Ah, meu Deus, espero que Cariad não esteja passando pelo mesmo. Hassall em estado semelhante. Chen resmungou e foi se deitar mais longe para não ser incomodado.

Ele nos acordou quando a aurora era a mais leve luminosidade no horizonte oriental. Café da manhã de figos secos e lascas de carne-seca de camelo. Partimos antes que o grande calor começasse.

Ao meio-dia, Chen disse: Lá está.

Estava apontando para o leste, para onde imagino ser o centro do deserto de Karamakan. Hassall e eu estreitamos os olhos, os protegendo do sol, olhamos o refulgir e não vimos nada.

É de tarde agora, a hora mais quente do dia, e estamos descansando. Hassall armou um abrigo rústico com um par de cobertores para fazer um pouco de sombra onde nos deitamos, inclusive Chen, e dormimos um pouco. Sem sonhos. Os camelos dobram as pernas, fecham os olhos e adormecem impassíveis.

A dor diminuiu, como Chen disse que aconteceria, mas ainda há uma ferida profunda no coração; uma angústia sem fim. Será assim para sempre?

Karamakan, 27 de setembro, noite
Viajando novamente. Escrevo isso montado no camelo. Chen não tem mais certeza da direção. Se perguntamos para onde, ele responde: mais além. Mais caminho a percorrer, mas é vago sobre o rumo a seguir. Ele não viu mais nada desde ontem. Quando questionado, ele não sabe dizer exatamente o que viu. Suponho que seja o prédio vermelho, mas H e eu não vimos nenhum sinal dele, ou de qualquer cor exceto a interminável e quase insuportável monotonia de areia.

Impossível avaliar a distância que percorremos. Não muitos quilômetros; mais um dia e certamente teremos chegado ao centro desse lugar desolado.

Karamakan, 28 de setembro
Uma noite mais tranquila, graças a Deus. Sonhos complexos e confusos, mas menos amaldiçoados. Dormi profundamente até que Chen nos acordou antes do amanhecer.

Agora conseguimos ver. No começo, era como uma miragem que piscava, oscilava, flutuando acima do horizonte. Então pareceu se firmar e se conectar à terra com firmeza. Agora ali está, sólido e inconfundível, um edifício como uma fortaleza ou um hangar para uma enorme aeronave. Nenhum detalhe visível a esta distância, nem portas, janelas, fortificações, nada. Apenas um grande bloco retangular, vermelho-escuro. Escrevo isto logo depois do meio-dia, antes de nos arrastarmos para o abrigo de H e descansarmos durante o calor infernal. Quando acordarmos, será o trecho final.

Karamakan, 28 de setembro, noite
Chegamos ao prédio e encontramos os padres/soldados/guardas. Eles parecem ser todas essas coisas. Desarmados, mas musculosos e de

aspecto ameaçador. À primeira vista, não parecem nem europeus ocidentais nem chineses, nem tártaros nem moscovitas; pele clara, cabelo preto; olhos redondos; talvez mais persas do que qualquer outra coisa. Não falam inglês, ou pelo menos ignoraram quando Hassall e eu tentamos falar com eles, mas Chen rapidamente se comunica no que acho ser tadjique. Vestem blusas simples e calças largas de algodão vermelho-escuro, da mesma cor do edifício, e usam sandálias de couro. Parecem não ter daemons, mas Hassall e eu já não nos assustamos com isso.

Através de Chen, perguntamos se poderíamos entrar no edifício. Um imediato e categórico "Não". Perguntamos o que se passa lá dentro. Eles conversam entre si e respondem com uma recusa em nos contar. Depois de mais perguntas, todas com respostas inúteis, conseguimos uma pista quando um deles, mais falante que o resto, conversou rapidamente com Chen durante um minuto inteiro. Na torrente de seu discurso, tanto Hassall como eu distinguimos, várias vezes, a palavra gül, que significa rosa em muitas línguas da Ásia Central. Chen nos olhou várias vezes durante o discurso do homem, mas, quando terminou, ele disse apenas: Nada bom. Não ficar aqui. Nada bom.

O que ele disse sobre rosas?, nós perguntamos. Chen apenas balançou a cabeça em negativa.

Ele falou de rosas?

Não. Nada bom. Temos que ir agora.

Os guardas nos observavam atentamente, olhando de nós para Chen e de volta para nós.

Então pensei em tentar outra coisa. Como sabia que os romanos percorreram partes da Ásia Central, pensei que talvez algo da língua deles pudesse ter permanecido. Falei em latim: Não tencionamos nenhum mal a vocês ou seu povo. Podemos saber o que guardam neste lugar?

Reconhecimento e compreensão imediatos. O homem falante respondeu rápido na mesma língua: O que trouxe como pagamento?

Eu disse: Não sabíamos que era necessário pagamento. Estamos aflitos com o desaparecimento dos nossos amigos. Achamos que eles podem ter vindo para cá. Vocês encontraram algum viajante como nós?

Nós encontramos muitos viajantes. Se eles vêm akterrakeh, e têm pagamento, podem entrar. É a única maneira. Mas se entram, não podem sair.

Então pode nos dizer se nossos amigos estão dentro desse prédio vermelho?

A isso ele respondeu: Se estão aqui, não estão lá, e se estão lá, não estão aqui.

Parecia uma frase decorada e padrão, repetida tantas vezes que perdera o significado. Pelo menos me indicava que outros haviam feito perguntas semelhantes. Eu tentei outra coisa.

Eu disse: Você falou de pagamento. Quis dizer em troca de rosas?
O que mais?
Conhecimento, talvez.
Nosso conhecimento não é para você.
Qual pagamento seria adequado?
Uma vida, foi a resposta desconcertante.
Um de nós deve morrer?
Todos nós vamos morrer.

Não foi de grande ajuda. Tentei outra pergunta. Por que não conseguimos plantar suas rosas fora deste deserto?

A única resposta que recebi foi um olhar de desprezo. Então ele foi embora.

Eu perguntei a Chen: Você conhece alguém que tenha entrado?
Ele disse: Um homem. Ele não voltou. Ninguém volta.

Frustrados, Hassall e eu voltamos para nosso pequeno abrigo e discutimos o que fazer. Foi uma discussão inútil, penosa e repetitiva. Estávamos cercados por imperativos: é absolutamente necessário investigar essas rosas; é absolutamente impossível fazê-lo sem entrar e nunca mais voltar.

Então, examinamos a questão outra vez, mais profundamente. Por que é necessário investigar as rosas? Por causa do que elas nos revelam sobre a natureza do Pó. E se o Magisterium souber do que existe aqui em Karamakan, farão de tudo para impedir que esse conhecimento se espalhe, e para isso virão aqui e destruirão o prédio vermelho e tudo o que nele existe; e eles têm exércitos e armamentos de sobra para fazer isso. *O tumulto recente em Khulanshan e em Akdzhar é obra deles, sem nenhuma dúvida. Eles estão chegando mais perto.*

Portanto, precisamos investigar, e a consequência inevitável disso é que um de nós deve entrar e o outro voltar com o conhecimento que adquirimos até agora. Não há alternativa. E nós não podemos fazer isso.

Ainda não há sinal de nossos daemons, e nosso estoque de comida e água está diminuindo. Não podemos ficar aqui por muito mais tempo.

Uma nota no final, em outra caligrafia, dizia:

Mais tarde nessa noite, a Cariad de Strauss chegou. Estava exausta, assustada, machucada. No dia seguinte, ela e Strauss entraram no prédio vermelho e eu voltei com Chen. Os problemas se aproximavam. Ted Cartwright e eu concordamos que eu devia partir imediatamente com o pouco conhecimento que temos. Rezo a Deus para que eu encontre Strella e que ela me perdoe. R. H.

Lyra pôs as páginas na mesa. Estava tonta. Sentia como se tivesse vislumbrado uma lembrança há muito perdida, algo imensamente importante enterrado debaixo de milhares de dias cotidianos. O que foi que a afetou tanto? O prédio vermelho, o deserto ao redor, os guardas que falavam latim, algo enterrado tão profundamente que ela não conseguia ter certeza se era verdade ou sonho, ou lembrança de um sonho, ou mesmo de uma história que ela adorara tanto quando criança que pedia sempre por ela na hora de dormir, e que depois deixara de lado e esquecera completamente. *Ela sabia alguma coisa sobre aquele edifício vermelho no deserto.* E não tinha ideia do que era.

Pan estava encolhido na mesa, adormecido ou fingindo. Ela sabia o porquê. A descrição do dr. Strauss da separação de seu daemon Cariad havia trazido de volta imediatamente a traição abominável dela no limiar do mundo dos mortos, quando abandonou Pan para ir em busca do fantasma de seu amigo Roger. Essa culpa e vergonha ainda estariam frescas em seu coração no dia em que morresse, não importava quão longe estivesse aquele dia.

Talvez aquela ferida fosse uma das razões pelas quais estavam afastados agora. Nunca tinha sarado. Não havia mais ninguém vivo com quem pudesse falar, exceto Serafina Pekkala, a rainha das feiticeiras; mas as feiticeiras eram diferentes e, de qualquer forma, ela não via Serafina desde aquela viagem ao Ártico, tantos anos antes.

Ah, mas...

— Pan — sussurrou ela.

Ele não deu nenhum sinal de que tinha ouvido. Parecia estar dormindo, só que ela sabia que não estava.

— Pan — continuou ela, ainda sussurrando. — O que você falou sobre o homem que foi morto... o homem que é dono deste diário, Hassall. Ele e seu daemon podiam se separar, não foi isso que você disse?

Silêncio.

— Ele deve ter encontrado com seu daemon de novo quando saiu daquele deserto, Karamakan... Deve ser um lugar como aquele para onde as feiticeiras vão quando são jovens, onde seus daemons não podem ir. Então talvez haja mais pessoas...

Ele não se mexeu, nem falou nada.

Ela desviou o olhar, cansada. Mas algo no piso junto à estante de livros chamou sua atenção: era o livro que ela tinha usado para sustentar a janela aberta, o livro que Pan tinha jogado no chão, com raiva. Ela não o devolvera à prateleira? Ele devia ter jogado de novo.

Ela se levantou para recolocá-lo no lugar. Pan a viu e disse:

— Por que não se livra dessa porcaria?

— Porque não é porcaria. Queria que você não jogasse por aí como uma criança mimada só porque não gosta dele.

— É veneno e está destruindo você.

— Ah, vê se cresce.

Ela colocou o livro na mesa, e ele pulou para o chão, o pelo eriçado. Sua cauda varria o tapete de um lado para outro ali sentado, olhando para ela. Ele irradiava desprezo, e ela recuou um pouco, mas manteve as mãos no livro.

Não trocaram nem uma palavra enquanto ela ia se deitar. Ele dormiu na poltrona.

6. A SRA. LONSDALE

Ela perdeu o sono pensando no diário e no significado da palavra *akterrakeh*. Tinha algo a ver com a jornada para o prédio vermelho e, possivelmente, com a separação, mas ela estava tão cansada que nada fazia sentido. O homem assassinado conseguia se separar, e parecia, pelo que o dr. Strauss havia escrito, que ninguém que estivesse intacto poderia fazer a viagem. Será que em uma das línguas locais *akterrakeh* era a palavra para separação?

A melhor maneira de pensar sobre isso seria conversar com Pan. Mas ele estava inacessível. Ler sobre a separação dos dois homens de Tashbulak o deixou perturbado, irritado, assustado, talvez todas essas coisas, assim como ela ficou, mas então sua atenção se voltara para o romance que ele tanto odiava. Havia tantas coisas sobre as quais discordavam, e aquele livro era uma das mais tóxicas.

Os hiperchorasmianos, de um filósofo alemão chamado Gottfried Brande, era um romance que estava no auge da popularidade entre jovens inteligentes de toda a Europa e além. Um fenômeno editorial: novecentas páginas, com um título impronunciável (pelo menos até Lyra aprender a pronunciar o *ch* como *k*), uma inflexível rigidez de estilo, e nada que pudesse ser remotamente considerado como elemento romântico, tinha vendido na casa de milhões e influenciado o pensamento de toda uma geração. Contava a história de um jovem que partiu para matar Deus e foi bem-sucedido. Mas o mais incomum, aquilo que o diferenciava de qualquer outra coisa que Lyra já lera, era que, no mundo escrito por Brande, os seres humanos não tinham daemons. Estavam totalmente sozinhos.

Assim como muitos outros, Lyra ficara enfeitiçada, hipnotizada pela força da história, e vira sua cabeça ressoando com a intensidade das denúncias que o protagonista fazia de tudo e qualquer coisa que estivesse no caminho da razão pura. Mesmo sua busca para encontrar Deus e matá-lo era expressa em termos da mais feroz racionalidade: era irracional que tal ser existisse e racional acabar com ele. De linguagem figurada, de metáfora ou algo semelhante, não havia nem um traço. No final do romance, quando o herói olhava das montanhas para o nascer do sol, que nas mãos de outro escritor poderia representar o alvorecer de uma nova era de iluminação, livre de superstição e escuridão, o narrador se afastava com desprezo desse tipo de simbolismo lugar-comum. A última frase dizia: "Não era nada mais do que era".

Essa sentença era uma espécie de fundamento do pensamento progressista entre os colegas de Lyra. Tornou-se moda depreciar qualquer tipo de reação emocional excessiva, ou qualquer tentativa de ler significados diferentes em algo que acontecesse, ou qualquer argumento que não pudesse ser justificado pela lógica: "Não é nada mais do que é". A própria Lyra usou a frase mais de uma vez quando estava falando com alguém e sentia Pan afastar-se com desdém sempre que isso acontecia.

Quando acordaram na manhã seguinte após ler o diário do dr. Strauss, a divergência deles sobre *Os hiperchorasmianos* continuava acesa e amarga. Enquanto se vestia, Lyra disse:

— Pan, o que aconteceu com você neste último ano? Você não era assim. *Nós* nunca fomos assim. A gente discordava sobre as coisas sem que você ficasse com esse bico todo...

— Não percebe o que isso está fazendo com você, essa *atitude* que está fingindo? — explodiu ele de cima da estante de livros.

— Que *atitude*? Do que você está falando?

— A influência desse homem é maléfica. Não viu o que está acontecendo com a Camilla? Ou com aquele rapaz da Balliol, como é o nome dele, Guy alguma coisa? Desde que começaram a ler *Os hipercholônicos* ou sei lá como se chama, eles ficaram absolutamente arrogantes e desagradáveis. Ignoram seus daemons, como se eles não existissem. E eu vejo o mesmo com você. Uma espécie de absolutismo...

— *O quê?* Isso não faz o menor sentido. Você se recusa a se informar a respeito e acha que tem o direito de criticar...

— Não o *direito*, a *responsabilidade*! Lyra, você está tapando os olhos. Claro que eu conheço esse maldito livro. Sei exatamente o que você sabe. Na verdade, eu provavelmente sei mais, porque não deixei de lado meu senso comum, ou meu senso do que é certo ou algo assim, enquanto você estava lendo aquilo.

— Você está todo nervoso porque a história dele não tem daemons?

Ele a fuzilou com o olhar e saltou de volta para a mesa. Ela recuou. Às vezes, ficava muito consciente de como os dentes dele eram afiados.

— O que você vai fazer? — perguntou ela. — Me morder até eu concordar?

— Você não *percebe*? — repetiu ele.

— Eu *percebo* um livro que acho extremamente poderoso e intelectualmente interessante. *Compreendo* o apelo da razão, da racionalidade, da lógica. Não... não o apelo... sou *convencida* por isso. Não é um espasmo emocional. É uma questão inteiramente racional...

— Qualquer coisa emocional tem que ser um espasmo, tem?

— O jeito como você está se comportando...

— Não, você não está me escutando, Lyra. Acho que não temos mais nada em comum. Eu não aguento mais ver você se transformar nesse monstro que não passa de uma carapaça rancorosa de lógica fria. Você está *mudando*, essa é a questão. Eu não gosto disso. Droga, costumávamos alertar um ao outro sobre esse tipo de...

— E você acha que é tudo culpa de um livro?

— Não. É culpa desse tal de Talbot também. Ele é tão ruim quanto, de um jeito covarde.

— Talbot? Simon Talbot? Resolva de uma vez, Pan. Impossível haver dois pensadores mais diferentes. São opostos completos. Segundo Talbot, não existe verdade alguma. O Brande...

— Você não viu aquele capítulo no *O constante enganador*?

— Qual capítulo?

— O que eu tive que aguentar você lendo na semana passada. Parece que não entendeu, mas eu não tive como escapar. Aquele em que ele finge que daemons são meramente, como é mesmo?, projeções psicológicas sem realidade independente. Esse capítulo. Tudo muito bem argumentado com uma prosa encantadora, elegante, espirituosa, cheia de paradoxos brilhantes. Você sabe de qual capítulo estou falando.

— Mas você não tem nenhuma realidade independente. Você sabe disso. Se eu morrer...

— Nem você, sua vaca estúpida. Se eu morrer, você também morre.

Touché.

Ela se virou, irritada demais para falar.

Simon Talbot era um filósofo de Oxford cujo livro mais recente estava sendo muito discutido na universidade. Enquanto *Os hiperchorasmianos* era um best-seller considerado pelos críticos como bobagem, e lido principalmente pelos jovens, *O constante enganador* era um favorito entre os críticos literários, que tinham elogiado seu estilo elegante e humor inteligente. Talbot era um cético radical, para quem a verdade e até mesmo a realidade eram epifenômenos como o arco-íris, sem um significado verdadeiro. No encanto envolvente de sua prosa, tudo que era sólido fluía, escorria, se partia como mercúrio derramado de um barômetro.

— Não — disse Pan. — Eles não são diferentes. Dois lados da mesma moeda.

— Só por causa do que eles dizem, ou não dizem, sobre daemons. Eles não prestam tributo o suficiente...

— Lyra, queria que você pudesse se ouvir. Alguma coisa aconteceu com você. Parece que está enfeitiçada ou algo assim. Esses homens são *perigosos*!

— Superstição — disse ela, e realmente sentiu desprezo por Pan naquele momento, e odiou-se por isso, mas não conseguia evitar. — Você não pode olhar para nada calma e friamente. Tem de insultar. É infantil, Pan. Atribuindo algum tipo de mal ou magia a um argumento que não consegue contestar. Você costumava enxergar as coisas com clareza, e agora está perdido em neblina, superstição e magia. Com medo de alguma coisa só porque não consegue entender.

— Eu entendo perfeitamente. O problema é que você não. Você acha que esses dois charlatães são filósofos incríveis. Está hipnotizada por eles. Fica lendo os absurdos que eles escrevem, os dois, e acha que é o suprassumo do intelectualismo. Eles estão mentindo, Lyra, os dois mentem. Talbot acha que pode usar os seus paradoxos para fazer a verdade desaparecer. Brande acha que pode fazer isso apenas negando tudo. Sabe o que eu acho que está por trás desse seu encantamento?

— Lá vai você de novo, descrevendo uma coisa que não existe. Mas vá em frente, diga o que quer dizer.

— Não é só uma *posição* que você está assumindo. Você meio que acredita nessa gente, naquele filósofo alemão e no outro sujeito. É isso que é. Na superfície você é bem esperta, mas no fundo é tão incrivelmente ingênua que quase acredita que as mentiras deles são verdadeiras.

Ela balançou a cabeça, abriu as mãos, perplexa.

— Eu não sei o que dizer. Mas o que eu acredito, ou quase acredito, ou não acredito, não é da conta de ninguém. Abrir janelas na alma das pessoas...

— Mas eu não sou ninguém! Eu *sou* você! — Ele se virou e pulou para a estante outra vez, de onde olhou para ela com olhos brilhando em fúria. — Você está se fazendo *esquecer* — disse ele, com uma raiva amarga.

— Bom, agora eu não sei o que você quer dizer — falou ela, genuinamente perdida.

— Está esquecendo tudo que é importante. E está tentando se fazer acreditar em coisas que vão nos matar.

— Não — disse ela, tentando manter a voz firme. — Você não está entendendo, Pan. Estou simplesmente interessada em outras formas de pensar. É o que a gente faz quando estuda. Uma das coisas que se faz. Vê ideias, tenta ver ideias, pelos olhos de outra pessoa. Experimenta acreditar nas coisas que eles acreditam.

— É desprezível.

— O quê? A filosofia?

— Se a filosofia diz que eu não existo, então sim, a filosofia é desprezível. Eu existo. Todos nós, daemons e outras coisas também, outras *entidades*, como diriam os seus filósofos, nós *existimos*. Tentar acreditar em bobagens vai nos matar.

— Está vendo, se você chama isso de bobagem, não está nem *começando* a se interessar intelectualmente. Já se rendeu. Desistiu de tentar argumentar racionalmente. Daria no mesmo que começar a jogar pedras.

Pan se afastou. Não disseram mais nada enquanto iam para o café da manhã. Seria mais um dia de silêncio. Havia algo que ele queria contar a ela sobre aquele livrinho da mochila, aquele com os nomes e endereços; mas agora guardaria a informação para si.

Depois do café da manhã, Lyra examinou a pilha de roupas que precisava ser lavada, deu um grande suspiro e começou a fazer algo a respeito. Sta. Sofia tinha uma lavanderia cheia de máquinas, onde as moças podiam lavar suas próprias roupas, uma atividade considerada mais adequada para a formação delas do que serem lavadas por criadas, que era o que acontecia com os jovens cavalheiros da Jordan.

Ela estava sozinha na lavanderia, porque a maioria de suas amigas ia para casa no Natal, então levariam as roupas para lavar lá. O status de Lyra como órfã, cujo único lar havia sido uma faculdade masculina, despertara a simpatia de vários amigos no passado, e ela passara vários Natais em diferentes casas, curiosa em ver como era uma casa de família, se sentir bem-vinda, dar e receber presentes e ser incluída em todas as atividades e passeios familiares. Às vezes, havia um irmão para flertar; às vezes, se sentia alienada da alegria e intimidade demasiadas; às vezes, tinha que aturar um monte de questionamentos invasivos sobre seu passado incomum; e sempre voltava com prazer para a calma e a quietude da faculdade Jordan, onde apenas alguns catedráticos e os criados permaneciam. Ali era o seu lar.

Os catedráticos eram simpáticos, mas distantes, e com a cabeça em seus estudos. Os criados prestavam atenção a coisas importantes e imediatas, como comida, boas maneiras ou pequenos trabalhos com os quais ela podia ganhar um trocado, como polir a prataria. Um dos criados da faculdade Jordan, cuja relação com Lyra havia mudado ao longo dos anos, era a sra. Lonsdale. Ela era chamada de governanta, uma posição que não existia na maioria das faculdades; mas parte de seus deveres incluíra certificar-se de que a criança Lyra estava limpa e bem-vestida, que sabia dizer por favor e obrigada, e assim por diante, e nenhuma outra faculdade tinha uma Lyra.

Agora que a menina sob seus cuidados conseguia se vestir sozinha e aprendera maneiras suficientes para sobreviver, a sra. Lonsdale se abrandara bastante. Era viúva — ficara viúva muito jovem e não tinha filhos — e se tornara uma parte tão integrante da faculdade que não tinha como imaginar o lugar sem ela. Ninguém jamais tentou definir exatamente o seu papel ou listar todas as suas responsabilidades, e teria sido impossível tentar isso agora: até mesmo o enérgico novo tesoureiro teve que recuar elegantemente, depois de uma ou duas tentativas, e reconhecer o poder e importância dela. Mas a sra. Lonsdale não tinha adquirido poder pelo poder. O tesoureiro sabia, assim como todos os criados, assim como todos os catedráticos e o reitor, que a considerável influência da sra. Lonsdale era sempre usada para fortalecer a faculdade e cuidar de Lyra. E ao se aproximar do seu vigésimo ano, a própria Lyra também começou a perceber isso.

Então começara a visitar a sra. Lonsdale em sua sala de vez em quando, para fofocar, pedir conselhos, ou levar presentinhos. A língua da mulher não era menos cáustica do que na infância de Lyra, e claro que havia coisas que Lyra nunca poderia contar a ela, mas, na medida do possível, as duas ficaram amigas. E Lyra notou, como fizera com outras pessoas que pareciam imponentes, poderosas e eternas quando ela era mais nova, que a sra. Lonsdale nem era assim tão velha. Ainda poderia facilmente ter seus próprios filhos. Mas aquela, claro, era uma conversa que as duas nunca teriam.

Depois de levar as roupas limpas de volta para a Jordan, e fazer uma segunda viagem para levar todos os livros de que ia precisar nas férias, Lyra foi ao mercado e gastou parte do dinheiro do polimento de prata em uma caixa de chocolates, e foi encontrar a sra. Lonsdale em uma hora em que sabia que a governanta estaria tomando chá em sua sala de estar.

— Olá, sra. Lonsdale — disse, beijando a bochecha da governanta.

— Qual é o problema agora? — perguntou a sra. Lonsdale.

— Nenhum.

— Não tente me enganar. Está acontecendo alguma coisa. Aquele Dick Orchard está te dando problemas?

— Não, eu terminei com o Dick — disse Lyra, e sentou-se.

— Um menino bonito, apesar de tudo.

— É — disse Lyra. — Não tem como negar. Mas acabamos ficando sem assunto.

— É, acontece. Ponha a chaleira no fogo, querida.

Lyra mudou a velha chaleira preta da pedra da lareira para a pequena base de ferro sobre o fogo, enquanto a sra. Lonsdale abria a caixa de chocolates.

— Aah, que delícia — disse. — Trufas Maidment. Me admira que tenham sobrado algumas depois da Festa do Fundador. Então, o que você tem feito? Me conte tudo sobre suas amigas ricas e glamorosas.

— Algumas não tão ricas mais — disse Lyra, e contou sobre o problema do pai de Miriam, e como ela descobrira outro lado da questão com o sr. Cawson no dia anterior.

— Água de rosas — disse a sra. Lonsdale. — Minha avó fazia isso. Tinha uma grande panela de cobre que enchia com pétalas de rosa e água de nascente, fervia e destilava o vapor. Ou qualquer que seja o termo. Passa por vários canos de vidro e vira água de novo, e pronto. Ela fazia também água de lavanda. Parecia trabalhoso demais quando se podia simplesmente comprar água-de-colônia barata na Boswell.

— O sr. Cawson me deu uma garrafinha dessa água de rosas especial e era... não sei, tão rica e concentrada.

— Atar de rosas, é assim que chamam. Ou talvez isso seja algo diferente.

— O sr. Cawson não sabia por que está tão difícil conseguir isso agora. Ele disse que o dr. Polstead saberia.

— Por que você não pergunta a ele, então?

— Bem... — Lyra fez uma careta.

— Bem o quê?

— Acho que o dr. Polstead não gosta muito de mim.

— Por que não?

— Porque quando ele tentou me ensinar, alguns anos atrás, eu posso ter sido grossa com ele.

— Como assim, pode ter sido?

— Quer dizer, nós simplesmente não nos demos bem. Acho que a gente tem que gostar dos professores. Ou, se não gostar, pelo menos ter algo em comum com eles. Eu não tenho absolutamente nada em comum com ele. Me sinto desconfortável perto dele, e acho que ele sente o mesmo.

A sra. Lonsdale serviu o chá. Elas conversaram por mais algum tempo, sobre intrigas na cozinha da faculdade, envolvendo uma briga entre o chef e o chefe-confeiteiro; sobre a aquisição recente da sra. Lonsdale de um casaco de inverno e a própria necessidade de um casaco novo para Lyra; sobre as outras amigas de Lyra em Sta. Sophia e o encanto delas pelo belo pianista que acabara de tocar na cidade.

Uma ou duas vezes Lyra pensou em contar sobre o assassinato, a carteira, a mochila, mas se conteve. Ninguém podia ajudá-la, senão Pan, e parecia que eles não iam conversar sobre nada durante algum tempo.

De vez em quando, a sra. Lonsdale olhava para Pantalaimon, que estava deitado no chão fingindo dormir. Lyra sabia o que ela estava pensando: que frieza é essa? Por que vocês não estão se falando? Mas não era algo de que pudessem falar com facilidade na presença de Pan, o que era uma pena, porque Lyra sabia que a governanta daria ótimos conselhos.

Conversaram por uma hora ou mais, e Lyra estava prestes a se despedir e sair quando houve uma batida na porta da sala. A porta se abriu sem esperar permissão, o que surpreendeu Lyra, e ainda mais porque o visitante era o dr. Polstead.

Várias coisas aconteceram de uma vez.

Pan sentou-se como se tivesse levado um choque, pulou no colo de Lyra, e ela automaticamente colocou os braços em torno dele. O dr. Polstead percebeu que havia uma visita e disse:

— Ah... Lyra... perdão.

Isso sugeriu a Lyra que ele estava acostumado a entrar naquela sala, que a governanta era uma amiga íntima e que ele esperava encontrá-la sozinha.

Então ele disse à sra. Lonsdale:

— Alice, me desculpe. Volto mais tarde.

Ao que ela respondeu:

— Não seja bobo, Mal. Sente-se.

Seus daemons, o dela um cachorro, o dele um gato, tocaram os narizes com grande familiaridade e amizade. Pan estava observando os dois intensamente, e Lyra sentiu um choque quase ambárico no pelo sob suas mãos.

— Não — disse o dr. Polstead. — Posso esperar. Vejo você mais tarde.

A presença de Lyra o constrangeu, estava claro, e seu daemon agora olhava para Pan com uma intensidade estranha. Pan tremia no colo de Lyra. O dr. Polstead virou-se e saiu, sua figura alta quase grande demais para a porta. Seu daemon o seguiu. Quando a porta se fechou, Lyra sentiu a carga ambárica deixar o pelo de Pan, como água escorrendo da pia.

— Pan, o que está acontecendo? — ela perguntou. — Qual é o problema com você?

— Te conto depois — ele murmurou.

— E *Alice*? *Mal*? — Lyra perguntou, voltando-se para a sra. Lonsdale. — O que foi tudo isso?

— Deixe para lá.

Lyra nunca vira a sra. Lonsdale embaraçada antes. Ela teria jurado ser impossível. A governanta estava até corando ao se virar para cuidar do fogo.

— Eu nem sabia que seu nome era Alice — continuou Lyra.

— Eu teria te contado se você perguntasse.

— E Mal... Nunca pensei no dr. Polstead como um Mal. Sabia que sua inicial era M, mas achei que era Matusalém.

A sra. Lonsdale recuperara a compostura. Sentou-se na cadeira e cruzou as mãos no colo.

— Malcolm Polstead é o melhor e mais corajoso homem que você jamais encontrará, menina. Se não fosse por ele, você não estaria aqui agora — disse ela.

— Como assim? — Lyra ficou perplexa.

— Disse muitas vezes para ele que a gente devia te contar. Mas nunca era a hora certa.

— Contar o quê? Do que a senhora está falando?

— Algo que aconteceu quando você era muito nova.

— Bom, *o quê*?

— Deixe eu falar com ele primeiro.

Lyra franziu a testa.

— Se é sobre mim, eu tenho o direito de saber — disse ela.

— Eu sei. Concordo.

— Então por quê...

— Deixe comigo e eu falo com ele.

— E quanto tempo vai demorar? Outros vinte anos?

A antiga sra. Lonsdale teria dito: "Não use esse tom comigo, menina", e acompanhado as palavras com um tapa. Aquela nova pessoa, a tal de Alice, apenas balançou a cabeça gentilmente.

— Não. Eu poderia te contar toda a história, mas não farei até ele concordar.

— Obviamente é algo que o deixa muito incomodado. Mas não tão incomodado quanto eu. As pessoas não devem guardar segredos sobre a vida das outras.

— Não é nada de ruim. Pode descer do seu pedestal.

Lyra ficou um pouco mais, mas o clima amistoso tinha passado. Deu um beijo de despedida na governanta e saiu. Ao cruzar o escuro pátio da Jordan, pensou em atravessar a rua até a faculdade Durham e confrontar o dr. Polstead diretamente, mas o pensamento mal tinha ocorrido em sua cabeça quando sentiu Pan tremer em seu ombro.

— Certo — ela disse. — Você vai me dizer agora mesmo qual é a droga do problema, e não tem escolha.

— Vamos entrar primeiro.

— Por quê?

— Nunca se sabe quem pode estar ouvindo.

O sino da faculdade tocou seis horas quando ela fechou a porta de sua antiga sala de estar. Deixou Pan no tapete, sentou-se na poltrona afundada e acendeu o abajur de mesa para fazer o quarto ganhar vida em torno deles.

— Então — disse ela.

— Na outra noite, quando eu tinha saído... você não sentiu nada? Você não acordou?

Ela pensou um pouco.

— Acordei, sim. Só por um momento. Achei que tinha sido quando você viu o assassinato.

— Não. Eu sei que não foi nessa hora, porque eu teria sentido você acordar. Foi depois disso, quando eu estava voltando para a Sta. Sophia com a carteira do homem. Foi... eu... Bom, alguém me viu.

Imediatamente, Lyra sentiu o coração pesado. Ela sabia que isso aconteceria. Ele estremeceu ao ver a expressão no rosto dela.

— Só que não era uma pessoa — disse ele.

— O que você quer dizer? Quem era, então?

— Era um daemon. Outro daemon, separado como nós.

Lyra balançou a cabeça. Aquilo não fazia nenhum sentido.

— Não tem ninguém como nós, exceto as feiticeiras — disse ela. — E o homem assassinado. Foi um daemon de feiticeira?

— Não.

— E onde foi isso?

— Nos parques. Ela...

— Ela?

— Ela era o daemon do dr. Polstead. A gata. Esqueci o nome dela. É por isso que agora há pouco...

Lyra sentiu que perdia o fôlego. Por um momento, não conseguiu falar.

— Eu não acredito — disse finalmente. — Simplesmente não consigo acreditar. *Eles* podem se separar?

77

— Bom, ela estava sozinha. E me viu. Mas eu não tinha certeza de que era ela até a gata entrar na sala naquele momento. Você viu o jeito que ela olhou para mim. Talvez também não tivesse certeza que era eu até então.

— Mas como *eles* podem...

— Tem pessoas que *sabem* sobre a separação. Outras pessoas. O homem que foi atacado, quando a daemon dele foi me chamar, contou para ele que eu estava separado. Ela sabia o que isso significava e me disse para levar a carteira para a minha... para você.

Outro golpe no coração de Lyra, quando percebeu o que a daemon de Polstead devia ter visto.

— A gata viu você correndo de volta para Sta. Sophia com a carteira. Deve ter pensado que você roubou. Eles acham que somos ladrões. — Ela afundou na poltrona e ergueu as mãos para cobrir os olhos.

— Não temos o que fazer a respeito — ele disse. — Sabemos que não somos, e eles vão ter que acreditar.

— Ah, fácil assim? Quando vamos contar para eles?

— Vamos contar para a sra. Lonsdale, então. Alice. Ela vai acreditar.

Lyra se sentia cansada demais para falar.

— Eu sei que não é um bom momento... — disse Pan, mas não terminou.

— Você está falando sério. Ah, Pan.

Lyra nunca se sentira tão desapontada, e Pan percebeu.

— Lyra, eu...

— Você ia me contar *algum dia*?

— Ia, claro, mas...

— Não se dê ao trabalho agora. Só não diga nada. Eu preciso me trocar. Podia realmente, realmente, realmente passar sem essa.

Ela andou desatenta pelo quarto e pegou um vestido. Tinham de enfrentar um jantar com o reitor antes de se falarem novamente.

Durante as férias, ou em noites como aquela, o jantar na faculdade Jordan era uma ocasião menos formal do que durante o período letivo. Às vezes, dependendo de quantos catedráticos estavam presentes, nem sequer era servido no salão, mas em uma pequena sala de jantar acima da cantina.

Geralmente, Lyra preferia comer com os criados. Era um dos privilégios de sua situação única poder se locomover em qualquer um dos círculos que compunham o complexo ecossistema do lugar. Um catedrático pleno se sentiria, pensou ela, ou seria levado a se sentir pouco à vontade na companhia dos funcionários da cozinha ou dos serventes, mas Lyra estava em casa tanto com eles quanto com os jardineiros e trabalhadores manuais, assim como com os criados de ranking mais alto, como o sr. Cawson ou a sra. Lonsdale, ou com o reitor e seus convidados. Às vezes, esses convidados, políticos, empresários, altos funcionários públicos ou membros da corte, traziam consigo uma amplitude de conhecimento e um mundo de experiência bastante diferentes das especialidades acadêmicas dos catedráticos, que eram profundas, mas limitadas.

E um bom número daqueles visitantes de fora ficava surpreso com a presença daquela jovem, tão segura, tão ansiosa para ouvir o que eles tinham a dizer sobre o mundo. Lyra descobrira como ouvir, como responder e encorajar as pessoas a falar um pouco além do que pretendiam, a serem indiscretos. Ela se surpreendia ao descobrir quantos daqueles homens sagazes e experientes, e as mulheres também, apreciavam a sensação de entregar pequenos segredos, pequenos vislumbres do pano de fundo desta manobra política ou daquela fusão de negócios. Ela não fazia nada com o conhecimento que adquiria dessa maneira, mas estava ciente de que às vezes um catedrático da faculdade ouvia atento, talvez um economista, um filósofo ou um historiador, grato a ela por arrancar uma ou duas pequenas revelações que nunca teriam conseguido sozinhos.

A única pessoa que parecia incomodada com sua habilidade diplomática, e às vezes até com sua presença, era o reitor da faculdade: o novo reitor, como alguns ainda o chamavam (e talvez o fizessem para sempre). O antigo reitor, que tinha um interesse particular nela e fora sempre categórico sobre o seu direito de viver aquela vida estranha na faculdade, sem fazer parte da faculdade — ou fazendo parte, mas nem sempre nela —, morrera um ano antes, muito velho, muito estimado, amado até.

O novo reitor era o dr. Werner Hammond: não era um homem da Jordan, nem mesmo de Oxford, mas um homem de negócios do mundo dos produtos farmacêuticos, que tivera uma carreira brilhante como catedrático de química antes de se tornar presidente de uma das grandes corporações médicas e de ampliar consideravelmente seu poder e seus lucros. Agora ele havia retornado à esfera acadêmica e ninguém poderia dizer que não se encaixava; sua erudição era impecável, era fluente em cinco idiomas, seu tato impecável, sua conscienciosa imersão na história e tradições da Jordan acima de qualquer censura; mas havia alguns catedráticos mais antigos que o achavam um pouco bom demais para ser verdade, e se perguntavam se a reitoria da faculdade seria o verdadeiro auge da sua carreira, ou um trampolim a caminho de algo ainda mais grandioso.

A única coisa que ele não tinha entendido completamente sobre a faculdade Jordan era Lyra. O dr. Hammond nunca encontrara nada parecido com aquela singular personalidade jovem e firme que habitava a faculdade como um pássaro selvagem que decidira fazer seu ninho em um canto do teto do oratório, entre as gárgulas, e era agora visto com zeloso carinho por todos ali. Ele estava curioso em descobrir como isso acontecera; fez perguntas; consultou membros seniores; e, na semana anterior ao final do semestre, enviou uma nota a Lyra, convidando-a para jantar com ele no chalé do reitor, na noite seguinte à Festa do Fundador.

Ela ficou um pouco intrigada, mas não muito preocupada. Era natural que ele desejasse falar com ela, ou, mais provavelmente, ouvir. Sem dúvida, havia várias coisas úteis que ela poderia lhe dizer. Ficou um pouco surpresa ao saber pelo sr. Cawson que seria a única convidada, mas ele nada sabia dizer sobre as intenções do reitor.

O dr. Hammond a recebeu com grande simpatia. Tinha cabelos prateados, era magro, com óculos sem aro e um terno cinza perfeitamente cortado. Sua daemon era uma pequena e elegante lince que se sentou na lareira com Pantalaimon e foi charmosa e agradável conversando com ele. O reitor ofereceu xerez a Lyra, e perguntou sobre seus estudos, sobre sua educação, sobre sua vida na faculdade Sta. Sophia; estava interessado em ouvir sobre seu estudo particular do aletiômetro com a dama Hannah Relf, e contou a Lyra como conhecera Hannah em Munique em algumas transações corporativas, o quanto a estimava e como ela tinha sido fundamental em algumas negociações complexas que facilitaram a aprovação de um acordo comercial internacional com um lugar esquecido no Oriente Próximo. Isso não parecia muito a cara de Hannah, pensou Lyra; teria que perguntar a ela.

Durante a refeição, servida por um criado particular do reitor, que Lyra nunca tinha visto antes, ela tentou perguntar sobre sua carreira anterior, sua formação e assim por diante. Estava perguntando apenas por cortesia; já havia concluído que ele era inteligente e cortês, mas sem graça. Estava ligeiramente interessada em saber se era solteiro ou viúvo; não havia uma sra. Hammond à vista. O antigo reitor tinha sido solteiro, mas não era uma exigência do cargo. Uma esposa agradável, uma jovem família teria ajudado bastante a animar o lugar, e o dr. Hammond era bem apresentável, ainda jovem o bastante para ter aqueles acréscimos desejáveis à sua casa; mas, com grande habilidade, ele evitou responder às perguntas de Lyra, sem dar a impressão de terem sido invasivas.

Então veio a sobremesa, e o propósito da noite ficou claro.

— Lyra, eu queria te perguntar sobre sua situação aqui na faculdade Jordan — começou o reitor.

E ela sentiu uma sensação levíssima, como um tremor no chão.

— É muito fora do comum — ele continuou, gentil.

— É, sim, eu tenho muita sorte. Meu pai meio que me colocou aqui, e eles apenas... bem, ficaram comigo — ela disse.

— Você tem quantos anos agora? Vinte e um?

— Vinte.

— Seu pai, lorde Asriel — disse ele.

— Isso mesmo. Ele era catedrático da faculdade. O dr. Carne, o antigo reitor, funcionava como uma espécie de guardião para mim, acho.

— De certa forma, embora pareça que nunca foi feito um acordo com validade legal.

Isso a surpreendeu. Por que ele teria ido atrás daquela informação?

— Faz diferença? Agora que ele está morto? — ela perguntou, cautelosa.

— Não. Mas pode ter um efeito no desenrolar das coisas no futuro.

— Acho que não entendi direito.

— Você sabe a origem do dinheiro com que está vivendo?

Outro pequeno tremor.

— Eu sabia que havia algum dinheiro deixado por meu pai — disse ela. — Não sei quanto, ou onde está sendo cuidado. São coisas que eu nunca questionei. Talvez eu tenha pensado que estava... tudo certo. Quer dizer...

Acho que imaginei que sim... Dr. Hammond, posso perguntar por que estamos conversando sobre isso?

— Porque a faculdade, e eu como o reitor, somos, por assim dizer, *in loco parentis* para você. De maneira informal, porque você nunca esteve *in statu pupillari*. É meu dever ficar a par com os seus assuntos até você atingir a maioridade. Havia uma quantia em dinheiro guardada para você, para pagar as despesas, acomodação e assim por diante. Mas não foi investido por seu pai. O dinheiro era do dr. Carne.

— Era? — Lyra estava se sentindo quase burra, como se aquilo fosse algo que deveria ter sabido, e fosse errado de sua parte não saber.

— Então ele nunca te contou? — perguntou o reitor.

— Nunca. Ele disse que cuidariam de mim, que eu não precisava me preocupar. Então não me preocupei. De certa forma, pensei que a faculdade inteira... tomava conta de mim. Senti que aqui era o meu lugar. Eu era muito nova. Não questionei as coisas... E era o dinheiro dele o tempo todo? Não do meu pai?

— Tenho certeza de que você vai me corrigir se eu estiver errado, mas acredito que seu pai estava vivendo como um catedrático independente, de uma maneira bastante precária. Ele desapareceu quando você estava... o quê, com treze anos?

— Doze — respondeu Lyra, sentindo a garganta apertar.

— Doze. Deve ter sido o momento em que o dr. Carne resolveu separar uma quantia em dinheiro para seu benefício. Ele não era um homem rico, mas havia o suficiente. Quem cuidava disso eram os advogados da faculdade, que investiam com prudência, pagavam uma quantia regular à faculdade pelo aluguel e despesas básicas, e assim por diante. Mas Lyra, tenho que lhe dizer que os juros sobre o capital nunca foram exatamente suficientes. Parece que o dr. Carne continuou a subsidiar com a própria renda, e o dinheiro que ele originalmente colocou com o advogado para seu benefício acabou.

Ela largou a colher. O *crème caramel* parecia subitamente intragável.

— O quê... Desculpe, mas isso é um choque — disse ela.

— Claro. Eu compreendo.

Pan subira no colo dela e Lyra passou os dedos por seu pelo.

— Então quer dizer que... Eu tenho que ir embora? — ela perguntou.

— Você está cursando o segundo ano?

— Estou.

— Tem mais um ano depois deste. É uma pena que não tenham esclarecido nada disso para você antes, Lyra, para que pudesse se preparar.

— Acho que eu deveria ter perguntado.

— Você era nova. Crianças tomam as coisas por garantidas. Não é culpa sua, absolutamente, e seria muito injusto te expor a consequências que você nunca poderia ter previsto. O que eu proponho é o seguinte: a faculdade Jordan financiará o restante de sua educação em Sta. Sophia. No que diz respeito ao seu alojamento fora do período letivo, claro que você pode continuar a morar aqui na Jordan, que é, afinal de contas, o seu único lar, até a formatura. Entendo que você ocupa um segundo cômodo, além do seu quarto?

— Sim — ela disse, achando sua voz mais tranquila do que esperava.

— Bem, isso nos traz um pequeno problema. Veja, os cômodos naquela escadaria são realmente necessários para estudantes de graduação, para nossos jovens. É para isso que eles foram construídos, é o seu uso desde sempre. Os quartos que você ocupa podem acomodar dois alunos de graduação do primeiro ano que atualmente têm que morar fora da faculdade, o que não é ideal. Poderíamos pensar em te oferecer apenas um quarto, o que liberaria o segundo cômodo para um homem, mas há questões de adequação, de decoro, pode-se dizer, que tornam isso impróprio...

— Tem universitários morando na mesma escadaria — disse Lyra. — Sempre houve. Nunca foi impróprio antes.

— Mas não no mesmo patamar. Não daria certo, Lyra.

— E eu fico aqui apenas nas férias — ela disse, começando a soar desesperada. — Moro na Sta. Sophia durante o período letivo.

— Claro. Mas os seus pertences naquela sala tornariam impossível para um jovem se apropriar do local. Lyra, isso é o que a faculdade pode oferecer. Há um quarto, pequeno, admito, acima da cozinha, usado atualmente como depósito. O tesoureiro vai providenciar que o quarto seja mobiliado e disponibilizado para você enquanto durarem os seus estudos. Você pode viver aqui, como fez toda a vida, até se formar. Aluguel, refeições durante as férias, cobriremos tudo isso. Mas você precisa entender, é assim que as coisas serão no futuro.

— Entendo — ela disse.

— Se me permite a pergunta... você tem alguma outra família?
— Nenhuma.
— Sua mãe...
— Desapareceu na mesma época que meu pai.
— E não tem parentes do lado dela?
— Nunca soube de nenhum. A não ser... acho que ela talvez tivesse um irmão. Alguém me disse isso uma vez. Mas não sei nada sobre ele, e ele nunca entrou em contato comigo.
— Ah. Sinto muito.

Lyra tentou pegar uma colherada da sobremesa, mas sua mão tremia. Ela deixou a colher na mesa.

— Gostaria de um café? — perguntou ele.
— Não, obrigada. Acho que talvez seja melhor eu ir. Obrigada pelo jantar.

Ele se levantou, formal, elegante, simpático, em seu lindo terno cinza e cabelo prateado. Sua daemon veio ficar a seu lado; Lyra pegou Pan no colo e levantou-se também.

— O senhor gostaria que eu saísse imediatamente? — ela perguntou.
— Até o final das férias, se não for problema.
— Claro. Sem problema.
— E Lyra, mais uma coisa. Você está acostumada a jantar no salão, a aceitar a hospitalidade dos catedráticos, a ir e vir livremente, como se fosse um deles. Foi mencionado por várias pessoas, e devo dizer que concordo, que esse comportamento não é mais apropriado. Você passará a conviver com os criados, vivendo, por assim dizer, *como* criada. Não seria mais correto viver em termos de igualdade social com o corpo acadêmico.
— Claro que não — disse ela. Aquilo não podia ser real.
— Que bom que você entende. É muita coisa para pensar. Se eu puder ajudar em algo, se quiser fazer alguma pergunta, por favor, não hesite.
— Não, não hesitarei. Obrigada, dr. Hammond. Não tenho nenhuma dúvida agora sobre qual é o meu lugar e em quanto tempo tenho que sair. Eu só sinto muito ter incomodado a faculdade por tanto tempo. Se o dr. Carne tivesse conseguido explicar as coisas com a clareza que o senhor explica, eu poderia ter entendido muito mais cedo o peso que eu representava, e isso pouparia o constrangimento de o senhor me contar. Boa noite.

Usou sua voz suave, seu olhar inocente de olhos arregalados, e ela estava secretamente feliz por ver que isso ainda funcionava, porque ele não tinha a menor ideia de como responder.

Ele fez uma pequena mesura rígida e ela saiu sem mais nenhuma palavra.

Voltou caminhando lentamente ao redor do pátio principal e parou para olhar a janelinha de seu quarto, perto da extensão quadrada da torre do alojamento.

— Então — disse.

— Isso foi cruel.

— Não sei. Se não tem mais dinheiro... Eu não sei.

— Não isso. Você sabe o que eu quis dizer. A coisa de ser criada.

— Não tem nada de mais ser criada.

— Tudo bem, mas aquilo de *várias pessoas*. Não acredito que algum catedrático da faculdade gostaria que a gente fosse tratado assim. Ele estava apenas tirando a responsabilidade de si.

— Bom, sabe o que não vai ajudar, Pan? Reclamar. Não vai ajudar.

— Eu não estava reclamando. Só estava...

— Seja o que for que você estava fazendo, não faça. Existem coisas para lamentar. Como os aposentos... Nós conhecemos aquele quartinho em cima da cozinha. Não tem nem janela. Mas deveríamos ter percebido antes, Pan. Nós não pensamos nem uma vez sobre dinheiro, a não ser dinheiro trocado ao polir a prata e coisas assim. Claro que devia haver custos... As refeições, os aposentos, custam dinheiro... Alguém pagava o tempo todo, e nós simplesmente não pensamos nisso.

— Eles deixaram o dinheiro acabar e não nos disseram. Deviam ter contado para a gente.

— É, acho que deviam. Mas a gente devia ter pensado em perguntar... perguntar quem estava pagando. Mas tenho certeza de que o antigo reitor disse que lorde Asriel havia deixado muito dinheiro. Tenho certeza disso.

Ao subir a escada para o quarto, ela tropeçou duas ou três vezes, como se estivesse com os membros enfraquecidos. Sentia-se machucada, abalada. Já na cama, com Pan enroscado no travesseiro, ela apagou a luz e ficou imóvel por um longo tempo antes de pegar no sono.

7. HANNAH RELF

Na manhã seguinte, Lyra se sentiu tímida e nervosa na hora de ir tomar o café da manhã. Entrou na sala de jantar dos empregados e serviu-se de mingau, sem olhar em volta, apenas sorrindo e acenando quando alguém dizia olá. Sentiu como se tivesse acordado acorrentada e não pudesse se libertar, e tinha de carregar a corrente aonde quer que fosse, como uma constatação da sua vergonha.

Depois do café da manhã, andou pelo alojamento, não querendo voltar aos quartinhos que tinham sido sua casa, deprimida demais para fazer o que conversara com Dick e sair em busca de um emprego de férias no depósito do Correio. Sentia-se quase sem ânimo nenhum. O porteiro a chamou e ela se virou.

— Carta para você, Lyra — ele disse. — Quer pegar agora ou levar mais tarde?

— Eu pego agora, sim. Obrigada.

Era um envelope simples, com o nome dela em caligrafia clara e elegante que reconheceu como sendo da dama Hannah Relf. Uma chama de gratidão se acendeu em seu peito, pois pensava na dama como uma amiga verdadeira, mas a chama se apagou quase imediatamente: e se ela fosse dizer que Lyra teria que começar a pagar por suas aulas de aletiômetro? Como faria isso?

— Abra, idiota — disse Pan.

— Sim — ela disse.

O cartão dizia: *Querida Lyra, você poderia vir me ver hoje à tarde? É importante. Hannah Relf.*

Lyra olhou o cartão, entorpecida. Aquela tarde? De que tarde ela falava? Ela não teria de ter postado o cartão no dia anterior? Mas a data no cartão era daquele dia.

Ela olhou novamente o envelope. Não tinha notado que não havia carimbo, ou que as palavras "em mãos" estavam escritas no canto superior esquerdo.

Ela se virou para o porteiro, que estava colocando outras cartas em um escaninho.

— Bill, quando chegou isto aqui? — perguntou.

— Faz uma meia hora. Em mãos.

— Obrigada...

Ela colocou a carta no bolso, vagou de volta pelo pátio e entrou no Jardim dos Catedráticos. A maioria das árvores estava nua, os canteiros de flores tinham uma aparência vazia e morta, e apenas o grande cedro parecia vivo; embora também parecesse adormecido. Era outro daqueles dias calmos e cinzentos, quando o próprio silêncio parecia um fenômeno meteorológico; não apenas o resultado de nada acontecer, mas uma presença maior do que jardins, faculdades e vida.

Lyra subiu os degraus de pedra que levavam do banco no final do jardim a um ponto com vista para a praça Radcliffe, e sentou-se no banco que tinha sido colocado ali havia muito tempo.

— Sabe de uma coisa? — disse Pan.

— O quê?

— Não podemos confiar na fechadura da nossa porta.

— Não vejo por que não.

— Porque não podemos confiar *nele*.

— Você acha?

— Com certeza. A gente não fazia a menor ideia de que ele ia dizer aquelas coisas ontem à noite. Ele era todo charmoso e agradável. É um hipócrita.

— O que o daemon dele disse?

— Frivolidades amigáveis e paternalistas. Nada importante.

— Bom, nós não temos muita escolha — disse ela, com dificuldade para encontrar as palavras. — Ele precisa dos nossos aposentos. Nós não somos realmente parte da faculdade. Acabou o dinheiro. Ele tem de... de tentar e... Ah, eu não sei, Pan. É tudo tão terrível. E agora estou preocupada com o que a Hannah vai dizer.

— Bom, isso é bobagem.

— Eu sei que é. Mas saber não adianta nada.

Ele foi até o final do banco, depois saltou para o muro baixo, além do qual havia uma queda de quase dez metros até o chão da praça lá embaixo. Ela sentiu uma pontada de medo, mas nada a faria admitir isso a ele. Pan fingiu cambalear, tropeçar e bambolear no tampo de pedra, e então, sem ter conseguido uma reação de Lyra, deitou-se de barriga para baixo, em uma postura de esfinge, as patas estendidas na frente, a cabeça erguida olhando ao longe.

— Depois que a gente sair, acabou — disse ele. — Não vamos poder mais nem pôr o pé nesse lugar outra vez. Vamos ser estranhos.

— É, eu sei. Já pensei em tudo, Pan.

— Então, o que vamos fazer?

— Quando?

— Quando tudo acabar. Quando a gente sair.

— Encontrar um emprego. Encontrar um lugar para morar.

— Fácil assim.

— Eu sei que não vai ser fácil. Na verdade, eu nem sei. Pode ser muito fácil. Mas todo mundo tem que fazer isso. Quer dizer, sair de casa. Sair e construir a própria vida.

— A casa da maioria das pessoas está sempre disponível para elas, e fica feliz em recebê-las e em ouvir o que elas andaram fazendo.

— É, que ótimo para eles. Nós somos diferentes. Sempre fomos. Você *sabe* disso. Mas o que nós *não* vamos fazer, nem por um segundo, escute bem, é armar confusão. Ou reclamar. Ou lamentar que não estamos sendo tratados de forma justa. *É* justo. Ele vai deixar a gente ficar mais um ano e tanto, mesmo tendo acabado o dinheiro. Vai pagar pela Sta. Sophia. Isso é mais que justo. O resto é... bom, depende de nós. Como teria sido de qualquer maneira. Nós não íamos morar aqui para sempre, não é?

— Não vejo por que não. Nós somos uma atração para a faculdade. Eles deviam se orgulhar de ter a gente aqui.

Isso a fez sorrir, ao menos por um momento.

— Mas talvez você esteja certo sobre o quarto, Pan. Quero dizer, em relação a trancar o quarto.

— Ah.

— O aletiômetro...

— Essa é uma das coisas que eu quis dizer. Nós não estamos mais *em casa*, temos que nos lembrar disso.

— Uma das coisas? Quais são as outras?

— A mochila — disse Pan com firmeza.

— Ah, claro!

— Imagine se alguém for lá fuxicar e encontrar...

— Iam pensar que nós roubamos.

— Ou pior. Se soubessem do assassinato...

— Precisamos de um lugar melhor. Um cofre de verdade.

— Hannah tem um. Um cofre, quero dizer.

— Certo. Mas vamos contar para ela?

Ele não falou nada por alguns instantes. Então disse:

— A sra. Lonsdale.

— Alice. É mais uma coisa estranha. Tudo isso que está mudando... Como gelo quebrando debaixo dos nossos pés.

— A gente devia saber que o nome dela era Alice.

— É, mas ouvir *ele* falando Alice...

— Talvez sejam amantes.

Aquilo era bobagem demais para merecer uma resposta.

Ficaram ali mais alguns minutos, então Lyra se pôs de pé.

— Então, vamos lá deixar as coisas um pouco mais seguras — disse, e voltaram para seus quartos.

Quando Lyra visitava Hannah Relf, como fazia todas as semanas durante o semestre e com bastante frequência durante as férias, normalmente levava consigo o aletiômetro, já que aquele era o tema de seu estudo. Quando pensava no jeito despreocupado com que o carregara para o Ártico e para outros mundos, na displicência com que deixou que fosse roubado e como ela e Will o roubaram de volta com tanta dificuldade e tamanho perigo, ela se espantava com sua própria confiança, sua própria sorte. No momento, seu estoque dessas qualidades parecia baixo.

Então, depois de fazer algumas mudanças no esconderijo da mochila, e puxar a mesa sobre o tapete para desencorajar qualquer busca, ela se certificou de que o aletiômetro estivesse guardado em segurança em sua bolsa, junto com a carteira de Hassall, antes de partir para a casinha da dama Hannah, em Jericó.

— Não tem como ser outra lição — disse Lyra.

— E nós não podemos estar encrencados. Pelo menos, eu espero que não.

Embora ainda fosse o início da tarde, a dra. Relf acendera as luzes de sua pequena sala de estar, dando-lhe um ar alegre e convidativo contra a escuridão cinzenta do lado de fora. Lyra não sabia quantas vezes havia se sentado naquela sala, com Pan e o daemon de Hannah, Jesper, conversando em voz baixa na lareira enquanto ela e a dra. Relf se debruçavam sobre mais de dez livros antigos e usavam o aletiômetro mais uma vez ou simplesmente sentavam-se e conversavam... Ela percebeu que amava aquela senhora gentil e erudita, amava tudo sobre ela e seu modo de vida.

— Sente-se, querida. Se acalme — disse Hannah. — Não há motivo para ficar nervosa. Mas nós precisamos, sim, conversar sobre uma coisa.

— Fiquei preocupada — disse Lyra.

— Dá para ver. Mas agora me conte sobre o reitor, Werner Hammond. Sei que jantou com ele ontem à noite. O que ele falou para você?

Lyra não deveria ter ficado surpresa; as percepções da dama eram tão rápidas e precisas que chegavam a ser inquietantes, ou chegariam, se Lyra não soubesse da habilidade de Hannah com o aletiômetro. Mesmo assim, aquilo a abalou um pouco.

Fez um relato, tão detalhado quanto possível, de seu jantar com o reitor. Hannah ouviu atentamente, sem dizer nada até Lyra terminar.

— Mas ele falou uma coisa que eu tinha esquecido até agora — Lyra concluiu. — Disse que conhecia você. Que te conheceu em algum contexto diplomático. Não foi específico a respeito, falou apenas o quanto você era inteligente. Conhece o reitor?

— Ah, nos conhecemos, sim. Conheço o suficiente dele para ter muito cuidado.

— Por quê? Ele é desonesto? Ou perigoso, ou algo assim? Não sei o que pensar, de verdade — Lyra confessou. — Eu sinto como se meu mundo tivesse caído. Não consegui argumentar com o que ele disse; foi simplesmente um choque tão grande... Enfim, o que você sabe dele?

— Vou te contar algumas coisas que eu realmente não deveria falar. Mas como conheço você muito bem, e confio que vai manter segredo se eu pedir, e como você está em certo perigo... Ah... Alguém que eu estava esperando.

Ela se levantou quando a campainha tocou. Lyra recostou-se, sentindo-se tonta e trêmula. Soaram vozes no pequeno hall, e a dama Hannah voltou, com...

— Dr. Polstead — disse Lyra. — E... sra. Lonsdale? A senhora também?

— Me chame de Alice, menina — disse aquela senhora. — As coisas estão mudando, Lyra.

— Olá, Lyra — disse o dr. Polstead. — Não se levante. Vou me acomodar aqui.

Pan se esgueirou para trás das pernas de Lyra enquanto o dr. Polstead se sentava no sofá ao lado de Alice, parecendo grande demais para o pequeno cômodo; o rosto largo e corado, um rosto de fazendeiro, ela pensou, com um sorriso caloroso; o cabelo vermelho-dourado, da cor exata de seu daemon-gata; as mãos grandes, dedos entrelaçados. Ele se inclinou para a frente, com os cotovelos apoiados nos joelhos. Lyra sentiu como se a falta de jeito dele fosse contagiosa, embora ele nunca tivesse feito nada desajeitado. E ela relembrou o breve período, alguns anos antes, em que ele fora designado como o seu tutor de geografia e história econômica, como tinha sido um terrível fracasso, os dois claramente ressentidos com a tentativa falha, mas nenhum querendo admitir. Ele devia ter tomado a iniciativa de parar com as aulas, sendo o adulto, afinal de contas, mas ela sabia que tinha sido difícil, insolente às vezes, e que grande parte da culpa era dela; eles apenas não se conectaram, e não havia nada a ser feito, senão dar um fim àquilo. Desde então, ambos tinham sido escrupulosamente educados e amigáveis, ao mesmo tempo que ficavam aliviados de não precisarem se ver mais do que o estritamente necessário.

Mas o que Alice havia dito sobre ele no dia anterior... e agora, ao vê-los em termos tão amigáveis com a dama Hannah, quando antes nenhum deles parecia sequer saber da existência dos outros... Bem, aqueles últimos dias tinham trazido à tona muitos laços e conexões estranhas.

— Eu não sabia que vocês três se conheciam — disse Lyra.

— Somos amigos há... dezenove anos — ele disse.

— Foi o aletiômetro que me mostrou como encontrar Malcolm — disse Hannah, entrando na sala com uma bandeja de chá e biscoitos. — Ele devia ter uns onze anos.

— Encontrar? Então estava procurando por ele?

— Estava procurando uma coisa que estava perdida, e o aletiômetro me apontou Malcolm, que encontrou a coisa. Terminamos virando amigos.

— Entendo — disse Lyra.

— Foi muita sorte minha — disse ele. — Então, o que você falou até agora?

— Lyra me contou o que o reitor disse a ela na noite passada. Ele disse que ela não estava vivendo com o dinheiro de seu pai, como pensava, mas com o do dr. Carne. Lyra, isso é verdade. O antigo reitor não queria que você soubesse, mas ele pagou tudo. Seu pai não deixou nem um centavo.

— E você sabia disso? — Lyra perguntou. — Sempre soube?

— Sim — disse Hannah. — Não te contei porque ele não queria que eu contasse. Além disso...

— Sabe, eu meio que *odeio* isso tudo — Lyra explodiu. — Minha vida inteira as pessoas esconderam coisas de mim. Não me contaram que Asriel era meu pai e a sra. Coulter minha mãe. Imagine como foi descobrir isso e sentir que todo mundo sabia e eu era a única idiota que não. Hannah, seja o que for que o dr. Carne tenha dito a você, seja qual for a promessa que fez, não foi legal ter escondido de mim. *Não foi.* Eu tinha de saber. Teria me feito agir. Teria me levado a pensar sobre dinheiro, a fazer perguntas sobre isso e descobrir que só restava um pouco. Então ontem à noite não teria sido um choque tão grande.

Ela nunca falara daquela forma com sua velha amiga, mas sabia que estava certa, assim como a própria Hannah, que inclinou a cabeça e assentiu.

O dr. Polstead disse:

— Em defesa de Hannah, Lyra, nós não sabíamos o que o novo reitor ia fazer.

— Ele não devia ter feito isso — disse Alice. — Desconfiei dele desde o momento em que colocou os pés aqui.

— Não, não devia — disse Hannah. — E, de fato, Lyra, Alice queria contar tudo isso para você enquanto o antigo reitor ainda estava vivo. Ela não tem culpa.

— Depois que completasse vinte e um anos — disse o dr. Polstead —, quando você fosse legalmente habilitada a administrar seus próprios negócios, isso viria à tona, e sei que Hannah estava planejando falar com você a tempo para isso... Ele se antecipou a nós.

— Nós? — Lyra perguntou. — E *tudo isso*, o que é *tudo isso*? Desculpe, dr. Polstead, mas eu não entendo. O senhor está envolvido nisso de alguma forma? E no outro dia... o que a sra. Lonsdale, Alice, disse sobre o senhor... também me pegou de surpresa, e pelo mesmo motivo. O senhor sabe alguma coisa sobre mim que eu não sei, e isso não está certo. Então, como *o senhor* está envolvido?

— Essa é uma das coisas que vamos te contar esta tarde — disse ele. — É por isso que Hannah me pediu para vir. Devo começar? — ele perguntou, virando-se para a dama, que assentiu. — Se eu deixar de fora qualquer detalhe importante, sei que Hannah vai me lembrar.

Lyra recostou-se, tensa. Pan subiu para o colo dela. Alice observava os dois, séria.

— Tudo começou na época que Hannah mencionou agora, quando encontrei uma coisa que era destinada para ela, e ela me encontrou. Eu tinha uns onze anos e morava com meus pais na Truta, em Godstow...

A história que se desenrolou foi mais estranha do que Lyra poderia adivinhar, e ouvi-la foi como estar no topo de uma montanha enquanto um vento soprava nuvens de névoa e neblina e revelava um panorama completamente insuspeitado apenas minutos antes. Havia partes totalmente novas e desconhecidas, mas também havia outras partes visíveis através da névoa, e que agora estavam claramente à luz do sol. Havia a lembrança de uma noite em que alguém andava de um lado para outro em um jardim iluminado pela lua, sussurrando enquanto a aninhava, com uma grande e silenciosa pantera caminhando ao lado. E outra lembrança de um jardim noturno diferente, com luzes em todas as árvores, risos e risos de pura felicidade, e um barquinho. De uma tempestade, do estrondo trovejante em uma porta na escuridão; mas no relato do dr. Polstead não havia nenhum cavalo...

— Achei que havia um cavalo — disse Lyra.

— Sem cavalos — disse Alice.

— Asriel nos trouxe aqui em um girocóptero e aterrissou na praça Radcliffe — prosseguiu Malcolm. — E então colocou você nos braços do reitor e invocou a lei do santuário escolástico. Uma lei que nunca havia sido revogada.

— O que é santuário escolástico? É o que parece?

— Era uma lei que protegia catedráticos perseguidos.

— Mas eu não era um catedrático!

— Foi exatamente o que o reitor disse, por coincidência. Então seu pai falou: "Assim vai ter de fazer dela uma catedrática, não é?". E foi embora.

Lyra se recostou, o coração pesado, a cabeça girando. Tanta coisa para entender! Mal sabia o que perguntar primeiro.

Hannah, que estivera ouvindo em silêncio, inclinou-se à frente para colocar outra tora no fogo. Depois se levantou para puxar as cortinas contra a escuridão lá fora.

— Bom, acho que... Obrigada. Não quero parecer ingrata nem nada. Obrigada por me salvarem do dilúvio e tudo o mais. É tudo tão estranho. E o aletiômetro... este aqui... — disse Lyra.

Ela enfiou a mão na mochila e puxou o aparelho, desdobrando o veludo preto para deixá-lo pousado em seu joelho. Ele brilhava à luz do abajur.

— Aquele sujeito, Bonneville, aquele com o daemon-hiena que estava perseguindo você, estava com ele? — Lyra perguntou. — É muito para absorver. Onde ele conseguiu?

— Descobrimos muito depois — disse Hannah. — Ele roubou de um mosteiro na Boêmia.

— Então... não deveria voltar para lá? — Lyra perguntou, mas seu coração se rebelou diante da ideia de perder aquela preciosidade, o instrumento que a ajudara a entrar e sair do mundo dos mortos, que lhe dissera a verdade sobre Will ("Ele é um assassino") da única maneira que faria com que confiasse nele, que salvara suas vidas e restaurara a armadura do rei-urso e fizera centenas de outras coisas extraordinárias. Suas mãos involuntariamente se apertaram em torno dele.

— Não — disse Hannah. — Os monges tinham roubado de um viajante que cometeu o erro de se abrigar com eles. Levei um mês para investigar a proveniência de seu aletiômetro, e parece que durante séculos passou de um bando de ladrões para outro. Quando Malcolm o enfiou entre os seus cobertores, foi a primeira vez em centenas de anos que foi passado de mãos de forma honesta. E acho que isso quebrou o padrão.

— Foi roubado de mim uma vez — disse Lyra. — E a gente teve que roubar de volta.

— É seu e, a menos que você escolha dar para alguém, será seu por toda a vida — disse o dr. Polstead.

— E todas aquelas outras coisas que me contou... Aquela fada: quis dizer mesmo *fada*? Ou você imaginou...? Pode ter sido *verdade*?

— Foi — disse Alice. — Ela se chamava Diania. Colocou você no peito e te amamentou. Você bebeu leite de fada e ainda estaria com ela se Malcolm não tivesse enganado ela e nos ajudado a escapar.

— O dilúvio trouxe à luz muitas coisas estranhas — disse Malcolm.

— Mas por que não me contaram antes?

Ele pareceu um pouco envergonhado. Como o rosto dele era mutável, pensou Lyra. Ele parecia um estranho; era como se nunca o tivesse visto antes. O dr. Polstead disse:

— Nós... Alice e eu... a gente sempre dizia que ia te contar, mas nunca parecia ser a hora certa. Além disso, o dr. Carne nos fez prometer nunca falar com você sobre o Bonneville ou sobre qualquer coisa relacionada a ele. Fazia parte da questão do santuário. Não entendemos na época, mas entendemos depois. Foi para te proteger. Só que as coisas estão mudando depressa. Agora vou passar para a Hannah.

— Quando conheci Malcolm, fiz uma coisa um pouco imprudente. Acontece que ele estava em condições ideais para conseguir o tipo de informação de que eu estava atrás, e eu o incentivei a fazer isso. Ele às vezes entreouvia coisas interessantes na estalagem de seus pais, ou em algum outro lugar. Levava mensagens para mim ou pegava mensagens em outros pontos. Me contou sobre uma organização abominável chamada Liga de Santo Alexandre, que recrutava crianças em idade escolar para dedurar seus pais ao Magisterium.

— Parece... — disse Lyra. — Não sei. Uma história de espionagem ou algo assim. É difícil de acreditar.

— Imagino que sim. A questão era que muitos argumentos e conflitos políticos que estavam acontecendo naquela época tinham de ser conduzidos por baixo dos panos, anonimamente. Foi uma época perigosa.

— Era isso que você fazia? Coisas políticas?

— Esse tipo de coisas. Não parou. Não acabou. E de certa forma as coisas são ainda mais complicadas agora. Por exemplo: há um projeto de lei no Parlamento agora chamado de Lei de Retificação de Anomalias Históricas. É descrita como uma simples medida de organização, para acabar com muitos estatutos antigos que não fazem mais sentido ou são irrelevantes para a vida moderna, como o benefício do clero, ou o direito de certas empresas de capturar e comer garças e cisnes, ou a coleta de dízimos por corpos monásticos que há muito desapareceram, privilégios antigos que não são usados por ninguém há anos. Mas escondido entre as medidas obsoletas a serem abolidas está o direito de santuário escolástico, que é o que ainda protege você.

— Protege de quê? — Lyra percebeu que sua voz estava trêmula.

— Do Magisterium.

— Mas por que eles tentariam me atingir?

— Nós não sabemos.

— Mas por que ninguém no Parlamento percebeu isso? Não tem ninguém lutando contra isso?

— É uma legislação muito complicada e prolixa. As minhas fontes dizem que foi introduzida por insistência de uma nova organização que está ganhando poder em Genebra: La Maison Juste. Ainda não sabemos tudo sobre eles, mas acredito que sejam ligados ao TCD. De qualquer forma, foi tudo feito com muita habilidade e é preciso ter olhos de águia e a paciência de uma lesma para lutar contra algo assim. Havia um deputado chamado Bernard Crombie que liderava a luta contra essa lei, mas foi morto há pouco tempo, supostamente em um acidente de carro.

— Eu li a respeito — disse Lyra. — Foi aqui em Oxford. Ele foi atropelado e o motorista não parou. Você acha que ele foi assassinado?

— Temo que sim — disse o dr. Polstead. — Sabemos o que aconteceu, mas não podemos provar no tribunal. A questão é que a proteção que existe ao seu redor desde que lorde Asriel te colocou nos braços do reitor está sendo desfeita, lenta e deliberadamente.

— E o que o novo reitor falou para você na noite passada confirma isso.

— Então ele, o dr. Hammond, está do outro lado? Seja lá qual for?

— Ele não é catedrático — disse Alice com firmeza. — É só um homem de negócios.

— Sim — disse o dr. Polstead. — Tem que se levar em conta a formação dele. Ainda não temos certeza de como tudo isso se conecta, mas se essa lei for aprovada, as grandes empresas terão a chance de avançar sobre uma boa parte de imóveis, por exemplo, cuja propriedade nunca foi claramente estabelecida. Se houver alguma disputa, ela será resolvida a favor do dinheiro e do poder. Até as ruínas do convento de Godstow estarão à venda.

— Tinha uns homens lá tirando medidas, outro dia mesmo — disse Alice.

— As mudanças que o dr. Hammond te contou ontem à noite fazem parte de um quadro maior — disse Hannah. — O que deixa você ainda mais vulnerável.

Lyra não conseguia falar. Abraçou Pantalaimon e encarou o fogo.

— Mas ele disse... — Ela começou muito baixinho, e então falou mais alto: — Ele disse que a faculdade pagaria pelo resto da minha educação... o meu tempo na Sta. Sophia... Então, o que ele *quer*? Que eu termine o curso e receba meu diploma, ou... ou o quê? Eu simplesmente não entendo... não consigo entender.

— Eu temo que não seja só isso — disse Hannah. — O dinheiro que o dr. Carne deixou para você, o dinheiro que Hammond disse ter acabado... Malcolm pode te contar sobre isso.

— Na velhice, o dr. Carne ficava confuso com facilidade, e dinheiro e números nunca foram o seu ponto forte. O que parece ter acontecido é que ele separou uma quantia considerável... não sabemos quanto, mas ainda teria restado muito... mas foi convencido a investir em um fundo que faliu. Simplesmente faliu, muito mal administrado ou deliberadamente arruinado. O dinheiro não estava nas mãos do advogado da faculdade, independentemente do que o dr. Hammond falou para você; na verdade, o advogado tentou muito impedir que o antigo reitor investisse naquele fundo, mas é claro que ele tinha que seguir o desejo do seu cliente. Você talvez conheça o advogado da faculdade: um homem muito alto, já bem idoso. Seu daemon é um pequeno falcão.

— Ah, sim!

Lyra se lembrava: nunca soubera exatamente quem ele era, mas sempre fora gentil e cortês com ela, genuinamente interessado em seu progresso.

— Eles cronometraram bem — acrescentou Alice. — Não demorou muito para o antigo reitor começar a se confundir, coitado. Esquecia as coisas...

— Eu me lembro — disse Lyra. — Foi tão triste... Eu amava ele.

— Muita gente amava — disse Hannah. — Mas, quando ele não foi mais capaz de gerenciar seus negócios, o advogado teve que assumir a procuração. Se nesse momento o dr. Carne quisesse investir o dinheiro em um fundo ruim, teria como ser evitado.

— Espere um pouco — disse Lyra. — Alice disse: "Eles cronometraram bem". Você não está sugerindo que foi intencional... que *eles*, o outro lado, perderam o dinheiro dele de propósito?

— Parece muito provável — disse o dr. Polstead.

— Mas por quê?

— Para te prejudicar. Você nem saberia de nada até... bom, até agora.

— Eles estavam... Enquanto o antigo reitor ainda estava vivo, eles estavam tentando deliberadamente ferir...

— Sim. Nós acabamos de descobrir isso e foi o que nos levou a chamar você até aqui para conversarmos.

Agora ela realmente não conseguia falar. Foi Pantalaimon quem falou por ela.

— Mas *por quê?* — ele perguntou.

— Não fazemos ideia — disse Hannah. — Por alguma razão, o outro lado precisa que você esteja vulnerável e, por tudo que é bom e valioso, precisamos que você esteja em segurança. Mas você não é a única. Há outros catedráticos protegidos pelo santuário escolástico. Tem sido uma garantia de liberdade intelectual, e parece que está sendo destruída.

Lyra passou as mãos pelo cabelo. Pensava no homem de que nunca tinha ouvido falar até agora, o homem com o daemon-hiena de três patas que fizera de tudo para capturá-la quando ela não tinha nem um ano de idade.

— Aquele homem, Bonneville — disse ela. — Ele também fazia parte do outro lado? Por isso que ele queria me pegar?

Uma expressão de desprezo e nojo passou pelo rosto de Alice, só por um momento.

— Ele era um homem complicado, em uma situação complicada — disse Hannah. — Parece ter sido um espião, mas independente, como um catedrático independente. Era originalmente um teólogo experimental, físico, e absolutamente sozinho penetrou no coração da sede do Magisterium em

Genebra e descobriu todo tipo de coisas, uma quantidade extraordinária de material. Estava na mochila que Malcolm resgatou...

— Roubei — ele disse.

— Tudo bem, roubou. E Malcolm trouxe tudo de volta para Oxford. Mas Bonneville tinha se tornado uma espécie de renegado; era psicótico, obsessivo ou algo assim... Estava obcecado por você, ainda uma bebê, por algum motivo.

— Acho que a intenção dele era usar você como moeda de barganha — disse o dr. Polstead. — Mas então... bom, no final ele simplesmente parecia estar louco. Perturbado. Ele...

Lyra ficou espantada com a expressão de profunda dor no rosto dele. Olhava diretamente para Alice, que devolvia seu olhar de forma idêntica. O dr. Polstead pareceu incapaz de falar por um momento. Baixou os olhos para o tapete.

Alice disse, com voz rouca:

— É outra razão de ser tão difícil contar para você, querida. Sabe, Bonneville me estuprou. Podia ter feito pior, mas Malcolm... Malcolm me salvou, e... bom, ele fez a única coisa que podia fazer. Estávamos no fim das nossas forças, parecia que seria o fim da nossa vida, era tudo tão horrível e...

Ela não conseguiu dizer mais nada. Seu daemon, Ben, pôs a cabeça em seu colo e ela acariciou suas orelhas com mão trêmula. Lyra queria abraçá-la, mas não era capaz de se mexer. Pan estava paralisado a seus pés.

— A única coisa que podia fazer? — sussurrou.

O daemon de Malcolm, Asta, disse:

— Malcolm matou Bonneville.

Lyra ficou muda. O dr. Polstead continuava a encarar o chão. Ele esfregou a base da mão sobre os olhos.

Alice disse:

— Você estava enrolada no barco e ele não queria te deixar lá sozinha, então Asta ficou com você e Malcolm foi até o lugar onde Bonneville estava... me atacando, e Asta ficou com você.

— Vocês se separaram? — perguntou Lyra. — E você *matou* Bonneville?

— Odiei cada segundo daquilo.

— Quantos anos você tinha?

— Onze.

Só um pouco mais jovem do que Will, ela pensou, quando o aletiômetro lhe disse que ele era um assassino. Ela olhou para o dr. Polstead como se nunca o tivesse visto antes. Imaginou um menino ruivo e atarracado matando um experiente agente secreto, e então viu outra cena também: o homem que Will matara era membro do serviço secreto de seu país. Havia outras correspondências e ecos à espera de serem descobertos? O aletiômetro poderia dizer a ela, mas quanto tempo levaria! Com que rapidez teria feito isso um dia, os dedos disputando a velocidade com sua mente enquanto girava os ponteiros no mostrador e raciocinava sem hesitar pelos elos de significados interligados até a escuridão onde se encontrava a verdade!

Hannah disse:

— E precisamos manter isso em segurança também.

Lyra piscou.

— O aletiômetro? Como você sabia que eu estava pensando nele?

— Você estava mexendo os dedos.

— Ah — disse ela. — Vou ter que tomar cuidado com tudo. Vou ter que reprimir cada movimento, cada palavra... Eu não fazia ideia. Nem a mínima noção de uma ideia sobre tudo isso. Eu não sei o que dizer...

— Pantalaimon vai ajudar você.

Mas Hannah não sabia sobre a tensão que existia entre eles naquele momento. Lyra não contara a ninguém; quem entenderia, afinal?

— Está ficando tarde — disse o dr. Polstead. — Se quisermos chegar a tempo de jantar, Lyra, é melhor a gente voltar para a cidade.

Lyra sentiu como se uma semana tivesse se passado. Levantou-se devagar, abraçou Hannah, que a apertou com força e a beijou. Alice se levantou e fez o mesmo, e Lyra a beijou de volta.

— Isto agora é uma aliança — disse Hannah. — Nunca se esqueça.

— Não esquecerei — disse Lyra. — Obrigada. Minha cabeça ainda está girando, para ser honesta. É tanta coisa que eu simplesmente não sabia.

O dr. Polstead disse:

— E a culpa é nossa, e precisamos nos redimir com você. Mas faremos isso. Vai jantar no salão hoje?

— Não, tenho de comer com os criados. O reitor deixou isso bem claro.

— Babaca — murmurou Alice, fazendo Lyra sorrir. Então ela acrescentou. — Vou dar um pulo na Truta. Vejo vocês depois.

Alice saiu a caminho de Godstom, e então Malcolm e Lyra começaram a caminhar de volta para o centro da cidade, pelas ruas de Jericó, ainda cheias de pessoas fazendo compras, onde as fachadas de lojas bem iluminadas brilhavam quentes e seguras.

— Lyra, espero que você lembre que meu nome é Malcolm. E a sra. Lonsdale é Alice — disse ele.

— Vai levar algum tempo até me acostumar.

— Imagino que com muitas coisas. Essa história dos criados... é apenas para te humilhar. Não existe um único catedrático que não valorize a sua presença. Mesmo que agora eu faça parte da Durham, ainda tenho certeza disso.

— Ele falou que várias pessoas disseram que não seria mais apropriado que eu jantasse lá.

— Ele está mentindo. Se alguém disse isso para ele, não foi um dos catedráticos.

— De qualquer forma, se a intenção dele era me humilhar, não vai dar certo. Não é humilhação nenhuma comer com meus amigos. Eles são tão família quanto qualquer pessoa. Se é isso que ele pensa da minha família, pior para ele — disse Lyra.

— Ótimo.

Ficaram em silêncio por um minuto talvez. Lyra pensou que nunca se sentiria confortável na presença daquele Malcolm, não importa o que ele tivesse feito dezenove anos antes.

Então ele disse algo que a fez se sentir ainda mais sem jeito.

— Hã... Lyra, acho que você e eu temos mais uma coisa para discutir, não é?

8. RUA LITTLE CLARENDON

— Daemons — ela disse baixinho. Ele mal podia ouvi-la.

— Sim — disse ele. — Você teve um choque tão grande quanto eu naquela noite?

— Eu devo ter tido.

— Alguém sabe que você e Pantalaimon podem se separar?

— Ninguém neste mundo — disse ela. Então engoliu em seco e continuou: — As feiticeiras do Norte. Elas podem se separar dos seus daemons. Tinha uma feiticeira chamada Serafina Pekkala, que foi a primeira que eu conheci. Eu vi o daemon dela e falei com ele muito tempo antes de encontrar com ela.

— Eu conheci uma feiticeira uma vez, com seu daemon, durante o dilúvio.

— E existe uma cidade com um nome árabe... Uma cidade em ruínas. Habitada por daemons sem pessoas.

— Acho que também já ouvi falar disso. Não tinha certeza se acreditava.

Eles andaram um pouco mais.

— Mas tem outra coisa — Lyra começou a dizer, e no mesmo momento ele disse:

— Eu acho que tem...

— Desculpe — ela disse.

— Você primeiro.

— Seu daemon viu Pantalaimon, e ele viu o seu daemon, só que ele não tinha certeza de quem era até ontem.

— No quarto de Alice.

— É. Só que... Ah, isso é tão difícil.

— Olhe para trás — ele disse.

Ela se virou e viu o que ele já tinha pressentido: seus daemons caminhando juntos, as cabeças próximas, conversando intensamente.

— Bom... — ela disse.

Estavam na esquina da rua Little Clarendon, que depois de uns cem metros levava até a ampla avenida St. Giles. A faculdade Jordan não estava a mais de dez minutos de distância.

Malcolm disse:

— Tem tempo para tomar uma bebida? Acho que precisamos de um lugar um pouco mais agradável do que a rua para conversar.

— Claro, tudo bem — respondeu ela.

A rua Little Clarendon foi adotada pela *jeunesse dorée* de Oxford como um ponto da moda. Lojas de roupas caras, cafeterias chiques, bares de coquetéis e luzes ambáricas coloridas acima davam a impressão de uma esquina pertencente a de outra cidade. Malcolm não teria como saber o que fez lágrimas surgirem nos olhos de Lyra naquele momento, mas as notou: era a lembrança da Cittàgazze deserta, todas as luzes acesas, vazia, silenciosa, mágica, onde conhecera Will. Ela as secou e não disse nada.

Ele mostrou o caminho até um café pseudoitaliano com velas em garrafas de vinho embrulhadas em palha, toalhas xadrez vermelhas e pôsteres de turismo em cores chamativas. Lyra olhou em volta com cautela.

— É seguro aqui — disse Malcolm baixinho. — Tem outros lugares onde é arriscado conversar, mas na La Luna Caprese não tem perigo.

Ele pediu uma garrafa de Chianti, perguntando antes a Lyra se era isso que ela gostaria de beber, e ela fez que sim.

Depois do vinho ter sido experimentado e servido, ela disse:

— Tenho que te contar uma coisa. Vou tentar falar da maneira mais clara possível. E agora que sei de você e do seu daemon, é algo que posso contar para você, mas para mais ninguém. Só que ouvi tantas coisas nos últimos dias que minha cabeça está em um redemoinho, então, por favor, se não fizer sentido, apenas me interrompa e eu começo de novo.

— Claro.

Ela começou com o que Pan presenciara na noite de segunda-feira: o ataque, o assassinato, o homem que deu a ele a carteira para levar a Lyra. Malcolm ouviu atônito, embora sem ceticismo algum: aquelas coisas aconteciam, como ele bem sabia. Mas uma coisa parecia estranha.

— A vítima e o daemon sabiam da separação? — ele perguntou.

— Sabiam — disse Pan, no braço de Lyra. — Eles não ficaram chocados como a maioria das pessoas ficaria. Na verdade, eles também podiam se separar. O daemon deve ter me visto na árvore quando o homem estava sendo atacado, e acho que pensou que não teria problema em confiar em mim.

— Então Pan trouxe a carteira para mim na Sta. Sophia... — Lyra continuou.

— E foi aí que Asta me viu — Pan interrompeu.

— ... mas outras coisas aconteceram e nós não tivemos a chance de pensar nisso até a manhã seguinte.

Ela pegou a bolsa e tirou a carteira, passando-a discretamente para ele. Malcolm notou as marcas dos dentes de Pan e notou o cheiro também, que Pan chamara de colônia barata, embora Malcolm achasse que era algo além disso, algo mais selvagem. Ele abriu a carteira e tirou o conteúdo um por um enquanto ela falava. O cartão da Bodleian, o cartão de funcionário da universidade, os documentos diplomáticos, todos tão familiares; a sua própria carteira já contivera documentos muito semelhantes durante uma época.

— Acho que ele estava voltando para Oxford, porque se você olhar para os *laissez-passer*, dá para traçar a viagem dele de Sin Kiang até aqui. Ele provavelmente estava a caminho do Jardim Botânico antes de ser atacado — disse Lyra.

Malcolm percebeu outro traço fraco no cheiro da carteira. Ergueu-a até o nariz, e algo distante despertou uma lembrança, ou brilhou como o sol no topo de uma montanha nevada, só por uma fração de segundo, e depois desapareceu.

— Ele falou mais alguma coisa, o homem que foi morto?

Ele dirigiu a pergunta a Pan, que pensou muito antes de responder:

— Não. Não tinha como. Ele estava quase morto. Me fez tirar a carteira do bolso e disse para levar para Lyra, quer dizer, ele não sabia o nome dela, mas disse para levar para... Ele deve ter achado que podia confiar em nós porque sabia da separação.

— Foram até a polícia?

— Claro. Foi quase que a primeira coisa que fizemos na manhã seguinte — disse Lyra. — Mas, quando a gente estava esperando na delegacia, Pan ouviu um dos policiais falar.

— Era o primeiro assassino, o que não foi ferido — disse Pan. — Eu reconheci a voz. Era fácil de identificar.

— Então a gente perguntou alguma coisa bem diferente e foi embora — continuou Lyra. — Achamos melhor não entregar a carteira para o próprio assassino do outro.

— Sensato — disse Malcolm.

— Ah, e tem outra coisa. O homem que levou um corte na perna. Ele se chama Benny Morris.

— Como sabem disso?

— Conheço alguém que trabalha no depósito do Correio e perguntei se alguém tinha machucado a perna. Ele disse que sim, que tinha um homem grande e feio chamado Benny Morris que tem uma aparência similar ao homem que vimos.

— E então?

— Na carteira tinha uma chave de guarda-volumes, sabe? Do tipo daqueles armários na estação — disse Lyra, cautelosa.

— O que você fez?

— Achei que a gente tinha que pegar o que estava lá dentro. Então...

— Não me diga que *fez* isso.

— Fiz. Porque ele meio que confiou a nós a carteira e o que havia nela. Então pensamos que a gente devia cuidar disso antes que os assassinos percebessem e fossem eles mesmos procurar.

Pan continuou:

— Os assassinos sabiam que ele tinha algum tipo de bagagem porque ficavam perguntando um para o outro se ele estava com uma bolsa, se tinha deixado cair, se tinha certeza de que não tinham visto a bolsa e por aí vai... Como se tivessem sido alertados que devia haver uma bolsa.

— E o que havia no armário? — perguntou Malcolm.

— Uma mochila — Lyra respondeu. — Que está debaixo das tábuas do piso do meu quarto na Jordan.

— Está lá agora?

Ela assentiu.

Ele pegou o copo e esvaziou em um só gole, então se levantou.

— Vamos lá pegar a mochila. Você está correndo grande perigo enquanto ela estiver lá, Lyra, e isso não é nenhum exagero. Vamos.

105

* * *

Cinco minutos depois, Lyra e Malcolm saíram da rua Broad para a Turl, a rua estreita onde ficava a entrada principal da faculdade Jordan, abaixo da torre do alojamento. Estavam na metade do caminho quando dois homens, vestidos com roupas comuns de trabalhadores, saíram pelo portão e se afastaram em direção à rua High. Um deles tinha uma mochila pendurada no ombro.

— É aquela — disse Lyra em voz baixa.

Malcolm começou a correr atrás deles, mas Lyra agarrou seu braço na mesma hora. Com força.

— Espere, não faça barulho. Não faça eles olharem para trás. Vamos entrar.

— Eu posso alcançar os dois!

— Não é necessário.

Os homens estavam se afastando rapidamente. Malcolm sentiu vontade de dizer muitas coisas, mas segurou a língua. Lyra estava bastante calma e, na verdade, parecia satisfeita com alguma coisa. Ele olhou novamente para os homens e seguiu-a para o alojamento, onde ela estava conversando com o porteiro.

— Sim, eles disseram que iam pegar a sua mobília, Lyra, mas acabei de ver os dois saindo. Um deles estava com alguma coisa.

— Obrigada, Bill — ela disse. — Eles falaram de onde eram?

— Deixaram um cartão comigo, tá aqui.

Ela mostrou a Malcolm o cartão. Dizia: "J. Cross Mudanças", com endereço em Kidlington, poucos quilômetros ao norte de Oxford.

— Conhece alguma coisa da J. Cross? — Malcolm perguntou ao porteiro.

— Nunca ouvi falar, não, senhor.

Eles subiram os dois lances de escada até o quarto dela. Malcolm não punha os pés naquela escadaria desde que era estudante de graduação, mas não parecia ter mudado muito. Havia dois cômodos no último andar, e Lyra destrancou o da direita e acendeu a luz.

— Meu Deus — disse Malcolm. — Devíamos ter chegado cinco minutos antes.

O cômodo estava uma confusão completa. Cadeiras derrubadas, livros tirados da estante e jogados no chão, papéis espalhados em cima da mesa.

O tapete tinha sido puxado e jogado em um canto, e uma tábua de piso fora retirada.

— Bom, eles encontraram — disse Lyra, olhando para o chão.

— Estava aí embaixo?

— Meu esconderijo favorito. Não fique com essa cara. Claro que eles iam procurar por uma tábua solta. Queria ver a expressão no rosto deles quando abrirem a mochila.

E ela sorriu. Pela primeira vez em dias, seus olhos estavam livres de sombras.

— O que eles vão encontrar? — Malcolm perguntou.

— Dois livros da Biblioteca da Faculdade de História, todas as minhas anotações de história da economia do ano passado, uma camisa que estava pequena em mim e dois frascos de xampu.

Malcolm riu. Ela empurrou uma lata velha e surrada de folha de fumo e examinou os livros no chão antes de passar dois para ele.

— Estes estavam na mochila. Eu não consegui ler.

— Este aqui parece anatoliano, um texto botânico... E esse aqui é em tadjique. Muito bem. O que mais? — perguntou Malcolm.

Do meio da massa de papéis espalhados por toda a mesa e metade do chão, Lyra escolheu uma pasta de papelão muito semelhante a várias outras. Malcolm sentou-se para abri-la.

— E eu vou olhar no quarto — disse Lyra, e atravessou o patamar.

A pasta estava etiquetada com a caligrafia de Lyra. Malcolm imaginou que ela devia ter tirado seus papéis e colocado os do morto, e assim ficou provado: parecia uma espécie de diário, escrito a lápis. Mas não conseguiu ir além disso porque Lyra voltou com uma lata velha de folha de fumo contendo uma dúzia de garrafas em miniatura com rolha de cortiça e umas caixinhas de papelão.

— Isto aqui também estava na mochila, mas não tenho ideia do que tem dentro. Espécimes?

— Lyra, isso foi inteligente. Mas você corre um perigo real. Eles já sabem quem você é, de alguma forma, e sabem que você sabe do assassinato, no mínimo, e logo saberão que está com o conteúdo da mochila. Não acho que você deveria ficar aqui.

— Eu não tenho outro lugar para ir — disse ela. — A não ser a sta. Sophia, e eles provavelmente sabem de lá também.

107

Lyra falou de maneira objetiva e calma, sem querer atrair pena. O olhar que ele lembrava tão bem de quando lhe deu aulas, aquela expressão vazia de teimosia, estava à espreita em algum lugar no fundo de seus olhos.

— Bom, vamos pensar sobre isso — disse ele. — Você pode ficar com a Hannah.

— Seria perigoso para ela, não seria? Eles devem saber que somos próximas. De qualquer forma, acho que a irmã dela vai passar o Natal lá e não vai ter espaço.

— Você tem algum amigo com quem possa ficar?

— Já passei o Natal com algumas pessoas, mas foi porque elas me convidaram. Eu nunca pedi. Seria estranho se eu pedisse agora. E... não sei. Eu não quero colocar ninguém...

— Bem, é óbvio que não pode ficar aqui.

— E era aqui onde eu me sentia mais segura.

Ela parecia perdida. Pegou uma almofada, abraçando-a, e Malcolm pensou: *por que ela não está segurando o seu daemon assim?* E isso trouxe à luz algo que ele percebera sem ver claramente: Lyra e Pantalaimon não gostavam um do outro. Ele sentiu uma pontada repentina, de surpresa, e teve pena de ambos.

— Olhe, meus pais têm uma estalagem em Godstow. A Truta. Tenho certeza de que você poderia ficar lá, pelo menos durante as férias.

— Posso trabalhar lá?

— Você quer dizer... — Malcolm ficou um pouco surpreso. — Você quer saber se é um lugar sossegado para estudar?

— Não — ela disse, com mais desdém do que aparentava sua expressão. — Trabalhar no bar, na cozinha, algo assim. Para pagar meu sustento.

Ele viu como ela era orgulhosa e como a revelação do reitor sobre o dinheiro que não existia mais a deixara abalada.

— Se você quiser, tenho certeza de que eles ficariam mais do que contentes — disse ele.

— Então ótimo — ela disse.

Ele tinha mais motivos que a maioria para saber o quanto ela era teimosa; mas se perguntou quantos outros teriam visto a solidão em sua expressão quando ela baixava a guarda.

— Não vamos perder tempo — disse ele. — Vamos para lá esta noite. Assim que estiver pronta.

— Tenho que dar uma arrumada... — Ela acenou para tudo na sala. — Não posso deixar assim.

— Basta pôr os livros na estante e os móveis de volta no lugar... o quarto também está revirado?

— Sim. Todas as minhas roupas pelo chão, a cama de pernas para o ar...

Sua voz estava entrecortada e seus olhos brilhavam. Havia sido uma invasão, afinal de contas.

— Vamos fazer o seguinte — disse ele. — Eu ponho os livros de volta, os papéis na sua mesa, e Alice e eu damos um jeito nos móveis aqui. Você vá e arrume umas roupas em uma mala. Deixe a cama. Falamos para Bill que os homens da mudança eram ladrões oportunistas e que ele deveria ter tido mais bom senso e não deixar que entrassem. — Malcolm pegou uma sacola de compras de algodão do cabide de casaco atrás da porta. — Posso usar isso para as coisas da mochila?

— Claro. Vou pegar umas roupas.

Ele pegou um livro que estava no chão.

— Você está lendo isso? — perguntou.

Era *O constante enganador*, de Simon Talbot.

— Estava — ela disse. — Não sei bem o que achar.

— Ele ia gostar disso.

Malcolm colocou as três pastas, os dois livros e o punhado de garrafinhas e as caixas na sacola. Mais tarde, naquela noite, estaria tudo no cofre de Hannah. Ele teria que entrar em contato com a Oakley Street, a obscura divisão do serviço secreto à qual ele e Hannah pertenciam, e depois ir ao Jardim Botânico, onde deviam estar esperando que o desventurado dr. Hassall já tivesse voltado com aquelas amostras, fossem quais fossem.

Ele se levantou, começou a colocar os livros na estante e logo Lyra apareceu.

— Pronta? — ele perguntou. — Só pus os livros em qualquer lugar. Sinto dizer que você vai ter que organizar depois.

— Obrigada. Estou contente de você ter voltado comigo. Enganar aqueles dois com o truque da mochila foi muito bom, mas eu não tinha noção de como seria desagradável... não sei. As *mãos* deles na minha roupa toda...

Pan estava falando baixinho com Asta. Sem dúvida, ela contaria tudo sobre aquela conversa mais tarde, sem dúvida Pan sabia disso; e sem dúvida Lyra sabia também.

— Na verdade, não vamos falar nada com o Bill. Ele ia querer chamar a polícia e teríamos de explicar o motivo de ele não poder fazer isso. Ele ia ficar pensando e fazer perguntas a respeito. Muito melhor não dizer nada. Se ele perguntar, eram homens da mudança, mas vieram no dia errado.

— E se a polícia se envolver nisso, vão juntar dois e dois. Iam perceber que eu sei sobre o assassinato... Mas como foi que eles rastrearam a mochila? Não tinha ninguém nos seguindo.

— O outro lado tem um aletiômetro.

— Devem ter um bom leitor, então. Este aqui é um endereço muito específico. Difícil conseguir esse tipo de detalhe. Eu vou ter que considerar que estou sendo vigiada o tempo todo. Que péssimo.

— É. Sem dúvida. Mas agora vamos levar você até Godstow.

Ela pegou *O constante enganador*, conferiu se o marcador ainda estava no lugar e pôs na mochila para levar com ela.

O sr. e a sra. Polstead não ficaram nem um pouco perturbados quando o filho apareceu com Lyra. Concordaram imediatamente em deixá-la ficar na Truta, deram-lhe um quarto confortável, combinaram que ela podia trabalhar no bar ou na cozinha, onde quer que fosse mais útil, e pareceram em geral ser os pais mais agradáveis do mundo.

— Afinal, ele levou você embora — disse a sra. Polstead, colocando um prato de carne na frente de Lyra, na mesa da cozinha. — Nada mais justo que traga você de volta. Quase vinte anos!

Ela era uma mulher grande, com algo da compleição de Malcolm e olhos azuis brilhantes.

— Eu acabei de descobrir sobre isso — Lyra falou. — De me levarem embora, quero dizer. Eu era muito nova para lembrar de qualquer coisa. Onde é o convento? É bem perto?

— Do outro lado do rio, mas agora está em ruínas. A inundação fez um grande estrago e era simplesmente caro demais para reconstruir. Além disso, várias irmãs morreram naquela noite; não haveria número suficiente delas para retornar. Você não se lembra da irmã Fenella, nem da irmã Benedicta? Não, você era muito novinha.

Lyra, com a boca cheia, balançou a cabeça.

— A irmã Benedicta estava no comando — continuou a sra. Polstead. — A irmã Fenella cuidava de você a maior parte do tempo. Era a velhinha mais doce que se pode imaginar. Malcolm gostava muito dela, ficou arrasado quando voltou e descobriu que ela tinha falecido. Ah, achei que nunca fosse perdoar meu filho por me deixar tão preocupada. Desaparecer daquele jeito... Claro que a gente pensou que ele tinha se afogado, assim como você e a Alice. A única coisa boa foi que a canoa dele também tinha sumido. Pensamos que ele podia ter tido tempo de entrar nela e nos aferramos a essa esperança até ele voltar, todo estropiado, baleado, machucado, exausto...

— Baleado? — Lyra perguntou. O guisado estava muito bom, e ela estava com fome, mas estava ainda com mais fome de ouvir tudo que a mãe de Malcolm lhe contava.

— Um tiro no braço. Ainda tem a cicatriz. E tão abatido, completamente esgotado. Ele dormiu, aah, três dias. Chegou a ficar doente por um tempo. Toda aquela inundação imunda, eu acho. Que tal o guisado? Quer outra batata?

— Obrigada. Está delicioso. O que eu não entendo é por que eu nunca soube disso. Quer dizer, eu não teria como me lembrar, mas por que ninguém me contou?

— Boa pergunta. Acho que no começo a questão era só cuidar de você... questão pra faculdade, eu quero dizer. Aquele lugar mofado, velho, cheio de catedráticos, nunca teve uma criança correndo por lá, e nenhum deles sabia o que tinha acontecido, e Alice não ia contar pra eles. O que o Mal te contou de quando te levaram para a Jordan com o lorde Asriel?

— Soube disso pela primeira vez esta tarde. E estou tentando absorver... Sabe, eu só conhecia a Alice como sra. Lonsdale. Estava sempre lá quando eu era pequena, sempre me mantendo limpa e arrumada, me ensinando boas maneiras. Eu pensei... Bom, não sei o que pensei. Acho que pensei que ela sempre esteve lá.

— Nossa, não. Vou te contar o que eu sei: o antigo reitor da Jordan, o velho dr. Carne, chamou Reg e eu para ir lá falar com ele: deve ter sido talvez seis meses depois do dilúvio. A gente não sabia o que podia ser, mas vestimos nossa melhor roupa e fomos lá uma tarde. Foi no verão. Ele serviu chá no jardim e explicou tudo. Parece que o Mal e a Alice fizeram o que tinham resolvido fazer e levaram você para o lorde Asriel, onde acharam que você ia estar em segurança. Eu nunca ouvi falar de uma coisa tão incrivelmente imprudente em toda a minha vida, e falei para o Mal o quanto eu achava que ele tinha sido irresponsável, mas senti orgulho dele, e ainda sinto. Você não ouse contar pra ele, veja bem.

Ela continuou:

— Seja como for, parece que lorde Asriel invocou aquela coisa de proteção... santuário...

— Santuário escolástico.

— Isso. Em seu nome. E ele disse pro reitor que ele ia ter que transformar você numa catedrática pra você ter direito ao santuário. Então o dr. Carne olhou pro Mal e pra Alice, meio afogados, exaustos, imundos de sujos, sangrando, e perguntou: "E esses dois?". E lorde Asriel falou: "Eles são um tesouro". E foi embora.

— Então o dr. Carne tratou eles como um tesouro. Providenciou pro Mal ir para a Escola Radcliffe e pagou por isso, e mais tarde admitiu o Mal na Jordan como estudante de graduação. Alice não era das mais inclinadas para o meio acadêmico, mas era esperta como ninguém, muito inteligente, muito sagaz. O reitor ofereceu pra ela um lugar como funcionária, e ela logo ficou encarregada da sua criação. Ela casou jovem, Roger Lonsdale, carpinteiro, rapaz adorável, honesto, equilibrado. Morreu num acidente de construção. Ela ficou viúva antes dos vinte anos. Eu não sei tudo o que aconteceu naquela bendita viagem pra Londres na velha canoa do Malcolm, ele nunca me contou nem metade, diz que ia me deixar assustada demais, mas o fato é que ele e a Alice voltaram amigos próximos. Inseparáveis, os dois, até onde dava pra ser, com ele na escola e tudo.

— Não eram amigos antes?

— Inimigos mortais. Ela zombava dele e ele ignorava ela. Um odiava o outro. Ela pode ser briguenta, lembre que ela é quatro anos mais velha, e isso é muito nessa idade. Ela sempre provocava o Mal, perseguia, eu tive que dar uma bronca nela uma vez, mas ele nunca reclamou, só apertava a boca quando levava os pratos sujos pra ela lavar. Então, naquele inverno, deram um trabalhinho pra ela no convento, ajudando a cuidar de você e dar um descanso para a pobre e velha irmã Fenella. Olha, você acabou depressa esse guisado. Quer mais um pouco?

— Não, obrigada. Já estou satisfeita.

— Ameixas assadas? Pus um pouco de licor.

— Parece ótimo. Quero, sim, por favor.

A sra. Polstead serviu e despejou um creme grosso em cima delas. Lyra olhou para ver se Pan tinha visto; antes do estranhamento entre os dois, ele sempre a provocava por causa de seu apetite, mas ele estava sentado no chão, conversando com o daemon da sra. Polstead, um velho texugo grisalho.

A sra. Polstead se sentou de novo.

— Malcolm me contou um pouco desse novo reitor da Jordan — ela disse. — Ele te tratou mal.

— Bom, sabe, eu realmente não posso dizer se ele me tratou mal ou não. Estou tão confusa. As coisas estão acontecendo muito depressa... Quer dizer, se o dinheiro com que eu estava vivendo acabou, como ele disse, eu não posso contestar, porque não sei nada além do que ele me disse. Malcolm contou que o reitor me obrigou a deixar meus aposentos?

Foi a primeira vez que ela se referiu a ele como Malcolm, e pareceu estranho por um momento.

— Contou. Foi uma coisa muito mesquinha da parte dele. Essa faculdade é mais rica que Ali Babá. Eles não precisam dos seus aposentos pra um calouro. Expulsar você do lugar onde viveu a vida toda!

— Mas ele está no comando e eu... Eu não sei. É tanta complicação. Estou meio que perdendo o controle. Pensei que era mais segura com tudo...

— Fique aqui o quanto quiser, Lyra. Tem muito espaço, e vai ser bom ter mais um par de mãos. A garota que eu esperava que viesse trabalhar no Natal resolveu ir para a Boswell, boa sorte para ela.

— Eu trabalhei lá dois invernos atrás. Não tinha tempo para respirar.

— Eles acham que é chique no começo, perfumes, loções, sei lá o que mais, mas é trabalho muito duro.

Lyra se deu conta de que devia ter vendido produtos do pai de Miriam durante seu tempo na Boswell, mas como não conhecia Miriam na época, ela não teria se dado conta. De repente, o mundo das amizades da faculdade, a vida calma e frugal de Sta. Sophia, parecia muito distante.

— Agora, deixe eu ajudar com esses pratos — disse Lyra, e logo estava mergulhada em água e sabão até os cotovelos, sentindo-se muito em casa.

Naquela noite, Lyra sonhou com um gato em um gramado iluminado pela lua. De início não despertou sua atenção, mas depois, com um sobressalto que quase a acordou (e certamente acordou Pantalaimon), ela reconheceu o daemon de Will, Kirjava, que atravessou o gramado e esfregou a cabeça na mão que Lyra estendeu. Will nunca soube que tinha um daemon até que ele foi arrancado de seu coração nas margens do mundo dos mortos, assim como Pan foi arrancado de Lyra. E agora a Lyra do sonho parecia se lembrar de coisas que sabia de outra época, ou talvez do futuro, cujo significado era tão avassalador quanto a alegria que ela e Will tinham sentido juntos. O prédio vermelho do diário apareceu no sonho também: ela sabia o que continha! Entendeu por que tinha que ir até lá! Aquele conhecimento era parte de tudo o que ela sabia, inamovível. Em sua memória do sonho, parecia que tinha sido no dia anterior que os quatro tinham vagado juntos ao mundo das mulefas, e aquele tempo estava cercado, impregnado, de tanto amor que ela se viu chorando no sonho, e acordou com o travesseiro encharcado de lágrimas.

Pan assistia de perto e não disse uma palavra.

Lyra tentou se lembrar de todas as imagens do sonho, mas estavam desaparecendo segundo a segundo. Tudo o que restava era aquele amor intenso, inebriante e saturador.

Malcolm tocou a campainha de Hannah. Dois minutos depois, estavam sentados junto à lareira, e ele contava sobre o assassinato, a carteira, a mochila e Lyra na Truta. Ela ouviu sem interromper: ele era bom contando as coisas, dava a cada acontecimento o devido peso, colocando-os na ordem mais eficaz.

— E o que tem na sacola? — ela perguntou.

— Aha — ele respondeu, e a colocou entre os pés. — Estes papéis, para começar. Eu não tive tempo de olhar, mas vou fotografar hoje à noite. Estes dois livros, um livro anatoliano sobre botânica e este.

Ela pegou o outro livro. Era mal encadernado e remendado de qualquer jeito, o papel era grosseiro e frágil e a paginação era amadora. Trazia sinais de muito uso; as capas que o cobriam estavam ensebadas de manuseio, várias páginas estavam com orelhas e muitas traziam anotações a lápis na mesma língua do texto.

— Parece poesia, mas eu não conheço a língua — ela disse.

— É tadjique, um poema épico chamado *Jahan e Rukhsana*. Eu não consigo ler tudo, mas reconheço — respondeu ele.

— E o que são esses outros papéis?

Era o diário do dr. Strauss, o relato de sua jornada pelo deserto de Karamakan.

— Eu acho que aqui está a chave da coisa toda — disse Malcolm. — Parei no Cordeiro & Bandeira a caminho daqui e li, e você devia ler também. Não demora muito.

Ela pegou a resma de papel, intensamente curiosa.

— E você disse que o pobre homem era um botânico?

— Amanhã vou ao Jardim Botânico, ver o que eles podem me dizer. Havia umas garrafinhas na mochila, aqui estão, e também umas caixas do que parecem ser sementes.

Ela pegou uma das garrafinhas, ergueu para a luz, cheirou e leu o rótulo.

— *Ol. R. tajikiae... Ol. R. chashmiae...* Não é fácil de ler. *Ol.* pode ser *óleo*, eu acho; *oleum... R.* é *rosa*.

— É o meu palpite também.

— E você acha que isto aqui são sementes? — Ela sacudiu uma das caixinhas de amostras.

— Acredito que sim. Não tive tempo de conferir.

— Vamos dar uma olhada...

A tampa da caixa estava apertada e precisou de muita persuasão para abrir. Hannah despejou o conteúdo cuidadosamente na mão: algumas dúzias de pequenas sementes, de formato irregular, marrom-acinzentadas.

Malcolm leu o rótulo na tampa:

— *R. lopnoriae...* Interessante. Você reconhece?

— Parecem sementes de rosa, mas posso estar sendo levada a achar isso por causa das outras coisas. Mas parecem *mesmo* sementes de rosa. O que é interessante?

— O nome da variedade. Imagino que não seja surpreendente encontrar um botânico que ande com sementes. Mas alguma coisa está me cutucando a memória. Acho de verdade que isso é coisa da Oakley Street.

— Eu também acho. Vou encontrar Glenys no sábado, no serviço memorial de Tom Nugent. E falo com ela então.

— Ótimo — disse Malcolm. — É importante a ponto de levar a assassinato e roubo. Hannah, o que você sabe sobre Lop Nor?

— É um lago? Ou um deserto? Em algum lugar na China, de qualquer maneira. Bom, eu nunca estive lá. Mas ouvi uma menção a isso faz alguns meses, em relação a... O que era mesmo?

— Existe uma estação de pesquisa científica perto de lá. Meteorologia, principalmente, mas também abordam várias outras disciplinas. De qualquer forma, eles perderam diversos cientistas, sem explicação. Eles simplesmente desapareceram. Eu ouvi rumores sobre o Pó — disse Malcolm.

— Lembrei. Charlie Capes me falou a respeito.

Charles Capes era um padre na hierarquia da igreja inglesa e secretamente amigo da Oakley Street. Sua posição era arriscada; havia penas severas para a apostasia, e não havia apelação dos veredictos dos tribunais eclesiásticos, que permitiam apenas uma defesa: tentação diabólica esmagadora. Ao passar informações para a Oakley Street, Capes estava arriscando sua carreira, sua liberdade e possivelmente a vida.

— Então o Magisterium está interessado em Lop Nor — disse Malcolm.

— E possivelmente em rosas também.

— Você vai levar este material para o Jardim Botânico?

— Sim, mas vou fotografar todos os papéis primeiro. E Hannah...

— O quê?

— Vamos ter que contar para Lyra tudo sobre a Oakley Street. Ela está muito vulnerável. Já é hora de saber onde encontrar ajuda e proteção. A Oakley Street pode oferecer isso a ela.

— Eu quase contei esta tarde — disse ela. — Mas claro que não contei. Acho que você está certo, devemos, sim. Você sabe, isso me lembra daquela outra mochila de muito tempo atrás, aquela que você me trouxe, do Gerard Bonneville. Tanto material! Eu nunca tinha visto um tesouro daqueles. E o aletiômetro.

— Por falar em aletiômetros, estou preocupado porque o outro lado conseguiu localizar Lyra e a mochila muito depressa. Isso não é normal, é? — disse Malcolm.

Ela pareceu perturbada.

— De certa forma, isso confirma o que achávamos — disse ela. — As pessoas falam há meses sobre um novo jeito de ler o aletiômetro. Muito pouco ortodoxo. Experimental, em parte. A nova maneira requer abandonar o tipo de perspectiva única que se tem com o método clássico. Não consigo explicar exatamente como funciona, porque da única vez que tentei fiquei terrivelmente doente. Mas aparentemente, se você consegue, as respostas vêm muito mais depressa, e quase não se precisa dos livros.

— Tem muita gente usando esse novo método?

— Ninguém em Oxford, pelo que sei. A opinião geral é contrária. A maioria das descobertas foi feita em Genebra. Eles têm um jovem lá com um talento brilhante. E você nunca adiv...

— Lyra? Ela usa o novo método?

— Acho que ela tentou uma ou duas vezes, mas sem muito sucesso.

— Desculpe. Eu te interrompi. O que é que eu nunca adivinharia?

— O nome do jovem de Genebra. É Olivier Bonneville.

9. O ALQUIMISTA

Assim que leu o diário de Strauss, Hannah concordou com Malcolm que a Oakley Street precisava vê-lo o mais rápido possível. Então ele passou a maior parte da noite fotografando cada papel da mochila de Hassall, junto com a página de rosto de cada livro. Guardou os rolos de filme na geladeira e foi para a cama mais perto das cinco horas que das quatro.

Antes de adormecerem, Asta disse:

— Ela ainda tem a arma?

Todo agente da Oakley Street do nível de Hannah tinha que fazer um curso de combate desarmado e passar em um teste de pontaria com revólver uma vez por ano. Hannah tinha a aparência de uma catedrática de cabelos grisalhos, o que ela era; mas estava armada e sabia se defender.

— Ela guarda a arma naquele cofre dela — disse Malcolm. — Tenho certeza de que prefere não precisar tirar de lá.

— Devia estar mais acessível que isso.

— Bom, diga para ela. Eu tentei.

— E o que nós vamos fazer a respeito de Olivier Bonneville?

— No momento, não podemos fazer nada além de especular. Um filho? Bonneville podia ter tido um filho. Mais uma coisa para descobrir. Vamos ver o que a Oakley Street sabe.

Depois do café da manhã, Malcolm entregou os rolos de filme para revelação a um técnico de confiança e seguiu pela rua High até o Jardim Botânico. Era um dia cinzento e sombrio, com gosto de chuva no ar, e as janelas iluminadas do prédio administrativo brilhavam intensamente contra um grande teixo próximo.

Uma secretária disse, de início, que a diretora estava ocupada e que ele tinha de marcar um horário, mas assim que ele falou que sua visita tinha a ver com o dr. Roderick Hassall, a atitude dela mudou. Na verdade, ela pareceu chocada.

— O senhor sabe onde ele está? — ela perguntou, e seu daemon, um pequeno Boston terrier, eriçou os pelos das costas e soltou um ganido quase inaudível.

— É o que eu vim falar com a diretora.

— Claro. Desculpe. Com licença.

Ela deixou a mesa e entrou em uma sala, o daemon correndo em seus calcanhares. Minutos depois, saiu e disse:

— A professora Arnold vai receber o senhor agora.

— Obrigado — disse Malcolm e entrou. A secretária fechou a porta quando ele passou.

A diretora era uma mulher de uns quarenta anos, loira, esbelta e de aparência decidida. Estava de pé. Seu daemon-beija-flor pairou no ar por cima de seu ombro antes de se aninhar ali.

— O que você sabe sobre Roderick Hassall? — ela perguntou de imediato.

— Eu esperava que você pudesse me dizer algo sobre ele. Tudo o que sei é o que está aqui — disse Malcolm, e pôs a sacola de compras em cima da mesa muito bem-arrumada. — Encontrei em um ponto de ônibus, como se esquecido por alguém. Não havia ninguém por perto, e esperei alguns minutos para ver se alguém voltaria para buscar, mas nenhuma pessoa apareceu. Então pensei que era melhor ver a quem pertencia. Tem uma carteira aqui dentro.

A professora Arnold encontrou a carteira, que examinou brevemente.

— E quando vi que era um membro da sua equipe, pensei em trazer para cá — continuou Malcolm.

— Um ponto de ônibus, você disse? Onde?

— Na rua Abingdon, do lado que vai para a cidade.

— Quando?

— Ontem de manhã.

Ela pôs a carteira na mesa e tirou uma das pastas. Depois de uma rápida olhada no conteúdo, fez o mesmo com as outras duas. Malcolm esperou que ela falasse. Finalmente, ela olhou para ele. Parecia avaliá-lo.

— Desculpe, minha secretária não informou o seu nome — ela disse.

— Ela não me perguntou. Meu nome é Malcolm Polstead. Sou catedrático da faculdade Durham. Quando mencionei o nome do dr. Hassall, porém, ela pareceu chocada e devo dizer que agora a senhora também parece. Isso tudo é genuíno, certo? Os cartões da universidade são reais? Existe um dr. Hassall e ele faz parte da sua equipe?

— Eu sinto muito, doutor... doutor? — Ele fez que sim. — Dr. Polstead, mas isto me pegou de surpresa. Por favor, sente-se.

Ele sentou-se na cadeira de frente para a mesa. Ela também se sentou e pegou o telefone.

— Preciso de um café — ela disse, e ergueu as sobrancelhas para Malcolm, que assentiu. — Você pode trazer dois cafés, Joan, por favor?

Ela pegou a carteira de novo e tirou cartões, papéis e dinheiro que colocou cuidadosamente em cima do mata-borrão da mesa.

— Por que o senhor não... — ela começou a dizer, parou e começou de novo: — O senhor pensou em levar isto para a polícia?

— A primeira coisa que fiz foi procurar na carteira, encontrar um nome e, quando vi o cartão dizendo que ele trabalhava aqui, achei que economizaria tempo se trouxesse diretamente para cá. Além disso, não pude evitar a curiosidade, porque, ao examinar o conteúdo, vi o nome de um lugar onde passei um tempinho, e me perguntei o que o dr. Hassall estaria pesquisando.

— Qual lugar?

— Lop Nor.

Ela então ficou mais que interessada. Na verdade, ficou desconfiada, até alarmada.

— O que o senhor fazia lá? — ela perguntou. — Sinto muito, isso soou como uma acusação.

— Estava procurando um túmulo. Sou historiador e a Rota da Seda tem sido um dos meus interesses há muito tempo. Não encontrei o túmulo, mas encontrei, sim, algumas outras coisas que fizeram a viagem valer a pena. Posso perguntar o que o dr. Hassall fazia na Ásia Central?

— Bom, ele é botânico, claro, então... Há um instituto de pesquisa que nós apoiamos junto com as universidades de Edimburgo e Leiden. Ele estava trabalhando lá.

— Por que lá? Não me lembro de ter muita vegetação ao redor do Lop Nor, alguns álamos, grama, tamariscos, acho...

— Para começar, as condições climáticas... obrigada, Joan, deixe ali... não são fáceis de reproduzir mais ao norte e oeste, principalmente aqui, à beira de um grande oceano. Depois, há o solo, que contém alguns minerais incomuns, e o conhecimento local. Eles cultivam flores que simplesmente... não podem ser cultivadas em nenhum outro lugar.

— E o dr. Hassall? Está de volta a Oxford? Estou curioso para saber... e não é da minha conta, eu sei... por que a senhora parece tão apreensiva.

— Estou apreensiva por ele. A verdade é que o dr. Hassall está desaparecido. Pensamos que tinha morrido.

— Mesmo? Quando começou a pensar isso?

— Semanas atrás. Ele desapareceu da Estação.

— Estação?

— Nós chamamos de Estação. O instituto de pesquisa em Tashbulak.

— O lugar perto de Lop Nor? E ele desapareceu?

Ela parecia cada vez mais desconfortável. Batucava com os dedos na mesa: unhas curtas, ele notou, e até mesmo um toque de sujeira nelas, como se estivesse mexendo com plantas quando ele chegou.

— Olhe, dr. Polstead, lamento parecer evasiva. O problema é que as comunicações com a Estação não são rápidas nem confiáveis. Parece óbvio que nossas informações sobre o dr. Hassall estavam erradas. É bom receber isto aqui... essas coisas... muito bom... porque pode significar que ele está vivo afinal, mas eu esperava, se foi ele que trouxe essas coisas para Oxford, é claro... teria sido maravilhoso se ele viesse pessoalmente... Apenas não consigo imaginar o que deu na cabeça de alguém para deixar essa sacola em um ponto de ônibus. Tenho certeza de que ele não faria isso. Outra pessoa, talvez... Estou absolutamente perplexa. Espero que ele não tenha... Muito obrigada, dr. Polstead, por trazer isso.

— O que a senhora vai fazer agora?

— A respeito disto aqui? Dessas coisas?

Ela estava com medo de alguma coisa e com medo também de revelar o fato para ele, um estranho. Seu daemon não saiu do ombro dela nem fechou os olhos, que encaravam Malcolm solenemente. Malcolm devolveu o olhar, tentando parecer afável, inofensivo, atencioso.

— É sobre rosas, não é? — perguntou ele.

Ela piscou. Seu daemon virou-se e enterrou a cara no cabelo dela.

— Por que diz isso?

— Duas coisas. Uma é as amostras, as sementes e o óleo de rosas. A outra é aquele livro surrado de capa vermelha. É um poema épico na língua tadjique chamado *Jahan e Rukhsana*. Um casal de amantes que procura um jardim de rosas. O dr. Hassall estava investigando alguma coisa relacionada a rosas?

— Estava, sim — disse ela. — Eu não sei mais nada a respeito porque, bom, tenho de supervisionar dezenas de projetos, teses de pós-graduação, o trabalho feito aqui, assim como o que fazem em Tashbulak, e minha própria pesquisa também...

Ela era uma das piores mentirosas que ele já tinha visto. Sentiu pena dela; a mulher estava tendo de improvisar uma defesa quando se achava em estado de choque.

— Não vou incomodar mais a senhora — disse ele. — Obrigado por explicar o que foi possível. Se por algum motivo precisar entrar em contato comigo... — Ele pôs um de seus cartões em cima da mesa.

— Obrigada, dr. Polstead — ela disse e apertou a mão dele.

— Me informe se tiver alguma notícia. Sinto como se eu agora tivesse uma ligação pessoal com o dr. Hassall.

Ele saiu do prédio e foi se sentar no jardim, onde um pouco de sol fraco iluminava os galhos nus dos arbustos e dois jovens faziam algo em uma horta perto das estufas.

— Devia ter contado para ela — disse Asta.

— Eu sei. Mas seria arrastar Lyra para a história. E envolver a polícia, sendo que foi um deles que matou Hassall.

— Mas o policial não estava agindo oficialmente, Mal, não é? Aquele que o Pan viu é corrupto. A polícia precisa saber o que aconteceu e ser informada sobre ele.

— Você está absolutamente certa, e eu me sinto péssimo com isso.

— Mas?

— Vamos contar para ela em breve. Contar para eles em breve.

— Quando?

— Quando a gente souber um pouco mais.

— E como vamos fazer isso?

— Ainda não tenho certeza.

Asta fechou os olhos. Malcolm desejou que Lyra não tivesse corrido o risco de pegar a mochila da estação sozinha; mas quem poderia ajudá-la? Certamente não ele. Não naquele momento. Uma vez que alguém testemunha um assassinato e decide não contar à polícia, está sozinho de verdade.

E isso o fez pensar nela novamente. Enquanto Asta jazia como uma esfinge na cadeira de madeira a seu lado, com os olhos semicerrados, Malcolm se perguntou como Lyra estava se saindo na Truta, se estaria segura lá, e uma dúzia de outras perguntas reunidas em torno de uma central na qual ainda não queria pensar. Será que ela tinha mudado completamente da menina mal-humorada e desdenhosa, cujas maneiras e atitude tinham sido tão difíceis de lidar quando ele foi seu professor, alguns anos antes? Ela parecia muito mais hesitante, reticente, insegura. Parecia solitária e infeliz, era visível. E havia o relacionamento estranho e frio com seu daemon... Mas, quando conversaram no pequeno restaurante, ela foi quase confiante, quase amigável; e seu prazer por ter escondido as coisas da mochila foi como uma pequena onda de riso, algo quase despreocupado; e encantador.

Essa questão central não ia embora. Ele voltava a ela inevitavelmente. Malcolm tinha consciência de sua terrível falta de jeito. Tinha consciência de todo tipo de contrastes: sua maturidade e a juventude dela, seu tamanho e a magreza dela, seu peso e a leveza dela... Podia passar horas observando Lyra. Seus olhos grandes, de cílios longos e de um azul gloriosamente vivo, mais expressivos do que qualquer um que encontrara; ela era tão jovem, mas já dava para ver onde as rugas do riso, as rugas de simpatia, as rugas de concentração surgiriam em anos vindouros e a deixariam ainda mais rica e mais cheia de vida. De cada lado da boca havia já um pequeno vinco feito pelo sorriso que parecia pairar logo abaixo da superfície, pronto para aflorar. Seu cabelo, cor de palha escura, era curto e desleixado, mas sempre macio e brilhante: uma ou duas vezes, quando era seu professor, ao se inclinar para ver um trabalho escrito, ele sentiu o tênue aroma daquele cabelo, não de xampu, mas de juventude cálida, e se afastara imediatamente. Naquela época, quando eram professor e aluna, qualquer coisa do tipo lhe pareceria tão errado que ele evitava antes mesmo que tomasse forma.

Mas, quatro anos depois, ainda seria errado pensar nisso? Sobre Lyra agora? Errado ansiar por colocar as mãos em seu rosto, naquelas faces quentes, e puxá-lo suavemente para si?

Já tinha se apaixonado antes; sabia o que estava acontecendo. Mas as garotas e mulheres que amara no passado tinham mais ou menos a idade dele. Na maioria das vezes. Na única exceção, a diferença era para o lado oposto. Nada do que ele sabia ajudava naquela situação, e Lyra estava em tal perigo e dificuldade no momento que incomodá-la com seus sentimentos seria imperdoável. Mas lá estava. Ele, Malcolm Polstead, de trinta e um anos, estava apaixonado por ela. Era impossível pensar que ela pudesse amá-lo um dia.

O silêncio do grande jardim, a conversa distante dos dois jovens botânicos, o raspar uniforme de suas enxadas, o ronronar de seu daemon, tudo combinado com as poucas horas dormidas e seu coração perturbado tornava tentador fechar os olhos e esperar sonhar com Lyra; então ele se pôs de pé e disse a Asta:

— Venha. Vamos lá, trabalhar um pouco.

Às onze da noite, o sr. e a sra. Polstead conversavam baixinho na cama. Era a segunda noite de Lyra na Truta. Ela estava em seu quarto; a moça que ajudava na cozinha, o garçom e o barman-assistente tinham todos ido para casa; não havia hóspedes.

— Não consigo entender essa moça — disse Reg Polstead.

— A Lyra? Como assim?

— Ela passa a impressão de ser bem alegre. Toda tagarela, simpática. Aí, às vezes, fica quieta e a expressão dela muda. Como se tivesse recebido más notícias.

— Não — disse a esposa —, não é assim. Ela não parece chocada. Parece solitária. Parece que está acostumada com isso e não espera nada diferente, mas é assim que ela é. Melancólica.

— Além do mais, ela quase não fala com aquele daemon — ele disse. — É como se fossem duas pessoas separadas.

— Ela era um bebê tão feliz. Ria, cantava, cheia de alegria... Veja bem, isso foi antes, você sabe.

— Antes da viagem do Malcolm. Bom, *ele* ficou diferente depois. Assim como Alice.

— Mas era de se esperar que eles fossem mais afetados, já que eram mais velhos. Ela era só um bebê. Eles não lembram das coisas. E naquela faculdade ela *está mesmo* sendo maltratada. É a casa dela, era de se imaginar que cuidariam melhor da menina. Não é de estranhar que ela esteja um pouco deprimida.

— Eu me pergunto se ela tem algum parente. Malcolm disse que o pai e a mãe dela morreram faz tempo.

— Se ela tem algum tio ou tia ou primo, acho que não valem de grande coisa — disse a sra. Polstead.

— Por quê?

— Eles deviam ter entrado em contato. Há muito tempo. Não é normal uma menina engaiolada lá com um bando de catedráticos velhos.

— Pode ser que ela tenha parentes que não liguem pra ela. Nesse caso, melhor pra ela ficar sem eles.

— Pode ser. Mas uma coisa eu te digo, ela é trabalhadeira. Vou ter que achar uma coisa melhor pra ela fazer. Ela faz o trabalho da Pauline mais depressa e melhor que a Pauline, e a Pauline vai se sentir jogada de lado se eu não der alguma coisa diferente pra Lyra.

— A gente não precisa do trabalho dela. Podia ficar tranquilamente como hóspede, acho eu.

— Eu também, amor, mas não é a gente que decide, é ela. Ela tem o trabalho da faculdade, mas precisa se sentir útil. Eu estou tentando pensar em alguma coisa extra, uma coisa que não seria feita se ela não fizer.

— É, tem razão, talvez. Vou dar uma pensada. Boa noite, meu bem.

Ele se virou na cama. Ela leu uma história de detetive durante cinco minutos, sentiu as pálpebras pesarem e apagou a luz.

Hannah Relf não sabia, mas Lyra andava experimentando o novo método de leitura do aletiômetro. Esse novo método não era de conhecimento público, porque se falava pouco sobre o aletiômetro, mas entre os pequenos grupos de especialistas era um tópico de entusiasmada especulação.

O instrumento que ela possuía era o que Malcolm encontrara na mochila de Gerard Bonneville e depois enfiara entre os cobertores da bebê Lyra quando lorde Asriel a entregara ao reitor da Jordan. O reitor havia dado o aletiômetro para Lyra quando ela tinha onze anos, e Lyra o levou com ela na grande aventura ao Ártico e além. No começo, aprendeu a lê-lo intuitivamente, como se fosse a coisa mais natural do mundo; mas não demorou muito até que perdesse a capacidade de fazer isso, incapaz de ver todas as conexões e semelhanças que antes eram tão claras sob os símbolos do mostrador.

A perda dessa capacidade foi dolorosa. Era um consolo, embora muito fraco, saber que através de um estudo empenhado ela conseguiria recuperar um pouco da habilidade de ler o aparelho; mas sempre precisaria dos livros em que gerações de acadêmicos haviam estabelecido suas descobertas sobre os símbolos e os elos entre eles. Mas que diferença! Era como perder a habilidade de voar velozmente e em compensação receber uma muleta para ajudar a mancar pelo chão.

E isso contribuía para sua melancolia. A sra. Polstead estava certa: a melancolia era o estado de espírito de Lyra naquele momento e, desde a sua desavença com Pan, ela não tinha ninguém para falar sobre isso. Como era absurdo que os dois fossem uma só pessoa e, no entanto, achassem tão difícil conversar ou até mesmo suportar a companhia um do outro em silêncio. Cada vez mais ela se pegava sussurrando para um fantasma, para sua ideia de como Will seria agora, naquele mundo inacessível dele.

Assim, o novo estilo de técnica aletiométrica veio como uma distração bem-vinda. Espalhou-se por meio de boatos, ninguém sabia por quem ou de onde; mas havia histórias de avanços dramáticos na compreensão, de uma revolução na teoria, de proezas sensacionais de leitores, em que os livros eram simplesmente redundantes, supérfluos. E Lyra começou a experimentar sozinha.

Em sua segunda noite na Truta, estava sentada na cama, os joelhos erguidos, envolta em cobertores por causa do frio, o aletiômetro nas mãos levemente em concha. O teto baixo e inclinado do quarto, o papel de parede com seu padrão de pequenas flores, o velho tapete gasto ao lado da cama, já davam uma sensação confortável, familiar, e a suave luz amarela da lâmpada de nafta ao lado fazia o quarto parecer mais quente do que um termômetro teria mostrado. Pan estava sentado embaixo da lâmpada; nos velhos tempos, ele teria se enroscado calorosamente entre os seios dela.

— O que você está fazendo? — ele perguntou. Seu tom era hostil.

— Vou tentar o método novo outra vez.

— Por quê? Deixou você doente da última vez.

— Estou experimentando. Tentando coisas.

— Eu não gosto do método novo, Lyra.

— Mas por quê?

— Porque quando você faz isso, parece perdida. Eu não sei dizer onde você está. E não acho que você saiba onde está. Você precisa de mais imaginação.

— *O quê?*

— Se você tivesse mais imaginação, seria melhor. Mas...

— O que você está dizendo? Que eu não tenho imaginação?

— Estou dizendo que você está tentando viver sem imaginação. Repito, são esses livros. Um deles diz que nada existe, o outro diz que não faz diferença de qualquer maneira.

— Não, não...

— Bom, se você não quer minha opinião, não me pergunte.

— Mas eu não... — Ela não sabia o que dizer. Estava profundamente chateada. Ele apenas a olhava, impassível. — O que eu devo fazer? — ela perguntou.

Ela queria dizer *sobre nós*. Mas em resposta Pan disse:

— Bom, você tem que ser capaz de imaginar. Mas no seu caso, não é tão fácil, não é?

— Eu não... Eu não tenho... Pan, eu simplesmente não sei o que você quer dizer. É como se a gente estivesse falando línguas diferentes. Sem ligação com...

— E o que você ia procurar?

— Nem sei mais. Você me confundiu. Mas tem alguma coisa errada. Acho que eu ia ver se conseguia descobrir o quê.

Ele desviou o olhar e mexeu lentamente a cauda de um lado para o outro, depois se virou completamente, pulou para a velha poltrona coberta de chintz e se encolheu para dormir.

127

Sem imaginação? Tentando viver sem imaginação? Nunca antes ela pensara no que podia ser sua imaginação. Se tivesse pensado, talvez sentisse que aquele aspecto de si mesma residia mais em Pan, porque ela era prática, direta, realista... Mas como sabia disso? Outras pessoas pareciam considerá-la assim, ou pelo menos a tratavam como se ela tivesse essas qualidades. Ela tinha amigos que chamaria de imaginativos: eles eram espirituosos, ou diziam coisas surpreendentes, ou sonhavam muito. Ela não era assim? Parecia que não. Não fazia ideia de por que doía tanto ouvir que não tinha imaginação.

Mas Pan havia dito que era por causa daqueles livros. Era verdade que a narrativa de *Os hiperchorasmianos* tratava com desprezo os personagens que eram artísticos, ou que escreviam poesia, ou que falavam sobre "o espiritual". Gottfried Brande queria dizer que a própria imaginação não tinha valor? Lyra não conseguia lembrar se ele mencionava isso diretamente: teria que pegar o livro e procurar. Quanto a Simon Talbot, em *O constante enganador*, ele exibia a própria imaginação o tempo todo, em uma espécie de brincadeira com a verdade, ao mesmo tempo cativante e cruel. O efeito era deslumbrante, vertiginoso, como se não houvesse responsabilidades, consequências, fatos.

Ela suspirou. Segurava o aletiômetro frouxamente com as duas mãos, os polegares livres para se mover pelas rodas serrilhadas, avaliando o peso familiar, observando rapidamente o reflexo da luz da lâmpada se mover quando o virava de um lado para o outro.

— Bom, Pan, eu tentei — ela disse, mas muito suavemente. — E você também, um pouco. Você simplesmente não conseguiu continuar. Não está interessado de verdade. O que a gente vai fazer? Não podemos continuar dessa maneira. Por que você me odeia tanto? Por que eu te odeio? Por que um não aguenta o outro?

Ela não estava mais com sono, apenas acordada e infeliz.

— Bem, agora não faz mais diferença — ela sussurrou.

Acomodou-se melhor, segurou o aletiômetro com mais força. Havia dois pontos de diferença entre o novo método e o clássico. O primeiro tinha a ver com a posição dos ponteiros no mostrador. O método clássico exigia que o leitor fizesse uma pergunta com cada ponteiro colocado em cima de um símbolo diferente, definindo assim exatamente o que queria saber. Mas com o novo método, os três ponteiros apontavam um símbolo, escolhido pelo leitor. Os leitores de formação clássica achavam isso extremamente pouco ortodoxo e desrespeitoso com a tradição, além de ser instável; em vez da investigação firme e metódica, possibilitada pela base sólida do triângulo dos três ponteiros, a única âncora do novo método permitia que surgisse um louco e imprevisível caos de significados à medida que a agulha disparava depressa de um ponto para outro.

A segunda diferença tinha a ver com a atitude do leitor. O método clássico pedia um estado de espírito cauteloso, atento, mas relaxado, que exigia bastante prática para administrar. Afinal de contas, parte da atenção do leitor tinha que estar disponível para consultar os livros que expunham os múltiplos significados de cada símbolo. O novo método, por outro lado, dispensava os livros. O leitor tinha de abandonar o controle e entrar em um estado de visão passiva onde nada era fixo e tudo era igualmente possível. Esse foi o motivo pelo qual tanto Hannah quanto Lyra tiveram que parar logo depois de começar suas tentativas: elas ficavam terrivelmente enjoadas.

Agora, sentada na cama e pensando sobre isso, Lyra ficou apreensiva.

— Será que pode dar errado? — sussurrou. — Posso me perder e nunca mais voltar...

Sim, era um risco. Sem perspectiva fixa ou um lugar sólido para se apoiar, poderia ser como se afogar em um mar revolto.

Entre o desespero e a relutância, ela girou as engrenagens até os três ponteiros ficarem em cima do cavalo. Ela não sabia o porquê. Então, segurou o aletiômetro, fechou os olhos, deixou sua mente despencar como um mergulhador de um penhasco alto.

— Não procure um lugar firme... vá no fluxo... fique nele... deixe que me inunde... dentro e fora outra vez... não existe nada firme... nenhuma perspectiva... — ela murmurou para si mesma.

Imagens do mostrador giraram para ela, passaram por ela, se afastaram de novo. Ora estava de cabeça para baixo, ora subia, ora despencava em uma profundidade terrível. Imagens que conhecera bem durante quase metade de sua vida baixavam sobre ela com um olhar estranho ou se escondiam na névoa. Ela se deixou vagar, flutuar, cair, sem segurar-se em nada. Ficava escuro, depois ofuscante. Estava em uma planície infinita pontilhada por emblemas fossilizados sob uma vasta lua. Estava em uma floresta que ressoava com sons de animais, gritos humanos e o sussurro de fantasmas aterrorizados. A hera subia para envolver o sol e puxá-lo para baixo em um prado onde um furioso touro preto bufava e raspava o chão.

Ela flutuou por tudo, sem intenção, livre de qualquer sentimento humano. Cena após cena se desenrolava, banal, delicada, horrível, e ela observava tudo, interessada, mas distante. Ela se perguntou se estava sonhando, se isso importava, e como poderia distinguir o que era significativo do que era trivial e acidental.

— Eu não sei! — ela sussurrou.

Tinha começado a sentir aquele horrível mal-estar que parecia ser a consequência inevitável que acompanhava o uso do novo método. Largou o instrumento imediatamente e respirou fundo até a náusea passar.

Deve haver um jeito melhor, pensou. Sentia claramente que *alguma coisa* estava acontecendo, embora fosse difícil dizer o quê. Ela imaginou o que perguntaria se tivesse alguns dos livros ali, se pudesse consultar as antigas autoridades sobre como enquadrar uma pergunta e interpretar a resposta, e soube de imediato: ia perguntar sobre o gato no sonho. Seria o daemon de Will e, se fosse, o que significava?

Mas a ideia a deixou perturbada. O ceticismo universal que aprendeu com Brande e Talbot, de jeitos diferentes, fazia com que ela rejeitasse severamente o mundo dos sonhos e significados ocultos. Eram coisas infantis, lixo sem valor.

Mas o que era o próprio aletiômetro, se não um caminho para aquele mesmo mundo? Ela estava horrivelmente dividida.

No entanto, aquele gato cor de sombra no gramado ao luar...

Pegou o aletiômetro de novo e girou os três ponteiros para o pássaro, que representava daemons em geral. Fechou os olhos outra vez e pôs o instrumento no colo, segurando-o sem força. Tentou invocar o clima do sonho, o que, na verdade, não era difícil: ele estava colado a sua mente como um perfume delicado. Como o daemon tinha vindo até ela, confiante, feliz, oferecendo a cabeça para ser acariciada por Lyra; como seu pelo parecia quase eletrificado de adoração; como ela sabia que o daemon era Kirjava, e ela tinha permissão de tocá-la porque amava Will, e como Will devia estar por perto...

De repente, a cena mudou. Ainda em transe, ela se viu em um prédio elegante, em um corredor, com as janelas abertas para um pátio estreito abaixo, onde uma grande limusine brilhava ao sol de inverno. As paredes do corredor estavam pintadas ou desbotadas em um verde-pálido, esbranquiçado ao sol tênue de uma tarde de inverno.

E lá estava o daemon-gato outra vez!

Ou... apenas um gato, sentado calmamente dessa vez, a observá-la. Não Kirjava. Quando Lyra, em um redemoinho de esperança e decepção, se aproximou, o gato virou-se e se afastou na direção de uma porta aberta. Lyra foi atrás. Viu pela porta uma sala forrada de livros onde um jovem segurava um aletiômetro, e era...

— Will! — ela disse em voz alta.

Não pôde evitar. O cabelo negro, a mandíbula forte, a tensão com que se portava... então ele olhou para ela e não era Will, mas outra pessoa, mais ou menos da sua idade, magro, intenso, arrogante. E tinha um daemon que não era um gato: era um gavião-da-europa, empoleirado nas costas da cadeira, olhos amarelos fixados nela. Onde estava Kirjava agora? Lyra olhou em volta: o gato havia desaparecido. Um lampejo de reconhecimento passou entre Lyra e o jovem, mas estavam reconhecendo coisas diferentes: ele sabia que ela era a garota que seu empregador, Marcel Delamare, tanto queria, por alguma razão, a garota que tinha o aletiômetro de seu próprio pai, e ela sabia que ele era o inventor do novo método.

Antes que ele pudesse se mexer, ela estendeu a mão e fechou a porta entre eles.

Lyra então piscou, sacudiu a cabeça, e viu-se na cama aquecida da Truta. Estava fraca de assombro e tonta de choque. Ele era tão parecido com Will... naquele primeiro momento, que explosão de alegria em seu peito! E então, que decepção profunda, seguida imediatamente por uma surpresa desagradável, porque ela sabia onde era aquele lugar, o que ele estava fazendo e quem ele era. E aonde a gata tinha ido? Por que ela estivera lá, afinal? Estaria levando Lyra ao jovem?

Ela não notou Pan olhando, sentado tenso, na cadeira ao lado da cama.

Deixou o aletiômetro na mesa de cabeceira e pegou papel e lápis. Trabalhou depressa, enquanto a visão já começava a desaparecer de sua mente, e anotou tudo o que conseguiu.

Pan a observou por um minuto ou dois e depois se enrolou novamente na poltrona. Ele não dormia no travesseiro dela havia várias noites.

* * *

Ele não se mexeu até Lyra terminar de escrever e apagar a luz, então esperou um pouco mais, até a respiração regular de Lyra lhe dizer que ela estava dormindo. Em seguida, pegou um caderninho esfarrapado de dentro do livro maior em que o tinha escondido, segurou-o com firmeza nos dentes e pulou para o peitoril da janela.

Ele já havia inspecionado a janela, que não tinha trava, mas uma simples presilha de ferro no caixilho, então não precisou da ajuda de Lyra para abrir. Um momento depois, estava do lado de fora sobre os velhos ladrilhos de pedra, depois um salto para uma macieira, uma corrida pelo gramado, um galope pela ponte, e logo disparava livremente na ampla extensão de Port Meadow na direção do distante campanário do oratório de São Barnabé, pálido contra o céu noturno. Pan passou depressa pelo meio de um grupo de pôneis adormecidos, que se mexeram incomodados: talvez um deles fosse o animal em cujas costas ele pulara no ano anterior, cravando as garras até a pobre criatura galopar em frenesi e finalmente jogá-lo longe, quando caiu na grama rindo, deliciado. Lyra não sabia de nada disso.

Assim como ela não sabia nada sobre o caderninho que ele levava entre os dentes. Era proveniente da mochila do dr. Hassall, cheio de nomes e endereços, e ele o escondera porque tinha visto nele algo que Lyra não notara; e uma vez escondido, ele concluiu que ainda não havia chegado a hora ideal para contar a ela.

Correu, leve, incansável, silencioso, até chegar ao canal que corria ao longo da borda leste do campo. Em vez de nadar e pôr em risco o caderno, ele deslizou pela grama até chegar à pequena ponte que levava à rua Walton Well e às ruas de Jericó. Tinha de tomar muito cuidado de agora em diante; não era nem meia-noite, havia vários pubs ainda abertos, e as luzes amarelas dos postes em cada esquina tornavam impossível se esconder daquele lado.

Em vez disso, manteve-se no caminho de sirga, correndo depressa e parando com frequência para olhar e ouvir, até chegar a um portão de ferro à esquerda. Em um momento passou por ele e estava no terreno da Siderúrgica Eagle, onde se erguiam grandes edifícios. Um caminho estreito levava a um portão semelhante que se abria ao final da rua Juxon, que consistia em um alinhamento de pequenas casas de alvenaria construídas para os funcionários da siderúrgica ou da Gráfica Fell ali perto. Pan ficou do lado de dentro do portão, à sombra dos prédios, porque dois homens conversavam na rua.

Finalmente, os dois disseram boa-noite, um deles abriu uma porta, e os passos do outro se afastaram, instáveis, na direção da rua Walton. Pan esperou outro minuto e deslizou pelo portão e por cima do muro baixo em frente à última casa.

Ele se agachou ao lado da mal iluminada janelinha do porão, tão coberta de fumaça e poeira que era impossível enxergar através dela. Estava procurando por uma voz masculina, e logo a escutou, uma frase ou duas em um tom rouco de conversa, e as respostas em um tom mais leve e límpido.

Eles estavam ali, e trabalhando: era tudo o que precisava saber. Bateu na janela e as vozes pararam imediatamente. Uma forma escura saltou para o peitoril estreito da janela, espiou para fora e, um momento depois, saiu do caminho para deixar o homem destrancar a janela.

Pan entrou e pulou no chão de pedra do porão para saudar o daemon-gato, cujo pelo negro parecia absorver a luz. Uma grande fornalha ardia no centro da sala e o calor era intenso. O lugar parecia uma combinação de forja de ferreiro e laboratório químico, escuro de fuligem e repleto de teias de aranha.

— Pantalaimon — disse o homem. — Bem-vindo. Faz um bom tempo que não te vemos.

— Sr. Makepeace — disse Pan, largando o caderno para falar. — Como está?

— Ativo, pelo menos — disse Makepeace. — Você veio sozinho?

Ele tinha cerca de setenta anos, e era profundamente enrugado. Sua pele tinha manchas, pela idade ou pela fumaça que enchia o ar. Pan e Lyra tinham conhecido Sebastian Makepeace alguns anos antes, em um pequeno episódio peculiar envolvendo uma feiticeira e seu daemon. Eles o visitaram várias vezes desde então, familiarizando-se com sua ironia, com a desordem indescritível do laboratório, seu conhecimento de coisas curiosas e a bondosa paciência de seu daemon, Mary. Ela e Makepeace sabiam que Lyra e Pan podiam se separar: a feiticeira cujo engano os aproximara um dia fora amante dele, que sabia do poder que as feiticeiras tinham.

— Sim — disse Pan. — Lyra está... bom, ela está dormindo. Eu queria te perguntar uma coisa. Não quero interromper.

Makepeace colocou uma luva surrada e ajustou a posição de um recipiente de ferro na borda da fornalha.

— Isto aqui pode continuar no fogo mais um pouco — disse ele. — Sente-se, rapazinho. Eu vou fumar enquanto conversamos.

O homem pegou um pequeno charuto de uma gaveta e acendeu. Pan gostava do cheiro de fumaça, mas se perguntou se seria capaz de sentir o cheiro com toda aquela atmosfera. O alquimista se sentou em um banquinho e olhou diretamente para ele.

— Muito bem, o que tem nesse caderno?

Pan o pegou, estendeu para ele, e então contou sobre o assassinato e os eventos que se seguiram. Makepeace ouviu atentamente, e Mary se sentou a seus pés, os olhos em Pan enquanto ele falava.

— E a razão por que eu escondi, e a razão por que trouxe aqui, é que seu nome está nele. É uma espécie de livro de endereços. Lyra não percebeu, mas eu sim — concluiu Pan.

— Me deixe dar uma olhada — disse Makepeace, colocando os óculos.

O daemon dele saltou para o seu colo, e ambos olharam atentamente para a lista de nomes de pessoas e seus daemons, e os endereços no livrinho. Cada nome e endereço tinha sido escrito com caligrafia diferente. Não estavam em ordem alfabética; na verdade, Pan achava que pareciam ordenados geograficamente, de leste para oeste, a começar por um lugar chamado Khwarezm e terminando em Edimburgo, depois de passar por cidades e vilas da maioria dos países europeus. Pan tinha estudado isso secretamente três ou quatro vezes, e não encontrara nada que sugerisse uma conexão entre eles.

O alquimista parecia procurar alguns nomes em particular.

— O seu nome é o único em Oxford — disse Pan. — Eu só queria saber se o senhor conhecia essa lista. E o motivo de o homem estar com ela.

— Você disse que ele podia se separar de seu daemon?

— Pouco antes de morrer, sim. Ela voou até a árvore e me pediu ajuda.

— E por que você não contou para Lyra?

— Eu... Simplesmente nunca apareceu a hora certa.

— É uma pena — disse Makepeace. — Bom, você deveria dar isto para ela. É muito valioso. Esse tipo de lista tem nome: é conhecido como *clavicula adiumenti*.

Ele apontou para um pequeno par de letras em relevo na guarda do livro, embaixo, perto da lombada: C.A. O livrinho estava tão manuseado e gasto que quase não dava para ver. Depois folheou as páginas até a metade, tirou um lápis curto do bolso do colete e virou o caderno de lado para escrever alguma coisa.

— O que quer dizer? — Pan perguntou. — *Clavicula*... E quem são essas pessoas? O senhor conhece todos? Eu não consegui enxergar nenhuma ligação entre os nomes.

— Não, você não seria capaz.

— O que o senhor escreveu?

— Um nome que estava faltando.

— Por que virou de lado?

— Para caber na página, claro. Vou dizer de novo: entregue para Lyra e volte aqui com ela. Então eu conto o que isso quer dizer. Não enquanto não estiverem os dois juntos.

— Isso não vai ser fácil — disse Pan. — A gente mal se fala agora. Continuamos brigando. É horrível e não conseguimos parar.

— Brigam por quê?

— A mais recente, hoje à noite, foi por causa da imaginação. Eu disse que ela não tinha imaginação e ela ficou chateada.

— Isso te surpreendeu?

— Não. Acho que não.

— Por que vocês estavam discutindo sobre imaginação?

— Nem sei mais. O mais provável é que a gente nem tenha usado a palavra pensando no mesmo sentido.

— Você não vai entender nada sobre a imaginação enquanto não perceber que não se trata de inventar coisas, mas de percepção. Por que mais vocês têm brigado?

— Por tudo. Ela mudou. Ela tem lido uns livros... Já ouviu falar de Gottfried Brande?

— Não. Mas não me conte o que acha dele. Me diga o que a Lyra diria.

— Humm. Tudo bem, vou tentar... Brande é um filósofo. Chamado de Sábio de Wittenberg. Pelo menos por alguns. Escreveu um romance enorme chamado *Os hiperchorasmianos*. Eu nem sei o que isso quer dizer: ele não fala disso no texto.

— São aqueles que vivem além de Chorasmia, quer dizer, a região a leste do mar Cáspio. Agora conhecida como Khwarezm. E...

— Khwa... o quê? Acho que esse nome está na lista.

Makepeace abriu o caderno novamente e concordou.

— Está, sim, aqui. E o que Lyra acha desse romance?

— Ela ficou meio hipnotizada com o livro. E daí em diante, ela...

— Você está me dizendo o que *você* pensa. Me diga o que ela diria, se eu perguntasse.

— Bem. Ela diria que é uma obra de imenso alcance e força... Um mundo totalmente convincente... Diferente de qualquer outra coisa que ela já leu... Uma... uma... uma visão nova da natureza humana que abalou todas as convicções anteriores dela e... mostrou a vida de uma perspectiva completamente nova... Algo nesse estilo, provavelmente.

— Você está sendo sarcástico.

— Não consigo evitar. Odeio o livro. Os personagens são uns monstros egoístas e cegos para todos os sentimentos humanos... são arrogantes e dominadores ou servis e dissimulados, ou então frívolos, artísticos, inúteis... No mundo deles só existe um valor, que é a razão. O autor é tão racional que chega a ser maluco. Nada mais tem qualquer importância. Para ele, a imaginação é apenas sem sentido e desprezível. O universo todo que ele descreve é simplesmente *árido*.

— Se ele é filósofo, por que escreveu um romance? Ele acha que romance é uma boa forma para a filosofia?

— Ele escreveu vários outros livros, mas é só por esse que ele é famoso. Nós não... Lyra não leu nenhum dos outros.

O alquimista bateu a cinza do charuto na fornalha e olhou o fogo. Seu daemon, Mary, estava sentada a seus pés, os olhos meio fechados, com um ronronar constante.

— Já soube de alguma pessoa e seu daemon que se odiassem? — Pan perguntou depois de um minuto.

— É mais comum do que você imagina.

— Mesmo entre pessoas que não podem se separar?

— Para esses pode ser pior.

Pan pensou: *É, seria.* O vapor subia do recipiente de ferro no fogo.

— Sr. Makepeace, no que está trabalhando agora? — ele perguntou.

— Estou fazendo sopa — disse o alquimista.

— Ah — disse Pan, e então percebeu que o velho estava brincando. — Não, o que é de verdade?

— Sabe o que quer dizer campo?

— Como campo magnético?

— Sim. Mas este aqui é muito difícil de detectar.

— O que ele faz?

— Estou tentando imaginar.

— Mas se o senhor... Ah, entendi. O senhor quer dizer que está tentando perceber o campo.

— Certo.

— Precisa de equipamento especial?

— Talvez dê para fazer isso com instrumentos imensamente caros que usam quantidades colossais de energia e ocupam quilômetros de espaço. Estou limitado ao que está aqui no meu laboratório. Uma ou outra folha de ouro, vários espelhos, uma luz brilhante, várias coisinhas que precisei inventar.

— Funciona?

— Claro que funciona.

— Eu lembro que, quando a gente se conheceu, o senhor disse para Lyra que se as pessoas pensam que você está tentando tirar ouro de chumbo, elas acham que está perdendo tempo, e aí não se dão ao trabalho de descobrir o que você está fazendo de verdade.

— É, eu disse.

— Naquela época, o senhor estava tentando encontrar esse campo?

— Estava. Agora que o encontrei, estou tentando descobrir se é o mesmo em todos os lugares, ou se isso varia.

— O senhor usa todas as coisas que tem aqui?

— Todas têm um uso.

— E o que está preparando no recipiente de ferro?

— Sopa, como eu te disse.

Ele se levantou para mexer. Pan de repente se sentiu cansado. Descobrira algumas coisas, mas elas não eram necessariamente úteis; e agora tinha que percorrer todo o caminho de volta através de Port Meadow, esconder o caderno de novo, e, em algum momento, contar a Lyra.

— *Clavicula...* — disse ele, tentando lembrar, e Makepeace acrescentou:
— *Adiumenti.*
— *Adiumenti.* Vou embora. Obrigado pela explicação. Bom apetite com sua sopa.
— Conte para Lyra, conte logo, e volte aqui com ela.
A daemon-gata preta parou para tocar o nariz no dele, e Pan saiu.

10. A SALA LINNAEUS

Na manhã seguinte, chegou uma carta da faculdade Durham, entregue em mãos, para Malcolm. Ele a abriu na cabine do porteiro e viu que o papel tinha o cabeçalho *Gabinete do Diretor, Jardim Botânico, Oxford*, e leu:

Caro dr. Polstead,

Sinto que deveria ter sido mais honesta com o senhor ontem sobre o dr. Hassall e sua pesquisa. O fato é que as circunstâncias estão mudando rapidamente, e o assunto é mais urgente do que parece. Nós convocamos uma pequena reunião entre várias partes interessadas no caso e eu me pergunto se o senhor poderia participar. Seu conhecimento da área e dos itens que encontrou significa que pode contribuir com nossa discussão. Eu não pediria, se não fosse grave e urgente.

Vamos nos encontrar esta noite às dezoito horas, aqui no Garden. Se puder vir (e espero que possa), por favor, pergunte no portão pela Sala Linnaeus.

Atenciosamente,
Lucy Arnold

Ele olhou para a data na carta: tinha sido escrita naquela manhã. Asta, ao ler com ele no balcão da janela do porteiro, disse:

— Devíamos contar para Hannah. Dá tempo?

Ele tinha uma reunião da faculdade no meio da manhã. Olhou dentro da cabine e viu a hora no relógio do porteiro: nove e cinco.

— Sim, conseguimos — disse.

— Eu quis dizer para ela — disse Asta. — Hannah vai para Londres hoje de manhã.

— É verdade. Melhor a gente se apressar, então — disse Malcolm, e Asta saltou e foi atrás dele.

Dez minutos depois, ele tocava a campainha de Hannah Relf e, trinta segundos depois, ela o deixava entrar, dizendo:

— Então você viu o *Oxford Times*?

— Não. Sobre o quê?

Ela estendeu o jornal. Era a edição vespertina do dia anterior e ela virou para a página cinco, onde lia-se uma manchete: ENCONTRADO CORPO EM IFFLEY LOCK. NÃO FOI AFOGAMENTO, DIZ A POLÍCIA.

Ele passou os olhos pela história rapidamente. Iffley Lock estava a cerca de um quilômetro e meio rio abaixo de onde Pan tinha visto o ataque, e o guarda do dique tinha encontrado o corpo de um homem de cerca de quarenta anos, brutalmente espancado e que parecia ter morrido antes de o corpo entrar na água. A polícia havia aberto um inquérito sobre o assassinato.

— Só pode ser ele — disse Malcolm. — Coitado. Bom, Lucy Arnold já deve saber. Talvez estivesse se referindo a isso.

— Do que você está falando?

— Vim te mostrar isso — ele disse, e entregou-lhe a carta.

— *As circunstâncias estão mudando rapidamente* — Hannah leu. — É. Pode ser mesmo. Ela é muito cautelosa.

— Não fala de polícia. Se não havia nenhuma identificação no corpo, eles não devem saber quem era, e ela pode ainda não estar ciente. Você sabe alguma coisa sobre ela? Já a conheceu?

— Conheço pouco. Mulher intensa, apaixonada, quase trágica, foi o que pensei algumas vezes. Ou melhor, o que senti. Não tenho motivos para pensar isso.

— Não importa. Faz parte do quadro geral. De qualquer forma, eu vou a essa reunião dela. Você acha que vai encontrar Glenys em Londres?

— Claro. Ela vai estar lá com certeza. Vou me certificar de que fique sabendo.

Ela tirou o sobretudo do cabide de chapéus.

— Como está Lyra? — perguntou, enquanto ele segurava o casaco para ela.

— Abatida. Não é de admirar.

— Diga a ela para vir me ver quando tiver uma horinha. Ah, Malcolm: a viagem do dr. Strauss pelo deserto e o prédio vermelho...

— O que tem?

— Essa palavra, *akterrakeh*, faz ideia do que pode significar?

— Nenhuma, sinto muito. Pelo que sei, não é uma palavra tadjique.

— Ah, bom. Eu me pergunto se o aletiômetro poderia esclarecer. Até logo.

— Dê lembranças a Glenys.

Glenys Godwin era a atual diretora da Oakley Street. Thomas Nugent, que era o diretor quando Hannah se juntou à organização, falecera no começo do ano, e ela estava indo para seu serviço fúnebre. A sra. Godwin precisara se aposentar como oficial de campo alguns anos antes, quando contraiu uma febre tropical cujo efeito foi paralisar seu daemon, mas seu discernimento era ao mesmo tempo sólido e ousado, e a memória de seu daemon era refinada e extensa. Malcolm a admirava muito. Era viúva, seu único filho morrera da mesma febre que a infectara, e ela foi a primeira mulher a dirigir a Oakley Street; seus inimigos políticos esperavam em vão que ela cometesse um erro.

Depois do funeral, Hannah conseguiu falar com ela por dez minutos. Estavam sentadas em um canto sossegado do salão do hotel, onde várias outras pessoas da Oakley Street estavam bebendo. Ela resumiu rapidamente tudo o que sabia sobre o assassinato, a mochila, o diário de Strauss e o convite de Malcolm para aquela reunião convocada às pressas.

Glenys Godwin tinha cinquenta e poucos anos, era pequena e corpulenta, o cabelo cinza-escuro era simples e bem cuidado. O rosto era cheio de emoção e movimento — expressivo demais, Hannah pensara muitas vezes, para alguém em sua posição, onde teria sido preferível uma inescrutabilidade de aço. A mão esquerda deslizava suavemente sobre seu daemon, um pequeno gato almiscarado, deitado em seu colo, ouvindo atentamente. Quando Hannah terminou, ela disse:

— A jovem Lyra da Língua Mágica, é? Nome fora do comum. Onde ela está agora?

— Com os pais de Malcolm. Eles têm uma estalagem no rio.

— Ela precisa de proteção?

— Acho que precisa, sim. Ela... Você sabe sobre o passado dela?

— Não. Um dia você me conta, mas não agora. Claro que Malcolm tem de ir a essa reunião, é um negócio típico da Oakley Street. Existe uma conexão com a teologia experimental; disso podemos ter certeza. Um homem chamado...

— Brewster Napier — disse a voz fantasmagórica de seu daemon.

— Esse mesmo. Ele publicou um artigo alguns anos atrás, que chamou nossa atenção. Como era o título?

— "Alguns efeitos do óleo de rosa na microscopia de luz polarizada" — respondeu o daemon de Godwin. — Em *Atas do Instituto Microscópico de Leiden*. Napier e Stevenson, dois anos atrás.

Suas palavras eram serenas, contidas, mas perfeitamente claras. Não pela primeira vez, Hannah ficou maravilhada com sua memória.

— Você teve contato com esse Napier? — Hannah perguntou.

— Não diretamente. Investigamos seu passado com muito cuidado e em surdina, e não tem nada de errado. Até onde sabemos, o Magisterium não percebeu as implicações de seu trabalho, e nós não queremos chamar a atenção deles ao demonstrar um interesse aberto. Esse negócio que Malcolm descobriu é apenas mais uma indicação de que algo está acontecendo. Fico feliz que você tenha me contado. Você disse que ele copiou todos os papéis da mochila?

— Tudo. Imagino que ele vá levar para você até segunda-feira.

— Estarei esperando.

Quase ao mesmo tempo, Lyra conversava com a ajudante de cozinha da Truta. Pauline tinha dezessete anos, bonita e tímida, ficava vermelha com facilidade. Enquanto Pan conversava embaixo da mesa da cozinha com seu daemon-camundongo, Pauline cortava cebolas e Lyra descascava batatas.

— Bom, ele foi meu professor durante um tempo — disse Lyra em resposta a uma pergunta sobre como ela conhecia Malcolm. — Mas eu fui horrível com todo mundo naquela época. Nunca pensei que ele tivesse uma vida fora da faculdade. Achava que guardavam ele em um armário à noite. Há quanto tempo você está trabalhando aqui?

— Comecei ano passado, só meio expediente. Aí a Brenda pediu para eu fazer mais algumas horas, e... Trabalho na Boswell também, segundas e quintas-feiras.

— É mesmo? Eu trabalhei na Boswell um tempo. Assistente de cozinha. Trabalho duro.

— Estou no Armarinho.

Ela acabou as cebolas e pôs em uma caçarola grande no fogão.

— O que você está fazendo? — Lyra perguntou.

— Começando uma caçarola de carne de caça. A Brenda vai fazer a maior parte. Tem uns temperos especiais que ela coloca, eu não sei quais. Estou apenas aprendendo.

— Ela faz um prato grande todo dia?

— Costumava. Principalmente assados e tal, peças no espeto. Aí o Malcolm sugeriu variar um pouco. Ele deu boas sugestões. — Ela estava corando novamente. Virou-se para mexer as cebolas, que espirravam na gordura.

— Você conhece o Malcolm faz muito tempo? — perguntou Lyra.

— Faz, sim. Acho... Quando eu era pequena, ele... Achava que ele era... Não sei. Ele sempre foi legal comigo. Eu achava que ele ia cuidar da estalagem quando o Reg se aposentasse, mas não consigo mais enxergar isso. Ele está mais pra professor agora. A gente não se vê muito.

— Você gostaria de gerenciar um bar?

— Ah, eu não ia conseguir.

— Mas seria divertido.

O daemon de Pauline correu até o ombro dela e sussurrou em seu ouvido; a garota baixou a cabeça, balançando-a levemente e fazendo seus cachos escuros baixarem e esconderem suas faces vermelhas. Ela deu uma mexida final nas cebolas e pôs a tampa na caçarola antes de afastá-la um pouco da chama. Lyra ficou olhando discretamente; viu-se fascinada com o constrangimento da garota e lamentou ter sido ela a provocá-lo, sem saber por quê.

Um pouco mais tarde, quando estavam sentados no terraço, vendo o rio passar, Pan disse a ela:

— Ela está apaixonada por ele.

— O quê? Pelo *Malcolm*? — Lyra não podia acreditar.

— E se você não estivesse tão voltada para si mesma, teria visto isso imediatamente.

— Não estou — ela disse, mas soou pouco convincente até para si mesma. — Só que... Mas ele não é velho demais?

— Ela claramente não acha. De qualquer forma, eu não acho que ele esteja apaixonado por ela.

— O daemon dela que te contou?

— Não foi preciso.

Lyra estava chocada e não fazia ideia do motivo. Não era chocante: era só... Bom, era o *dr. Polstead*. Mas, por outro lado, ele estava diferente agora. Até se vestia de outro jeito. Em casa, na Truta, Malcolm usava uma camisa xadrez com as mangas arregaçadas, revelando os pelos dourados dos antebraços, um colete de fustão e calça de veludo cotelê. Parecia um fazendeiro, ela achava, e muito pouco um catedrático. Dava a aparência de estar perfeitamente à vontade naquele mundo de pescadores e trabalhadores rurais, de caçadores e vendedores ambulantes; calmo, forte e bem-humorado, parecia fazer parte daquele lugar a vida inteira.

E claro que havia feito mesmo. Não era de admirar que servisse bebidas com tanta destreza, falasse à vontade tanto com estranhos como com os clientes regulares, lidasse com os problemas de maneira tão eficiente. Na noite anterior, dois clientes quase chegaram às vias de fato por causa de um jogo de cartas, e Malcolm os levou para fora quase antes que Lyra notasse. Ela não sabia bem se se sentia mais à vontade com aquele novo Malcolm do que com o antigo dr. Polstead, mas percebia que ele era alguém a ser respeitado. Porém se apaixonar...? Resolveu evitar falar sobre ele de novo. Ela gostava de Pauline, e não queria pensar que tinha deixado a menina constrangida.

Quando Malcolm chegou ao Jardim Botânico, pouco antes das seis da tarde, viu luz em uma das janelas do prédio administrativo; fora isso, o lugar estava escuro. A persiana do porteiro estava fechada e ele bateu de leve.

Ouviu movimento lá dentro e viu um brilho se formando na beira da persiana, como se alguém se aproximasse com uma lâmpada.

— O jardim está fechado — disse uma voz do lado de dentro.

— Sim. Mas eu vim para uma reunião com a professora Arnold. Ela me disse para perguntar pela sala Linnaeus.

— Nome, senhor?

— Polstead. Malcolm Polstead.

— Certo... Entendi. A porta principal está aberta, e a sala Linnaeus fica no andar de cima, a segunda à direita.

A porta principal do prédio administrativo dava para o jardim. Estava levemente iluminada por uma luz no topo da escada, e Malcolm encontrou a sala Linnaeus ao longo do corredor do escritório do diretor, onde estivera com a professora Arnold no dia anterior. Ele bateu na porta e ouviu um murmúrio de conversa parar.

A porta se abriu e ali estava Lucy Arnold. Malcolm se lembrou da palavra de Hannah: *trágica*. Essa era a expressão dela, e ele percebeu de imediato que ela já sabia da descoberta do corpo de Hassall.

— Espero não estar atrasado — disse ele.

— Não. Por favor, entre. Ainda não começamos, mas não falta mais ninguém...

Além dela, havia cinco pessoas sentadas à mesa de reuniões, à luz de duas lâmpadas ambáricas baixas que deixavam os cantos da sala na penumbra. Ele conhecia um pouco dois deles: um era o especialista em política asiática de St. Edmund Hall e o outro era um clérigo chamado Charles Capes. Malcolm sabia que ele era um teólogo, mas Hannah lhe dissera que Capes era, na verdade, um amigo secreto da Oakley Street.

Malcolm tomou seu lugar à mesa e Lucy Arnold se sentou.

— Estamos todos aqui — disse ela. — Vamos começar. Para aqueles que ainda não sabem, a polícia encontrou ontem um corpo no rio que foi identificado como o de Roderick Hassall.

Ela falava com severo autocontrole, mas Malcolm achou ter ouvido um tremor em sua voz. Um ou dois dos outros em volta da mesa soltaram um murmúrio de choque ou de comiseração. Ela continuou:

— Chamei todos vocês porque acho que precisamos compartilhar nosso conhecimento sobre essa questão e decidir o que fazer em seguida. Creio que nem todos se conhecem, então peço que se apresentem brevemente. Charles, você pode começar?

Charles Capes era um homem pequeno, asseado, com uns sessenta anos, e usava colarinho clerical. Seu daemon era um lêmure.

— Charles Capes, professor de Divindade da cadeira Thackeray — disse ele. — Mas estou aqui porque conheci Roderick Hassall e passei algum tempo na região onde ele estava trabalhando.

A mulher ao lado dele, mais ou menos da idade de Malcolm, muito pálida e ansiosa, disse:

— Annabel Milner, Ciência das Plantas. Eu... eu estava trabalhando com o dr. Hassall na questão das rosas antes de ele ir, hã, para Lop Nor.

Malcolm foi o próximo.

— Malcolm Polstead, historiador. Encontrei alguns papéis em uma sacola em um ponto de ônibus. O nome do dr. Hassall e o seu cartão da universidade estavam entre eles, então eu trouxe para cá. Assim como o professor Capes, eu trabalhei na mesma região do mundo, então fiquei curioso.

A pessoa sentada ao lado dele era um homem esbelto, de traços escuros, com seus cinquenta e poucos anos, cujo daemon era um falcão. Ele fez um aceno de cabeça para Malcolm e disse:

— Timur Ghazarian. Minha área de interesse é a história e a política da Ásia Central. Tive várias conversas com o dr. Hassall sobre a região antes de ele ir para lá.

O próximo a falar foi um homem de cabelos cor de areia, com sotaque escocês.

— Meu nome é Brewster Napier. Junto com minha colega Margery Stevenson, escrevi o primeiro artigo sobre o efeito do óleo de rosa na microscopia. Em vista do que aconteceu desde então, fiquei alarmado e profundamente interessado ao ser chamado por Lucy esta manhã. Assim como o professor Ghazarian, conversei com o dr. Hassall da última vez em que esteve em Oxford. Estou chocado por saber de sua morte.

A última pessoa era um homem um pouco mais velho que Malcolm, com cabelos louros, finos, e queixo comprido. Sua expressão era sombria.

— Lars Johnsson — disse ele. — Fui diretor da estação de pesquisa de Tashbulak antes de Ted Cartwright assumir. O local onde Roderick estava trabalhando.

Lucy Arnold disse:

— Obrigada. Vou começar. A polícia veio até mim hoje de manhã para perguntar se eu poderia identificar o corpo que encontraram no rio. Havia um crachá dentro... dentro da camisa do homem morto, e eles fizeram a ligação entre o seu nome e o Jardim. Listas de funcionários são fáceis de encontrar. Fui com eles, e era ele, sim, era o Roderick. Eu nunca mais quero ter de fazer isso. É óbvio que foi assassinado. O estranho é que o motivo não parece ter sido roubo. Ontem de manhã, o dr. Polstead — ela olhou para ele — encontrou uma sacola de compras na rua Abingdon, que continha a carteira de Roderick e uma série de outras coisas, e ele trouxe para mim. Francamente, a polícia não parecia muito interessada nisso. Pelo que entendi, eles acham que foi apenas um ataque sem sentido. Mas chamei todos vocês aqui porque cada um tem uma parte das informações de que precisamos para chegar a entender o que aconteceu. E o que continua acontecendo. Isto é... o negócio é o seguinte... Eu acho que estamos pisando em terreno perigoso. Vou pedir que cada um de vocês fale por si e depois abrimos para uma discussão mais geral... Brewster, você poderia nos contar como tudo começou para você?

— Certamente — disse ele. — Há alguns anos, uma técnica do meu laboratório percebeu que estava tendo problemas com um determinado microscópio e pediu para eu dar uma olhada. Uma das lentes estava se comportando de um jeito inesperado. Sabe quando tem uma mancha de sujeira ou óleo nos óculos... uma parte do campo visual fica borrada... mas não era isso. Na verdade, havia uma borda colorida ao redor do espécime que ela estava olhando, de caráter bem definido. Sem desfoque, nem falta de clareza; tudo o que víamos era excepcionalmente bem definido e, além disso, havia aquela borda colorida, que... bom, se mexia e brilhava. Nós investigamos e descobrimos que o usuário anterior do microscópio tinha examinado um espécime de um tipo específico de rosa de uma região da Ásia Central, e acidentalmente tocou a lente e transferiu para ela uma quantidade muito pequena do óleo da amostra. Não foi uma técnica de microscopia, para falar a verdade, mas foi interessante o efeito que teve. Peguei a lente e deixei de lado, porque queria ver exatamente o que estava acontecendo. Em um impulso, pedi a minha amiga Margery Stevenson que desse uma olhada. Margery é uma física de partículas, e uma coisa que tinha me dito um mês ou dois antes me fez achar que ela poderia se interessar. Ela estava investigando o campo de Rusakov.

Malcolm sentiu um leve tremor de tensão ao redor da mesa, talvez porque ele próprio tivesse estremecido. Ninguém falou, nem se mexeu.

Napier continuou:

— Para quem ainda não conhece, o campo Rusakov e as partículas associadas a ele são aspectos do fenômeno conhecido como Pó. O que obviamente não deve ser discutido sem a autoridade específica do Magisterium. Lucy me garante que todos aqui estão cientes das restrições que isso impõe às nossas atividades. E às nossas conversas.

Ele olhou diretamente para Malcolm ao dizer isso.

Malcolm assentiu tranquilamente e Napier continuou:

— Em resumo, Margery Stevenson e eu descobrimos que o óleo na lente permitia a visualização de vários efeitos do campo Rusakov, que anteriormente só haviam sido descritos teoricamente. Durante dez anos, correram rumores acerca de que algo parecido já havia sido visto, mas todo e qualquer registro foi sistematicamente destruído por... bom, sabemos por quem. A questão então era manter essa descoberta em segredo ou vir a público. Era importante demais para não se falar nada, mas talvez perigoso demais para fazer muito barulho. Onde situar a questão? Francamente, a Sociedade Microscópica de Leiden não é um corpo muito influente e suas *Atas* raramente são notadas. Então mandamos para a publicação um artigo que veio a público alguns anos atrás. No começo, não recebemos nenhuma reação. Porém, mais recentemente, meu laboratório e o de Margery foram invadidos, com muita habilidade, e nós dois fomos questionados por pessoas que imaginamos ter alguma conexão com Segurança ou Inteligência ou algo assim. Eles foram discretos, mas muito inquisitivos, muito persistentes, bastante alarmantes, na verdade. De nossa parte, não contamos nada além da verdade. Isso é tudo que tenho a dizer no momento, acho. A não ser para acrescentar que Margery agora trabalha em Cambridge, e que eu não tenho notícias dela há quinze dias. Nem seus colegas nem seu marido sabem dizer onde ela está. Estou extremamente preocupado.

— Obrigada, Brewster — disse Lucy Arnold. — Isso é muito útil. Evidente e alarmante. Dr. Polstead, poderia nos dizer o que sabe?

Ela olhou séria para Malcolm. Ele assentiu.

— Como a professora Arnold falou — ele começou a dizer, mas ouviu-se uma batida discreta e apressada na porta.

Todos olharam em volta. Lucy Arnold levantou-se instintivamente. Estava pálida.

— Pois não? — ela disse.

A porta se abriu. O porteiro entrou rapidamente e disse:

— Professora, alguns homens querem falar com a senhora. Acho que são do TCD. Eu disse que a senhora está em reunião na sala Humboldt, mas eles logo vão estar aqui. Eles não têm mandado... disseram que não precisam.

Malcolm perguntou imediatamente:

— Onde fica a sala Humboldt?

— Na outra ala — disse Lucy Arnold, quase baixo demais para ser ouvida. Estava tremendo. Ninguém mais havia se mexido.

Malcolm disse ao porteiro:

— Muito bem. Agora eu gostaria que você conduzisse todo mundo aqui, menos eu, o Charles e a diretora, para o jardim e pelo portão lateral antes que esses homens percebam o que aconteceu. Pode fazer isso?

— Posso, sim, senhor...

— Então todo mundo, por favor, vá com ele. Façam o mínimo de barulho possível, mas andem depressa.

Charles Capes observava Malcolm. Os outros quatro se levantaram e saíram com o porteiro. Lucy Arnold, com a mão na moldura da porta, observou enquanto eles se afastavam depressa pelo corredor.

— É melhor voltar e sentar — disse Malcolm, que estava recolocando as cadeiras para parecer que não haviam sido afastadas da mesa.

— Muito bem-feito — disse Capes. — Agora, do que estaremos falando quando eles chegarem?

— Mas quem são eles? — perguntou a diretora, parecendo aflita. — *Será* que são do Tribunal Consistorial de Disciplina? O que podem querer?

Malcolm disse:

— Fique calma. Nada do que você fez ou está fazendo é errado, ilegal ou sob qualquer outro aspecto de interesse do TCD. Vamos dizer que estamos aqui porque eu trouxe a sacola para você e fiquei me perguntando se você teria alguma notícia de Hassall. Eu não liguei Hassall ao corpo no rio até você me contar, como acabou de fazer. Charles está aqui porque eu ia falar com ele de qualquer maneira sobre a região do Lop Nor, e quando contei da sacola de Hassall ele disse que eram conhecidos, então decidimos vir para cá juntos.

— O que você me perguntou sobre Lop Nor? — perguntou Capes. Ele estava perfeitamente calmo e tranquilo.

— Por estranho que pareça, perguntei sobre o tipo de coisa que você teria dito nesta reunião se não tivessem nos interrompido. O que você ia dizer?

— Era folclore local, na verdade. Os xamãs sabem dessas rosas.

— É mesmo? O que eles sabem?

— Elas vêm, as rosas, do coração do deserto de Karamakan. Assim dizem as lendas. Não crescem em nenhum outro lugar. Se você pingar uma gota de óleo no olho, terá visões, mas precisa querer muito, porque arde que é um inferno. Assim me disseram.

— Você não experimentou?

— Claro que não. A característica desse deserto é que você não consegue entrar sem se separar do seu daemon. É um desses lugares estranhos, existe um outro na Sibéria, creio eu, e também na cordilheira do Atlas, que os daemons acham desconfortáveis, ou dolorosos demais para ir. Então as rosas vêm a um custo considerável, como você pode ver. Custo pessoal e financeiro.

— Eu pensei que as pessoas morressem se fizessem isso — disse Lucy Arnold.

— Nem sempre, ao que parece. Mas é terrivelmente doloroso.

— Era isso que Hassall ia investigar? — perguntou Malcolm, que sabia muito bem qual seria a resposta, mas estava interessado em ver se ela sabia. Ou se ela ia admitir.

Mas antes que a diretora pudesse responder, houve uma batida na porta. Muito mais forte que a do porteiro, e a porta se abriu antes que alguém pudesse atender.

— Professora Arnold?

Quem falou foi um homem de sobretudo escuro e chapéu de feltro. Dois outros homens estavam atrás dele, vestidos do mesmo jeito.

— Pois não? — ela disse. — Quem é você e o que deseja? — A voz dela estava absolutamente firme.

— Disseram que a senhora estava na sala Humboldt.

— Bom, nós resolvemos vir para cá. O que o senhor deseja?

— Queremos fazer umas perguntas — disse ele e entrou mais na sala. Os outros dois homens o seguiram.

— Espere um minuto — disse Malcolm. — O senhor não respondeu à pergunta da professora Arnold. Quem são vocês?

O homem pegou uma carteira e abriu para mostrar um distintivo. Ele tinha as letras TCD em maiúsculas e negrito, azul-marinho sobre ocre.

— Meu nome é Hartland — disse ele. — Capitão Hartland.
— Bom, em que posso ajudar? — perguntou Lucy Arnold.
— O que estão conversando aqui?
— Folclore — disse Charles Capes.
— Quem te perguntou? — Hartland falou.
— Eu pensei que você.
— Perguntei para ela.
— Estávamos discutindo folclore — ela disse, categórica.
— Por quê?
— Porque somos catedráticos. Estou interessada no folclore de plantas e flores, o professor Capes é especialista em folclore, entre outras coisas, e o dr. Polstead é um historiador com interesse no mesmo campo.
— O que a senhora sabe sobre um homem chamado Roderick Hassall?

Ela fechou os olhos por um momento, depois disse:
— Era colega meu. E um amigo. Eu tive que identificar seu corpo hoje de manhã.
— O senhor conhecia Hassall? — Hartland perguntou a Capes.
— Conhecia, sim.
— O senhor? — Para Malcolm.
— Não.
— Então por que trouxe as coisas dele para cá ontem?
— Porque vi que ele trabalhava aqui.
— Bom, por que não à polícia?
— Porque eu não sabia que ele estava morto. Como poderia? Achei que ele tinha deixado lá por engano, e a coisa mais simples seria trazer direto para o seu local de trabalho.
— Onde estão esses papéis agora?
— Em Londres — disse Malcolm.

Lucy Arnold piscou. *Não fale nada*, Malcolm pensou. Ele viu um dos outros dois homens se inclinar para a frente, do outro lado da mesa, com as mãos na borda.

— Onde em Londres? Com quem? — perguntou Hartland.

— Depois que a professora Arnold olhou tudo comigo, e eu soube que ele estava desaparecido, decidimos que seria uma boa ideia consultar um especialista do Instituto Real de Etnologia sobre essas coisas. Havia muito material relacionado ao folclore, algo que eu sei muito pouco, então entreguei a um amigo para levar para lá ontem.

— Como é o nome do seu amigo? Ele pode confirmar isso?

— Poderia se ele estivesse aqui. Mas está a caminho de Paris.

— E esse especialista do... como é mesmo?

— Instituto Real de Etnologia.

— Como é o nome dele?

— Richards... Richardson... algo assim. Não nos conhecemos pessoalmente.

— O senhor está sendo um pouco imprudente demais com essas coisas, não? Considerando que envolvem um assassinato.

— Como acabei de mencionar, naquela altura não sabíamos disso. Naturalmente, teríamos levado diretamente para a polícia se estivéssemos cientes. Mas a professora Arnold disse que a polícia não se interessou quando ela mencionou o fato.

— Por que *o senhor* está interessado? — perguntou Charles Capes.

— É meu trabalho me interessar por todo tipo de coisas — disse Hartland. — O que Hassall estava fazendo na Ásia Central?

— Pesquisa botânica — disse Lucy Arnold.

Houve uma batida hesitante na porta e o porteiro olhou para dentro.

— Desculpe, professora — disse ele. — Achei que a senhora estivesse na sala Humboldt. Estava procurando por toda parte. Então esses senhores encontraram a senhora.

— Encontraram, sim, obrigada, John — disse ela. — Já terminaram aqui. Pode acompanhar os três até a porta?

Com um olhar especulativo para Malcolm, Hartland concordou devagar e se virou para ir embora. Os outros dois foram atrás e deixaram a porta aberta.

Malcolm levou o dedo aos lábios: *silêncio*. Depois contou até dez, fechou a porta e foi sem fazer barulho até a ponta da mesa, onde o homem estivera inclinado. Ele acenou para os outros dois virem olhar. Agachado, ele olhou por baixo da borda e apontou um objeto preto, opaco, do tamanho da articulação superior do polegar, que parecia estar colado na parte de baixo.

Lucy Arnold prendeu a respiração e mais uma vez Malcolm levou o dedo aos lábios. Ele tocou a coisa preta com a ponta de um lápis e empurrou para o canto da perna da mesa. Malcolm abriu o lenço e segurou por baixo antes de sacudir a criatura com o lápis. Ele a pegou e embrulhou o lenço com força, com a coisa zumbindo dentro.

— O que é isso? — Lucy sussurrou.

Malcolm segurou-a na mesa, tirou o sapato e com o calcanhar esmagou a criatura com força.

— É uma mosca espiã — disse baixinho. — Estão fazendo cada vez menores, com memória melhor. Teria ouvido o que a gente dissesse e, em seguida, voaria de volta para eles e repetiria tudo exatamente igual.

— A menor que já vi — disse Charles Capes.

Malcolm verificou que estava morta e jogou pela janela.

— Achei que podia ser interessante deixar a mosca e fazer essas pessoas perderem tempo ouvindo — disse ele. — Mas, por outro lado, seria preciso tomar sempre cuidado com o que dizem aqui, e isso seria um incômodo. Além disso, poderia mudar de lugar, e nunca teríamos certeza de onde estava. Melhor deixar que pensem que ela simplesmente falhou.

— É a primeira vez que ouço falar de um Instituto Real de Etnologia — disse Capes. — E os papéis? Onde eles estão de verdade?

— No meu escritório — disse Lucy Arnold. — Tem algumas amostras também, sementes, coisas desse tipo.

— Bom, não podem ficar lá — disse Malcolm. — Quando esses homens voltarem, vai ser com um mandado de busca. Devo levar os papéis embora?

— Por que não deixar comigo? — Capes perguntou. — Estou curioso para ler, além de tudo. E tem muitos lugares para esconder coisas em nossos porões em Wykeham.

— Tudo bem — disse ela. — Certo. Obrigada. Eu não sei o que fazer.

— Se não se importa — disse Malcolm —, gostaria de pegar o livro de poesia tadjique. Quero verificar uma coisa. Você conhece *Jahan e Rukhsana*? — acrescentou ele a Capes.

— Ele estava com um exemplar disso? Que estranho.

— É, e quero descobrir o porquê. Quanto ao TCD, quando descobrirem que não existe Instituto de Etnologia, vão voltar direto para mim — disse Malcolm. — Mas até lá eu penso em uma solução. Vamos lá pegar essas coisas agora mesmo.

Lyra caminhava ao longo do rio durante a tarde, com a companhia taciturna de Pan. De vez em quando, ele parecia querer dizer alguma coisa, mas ela estava mergulhada em um clima de isolamento invernal, de modo que ele acabava por ficar o mais atrás dela possível, sem que despertasse suspeitas, e não falava nada.

À medida que a luz do fim da tarde se tornava sombria sob as árvores, e uma névoa, quase uma garoa, começava a encher o ar, ela se viu esperando que Malcolm estivesse lá quando voltasse para a Truta. Queria perguntar a ele sobre... ah, ela não conseguia lembrar; a ideia lhe voltaria. E queria ver Pauline com ele, ver se a ideia maluca de Pan podia ser verdadeira.

Mas Malcolm não veio, e ela não queria perguntar onde ele estava, no caso de... no caso de ela não sabia de quê. Então, foi para a cama em um estado de melancolia frustrada, e não havia nada que quisesse ler. Pegou *Os hiperchorasmianos*, abriu o livro aleatoriamente, mas a intensidade heroica que uma vez a encantara agora parecia fora de alcance.

E Pan não se aquietava. Ele vagou pelo pequeno quarto, pulou para o peitoril da janela, ouviu a porta, explorou o guarda-roupa, até que finalmente ela disse:

— Ah, pelo amor de Deus, vai dormir logo.

— Sem sono — ele disse. — Você também.

— Bom, você não pode parar de se mexer?

— Lyra, por que você é tão difícil de conversar?

— *Eu*?

— Preciso te contar uma coisa, mas você dificulta.

— Estou ouvindo.

— Não, não está. Não como deve.

— Eu não sei o que eu preciso fazer para ouvir *como devo*. Deveria usar a imaginação que não tenho?

— Eu não quis dizer isso. Seja como for...

— Claro que você quis dizer isso. E com todas as palavras.

— Bom, eu pensei melhor desde então. Quando eu saí ontem de noite...

— Eu não quero nem ouvir. Eu sabia que você estava fora, sei que estava falando com alguém, e simplesmente não estou interessada.

— Lyra, é importante. Por favor, escute.

Ele pulou para a mesa de cabeceira. Ela não disse nada, mas se apoiou no travesseiro e olhou para o teto.

Finalmente ela disse:

— Então?

— Eu não posso falar com você nesse humor.

— Ah, isso é insuportável.

— Estou tentando encontrar o melhor jeito de...

— *Diga* logo.

Silêncio.

Ele suspirou e disse:

— Você sabe, na mochila, aquelas coisas todas que a gente encontrou...

— Sim?

— Uma delas era um caderno com nomes e endereços.

— E daí?

— Você não viu o nome que vi nele.

— Nome de quem?

— Sebastian Makepeace.

Ela se sentou na cama.

— Onde estava?

— No caderno, como eu disse. O único nome e endereço em Oxford.

— Quando você viu isso?

— Quando você estava folheando.

— Por que não me contou?

— Achei que você ia ver por si mesma. Seja como for, não está fácil te dizer nada hoje em dia.

— Ah, não seja tão idiota. Você podia ter me dito. Onde está agora? Está com o Malcolm?

— Não. Eu escondi.

— Por quê? Onde está agora?

— Porque eu queria descobrir o motivo de ele estar no caderno. O sr. Makepeace. E ontem à noite eu saí e levei para ele.

Lyra quase engasgou de raiva. Por um momento, não conseguiu respirar. Todo seu corpo tremia. Pan percebeu, saltou da mesa de cabeceira e foi para a poltrona.

— Lyra, se você não escutar, não posso contar o que ele disse...

— Seu ratinho imundo — ela disse. Estava quase soluçando, e não conseguia reconhecer a própria voz ou parar de dizer coisas detestáveis, ou mesmo saber por que estava dizendo aquelas coisas. — Você engana, você rouba, você me decepcionou na outra noite quando deixou ela... deixou a daemon-gata dele... ver você com a carteira, e agora você faz isso, vai pelas minhas costas...

— Porque você não ia ouvir! Não está ouvindo agora!

— Não. Porque não posso mais confiar em você. Você é a porra de um estranho para mim, Pan. Nem consigo te dizer o quanto eu *detesto* quando você faz esse tipo de coisa...

— Se eu não tivesse perguntado para ele, nunca...

— E eu que costumava... ah, o quanto eu confiava em você... você era tudo, era como uma rocha, eu podia ter... me *trair* assim...

— *Trair!* Escute o que está dizendo! Acha que eu um dia vou esquecer você *me* traindo no mundo dos mortos?

Lyra sentiu como se alguém tivesse chutado seu coração. Caiu de volta na cama.

— Não — ela sussurrou.

— Foi a pior coisa que você já fez.

Ela sabia exatamente o que ele queria dizer, e sua mente voou de volta para a margem do rio, no mundo dos mortos, e para aquele momento terrível em que ela o deixou para trás para encontrar o fantasma de seu amigo Roger.

— Eu sei — ela disse. Mal podia ouvir a própria voz através do martelar de seu coração. — Eu sei que foi. E você sabe por que eu fiz isso.

— Você *sabia* que ia fazer e não me contou mesmo assim.

— Eu não sabia! Como eu podia saber? Só soubemos que você não podia ir junto no último minuto. Nós estávamos juntos, estaríamos sempre juntos, foi isso que eu pensei, o que eu queria, sempre juntos, para sempre.

Mas então o velho nos disse que você não podia ir adiante... e o Will, que nem sabia que tinha um daemon, teve que fazer a mesma coisa, deixar uma parte de si mesmo pra trás... ah, Pan, você não pode achar que eu *planejei* aquilo. Não pode pensar que eu seja cruel a esse ponto.

— Então por que você nunca me perguntou sobre isso? Sobre como foi para mim?

— Mas nós conversamos, *sim*, sobre isso.

— Só porque eu puxei o assunto. Você nunca quis saber.

— Pan, não é justo...

— Você simplesmente não queria enfrentar.

— Eu estava com vergonha. *Tinha* que fazer aquilo, eu estava com vergonha de fazer, teria vergonha de *não* fazer, me sinto culpada desde então, e se você não tem consciência disso...

— Quando o velho te levou para a escuridão, eu me senti dilacerado — disse ele, a voz tremendo. — Quase me matou. Mas o pior, pior que a dor, foi o *abandono*. Você simplesmente me deixar lá sozinho. Você tem noção do quanto eu olhei, olhei, te chamei e tentei não te perder de vista enquanto você se afastava para a escuridão? A última coisa que eu vi foi seu cabelo, a última coisa que eu vi antes do escuro te engolir. Eu estaria disposto a ficar só com isso, só com um pequeno brilho do seu cabelo, só o menor raio de luz que era você, contanto que ficasse lá para eu poder ver. Eu ainda estaria lá, esperando. Só para saber que você estava lá, que eu podia te ver. Eu nunca teria me afastado se pudesse ver isso...

Ele parou. Ela estava chorando.

— Você acha que eu... — ela tentou dizer, mas sua voz não deixou. — O Roger — ela conseguiu murmurar, mas foi tudo. Os soluços a dominaram completamente.

Pan sentou-se na mesa e a observou por alguns instantes; depois, com um movimento convulsivo, ele se afastou, como se também estivesse chorando; mas nenhum deles disse uma palavra, nem fez nenhuma tentativa de alcançar o outro.

Ela ficou enrolada como uma bola, a cabeça nos braços, chorando até o sentimento diminuir.

Quando conseguiu se sentar, limpou as lágrimas das faces e o viu deitado, tenso, tremendo, de costas para ela.

— Pan — ela disse, a voz pastosa de choro. — Pan, eu entendo, e me odiei então e sempre me odiarei enquanto viver. Eu odeio cada parte de mim que não é você, e eu vou ter que viver com isso. Às vezes, acho que se eu pudesse me matar sem te matar, eu faria isso, de tão infeliz que estou. Não mereço ser feliz, eu sei disso. Eu sei que o... o mundo dos mortos... eu sei que o que eu fiz foi horrível, e deixar o Roger lá também teria sido errado, e eu... Foi a pior coisa. Você está completamente certo, e eu sinto muito, eu realmente sinto, de todo coração.

Ele não se mexeu. No silêncio da noite, ela podia ouvi-lo chorar.

Então ele disse:

— Não é só o que você fez na época. É o que você está fazendo agora. Eu te falei isso outro dia: você está se matando, e me matando, com esse jeito de pensar. Você está em um mundo cheio de cores e quer ver o mundo em preto e branco. Como se Gottfried Brande fosse algum tipo de mago que fez você esquecer tudo o que costumava amar, tudo que é misterioso, todos os lugares onde existem sombras. Não consegue ver o *vazio* dos mundos que eles descrevem, ele e Talbot? Acha realmente que o universo é tão árido assim? Não *pode* achar isso. Você está enfeitiçada, só pode estar.

— Pan, não existem feitiços — ela disse, mas em voz tão baixa que achou que ele não ia ouvir.

— E nenhum mundo dos mortos também, imagino — disse ele. — Foi tudo só um sonho infantil. Os outros mundos. A faca sutil. As feiticeiras. Não tem lugar para eles no universo em que você quer acreditar. Como você acha que o aletiômetro funciona? Eu acho que se os símbolos têm tantos significados que dá para ler neles o que quiser, então eles não significam nada, na verdade. Quanto a mim, sou apenas um truque da mente. O vento assobiando em um crânio vazio. Lyra, eu realmente acho que para mim basta.

— O que você quer dizer com isso?

— E pare de respirar em cima de mim. Está fedendo a alho.

Ela se virou, humilhada, arrasada. Os dois se deitaram, chorando na escuridão.

Quando ela acordou de manhã, ele não estava lá.

11. O NÓ

Neblina e teias de aranha. Enchendo sua cabeça, assim como o quarto, assim como o sonho de que tinha acabado de despertar.

— Pan — disse ela, e mal reconheceu a própria voz. — Pan!

Nenhuma resposta. Nenhum ruído de patas pelo chão, nenhum salto leve como pluma para a cama.

— Pan! O que está fazendo? Cadê você?

Ela correu para a janela, afastou a cortina, viu as ruínas do convento na luz perolada do amanhecer. O vasto mundo ainda estava lá, sem neblina, sem teias de aranha e sem Pan.

Ali? Ele estaria debaixo da cama, dentro do guarda-roupa? Claro que não. Aquilo não era um jogo.

Então viu a sua mochila no chão ao lado da cama. Não a tinha deixado ali; e em cima dela estava o caderninho preto de Hassall de que Pan havia falado.

Ela o pegou. Estava gasto, manchado e os cantos de muitas páginas tinham sido dobrados. Folheou as páginas e viu, como ele tinha percebido, que os endereços pareciam traçar o curso de uma viagem da misteriosa Khwarezm até uma casa no Lawnmarket de Edimburgo. E lá estava Sebastian Makepeace, na rua Juxon, em Oxford, conforme ele havia dito. Por que o nome não tinha chamado sua atenção? Por que não notara Pan escondendo o caderninho? Quantas milhares de outras coisas tinha deixado de ver?

E então o bilhete caiu. Ela pegou o pedaço de papel com mãos trêmulas.

As patas de Pan não eram feitas para empunhar uma caneta, mas ele era capaz de escrever segurando a caneta na boca.

Dizia assim:

FUI PROCURAR SUA IMAGINAÇÃO

Só isso. Ela se sentou, sentindo-se sem peso, transparente, desencarnada.

— Como você pode ser tão... — sussurrou, sem saber como terminar a pergunta. — Como eu posso viver...

O despertador mostrava seis e meia. O bar estava silencioso: o sr. e a sra. Polstead logo se levantariam para fazer o café da manhã, acender as lareiras, fazer tudo mais que tinha de ser feito toda manhã. Como poderia contar a eles? E Malcolm não estava. Ela poderia contar para ele. Quando ele viria? Certamente logo. Havia trabalho a ser feito. Ele tinha de vir.

Ela pensou então: *como posso contar a eles? Como posso aparecer assim na frente deles?* Seria vergonhoso. Seria pior que humilhante. Aquelas pessoas que ela mal conhecia, que a tinham recebido, de quem ela começara a gostar tanto, como poderia agora impor a eles uma monstruosidade como ela própria, uma meia pessoa? A Pauline? A Alice? A Malcolm? Só Malcolm seria capaz de entender, mas mesmo ele poderia achá-la repulsiva agora. E estava fedendo a alho.

Teria chorado se não estivesse paralisada de medo.

Se esconda, pensou. *Fuja e se esconda.* Sua cabeça voava daqui para ali, para o passado, para o futuro e depressa de volta, para o passado outra vez, e encontrou um rosto de que se lembrava, que amava, em quem confiava: Farder Coram.

Ele estava velho agora e nunca havia saído dos Pântanos, mas ainda estava vivo e afiado. Eles se correspondiam de quando em quando. E acima de tudo, ele entenderia seu dilema. Mas como entrar em contato com ele? Sua memória corria de imagem para imagem como um pássaro preso em uma sala, voejava contra alguma coisa que acontecera no White Horse, uma ou duas noites antes. Dick Orchard e o lenço com o nó gípcio no pescoço. Ele tinha dito algo a respeito do avô, Giorgio alguma coisa, que estava em Oxford agora, não era? E Dick trabalhava no turno da noite do depósito do Correio, de forma que estaria em casa durante o dia...

Isso.

Ela vestiu depressa sua roupa mais quente, enfiou mais algumas na mochila junto com o caderno preto e poucas coisas mais, olhou em torno do pequeno quarto onde passara a se sentir em casa e desceu a escada em silêncio.

Na cozinha, encontrou papel, um lápis e deixou um recado: *Desculpem... desculpem mesmo... e muito, muito obrigada... mas tenho de ir embora. Não posso explicar. Lyra.*

Dois minutos depois, caminhava de novo ao lado do rio, olhando apenas o caminho à sua frente, o capuz da parca sobre a cabeça. Se visse alguém, não poderia prestar atenção. As pessoas muitas vezes carregavam seus daemons em um bolso ou abotoado dentro do casaco, se eram pequenos. Poderia ser o que ela estava fazendo. Não havia por que ninguém desconfiar dela, se andasse depressa, e ainda era cedo.

Mas o trajeto até Botley, onde Dick morava com a família, levava ainda uma boa hora, mesmo que andasse rápido, e ela ouvia os sinos da cidade sobre a vastidão de Port Meadow tocando... o quê? Sete e meia? Oito e meia? Com certeza não ainda. Ela se perguntou a que horas terminava o turno noturno de Dick. Se ele começasse a trabalhar às dez, então deveria sair logo mais.

Reduziu o passo quando chegou à alameda Binsey. Ia ser um daqueles raros dias de céu limpo; o sol brilhava agora, o ar estava fresco. A alameda Binsey levava do campo para a rua Botley, rota principal do oeste para Oxford. E as pessoas estariam se levantando, indo para o trabalho. Ela esperava que estivessem ocupadas demais para prestar atenção nela, e que tivessem seus próprios problemas e preocupações; esperava parecer desinteressante, como Will fazia, como as feiticeiras faziam quando queriam ficar invisíveis, de forma que ninguém lhes oferecesse mais que um olhar passageiro e as esquecesse imediatamente. Ela própria podia ser uma feiticeira, com seu daemon a centenas de quilômetros de distância.

Essa ideia a sustentou até chegar à rua Botley, onde teve de olhar o trânsito antes de atravessar e encontrar a ruazinha certa do outro lado. Tinha estado na casa dos Orchard três ou quatro vezes: lembrava da porta da frente, embora não se lembrasse do número.

Bateu. Dick já deveria ter chegado... será? Mas e se não tivesse e ela precisasse se explicar para a mãe ou o pai dele, que eram bem simpáticos, mas... Quase virou e foi embora, mas então a porta se abriu e era Dick.

— Lyra! O que está fazendo aqui? Tudo bem? — Ele parecia cansado, como se tivesse acabado de voltar do trabalho.

— Dick, você está sozinho? Tem mais alguém aí?

— O que foi? O que aconteceu? Tem só eu e minha avó. Entre. Espere... — Sua daemon-raposa foi recuando de costas e deu um gritinho. Ele a pegou no colo e então percebeu qual era o problema. — Cadê o Pan? Lyra, o que está acontecendo?

— Estou encrencada — ela disse, sem conseguir manter a voz firme. — Por favor, posso entrar?

— Claro, claro que pode...

Ele se afastou para abrir espaço no pequeno hall, ela entrou depressa e fechou a porta ao passar. Viu todo tipo de consternação e ansiedade nos olhos dele, mas Dick não hesitara nem um momento.

— Ele foi embora, Dick. Simplesmente me deixou.

Ele pôs um dedo nos lábios e olhou para o andar de cima.

— Venha pra cozinha — disse baixinho. — Vovó tá acordada e ela se assusta fácil. Não entende as coisas.

O rapaz a encarou de novo, como se inseguro sobre quem era ela, e a levou por um longo corredor até a cozinha, que estava quente e perfumada com o cheiro de bacon frito.

— Desculpe, Dick. Eu preciso de ajuda e pensei que...

— Sente. Quer café?

— Quero. Obrigada.

Ele encheu a chaleira e pôs no fogão. Lyra sentou-se na poltrona de madeira ao lado da lareira, abraçada com força à mochila. Dick sentou-se na outra. Sua daemon, Bindi, saltou para seu colo e se acomodou, tremendo.

— Desculpe, Bindi — disse Lyra. — Desculpe. Não sei por que ele foi embora. Quer dizer, eu sei, mas é difícil de explicar. Nós dois...

— Nós sempre nos perguntamos se vocês eram capazes de fazer isso — disse Dick.

— Como assim?

— Se separar. A gente nunca viu, mas sentimos que se alguém podia conseguir, eram vocês. Quando ele foi embora?

— Durante a noite.

— Sem recado, nem nada?

— Não exatamente... A gente andou discutindo... Foi difícil.

— Não quis esperar pro caso de ele voltar?

— Ele não vai voltar por um longo tempo. Talvez nunca.

— Disso você não sabe.

— Acho que tenho que ir procurar o Pan, Dick.

Um grito agudo veio do andar de cima. Dick olhou para a porta.

— Melhor eu ir ver o que ela quer — disse ele. — Volto em um minuto.

Bindi saiu pela porta antes dele. Lyra ficou imóvel e fechou os olhos, tentando respirar com calma. Quando ele voltou, a chaleira estava fervendo. Uma colher de essência de café em cada xícara, um toque de leite, ele ofereceu açúcar e despejou a água nas duas canecas, entregando uma a Lyra.

— Obrigada. Sua avó está bem? — ela perguntou.

— Só velha e confusa. Não consegue dormir bem, então sempre precisa ter alguém aqui com ela pro caso de ela levantar e se machucar.

— Sabe o avô que você mencionou outra noite no White Horse? Ela é esposa dele?

— Não. Esta aqui é mãe do meu pai. Os gípcios são do lado da minha mãe.

— E você disse que ele está em Oxford agora?

— É, tá, sim. Ele tinha uma entrega no estaleiro de Castle Mill, mas vai embora logo. Por quê?

— Será que... Você acha que eu podia encontrar com ele?

— Claro, se você quiser. Vou lá com você quando a mamãe voltar.

Lyra se lembrou que a mãe dele trabalhava como faxineira na faculdade Worcester.

— Quando vai ser isso? — ela perguntou.

— Umas onze horas. Mas ela pode demorar um pouco mais. Fazer umas compras e tal. Por que você quer encontrar o meu avô?

— Preciso ir para os Pântanos. Tem alguém lá que eu tenho que encontrar. Preciso descobrir qual é a melhor maneira de chegar lá sem ninguém ver, nem me pegar, nem... Só quero pedir o conselho dele.

Dick assentiu. No momento, ele não parecia muito gípcio, o cabelo despenteado, os olhos vermelhos de cansaço. Ele tomou o café.

— Também não quero te envolver em confusão — ela acrescentou.

— Tem a ver com aquilo que você me contou na outra noite? Alguém sendo morto perto do rio?

— Provavelmente. Mas ainda não consigo ver a ligação.

— Por falar nisso, o Benny Morris ainda não voltou pro trabalho.

163

— Ah, o homem com a perna machucada. Você não contou para ninguém o que eu falei?

— Contei, sim, pus um cartaz bem grande na parede da porra da cantina. O que você acha que eu sou? Não vou te entregar.

— Não. Eu sei disso.

— Mas isso aí é coisa séria, certo?

— É, sim.

— Mais alguém tá sabendo?

— Está. Um homem chamado dr. Polstead. Malcolm Polstead. É catedrático na faculdade Durham e foi meu professor faz bastante tempo. Mas ele sabe de tudo porque... Ah, é complicado, Dick. Mas confio nele. Ele sabe de coisas que ninguém mais... Mas não posso contar para ele que o Pan foi embora. Simplesmente não posso. O Pan e eu brigamos. Foi horrível. A gente simplesmente não conseguia se entender sobre coisas importantes. Era como estar cortada em dois... E aí aconteceu esse assassinato e de repente eu estava em perigo. Acho que alguém sabe que Pan viu. Fiquei na estalagem dos pais do dr. Polstead uns dias, mas...

— Que estalagem?

— A Truta, em Godstow.

— Eles sabem que o Pan... desapareceu?

— Não. Eu saí antes que qualquer um levantasse hoje de manhã. Preciso mesmo ir para os Pântanos, Dick. Posso encontrar o seu avô? Por favor?

Houve outro grito do andar de cima e um baque de algo pesado caindo no chão. Dick sacudiu a cabeça e saiu correndo.

Lyra estava inquieta demais para continuar sentada. Levantou-se e olhou pela janela da cozinha para o quintalzinho bem cuidado com seu piso de seixos e canteiro de ervas, para uma foto da troca da guarda do palácio de Buckingham no calendário na parede da cozinha e para a frigideira no escorredor de pratos com a gordura do bacon começando a solidificar. Sentia vontade de chorar, mas respirou fundo três vezes e piscou com força.

A porta se abriu e Dick voltou.

— Agora ela acordou pra valer, droga — disse ele. — Tenho que levar um mingau pra ela. Tem certeza de que não pode ficar um pouco aqui? Eles nunca saberiam.

— Não. Eu realmente tenho de ir.

— Bom, então leve isto aqui. — Ele estendeu para ela o lenço azul e branco de bolinhas, ou um muito semelhante, amarrado com um nó complicado.

— Obrigada. Mas por quê?

— O nó. É um negócio gípcio. Quer dizer que você tá pedindo socorro. Mostre pro meu avô. O barco dele se chama *Donzela de Portugal*. Ele é um homem grande e forte, bonito, como eu. Não tem como não ver. O nome dele é Giorgio Brabandt.

— Tudo bem. E obrigada, Dick. Espero que sua avó melhore.

— Só tem um jeito de acabar. Coitada da velha.

Lyra lhe deu um beijo. Sentia muito carinho por ele.

— A gente se vê... quando eu voltar — disse ela.

— Quanto tempo você vai ficar nos Pântanos?

— O tempo que precisar, espero.

— E como era aquele nome mesmo? Doutor não sei quê.

— Malcolm Polstead.

— Ah, é. — Ele foi até a porta com ela. — Se você seguir a alameda Binsey, depois da última casa tem um caminho pelo meio de umas árvores que vai dar no rio. Atravesse a ponte de madeira e continue um pouquinho pra chegar no canal. Entre à esquerda no caminho de sirga e vai dar em Castle Mill. Boa sorte. Só se certifique de ficar bem coberta que daí podem achar que ele tá... você sabe.

Ele a beijou e abraçou rapidamente antes de abrir a porta. Lyra viu a compaixão nos olhos de Bindi e sentiu vontade de acariciar a raposinha só para tocar novamente um daemon, mas era impossível.

Lyra ouviu a velha chamando com voz trêmula no andar de cima. Dick fechou a porta e Lyra se viu ao ar livre outra vez.

Voltou pela rua Botley ainda cheia de trânsito e atravessou, partindo na direção do rio. Mantinha a cabeça baixa coberta com o capuz e em pouco tempo chegou ao caminho entre as árvores e à velha ponte de madeira de que Dick tinha falado. À direita e à esquerda estendia-se o rio lento, rio acima para Port Meadow e rio abaixo para Oxpens e o local do assassinato. Não havia ninguém à vista. Lyra atravessou a ponte, continuou pelo caminho enlameado entre campos molhados e chegou ao canal, onde havia uma fileira de barcos ancorados, alguns com fumaça saindo pelas chaminés de lata. Em um deles, um cachorro latiu furiosamente até ela se aproximar, quando sentiu que havia algo errado: aí virou-se e correu para a outra ponta do barco, ganindo.

Um pouco mais adiante, Lyra viu uma mulher pendurando roupa no varal estendido ao longo do barco e disse:

— Bom dia, minha senhora. Estou procurando Giorgio Brabandt, do *Donzela de Portugal*. Sabe onde ele pode estar atracado?

A mulher virou-se para ela, meio desconfiada de qualquer estranho, meio apaziguada porque Lyra usou corretamente o termo de respeito para um estranho gípcio.

— Ele está mais adiante — disse ela. — No estaleiro. Mas ele ia zarpar hoje. Pode ter perdido ele.

— Obrigada — disse Lyra e se afastou depressa antes que a mulher notasse algo errado.

O estaleiro se estendia por um espaço aberto do outro lado do canal, debaixo do campanário do oratório de São Barnabé. Era um lugar movimentado; havia uma loja de suprimento para barcos, onde Malcolm tinha ido, vinte anos antes, comprar tinta vermelha, havia oficinas de vários tipos, uma doca seca, uma forja e várias peças de maquinaria pesada. Gípcios e viajantes trabalhavam lado a lado, consertando um casco, repintando um teto, instalando um timão, e o barco mais comprido ali atracado, e de longe o mais ricamente decorado, era o *Donzela de Portugal*.

Lyra atravessou a pequena ponte de ferro e caminhou pelo cais até chegar ao barco. Um homem grande, com as mangas arregaçadas nos braços tatuados, estava ajoelhado na cabine de pilotagem curvado sobre o motor com uma chave de fenda. Ele não olhou quando Lyra parou ao lado do barco, mas a daemon-cachorra da raça Keeshond, de pelo preto e prateado, bufou como um leão, levantou-se e rosnou.

Lyra se aproximou do barco, firme e quieta, atenta.

— Bom dia, mestre Brabandt — cumprimentou.

O homem ergueu os olhos e Lyra viu os traços de Dick: maior, mais velho, mais áspero e mais forte, mas inconfundivelmente Dick. Ele não disse nada, apenas franziu a testa e apertou os olhos.

Lyra tirou o lenço do bolso, estendeu cuidadosamente com as duas mãos e abriu para mostrar o nó.

Ele olhou e sua expressão mudou de desconfiado para zangado. Uma vermelhidão opaca se espalhou por seu rosto.

— Onde arranjou isso? — perguntou.

— Seu neto Dick me deu faz uma meia hora. Fui procurá-lo porque estou com problemas e preciso de ajuda.

— Guarde isso e venha a bordo. Não olhe por aí. Só passe pela amurada e vá para baixo.

Ele enxugou as mãos em um trapo ensebado. Quando ela estava dentro do barco, ele se juntou a ela e fechou a porta.

— Como conhece Dick? — perguntou.

— Somos amigos.

— E *ele* botou esse problema na sua barriga?

Por um momento, Lyra não entendeu o que ele queria dizer. Então enrubesceu.

— Não! Não é esse tipo de problema. Eu sei me cuidar muito bem. É que... o meu daemon...

Ela não conseguiu terminar a frase. Sentia-se horrivelmente vulnerável, como se a sua angústia tivesse de repente se tornado grosseira e visível. Encolheu os ombros, abriu a parca e estendeu as mãos. Brabandt a olhou da cabeça aos pés e seu rosto perdeu toda cor. Deu um passo para trás e agarrou a moldura da porta.

— Você é uma feiticeira? — ele perguntou.

— Não. Apenas uma humana, nada mais.

— Meu Deus, então o que aconteceu com você? — ele perguntou.

— Perdi o meu daemon. Acho que ele me abandonou.

— E o que você acha que eu posso fazer a respeito?

— Não sei, mestre Brabandt. Mas o que eu quero é chegar aos Pântanos sem ser pega, para encontrar um velho amigo meu. O nome dele é Coram van Texel.

— Farder Coram! E ele é amigo seu?

— Fui ao Ártico com ele e lorde Faa faz uns dez anos. Farder Coram estava comigo quando conhecemos Iorek Byrnison, o rei dos ursos.

— E como é seu nome?

— Lyra da Língua Mágica. Foi o nome que o urso me deu. Até então eu me chamava Lyra Belacqua.

— Bom, por que não me disse?

— Acabei de dizer.

Por um momento, ela achou que ia levar uma bofetada por ser insolente, mas a expressão dele desanuviou e o sangue voltou a suas faces. Brabandt era um homem bonito, como dissera seu neto, mas agora estava perturbado e até mesmo um pouco assustado.

— Esse seu problema — ele perguntou. — Quando que aconteceu?

— Hoje de manhã. Ele estava comigo ontem de noite. Mas tivemos uma discussão terrível e quando acordei ele tinha ido embora. Não sabia o que fazer. Aí me lembrei dos gípcios, dos Pântanos, de Farder Coram, e achei que ele não ia pensar mal de mim, ele ia entender e quem sabe poderia me ajudar.

— A gente ainda fala sobre aquela viagem ao norte — disse ele. — Lorde Faa está morto há tempos, mas que grande campanha, sem nenhuma dúvida. Farder Coram não sai muito do barco dele hoje em dia, mas continua bastante animado e alegre.

— Fico contente. Mas talvez eu vá criar problemas para ele.

— Ele não vai se importar. Mas você não ia viajar desse jeito, ia? Como você acha que vai chegar em algum lugar sem um daemon?

— Eu sei. Vai ser difícil. Não posso ficar onde eu estava porque... Vou criar problemas para eles. Tem muita gente entrando e saindo de lá o tempo inteiro. Não ia conseguir esconder por muito tempo e não seria justo com eles, porque acho que estou em perigo com o TCD também. Foi pura sorte eu saber pelo Dick que o senhor estava em Oxford e pensei que talvez... Não sei. Eu simplesmente não sei para onde ir.

— Não. Entendo bem. Bom...

Pela janela, ele olhou para o estaleiro movimentado e depois para sua daemon, que retribuiu seu olhar calmamente.

— Bom — disse Brabandt —, John Faa voltou daquela viagem com uma criança gípcia que de outra forma nunca mais teríamos visto. Isso devemos a você. E a nossa gente fez bons amigos entre as feiticeiras, o que foi novidade. E eu não tenho trabalho por umas duas semanas. No momento, o negócio tá ruim. Você já andou num barco gípcio? Deve ter andado.

— Fui de veleiro para os Pântanos com Mãe Costa e a família dela.

— Mãe Costa, hein? Bom, ela não era brincadeira. Sabe cozinhar e arrumar?

— Sei.

— Então, bem-vinda a bordo, Lyra. Eu estou sozinho no momento, desde que a minha última namorada deu um pulo na terra firme e nunca mais voltou. Não se preocupe, não estou procurando substituta e de qualquer jeito você é muito nova pra mim. Gosto das minhas mulheres com mais quilometragem. Mas se você cozinhar, arrumar, lavar minha roupa e ficar longe das vistas de qualquer viajante, eu te ajudo com seu problema e te levo até os Pântanos. Que tal?

Ele estendeu a mão suja de óleo, que ela apertou sem hesitar.

— Combinado — disse ela.

No momento em que Lyra apertava a mão de Giorgio Brabandt, Marcel Delamare estava em sua sala em La Maison Juste, e tocava uma garrafinha com a ponta de um lápis, derrubando-a e fazendo-a girar. O tempo estava claro, o sol batia na escrivaninha de mogno e fazia brilhar a garrafinha que não era maior que o dedo mínimo dele, tampada com rolha e lacrada com cera avermelhada que tinha escorrido até a metade de um lado.

Ele a pegou e segurou contra a luz. Seu visitante esperou, calado: um homem de aparência tártara, mas com roupas europeias surradas, o rosto magro e queimado de sol.

— E é isto aqui o famoso óleo? — perguntou Delamare.

— Foi o que me disseram, sim, senhor. Só posso dizer o que o vendedor me falou.

— Ele te procurou? Como sabia que você estava interessado?

— Eu tinha ido até Akchi procurar por isso. Perguntei pros vendedores, os comerciantes de camelos, os negociantes. E enfim um homem veio até a minha mesa...

— Sua mesa?

— O comércio é feito nas casas de chá. A gente senta numa mesa e informa que está pronto pra negociar seda, ópio, chá, o que a gente tiver. Estava me passando por um médico. Vários negociantes chegaram pra mim com uma erva, algum extrato, fruta disto, semente daquilo. Comprei algumas coisas pra não estragar o disfarce. Tenho todos os recibos.

— Como sabe que isto é o que você queria? Pode ser qualquer coisa.

— Com todo respeito, monsieur Delamare, é óleo de rosa de Karamakan. Não me importo de esperar o pagamento até o senhor testar.

— Ah, vamos sim, com toda certeza, vamos testar. Mas o que convenceu você?

O visitante se recostou na cadeira com um ar de paciência cansada, mas cautelosa. Seu daemon, uma serpente cinza-areia com um padrão de losangos vermelhos nas laterais, deslizou por suas mãos, entrando e saindo por entre os seus dedos. Delamare percebeu um ar de agitação, controlado à força.

— Eu próprio testei — disse o visitante. — Como o vendedor instruiu, pus a menor gota possível na ponta do meu dedo mínimo e toquei na minha pálpebra. A dor foi instantânea e intensa, razão por que o vendedor insistiu para que saíssemos da casa de chá e fôssemos para o hotel onde eu estava hospedado. Cheguei a gritar de choque e dor. Queria lavar meu olho na mesma hora, mas o vendedor me aconselhou a sossegar e deixar quieto. Lavar só ia espalhar mais a dor. É isso que os xamãs fazem, os que usam o óleo, pelo que parece. Depois de uns dez, quinze minutos, acho, o pior começou a passar. E então comecei a ver os efeitos descritos no poema de *Jahan e Rukhsana*.

Delamare anotava as palavras do visitante enquanto ele falava. Então parou, e ergueu a mão.

— Que poema é esse?

— O poema chamado *Jahan e Rukhsana*. Conta as aventuras de dois amantes que procuram um jardim onde nascem rosas. Quando entram no jardim de rosas, depois de todas as dificuldades, o rei dos pássaros guia os dois amantes e eles são abençoados com uma porção de visões que se desdobram como as pétalas de uma rosa e revelam verdade após verdade. Durante quase mil anos esse poema tem sido reverenciado naquelas regiões da Ásia Central.

— Existe uma tradução para alguma língua europeia?

— Acho que tem uma em francês, mas dizem não ser muito exata.

Delamare anotou.

— E o que você viu sob a influência do óleo? — perguntou.

— Vi o que parecia uma auréola ou um halo em torno do vendedor, que consistia de grânulos de luz cintilante, menores do que um grão de farinha. E entre ele e seu daemon, que era um pardal, havia um fluxo constante desses grãos de luz, de ida e volta, nas duas direções. Ao olhar, me convenci de que estava vendo uma coisa profunda e verdadeira, que eu nunca mais poderia negar. Aos poucos a visão desapareceu e eu tive a certeza de que o óleo de rosa era genuíno, então paguei o vendedor e vim pra cá. Tenho aqui o recibo da venda...

— Deixe na mesa. Falou com mais alguém sobre isso?

— Não, monsieur.

— Melhor para você. A cidade onde você comprou o óleo, me mostre aqui neste mapa.

Delamare levantou-se para pegar um mapa dobrado na mesa e abriu-o na frente do viajante. Mostrava uma região de uns quatrocentos quilômetros quadrados, com montanhas ao sul e ao norte.

O visitante pôs uns óculos antigos de aro metálico antes de observar o mapa. Ele tocou um ponto perto da borda ocidental. Delamare olhou e depois voltou a atenção para o lado oriental, examinando de cima a baixo.

— O deserto de Karamakan fica só um pouco ao sudeste do que mostra este mapa — disse o viajante.

— A que distância da cidade que você mostrou, de Akchi?

— Quinhentos quilômetros, mais ou menos.

— Então comercializam o óleo de rosas até muito longe no Ocidente.

— Eu deixei claro o que eu queria e estava preparado pra esperar — disse o viajante, e tirou os óculos. — O vendedor foi especialmente para me encontrar. Ele podia ter vendido de pronto para a empresa médica, mas era um homem honesto.

— Empresa médica? Qual?

— Tem umas três ou quatro. Companhias ocidentais. Dispostas a pagar um preço alto, mas eu consegui comprar essa amostra. O recibo da compra...

— Você vai receber seu dinheiro. Só mais umas perguntas. Quem lacrou com cera este frasco?

— Eu.

— E está em sua posse desde então?

— A cada passo.

— E tem um prazo de validade, digamos, esse óleo? Ele perde o efeito?

— Não sei.

— Quem compra? Quem são os clientes desse comerciante?

— Ele não vende só óleo, monsieur. Outros produtos também. Mais comuns, o senhor entende, ervas curativas, especiarias para culinária, esse tipo de coisa. Qualquer um compra essas coisas. O óleo especial é usado principalmente por xamãs, eu acho, mas existe um estabelecimento científico em Tashbulak, que fica... — Ele colocou os óculos e olhou o mapa de novo: — ... assim como o deserto, pouco além dos limites desse mapa. Ele vendeu óleo para os cientistas de lá umas poucas vezes. Eles queriam muito conseguir o óleo e pagaram à vista, mas não tanto quanto as empresas médicas. Devo dizer que o lugar *existia*, até recentemente.

Delamare se endireitou na cadeira, mas não bruscamente.

— Existia? — perguntou. — Continue.

— Foi o vendedor que me alertou. Me contou que da última vez que viajou até a estação de pesquisa encontrou a equipe lá em estado de grande medo, porque tinham sido ameaçados de destruição se não parassem com as pesquisas. Estavam fazendo as malas, se preparando pra ir embora. Mas entre minha saída de Akchi e minha chegada aqui, soube que o estabelecimento tinha sido destruído. Todos que ainda estavam lá, tanto o pessoal científico como os trabalhadores locais, tinham fugido ou sido executados.

— Quando soube disso?

— Não faz muito tempo. Mas as notícias correm depressa pela estrada.

— E quem foi que destruiu o local?

— Homens das montanhas. Só isso que eu sei.

— Que montanhas?

— Tem montanhas ao norte, ao oeste e ao sul. Para o leste, só deserto, o pior do mundo. Os desfiladeiros das montanhas são seguros, ou eram, porque as estradas são muito usadas. Talvez não sejam mais. Toda montanha é perigosa. Quem sabe o tipo de gente que vive lá? As montanhas são morada de espíritos, de monstros. Qualquer ser humano que viva entre eles se torna feroz e cruel. E ainda tem os pássaros, os *oghâb-gorgs*. Existem histórias sobre esses pássaros que são de gelar o sangue de qualquer viajante.

— Estou interessado nos homens. O que as pessoas dizem deles? São organizados? Têm um líder? Sabemos por que eles destruíram a estação de Tashbulak?

— Eu soube que foi porque eles achavam que o trabalho que acontecia lá era blasfemo.

— Então qual é a religião deles? O que conta como blasfêmia para eles?

O comerciante sacudiu a cabeça e abriu as mãos.

Delamare balançou a cabeça devagar e bateu o lápis em uma pequena pilha de papéis dobrados e manchados.

— Foram essas as suas despesas? — ele perguntou.

— Foram. E, é claro, o recibo do óleo. Eu agradeceria se...

— Você será pago amanhã. Está hospedado no hotel Rembrandt, como eu recomendei?

— Estou.

— Fique lá. Um mensageiro vai levar seu dinheiro em breve. Devo lembrar do contrato que você assinou vários meses atrás.

— Ah — disse o viajante.

— É, ah, mesmo. Se eu souber que você andou falando sobre o nosso negócio, vou recorrer à cláusula de confidencialidade e perseguir você em todos os tribunais até recuperar o dinheiro inteiro que recebeu e muito mais ainda.

— Eu me lembro dessa cláusula.

— Então não temos mais nada a dizer. Bom dia para você.

O visitante fez uma reverência e saiu. Delamare pôs o frasco de óleo em uma gaveta que trancou, depois refletiu sobre as notícias que o comerciante tinha lhe dado. Mas havia algo no jeito que o homem o olhara enquanto falava, algo surpreso, talvez cético, talvez hesitante. Tinha sido difícil de interpretar. Na verdade, Delamare já conhecia bastante em relação àqueles homens das montanhas e seu propósito em perguntar sobre eles era descobrir quanto os outros sabiam.

Não importava. Ele escreveu uma breve nota para o reitor da faculdade de Pesquisa Teofísica e voltou a atenção para o projeto que ocupava a maior parte de seu tempo: um futuro congresso de todo o Magisterium, de um tipo que nunca havia acontecido antes. O óleo e o que se passara em Tashbulak estariam no centro de suas deliberações, embora muito poucos participantes soubessem disso.

Malcolm passou a maior parte do dia retido em questões da faculdade, mas, quando a tarde ficou nublada, ele trancou a porta e partiu para Godstow. Queria muito contar a Lyra sobre a reunião no Jardim Botânico e tudo o que descobrira, e não somente para alertá-la: queria ver a expressão dela quando absorvesse todas as implicações do que tinha acontecido. As emoções dela iam e vinham com tamanha força que parecia a ele que ela estava mais sintonizada com o mundo do que qualquer outra pessoa que já conhecera. Não sabia bem o que queria dizer com isso e não teria falado isso para ninguém, muito menos para ela; mas era encantador de se ver.

A temperatura estava caindo e parecia até haver um toque de neve no ar. Quando ele abriu a porta da cozinha da Truta e entrou, o calor e o vapor familiares o envolveram como um sinal de boas-vindas. Mas o rosto de sua mãe, quando ergueu a cabeça da massa que estava enrolando, estava tenso e ansioso.

— Esteve com ela?

— Com Lyra? Como assim?

Ela indicou com a cabeça o recado deixado por Lyra, que ainda estava no meio da mesa. Ele o pegou, leu depressa e depois de novo, devagar.

— Mais nada? — perguntou.

— Ela deixou algumas coisas lá em cima. Parece que levou o que conseguiu carregar. Deve ter saído cedo, antes de todo mundo acordar.

— Ela disse alguma coisa ontem?

— Só parecia preocupada. Seu pai acha que estava infeliz. Mas parecia estar tentando ser alegre, dava pra ver. Mas não disse muita coisa e foi pra cama cedo.

— Quando ela saiu?

— Antes da gente se levantar. Esse recado estava em cima da mesa. Achei que ela podia ter ido ver você em Durham, ou quem sabe a Alice...

Malcolm correu para cima e entrou no quarto que Lyra estava usando. Os livros dela, pelo menos alguns, ainda estavam em cima da mesinha; a cama arrumada; algumas roupas em uma das gavetas. Nada mais.

— *Merda* — ele disse.

— Será que... — disse Asta, no peitoril da janela.

— O quê?

— Será que ela e o Pantalaimon foram juntos? Ou ela achou que ele foi embora e foi atrás? A gente sabe que eles... que eles não... não estavam felizes juntos.

— Mas para onde ele iria?

— Só sair sozinho. A gente sabe que ele fazia isso. Foi assim que encontrei com ele a primeira vez.

— Mas... — Ele estava confuso, com raiva e muito mais chateado do que se lembrava de ter ficado em muito tempo.

— Só que ela sempre sabia que ele ia voltar — disse Asta. — Quem sabe dessa vez ele não voltou.

— Alice — ele disse, de repente. — Vamos lá agora.

Alice estava tomando uma taça de vinho na sala do mordomo depois do jantar.

— Boa noite, dr. Polstead — disse o mordomo, se levantando. — Toma uma taça de porto conosco?

— Outra hora, com prazer, sr. Cawson — disse Malcolm —, mas isto agora é bem urgente. Posso dar uma palavrinha com a sra. Lonsdale?

Ao ver a expressão dele, Alice se pôs de pé imediatamente. Saíram para o pátio e conversaram baixinho à luz da escada do salão.

— O que aconteceu? — ela perguntou.

Ele explicou brevemente e mostrou o recado.

— O que ela levou?

— Uma mochila, algumas roupas... Mais nenhuma pista. Ela veio te ver nestes últimos dias?

— Não. Gostaria que tivesse vindo. Faria com que me contasse a verdade sobre ela e aquele daemon.

— É... eu vi que havia alguma coisa errada, mas não era um assunto em que eu pudesse tocar em uma conversa, com tantas coisas urgentes para discutir. Então você sabe que eles não estavam felizes?

— Não estavam felizes? Eles não se suportavam e era um horror de se ver. Como ela se virou na Truta?

— Eles perceberam o estado de espírito em que ela estava, mas Lyra não falou nada sobre isso. Alice, você sabia que ela e Pantalaimon podiam se separar?

O daemon de Alice grunhiu e se colou às suas pernas.

— Ela nunca falou nada — disse Alice. — Mas eu achei que tinha alguma coisa diferente com eles quando voltaram do Norte. Ela parecia uma pessoa atormentada. Com uma sombra, alguma coisa assim. Por quê?

— Só um pressentimento de que o Pan pode ter ido embora, e que ela foi atrás para encontrar seu daemon.

— Ela deve ter achado que ele foi bem longe. Se ele tivesse saído só pra dar um passeio na floresta, teria voltado antes do amanhecer.

— Foi o que eu pensei. Mas se ela entrar em contato ou se tiver notícias dela...

— Claro.

— Tem mais alguém na faculdade com quem ela possa ter falado?

— Não — ela respondeu, categórica. — Não depois que o novo reitor expulsou a menina, o desgraçado.

— Obrigado, Alice. Não fique por aí com esse frio.

— Vou contar para o velho Ronnie Cawson que ela desapareceu. Ele gosta dela. Todos os criados gostam. Bom, os criados de antes. Hammond trouxe uns sujeitos novos que não falam com ninguém. Este lugar não é mais o que era, Mal.

Um rápido abraço e ele foi embora.

Dez minutos depois, ele estava batendo na porta de Hannah Relf.

— Malcolm! Entre. O que...

— Lyra desapareceu — disse ele, e fechou a porta ao passar. — Foi embora antes de meu pai e minha mãe acordarem hoje de manhã. Deve ter sido bem cedo. Deixou este recado e ninguém tem a menor ideia de para onde foi. Acabo de perguntar para Alice, mas...

— Sirva um xerez para nós e sente. Ela levou o aletiômetro?

— Não estava no quarto dela, então imagino que tenha levado.

— Ela poderia ter deixado lá, se pretendesse voltar. Se achasse que era seguro.

— Acho que ela se sentiu segura lá. Eu ia falar com ela esta noite, contar o que aconteceu no Jardim Botânico... Não contei nem para você ainda, contei?

— Tem a ver com a Lyra?

— Tem, sim.

Ele contou sobre a reunião, o que tinha descoberto nela e sobre os homens do TCD.

— Certo — disse ela. — Definitivamente algo para a Oakley Street. Vai se encontrar novamente com ela?

— Lucy Arnold... sim. E com os outros. Mas Hannah, eu ia perguntar... você conseguiria procurar a Lyra com o aletiômetro?

— Claro que sim, mas não rápido. Ela pode estar em qualquer lugar agora. Faz o quê? Doze horas que ela foi embora? Vou começar logo a procurar, mas no começo só terei uma ideia geral. Pode ser mais fácil perguntar por que ela foi embora do que para onde.

— Então faça isso. Qualquer coisa ajuda.

— A polícia? Que tal contar para a polícia que ela desapareceu?

— Não — ele respondeu. — Quanto menos eles prestarem atenção nela, melhor.

— Acho que você está certo. Malcolm, você está apaixonado por ela?

A pergunta o pegou totalmente de surpresa.

— O que você... de onde você tirou isso? — ele perguntou.

— Da maneira que você fala dela.

Ele sentiu o rosto ficar vermelho.

— É assim tão óbvio?

— Só para mim.

— Não posso fazer nada. Absolutamente nada. Completamente proibido por qualquer tipo de moral e...

— Antigamente, sim, mas agora não mais. Você dois são adultos. Eu só ia dizer para você não deixar isso afetar seu julgamento.

Ele percebeu que ela já se arrependera de ter perguntado. Conhecia Hannah quase a vida inteira e confiava nela absolutamente, mas quanto a seu último conselho, ele achou que era a coisa menos sábia que já a escutara falar.

— Vou tentar — respondeu.

12. A LUA MORTA

Lyra logo entrou em uma rotina bastante confortável com Giorgio Brabandt. Ele não era escrupuloso demais no que dizia respeito a limpeza; ela compreendeu que sua última namorada era fanática por esfregar e polir e que ele ficava contente de viver um pouco mais relaxado. Lyra varria o chão e mantinha a cozinha brilhando e isso era o suficiente para ele. Quanto à comida, ela tinha aprendido algumas coisas nas cozinhas da Jordan, e sabia fazer o tipo de tortas e guisados que Brabandt mais gostava: ele não tinha paladar para molhos delicados ou sobremesas chiques.

— O que nós vamos fazer se alguém perguntar quem é você — disse ele — é dizer que você é a garota do meu filho Alberto. Ele casou com uma errante e eles moram para os lados de Cornwall. Ele não sai pra água faz anos. Você pode se chamar Annie. Vai servir. Annie Brabandt. Um bom nome gípcio. Quanto ao daemon... Bom, essa ponte a gente atravessa quando chegar a hora.

Ele deu a Lyra a cabine da frente, um lugarzinho frio até ele colocar um fogareiro a lenha lá. Enrolada na cama à noite, uma lâmpada de nafta a seu lado, ela se debruçava sobre o aletiômetro.

Não tentou o novo método; ele a deixava desconfortável. Em vez disso, observava o mostrador e deixava a mente fluir, sem se lançar em um mar turbulento, preferindo vagar por um mais calmo. Mantinha-se o mais livre possível de intenções conscientes, não perguntava nada, nem questionava nada, e sua mente pairava sobre o Sol, a Lua e o Touro; olhava cada um, colhia todos os seus detalhes com igual atenção, olhava dentro da grande profundidade do conjunto de símbolos, dos níveis mais altos já tão familiares até os inferiores que desapareciam no escuro lá embaixo. Pairou sobre o Jardim Murado durante longo tempo, deixando todas as associações e conotações da natureza, da ordem, da inocência, da proteção, da fertilidade e muitos e muitos outros significados desfilarem flutuando como estranhas anêmonas, sua miríade de tentáculos de ouro, coral ou prata flutuando em um oceano translúcido.

De vez em quando sentia um pequeno puxão no fluxo de sua consciência e sabia que o rapaz que tinha tomado por Will estava procurando por ela. Ela se fazia relaxar, não reagir nem ignorar, apenas flutuar, e o puxão desaparecia, como um pequeno espinho que engancha por um momento na manga de um viajante e se solta quando o viajante segue em frente.

Pensava constantemente em Pantalaimon: estaria em segurança? Aonde podia ter ido? O que ele quis dizer com aquele recado breve e desdenhoso? Não podia ser algo literal. Era cruel, ele era cruel e ela era cruel também, e estava tudo uma confusão, tudo uma tremenda confusão.

Lyra quase não pensava em Oxford. Pensou em escrever uma mensagem e enviar para Hannah pelo correio, mas não seria nada fácil: Brabandt raramente parava durante o dia e tendia a ancorar à noite em algum trecho de água solitário, longe de qualquer aldeia em que pudesse haver correio.

Ele ficou curioso sobre a razão de o TCD estar interessado nela, mas, quando Lyra continuou a insistir que não fazia ideia, ele se deu conta de que não ia obter uma resposta e parou de perguntar. Porém, ele tinha coisas a dizer a respeito dos gípcios e dos Pântanos, e na terceira noite de viagem, quando a geada endurecia o mato à margem do rio e o velho fogareiro iluminava a cozinha, ele se sentou e conversou com Lyra enquanto ela fazia o jantar.

— O TCD, eles têm uma birra com os gípcios — ele disse —, mas não têm coragem de deixar a gente zangado. Toda vez que tentaram entrar nos Pântanos, a gente fez de tudo pra eles se perderem nos charcos e nas águas mortas de onde nunca mais saíram. Uma vez, eles tentaram invadir os Pântanos à força, centenas de homens, com armas, canhões e tudo. Parece que os fogos-fátuos, os joão-galafoice... já ouviu falar deles? Eles acendem luzes no brejo pra fazer gente desavisada se perder dos caminhos seguros... Bom, então, eles ouviram os TCD chegarem e todos os joão-galafoice vieram com as lanternas brilhando, piscando daqui e dali, e os homens do TCD ficaram tão assustados e atrapalhados que metade se afogou e a outra metade enlouqueceu de medo. Isso faz quase uns cinquenta anos.

Lyra não tinha muita certeza se o TCD existia há cinquenta anos, mas não questionou.

— Então os fantasmas e espíritos estão do lado de vocês? — perguntou.

— Contra o TCD eles ficam do lado dos gípcios, sim. Veja você, eles escolheram a hora errada do mês, os homens do TCD. Vieram na Lua nova. É fato conhecido que quando a Lua tá escura, tudo quanto é espectro e assombração sai pra fora, tudo quanto é zumbi e vampiro, e fazem um mal poderoso contra homem e mulher de bem, gípcio ou errante, tanto faz. Eles pegaram ela uma vez, sabe. Pegaram ela e mataram.

— Pegaram quem?

— A Lua.

— Quem pegou?

— Os espectros. Alguns dizem que eles subiram e puxaram ela pra baixo, só que não tem nada nos Pântanos alto o suficiente pra isso; e tem outros que dizem que ela se apaixonou por um gípcio e desceu pra ir pra cama com ele; e mais outros ainda dizem que ela desceu por vontade própria, porque tinha ouvido falar das coisas horríveis que os espectros fazem quando ela tá escura. Seja como for, ela desceu uma noite e passeou pelo meio dos pântanos, dos brejos, e uma tropa inteira de criaturas do mal, fantasma, goblin, aparição, carro-do-diabo, cão-danado, troll, nixe, zumbi, pato-de-fogo, foram tudo pé ante pé atrás dela pela parte mais escura e deserta dos Pântanos, conhecida como Lama Sombria. E lá ela torceu o pé numa pedra, um galho arrancou o seu manto e aqueles horrores rastejantes atacaram ela, a dama Lua, jogaram na água gelada, no lodo imundo do velho brejo, onde tem criaturas rasteiras tão escuras e horrendas que nem nome têm. Lá ela ficou, dura e fria, com a pobre da velha luzinha dela apagando pouco a pouco.

"Bom, logo depois surgiu um gípcio que tinha perdido o rumo por causa do escuro e que estava começando a ficar com medo por causa das mãos escorregadias que podia sentir agarrando seus tornozelos, e as garras frias que arranhavam suas pernas. E ele não enxergava nada.

"Então, de repente, ele viu uma coisa. Uma luzinha fraca que brilhava debaixo d'água, brilhava igualzinha o prateado delicado da Lua. E ele deve ter gritado, porque era a própria Lua morrendo, e ela ouviu e se sentou, só por um momento, e brilhou pra todo lado e tudo quanto era zumbi, assombração e goblin fugiu e o gípcio viu que o caminho estava claro como o dia e ele achou o rumo pra fora da Lama Sombria e voltou pra casa em segurança.

"Nessa altura, a luz da Lua tinha acabado toda. E as criaturas da noite botaram uma pedra em cima do lugar que ela estava. E as coisas ficaram cada vez pior pros gípcios. Os horrores rastejantes saíram da lama e roubaram bebês e crianças; os joão-galafoice e os fogo-fátuos acenderam seu brilho por todos os brejos, pântanos e areias movediças; e coisas horríveis demais pra se falar, gente morta, zumbis, os cabeça-raspada e os sem-osso, saíram de noite assombrando as casas e se juntavam nos barcos, mexiam nas janelas, enrolavam alga no timão, apertavam os olhos contra a menor luzinha que brilhasse entre as cortinas.

"Então o povo foi atrás de uma mulher sábia e perguntou o que precisava fazer. Ela disse, tem de encontrar a Lua e se resolve todo o problema. E aí o homem que tinha se perdido lembrou de repente o que tinha acontecido com ele e falou: 'Eu sei onde tá a Lua! Tá enterrada na Lama Sombria!'.

"E lá se foram eles com lampiões, tochas e tocos acesos, um bando inteiro de homens, com pás, picaretas, enxadão pra desenterrar a Lua. Eles perguntaram pra mulher sábia como fazia pra encontrar a Lua se a luz dela tinha apagado e ela respondeu: 'Procurem um caixão grande feito de pedra com uma vela em cima'. E ela fez cada um botar uma pedra na boca, todo mundo, pra lembrar que não podiam dizer nem uma palavra.

"Bom, eles rondaram fundo na Lama Sombria, sentiram mãos pegajosas agarrando os seus pés, sussurros e suspiros assustadores nos ouvidos, mas aí chegaram aonde a antiga pedra estava, com uma vela brilhando em cima, feita da gordura de homem morto.

"Então eles ergueram a tampa da pedra, e lá tava a Lua jazendo, com a linda cara de dama gelada e os olhos fechados. Então ela abriu os olhos, e dos olhos dela brilhou a luz prateada e clara do luar, e ela ficou ali um minuto, olhando o círculo de gípcios com suas pás e enxadões, todos quietos por causa da pedra na boca deles, e ela falou: 'Bom, rapazes, já era hora de acordar e agradeço muito terem me encontrado'. E a toda volta veio o barulho como de mil ventosas quando os horrores fugiram de volta pra debaixo do brejo. Daí então, a Lua brilhava no céu e o caminho ficou claro como o dia.

"Então, assim que é o nosso lugar e por isso que é melhor você ter amigos gípcios pra ir pros Pântanos. Se entrar sem permissão, os espectros e zumbis te pegam. Você está com cara de quem não acredita em nenhuma palavra do que eu disse."

— Acredito — Lyra protestou. — É muito possível.

Claro que ela não acreditava em nada. Mas se consolava as pessoas terem crença naquela espécie de bobagem, ela achava educado deixar que acreditassem, mesmo que o autor de *Os hiperchorasmianos* fosse rir de desprezo.

— Gente jovem não acredita na comunidade secreta — disse Brabandt. — Pra eles é tudo química e medidas. Têm explicação pra tudo e estão todos errados.

— O que é a comunidade secreta?

— O mundo das fadas, dos fantasmas, dos joão-galafoice.

— Bom, eu nunca encontrei um joão-galafoice, mas vi três fantasmas e fui amamentada por uma fada.

— Foi o quê?

— Uma fada me amamentou. Durante a grande enchente, vinte anos atrás.

— Você não tem idade pra lembrar disso.

— Não. Eu não lembro de nada. Mas foi o que alguém que estava lá me contou. Era a fada do rio Tâmisa. Ela queria ficar comigo, mas foi enganada e teve de me deixar ir embora.

— Rio Tâmisa, é? E como era o nome dela então?

Lyra tentou lembrar o nome que Malcolm havia lhe contado.

— Diania — ela disse.

— Isso mesmo! Minha nossa, tá certo. É o nome dela. Mas não é de conhecimento geral. Você só saberia se fosse verdade, e é.

— Vou dizer mais uma coisa — ela falou. — A Mãe Costa me contou. Ela disse que eu tinha óleo de feiticeira na alma. Quando eu era pequena, queria ser gípcia, então tentava falar do jeito gípcio. Mãe Costa ria de mim e dizia que eu nunca ia ser gípcia, porque era uma pessoa de fogo e tinha óleo de feiticeira na alma.

— Bom, se ela disse isso, deve tá certo. Eu não discuto com a Mãe Costa. O que você tá cozinhando aí?

— Ensopado de enguia. Já deve estar pronto.

— Então vamos comer — ele disse, e serviu cerveja para os dois.

Enquanto comiam, ela disse:

— Mestre Brabandt? Você conhece a palavra *akterrakeh*?

Ele balançou a cabeça.

— Não é gípcia, com certeza — falou. — Pode ser francesa. Parece um pouco francês.

— Já ouviu falar de um lugar não sei onde chamado Hotel Azul? Alguma coisa a ver com daemons.

— É, isso eu já ouvi falar — disse ele. — Fica em algum lugar no Levante, é isso. Não é um hotel, na verdade. Mil anos atrás, quem sabe até mais, era uma cidade grande, templos, palácios, bazares, parques, fontes, coisas bonitas de todo tipo. Aí, um dia os hunos desceram das estepes... aquele gramado sem-fim que tem mais pro norte, que parece que não acaba nunca... e mataram todo mundo dessa cidade, todo homem, mulher e criança. Ficou séculos vazia, porque diziam que era assombrada, o que não duvido. Ninguém ia lá, nem por amor, nem por dinheiro. Aí, um dia, um viajante, que até podia ser gípcio, foi lá explorar e voltou com uma história estranha, que o lugar era realmente assombrado, mas não por fantasmas: por daemons. Talvez os daemons de pessoas que morriam fossem pra lá, quem sabe. Eu não sei por que chamam de Hotel Azul. Mas deve ter um motivo.

— E isso seria parte da comunidade secreta?

— Só pode ser.

E assim passavam o tempo, enquanto a *Donzela de Portugal* chegava mais e mais perto dos Pântanos.

Em Genebra, Olivier Bonneville estava ficando frustrado. O novo método de ler o aletiômetro se recusava a fornecer qualquer informação a respeito de Lyra. Não tinha sido assim no começo; ele a tinha espionado mais de uma vez; mas agora era como se alguma conexão tivesse se rompido, um fio se soltara.

Porém, ele estava começando a descobrir mais sobre o novo método. Por exemplo, só funcionava no tempo presente, por assim dizer. Podia revelar acontecimentos, mas não suas causas e consequências. O método clássico dava uma visão mais completa, porém às custas de tempo, de pesquisa cuidadosa, e exigia um tipo de interpretação para a qual Bonneville não tinha paciência.

Entretanto, seu patrão, Marcel Delamare, estava com toda a atenção dirigida para o futuro congresso de todos os membros que constituíam o Magisterium. Como o próprio Delamare tivera a ideia e como não tinha a menor intenção de esclarecer seu propósito, mas toda a intenção de arranjar para que chegassem às resoluções que ele queria, e como isso envolvia muita política complexa, Bonneville se viu relativamente livre de supervisão por algum tempo.

Ele resolvera então tentar uma outra abordagem ao novo método. Tinha um fotograma de Lyra, que Delamare havia lhe dado: mostrava-a no meio de um grupo de outras moças com roupa acadêmica, evidentemente em algum evento universitário. Estavam paradas formalmente olhando para a câmera sob sol intenso. Bonneville tinha recortado o rosto e o corpo de Lyra e jogado fora o resto da imagem; não havia por que guardar aquilo, uma vez que as garotas nela eram inglesas demais para serem atraentes. Ele pensou que olhar para o rosto de Lyra na imagem, com o aletiômetro na mão, poderia ajudá-lo a focalizar com mais clareza a questão de onde ela estava.

Então, depois de tomar uns comprimidos para se proteger contra o enjoo de viagem, no caso de a náusea atacar de novo, ele se sentou em seu pequeno apartamento enquanto as luzes noturnas se acendiam na cidade, virou as três rodas para a imagem da coruja e focou sua atenção no pedaço de papel fotográfico com a imagem de Lyra. Mas também não funcionou, não como ele esperava. Na verdade, gerou uma tempestade de outras imagens, cada uma perfeitamente nítida por um momento, sucumbindo depois na indefinição e falta de foco, mas cada uma semelhante a Lyra pelo quase segundo que ele conseguia ver com clareza.

Bonneville entrecerrou os olhos e tentou manter as imagens em foco um pouco mais contra a vertigem inevitável. Elas pareciam ter a qualidade de fotogramas: monocromáticas, algumas desbotadas ou amassadas, algumas em papel fotográfico, algumas impressas, algumas bem iluminadas e profissionais, outras informais, como se tiradas por alguém que não tinha o hábito de usar uma câmera, com Lyra de olhos apertados contra o sol. Várias pareciam ter sido tiradas sub-repticiamente quando ela estava desprevenida e a mostravam perdida em pensamentos em um café, rindo ao caminhar de mãos dadas com um rapaz, ou olhando para ambos os lados para atravessar uma rua. Mostravam Lyra em vários períodos de sua infância assim como mais recentemente, seu daemon sempre à vista. Nas últimas imagens, a forma dele era claramente de algum roedor grande: isso era tudo que Bonneville era capaz de dizer.

Então, bruscamente, ele pareceu entender o que estava vendo. *Eram* fotogramas. Estavam presos em um painel: dava para ver o pano dobrado para trás no topo dele, portanto as fotos eram provavelmente mantidas cobertas. Aos poucos, alguns detalhes do fundo vieram à tona: o painel estava encostado em uma parede com papel florido, junto de uma janela sobre a qual se fechava uma cortina de seda verde lustrosa iluminada por uma única lâmpada ambárica em uma mesa abaixo; mas ele estava olhando através dos olhos de quem? Tinha a impressão de uma consciência, mas...

Alguma coisa se mexia... Uma mão se moveu e fez Bonneville ficar nauseado de novo, quase vomitar, quando o ponto de vista girou instantaneamente e mostrou uma forma branca passar em um bater de asas que fez algumas das fotos se agitarem no painel, um borrão, uma ave, uma coruja branca, só por um momento, e desapareceu...

Delamare!

A coruja era o daemon de Delamare. A mão era de Delamare. O papel de parede florido, a cortina verde de seda, o painel de fotos estava no apartamento de Delamare.

E embora Bonneville não conseguisse ver a própria Lyra, por algum motivo, conseguia ver imagens dela porque não era nela que estava focando mentalmente, mas em uma *imagem* dela... Tudo isso lhe veio em um segundo, quando se recostou na poltrona, fechou os olhos e respirou fundo para assentar a náusea.

Então Marcel Delamare tinha reunido dezenas, montes de imagens de Lyra. Ele nunca mencionara isso.

E ninguém sabia. Ele tinha pensando que o interesse de seu patrão pela garota era profissional, por assim dizer, ou político, ou algo assim. Mas era pessoal. Era bizarro. Era obsessivo.

Bem, era bom saber.

Próxima pergunta: por quê?

Bonneville sabia muito pouco sobre seu patrão, sobretudo porque não estava interessado. Talvez estivesse na hora de descobrir algumas coisas. O novo método seria de pouco uso, e além disso a nauseante dor de cabeça de Bonneville o deixava relutante em usar o aletiômetro de novo por algum tempo. Tinha de sair e perguntar para as pessoas: dar uma de detetive.

Sem nenhuma pista de onde Lyra podia ter ido, Malcolm e Asta repassaram a conversa com ela no La Luna Caprese na rua Little Clarendon.

— Benny Morris... — disse Asta. — Esse nome surgiu em algum momento.

— Sim, surgiu mesmo. Alguma coisa a ver com...

— Alguém que trabalhava no depósito do Correio...

— Isso! O homem que foi ferido.

— A gente pode tentar o truque da indenização — disse Asta.

Então, depois de algum trabalho com a lista telefônica e os registros de eleitores da cidade de Oxford, eles encontraram um endereço na rua Pile, distrito de Sta. Ebbe, à sombra do gasômetro. Na tarde seguinte, disfarçado de um gerente de pessoal do Correio Real, Malcolm bateu na porta de uma casa com terraço.

Ele esperou, sem resposta. Prestou atenção, mas só ouviu o barulho dos vagões da estrada de ferro entrando em um desvio do outro lado do gasômetro.

Ele bateu de novo. Ainda nenhuma resposta de dentro. Os vagões começaram a esvaziar o carvão, um a um, na rampa abaixo dos trilhos.

Malcolm esperou até o trem inteiro passar e a série de trovões distantes ser substituída pelo ruído oco dos desvios.

Bateu uma terceira vez, então ouviu um manquejar pesado do lado de dentro e a porta se abriu.

O homem que apareceu era atarracado, olhos baços, e exalava um forte cheiro de bebida. Sua daemon, uma vira-lata mestiça de mastim, se pôs atrás de suas pernas e latiu duas vezes.

— Sr. Morris? — Malcolm perguntou com um sorriso.

— Quem deseja?

— Seu nome é Morris, Benny Morris?

— E se for?

— Bom, eu vim do departamento pessoal do Correio Real...

— Não posso trabalhar. Tenho atestado médico. Olhe o meu estado.

— Não estamos questionando seu ferimento, sr. Morris, de jeito nenhum. A questão é estabelecer a indenização a que o senhor tem direito.

Houve uma pausa.

— Indenização?

— Isso mesmo. Todos os nossos funcionários têm direito a um seguro de acidente. Parte do seu salário vai para isso. O senhor só precisa preencher um formulário. Posso entrar?

Morris deu um passo para o lado, Malcolm entrou no hall estreito e fechou a porta. Ao cheiro de bebida somava-se o cheiro de repolho cozido, suor e folha de fumo.

— Podemos sentar? — Malcolm perguntou. — Preciso pegar uns papéis.

Morris abriu a porta para uma sala fria e empoeirada. Riscou um fósforo e acendeu a arandela acima do aparador. Dela saiu uma luz amarelada que não teve energia para se tornar muito forte. Debaixo de uma mesa frágil, ele tirou uma cadeira, com o cuidado de deixar evidente a dor e a dificuldade que sofria no processo.

Malcolm sentou-se na cadeira em frente, tirou uns papéis da pasta e abriu a tampa da caneta-tinteiro.

— Agora, se pudermos ser bem precisos sobre a natureza de seu ferimento — disse ele, animado. — Como aconteceu?

— Ah, sim. Eu tava fazendo um serviço no quintal. Limpando o ralo. E a escada escorregou.

— Não tinha calçado a escada?

— Ah, claro, eu sempre calço a escada. Bom senso, né?

— E mesmo assim escorregou?

— É. Dia chuvoso. Por isso que eu estava limpando o ralo, por causa da sujeira e do limo, a água não escorria direito. Tava espirrando tudo do lado de fora da janela da cozinha.

Malcolm anotou alguma coisa.

— Tinha alguém ajudando?

— Não. Só eu.

— Ah, então — disse Malcolm, em um tom preocupado —, para receber a indenização completa precisamos ter certeza de que o cliente, nesse caso o senhor, tomou todas as devidas precauções contra acidente. E o trabalho com escada normalmente envolve outra pessoa para segurar a escada.

— Ah, sim, era o Jimmy. Meu parceiro, Jimmy Turner. Ele tava comigo. Deve ter entrado um minutinho.

— Entendo — disse Malcolm enquanto escrevia. — Pode me dar o endereço do sr. Turner?

— Hã... claro, posso, sim. Ele mora na rua Norfolk. Número... Não lembro do número.

— Rua Norfolk. Isso basta. Nós o encontraremos. Foi o sr. Turner que ajudou quando o senhor caiu?

— É... Essa, hã, indenização... quanto que deve ser?

— Depende da natureza do ferimento, que vamos abordar daqui a pouco. E também de quanto tempo o senhor deverá ficar afastado do trabalho.

— Certo.

A daemon de Morris estava sentado o mais perto possível da cadeira dele. Asta o observava e a cachorra estava começando a se agitar e olhar de lado. Um tênue começo de grunhido veio de sua garganta e a mão de Morris baixou automaticamente para pegar suas orelhas.

— Quanto tempo o médico recomendou que o senhor ficasse afastado do trabalho? — Malcolm perguntou.

— Ah, duas semanas, mais ou menos. Depende. Pode ser que melhore antes, pode ser que não.

— Claro. E agora sobre a ferida em si. Qual a extensão do dano que o senhor fez?

— Dano?

— A si mesmo.

— Ah, certo. Bom, primeiro eu achei que tinha quebrado a perna, mas o médico falou que foi apenas uma torção.

— Qual parte da perna?

— Hã... o joelho. Meu joelho esquerdo.

— Entorse de joelho?

— Eu meio que torci quando caí.

— Entendo. O médico examinou devidamente?

— Sim. Meu parceiro Jimmy me ajudou a entrar, certo, e aí foi buscar o médico.

— E o médico examinou o ferimento?

— Foi o que ele fez, sim.

— E disse que foi uma entorse?

— É.

— Bom, o senhor sabe, é um pouco confuso para mim porque a informação que eu tenho é que o senhor sofreu um corte bastante sério.

Asta viu a mão do homem apertar as orelhas do daemon.

— Corte — disse Morris. — É, foi, é, sim.

— Foi um corte além da entorse?

— Tinha um vidro lá. Eu tinha consertado uma janela uma semana antes e deve ter ficado algum vidro quebrado... Mas de onde é que o senhor tirou essa informação?

— Um amigo seu. Ele disse que o senhor sofreu um corte feio na parte de trás do joelho. Não consigo entender bem como o senhor foi se cortar aí, entende?

— Que amigo é esse? Qual é o nome dele?

Malcolm tinha um conhecido na polícia de Oxford, um amigo de infância, um menino dócil e afetuoso na época e um homem honesto e decente agora. Malcolm tinha perguntado a ele, sem contar o motivo, se conhecia um policial na delegacia de Santo Aldate que tinha voz grave, pesada e sotaque de Liverpool. O amigo de Malcolm identificou o homem imediatamente e sua expressão revelou o que pensava a respeito dele. E forneceu seu nome.

— George Paston — disse Malcolm.

A daemon de Morris deu um ganido repentino e se pôs de pé. Asta já estava de pé, o rabo balançando devagar de um lado para outro. Malcolm ficou sentado, imóvel, mas sabia exatamente onde tudo estava, que peso a mesa poderia ter, qual perna de Morris estava machucada, e ele estava equilibrado metade na cadeira, mas metade nos pés, pronto para saltar. Muito baixinho, como se a uma imensa distância e só por um ou dois momentos, tanto Malcolm como Asta ouviram o som de uma matilha de cães latindo.

O rosto de Morris, até então muito ruborizado, ficou branco.

— Não — ele disse. — Espere um pouco, espere um pouco. George Pas... eu não conheço ninguém chamado George Paston. Quem é esse?

Talvez Morris já tivesse explodido, se a expressão tranquila e preocupada de Malcolm não o deixasse absolutamente confuso.

— Ele disse que conhece bem você — Malcolm falou. — Na verdade, disse que estava com você quando se machucou.

— Não estava... eu já disse, era o Jimmy Turner que tava comigo. George Paston? Nunca ouvi falar. Não sei do que o senhor tá falando.

— Bom, ele nos procurou, sabe? — disse Malcolm, observando atentamente sem dar essa impressão. — E ele estava louco para nos contar que o seu ferimento era de verdade, para você não ter nenhuma perda de ganho. Ele falou que era um corte bem feio... algo a ver com uma faca... mas estranhamente não falou de nenhuma escada. Nem nenhuma torsão.

— Quem é o senhor? — Morris perguntou.

— Deixe eu lhe dar meu cartão — disse Malcolm, e tirou do bolso do peito um cartão em que seu nome era Arthur Donaldson, Assessor de Seguros, Correio Real.

Morris olhou, franziu a testa e pôs em cima da mesa.

— E o que esse George Paston falou, então?

— Falou que o senhor tinha sofrido um ferimento e que havia uma boa razão para a sua ausência do trabalho. Que sua situação era genuína. E como ele é um policial, naturalmente eu acreditei nele.

— *Policial*... Não, não conheço mesmo. Ele deve ter me confundido.

— A descrição dele foi bem detalhada. Disse que ajudou o senhor a sair do local onde aconteceu o ferimento e trouxe o senhor para casa.

— Mas foi aqui! Caí da porcaria de uma escada!

— Que roupa estava usando no momento?

— O que que isso tem a ver? A que eu uso sempre.

— A calça que está usando agora, por exemplo?

— Não! Eu tive que jogar a calça fora.

— Porque estava coberta de sangue?

— Não, não, o senhor tá me confundindo agora. Não foi assim. Tinha eu e o Jimmy Turner aqui e mais ninguém.

— E o terceiro homem?

— Não tinha mais ninguém!

— Mas o sr. Paston é muito claro a respeito. Na descrição dele não tinha escada. Ele disse que o senhor e ele pararam para bater um papo e que o senhor foi atacado por um terceiro homem que fez um corte feio na sua perna.

Morris enxugou o rosto com ambas as mãos.

— Olhe — disse ele —, eu não pedi nenhuma indenização. Posso me virar sem ela. Foi tudo uma confusão. Esse Paston, ele me confundiu com alguma outra pessoa. Não sei nada sobre o que ele está falando. É tudo mentira.

— Bom, imagino que o tribunal vai esclarecer.

— Que tribunal?

— A Junta de Ferimentos Criminosos. Agora precisamos apenas da sua assinatura neste formulário e podemos seguir em frente.

— Não tem problema. Esqueça. Não quero nenhuma indenização, não se depende de todas essas perguntas idiotas. Nunca pedi isso aí.

— Não pediu, concordo — disse Malcolm, com seu jeito mais brando e tranquilizador. — Mas temo que agora que o processo já começou não se possa voltar atrás e desistir. Só vamos resolver essa história do terceiro homem, o homem com a faca. O senhor conhecia esse homem?

— Eu nunca... não tinha terceiro homem.

— O sargento Paston disse que vocês dois ficaram surpresos quando ele reagiu.

— Ele não é sargento! É polic... — Morris se calou.

— Peguei você — disse Malcolm.

Uma lenta e intensa vermelhidão subiu do pescoço de Morris para suas faces. Ele cerrou os punhos e apertou a mesa com tanta força que seus braços tremeram.

Sua daemon grunhia mais alto que nunca, mas Asta percebia que ela nunca ia atacar: estava mortalmente apavorada.

— O senhor não... — Morris rosnou. — O senhor não tem nada a ver com o Correio Real.

— Você tem apenas uma chance — disse Malcolm. — Me conte tudo e eu intercedo a seu favor. Se não fizer isso, vai enfrentar uma acusação de assassinato.

— O senhor não é polícia — disse Morris.

— Não. Eu sou outra coisa. Mas não perca tempo com isso. Já sei o suficiente para botar você na cadeia por assassinato. Me fale de George Paston.

Parte da valentia de Morris desapareceu e sua daemon recuou para o mais distante possível de Asta, que simplesmente ficou parada, observando.

— Ele... ele é corrupto. É policial de verdade, mas é perverso. Ele faz de tudo, apronta de tudo, rouba de tudo, machuca qualquer um. Eu sabia que era assassino, mas nunca tinha visto ele matar, até que...

— Foi o Paston quem matou o outro homem?

— Foi! Nem tinha como ser eu. Ele já tinha pegado a porra da minha perna. Eu tava caído no chão, não conseguia nem me mexer.

— Quem era a vítima?

— Não sei. Não precisava saber. Não me interessava.

— Por que Paston queria atacar esse homem?

— Ordens, imagino.

— Ordens de quem? De onde?

— Paston... Ele tem alguém acima dele que diz o serviço que precisa que ele faça, tá bem? Eu não sei quem é.

— Paston nunca te deu nenhuma dica?

— Não, só sei o que ele me conta e ele guarda muita coisa bem trancada no peito. Por mim, ótimo. Não quero saber de nada que complique pra mim.

— Você já está complicado.

— Mas eu não matei ele! Nunca! Não era parte do plano. A gente só tinha de dar umas porradas nele e pegar a pasta, a mochila, o que ele estivesse carregando.

— E pegaram?

— Não, porque ele não estava com nada. Eu falei pro George que ele tinha que ter, que devia ter deixado na estação ou passado pra alguém.

— Quando você disse isso? Antes ou depois do assassinato?

— Não lembro. Foi um acidente. Não era nossa intenção matar ele.

Malcolm escreveu durante um minuto, dois minutos, três. Morris estava caído na cadeira sem se mexer, como se toda força tivesse se esvaído dele, e sua daemon gania a seus pés. Asta, ainda em guarda para o caso de a daemon fazer um movimento repentino, ficou sentada, cautelosa, mas vigilante.

Então Malcolm disse:

— Esse homem que diz o que Paston tem de fazer.

— O que tem ele?

— Paston fala alguma coisa dele? Um nome, por exemplo?

— É um catedrático. Só sei isso.

— Não é verdade. Você sabe mais.

Morris não disse nada. Sua daemon estava estendida no chão, olhos fechados com força, mas assim que Asta deu um passo em sua direção ela pulou, alarmada, e se escondeu atrás da cadeira do homem.

— Não! — disse Morris, se encolhendo também.
— Qual é o nome dele? — Malcolm perguntou.
— Talbot.
— Só Talbot?
— Simon Talbot.
— Faculdade?
— Cardinal.
— Como você sabe?
— Paston me contou. Ele diz que sabe alguma coisa dele.
— Paston sabe alguma coisa dele?
— Sim.
— Ele te contou o quê?
— Não. Ele devia estar só contando vantagem.
— Me conte tudo o que você sabe.
— Não *posso*. Ele me mata. Paston, o senhor não sabe como ele é. Ninguém mais no mundo sabe, só eu, e se ele descobrir que o senhor sabe, vai saber que veio de mim e... eu já falei demais. Era mentira minha. Nunca disse nada pro senhor.

— Nesse caso, vou ter de perguntar ao próprio Paston. Vou garantir que ele saiba o quanto você foi prestativo.

— Não, não, não, por favor, não faça isso. Ele é um homem terrível. Não é capaz de imaginar o que ele pode fazer. Matar não é nada pra ele. Aquele homem perto do rio... ele matou como quem mata uma mosca. Pra ele não era mais que isso.

— Você ainda não me falou desse Talbot da Cardinal. Já se encontrou com ele?

— Não. Como que eu teria feito isso?
— Bom, como Paston conheceu o Talbot?
— Ele é o oficial de contato daquele grupo de faculdades. Se precisam de algum contato com a polícia, é com ele que falam.

Fazia sentido para Malcolm. Havia aquele tipo de arranjo à disposição em todas as faculdades. Os Monitores, a polícia universitária, lidavam com quase todas as questões de disciplina, mas era considerado bom para as relações entre a cidade e as universidades ter um contato informal regular com a polícia.

Ele se levantou. Era tal o medo de Morris que ele se encolheu na cadeira. Malcolm percebeu e Morris viu que ele percebeu.

— Se disser uma palavra a respeito disso para o Paston eu vou saber — disse Malcolm. — E acabo com você.

Morris agarrou debilmente a manga de Malcolm.

— Por favor — disse —, não me entregue pra ele. Ele...

— Largue.

A mão de Morris soltou.

— Se não quiser acabar na lista de inimigos de Paston, vai ter de ficar com a boca fechada, não é? — disse Malcolm.

— Mas quem é o senhor? Esse cartão não é de verdade. O senhor não é do Correio Real.

Malcolm o ignorou e saiu. A daemon de Morris gania.

— Simon Talbot? — Malcolm disse a Asta ao fecharem a porta e se afastarem. — Interessante.

13. O ZEPELIM

Pantalaimon sabia que tinha de se deslocar à noite e se esconder durante o dia: era um fato estabelecido. Também era preciso seguir o rio, porque isso o levaria ao coração de Londres, daí às docas, e haveria muitos lugares para se esconder nas margens, e teria muito menos ao lado das estradas principais. Pensaria no que fazer na cidade quando chegasse lá.

Avançar era mais difícil do que ele tinha pensado. Vagar por Oxford à luz da lua era uma coisa, porque ele conhecia muito bem cada canto, mas logo se deu conta do quanto sentia falta da habilidade de Lyra para pesquisar, fazer perguntas e andar com tranquilidade em um mundo de seres humanos. No começo, ele sentiu ainda mais falta disso do que da maciez do corpo dela, do aroma de seu cabelo quente quando precisava lavar, do toque de suas mãos, e sentia uma falta terrível daquilo: na primeira noite longe dela não conseguiu dormir, por mais confortável que fosse a forquilha de musgo em um velho carvalho, onde se encolheu.

Mas tinha sido impossível. Não podiam viver juntos. Ela havia se tornado insuportável, com sua nova certeza dura, dogmática e o meio sorriso condescendente que não conseguia esconder quando ele falava de coisas que um dia ela já gostara de ouvir, ou criticava aquele abominável romance que tanto desvirtuara suas ideias.

E *Os hiperchorasmianos* estava no centro de sua jornada, por enquanto. Ele sabia o nome do autor: Gottfried Brande. Sabia que Brande era, ou tinha sido, professor de filosofia em Wittenberg. Era tudo o que sabia em termos de fatos e razões, e teria de bastar. Mas no reino de sonhos, ideias, memórias, ele estava perfeitamente à vontade, perfeitamente certo: alguém tinha roubado a imaginação de Lyra e ele ia encontrá-la, onde quer que estivesse, e levá-la de volta para ela.

* * *

— O que sabemos sobre esse Simon Talbot? — perguntou Glenys Godwin.

A diretora da Oakley Street estava sentada na sala de Charles Capes na faculdade Wykeham, ao lado de Capes, Hannah Relf e Malcolm. A manhã estava clara e fresca, o sol brilhava pela janela aberta sobre a pelagem ricamente malhada do daemon paralisado de Godwin, deitado sobre a mesa de Capes. Godwin e Capes já tinham lido todos os documentos que Malcolm copiara e ouviam com interesse o que Malcolm havia descoberto de Benny Morris.

— Talbot é um filósofo — disse Capes. — Por assim dizer. Ele não acredita na realidade objetiva. É uma atitude que está na moda entre os universitários na hora de escrever trabalhos. Escritor exibido, inteligente para quem gosta desse tipo de coisa, palestrante muito popular. Está começando a adquirir um pequeno séquito de seguidores entre os catedráticos mais novos, inclusive.

— Não exatamente pequeno, eu acho — disse Hannah. — Ele é quase uma estrela.

— Sabemos de alguma ligação dele com Genebra? — Malcolm perguntou.

— Não — sussurrou o daemon de Godwin. — Dificilmente podem ter algo em comum, se ele é sincero no que diz.

— Acho que a questão é que ele diz que nada mais importa muito — disse Capes. — Poderia ser bem fácil para ele fazer o jogo de apoiar o Magisterium. Mas não tenho certeza de que confiem *nele*.

— Essa história da ligação com a polícia — disse Glenys Godwin. — A faculdade de Talbot é a Cardinal, certo?

— Certo — disse Hannah. — As faculdades se organizam em grupos para coisas desse tipo. As outras nesse grupo são Foxe, Broadgates e Oriel.

— E é de se supor que existe um catedrático de cada faculdade responsável pela comunicação com a polícia quando necessário?

— Isso — disse Capes. — Geralmente um vice-reitor, ou alguém assim.

— Descubra, por favor, Charles. Veja o que consegue encontrar a respeito do Talbot e desse Paston. Malcolm, quero que você se concentre no óleo de rosas. Quero que descubra tudo a respeito. A estação de pesquisa na

Ásia Central: o que é? Liderada por quem? O que descobriram a respeito do óleo, se é que descobriram alguma coisa? Por que não dá para cultivar as rosas em nenhum outro lugar? O que há realmente nesse excepcional edifício vermelho no meio do deserto, com guardas que falam latim, de onde vêm as rosas? É algum tipo de fantasia mirabolante? Quero que vá para lá em pessoa o mais cedo possível. Você conhece o lugar e fala a língua, não é?

— Sim — disse Malcolm.

Era a única resposta possível. Uma ordem daquelas significava que não teria chance de procurar Lyra, mesmo que soubesse por onde começar.

— E essa inquietação por todo o Levante e mais além: descubra o que está por trás disso. Está vindo da região do Lop Nor e se espalhando para o Ocidente? Tem alguma ligação com a história das rosas?

— Tem uma coisa curiosa aí — disse Malcolm. — No diário de Strauss, ele menciona que alguns lugares próximos da estação de pesquisa foram atacados, roseirais incendiados e tal, e diz que ficou surpreso porque achava que esse tipo de coisas se limitava à Ásia Menor, à Turquia e ao Levante, basicamente. Talvez a inquietação não tenha absolutamente se originado na Ásia Central, mas sim mais para Ocidente. Mais perto da Europa.

Glenys Godwin assentiu com a cabeça e anotou.

— Descubra o que puder — disse ela, e continuou: — Hannah, essa moça, Lyra da Língua Mágica, faz alguma ideia de onde ela foi?

— Ainda não. Mas o aletiômetro não é bom com pressa. Acho que ela está em segurança, mas não sei mais do que isso. Vou continuar procurando.

— Eu gostaria de um breve relatório sobre o passado dela e por que ela é importante. Não sei se ela é central ou periférica. Consegue definir isso depressa?

— Claro.

— Tem um arquivo sobre ela no Mausoléu — disse o daemon de Godwin.

Ele falava do setor dos arquivos da Oakley Street onde guardavam o material inativo. Malcolm e Asta sabiam disso, mas não conseguiam evitar uma pequena pontada de choque ao lembrar daquele cemitério úmido, apodrecido, onde ele matara Gerard Bonneville para salvar a vida de Lyra.

— Ótimo — disse Godwin. — Vou ler o relatório quando voltarmos. Nesse meio-tempo, está acontecendo alguma coisa em Genebra. Sabe alguma coisa a respeito, Charles?

— Uma conferência. Ou um congresso, como estão chamando. Todos os diversos membros do Magisterium se reunindo pela primeira vez em séculos. Não sei o que provocou isso, mas não parece coisa boa. A melhor arma que temos agora contra eles é a sua desunião. Se eles encontrarem uma razão para se unir e uma maneira de se institucionalizar, vão ser uma oposição mais ameaçadora que nunca.

— Você consegue um jeito de ir para lá pessoalmente?

— Acredito que sim, mas já estou sob suspeita, ao menos foi o que me disseram. Eles tomarão cuidado para eu não descobrir muita coisa. Até conheço uma ou duas pessoas que saberiam mais e que não se importariam de me contar. Sempre há jornalistas, catedráticos de vários lugares que compareçam, escutam e relatam em eventos como esse.

— Tudo bem. Tudo que puder fazer. Não vamos esquecer o que está no fundo disso tudo. Essas rosas, o óleo que elas produzem, é uma coisa que o Magisterium está desesperado para controlar. O maior instigador de tudo parece ser a organização chamada La Maison Juste e o seu diretor, Marcel Delamare. Charles, você sabe alguma coisa sobre eles? Por que se chamam assim, por exemplo?

— La Maison Juste é o prédio onde fica o quartel-general deles. O nome inteiro da organização é Liga pela Instauração do Sagrado Propósito.

— Instauração? — perguntou Glenys Godwin. — Esqueci o que isso significa. Se é que eu soube algum dia.

— Significa restauração, ou renovação.

— E o que é esse Sagrado Propósito? Na verdade, não se dê ao trabalho: posso adivinhar. Eles querem revigorar seu sentido de integridade. Gostariam de uma guerra e por alguma razão essas rosas darão uma vantagem a eles. Bom, precisamos saber o que é isso, eliminar, e se possível ganhar para nós. Vamos manter isso bem claro em mente.

— A Oakley Street dificilmente está em posição de entrar em uma guerra — disse Hannah.

— Eu não estava de fato defendendo uma guerra — disse Godwin. — Mas se a gente agir com inteligência e eficiência, podemos evitar uma. Você sabe por que estou pedindo que seja você a ir para lá, Malcolm. Eu não pediria a mais ninguém.

Malcolm sabia, assim como Hannah, mas Capes não e olhou para ele, curioso.

— É porque eu e meu daemon podemos nos separar — disse Malcolm.
— Ah — falou Capes. Ele olhou para Malcolm e assentiu.
Ninguém falou por alguns momentos.

Alguma coisa brilhava em cima da escrivaninha: o sol batia na lâmina de um abridor de cartas e Malcolm sentiu a presença familiar do minúsculo ponto brilhante, não maior que um átomo, que aos poucos se tornaria visível e cresceria até se tornar o elo de luz brilhante que ele conhecia como o anel cintilante. Asta olhou para ele: também o sentiu, embora não lhe fosse visível. Não havia por que tentar focalizar em nada durante alguns minutos, porque seria esse o tempo necessário para o anel aumentar o suficiente para ele enxergar através; então ele relaxou a visão e pensou nos quatro seres humanos na sala, tão liberais e tolerantes, tão civilizados, e na organização que eles representavam.

Naquela perspectiva mais ampla, Oakley Street parecia absurda: uma organização cuja existência tinha de ser escondida da nação que fora criada para proteger, cujos agentes eram a maioria de meia-idade agora, ou mais velhos, e em número menor do que nunca, cujos recursos eram tão exíguos que sua diretora tinha de viajar de terceira classe em um trem parador para Londres e ele, Malcolm, teria de custear a própria viagem a Karamakan. O que aquele corpo decrépito, empobrecido, desfalcado de pessoal, achava que estava fazendo ao enfrentar todo o Magisterium?

Os outros três conversavam baixinho. Quando o anel cintilante deslizou na direção de Malcolm, envolveu cada um deles por vez enquanto os olhava: Charles Capes, magro, careca, impecável terno escuro, um lenço vermelho no bolso do peito, uma profunda e sutil inteligência nos olhos; Glenys Godwin, cálidos olhos escuros, cabelo grisalho bem cortado, uma mão incansável e terna a acariciar seu daemon ferido; Hannah Relf, que Malcolm amava só um pouco menos que a própria mãe, esbelta, grisalha e frágil, cuja mente guardava tamanho conhecimento. Como aquelas pessoas pareciam valiosas, nessa outra perspectiva, à luz do anel cintilante.

Então ele ficou sentado e ouviu, e deixou que o anel passasse por ele e desaparecesse.

* * *

Conforme Charles Capes tinha dito, era o primeiro congresso que a hierarquia dos Magisterium realizava em séculos.

Havia uma hierarquia, no sentido de que alguns membros e indivíduos eram juniores e alguns seniores, alguns mais importantes e outros menos; mas não era uma hierarquia fixa como seria se o papa João Calvino tivesse deixado a Igreja da mesma forma como a encontrara. Em vez disso, ele havia repudiado a primazia de seu posto e dividido seu poder entre diversas agências. Depois de sua morte, o posto de papa nunca mais foi preenchido e a autoridade que costumava seguir o título desviou-se para muitos cursos diferentes, como um rio que havia corrido rápido e estreito nas montanhas diminui de velocidade, se espalha e recorta muitos novos canais ao se ver nas terras planas abaixo.

Dessa forma, não havia uma linha de comando clara. Em vez disso, uma multidão de diferentes corpos, conselhos, faculdades, comitês e cortes cresceu e, se estivessem sob a tutela de um líder ambicioso e talentoso, floresciam; ou pereciam e murchavam se não houvesse audácia de visão ou profundidade de coragem entre seus governantes. Em termos gerais, a entidade conhecida como Magisterium consistia em uma fervilhante massa de membros rivais, ciumentos, mutuamente desconfiados, semelhantes apenas em seu gosto pelo poder e sua ambição de dominar.

Eles compareceram, os líderes dessas facções, o presidente do Tribunal Consistorial de Disciplina, o decano do Colégio de Bispos, o presidente do Comitê de Propagação da Fé Verdadeira, o secretário-geral da Sociedade para a Promoção da Virtude Celibatária, o reitor da Câmara Vermelha, o reitor da Escola de Lógica Dogmática, o presidente do Tribunal da Ordem Comum, a abadessa das Irmãs da Sagrada Obediência, o arquimandrita do Convento da Graça e muitos, muitos outros, eles compareceram porque não ousavam ficar de fora, para o caso de sua ausência ser interpretada como rebelião. Vieram de toda a Europa e de mais ao sul, ao norte, a oeste e a leste, alguns loucos por conflito, alguns inquietos com a possibilidade de conflito; alguns tentados como sabujos pela chance de caça à heresia; alguns relutantes a deixar a paz de seus mosteiros ou faculdades por algo que provavelmente seria discórdia, raiva, perigo.

Ao todo, cinquenta e três homens e mulheres se reuniram na Câmara do Conselho do Secretariado da Sagrada Presença, com seus painéis de carvalho, o que tinha a vantagem de dar ao chefe daquela ordem o direito de presidir a reunião.

— Irmãos e irmãs — começou o prefeito —, em nome e com a autoridade do Mais Alto, estamos aqui convocados hoje para discutir uma questão de intensa importância. Em anos recentes, a nossa fé foi desafiada e ameaçada como nunca. A heresia floresce, a blasfêmia não é punida, as próprias doutrinas que nos conduziram ao longo de dois mil anos são abertamente zombadas em todos os lugares. Este é o momento de gente de fé se reunir e fazer ouvir a nossa voz com força inquestionável.

"E ao mesmo tempo abre-se para nós, no Oriente, uma oportunidade rica e promissora de elevar o coração dos mais desesperados. Temos a chance de aumentar nossa influência e colocar sob nosso poder todos aqueles que resistiram e ainda resistem à influência benéfica do Sagrado Magisterium.

"Ao lhes trazer essas notícias, e ainda muito ouvirão mais tarde, devo também exortá-los a rezar com o maior empenho pela sabedoria de que vamos precisar a fim de lidar com a nova situação. E a primeira questão que devo colocar aos senhores é a seguinte: nossa antiga corporação aqui representada por cinquenta e três homens e mulheres da mais absoluta fé e probidade, será ela grande demais? Seremos simplesmente numerosos demais para tomar decisões rápidas e agir com força e determinação? Não deveríamos considerar os benefícios que viriam de delegar questões de grande política a um conselho mais ágil e decisivo que poderia fornecer a liderança tão necessária nestes tempos confusos?"

Marcel Delamare, representante de La Maison Juste, ouviu as palavras do chefe com satisfação. Ninguém jamais saberia, mas ele próprio havia escrito o discurso para o homem proferir; ele se certificara por investigação privada, por chantagem, por propina, por lisonja, por ameaça, que a moção para eleger um conselho menor passaria, e já tinha decidido quem devia ser eleito e quem devia presidi-lo.

Ele se acomodou confortavelmente, cruzou os braços, e o debate começou.

Quando a escuridão começou a baixar sobre o limiar dos Pântanos, a chuva também começou a cair. Era a hora do dia em que Giorgio Brabant geralmente começava a procurar um local adequado para ancorar pela noite, mas como estavam tão perto de suas águas nativas, preferiu continuar navegando. Conhecia cada esquina e curva daquele labirinto aquático e as luzes que mandou Lyra montar na proa e na popa eram uma questão de cortesia para qualquer colega navegante, e não uma necessidade de iluminar o caminho.

— Quando vamos chegar aos Pântanos, mestre Brabant? — Lyra perguntou.

— Já estamos neles. Mais ou menos. Não tem fronteira nem posto de alfândega, nada desse tipo. Num minuto estamos fora, no minuto seguinte dentro.

— Então como o senhor sabe?

— A gente sente. Pra quem é gípcio, é igual voltar pra casa. Quem não é gípcio fica incomodado, nervoso, sente que tudo quanto é espectro e horror tá lá na água, à espreita. Você não sente isso?

— Não.

— Ah. Bom, a gente não deve estar lá ainda. Ou então eu não te contei história o suficiente.

Ele estava parado no leme, de capa e chapéu de oleado, enquanto Lyra estava sentada dentro, junto à porta, envolta em um velho casaco dele. A luz de popa traçava um contorno amarelo em torno do corpo volumoso do gípcio e iluminava as incessantes gotas de chuva que enchiam o ar. Lyra estava atenta às batatas que cozinhavam no fogão de nafta na cozinha atrás dela; logo ia entrar e cortar fatias de bacon para fritar.

— Quando o senhor acha que vamos chegar no Zaal? — ela perguntou. Referia-se ao grande salão de reuniões, o centro da vida comunal gípcia.

— Ah, tem um jeito de saber.

— Qual?

— Quando a gente tá perto a ponto de ver, já tá quase lá.

— Bom, devo dizer que isso não é de grande ajuda...

De repente, ele ergueu a mão para que ela se calasse e ao mesmo tempo seu daemon virou a cabeça para o céu. Brabandt protegeu os olhos com a borda do chapéu, olhou para cima também e Lyra seguiu seu exemplo. Ela não viu nada, mas escutou um rumor distante vindo das nuvens.

— Lyra, corre lá pra frente e apague aquela luz — disse Brabandt, girando pra trás o afogador e com a outra mão apagando a luz da popa.

A luz da proa se refletia no teto da cabine, de forma que Lyra não teve problemas para enxergar e correr e pular para a proa. Quando estendeu a mão e girou o pavio para extinguir a chama, ela conseguiu ouvir o som com mais facilidade e um momento depois viu de onde vinha: a pálida forma oval de um zepelim, passando devagar um pouco atrás deles, a estibordo, abaixo das nuvens e sem nenhuma luz.

Ela tateou de volta à cabine. Brabandt tinha virado o *Donzela* para a margem, reduzira o motor a um murmúrio, e Lyra sentiu um pequeno baque quando o barco tocou o mato da margem.

— Tá vendo? — ele perguntou, baixo.

— Estou vendo um. Tem mais?

— Um já basta. Tá seguindo a gente?

— Não. Acho que eles não devem ter visto as luzes, não com essa chuva. E com o barulho que o motor está fazendo eles nunca iam escutar a gente.

— Então eu vou seguir em frente — disse ele.

Empurrou o afogador para a frente e o motor respondeu com um ronco suave. O barco seguiu em frente.

— Como o senhor enxerga? — Lyra perguntou.

— Instinto. Fique de boca fechada. Eu tenho que ouvir.

Ela se lembrou das batatas e correu para tirá-las do fogo e escorrer a água. O calor confortável da velha cabine, a cozinha limpa, o vapor, o cheiro das batatas cozidas, davam a sensação de proteção contra o perigo lá de cima; mas ela sabia que não funcionava dessa forma e que uma bomba no alvo mataria a ela e a Brabandt e afundaria o *Donzela de Portugal* em questão de minutos.

Ela correu de ponta a ponta do barco, conferindo as venezianas. Não havia nem a menor fresta. Por fim, ela apagou a luz da cozinha e voltou para a cabine de comando.

O ruído do motor do zepelim estava forte agora. Soava como se estivesse diretamente acima. Ela estreitou os olhos através da chuva torrencial e não conseguiu ver nada.

— Shh — fez Brabandt, baixinho. — Olhe pra estibordo.

Lyra se pôs de pé e olhou com a maior atenção, ignorando a chuva em seus olhos, e dessa vez viu uma pequena luz verde piscando. Era inconstante, mas voltava sempre, depois desaparecia por um ou dois segundos, e estava se movendo.

— É outro barco? — ela perguntou.

— É um fogo-fátuo. Um joão-galafoice.

— Lá tem outra.

Uma segunda luz, de cor avermelhada, apareceu e desapareceu não longe da primeira. Lyra assistiu enquanto se aproximavam uma da outra, se tocavam, desapareciam e depois tremulavam de novo um pouco separadas.

O *Donzela de Portugal* continuou a avançar, firme e lentamente; Brabandt conferia à direita e à esquerda, ouvia, espiava, chegava a erguer o rosto para farejar o ar. A chuva batia mais forte que nunca. As luzes do pântano pareciam acompanhar o barco e Lyra percebeu então que o zepelim no alto havia se aproximado um pouco deles, como para ver o que eram. O ruído do motor soava muito alto, muito próximo, e ela se perguntou como o piloto conseguia ver alguma coisa em toda aquela escuridão. O *Donzela de Portugal* não deixava trilha e todas as luzes a bordo estavam apagadas.

— Tem mais uma — disse Lyra.

Uma terceira luz se juntou às duas primeiras e estabeleceram um estranho ritmo hesitante que pausava e girava. O frio refulgir inconstante deixava Lyra inquieta. Só o deque sólido debaixo de seus pés e a presença forte de Giorgio Brabandt a salvavam do medo doentio das coisas que havia lá fora, além do alcance da razão, habitantes do escuro.

— Está indo pra lá — disse Brabandt.

Ele estava certo. O zepelim seguia para estibordo, como se fosse puxado na direção das luzes do pântano.

Brabandt empurrou o afogador mais para a frente e o barco ganhou velocidade. Na tênue luminosidade do pântano, Lyra podia vê-lo forçando todos os sentidos, e Anneke, sua daemon, saltou para o teto da cabine, virando a cabeça de um lado e outro para captar um fragmento de cheiro que ajudasse a evitar a margem lamacenta ou a virar em uma curva.

Lyra quase perguntou "posso ajudar?", mas ao abrir a boca se deu conta de que, se tivesse uma tarefa para ela, ele diria. Então sentou-se na porta outra vez e ficou quieta, olhando para estibordo, onde as luzes do pântano brilhavam mais forte que nunca.

De repente, uma linha de fogo caiu do céu fervilhante na direção das luzes do pântano. Atingiu a água e explodiu em uma flor de chama alaranjada e amarela, e um momento depois Lyra ouviu o assobio do raio e o sólido baque da explosão.

As luzes do pântano se apagaram de imediato.

— Pronto — disse Brabandt. — Agora eles quebraram a lei. Eles têm permissão para sobrevoar, mas não pra isso.

Anneke estava rosnando ao se pôr de pé com firmeza e olhar o brilho do foguete que se apagava depressa.

Um momento depois, uma dúzia de luzes brilhou de novo no pântano, movimentando-se depressa, correndo aqui e ali, até subindo e descendo. Pequenos jatos de fogo esguichavam do solo, para brilhar e se apagar em um momento.

— Isso aí deixou eles bravos — disse Brabandt. — O problema é que vão revelar a gente.

O barco ainda ronronava adiante no escuro, mas ele tinha razão: as luzes do pântano estavam tão intensas e brilhantes agora que, mesmo pequenas como eram, iluminavam o *Donzela de Portugal* inteiro, pingando chuva e refletindo cada piscar das luzes.

— Eles não gostam de nós, os fogos-fátuos, mas gostam ainda menos dos zepelins — disse Brabandt. — Mas ainda assim não gostam da gente. Não dariam a mínima se a gente afundasse, morresse afogado ou se arrebentasse em mil pedaços.

Anneke latiu de repente, um som curto de alarme. Estava olhando para cima e ao seguir seu olhar Lyra viu uma pequena forma cair do zepelim e logo se abrir no formato de um paraquedas. Quase imediatamente o vento a colheu e jogou para trás, mas um momento depois a forma escura debaixo da cúpula explodiu em chamas brilhantes.

— Sinalizadores — disse Brabandt, quando um outro caiu, se acendeu e brilhou.

A reação das luzes do pântano foi imediata e furiosa. Mais e mais delas surgiram, saltaram, dançaram na direção do brilho que caía e, quando ele atingiu a água, se enxamearam em cima dele, seu fogo gelado dominando o calor dos sinalizadores e finalmente os afogando em uma nuvem de fumaça e em um coro de gritinhos abafados e ruídos de sucção.

De repente, Lyra se levantou em um salto e correu para dentro, tateando pelo barco todo até chegar a sua pequena cabine na proa. Tateou em busca de seu catre, sentiu a mesa de cabeceira, mexeu as mãos sobre o livro e a lâmpada até encontrar o saco de veludo que continha o aletiômetro. Com aquilo em segurança em ambas as mãos, ela voltou pelo barco, consciente dos pequenos movimentos que Brabandt fazia com o timão e o afogador, do rugir do motor do zepelim em algum lugar acima, do gemido do vento. Da cozinha, ela via a silhueta de Brabandt contra as tremeluzentes luzes do pântano, e logo estava na porta outra vez, sentada no banco de onde podia enxergar o céu.

— Tudo bem com você? — Brabandt perguntou.

— Tudo. Vou ver o que eu consigo descobrir.

Já estava girando as rodinhas do aletiômetro, olhando de perto na luminosidade intermitente para tentar discernir os símbolos. Mas não levou a nada: eles estavam praticamente invisíveis. Segurou o instrumento entre as palmas das mãos e olhou com firmeza o tremular dos fogos-fátuos, consciente de uma poderosa contradição que quase dilacerou sua mente. O que ela queria fazer envolveria aquela comunidade secreta de Brabandt, e mesmo assim ela dizia a si mesma que era bobagem, superstição, nada além de fantasia tola.

O zepelim estava virando acima deles, o seu holofote cortava a chuva e a escuridão do pântano abaixo. Mais um minuto ou dois e estaria na frente deles, e, uma vez que tivesse o *Donzela de Portugal* no foco de sua luz, nada poderia salvá-los.

Pan, Pan, Pan, Lyra pensou, *preciso de você agora, seu desgraçado, seu traidorzinho.*

Ela tentou se imaginar reunindo todos os fogos-fátuos como se estivesse pastoreando carneiros, mas era muito difícil porque, afinal de contas, não tinha imaginação, como Pan dissera. Como seria fazer isso? Ela pensou mais e mais intensamente. Tentou se imaginar como uma pastora de luz e o Pan ausente como um cão-luz, correndo de um lado para outro do pântano, agachado e imóvel, depois em um salto, latindo comandos curtos e firmes, correndo para onde ela pensava.

E quanta bobagem, ela pensou, quanta infantilidade. Era apenas metano ou alguma coisa assim. Apenas natural, sem sentido. Sua concentração falhou.

Ela ouviu um soluço vir de sua garganta.

Brabandt disse:

— O que tá fazendo, menina?

Ela o ignorou. Cerrou os dentes. Contra a vontade, invocou de novo o Pan ausente, agora um cão do inferno com olhos de fogo e saliva escorrendo, e viu as apavoradas luzes do pântano fugirem, se juntarem, circularem quando o frio foco de luz do zepelim se aproximava mais e mais, e ela ouvia o tamborilar da chuva no grande focinho da proa da aeronave, mesmo acima do vento e do rugir do motor.

Ela sentiu uma coisa subir dentro dela, como uma maré, onda após onda, crescendo e recuando para crescer de novo, um pouco mais a cada vez, e era raiva, era desejo, era visceral.

— O que eles estão fazendo? Meu Deus... olhe isso... — disse Brabandt.

As luzes do pântano corriam e subiam, se arremessavam mais e mais em um ponto da água pouco à frente do farol de busca do zepelim, e então, com um grunhido, alguma coisa subiu do pântano, e não era um fogo-fátuo nem um joão-galafoice, mas uma grande ave, uma garça ou mesmo uma cegonha, pesada, branca, aterrorizante, com flamejantes brilhos verdes que subiam e subiam na luz do holofote, e mais alto ainda, estalavam em suas pernas, juntavam-se como vespas em seu grande corpo robusto que subia temeroso e se lançava contra a aeronave...

— Segure firme, menina — disse Brabandt, rouco. O holofote estava quase em cima deles.

Então, em uma explosão de fogo, sangue e penas brancas, a garça voou diretamente para dentro do motor de bombordo do zepelim.

A aeronave deu uma guinada e imediatamente balançou para a esquerda, mergulhando e oscilando com um guincho do motor de estibordo, e a grande forma de lesma flutuou de lado e para baixo. A cauda girou, pega pelo vento, sem motor de bombordo para estabilizá-la, e a aeronave flutuou mais e mais para baixo, na direção do pântano, mais e mais perto do *Donzela de Portugal*, como se caísse em uma cama. Pequenos retalhos de som, gritos, berros, vinham girando no vento e eram silenciados de novo. No clarão das luzes tremeluzentes do pântano, assim como do fogo que agora queimava no controle do zepelim, ela e Brabandt viram com horror quando um vulto, dois, três, saltaram da cabine e caíram no escuro. Um momento depois a grande carapaça quebrada do zepelim despencou na água a menos de cinquenta metros deles, cercada por nuvens de vapor, fumaça, chamas e o revoar de milhares de luzes do pântano, saltando em triunfo. O calor chamuscou o rosto de Lyra e Brabandt baixou o chapéu contra ele.

Era horrível de se ver, mas não havia como desviar o olhar. O esqueleto da aeronave se recortava, escuro, contra o grande brilho de luz, depois desmoronou e caiu em uma cascata de fagulhas e fumaça.

— Eles não vão sobreviver, nenhum — disse Brabandt. — Já tá tudo morto.

— Horrível.

— É.

Ele moveu o afogador e o barco se deslocou para o centro da corrente e lentamente ganhou velocidade.

— Aquela garça — disse Lyra, trêmula. — As luzes do pântano estavam atrás dela. Fizeram com que ela subisse para o motor. Sabiam o que estavam fazendo.

Assim como eu, ela pensou. *Eu fiz acontecer*.

— Uma garça, era? Pode ser. Achei que era uma assombração voadora. Elas voam, algumas delas, fazem um barulho zumbido. Só que tinha tanta coisa acontecendo que não dava pra escutar. Provável que foi isso que aconteceu, um elfo voador ou um espírito da água. Que veio da comunidade secreta que eu te falei. Olhe os fogos-fátuos agora.

As luzes do pântano, dezenas, tinham todas se reunido em torno dos destroços em chamas, lançando pequenos dardos para dentro e para fora deles, tremulando, dançando.

— O que elas estão fazendo?

— Procurando por sobreviventes. Elas puxam eles pra baixo d'água e acabam com eles. Essa batata já tá pronta?

— Ah... está.

— Bom, não deixe esfriar. Olhe só, tem uma lata de carne em conserva no armário. Corte em pedaços com a batata e frite tudo. Tô ficando com fome.

Lyra sentia-se enjoada. Não conseguia deixar de pensar nos mortos do zepelim, queimados, afogados, ou coisa pior, e naquela linda ave branca, impelida impiedosamente para as lâminas do motor. Comida era a última coisa que queria, mas quando a carne com batatas estava fritando descobriu que afinal de contas seria uma pena desperdiçar e o cheiro era muito bom; então levou dois pratos para a cabine de comando, onde Brabandt começou por pegar uma garfada e jogar pela borda.

— Para os joão-galafoice — disse.

Ela fez a mesma coisa e os dois jantaram, protegendo os pratos da chuva.

14. O CAFÉ COSMOPOLITAIN

Naquela mesma noite, Dick Orchard empurrou a porta e entrou no bar da Truta. Ele conhecia muitos bares de Oxford, mas, assim como todo mundo, tinha seus favoritos, e a Truta era muito fora de mão para uma visita frequente. Mesmo assim, a cerveja era boa.

Pediu um caneco e olhou em torno, cauteloso. Entre os clientes, não havia ninguém que parecesse um catedrático: um grupo de velhos jogava cartas perto da lareira, dois homens que pareciam trabalhadores rurais debatiam acaloradamente longos e enrolados argumentos sobre cerca para gado, dois casais mais jovens pediam uma refeição; nada além de uma noite tranquila em um bar tradicional à beira do rio.

Uma vez pedida a refeição, os casais jovens foram se sentar com suas bebidas, e Dick falou com o barman, um homem forte de uns sessenta anos, com cabelo ruivo ralo e expressão cordial.

— Com licença, amigo — disse Dick. — Tô procurando alguém chamado Malcolm Polstead. Conhece?

— É meu filho — disse o barman. — No momento, ele está jantando na cozinha. Quer falar com ele?

— Quando ele terminar. Sem pressa.

— Pra falar a verdade, você pegou o Malcolm na última hora. Ele está de partida pra algum lugar no estrangeiro.

— Ah, é? Sorte que eu vim agora então.

— É... ele tem que ir resolver uns negócios na universidade e depois vai pegar o trem. Acho que não vai ter muito tempo: parte amanhã de noite. Por que não leva sua bebida pra uma mesa de canto e eu falo pra ele que você está aqui, e ele pode vir dar um alô antes de ir embora. Como é o seu nome?

— Dick Orchard. Mas ele não vai saber. É sobre... sobre a Lyra.

O barman arregalou os olhos. Chegou mais perto e disse, baixinho:

— Sabe onde ela está?

— Não, mas ela me falou no nome de Malcolm Polstead, então...

— Vou falar com ele.

Dick levou sua cerveja e sentou-se a uma mesa de canto. Ninguém notou a breve conversa, mas alguma coisa na reação do barman o fez desejar ter ido antes.

Menos de um minuto depois, um homem alto, não tão corpulento quanto o pai, dono do bar, mas mesmo assim alguém com quem Dick hesitaria em entrar em uma luta, sentou-se à mesa com ele. Tinha uma caneca de chá na mão e usava um terno marrom de veludo cotelê. Seu daemon, uma grande gata alaranjada, tocou o nariz cortesmente com a raposa de Dick, Bindi.

Dick estendeu a mão, que Polstead apertou com firmeza.

— Sabe alguma coisa sobre Lyra? — perguntou.

Falava com tranquilidade e a voz era muito nítida. Era profunda e sonora, quase uma voz de cantor. Dick estava intrigado. Não era surpreendente saber que o homem era um catedrático por causa da aparência inteligente, mas ele tinha um ar de alguém que sabia se virar no mundo real.

— É — disse Dick. — Ela é... ela é minha amiga. Outro dia, apareceu na minha casa porque estava com problemas, ela disse, e pediu se eu podia ajudar. Ela queria ir para os Pântanos, sabe? Meu avô é gípcio e por acaso estava em Oxford naquela hora com o barco dele, então dei pra ela... falei pra ela se apresentar pra ele. Acho que foi o que ela fez e partiu com ele. Ela me falou de uma coisa que aconteceu perto dos Oxpens, na margem do rio, e...

— O que foi isso?

— Ela viu matarem alguém.

Malcolm gostou do jeito do rapaz. Ele estava nervoso, mas não deixava isso comprometer sua fala direta e franca.

— Como sabia o meu nome? — Malcolm perguntou. — Lyra te disse?

— Ela falou que o senhor sabia dessa história do rio e que ela estava aqui na Truta, mas tinha que ir embora porque...

Ele estava com dificuldade para falar. Malcolm esperou. Dick olhou em torno e chegou mais perto, falando por fim quase em um sussurro.

— Ela sentia... o negócio é que, o daemon dela, o Pan... tinha ido embora. Não estava com ela. Simplesmente desapareceu.

E Malcolm pensou: *Claro. Claro... Isso muda tudo.*

— Nunca vi ninguém assim — Dick continuou, no mesmo tom. — Sabe, separado. Ela estava assustada, achando que todo mundo ia olhar pra ela, ou pior. Tinha alguém que ela conhece nos Pântanos, um velho gípcio, ela sabia que estaria em segurança com ele e achou que meu avô podia levar ela até lá.

— Como é o nome dele?

— Do meu avô? Giorgio Brabandt.

— E o homem nos Pântanos?

— Não sei. Ela não falou.

— O que ela estava levando?

— Só uma mochila.

— Que horas foi isso?

— Bem cedo. Eu tinha acabado de chegar. Eu trabalho no turno da noite no Correio Real.

— Foi você que contou para Lyra sobre Benny Morris?

— Sim, foi.

Dick queria perguntar se Malcolm tinha descoberto alguma coisa sobre aquele homem, mas calou-se. Malcolm tirou um caderno e um lápis. Anotou alguma coisa e arrancou a página.

— Pode confiar nestas duas pessoas — disse ele. — As duas conhecem Lyra muito bem. Vão gostar de saber para onde ela foi. Se puder contar para elas o que acabou de me contar, ficaria muito agradecido. E se tiver tempo para dar uma passada aqui, minha mãe e meu pai vão ficar contentes de saber se você tiver mais notícias dela. Mas não fale com mais ninguém.

Passou a ele o papel onde tinha anotado o nome de Alice e o endereço de Hannah.

— Então, o senhor vai pro estrangeiro?

— Vou. Queria não precisar ir. Olhe, existe uma possibilidade de Pan, do daemon dela, aparecer. Ele vai estar tão vulnerável quanto ela. Se ele te conhece, pode fazer o mesmo que ela fez e pedir a sua ajuda.

— Achei que as pessoas morriam quando separavam assim. Não consegui acreditar quando encontrei com ela.

— Nem sempre. Me diga, sabe alguma coisa de um homem chamado Simon Talbot?

— Nunca ouvi falar. Ele tem alguma coisa a ver com isso?
— Muito possivelmente. A propósito, qual é seu endereço?
Dick contou e Malcolm anotou.
— Vai ficar muito tempo fora? — Dick perguntou.
— Não tenho como saber neste momento. Ah: uma das pessoas nesse papel, a dra. Relf, vai estar interessada em qualquer coisa mais que você possa contar sobre o Benny Morris. Ele logo estará de volta ao trabalho.
— Então o senhor falou com ele?
— Falei.
— Foi ele que matou?
— Ele diz que não.
— O senhor... Não é da polícia, não, é?
— Não. Apenas um catedrático. Olhe, eu tenho que ir... muita coisa a fazer antes da viagem. Obrigado por vir aqui, Dick. Quando voltar te pago uma cerveja.
Ele se levantou e apertaram-se as mãos.
— Até mais, então — disse Dick e ficou olhando Malcolm sair do bar. *Ele se movimenta fácil para um homem grande*, pensou.

Mais ou menos na mesma hora, Pantalaimon estava agachado à sombra de um depósito em ruínas perto de um ancoradouro do estuário do Tâmisa, observando três marinheiros que roubavam a hélice de um navio.

Não havia muita luz no céu; poucas estrelas cintilavam entre as nuvens recortadas e a Lua estava em algum outro lugar. Havia um pálido fulgor da luz ambárica na marquise do depósito, mas muito pouco mais a ser visto exceto o lampião de nafta na proa de um barco a remo que tinha vindo pela enseada de uma velha escuna atracada mais adiante no molhe. A escuna se chamava *Elsa* e seu capitão passara o dia bebendo cerveja após cerveja e convencendo o imediato a ajudá-lo a se apropriar da hélice presa com correntes ao convés de um barco costeiro igualmente esquálido, que parecia não ter nenhuma tripulação e consistia inteiramente de ferrugem, a não ser pelas quatro barras de cinquenta quilos de bronze fosforoso na proa do convés. Passaram horas olhando aquilo com o binóculo rachado do capitão e especularam quanto valeria em um estaleiro indulgente, enquanto dois grumetes jogavam languidamente várias pranchas rachadas e pedaços de corda pela amurada, restos de um cargueiro mal estivado que tinha se desmanchado depois de uma tempestade no Canal e pelo qual agora nunca receberiam nada.

A maré estava subindo e o lixo flutuava devagar corrente acima, passando pelo esqueleto apodrecido de uma balsa e por garrafas quebradas e latas na lama que subiam à medida que a água silenciosa erguia o barco costeiro. Pantalaimon observava, atento. O *Elsa* despertara sua atenção desde que chegara ao imundo e diminuto porto, na noite anterior, e ouvira diálogos em alemão no convés. Pelo que conseguira entender, eles tencionavam partir com a maré e atravessar o Canal, em direção ao norte, até Cuxhaven, perto de Hamburgo. Foi quando Pan soube que tinha de ir com eles: Cuxhaven ficava na foz do rio Elba e a cidade de Wittenberg, onde morava Gottfried Brande, ficava muitos quilômetros terra adentro pelo mesmo rio. Não podia ser melhor.

A tripulação do *Elsa* estava à espera de uma carga, mas alguém os tinha deixado na mão ou, mais provavelmente, pelo que Pan concluiu, o capitão tinha simplesmente errado na data. O dia inteiro o capitão e o imediato tinham discutido no convés, bebendo cerveja cujas garrafas jogavam pela amurada e, finalmente, quando o capitão concordou em repartir os lucros metade-metade, o imediato cedeu e disse que ajudaria a liberar a hélice.

Pan viu a chance de embarcar no *Elsa* e, assim que o barco a remo começou a se deslocar pela enseada na direção do barco costeiro, ele deslizou silenciosamente pelo ancoradouro e subiu depressa a rampa. Havia quatro tripulantes além do capitão e do imediato: um deles estava remando o barco, outros dois estavam dormindo abaixo do convés e o quarto estava debruçado na amurada olhando a expedição. O *Elsa* era mais velho do que Pan achara, consertado e remendado muitas e muitas vezes, as velas vagabundas e gastas, o deque imundo de graxa e ferrugem.

De qualquer forma, muitos esconderijos, pensou Pan, sentando-se à sombra da casa do leme e assistindo aos ladrões escalarem o barco costeiro. Pelo menos o imediato escalou, depois que o capitão tentou duas vezes e fracassou. O imediato era um homem mais para jovem, magro, de membros compridos, enquanto o capitão era barrigudo, com pernas arqueadas, já bastante bêbado e bem passado dos sessenta anos.

Mas estava determinado. De pé no escaler instável, mão na lateral do barco costeiro, resmungava ordens para o imediato que tentava raspar ferrugem suficiente para liberar o guindaste mais próximo e fazê-lo balançar para a água. Ele falou uma torrente de palavrões e desaforos até que o imediato se debruçou da amurada e rosnou de volta para ele. Sua daemon-gaivota prateada complementou com um grasnido sardônico. Pan não sabia mais alemão do que Lyra, claro, mas não era difícil de entender o rumo da conversa.

Por fim o imediato conseguiu fazer o guindaste funcionar e voltou a atenção para a hélice. O capitão se recuperava com uma garrafa de rum, enquanto seu daemon-papagaio pendia, quase inconsciente, da amurada. A água oleosa vertia silenciosamente pela enseada e trazia com ela retalhos de espuma e o corpo de um animal tão morto que estava mais que meio apodrecido.

Pan olhou para o tripulante que observava do *Elsa* e sua daemon, uma rata de aparência sarnenta, sentada sobre as patas, limpando os bigodes. Olhou de volta para a cena do outro lado da enseada, com os tripulantes curvados sobre os remos, mais adormecidos do que acordados, o imediato em ação com uma chave de fenda no convés do barco acima, o capitão pendurado com uma mão na corda que pendia do guindaste enquanto a outra mão erguia de novo a garrafa aos lábios. Na cabeça de Pan, veio a lembrança da cena noturna no loteamento perto de Oxpens, com o depósito do Correio Real do outro lado do campo, os fiapos de fumaça que subiam dos ramais ferroviários, as árvores nuas junto ao rio, o ruído distante de metal no atracadouro, tudo prateado, calmo e belo; e, imóvel, ele sentiu uma louca satisfação diante da beleza daquelas coisas e como o universo era cheio delas. Pensou no quanto amava Lyra e sentia sua falta, seu calor, suas mãos e o quanto ela adoraria estar ali com ele, observando, como teriam cochichado e apontado este ou aquele detalhe, como o hálito dela teria acariciado a pelagem delicada de suas orelhas.

O que ele estava fazendo? E o que ela estava fazendo sem ele?

Essa pequena dúvida passou pela sua cabeça e ele a descartou. Sabia o que estava fazendo. Alguma coisa tinha tornado Lyra imune à embriaguez da beleza de uma noite como aquela. Algo havia roubado dela aquela visão e ele ia descobrir o que era, levar de volta para ela e nunca mais iam se separar, ficariam juntos enquanto vivessem.

O imediato tinha liberado a hélice e enrolava várias vezes a corda nela, ignorando as instruções rosnadas do capitão, enquanto o remador remava, letárgico, para manter o escaler mais ou menos debaixo do guindaste. Pantalaimon queria ver o que aconteceria quando baixassem a hélice no barco e se o escaler afundaria com o peso; mas estava cansado, mais do que cansado, delirando de exaustão; então atravessou correndo o deque até achar uma escada e aí enfiou-se nas entranhas do *Elsa*, encontrou um lugar escuro, se enrolou e adormeceu imediatamente.

Discursos longos e curtos, moções a favor e moções contra, objeções, qualificações, emendas, protestos, votos de confiança, mais discursos e mais discursos ainda preencheram o primeiro dia da Conferência Magisterial com debates e a Câmara do Conselho do Secretariado da Sagrada Presença com ar viciado e abafado.

Marcel Delamare ouviu com cuidado cada palavra, paciente, atento e inescrutável. Sua daemon-coruja fechou os olhos uma ou duas vezes, mas só para ponderar, não para dormir.

Interromperam às sete horas para o ofício de Vésperas, seguido de jantar. Não havia arranjo formal de lugares; grupos de aliados sentaram-se juntos, enquanto os que não tinham conhecidos entre os outros delegados, ou aqueles que tinham consciência da pouca influência que sua própria organização podia exercer, sentaram onde encontraram lugar. Delamare olhou tudo, observou, contou, calculou, mas ao mesmo tempo cumprimentou, trocou uma palavra aqui, uma piada ali, orientado por um murmúrio de sua daemon quando seria conveniente fazer um gesto amigável em um ombro ou braço e quando uma piscada de cumplicidade seria mais eficiente. Ele prestou especial atenção, embora não ostensiva, aos representantes das grandes corporações que patrocinavam (da maneira mais eticamente consciente e, de novo, não ostensiva) alguns aspectos dos arranjos: seguros de saúde, esse tipo de coisas.

Quando se sentou para comer, foi entre dois dos delegados menos poderosos e mais tímidos, o velho patriarca da Porta Sublime de Constantinopla e a abadessa da Ordem de São Julião, um minúsculo grupo de freiras que por um acaso extraordinário viera a controlar uma grande fortuna em ações e títulos do governo.

— O que achou das discussões de hoje, monsieur Delamare? — perguntou a abadessa.

— Tudo muito bem colocado, eu acho — disse ele. — Convincente, sincero, vindo do coração.

— E como a sua organização se coloca nessa questão? — perguntou o patriarca Papadakis, também conhecido como são Simão.

— Ficamos com a maioria.

— E como acha que a maioria vai votar?

— Vão votar igual a mim, espero.

Ele sabia usar um tom agradável quando preciso e a sua expressão brincalhona deixou claro a seus vizinhos que era apenas um gracejo. Eles sorriram polidamente.

A luz de velas nas longas mesas de carvalho, o aroma de carne de caça assada, o tilintar de talheres em pratos de porcelana fina, o brilho do vinho tinto e do vinho dourado, a habilidade discreta dos criados, tudo era muito agradável. Até mesmo a abadessa, que vivia frugalmente, se viu elogiando esses arranjos.

— O Secretariado da Sagrada Presença está sem dúvida nos tratando muito bem — disse ela.

— Sempre se pode contar com...

— Delamare, aí está você — disse uma voz forte, enfatizada por uma mão pesada no ombro dele. Delamare sabia quem era antes de se virar para olhar. Só um homem interrompia tão diretamente, tão rudemente.

— Pierre — Delamare falou, impassível. — Posso ajudar?

— Não nos contaram qual é a organização para a última sessão plenária — disse Pierre Binaud, presidente do TCD. — Por que isso ficou de fora do programa?

— Não ficou. Pergunte para alguém do Departamento de Cerimonial e eles explicam.

— Humm — disse Binaud, e saiu de testa franzida.

— Mil perdões — Delamare disse à abadessa. — Sim, o Secretariado: sempre se pode confiar em monsieur Houdebert, o chefe do departamento. Ele sabe com perfeição conduzir eventos como este com imperturbável serenidade.

— Mas me diga, monsieur — disse o patriarca —, o que acha dos problemas recentes que temos tido no Levante?

— Acho muito sábio de sua parte usar a palavra problemas — disse Delamare e encheu o copo de água do velho. — Mais que inquietações, porém menos que alarmes, hum?

— Bem, do ponto de vista de Genebra, talvez...

— Não, não desejo depreciar a importância deles, sereníssimo. São de fato problemáticos. Mas é justamente esse tipo de problema que torna importante para nós falarmos com uma só voz e agir com um único propósito.

— Isso é que tem sido tão difícil de conseguir — disse o patriarca. — Para nós, em nossa igreja oriental, sentir que temos a autoridade de todo o Magisterium nos apoiando seria sem dúvida uma bênção. As coisas estão ficando mais complicadas, sabe, monsieur. Nosso povo está mais insatisfeito do que jamais vi, em suas cidades, mercados e aldeias. Parece estar surgindo uma nova doutrina que exerce grande atração sobre eles. Nós tentamos enfrentar, mas... — Ele estendeu as velhas mãos, desamparado.

— Isso é exatamente o que o novo conselho representativo estará perfeitamente apto a enfrentar — disse Delamare com cálida sinceridade. — Acredite, a eficácia do Magisterium será grandemente ampliada. Nossa verdade, claro, é eterna e imutável, mas nossos métodos têm sido dificultados ao longo dos séculos pela necessidade de consultar, aconselhar, ouvir, aplacar... Nossa situação clama é por *ação*. E o novo conselho trará isso.

O patriarca parecia solene e assentiu. Delamare voltou-se para a abadessa.

— Madre, qual o sentimento entre suas irmãs do lugar que ocupam na hierarquia? — ele perguntou. — Aceita um pouco mais de vinho?

— Gentileza sua. Obrigada. Bem, na realidade nós não temos posição, monsieur Delamare. Não é nosso lugar ter opiniões. Estamos aqui para servir.

— E fazem isso de maneira muito fiel. Mas sabe, minha senhora, eu não falei de posições. Falei de sentimento. Podemos discutir com alguém as suas posições, mas sentimentos vão muito mais fundo e falam com mais honestidade.

— Ah, sem dúvida tem razão, monsieur. Nosso lugar na hierarquia? Bom, eu creio que nosso *sentimento* a respeito seria de modéstia. E... de gratidão, humildade. Não pretendemos sentir descontentamento com o que nos cabe.

— Muito bem. Eu esperava que dissesse isso. Não, eu *sabia* que diria isso. Uma boa mulher de fato não diria outra coisa. Agora — ele baixou um pouco a voz e inclinou-se para ela —, suponhamos que um conselho representativo venha a imergir deste congresso. Suas boas irmãs não ficariam satisfeitas de sua abadessa ter um lugar nesse conselho?

A boa senhora ficou sem palavras. Abriu a boca duas vezes e fechou de novo; piscou, ficou vermelha; balançou a cabeça, depois parou e quase fez que sim.

— Veja bem — Delamare continuou —, existe um tipo específico de santidade que sinto estar sub-representado no Magisterium. É o tipo que *serve*, como fazem as suas boas irmãs. Mas serve com a verdadeira modéstia, não com a falsa. Uma falsa modéstia seria ostensiva, não concorda? Procuraria se afastar enfaticamente das distinções e postos públicos ao mesmo tempo que faria lobbying interno para conseguir essas coisas. E depois se permitiria ser arrastada a eles, protestando veementemente não ser digna. Tenho certeza de que a senhora já viu essa cena. Mas a verdadeira modéstia aceitaria que existe um lugar que se pode preencher, que os talentos de alguém não são ilusões, que seria errado voltar as costas a uma tarefa se ela pode ser bem-feita. O que acha?

A abadessa parecia acalorada. Tomou um gole de vinho e tossiu ao engolir demais de uma só vez. Delamare desviou o olhar por educação até ela se recuperar.

— Monsieur, o senhor fala com muita generosidade — disse ela no que era quase um sussurro.

— Nada generoso, madre. Apenas *juste*.

O daemon dela era um camundongo com linda pelagem prateada. Estava escondido em seu ombro, fora da vista da daemon-coruja de Delamare que, sentindo o nervosismo deles, não olhou para ele nem uma vez. Mas ele então apareceu, apenas a cara e os bigodes, e a coruja virou devagar e curvou a cabeça para ele. O camundongo apenas olhou com pequenos olhos brilhantes, mas não recuou. Caminhou até o outro ombro da abadessa e fez uma pequena curvatura à daemon de Delamare.

Delamare estava falando com o patriarca outra vez, tranquilizando, elogiando, explicando, se solidarizando e avaliando internamente: mais dois votos.

* * *

Quando o primeiro dia da Conferência Magisterial chegou ao fim, alguns delegados se retiraram a seus quartos para ler, escrever cartas, rezar, ou simplesmente dormir. Outros se reuniram em grupos para comentar os acontecimentos do dia; alguns com velhos amigos, alguns com conhecidos recentes que pareciam ser simpáticos, ou de opinião semelhante, ou melhor informados sobre a política que havia por trás da reunião.

Um desses grupos estava sentado perto da grande lareira do Salon des Étrangers, com copos de conhaque brantwijn nas mãos. As poltronas eram confortáveis, a bebida excepcionalmente saborosa, a sala iluminada com habilidade de forma que as poltronas ficavam agrupadas em áreas iluminadas, com lugares de penumbra entre elas, isolando cada grupo de forma a reforçar sua identidade, tornando mais confortável estar nele. Além de dinheiro, o Secretariado da Sagrada Presença tinha designers dotados e experientes.

O grupo junto à lareira se reunira quase por acaso, mas logo se viu em um estado de agradável concordância, quase cumplicidade, de fato. Discutia os personagens de maior impacto durante aquele dia. O chefe do Secretariado, naturalmente, como anfitrião, era um deles.

— Um homem de tranquila autoridade, me parece — disse o decano da Corte de Faculdades.

— E com muita experiência de mundo. Sabe quantas propriedades o Secretariado possui? — perguntou o preceptor do Templo dos Hospitaleiros.

— Não. É muita coisa?

— Pelo que sei, controlam fundos que chegam a dezenas de bilhões. Grande parte devido à capacidade dele no mundo bancário.

Murmúrios de admiração percorreram o pequeno grupo.

— Outra pessoa que impressionou, acredito — disse o capelão do Sínodo dos Diáconos —, talvez de maneira diferente, foi o são, são... o patriarca da, do, de Constantinopla. Um homem muito pio.

— De fato — disse o decano. — São Simão. Uma sorte ele estar entre nós.

— Ele está à frente dessa organização há cinquenta anos, nada mais, nada menos — disse um homem que nenhum dos outros conhecia. Era um inglês elegante, vestido com terno de tweed de corte impecável e gravata-

-borboleta. — Cada vez mais sábio, sem dúvida, mas talvez em anos recentes com um pouco menos de força. Autoridade moral intocada, claro.

Cabeças assentiram. O decano falou:

— É verdade. Desculpe, mas não sei quem é o senhor. Qual corporação o senhor representa?

— Ah, não sou um representante — disse o inglês. — Estou cobrindo o congresso para o *Jornal de Filosofia Moral*. Meu nome é Simon Talbot.

— Acho que li alguma coisa sua — disse o capelão. — Um texto muito espirituoso sobre, hã... sobre, humm... sobre relativismo.

— Gentileza sua — disse Talbot.

— O futuro é dos jovens — disse um homem de terno escuro, executivo da Thuringia Potash, um dos patrocinadores corporativos, uma poderosa companhia farmacêutica. — Como, por exemplo, o secretário-geral de La Maison Juste.

— Marcel Delamare.

— Ele mesmo. Um homem excepcionalmente capacitado.

— Sim, monsieur Delamare é um homem notável. Ele parece muito empenhado em promover esta ideia de conselho — disse o preceptor.

— Bom, francamente, nós também — falou o executivo da Thuringia Potash. — E acho que seria bom incluir monsieur Delamare entre seus membros.

— Agilidade mental, percepção sagaz — murmurou Simon Talbot.

No fim das contas, Marcel Delamare estaria satisfeito com seu dia de trabalho.

O Café Cosmopolitain, em frente à estação ferroviária de Genebra, era um salão retangular de teto baixo, mal iluminado, um pouco sujo, a única decoração das paredes marrom-fumaça eram cartazes de esmalte lascado ou papel desbotado que anunciavam *apéritifs* ou bebidas. Havia um balcão com tampo de zinco ao longo de uma parede e os funcionários pareciam ter sido contratados por seu desconhecimento das habilidades de cortesia e competência. Se quisesse se embebedar, seria um lugar tão bom quanto qualquer outro; se quisesse uma noite de civilidade e boa *cuisine*, estaria no lugar errado.

Mas tinha uma grande vantagem. Como um centro de troca de informações era insuperável. O fato de que ficava a poucas centenas de metros de uma agência de notícias, sem falar de várias instituições governamentais, até da catedral e, claro, da ferrovia, significava que jornalistas, espiões ou membros da polícia podiam praticar suas várias atividades no Cosmopolitain com grande facilidade e conveniência. E com o Congresso Magisterial em curso, o lugar estava lotado.

Olivier Bonneville sentou-se ao balcão e pediu uma cerveja escura. Sua daemon-falcão murmurou em seu ouvido:

— Quem nós estamos procurando?

— Matthias Sylberberg. Parece que ele conheceu Delamare na escola.

— Duvido que um homem desses venha a um lugar assim.

— Não, mas as pessoas com quem ele trabalha, sim. — Bonneville deu um gole na cerveja e olhou ao redor.

— Aquele lá não é colega do Sylberberg? — perguntou a daemon. — O gordo de bigode grisalho que acabou de entrar.

O homem pendurou o chapéu e o casaco no cabide perto do espelho e virou-se para cumprimentar os dois homens sentados na mesa ao lado.

— Onde já vimos esse homem? — perguntou Bonneville.

— Na abertura da mostra de Rovelli na galeria Tennier.

— Isso mesmo!

Bonneville ficou de costas para o balcão, apoiou nele os cotovelos e observou o careca sentado com os outros dois. O recém-chegado estalou os dedos para um dos garçons mais rabugentos, que assentiu brevemente ao seu pedido e se afastou.

— Quem são os outros dois? — Bonneville murmurou.

— Não me lembro de já ter visto nenhum deles. A menos que o homem que está de costas para nós seja o Pochinsky.

— Pochinsky, o sujeito da arte?

— O crítico, isso mesmo.

— Acho que pode ser... É, você tem razão.

O rosto do homem ficou brevemente visível no espelho quando ele se virou para mudar a cadeira de lugar.

— E o gordo se chama Rattin.

— Bem lembrado!

— É uma ligação muito tênue.
— A melhor que temos até o momento.
— Então o que a gente vai fazer?
— Nos apresentar, claro.

Bonneville terminou a cerveja, pôs o copo no balcão e partiu confiante pelo salão lotado, bem quando o garçom rabugento se aproximava da mesa dos homens. Ele fingiu tropeçar quando alguém mexeu a cadeira inesperadamente e chocou-se com o garçom que teria derrubado a bandeja se Bonneville não a tivesse pegado com agilidade.

Exclamações de surpresa e admiração dos três homens, um esgar do garçom, uma onda de gestos e um encolher de ombros do homem que parecia ter causado tudo mexendo sua cadeira.

— Suas bebidas, cavalheiros — disse Bonneville, colocando a bandeja na mesa e ignorando o garçom, cuja daemon-lagarto protestava sonoramente no bolso de seu avental.

— Ótima pegada — disse Rattin. — O senhor devia ser goleiro! Ou talvez seja?

— Não — disse Bonneville, sorrindo. Ele devolveu a bandeja vazia para o garçom e Rattin continuou:

— Tem de tomar uma bebida com a gente como agradecimento por ter nos salvado.

— Com certeza — disse o terceiro homem.

— Bom, muita generosidade sua... uma cerveja escura — Bonneville disse ao garçom que se afastou com uma carranca.

Bonneville ia puxar uma cadeira quando olhou de novo para o homem de bigode grisalho como se o reconhecesse.

— Não é... monsieur Rattin? — perguntou ele.

— Sou, sim, mas...

— A gente se conheceu faz algumas semanas, na abertura da exposição de Rovelli, na galeria Tennier. O senhor não vai lembrar, mas achei bem fascinante o que disse sobre o pintor.

Uma das coisas que Bonneville havia notado em sua vida era que homens mais velhos, homossexuais ou não, podiam ser muito suscetíveis a elogios da parte de homens mais novos, se expressos com franqueza e sinceridade. O essencial era confirmar os pontos de vista dos mais velhos de forma a demonstrar a simples e genuína admiração de uma pessoa jovem que podia um dia se tornar um discípulo. A daemon-falcão de Bonneville, como se disposta a continuar com os elogios, logo saltou para o encosto da cadeira de Rattin para conversar com a daemon-cobra dele, enrolada na parte alta.

Enquanto isso, Bonneville virou-se para Pochinsky.

— E o senhor... acho que se não me engano o senhor é Alexander Pochinsky? Sou leitor há anos da sua coluna na *Gazette*.

— Sim, sou eu mesmo — disse o crítico. — E o senhor faz parte do mundo das artes visuais?

— Só um humilde amador, que se contenta de ler o que os melhores críticos têm a dizer.

— Você trabalha para Marcel Delamare — disse o terceiro homem, que ainda não tinha falado quase nada. — Acho que vi você em La Maison Juste. Estou certo?

— Correto, sim, senhor, e é um privilégio para mim — disse Bonneville, e estendeu a mão para se apresentar. — Meu nome é Olivier Bonneville.

O homem apertou a mão de Bonneville.

— É — disse ele. — Tive a ocasião de visitar La Maison Juste a negócios, uma ou duas vezes. Eric Schlosser.

Ele era um banqueiro: Bonneville conseguira identificá-lo, afinal.

— Sim, meu patrão é um homem notável. Imagino que os senhores estão sabendo do Congresso Magisterial?

— Monsieur Delamare fez parte da organização do evento? — Rattin perguntou.

— Fez, sim, de fato, bastante coisa — disse Bonneville. — À saúde, cavalheiros!

Ele bebeu e os outros acompanharam.

— É — Bonneville continuou —, trabalhar diariamente com alguém cujo brilho é tão ofuscante... bom, sabe como é, não dá para não ficar um pouco intimidado.

— Qual é o trabalho de La Maison Juste? — Pochinsky perguntou.

— Procuramos continuamente uma maneira de combinar a vida mundana com a vida espiritual — disse Bonneville, casualmente.

— E esse congresso vai ajudar com isso?

— Sinceramente, acho que sim. Vai trazer uma clareza, uma firmeza de propósito ao trabalho do Magisterium.

Rattin perguntou:

— E o que é La Maison Juste? Faz parte do sistema judicial?

— Foi fundada faz um século... A Liga para a Instauração do Sagrado Propósito é o título oficial... e funciona ativamente faz muito tempo. Mas em anos recentes, sob a direção de monsieur Delamare, passou a ser uma força para o bem realmente potente dentro do Magisterium. Claro que a gente devia sempre se referir a ela por esse nome, mas o prédio onde nós trabalhamos é tão bonito que acho que é uma forma de prestar tributo a ele. Séculos atrás era usado para exames de heresia e de hereges, daí o nome.

Bonneville sentiu que sua daemon tinha descoberto alguma coisa importante, mas não deixou transparecer. Em vez disso, virou-se para o crítico.

— Me diga, monsieur Pochinsky, qual acha que é o lugar do espírito nas artes visuais?

Pochinsky poderia falar a respeito disso durante horas. Bonneville se recostou na cadeira para curtir sua cerveja, ouvir com atenção assídua, e esperar pelo momento perfeito de sair, quando agradeceu a todos pela conversa fascinante e os deixou com uma forte impressão da cortesia, modéstia, capacidade e charme da geração mais nova.

Assim que saíram, sua daemon voou para seu ombro. Bonneville ouviu atentamente enquanto caminhavam até o apartamento de sótão em que moravam.

— Então?

— Rattin trabalha com Sylberberg, como você se lembra. E Sylberberg conheceu Delamare na escola, ainda são conhecidos. Segundo a daemon de Rattin, Delamare tem uma irmã mais velha a quem era muito dedicado. Ela era uma presença importante no Magisterium: fundou uma organização dedicada a algum propósito que Rattin não consegue lembrar, mas era muito influente. Parece que era uma mulher linda. Casou com um inglês chamado Courtney, Coulson, alguma coisa assim, mas houve um escândalo porque ela engravidou de outro homem. Delamare ficou arrasado quando ela desapareceu, uns dez anos atrás. Ele acha que a culpa é da criança, mas por que acha isso, Rattin não conseguiu dizer.

— Engravidou! Menino ou menina?
— Menina.
— Quando?
— Faz uns vinte anos. Lyra Belacqua. É ela.

15. CARTAS

Quando Lyra e Giorgio Brabandt chegaram ao município gípcio nos Pântanos, um grande aglomerado de barcos e um labirinto de atracadouros e caminhos em torno do Byanzaal, era o meio da manhã e ela estava nervosa, consciente de que outras pessoas podiam não ser tão tolerantes quanto Brabandt à ausência de seu daemon.

— Não precisa ficar tensa — ele tinha dito. — Tem feiticeira que visita a gente de quando em quando, depois daquela grande batalha no Norte. A gente sabe como elas são. Você vai parecer igual uma delas.

— Acho que posso tentar — ela disse. — O senhor sabe onde fica o barco de Farder Coram?

— Na zona Ringland, praquele lado ali. Mas melhor você falar com o jovem Orlando Faa primeiro, por educação.

O "jovem" Orlando tinha seus cinquenta anos, pelo menos. Era filho do grande John Faa, que tanto tempo atrás liderara a expedição para o Norte. Era menor que o pai, mas tinha algo da natureza maciça do velho e cumprimentou Lyra com solenidade.

— Ouvi muitas histórias sobre você, Lyra — disse o líder gípcio. — Meu velho pai sabia uma porção. Aquela viagem e a batalha em que você resgatou as criancinhas... toda vez que eu ouvia, queria estar lá.

— Foi tudo graças aos gípcios — disse Lyra. — Lorde Faa era um grande líder. E um grande guerreiro.

Os olhos dele a analisavam, sentada à mesa do conselho. Era claro o que ele estava procurando.

— Você está com problemas, minha senhora — ele disse, com gentileza.

Ela ficou tocada por ele usar o termo de cortesia dos gípcios e sentiu a garganta apertada demais para falar durante um momento. Ela fez que sim com a cabeça e engoliu em seco.

— É por isso que preciso ver Farder Coram — conseguiu dizer.

— O velho Coram está um pouco debilitado agora — disse Faa. — Não vai pra lugar nenhum, mas escuta tudo e sabe de tudo.

— Eu não sabia onde mais ir.

— Não. Bom, você fica aqui com a gente até que esteja pronta para seguir em frente e é bem-vinda. Sei que Mãe Costa vai ficar contente de te ver.

E ficou. Lyra foi até ela e a mulher envolveu Lyra em um abraço sem um segundo de hesitação, abraçou-a na cozinha banhada de sol e balançou para a frente e para trás.

— O que você anda fazendo consigo mesma? — ela perguntou quando finalmente a soltou.

— Ele... Pan... Não sei. Ele estava infeliz. Nós dois estávamos. E ele simplesmente foi embora.

— Nunca vi uma coisa dessas. Pobre menina.

— Vou contar tudo, prometo. Mas tenho de ir ver Farder Coram primeiro.

— Já viu o jovem Orlando Faa?

— Foi a primeira pessoa que eu visitei. Cheguei hoje de manhã, com Giorgio Brabandt.

— O velho Giorgio? Bom, ele é um velho malandro, sem dúvida. Quero saber de tudo, não esqueça. Mas o que aconteceu com você? Nunca vi ninguém tão perdida, menina. Onde vai ficar?

Isso fez Lyra hesitar. Pela primeira vez, ela se deu conta de que aquilo não tinha nem passado por sua cabeça.

Mãe Costa percebeu e continuou:

— Bom, você vai ficar aqui comigo, filha. Acha que vou te deixar dormir na margem?

— Não vou atrapalhar?

— Não é tão gorda que atrapalhe. Agora vá de uma vez.

— Mãe Costa, não sei se lembra, mas uma vez a senhora disse, muito tempo atrás, disse que eu tinha óleo de feiticeira na alma. O que isso quer dizer?

— Não faço a menor ideia, filha. Mas parece que eu estava certa. — Ela pareceu séria ao dizer isso. Então abriu um armário e pegou uma latinha de biscoitos. — Aqui. Quando encontrar Farder Coram, dê isto aqui pra ele. Eu fiz ontem. Ele adora biscoito de gengibre.

— Eu dou. Obrigada.

Lyra a beijou e saiu para encontrar a zona Ringland. Era um canal mais estreito que os outros, com vários barcos ancorados permanentemente na margem sul. As pessoas por quem passou olharam para ela com curiosidade, mas sem hostilidade, achou; ela foi discreta e manteve os olhos baixos, tentando pensar como Will, tentando ser invisível.

Parecia que Farder Coram ocupava um lugar de muito prestígio em meio a sua gente, porque o caminho até seu cais estava muito bem cuidado e protegido com pedras, o canteiro plantado com calêndulas, cercado de álamos. As árvores estavam sem folhas agora, mas no verão lançavam uma sombra bem-vinda sobre aquele trecho de água.

E lá estava o barco de Coram, limpo, bem cuidado, pintado com cores vivas, tudo parecendo fresco e alegre. Lyra bateu no teto da cabine, desceu para a ponte de comando, e espiou pela janela da porta da cabine. Seu velho amigo estava cochilando em uma cadeira de balanço, um cobertor sobre os joelhos, os pés aquecidos por sua daemon, a grande gata cor de outono, Sophonax.

Lyra bateu no vidro, Coram piscou e acordou, colocando a mão sobre os olhos para olhar para a porta. Então a reconheceu e acenou para que entrasse, com um grande sorriso no rosto envelhecido.

— Lyra, minha menina! O que eu estou dizendo? Você não é mais menina, é uma jovem dama. Bem-vinda, Lyra... mas o que aconteceu com você? Cadê o Pantalaimon?

— Ele me abandonou. Uma manhã, faz alguns dias. Acordei e ele tinha ido embora.

A voz dela tremeu e então seu coração transbordou, e ela chorou e soluçou como nunca antes. Se pôs de joelhos junto à cadeira dele e Coram se inclinou para abraçá-la. Ele acariciou seu cabelo e segurou-a com delicadeza, enquanto ela se agarrava a ele e soluçava contra seu peito. Era como um dique que se rompia; era como uma inundação.

Ele murmurou palavras gentis e Sophonax saltou no colo dele para ficar perto dela, ronronando de compaixão.

Por fim, a tempestade passou. Não havia mais lágrimas para chorar e Lyra afastou-se quando o velho soltou o abraço. Enxugou os olhos e se pôs de pé, instável.

— Agora sente aqui e me conte tudo — disse ele.

Lyra inclinou-se para beijá-lo. Ele tinha cheiro de mel.

— Mãe Costa mandou estes biscoitos para o senhor — disse ela. — Farder Coram, eu queria ter pensado nisso antes e trazido um presente de verdade, parece grosseria fazer uma visita de mãos abanando... Mas encontrei um pouco de folha de fumo. Só tinham isso no correio onde nós paramos pela última vez, eu e o mestre Brabandt. Acho que lembrei certo a marca que o senhor fumava.

— Isso mesmo, Old Ludgate, é desse que eu gosto. Muito obrigado! Então você veio pra cá no *Donzela de Portugal*, foi?

— Foi. Ah, Farder Coram, faz tanto tempo! Parece que foi numa outra vida...

— Parece que foi ontem. Parece que foi num piscar de olhos. Mas antes de você começar, ponha a chaleira no fogo, filha. Eu mesmo faria isso, mas conheço os meus limites.

Ela fez café e quando ficou pronto colocou a caneca dele na mesinha à sua direita, e sentou-se no banco em frente à cadeira de balanço.

Contou o que acontecera desde a última vez que se viram. Contou do assassinato junto ao rio, sobre Malcolm, sobre o que tinha descoberto de seu próprio passado e sobre o quanto estava se sentindo perdida, quase desamparada.

Coram ouviu a história de Lyra sem falar nada até ela chegar ao momento presente e sua chegada entre os gípcios.

— O jovem Orlando Faa — disse ele. — Ele não foi pro Norte com a gente porque tinha de ficar no caso de o John nunca mais voltar. Ele sempre lamentou isso. Bom, é um ótimo rapaz. Simples, sincero, forte como uma viga de carvalho. Um grande homem. Acho que não fazem mais homens assim, mas Orlando é um bom rapaz, sem dúvida nenhuma. Mas os tempos mudaram, Lyra. As coisas que eram seguras não são mais.

— A sensação é bem essa.

— Mas agora esse rapaz, o Malcolm. Ele te contou que emprestou a canoa dele pra lorde Asriel?

— Disse alguma coisa a respeito, mas eu... Eu estava tão abalada com outras coisas que não prestei muita atenção.

— Leal, esse Malcolm. Quando menino era igual. Generoso... não hesitou em entregar a canoa dele pro lorde Asriel, sem fazer a menor ideia se ia ver a canoa de novo. Então, quando o Asriel me encarregou de devolver, me deu um pouco de dinheiro pra dar uma reformada nela... o Malcolm te contou isso?

— Não. Tem muita coisa que a gente não teve tempo de conversar.

— É, era um barquinho muito bom, o *Bell Savage*. Tinha de ser. Me lembro bem daquela enchente e como fez aparecer muita coisa que estava escondida fazia séculos. Talvez mais.

Coram falava como se tivesse convivido com Malcolm desde a inundação e Lyra queria lhe perguntar a respeito, mas calou-se, sentindo que seria se revelar demais. Estava insegura a respeito de tantas coisas.

Então perguntou:

— Conhece uma coisa chamada "a comunidade secreta"?

— Quem te falou disso?

— Foi o mestre Brabandt. Me contou dos fogos-fátuos e essas coisas.

— É, a comunidade secreta... Hoje em dia não se ouve falar muito disso. Quando eu era jovem, não tinha um único arbusto, uma única flor, nem uma pedra que não tivesse o próprio espírito. A gente tinha de se cuidar perto deles, pedir desculpas, pedir licença, agradecer... Só pra demonstrar que eles estavam ali, os espíritos, e que tinham seus direitos de reconhecimento e cortesia.

— Malcolm me contou que uma fada me pegou e quase ficou comigo, só que ele a enganou e conseguiu que ela me devolvesse.

— Eles fazem essas coisas mesmo. Não são ruins, nem malvados, não de verdade, mas também não são exatamente bons. Apenas estão lá e merecem respeito.

— Farder Coram, já ouviu falar de uma cidade chamada Hotel Azul, que está vazia e em ruínas, a não ser pelos daemons que moram lá?

— O quê, daemons de pessoas? Sem as pessoas?

— É.

— Nunca ouvi falar disso. É pra lá que você acha que o Pan foi?

— Não sei o que pensar, mas é possível. O senhor já conheceu alguém que consegue se separar do seu daemon? A não ser as feiticeiras, claro.

— É, as feiticeiras podem fazer isso, sim. Igual a minha Serafina.
— Mas alguém mais? Conhece algum gípcio que pode se separar?
— Bom, tinha um homem...

Antes que ele pudesse dizer mais, o barco balançou, como se alguém tivesse subido a bordo, e bateram na porta. Lyra ergueu os olhos e viu uma menina de uns catorze anos com uma bandeja equilibrada no braço, abrindo a porta com a outra mão, e correu para ajudá-la a entrar.

— Tudo bem, Farder Coram? — disse a menina. Olhava para Lyra, desconfiada.

— É a minha sobrinha-neta, Rosella — disse Coram. — Rosella, esta é Lyra da Língua Mágica. Você já me ouviu falar dela muitas vezes.

Rosella pôs a bandeja no colo de Farder Coram e apertou a mão de Lyra timidamente. Seu comportamento era ao mesmo tempo tímido e curioso. Era muito bonita. Seu daemon era uma lebre e estava escondido atrás de suas pernas.

— É o jantar do Farder Coram — disse ela. — Mas trouxe pra senhora também. Mãe Costa disse que devia estar com fome.

Na bandeja havia pão fresco, manteiga, arenque marinado, uma garrafa de cerveja e dois copos.

— Obrigada — disse Lyra. Rosella sorriu e saiu. Quando ela se foi, Lyra disse: — O senhor ia me falar de um homem que conseguia se separar...

— Sim, claro. Isso foi em Moscóvia. Ele tinha estado na Sibéria, o lugar pra onde vão as feiticeiras, e fez o que elas fazem. Quase morreu, ele disse. Era amante de uma feiticeira e achou que se conseguisse se separar, como elas, ia viver tanto quanto elas. Só que não funcionou. A feiticeira dele não viu nada de especial no fato de ele fazer isso e ele morreu logo depois de qualquer forma. Foi o único homem que eu sei que conseguiu, ou quis fazer isso. Por que pergunta, Lyra?

Ela contou do diário dentro da mochila do homem assassinado junto ao rio. Coram ouviu sem se mexer, o garfo parado com um pedaço de arenque.

— Malcolm sabe disso? — perguntou quando ela terminou.
— Sabe.
— Ele te falou alguma coisa sobre a Oakley Street?
— Oakley Street? Onde fica?

— Não é um lugar, é uma coisa. Ele nunca falou disso? Nem ele nem a Hannah Relf?

— Não. Talvez tivessem me contado se eu não tivesse ido embora tão de repente... Não sei. Sei tão pouca coisa, Farder Coram. O que é a Oakley Street?

O velho pousou o garfo e tomou um gole de cerveja.

— Vinte anos atrás, eu me arrisquei um pouco e disse pro jovem Malcolm dizer as palavras "Oakley Street" pra Hannah Relf, pra ela ter certeza de que ele era digno de confiança. Eu torcia para que ela fosse dizer a ele o que era, ela disse, e se ele nunca falou nada é porque ele é confiável. Pode-se dizer que Oakley Street é o nome de um departamento do serviço secreto. Não é o nome verdadeiro, é só uma espécie de código para o departamento porque o quartel-general não fica nem perto da Oakley Street, que é em Chelsea. Foi fundado, o departamento, digo, na época do rei Richard, que era muito contrário ao Magisterium, que estava ameaçando tudo. Sempre foi uma instituição independente, a Oakley Street, sob as ordens do Gabinete, não do Ministério da Guerra. Tinha total apoio do rei e do Conselho Privado, fundos da Reserva de Ouro e respondia a um comitê próprio no Parlamento. Mas quando o rei Edward assumiu o trono, o tom da política, digamos assim, começou a mudar um pouco, a andar na direção contrária. Havia embaixadores e... como chamam mesmo?... altos comissários, emissários, indo e vindo entre Londres e Genebra.

"Foi quando o TCD fincou raízes neste país. Nessa época as coisas mudaram para o formato que a gente tem agora: um governo que não confia no povo e um povo que tem medo do governo, cada lado espionando o outro. A facção do TCD não pode prender o número de pessoas que odeia e as pessoas não conseguem se organizar pra agir contra o TCD. Meio que um empate. Mas pior. O outro lado tem uma energia que o nosso lado não tem. Que vem da certeza deles de que estão certos. Se você tem essa certeza, está disposto a fazer qualquer coisa pra chegar onde quer. É o mais antigo problema humano, Lyra, e é a diferença entre bem e mal. O mal pode ser inescrupuloso e o bem não. O mal não aceita que nada o impeça de fazer o que quer, enquanto o bem fica com uma mão atada atrás das costas. Pra fazer as coisas que precisam ser feitas pra vencer, teria de se tornar mal."

— Mas... — Lyra queria protestar, mas não sabia por onde começar. — Mas e quando os gípcios, as feiticeiras, o sr. Scoresby e Iorek Byrnison destruíram Bolvangar? Não foi um exemplo do bem vencendo o mal?

— Foi, sim. Uma pequena vitória... tudo bem, uma grande vitória, pensando em todas as crianças que a gente resgatou e trouxe pra casa. Foi uma grande vitória. Mas não definitiva. O TCD tá mais forte que nunca; o Magisterium tá cheio de ânimo, e pequenas entidades como a Oakley Street estão com fundos reduzidos e são comandadas por velhos que já passaram do auge.

Ele tomou o último gole de cerveja.

— Mas o que você quer fazer, Lyra? — ele continuou. — O que tem em mente?

— Eu não sabia, até que tive um sonho. Não faz muito tempo. Sonhei que estava brincando com uma daemon que não era minha, mas a gente se amava tanto... Desculpe. — Ela engoliu em seco e esfregou os olhos. — Quando acordei, eu sabia o que tinha que fazer. Tinha que ir até o deserto de Karamakan e entrar em um prédio de lá para talvez encontrar aquele daemon de novo e... não sei por quê. Mas tenho que encontrar o Pan primeiro, porque não se pode entrar sem um daemon e...

Estava perdendo o fio da história, em parte porque mal a tinha expressado direito para si mesma antes de começar a explicar para Farder Coram. E pôde de repente ver que ele estava ficando cansado.

— É melhor eu ir embora — disse ela.

— Sim, não consigo ficar acordado o dia inteiro como antes. Volte de noite e eu vou estar descansado, com umas ideias pra você.

Ela lhe deu outro beijo e levou a bandeja de volta para o barco de Mãe Costa.

Mãe Costa já não viajava muito; a família tinha um ancoradouro perto de Byanzaal e, como ela disse a Lyra, era provável que fosse seu último. Contentava-se com cultivar vegetais e umas flores em um canto de chão junto ao ancoradouro e estava feliz, disse ela, de oferecer a Lyra uma cama pelo tempo que precisasse ficar. Ela podia cozinhar, se quisesse.

— O velho Giorgio me disse que você não cozinha mal — Mãe Costa tinha dito. — Quer dizer, a não ser o guisado de enguia.

— O que tinha o meu guisado de enguia? — Lyra perguntou, um pouco indignada. — *Ele* nunca reclamou.

— Bom, preste atenção na próxima vez que eu cozinhar enguia e aprenda. Veja bem que leva uma vida inteira pra aprender a cozinhar elas direito.

— Qual é o segredo?

— Tem que cortar na diagonal. Você pode pensar que não faz diferença, mas faz.

Ela saiu com a cesta. Lyra foi se sentar no teto da cabine e ficou olhando a mãe-barqueira percorrer a margem na direção do grande Byanzaal, com seus tetos de palha e o mercado ao lado. Os toldos das barracas eram de muitas cores, de longe as coisas mais coloridas na paisagem cinzenta onde era preciso adivinhar o horizonte na desbotada luz de inverno.

Mas mesmo que eu passe uma vida inteira aqui e aprenda a cozinhar enguias direito, não é o meu lar e nunca será, ela pensou. *Descobri isso faz muito tempo.*

Era profundamente cansativo não saber quanto tempo ficaria ali e como perceberia se era seguro ir embora, e saber apenas que era uma forasteira. Levantou-se, cansada, pensou em descer e dormir um pouco; mas antes que pudesse se mexer, um barquinho avançou pelo canal, impelido a vara por um menino de uns catorze anos, cuja daemon-pata nadava ativamente ao lado. Ele manejava o barco com habilidade e força e assim que viu Lyra deixou a vara arrastar na água para diminuir a velocidade e jogou-a à esquerda para se aproximar do barco de Costa. A daemon-pata bateu as asas e trepou a bordo.

— Miss Língua Mágica? — perguntou o menino.

— Sou eu — disse ela.

Ele remexeu no bolso do peito do blusão verde-água.

— Uma carta pra você — disse, e estendeu para ela.

— Obrigada.

Ela pegou a carta e virou para ler o endereço: "Miss L. da Língua Mágica, a/c Coram van Texel" e Coram ou alguém havia riscado o nome dele e escrito "Mme. Costa, *Rainha Persa*". O envelope era de papel pesado, caro, e o endereço estava datilografado.

Ela se deu conta de que o menino estava esperando. Então percebeu o que ele esperava e lhe deu uma moedinha.

— É o dobro ou devolve — disse ele.

— Agora é tarde — ela falou. — Já estou com a carta.

— Valeu a tentativa — disse ele, colocando a moeda no bolso e indo embora rápido, manejando a vara tão depressa que deixava uma trilha na água.

O envelope era bonito demais para se rasgar, então ela desceu e abriu com uma faca de cozinha. Sentou-se à mesa para ler.

O papel tinha o cabeçalho *Faculdade Durham, Oxford*, mas o endereço impresso estava riscado. Ela não sabia o que isso significava, mas a carta estava assinada *Malcolm P.* Ela estava curiosa para ver como seria a caligrafia dele e gostou de descobrir que era elegante, forte e legível. Ele tinha escrito com caneta-tinteiro com tinta azul-preta.

Cara Lyra,

Soube de sua dificuldade através de Dick Orchard, e para onde foi. Não podia ter feito coisa melhor do que buscar refúgio nos Pântanos, e Coram van Texel é a melhor pessoa para aconselhá-la quanto ao que fazer. Pergunte a ele sobre Oakley Street. Hannah e eu íamos te contar a respeito, mas fomos atropelados pelas circunstâncias.

Bill, o porteiro da Jordan, me disse que o rumor na faculdade é de que você foi presa pelo TCD e que desapareceu no sistema prisional. Os criados ficaram furiosos e culpam o reitor. Fala-se em greve, que seria a primeira da Faculdade Jordan, mas uma vez que isso não traria você de volta, acho que não vai acontecer; mas o reitor encontra as relações com a equipe bastante tensas.

Nesse meio-tempo, a melhor coisa que você pode fazer é aprender tudo o que puder sobre as questões da Oakley Street que o velho Coram van Texel pode te ensinar. Nós apenas começamos a falar de coisas importantes, você e eu, mas sinto que você sabe, através do aletiômetro e talvez de outras experiências também, que existe mais de um jeito, mais de dois jeitos, de ver as coisas e perceber seus sentidos.

O que existe de muito importante na conexão com a Ásia Central, que surgiu com a morte do pobre Roderick Hassall, é que parece girar em torno desse mesmo ponto.

Dê minhas lembranças a Coram e conte o que for preciso sobre Hassall e sobre Karamakan. É para lá que estou indo agora.

Por fim, desculpe o tom ligeiramente formal desta carta. Sei que passo essa impressão e gostaria de não passar.

Hannah também vai te escrever e adoraria saber onde você está. Uma carta em mãos gípcias chegará depressa e em segurança a seu destino, mas não faço ideia de como.

Com o carinho de um amigo,
Malcolm P.

Ela leu depressa, depois releu devagar. Ruborizou com o comentário sobre formalidade, porque tinha *mesmo* achado isso, isto é, antes, não depois do assassinato no rio. O Malcolm que estava conhecendo agora não era nada cerimonioso.

Mãe Costa tinha ido ao mercado, então Lyra estava sozinha no *Rainha Persa*. Arrancou uma página do caderno e começou a escrever.

Caro Malcolm,
Obrigada por sua carta. No momento, estou em segurança aqui, mas

Parou. Não fazia ideia do que dizer em seguida, ou de como realmente falar com ele. Levantou-se, foi até a popa, olhou em torno, passou as mãos no leme, respirou profundamente o ar fresco e voltou para dentro. Continuou:

Sei que logo tenho de continuar viagem. Preciso encontrar Pan. Vou seguir todas as pistas, por mais absurdas ou improváveis. Como no diário do dr. Strauss, quando ele ouviu falar do lugar chamado Hotel Azul. Uma espécie de refúgio, creio. Resolvi ir atrás disso e ver o que acontece. ~~Tenho de encontrá-lo, porque a menos que~~

Parou depois de riscar a frase e pousou a cabeça no punho cerrado. Era como falar com o vácuo. Depois de um minuto, pegou a caneta de novo.

Se encontrá-lo lá, iremos continuar para Karamakan, atravessar o deserto e encontrar o prédio vermelho. A verdade é que desde que li o relato do dr. Strauss fiquei com isso na cabeça e me afetou como um daqueles sonhos que ficam com a gente horas depois de acordar. Era familiar, mas não faço ideia do porquê. Acho que sei alguma coisa a respeito, mas se perdeu e não consigo recuperar. Provavelmente preciso sonhar de novo.

Talvez te encontre lá.

Se eu não voltar, quero apenas agradecer a você por ter cuidado de mim durante a inundação, quando eu era bebê. Queria que tivéssemos lembranças mais antigas em nossas vidas para poder lembrar de tudo, porque a única coisa de que me lembro é de arvorezinhas com luzes e de estar muito feliz. Mas é claro que isso pode ter sido um sonho também. ~~Desejo que~~Espero que um dia possamos conversar e eu possa explicar todas as coisas que me levaram a vir aqui. Eu mesma não entendo. Mas Pan achava que algo havia roubado minha imaginação. Por isso é que foi embora, para procurar por ela. Talvez você entenda o que ele queria dizer com isso e por que era quase insuportável.

Malcolm, por favor, mande meu carinho a Hannah e Alice. E lembranças para Dick Orchard. Ah, e para seus pais. Estive tão pouco com eles, mas gostei deles demais. ~~Seria~~

Riscou a palavra e no lugar dela escreveu:

~~Desejo~~

e riscou também. Por fim, escreveu:

Fico muito feliz de termos ficado amigos.
Um abraço,
Lyra

Antes que pudesse lamentar ter escrito aquilo, ela selou a carta em um envelope que encontrou em uma gaveta da cozinha e endereçou ao dr. Malcolm Polstead, Faculdade Durham, Oxford. Deixou-a encostada no saleiro e saiu de novo.

Estava inquieta. Não havia nada com que se ocupar, nada útil a fazer; estava cansada e no entanto não conseguia ficar quieta. Passeou pelas margens do canal, consciente dos olhares curiosos da gente dos barcos e da maneira com que os rapazes olhavam para ela. Os canais e a Byanplaats estavam movimentados como sempre e logo ela se sentiu incomodada com tantos olhos sobre si. Aqueles rapazes: se Pan estivesse junto, ela poderia olhar para eles de volta com a mesma ousadia, como tinha feito centenas de vezes no passado, ou melhor ainda, ignorá-los completamente. Ela sabia que eles eram mais inseguros do que pareciam e poderia desconcertá-los de várias maneiras, mas agora saber que podia fazer isso não era a mesma coisa que conseguir fazer. Tudo a deixava nervosa e isso era horrível. Queria se esconder.

Derrotada, voltou ao *Rainha Persa* e deitou em seu catre. Logo estava dormindo.

Enquanto isso, Pantalaimon também dormia, mas com sono intermitente; acordava de repente, lembrava onde estava e ficava deitado ouvindo o bater do motor, os gemidos e rangidos do madeiramento da velha escuna, o bater das ondas a poucos centímetros, do outro lado do casco, e mergulhava de novo em um sono leve.

Acordou de um sonho quando ouviu uma espécie de sussurro rouco próximo e logo entendeu que era a voz de um fantasma. Fechou os olhos com mais força e recuou ainda mais para dentro da escuridão do casco, mas os sussurros continuaram. Não era um, eram vários, e queriam alguma coisa dele, mas não conseguiam falar claramente.

— É só um sonho — sussurrou. — Vão embora, vão embora.

Os fantasmas chegaram mais perto, as vozes sibilando e arranhando sob o bater das ondas.

— Não cheguem tão perto — ele disse. — Para trás.

Então se deu conta de que não estavam ameaçando: estavam desesperados por um pouco do calor que sentiam no corpo dele. Pan sentiu uma enorme pena por aqueles pobres fantasmas gelados e tentou espiar pelas pálpebras entrecerradas para ver seus rostos com mais nitidez; mas não havia nada nítido neles. O mar os tornara lisos, vagos. Ele ainda não tinha certeza se estava acordado ou dormindo.

Então ouviu o som de um fecho sendo aberto. Todos os rostos pálidos e sem expressão olharam para o alto juntos e então, quando um raio de luz ambárica penetrou a escuridão, todos desapareceram como se nunca tivessem existido. Pan se encolheu mais fundo na sombra e prendeu a respiração. Agora estava acordado, sem nenhuma dúvida; tinha de abrir os olhos.

Havia uma escada e um homem descia tropegamente por ela — dois homens. A chuva caía em uma saraivada sobre deles, espirrando e escorrendo pelas capas e chapéus. O primeiro homem levava uma lanterna e o segundo estendeu o braço e fechou a porta da escotilha acima deles. Um era o marinheiro que Pan tinha visto na noite anterior observando da amurada enquanto o capitão e o imediato roubavam a hélice.

O primeiro homem pendurou a lanterna em um prego. A bateria estava acabando, então a luz era fraca e inconstante, mas Pan viu os dois revirando as caixas e sacos jogados de qualquer maneira no porão. A maioria das caixas parecia vazia, mas acharam uma que tilintou com o som de garrafas.

— Ah — disse o primeiro homem, e rasgou a tampa de papelão. — Que merda, olha só. Como sempre. — Ergueu um vidro de ketchup.

— Aqui tem umas batatas — disse o outro ao abrir um saco. — Ele pode fazer umas batatas fritas pra gente, pelo menos. Mas não sei... — As batatas que tirava tinham todas desenvolvido longos brotos pálidos, e algumas estavam podres.

— Vão dar pro gasto — disse o primeiro homem. — É só fritar no diesel que não dá pra sentir a diferença. E tem um pouco de chucrute. E umas salsichas em lata. Um banquete, cara.

— Mas não volte pra cima ainda — disse o outro. — Vamos esperar. Ficar fora da chuva e fumar um pouco.

— Boa ideia — disse o primeiro. Empilharam dois sacos de farinha contra a escada, sentaram-se neles e pegaram os cachimbos e folhas de fumo. Seus daemons, um rato e um pardal, saíram da gola de suas capas e ciscaram junto aos pés deles em busca de migalhas de qualquer coisa saborosa.

— O que o velho vai fazer com aquela bendita hélice? — perguntou um dos homens, depois de acender o cachimbo. — Assim que o capitão do porto perceber, ele vai chamar a polícia.

— Quem é o capitão do porto de Cuxhaven?

— O velho Hessenmüller. Babaca enxerido.

— Provável que Flint tente descarregar primeiro em Borkum. No pátio daquele trambiqueiro na frente do farol.

— E que carga ele tá pensando que a gente vai pegar em Cuxhaven?
— Nada de carga. Passageiros.
— Sai fora! Quem é que ia pagar pra viajar nesta banheira imunda?
— Ouvi a conversa, ele e o Herman. São passageiros especiais.
— Especiais por quê?
— Não têm passaporte, nem documento, nem nada dessas coisas.
— Dinheiro? Eles têm dinheiro?
— Não, também não.
— Então o que que o velho ganha com isso?
— Ele tem um trato com algum fazendeiro importante em Essex. Tem cada vez mais gente subindo o rio, vindo do Sul, não sei, da Turquia ou algum lugar parecido. Não tem trabalho pra eles na Alemanha, mas esse fazendeiro parece gostar da ideia de ter um bando de gente trabalhando sem que ele precise pagar. Bom, acho que tem que dar comida pra eles e um lugar pra dormir, mas nada de pagamento, que se danem. Escravos, basicamente. Não vão poder fugir porque não têm documentos...
— A gente agora trafica escravos?
— Eu também não gosto. Mas aconteça o que acontecer ele vai se dar bem, Hans Flint. Sempre.
— Manco filho da puta.

Fumaram em silêncio durante mais alguns minutos, depois o primeiro homem apagou o cachimbo e pisou bem as cinzas na água do fundo do navio que oscilava para cá e para lá.

— Vamos — disse ele —, pegue umas batatas e vou ver se encontro uma cerveja. Se ainda sobrou alguma.
— Te falar — disse o outro. — Tô cheio disso aqui. Assim que receber, eu me mando.
— Não te culpo. Claro, Flint vai segurar o dinheiro até vender a hélice, depois até receber do fazendeiro pela viagem, depois outra vez e outra vez. Lembra do velho Gustav? No fim ele se mandou sem receber o devido. Desistiu e picou a mula.

Ele empurrou a porta da escotilha, e os dois subiram para a chuva e deixaram Pan no escuro, com o frio e a solidão. Até os fantasmas o deixaram sozinho; talvez fossem sonhos, afinal.

16. LIGNUM VITAE

Lyra acordou no começo da noite com a cabeça pesada e ansiosa, nada recuperada. Depois de uma refeição de mexilhões e purê de batata com Mãe Costa, de contar sobre sua vida na escola e na faculdade, ela fez o que Farder Coram tinha sugerido e foi vê-lo de novo. Encontrou-o de olhos brilhantes à luz do lampião, animado para falar, como se tivesse um segredo para lhe contar, mas pediu que ela colocasse mais uma acha de lenha no pequeno fogareiro de ferro e servisse aos dois um copo de aguardente antes de falar qualquer coisa.

Ela se sentou na outra poltrona e tomou um gole da bebida fria e transparente.

— Bom, então, foi uma coisa que você disse, ou pode ter sido uma coisa que eu disse, ou não ser nada do tipo, mas me deixou pensando nessa sua viagem. E nas feiticeiras.

— Sim! — disse ela. — Será que estamos pensando a mesma coisa? Se as pessoas acharem que eu sou uma feiticeira, então elas não...

— Exato! Se uma feiticeira chegasse tão longe pro Sul, como fez a minha Serafina...

— E perdesse o pinheiro-nubígeno dela, ou fosse roubado, ou algo assim...?

— Isso. Ela teria que ficar em terra até achar o caminho de volta para o Norte. A gente *está* pensando a mesma coisa, menina. Mas não vai ser fácil. Podem aceitar que você é feiticeira e isso explicaria o motivo de Pan não estar aqui, mas não esqueça que as pessoas têm medo de feiticeiras, e às vezes ódio.

— Então tenho que tomar cuidado. Mas eu sei ser cuidadosa.

— Vai ter que ter sorte também. Mas sabe, Lyra, talvez isso *possa* dar certo. Só que... bom, esse esquema pode funcionar com gente comum. Mas e se você encontrar uma feiticeira de verdade?

— O que uma feiticeira estaria fazendo na Ásia Central?

— Essas regiões pra onde você vai não são desconhecidas para as feiticeiras, não. Elas viajam longe às vezes, pra negócios, pra aprender, pra diplomacia. Você vai ter que pensar bem em tudo o que vai dizer. E principalmente o que vai dizer se encontrar uma feiticeira de verdade.

— Vou ser muito jovem. Acabei de me separar do meu daemon naquele lugar na Sibéria...

— Tungusk.

— Isso. E ainda estou aprendendo uma porção de coisas de feiticeira. Um dos problemas é que eu não pareço feiticeira.

— Não tenho tanta certeza sobre isso. Quantas feiticeiras você viu quando estava no Norte?

— Centenas.

— Sim, mas todas do clã da Serafina, ou parentes. Elas são parecidas, claro. Mas não são todas iguais. Tem feiticeira de cabelo claro com olhos que parecem escandinavos e umas com cabelo preto e olhos de formato diferente. Acho que você pode passar *fácil* por uma feiticeira, se for só questão de aparência.

— E Mãe Costa disse uma vez que eu tinha óleo de feiticeira na alma.

— Pois então! — Ele estava entusiasmado com a ideia, por mais maluca que fosse.

— Mas aí tem a língua — disse ela. — Eu não falo nenhuma das línguas delas.

— Isso você pensa depois. Me pegue aquele atlas ali da estante.

O atlas era velho e muito usado, as páginas presas pelos últimos pontos da costura. Farder Coram o abriu no colo e logo chegou até as páginas que mostravam o extremo norte.

— Aqui — disse ele, com o dedo em um dos mapas do oceano Ártico.

— O que é isso? — ela perguntou e deu a volta para olhar por cima do ombro dele.

— Novy Kievsk. É daqui que você é. É essa ilha pequenininha e *tem mesmo* um clã de feiticeiras lá, ainda mais feroz e orgulhoso justamente por ser tão pequeno. Você inventa uma história pra explicar como alguma coisa te mandou pro Sul em alguma missão importante. Quando era pequena, você era capaz de inventar uma história dessas durante horas, e todo mundo em volta ficava ouvindo e quase acreditando em cada palavra.

243

— É, podia mesmo — disse ela e durante um momento toda a animação de contar uma história daquelas voltou a seu coração e o velho viu uma luz em seus olhos enquanto ela se recordava. — Mas perdi isso — continuou ela. — Não posso mais. Era apenas um capricho. Eu inventava aquelas histórias do nada, só isso, não tinham nada de concreto. Talvez Pan tenha razão e eu não tenha imaginação de verdade. Era papo-furado.

— Era o *quê*?

— Uma expressão que o sr. Scoresby me ensinou. Ele me falou que tem quem fale a verdade, e eles têm que saber qual é a verdade pra poder falar. E tem os mentirosos que precisam saber qual é a verdade pra poder mudar ou evitar. E tem os papos-furados, que não dão a mínima para a verdade. Não estão interessados. O que eles falam não é verdade e não é mentira, é papo-furado. Só estão interessados na performance. Me lembro quando ele me contou isso, mas só fui entender muito mais tarde que se aplicava a mim, depois do mundo dos mortos. A história que eu contei lá para os fantasmas dos meninos não era papo-furado, era verdade. Por isso é que as harpias escutaram... Mas todas aquelas outras histórias que eu contava eram papo-furado. Não consigo mais fazer isso.

— Bom, quem diria. Papo-furado! — Ele riu baixinho. — Mas escute, menina, papo-furado ou não, você vai ter de entrar em contato com Hannah Relf e com esse rapaz, Malcolm. Vai informar os dois antes de partir?

— Vou. Quando eu saí daqui, mais cedo, recebi uma carta...

Ela contou sobre a carta de Malcolm e o que havia respondido.

— Ele disse que está de partida pra Ásia Central? Só tem um motivo pra fazer isso. A Oakley Street mandou ele ir. Sem dúvida por uma boa causa, mas... Mesmo assim, ele vai encontrar uma maneira de entrar em contato. E vou te dizer mais uma coisa: tem agentes e amigos da Oakley Street em lugares que você nem imagina e ele vai deixar todos a par da sua dificuldade, eles vão ficar de olho em você.

— Como eu vou saber quem são?

— Deixe isso com o jovem Malcolm. Ele vai achar um jeito.

Lyra se calou e tentou imaginar sua viagem por milhares de quilômetros, sozinha, realmente sozinha, e exposta também, se percebessem que não era uma feiticeira.

Farder Coram estava debruçado sobre o braço da cadeira, remexendo a gaveta de baixo de um armarinho a seu lado. Com esforço endireitou-se de novo.

— Olhe aqui — disse ele. — Acho que nunca antes te mandei fazer nada. Nunca achei que fosse ter coragem. Agora faça o que eu digo e não discuta. Pegue isto aqui. — Ele estendeu um saquinho de couro fechado com um cordão.

Lyra hesitou. Ele foi categórico:

— Pegue. Não discuta. — E seus olhos ficaram sombrios.

Pela primeira vez na vida, ela sentiu medo dele. Pegou o saquinho e sentiu, pelo peso, que as moedas deviam ser de ouro.

— Isto é...

— Escute aqui. Estou te dizendo o que tem que fazer. Se não quer dar ouvidos a Farder Coram, pode dar ouvidos a um funcionário sênior da Oakley Street. Estou te dando isso porque tenho muita consideração por você, pela Hannah Relf e pelo rapaz, Malcolm. Agora abra.

Ela abriu e despejou as moedas na mão. Eram de todo tipo, de uma dúzia ou mais de países, e de todas as formas: a maioria redonda, claro, mas também quadradas de cantos arredondados, octogonais, com sete ou onze lados; algumas tinham um buraco no meio, algumas estavam lisas pelo uso, outras marcadas ou tortas; mas cada uma delas era pesada, lustrosa, rebrilhando com a pureza do ouro.

— Mas eu não posso...

— Quieta. Mostre aqui.

Ela mostrou, ele as virou com um dedo trêmulo, pegou quatro e colocou no bolso do colete.

— Isso é o suficiente pra mim. Não preciso de mais do que isso, aconteça o que acontecer. O resto é pra você. Guarde bem junto do corpo, mas não todas no mesmo bolso. Outra coisa: se lembra das feiticeiras que já viu, deve lembrar da coroinha de flores que elas usam. Florezinhas do Ártico. Lembra disso?

— Alguma usavam. Não todas. A Serafina usava.

— As rainhas sempre usam. Às vezes outras feiticeiras também. Não ia fazer mal nenhum você arrumar uma coroinha, uma coisa simples, uma trança de algodão que seja. Vai te dar uma aparência de feiticeira. Não importa que seja barato. As feiticeiras são pobres, mas têm um porte de rainhas e grandes damas. Não tem nada a ver com arrogância, afetação, absolutamente nada, mas tem uma majestade, uma espécie de orgulho e alerta, uma impressão de magnificência. Não encontro a palavra certa. Pode andar junto com a modéstia, por mais estranho que pareça. Elas se vestem discretamente e têm o porte de panteras. Você é capaz de fazer isso. Já até faz, só que não sabe.

Lyra pediu que ele falasse mais da Oakley Street e ele contou algumas coisas que podiam ser úteis, tal como um catecismo segundo o qual ela poderia saber quando alguém merecia confiança ou não; e ela perguntou sobre as feiticeiras, pequenos detalhes da vida delas, modos de agir, hábitos, tudo que conseguiu pensar. Estava satisfeita, porque tinha tomado uma decisão. Estava no comando de novo.

— Farder Coram, não sei o que dizer, a não ser obrigada.

— A gente ainda não terminou. Tá vendo aquele armário ali em cima da estante? Dê uma olhada dentro.

Ela obedeceu e encontrou vários cadernos, um rolo de algo pesado com cobertura de couro macio e um cinto de couro trabalhado, ao lado de algumas outras coisas que só poderia examinar se tirasse do lugar.

— O que eu estou procurando?

— Um bastão curto e pesado. Já deve estar quase preto agora. Não é roliço, tem sete lados.

Suas mãos o encontraram debaixo dos cadernos e ela o removeu. Era quase preto, surpreendentemente pesado, tão pesado que podia ser feito de bronze; mas o calor e uma oleosidade muito ligeira na superfície revelava que era claramente de madeira.

— O que é?

— É um bastão de luta. Se chama Pequeno.

O objeto afinava ligeiramente perto do punho, que estava envolto firmemente com algum tipo de cordão duro. Na parte mais grossa, tinha três dedos de espessura e o cabo era só um pouco mais grosso que seu polegar. O comprimento era mais ou menos a distância entre a parte interna de seu cotovelo e a palma de sua mão.

Ela o segurou, testou o peso, balançou ligeiramente para a frente e para trás. O movimento fez o objeto parecer quase parte dela.

— Que madeira é esta? — ela perguntou.

— É *lignum vitae*. A madeira mais dura do mundo.

— Tem chumbo ou alguma coisa dentro?

— Não, é o peso da própria madeira. Encontrei... onde foi que encontrei isso?... no Alto Brasil. Um feitor de escravos me atacou com ele. Só que ele não foi rápido o suficiente. O daemon dele era um macaco velho e tinha engordado. Tiramos o bastão dele e eu usei desde então.

Lyra imaginou o peso dele manejado por um braço forte: seria o suficiente para esmagar um crânio.

— Pequeno? — ela perguntou. — Tudo bem. Então Pequeno será. — Dar um nome tornava o objeto mais vivo para ela. Avaliou seu peso com as duas mãos. — Bom, muito obrigado, Farder Coram. Eu aceito, embora me assuste. Não pensei que fosse precisar lutar. Eu nunca cheguei a me preparar para lutar.

— É, não parecia que ia ser necessário, depois que você voltou daquele outro mundo.

— Achei que todo perigo tinha passado... Que tudo, tanto o bem como o mal, tinham passado. Que não restava nada além de aprender e... Bom, só isso mesmo.

Ela baixou os olhos. Ele a observava com ternura.

— Aquele jovem rapaz — disse.

— Will.

— Me lembro da Serafina me dizer, na última conversa que a gente teve, ela disse que esse rapaz tinha mais poder pra desaparecer do que uma feiticeira e ele não tinha consciência disso. Imite ele, Lyra, quando puder. Sempre consciente de tudo em volta. Consciente dos rapazes e dos homens. Mais velhos principalmente. Tem uma hora de demonstrar seu poder e uma hora de parecer tão insignificante que ninguém nem vai te notar, e se notam esquecem num minuto. Era assim que Will fazia e por isso que Serafina ficou tão impressionada.

— Certo. Vou me lembrar. Obrigada, Farder Coram.

— Você nunca deixou o Will de verdade, né?

— Penso nele todos os dias. Talvez toda hora. Ele ainda é o centro da minha vida.

— A gente via isso, John e eu. A gente via isso naquela época. Até chegamos a pensar se a gente devia deixar você dormir do lado dele da maneira como dormia. Já que os dois tinham, o quê?, doze, treze anos só... A gente conversou sobre isso e ficou preocupado.

— Mas vocês não tentaram nos separar.

— Não.

— E nós nunca... Nunca parecia ser... A gente só se beijava. Várias e várias vezes, como se não fosse parar nunca. Como se não tivesse que parar nunca. E isso bastava. Se a gente fosse mais velho, não sei, então não bastaria. Mas para nós naquela época, bastou.

— Acho que a gente sabia disso, por isso não falou nada.

— Foi a melhor coisa que vocês podiam ter feito.

— Mas um dia vai ter que deixar ele, Lyra.

— O senhor acha?

— Acho, sim. Serafina me ensinou isso.

Ficaram sentados em silêncio um tempo. Lyra pensou: *Se eu não tenho Pan e se preciso também desistir de Will...* Mas não era o Will de fato, ela sabia... era uma lembrança. De qualquer forma, pensou, era a melhor coisa que ela tinha. Será que algum dia abriria mão de Will?

Sentiu o barco oscilar ligeiramente e reconheceu as passadas de Rosella. Um momento depois a porta se abriu e a menina entrou.

— Tá na hora do seu chá, Farder Coram — disse ela.

O velho parecia cansado. Lyra se levantou e lhe deu um beijo de boa-noite.

— Rosella, você sabe fazer guisado de enguia?

— Sei — disse a menina. — Foi a primeira coisa que minha mãe me ensinou quando eu era pequena.

— Qual o segredo de um bom guisado de enguia?

— O segredo... Bom, não sei se posso contar pra você.

— Conte, menina — disse Farder Coram. — Conte pra ela.

— Bom, o que minha mãe faz e minha avó fazia também é... Sabe a farinha que usa pra engrossar o molho?

— Sei — disse Lyra.

— Bom, primeiro você tosta um pouco a farinha. Só pra ficar com um pouco de cor. Não muito. Minha mãe diz que faz toda a diferença.

— Melhor guisado de enguia da sua vida — disse o velho.

— Obrigada — disse Lyra. — Deve ser isso. Agora eu vou embora, Farder Coram. Obrigada por tudo. Venho de novo amanhã.

Tinha escurecido e a toda a sua volta as janelas dos barcos gípcios estavam acesas e subia fumaça de lenha das chaminés. Lyra passou diante de um grupo de rapazes gípcios que fumava na frente de uma loja de bebidas, mais ou menos da idade dela, e todos se calaram quando ela surgiu e ficaram olhando-a passar. Quando ela passou, um deles falou e os outros riram. Ela os ignorou, mas pensou no bastão e imaginou qual seria a sensação dele em sua mão se algum dia o manejasse com raiva.

Era cedo demais para dormir e ela ainda estava inquieta; então foi fazer uma última visita a Giorgio Brabandt antes de ele partir. Caía uma chuva leve quando ela percorreu o caminho lamacento até o cais do *Donzela de Portugal*.

Encontrou Brabandt trabalhando à luz do lampião para limpar a rede de algas. Ele puxava chumaços de algas gotejantes e os cortava para liberar a hélice. Havia alguém trabalhando lá dentro: a luz estava acesa na cozinha e dava para ouvir o tilintar da louça.

Ele levantou a cabeça quando ela chegou.

— E aí, menina? — disse. — Quer limpar umas algas?

— Parece um trabalho difícil demais para mim — disse ela. — Prefiro ficar olhando o senhor e ver como se faz.

— Bom, essa não é uma possibilidade. Suba a bordo, diga alô pra Betty e me traga uma xícara de chá.

— Quem é Betty? — ela começou a perguntar, mas a cabeça dele já estava de novo na rede, o braço direito trabalhando firme debaixo da água.

Lyra desceu para a cabine e abriu a porta. O vapor, o calor e o aroma lhe disseram que Betty (e Lyra já adivinhara que ela era a mais recente namorada/cozinheira de Giorgio) estava cozinhando batatas para acompanhar a caçarola que havia no fogão.

— Oi — ela disse. — Eu sou a Lyra e você deve ser a Betty.

Betty era gordinha e quarentona, e no momento estava com o rosto vermelho e o cabelo loiro despenteado. Ela imediatamente abriu um sorriso e estendeu uma mão quente, que Lyra apertou com prazer.

— Giorgio falou muito de você — disse Betty.

— Então aposto que ele contou que o meu guisado de enguia não é nada para se gabar. Qual é o segredo?

— Ah, não tem segredo. Mas você botou uma maçã?

— Nunca pensei nisso.

— Maçã pra cozinhar. Corta um pouco da gordura. Ela desmancha que nem dá pra perceber, mas deixa o molho sedoso e só um pouquinho ácido.

— Bom, vou lembrar disso. Obrigada.

— Cadê meu chá? — gritou Giorgio.

— Ah, meu Deus — disse Betty.

— Eu levo para ele — disse Lyra.

Betty pôs três colheres de açúcar em uma caneca grande de chá e Lyra a levou à cabine de comando. Giorgio estava encaixando a tampa no alçapão da grade de algas.

— Então, o que tem feito? — perguntou ele.

— Aprendendo coisas. Betty acabou de me ensinar a fazer guisado de enguia direito.

— Já estava na hora.

— Mãe Costa disse que só uma gípcia de verdade consegue cozinhar enguia. Mas acho que não é só isso.

— Claro que não. Tem que ser enguia de lua, ela contou isso?

— De lua?

— Pescada na lua cheia. O que mais podia ser? É a melhor. Nada se compara com enguia de lua.

— Bom, o senhor nunca me contou isso. É mais uma coisa que aprendi. E a comunidade secreta, que o senhor me ensinou também.

Ele ficou sério e olhou de um lado e outro do caminho, então baixou a voz e disse:

— Juízo, menina. Tem coisa que se pode falar e coisa que é melhor deixar quieto. Enguia é das primeiras, a comunidade secreta é da outra.

— Acho que percebi isso.

— Bom, leve muito a sério. Em terra você vai topar com tudo quanto é opinião diferente. Tem gente que vai ouvir você falar de comunidade secreta e entender ao pé da letra, e achar que você também entende assim e que você é idiota. Outros vão caçoar, como se já soubessem que é uma bobagem. Os dois são idiotas. Fique longe de gente muito literal, e não dê bola para os cínicos.

— Então qual é o melhor jeito de pensar na comunidade secreta, mestre Brabandt?

— Tem que pensar nela do mesmo jeito que faria para ver ela. Tem que olhar de soslaio. Pelo canto do olho. Então tem que pensar nela com o canto da cabeça. Tá lá e não tá, ao mesmo tempo. Se você quer ver o fogo-fátuo, o pior jeito é ir pro pântano com uma lanterna. Você leva uma bendita de uma luz forte e os joão-galafoice e os foguinhos ficam bem debaixo d'água. E se você quer pensar neles, não adianta nada fazer lista, classificar, analisar. Você acaba só com um monte de lixo que não quer dizer nada. O jeito de pensar na comunidade secreta é com histórias. Só histórias é que funcionam.

E soprou para esfriar o chá.

— É isso aí — disse. — E pra que é que você tá aprendendo essas coisas?

— Eu falei para o senhor de Karamakan?

— Nunca ouvi esse nome. O que é?

— É um deserto na Ásia Central. O negócio é que... Bom, os daemons não podem ir para lá.

— Pra que alguém gostaria de ir num lugar onde o seu daemon não pode ir?

— Para descobrir o que tem lá. Cultivam rosas no local.

— O quê? No deserto?

— Deve existir algum lugar escondido onde elas crescem. Rosas especiais.

— Ah, devem ser mesmo. — Ele deu um gole ruidoso no chá e pegou um cachimbo escurecido.

— Mestre Brabandt, a comunidade secreta fica só na Brytain ou no mundo inteiro?

— Ah, no mundo inteiro, claro. Mas acho que tem outros nomes em outros lugares. Como na Holanda tem outro nome para fogo-fátuo. Chamam de *dwaallichts*, e na França chamam de *feu follet*.

Lyra pensou um pouco.

— Quando eu era menor, quando fui para o Norte com as famílias gípcias, lembro que o Tony Costa me contou dos fantasmas das florestas do Norte, os sem-ar e os sugadores de vento... Acho que eles fazem parte da comunidade secreta do Norte.

— Bem provável.

— E depois, em outro lugar, eu vi espectros... Também eram diferentes. E isso foi em outro mundo. Então talvez exista uma comunidade secreta em toda parte.

— Não me surpreenderia nada — ele falou.

Ficaram sentados quietos um minuto ou dois, o gípcio enchendo o cachimbo com folha de fumo, Lyra dando um gole no chá dele.

— Aonde o senhor vai agora, mestre Brabandt? — ela perguntou.

— Pro Norte. Serviço bom, sossegado, carregar pedra, tijolo e cimento praquela ponte ferroviária que vai acabar com o serviço da gente.

— E o que vai fazer depois?

— Voltar pra cá e pescar enguia. Tá na hora de eu acalmar. Já não sou mais jovem, sabe?

— Ah, não tinha percebido.

— Não, eu sei que não aparento.

Ela riu.

— Do que tá rindo? — ele perguntou.

— O senhor parece o seu neto.

— É, aprendi muito com o jovem Dick. Ou será que foi o contrário? Não lembro mais. Ele te tratou bem?

— Me tratou muito bem.

— Tá certo, então. Até mais, Lyra. Boa sorte.

Apertaram-se as mãos, ela olhou para dentro e desejou boa-noite a Betty, depois saiu.

Mãe Costa já estava dormindo na cabine da frente do *Rainha Persa*, então Lyra tomou todo cuidado ao subir a bordo, pisou de leve e não fez barulho ao se preparar para dormir.

E quando estava quentinha debaixo das cobertas em seu catre, com as luzinhas de nafta brilhando na estante ao lado da cama, viu-se completamente desperta. Pensou em escrever para Malcolm de novo; pensou em escrever para Hannah e pensou em uma coisa que nunca tinha lhe ocorrido antes: por que apreciava tanto a companhia de homens mais velhos como Giorgio Brabandt e Farder Coram.

Isso lhe chamou a atenção. Começou a pensar a respeito. Gostava muito deles, como tinha gostado do antigo reitor da Jordan, dr. Carne, e gostava do sr. Cawson, o mordomo. E de Sebastian Makepeace, o alquimista.

Gostava deles muito mais que da maioria dos homens jovens. Não porque eles fossem velhos demais para se interessar por ela sexualmente e assim não a ameaçassem: o sr. Cawson era um mulherengo inveterado e Giorgio Brabandt tinha sido franco sobre suas namoradas, embora dissesse que ela não tinha quilometragem suficiente para se candidatar.

Era alguma coisa na área dos sentimentos. Então entendeu: gostava da companhia deles não porque não sentissem atração por ela, mas porque não havia perigo de ela se sentir atraída por eles. Não queria ser infiel à memória de Will.

Mas o que dizer de Dick Orchard? Por que seu breve relacionamento romântico com ele não contava como infidelidade? Provavelmente porque nenhum dos dois havia usado nem uma vez a palavra "amor". Ele era honesto sobre o que queria e sabia o suficiente para garantir que ela tivesse tanto prazer quanto ele. E Dick gostava dela, não escondia isso. E ela gostava do toque dos lábios dele em sua pele. Não havia nada da intensidade da paixão ardente e esmagadora e absoluta que ela e Will sentiram, juntos, pela primeira vez; ela e Dick eram simplesmente dois jovens saudáveis enfeitiçados por um verão dourado e isso era o suficiente.

Aquele sonho, porém: aquele em que estava brincando com a daemon de Will no gramado ao luar, acariciando-o, sussurrando, enfeitiçados um pelo outro. Essa lembrança ainda bastava para fazer seu corpo vibrar, derreter, desejar algo impossível, sem nome, inatingível. Algo como Will, ou como o prédio vermelho no deserto. Deliberadamente, ela se deixou levar por uma lenta corrente de saudade, mas não durou muito; não conseguia rememorar; ficou acordada com toda aquela saudade frustrada, a lembrança daquele sonho de amor que se apagava, mais longe do sono que nunca.

Por fim, cansada, exasperada, pegou seu exemplar de *O constante enganador*, de Simon Talbot.

O capítulo que estava lendo começava assim:

Sobre a não existência de daemons
Daemons não existem.

Podemos pensar que existem; podemos falar com eles, carregá-los, sussurrar para eles nossos segredos; podemos emitir juízos sobre outras pessoas cujos daemons pensamos ver, baseados na forma que eles parecem ter e na atração ou repulsão que encarnam; mas eles não existem.

Em poucas outras áreas da vida a espécie humana apresenta uma capacidade tão grande de autoengano. Desde a nossa mais tenra infância, somos estimulados a fingir que existe uma entidade fora dos nossos corpos que ainda assim é parte de nós. Esses tênues parceiros de brincadeiras são o recurso mais refinado que nossas mentes desenvolvem para tornar tangível o insubstancial. Toda pressão social nos reafirma na crença neles: hábitos e costumes crescem como estalagmites para fixar o pelo macio, os grandes olhos escuros, as alegres brincadeiras em uma caverna comportamental de pedra.

E toda a multiplicidade de formas que essa ilusão assume nada mais é do que mutações fortuitas das células do cérebro...

Lyra se pegou continuando a ler, embora quisesse negar cada palavra. Talbot tinha explicações para tudo. O fato de os daemons de crianças parecerem mudar de forma, por exemplo, não era nada mais que uma representação da maior maleabilidade da mente infantil e juvenil. Que eles fossem no geral, mas nem sempre, do sexo oposto da sua pessoa era simplesmente uma projeção inconsciente da sensação de incompletude sentida pela pessoa humana: ansiosa por seu oposto, a mente encarna o papel do gênero complementar em uma criatura não ameaçadora sexualmente, que pode preencher o papel sem evocar desejo sexual ou ciúmes. A incapacidade dos daemons se deslocarem para longe da pessoa era simplesmente uma expressão psicológica da sensação de integralidade e completude. E assim por diante.

Lyra queria falar disso com Pan e discutir a visão extraordinária de uma mente brilhante a tentar quase com sucesso negar uma realidade evidente; mas era tarde demais para isso. Ela colocou o livro de lado e tentou pensar como Talbot. Seu método consistia sobretudo de dizer "X é [não mais que, nada além de, apenas, meramente, somente, simplesmente etc.] Y"; e, portanto, tornava simples construir frases como: "O que chamamos de realidade não é nada mais que uma junção de similaridades mantidas pelo hábito".

E isso não ajudava nada, embora, sem dúvida, a explicação de Talbot viesse com uma multidão de exemplos, citações e argumentos, cada um perfeitamente razoável e aparentemente impossível de negar, ao fim dos quais o leitor estava um passo mais perto de aceitar seu argumento principal, a ideia absurda da não existência de daemons.

Ela se sentiu desequilibrada pelas palavras dele, como ficava ao ler o aletiômetro com o novo método. Coisas que tinham sido firmes eram agora não mais firmes; o próprio chão tremia; ela estremecia no limiar da vertigem.

Deixou de lado *O constante enganador* e pensou no outro livro que enfurecera Pan, o romance de Gottfried Brande, *Os hiperchorasmianos*. Pela primeira vez, ela se deu conta de que os dois escritores tinham mais em comum do que pensara. A construção da famosa frase que encerrava *Os hiperchorasmianos*, "Não era nada mais do que era", tinha exatamente a mesma construção da frase de Talbot. Como não havia percebido isso antes? Então lembrou que Pan tinha tentado lhe dizer.

Ela queria conversar a respeito. Pegou uma folha de papel e começou a escrever para Malcolm. Mas devia estar cansada: seu resumo dos argumentos de Talbot parecia ao mesmo tempo pesado e inconsistente, sua descrição de *Os hiperchorasmianos*, confusa e desconexa; ela não conseguia transmitir nenhuma segurança ou fluência e suas frases ficavam inertes na página. Sentiu-se derrotada antes mesmo de terminar um único parágrafo.

Pensou: *Se existem mesmo coisas como os espectros, seria essa a sensação de estar sob o poder de um.* Os espectros em que ela pensava eram aqueles odiosos parasitas que se alimentavam dos habitantes de Cittàgazze. Agora que era adulta e a forma de Pan estava fixada, ela seria tão vulnerável aos espectros quanto os adultos daquele mundo. Era impossível Simon Talbot ter estado em Cittàgazze, de forma que os espectros não apareciam em *O constante enganador*. Sem dúvida ele teria um argumento loquaz e persuasivo para negar a existência deles também.

Ela deixou a caneta e rasgou a página. A pergunta, pensou ela, era: o universo estava vivo ou morto?

De algum ponto distante do pântano veio o pio de uma coruja.

Lyra se viu pensando: "O que isso quer dizer?". E ao mesmo tempo pensou na inevitável resposta de Talbot: "Não quer dizer absolutamente nada". Alguns anos antes, em Oxford, ela tivera um encontro com o daemon de uma feiticeira, em uma pequena aventura que culminara com ela achando que tudo significava alguma coisa, se soubesse perceber o significado. Na época, o universo parecera vivo. Havia mensagens a serem lidas onde quer que se olhasse. Algo como o pio de uma coruja no pântano seria cheio de significação.

Ela tinha estado *errada* então, por sentir isso? Ou teria sido imatura, ingênua, sentimental? Simon Talbot teria dito que sim, mas com encanto, delicadeza, inteligência. Devastador.

Ela não sabia responder. Uma minúscula faísca de consciência na noite oceânica e com seu daemon apenas uma projeção de sua mente inconsciente, sem nenhuma existência real, onde quer que ele estivesse agora, Lyra sentia-se mais infeliz e sozinha do que jamais na vida.

— Mas onde ela está?

Marcel Delamare fez a pergunta com enorme e evidente paciência. A luz do abajur que brilhava acima de seu ombro diretamente no rosto de Olivier Bonneville revelava um indício de suor, de palidez, de desconforto do rapaz. Delamare ficou contente de ver isso: ele planejava deixar Bonneville ainda mais desconfortável antes que a entrevista terminasse.

— Não consigo localizar a Lyra — Bonneville explodiu. — O aletiômetro não funciona desse jeito. Sei que ela está viajando e sei que vai para o leste. Mais do que isso, ninguém pode dizer.

— Por que não? — Muito pacientemente mesmo.

— Porque o método velho, que o senhor quer que eu use, monsieur Delamare, é estático. Baseado em um conjunto de relações que podem ser muito complexas, mas são fixas. — Ele parou e se pôs de pé.

— Aonde vai? — disse Delamare.

— Não vou ser interrogado com essa luz na minha cara. Vou sentar aqui. — Deixou-se cair no sofá ao lado da lareira. — Se me deixasse usar o método novo, eu encontrava a Lyra na hora — continuou, e apoiou os pés em um banquinho coberto com tapeçaria. — É dinâmico. Permite movimento. Faz toda diferença.

— Tire os pés desse banquinho. Olhe para mim para eu saber se está mentindo ou não.

Em resposta, Bonneville se deitou, a cabeça apoiada em um braço do sofá, os pés no outro. Olhou brevemente para Delamare, depois jogou a cabeça para trás e olhou o teto, roendo uma unha.

— Você não parece bem — disse o secretário-geral. — Parece que está de ressaca. Andou bebendo demais?

— Gentileza sua perguntar — disse Bonneville.

— E então?

— Então o quê?

Delamare respirou fundo e suspirou.

— O negócio é o seguinte — disse ele. — Você está trabalhando muito pouco. O último relatório que entregou não tinha quase nada de útil. Nosso acordo termina nesta sexta-feira, a menos que você faça alguma descoberta real e relevante.

— Como assim, nosso acordo? Que acordo?

— O acordo pelo qual você usa o aletiômetro. O privilégio pode ser facilmente...

— Quer pegar de volta? Não vai adiantar nada. Não tem ninguém mais rápido que eu, nem com o método antigo. Se o senhor...

— Não é mais uma simples questão de rapidez. Não confio em você, Bonneville. Durante um tempo, você pareceu promissor. Agora, devido a sua postura autoindulgente, essa promessa desapareceu. A garota Belacqua nos escapou e você parece não ter...

— Tudo bem, então — disse Bonneville. E se levantou. Parecia mais pálido que nunca. — Faça do seu jeito. Pegue o aletiômetro. Mande alguém buscar de manhã. Vai lamentar. Vai pedir desculpas, vai implorar e suplicar e eu não vou mexer um dedo. Para mim, já deu.

Ele pegou uma almofada do sofá e parecia a ponto de atirá-la, provavelmente no fogo, mas apenas a deixou cair no chão e saiu.

Delamare tamborilou com os dedos na mesa. Não tinha saído do jeito que ele planejara, e era sua própria culpa. Mais uma vez, Bonneville tinha levado a melhor, ou, para ser mais preciso, tinha sido mais insolente do que ele. Infelizmente, o rapaz tinha toda razão: nenhum dos outros aletiometristas eram páreo para ele em termos de velocidade ou exatidão e nenhum dominava o novo método. Mesmo não confiando no método, tinha de admitir que produzia alguns resultados surpreendentes. Ele desconfiava que Bonneville o usava apesar de sua proibição.

Talvez, pensou o secretário-geral, tivesse sido um erro confiar tanto no aletiômetro. Os métodos antigos de espionagem ainda funcionavam, como funcionavam há séculos, e a rede de inteligência do Magisterium era poderosa, tinha um longo alcance, com agentes por toda a Europa e na Ásia Menor, assim como mais para leste. Talvez estivesse na hora de acioná-los. Os acontecimentos logo iam se precipitar no Levante; seria uma sábia precaução colocar todos os agentes em alerta.

Ele chamou sua secretária e ditou várias mensagens. Depois vestiu o sobretudo, o chapéu, e saiu.

A vida pessoal de Marcel Delamare era intensamente discreta. Sabia-se que não era casado e supunha-se que não fosse homossexual, mas isso era tudo. Tinha poucos amigos e nenhum hobby, não colecionava cerâmica, não jogava bridge, não ia à ópera. Seria de se esperar que um homem de sua idade e com saúde tivesse uma amante, ou visitasse um bordel de vez em quando, mas nenhum boato desse tipo jamais surgiu ligado a seu nome. O fato era que os jornalistas não o consideravam um tema muito promissor. Era um funcionário apagado que trabalhava em um departamento obscuro do Magisterium e nada mais. Os jornais havia muito tinham desistido da esperança de conquistar leitores escrevendo sobre monsieur Delamare.

Portanto ninguém o seguiu quando ele saiu para um passeio noturno, ou viu quando ele tocou a campainha de uma casa grande em um subúrbio sossegado, ou testemunhou que foi recebido por uma mulher com hábito de freira. A luz que se acendeu acima da porta pouco antes de ela abrir era excepcionalmente fraca.

A freira disse:

— Boa noite, monsieur Delamare. Madame está esperando o senhor.

— Como ela está?

— Se adaptando ao remédio novo, monsieur. A dor está um pouco melhor.

— Bom — disse Delamare, e entregou a ela o casaco e o chapéu. — Vou lá para cima.

Ele subiu a escada acarpetada e bateu em uma porta de um corredor suavemente iluminado. Uma voz lá dentro disse para entrar.

— *Maman* — disse ele e curvou-se sobre a velha na cama.

Ela virou o rosto para receber o beijo. Seu enrugado daemon-lagarto recuou sobre o travesseiro, como se houvesse o menor perigo de Delamare querer beijá-lo também. O quarto era abafado e quente, com um cheiro opressivo de lírios-do-vale, acre de unguento, e um leve odor de declínio físico. Madame Delamare era extremamente magra e tinha sido bonita um dia. O cabelo ralo e amarelo estava em um penteado estufado, e ela estava imaculadamente maquiada, embora um pouquinho do batom escarlate tivesse penetrado nas rugas em torno dos lábios e nenhuma quantidade de cosmético conseguisse esconder a selvageria dos olhos.

Delamare sentou-se na cadeira ao lado da cama.

— Então? — perguntou a mãe.

— Nada ainda.

— Bom, onde ela foi vista pela última vez? E quando?

— Em Oxford, faz alguns dias.

— Você vai ter de conseguir bem mais do que *isso*, Marcel. Está ocupado demais com esse congresso. Quando vai terminar?

— Quando eu conseguir o que quero — ele respondeu, calmo. Estava muito além da irritação com sua mãe e muito longe de ter medo dela. Sabia que era seguro discutir com ela como andavam os seus vários projetos, porque ninguém acreditaria nela, se falasse sobre eles. Além disso, suas opiniões eram geralmente úteis e impiedosas.

— O que vocês discutiram hoje? — ela perguntou, e limpou um imaginário grão de poeira da seda cinza-pombo da camisola.

— A doutrina da encarnação. Onde fica o limite entre matéria e espírito? Qual a diferença?

Ela era bem-educada demais para chegar a escarnecer; seus lábios permaneceram franzidos, mas os olhos se acenderam de desprezo.

— Sempre pensei que isso era *absolutamente* claro — disse. — Se você e seus colegas precisam se permitir esse tipo de especulação adolescente, está perdendo seu tempo, Marcel.

— Sem dúvida. Se está tão claro para você, *maman*, qual *é* a diferença?

— A matéria é morta, claro. Só o *espírito* dá vida. Sem espírito ou alma, o universo seria um deserto, vazio e silencioso. Mas você sabe disso tão bem como eu. Por que está me perguntando? Está ficando tentado pelo que essas *rosas* parecem revelar?

— Tentado? Não acho que esteja tentado. Mas acho, sim, que temos de levar isso em conta.

— *Levar em conta?* O que *isso* quer dizer?

Ela ficava mais alerta quando se via animada pelo veneno. Agora que estava doente e velha, ele adorava provocá-la, como se provoca um escorpião que está atrás de um vidro.

— Quer dizer que temos de considerar o que fazer a respeito — ele continuou. — Podemos fazer várias coisas. Primeiro, podemos suprimir todo conhecimento do fato, com uma investigação dura, de força impiedosa. Isso funcionaria por algum tempo, mas conhecimento é como água: sempre encontra uma fresta por onde correr. São muitas pessoas, muitos jornais, muitas instituições que já sabem alguma coisa a respeito.

— Que você já devia ter suprimido.

— Tem toda razão, sem dúvida. A segunda possibilidade é ir à raiz do problema e apagar tudo. Existe alguma coisa inexplicada nesse deserto da Ásia Central. As rosas não crescem em nenhum outro lugar e não sabemos o porquê. Bom, poderíamos mandar uma força para lá e destruir o lugar, seja o que for. A quantidade de óleo de rosas que chegou até agora é muito pequena; os suprimentos secariam e terminariam totalmente, e o problema desapareceria. Essa solução levaria mais tempo e custaria mais do que a primeira, mas estaria em nosso alcance e seria definitiva.

— Acho que é o *mínimo* que você pode fazer. Sua irmã não hesitaria.

— Muitas coisas estariam muito melhores se Marisa estivesse viva. Mas não está. Existe uma terceira opção.

— E qual é?

— Aceitarmos os fatos.

— Que diabos isso quer dizer? Quais *fatos*?

— As rosas existem; elas nos mostram uma coisa que sempre negamos, uma coisa que contradiz as verdades mais profundas que sabemos sobre a Autoridade e sua criação; disso não há dúvida. Então poderíamos ter coragem e admitir, contradizer o ensinamento de milênios, proclamar uma nova verdade.

A velha estremeceu de repulsa. Seu daemon-lagarto começou a chorar, emitindo pequenos grasnidos de terror e desespero.

— Marcel, você vai retirar o que disse *imediatamente* — explodiu sua mãe. — Não quero escutar isso. Retire o que disse. Eu *me recuso* a ouvir essa heresia.

Ele olhou e não disse nada, desfrutando da aflição dela. A velha começou a respirar em roucos e rasos haustos. Gesticulou com uma mão trêmula, a manga da camisola deslizando e revelando o braço marcado por picadas de agulha, a pele como papel de seda em torno dos ossos. Os olhos dela cintilavam de malícia.

— A enfermeira — sussurrou. — Chame a enfermeira.

— A enfermeira não pode fazer nada com a heresia. Acalme-se. Ainda não está na sua segunda infância. De qualquer modo, ainda não cheguei na quarta opção.

— Então?

— Revelar a verdade do jeito que eu descrevi não ia funcionar. São muitos hábitos, maneiras de pensar, instituições, comprometidas com o jeito que as coisas são e sempre foram. A verdade seria eliminada imediatamente. Em vez disso, para começar, devemos, com delicadeza, com sutileza, minar a ideia de que a verdade e os fatos são possíveis. Quando as pessoas passarem a duvidar da verdade de tudo, todo tipo de coisa estará aberto para nós.

— *Delicadeza. Sutileza* — ela zombou. — Marisa saberia como demonstrar força. Algum *caráter*. Ela era o homem que você nunca será.

— Minha irmã está morta. Enquanto eu estou vivo e em posição de controlar o curso dos acontecimentos. Estou te contando o que vou fazer porque você não vai viver para ver.

Sua mãe começou a choramingar.

— Por que está falando comigo desse jeito? — gemeu. — Tão cruel.

— A vida inteira eu desejei tratar você desse jeito.

— *Remoendo* esse ressentimento infantil — ela disse, abalada, e enxugou os olhos e o nariz com um lenço rendado. — Eu tenho amigos poderosos,

Marcel. Pierre Binaud veio me ver na semana passada mesmo. Cuidado como você age.

— Quando escuto você agora, escuto a voz de Binaud. Você ia para a cama com aquele bode velho quando eu era menino. Que belo espetáculo vocês seriam hoje em dia.

Ela gemeu e se esforçou para se sentar um pouco mais ereta. Ele não ofereceu ajuda. O daemon-lagarto ofegava em cima do travesseiro.

— Quero uma enfermeira — disse a velha. — Estou *sofrendo*. Nem consigo dizer o quanto você está me deixando infeliz. Só vem aqui para me *atormentar*.

— Não vou ficar muito. Vou dizer para a enfermeira te dar um remédio para dormir.

— Ah, não... não... sonhos tão assustadores!

Seu daemon soltou um pequeno gemido e tentou se abrigar entre seus seios, mas ela o empurrou. Delamare se levantou e olhou em torno.

— Devia abrir a janela e dar uma arejada aqui — disse.

— Não seja desagradável.

— O que vai fazer com a menina quando eu a trouxer para você?

— Arrancar dela a verdade. Dar um castigo. Fazer ela se arrepender. Então, quando tiver domado a vontade dela, vou dar uma *educação* de verdade. Fazer com que saiba quem é e quais devem ser as suas prioridades. Moldar essa garota para ser a mulher que a *mãe* dela devia ter vivido para ser.

— E Binaud? Qual o papel dele nesse empreendimento educacional?

— Estou ficando cansada, Marcel. Você não entende o quanto eu estou sofrendo.

— Quero saber o que Binaud pretende fazer com a menina.

— Não tem nada a ver com ele.

— Claro que tem. Ele é um corrupto podre e ordinário.

— Pierre Binaud é um *homem*. Você não saberia o que é isso. E ele me ama.

Delamare riu. O que não fazia com muita frequência. Sua mãe socou a cama com os punhos magros e fez seu daemon escapar para a mesa de cabeceira.

— Então vamos ter um casamento no leito de morte, é isso? — disse ele. — Aí, ele pode ficar com seu dinheiro e com a menina. Sinto que estarei ocupado demais para comparecer.

Ele abriu totalmente uma das janelas e a noite fria entrou.

— Não, Marcel! Por favor! Ah, não seja *perverso* comigo! Vou morrer de frio!

Ele se curvou para lhe dar um beijo de boa-noite. Ela afastou o rosto.

— Até logo, *maman* — disse Delamare. — É melhor Binaud não esperar muito.

Olivier Bonneville não contara toda a verdade, mas isso não era nada fora do comum. De fato, ele não tinha encontrado Lyra porque, por alguma razão, o novo método não deixava. De alguma forma, ela tinha conseguido bloquear suas tentativas de encontrá-la. Mais uma razão para ele ficar com raiva dela, e sua raiva crescia junto da curiosidade.

Desconfiado por hábito tanto quanto por inclinação, ele não mantinha o aletiômetro em seu apartamento; seria a coisa mais fácil do mundo para um ladrão experiente, principalmente se comissionado por La Maison Juste, invadir seu conjugado e roubar qualquer coisa. Então ele passara a guardar o aletiômetro em uma caixa de depósito particular no Banque Savoyarde, um lugar tão discreto que era quase invisível. A placa de bronze na porta da rue de Berne dizia apenas "B. Sav." e intencionalmente nunca era polida.

Bem cedo na manhã seguinte, Bonneville se dirigiu ao banco, deu seu nome (falso) e senha para o funcionário, que abriu a porta para as caixas de depósito particulares e saiu. Bonneville pegou o aletiômetro e enfiou em um bolso, depois colocou um grosso rolo de dinheiro em outro. A única coisa que deixou na caixa foi uma chave sem identificação que abria outra caixa de depósito em outro banco.

Vinte minutos depois, comprava um bilhete na Gare Nationale. Claro que ignorou a proibição dada por Delamare quanto ao uso do novo método: claro que ia usá-lo de qualquer forma. Foi em sua última sessão no estilo clássico, com os livros, que ele descobriu que Lyra estava indo para leste e, pelo que podia dizer, estava sozinha. O novo método não lhe mostrava nada sobre ela e, além disso, assim como Lyra, ele achava as desconcertantes tontura e náusea quase demais para suportar; achou que podia ser mais fácil se consultasse o aletiômetro por períodos mais breves a intervalos mais longos.

Mas ainda restava o método antigo, afinal, que não envolvia nenhum custo físico. Assim que seu trem chegasse a Munique, ele ia alugar um quarto em um hotel barato e começaria a procurar de verdade por Lyra. Se tivesse todos os livros seria mais rápido, sem dúvida, embora de modo algum mais rápido que com o novo método; mas ele tinha dois livros: o manuscrito holográfico da *Clavis Symbolorum* de Andreas Rentzinger e o único exemplar que restava do *Alethiometrica Explicata* de Spiridion Trepka, que até recentemente se encontrava aos cuidados da Biblioteca do Convento de São Gerônimo em Genebra. Esse último livro estava sem a sua elegante encadernação de couro. A capa permanecia na estante da biblioteca, envolvendo agora a ilegível, porém de tamanho idêntico, memória de um dos generais de Napoleão, que Bonneville tinha comprado em uma banca de livros usados. No fim, talvez logo, o roubo dos livros seria descoberto, mas àquela altura, Bonneville confiava, ele teria voltado a Genebra em triunfo.

Alguém a sacudia.

— Lyra! Lyra!

Era a voz de Mãe Costa, debruçada sobre o catre à luz da cozinha que entrava pela porta aberta, e havia mais alguém além dela; era Farder Coram, e ela o ouviu também:

— Depressa, menina! Acorde!

— O que foi? O que está acontecendo?

— O TCD — disse Mãe Costa. — Romperam o tratado e estão entrando nos Pântanos com uns dez barcos ou mais, e...

— Temos que tirar você daqui, Lyra — disse Farder Coram. — Depressa. Se vista. O mais depressa que puder.

Ela saiu do catre e Mãe Costa deu um passo de lado enquanto Farder Coram ia para a cozinha.

— O quê... como eles sabem...

— Aqui, menina, vista isso aqui, depressa, em cima do pijama, não faz diferença — disse a velha, e enfiou um vestido nas mãos de Lyra. Lyra vestiu por cima da cabeça, ainda meio dormindo, pegou tudo que estava espalhado e enfiou na mochila.

Mãe Costa disse:

— Coram arranjou um homem com um barco rápido pra te levar embora. Ele se chama Terry Besnik. Pode confiar nele.

Lyra olhou atordoada ao redor para ver se não tinha esquecido nada. Não: não havia muita coisa e estava com tudo. Pan? Onde estava Pan? Seu coração parou ao lembrar. Ela piscou, balançou a cabeça e disse:

— A vida inteira eu só trouxe problemas para os gípcios. — Estava com a voz rouca de sono. — Desculpe...

— Basta — disse Mãe Costa e a abraçou com tanta força que ela mal conseguia respirar. — Agora vá e não espere nem um minuto mais.

Na cozinha, Farder Coram estava apoiado em duas bengalas e também parecia ter acabado de acordar. Lyra ouviu o ronco baixo de um barco a motor na água.

— Terry Besnik é um bom sujeito — disse Coram. — Ele entende a situação. Vai levar você até King's Lynn, conhece todos os escoadouros e canais secundários, você pode pegar uma balsa de lá, mas o mais depressa que puder, Lyra, o mais depressa que puder. Está com as coisas que eu te dei?

— Estou... estou... ah, Farder Coram... — Ela lhe deu um abraço apertado e sentiu os ossos frágeis dele em suas mãos.

— *Vá* — disse Mãe Costa. — Consigo escutar os tiros.

— Obrigada, obrigada — disse Lyra. Ela saiu e passou por cima da amurada até uma mão estendida para ajudá-la a descer à cabine de outro tipo de barco, uma lancha de madeira escura que não tinha nenhuma luz.

— Mestre Besnik? — ela perguntou.

— Segure bem. — Foi tudo o que ele disse.

Não dava para ver muito do rosto dele. Era forte, usava um gorro de lã escura e casaco pesado. Mexeu o afogador e o motor rosnou como um tigre quando o barco arremeteu.

17. OS MINEIROS

Pantalaimon saiu do *Elsa* em Cuxhaven em um momento em que a tripulação estava distraída. O capitão Flint tinha vendido a hélice para um estaleiro na ilha de Borkum, conforme o marinheiro tinha previsto, e se recusou a repartir o dinheiro em partes iguais com o imediato porque, segundo ele, como capitão corria muito mais risco. Como resposta, o imediato roubou o uísque do capitão e foi emburrado para a sua rede. Uma hora depois de deixarem Borkum, uma bucha em torno do eixo da hélice do *Elsa* se rompeu e deixou a água entrar na casa de máquinas. Eles avançaram com dificuldade para Cuxhaven com dois homens bombeando sob protesto, enquanto o imediato os rodeava, resmungando. Pan assistia a tudo fascinado. Era fácil não ser visto em um barco como o *Elsa*.

Atracaram à noite em um ancoradouro com um depósito de pedra caindo aos pedaços atrás. Os "passageiros" escondidos naquele momento no depósito não poderiam subir a bordo até a bucha do eixo ser substituída, porque toda a transação de "passageiros" dependia de discrição e silêncio. E também não era fácil saber quanto tempo o conserto ia demorar. Flint conhecia um homem que tinha a peça de reposição necessária, mas ele estava fora da cidade, ou na prisão, e o assistente dele guardava um rancor de anos de Flint e provavelmente cobraria um alto preço. Assim que a noite caiu, Pan desceu correndo a prancha para as sombras do ancoradouro principal.

Agora era só questão de encontrar o rio e partir rio acima até chegar a Wittenberg.

Ao mesmo tempo, Lyra estava sentada no salão da frente de uma balsa lotada, na direção de Flushing, no litoral holandês. Ela teria preferido sentar do lado de fora, para ficar sozinha, mas fazia um frio cortante; então suportava o calor opressivo e os cheiros de óleo de motor, comida amanhecida, folhas de fumo, cerveja, roupas sujas e um persistente odor de vômito. Os feixes de luz ambárica tremulavam de um jeito desagradável e lançavam uma pálida luminosidade invasiva para todo lado. Ela passou com dificuldade por uma porta lotada e teve que empurrar firme para chegar a um canto e encontrar um lugar para sentar.

De início, seu estado desprovido de daemon causou menos alarme do que ela temia. A maior parte dos passageiros e tripulação estava preocupada com seus afazeres, ou ocupada com uma criança que chorava, ou simplesmente cansada e indiferente. Os poucos que acharam algo de estranho nela se contentavam com um olhar furtivo, uma ou duas palavras murmuradas, ou um gesto para afastar a má sorte. Ela fingiu não notar e tentou não chamar atenção.

Entre os passageiros do salão da frente havia meia dúzia de homens que evidentemente viajavam juntos. Vestidos de modo semelhante, com roupas de frio casuais de boa qualidade, falavam galês e tinham um ar confiante e relaxado. Lyra os observava com cuidado, porque um ou dois a haviam avaliado com o olhar quando passou pela multidão agitada da porta e entrou no salão, e disseram alguma coisa uns para os outros antes de olhar de novo para ela. Seus companheiros estavam pedindo bebidas, bebidas caras, e riam alto. Se Pan estivesse ali, ele e Lyra podiam brincar de detetives, tentar descobrir a profissão daqueles homens; mas primeiro teriam que retomar seu antigo relacionamento e provavelmente nunca fariam isso.

Bem, ela ainda podia brincar, pensou, mesmo estando sozinha. Observou os homens enquanto tentava parecer semiadormecida.

Eles eram todos amigos ou colegas: estavam juntos. Tinham seus trinta ou quarenta anos, talvez, e pareciam trabalhadores braçais, não pessoas que passavam o dia sentadas no escritório, porque estavam em forma e se movimentavam sem problemas no balanço do barco, como se fossem atletas ou mesmo ginastas. Seriam soldados? Era possível, mas ela pensou que os cabelos eram compridos e pálidos demais: não trabalhavam ao ar livre. Eram bem pagos: as roupas e as bebidas eram prova disso. E eram todos mais para baixos, enquanto soldados geralmente eram maiores, ela pensou...

Chegara até esse ponto quando um homem corpulento de meia-idade se sentou a seu lado. Ela tentou se afastar para lhe dar mais espaço, mas havia uma mulher grande dormindo no banco à sua esquerda, que não se mexeu nem quando Lyra lhe deu uma cutucada.

— Não se preocupe — disse o homem. — Um pouco espremido, não tem importância. Vai pra longe?

— Não — ela respondeu, indiferente. Não olhou para ele.

Sua daemon, uma alegre cachorrinha marrom e branco, farejava curiosa em torno da mochila de Lyra no chão. Ela a pegou e segurou firme no colo.

— Cadê o seu daemon? — perguntou o homem.

Lyra virou-se e deu-lhe um olhar de desprezo.

— Não precisa ser desagradável — disse ele.

Nove anos antes, quando ela viajou para o Ártico com Pan sempre à mão, Lyra teria inventado com tranquilidade uma história para explicar por que o homem devia deixá-la em paz: estava com uma doença infecciosa, ou a caminho do funeral da mãe, ou seu pai era um assassino e ia voltar a qualquer momento para encontrá-la; essa história havia funcionado muito bem em uma ocasião.

Mas agora, ela simplesmente não tinha imaginação, nem energia, nem audácia. Estava cansada, sozinha, assustada, mesmo por aquele homenzinho convencido e sua pequena daemon, que agora latia e saltava nos joelhos dele.

— O que foi, Bessy? — disse ele, então ergueu-a e deixou que sussurrasse em seu ouvido.

Lyra virou o rosto, mas ainda enxergava o que ele estava fazendo: olhava para ela enquanto cochichava com sua daemon. Um pequeno gemido meio abafado veio da daemon que tentou se afastar de Lyra e enterrar-se dentro do casaco do homem. Aquela manifestação de chamar a atenção irritou Lyra, que fechou os olhos e fingiu dormir. Alguém discutia junto ao balcão, uma voz se ergueu em galês, e parecia haver um tumulto, mas, tão depressa como surgiu, silenciou.

— Tem alguma coisa errada aqui — disse o homem corpulento, sem se dirigir a Lyra. — Tem alguma coisa muito errada.

Lyra abriu os olhos e viu uma ou duas cabeças virarem. Todos os bancos estavam cheios de passageiros dormindo, ou comendo e bebendo, e o ruído do motor da balsa era um rumor perpétuo abaixo do chão, o ruído das ondas e do vento lá fora formava outra camada de som, enquanto as conversas próximas e o riso dos homens juntos ao balcão, um pouco mais longe, também soavam nítidos; mas, por cima de tudo isso, a voz do homem insistiu:

— Estou dizendo que tem alguma coisa errada aqui. Esta moça... alguma coisa não está certa.

A daemon dele uivou, um som agudo e trêmulo que fez um frio percorrer a espinha de Lyra. Mais gente encarava agora e a mulher que dormia à sua esquerda se mexeu, movendo os lábios ao despertar.

Lyra disse:

— Meu daemon está dentro do casaco. Ele não está bem. Não é da sua conta.

— Não, não, não adianta, não. Acho que você não tem daemon nenhum. A minha Bess nunca erra com essas coisas.

— O senhor está errado. Meu daemon não está bem. Não vou incomodar o coitado só porque você quer.

— Não fale comigo nesse tom, mocinha. Eu não admito. Você não devia estar em um lugar público nesse estado. Tem alguma coisa errada com você. Alguma coisa não está certa.

— Qual é o problema? — perguntou um homem no banco em frente. — Por que está gritando?

— Ela não tem daemon! Estou dizendo pra ela que não está certo sair em público desse jeito, tem alguma coisa muito errada...

— É verdade? — perguntou o outro homem, cuja daemon-gralha sacudia as asas em seu ombro e crocitava alto. Lyra percebeu que o homem falava com a daemon.

— Não é verdade, claro — ela disse, o mais calma que conseguiu. — Como alguém pode ir para algum lugar sem um daemon?

— Bom, então cadê ele? — perguntou o primeiro homem.

— O senhor não tem nada a ver com isso — disse Lyra, agora alarmada com a atenção despertada por aquele incidente ridículo.

— Gente deformada a esse ponto não deve se mostrar em público — disse ele, e sua daemon uivou de novo. — Olhe como você assusta as pessoas. Não tem condições de aparecer em público. Tem um lugar pra gente como você...

Uma criança começou a chorar, e a mãe a carregou ostensivamente e afastou seu casaco da mochila de Lyra, como se estivesse contaminada. O daemon da criança se transformava de camundongo em passarinho, em cachorrinho e de volta em camundongo, e caía para longe dela, fazendo ambos gritarem ainda mais alto, até o daemon-mastim da mãe catá-lo e o sacudir.

Agarrada à mochila, Lyra começou a se levantar, mas sentiu que o homem corpulento segurava sua manga.

— Solte! — disse ela.

— Ah, não, você não pode simplesmente ir aonde bem entende — disse ele, e olhou em torno em busca do apoio que começava a surgir no rosto das pessoas próximas. Era claro que ele sentia falar por todos. — Não pode andar por aí nesse estado — continuou ele. — Está assustando crianças. É uma ameaça pública. Você vem comigo, vou entregar você pra...

— Está tudo bem — disse outra voz, uma voz de homem com sotaque galês. Lyra ergueu os olhos e viu dois homens do grupo do balcão, à vontade, confiantes, os rostos um pouco vermelhos, talvez um pouco bêbados. — A gente se encarrega dela. Pode deixar conosco, não se preocupe.

O homem relutou em abandonar sua posição de centro das atenções, mas os dois galeses eram mais jovens e mais fortes. Ele soltou a manga de Lyra.

— Venha com a gente — disse o primeiro galês. Ele dava a impressão de nunca em sua vida ter sido recusado ou desobedecido. Insegura, ela não se mexeu, e ele repetiu: — Vamos.

O outro homem a avaliava. Ninguém ao redor estava ao lado dela. Caras fechadas, frias, indiferentes, ou cheias de ódio verdadeiro por toda parte; e todos os daemons à vista tinham escalado, voado ou engatinhado para o peito das pessoas para se preservar da figura chocante e estranha que tinha a audácia de estar entre eles sem um daemon. Lyra passou entre todos eles, atrás dos galeses.

Então será que isso tudo vai acabar tão depressa? Eu não vou deixar. Quando a gente estiver lá fora, vou atacar. O bastão Pequeno estava em sua manga esquerda, pronto para ser tirado pela mão direita, e ela já havia decidido onde desferir o primeiro golpe: na lateral da cabeça do segundo homem, assim que a porta se fechasse atrás deles.

Chegaram à porta do salão, com o rosnar murmurado dos passageiros sentados e movimentos de cabeça cúmplices, aprovadores, dos outros galeses no balcão. Todo mundo sabia o que os dois iam fazer com ela, e ninguém protestou. Lyra fez o cabo do bastão ficar um pouco mais perto da palma da mão, então estavam no vento frio do lado de fora e a porta bateu com ruído ao passarem.

O convés estava varrido de chuva e borrifos do mar, o barco balançava muito e o vento batia no rosto de Lyra quando puxou o bastão, e então ela parou.

Os dois homens tinham se afastado, mãos erguidas, palmas para a frente. Suas daemons, um texugo e um canário, imóveis e tranquilas, uma no convés, outra em um ombro.

— Tudo bem, moça — disse o homem mais alto. — A gente só precisava tirar você de lá.

— Por quê? — ela perguntou, grata por estar ao menos com a voz firme.

O outro homem mostrou uma coisa. Era o saco de veludo preto do aletiômetro. Lyra se desequilibrou por um momento, como se tivesse levado um golpe.

— O que é isso... como você...

— Quando você entrou no salão, a gente viu um homem enfiar a mão na sua mochila e tirar alguma coisa. Ele foi muito rápido. Ficamos olhando onde você ia e vigiamos o cara, e antes que ele pudesse sair, a gente pegou. Ele só protestou um pouco. Pegamos o saco dele e aí aquele idiota com aquela daemon latindo começou a te incomodar, então a gente achou que podia matar dois coelhos com uma cajadada só.

Ela pegou o saco de veludo e abriu: o brilho do ouro e o peso familiar do instrumento em suas mãos diziam que estava a salvo.

— Obrigada. Muito obrigada.

A daemon-canária do homem mais alto falou em seu ombro:

— *Duw mawr, dydi hi ddim yn ddewines, ydi hi?*

O homem fez que sim com a cabeça e disse para Lyra:

— Você é uma feiticeira, né? Desculpe se é grosseria minha, sabe, mas...

— Como você sabe? — perguntou Lyra, e dessa vez não conseguiu evitar que sua voz tremesse.

— Já vimos gente como você antes — disse o outro.

A luz da amurada brilhava, amarela, no rosto deles, tão nus quanto o dela ao vento e aos borrifos. Eles recuaram mais.

— O vento bate mais deste lado — disse o primeiro. — É um pouco mais protegido do outro lado.

Seguiram em frente, ela atrás deles, pelo convés aberto, lutando para manter o equilíbrio, até o outro lado da balsa. O salão de um lado e um escaler em seu guindaste, do outro, protegiam do pior do vento e da chuva, e havia um banco mais ou menos seco um pouco adiante, debaixo de uma luz fraquinha.

Os homens se sentaram. Lyra enfiou o bastão de volta dentro da manga e se sentou com eles. Os dois se acomodaram em uma ponta, deixando bastante espaço para ela, e ergueram as golas dos paletós para se proteger do vento. Um deles tinha um gorro de lã no bolso e o colocou.

Lyra empurrou o capuz e virou o rosto para a luz, para ficar bem visível.

— Eu sou Gwyn — disse o primeiro homem —, e este é o Dafydd.

— Meu nome é Tatiana Asrielovna — disse Lyra, transformando o nome de seu pai em sobrenome.

— E você *é* uma feiticeira, né? — perguntou Dafydd.

— Sou. Estou viajando assim porque preciso. Não iria dessa forma se tivesse escolha.

— É, deu pra perceber — disse Gwyn. — Você não ia escolher entrar num antro de idiotas como aquele bendito salão, se não precisasse.

Ela de repente entendeu uma coisa.

— Vocês são mineiros? — perguntou.

— Como sabe? — perguntou Dafydd.

— Liguei dois mais dois. Para onde vão?

— De volta pra Sala — disse Gwyn. — Fica na Suécia. Minas de prata.

— Foi lá que a gente encontrou uma feiticeira — disse Dafydd. — Ela foi lá comprar prata e ficou presa na terra. A árvore, sabe, dela... o ramo de pinheiro...

— Pinheiro-nubígeno.

— Isso aí. Alguém roubou. A gente conseguiu de volta e tudo.

— Ela ajudou a gente primeiro — disse Gwyn. — A gente devia isso pra ela. Tipo, demos uma mão. Aprendemos um montão da vida delas e tal.

— Pra onde tá indo, Tatiana? — perguntou Dafydd.

— Estou indo muito longe, para o leste. Estou procurando por uma planta que só cresce na Ásia Central.

— É pra alguma coisa, tipo, um feitiço e tal?

— É para fazer remédio. Minha rainha está doente. Se eu não trouxer um pouco dessa planta, ela vai morrer.

— E por que tá indo desse jeito, por mar? É perigoso pra você, viajar na superfície da terra assim.

— Má sorte — disse ela. — Meu pinheiro-nubígeno queimou num incêndio.

Eles assentiram.

— Se puder, seria melhor viajar de primeira classe — disse Gwyn.

— Por quê?

— Não fazem tanta pergunta. Não têm tanta curiosidade. Gente rica não é que nem a gente. Esse pessoal aí do salão, aquele idiota grandalhão, tem sempre um monte de filhos da puta feito ele, desculpe, em qualquer lugar que a gente vai. E aquele ladrão também. Se viajar de primeira classe e ficar tipo separada, sabe?, como é a palavra...

— Reservada — disse Dafydd.

— Algo desse tipo. Orgulhosa, altiva. As pessoas ficam mais cuidadosas, não têm coragem de perguntar, de interferir, sabe.

— Acha?

— Acho. Vai por mim.

— Ásia Central — disse Gwyn. — É bem longe.

— Eu vou chegar lá. Me diga, por que mineiros galeses trabalham na Suécia?

— Porque nós somos os melhores do mundo — disse Dafydd. — Coleg Mwyngloddiaeth, nós dois.

— O que isso quer dizer?

— É a Escola de Mineração em Blaenau Ffestionig.

— E vocês mineram prata?

— Em Sala, sim — disse Gwyn. — Metais preciosos é o que a gente conhece melhor.

— Essa coisa que a gente devolveu pra você — disse Dafydd. — O que é, se me permite a pergunta? Era pesado, como ouro.

— É ouro — ela disse. — Gostaria de ver?

— Ah, muito — disse Gwyn.

Lyra abriu a mochila. Tinha perdido a cabeça? Por que razão haveria de confiar naqueles dois estranhos? Porque a ajudaram, por isso.

Eles chegaram mais perto quando ela abriu o saco de veludo preto e deixou o aletiômetro cair pesadamente na palma da mão. Este captou cada fóton que caiu sobre ele da luz da amurada e devolveu melhorado.

— *Duw* — disse Dafydd. — E o que é isso, então?

— É um aletiômetro. Foi feito, não sei, uns trezentos anos atrás, talvez. Conseguem dizer de onde é o ouro?

— Eu teria de tocar — disse Gwyn. — Olhando assim posso dizer já alguma coisa, mas tenho de tocar pra ter certeza.

— O que você sabe de cara?

— Não é vinte e quatro quilates, mas não era de se esperar mesmo. É macio demais para um instrumento funcionar. Então precisa fazer uma liga com outro metal. Não consigo ver qual, não com esta luz. Mas é estranho. É quase ouro puro, mas não exatamente. Nunca vi algo parecido.

— Às vezes dá pra sentir o gosto — disse Dafydd.

— Posso tocar? — Gwyn perguntou.

Lyra estendeu o aletiômetro. Ele pegou e passou o polegar pela borda dourada.

— Não é cobre, nem prata — disse. — É alguma outra coisa.

Ergueu-o até o rosto e encostou delicadamente na pele sobre a maçã do rosto.

— O que está fazendo?

— Sentindo. Nervos diferentes em partes diferentes da pele, sabe. Sensível a estímulos diferentes. Muito estranho isto aqui. Não acredito que é...

— Deixe eu tentar — disse Dafydd.

Ele o pegou, levou à boca e tocou a ponta da língua no estojo dourado.

— É quase todo ouro. O resto... Não, não acredito.

— É, sim — disse a daemon-canária em seu pulso. — Agora eu sei. É titânio.

— É, foi o que achei. Mas é impossível — disse Gwyn. — Só descobriram o titânio faz uns duzentos anos e nunca ouvi falar em liga de titânio com ouro.

— É muito difícil de trabalhar — disse Dafydd. — Mas é o que parece... Esses ponteiros são feitos do quê?

Os três ponteiros que Lyra movia com as rodas eram feitos de algum metal preto. A agulha que se mexia sozinha era de uma cor mais clara, uma espécie de cinza-tempestade. Ela e Will tinham notado a semelhança daquela cor com a lâmina da faca sutil, mas não descobriram nada a respeito; até mesmo Iorek Byrnison, que remoldou a lâmina quando foi quebrada, teve de admitir que não fazia ideia do que era feita.

Lyra não tinha como contar isso a eles sem perder um longo tempo explicando, então disse simplesmente:

— Acho que ninguém sabe.

Dafydd devolveu o aletiômetro e ela o guardou.

— Sabe — Gwyn falou —, tem um pedaço de metal no museu da Coleg Mwyngloddiaeth que parece um pedaço de uma lâmina, uma lâmina de faca, algo assim. Ninguém nunca descobriu de que metal é feito.

— É uma espécie de segredo, sabe? — disse Dafydd.

— Mas parece exatamente igual ao ponteiro. De onde é essa coisa?

— Da Boêmia.

— Bom, havia ourives muito bons lá — disse Gwyn. — Se for mesmo o caso de uma liga de ouro e titânio, não é fácil de fazer. Antes dos tempos modernos, eu diria que é impossível. Mas com essa coisa, não tem dúvida. É isso que é. É uma coisa de feiticeira, então?

— Não. Eu sou a única feiticeira que já tocou um desses. Existem outros seis no mundo, pelo que se sabe.

— O que você faz com isso?

— Você faz perguntas e lê as respostas. O problema é que precisa de todos os livros antigos, com as chaves para os símbolos, para entender o que ele diz. Leva muito tempo para aprender. Todos os meus livros estão em Novy Kievsk. Não dá para ler sem eles.

— Então por que tá levando ele? Não era mais seguro deixar em casa?

— Roubaram de mim e eu tive que ir muito longe para pegar de volta. Ele... — ela hesitou.

— O quê? — perguntou Dafydd.

— Ele parece atrair ladrões. Como agora há pouco. Já foi roubado muitas vezes. Quando me deram, achei que era o fim dos furtos, mas evidentemente não foi. Vou ser ainda mais cuidadosa. Devo muito a vocês.

— Estamos só, tipo, retribuindo — disse Gwyn. — Aquela feiticeira que a gente falou... ela nos ajudou quando ficamos doentes. Houve uma epidemia. Se espalhou das minas mais ao norte de Sala, uma espécie de doença do pulmão. Nós dois ficamos bem mal. A feiticeira achou umas ervas que fez bem pra gente, aí uns babacas de lá roubaram o pinheiro-nubígeno dela. Aí a gente devolveu pra ela.

A daemon dele, uma pequena texugo, ia e vinha inquieta pelo convés, quando de repente se imobilizou e olhou na direção da popa. Gwyn disse alguma coisa baixinho em galês e a daemon respondeu na mesma língua.

— Vem vindo uns homens — Dafydd traduziu.

Lyra não conseguiu ver ninguém, mas estava mais escuro daquele lado e o vento fazia o cabelo bater em seus olhos. Ela colocou a mochila cuidadosamente debaixo do banco e tateou seu bastão. Viu os outros dois se preparando para se levantar e lutar, e eles pareciam gostar daquilo; mas antes de chegar a isso, os dois homens que avançavam entraram sob o facho de luz junto à porta.

Usavam fardas de um tipo que Lyra não reconheceu: pretas, bem cortadas, quepes com um símbolo desconhecido. Não pareciam nem um pouco com marinheiros: pareciam militares.

Um deles disse:

— Documentos de viagem.

Gwyn e Dafydd enfiaram as mãos nos bolsos dos paletós. As daemons dos homens fardados eram ambas cachorras grandes com aparência de lobos, e ambas olharam para Lyra com intensa concentração.

O homem que parecia estar no comando estendeu a mão enluvada para pegar o bilhete de Gwyn, mas Gwyn não se mexeu.

— Em primeiro lugar — disse ele —, vocês não são funcionários da Balsa Norte Holandesa. Não conheço essa farda. Me digam quem são que eu decido se mostro meus documentos.

A daemon do homem fardado rosnou. Gwyn pôs a mão no pescoço de sua daemon-texugo.

— Olhe bem — disse o homem fardado, e tirou o quepe para mostrar o emblema. Lyra viu que representava uma lâmpada dourada cuja chama emitia raios vermelhos a toda a volta. — Vai encontrar isto aqui cada vez mais e logo não vai ter que perguntar. É o emblema do Ofício do Correto Dever. Nós somos agentes desse ofício e temos a responsabilidade de conferir os documentos de viagem de qualquer pessoa que entre na Europa continental. Entre outras coisas.

Então alguma coisa penetrou na memória de Lyra: uma coisa que Malcolm havia lhe dito...

— A Liga de Santo Alexandre — ela disse. — Muito bem. Pode botar seu quepe de volta.

O homem abriu a boca para dizer alguma coisa, mas fechou-a de novo e então abriu-a outra vez só para dizer:

— Com licença, senhorita?

— Só quero impedir que cometa um erro — Lyra continuou. — Sua organização é nova, não é?

— Bom, é, sim — disse ele. — Mas...

Ela ergueu a mão.

— Tudo bem. Eu entendo. Vocês ainda não tiveram tempo de estudar todos os novos regulamentos. Se eu mostrar isto, talvez saibam como agir da próxima vez.

E apresentou o lenço que ainda tinha o nó que Dick Orchard havia feito. Mostrou a ele, deixou que olhassem um momento, não mais, e tornou a guardar.

— O que isso sig...

— É o emblema da minha agência. Quer dizer que meus companheiros e eu estamos a serviço do Magisterium. Vocês deviam saber. Quando virem este nó, o melhor conselho que eu posso dar é que olhem para o outro lado e esqueçam a pessoa que mostrou para vocês. Neste caso, significa esquecerem meus companheiros também.

Os homens pareciam perplexos. Um deles estendeu as mãos.

— Mas não disseram nada... Qual agência você disse? — perguntou.

— Eu não disse, mas vou dizer e então não vamos mais falar no assunto. La Maison Juste.

Eles já tinham ouvido falar e tiveram o bom senso de assentir e parecerem sérios. Lyra pôs o dedo nos lábios.

— Vocês nunca nos viram — disse ela.

Um deles fez que sim. O outro tocou o quepe em uma saudação. Com suas daemons quietas e sob controle, afastaram-se.

— *Duw annwyl* — disse Gwyn depois de um momento. — Essa foi boa.

— Prática — disse ela. — Mas tem bastante tempo que eu não preciso fazer nada desse tipo. Estou contente de ter funcionado.

277

— Eles vão deixar de lado, então? — perguntou Dafydd. Parecia tão impressionado quanto Gwyn.

— Provavelmente não. Mas vão ficar nervosos para falar disso durante algum tempo, para caso *tivessem* que saber a respeito. De qualquer modo, acho que estamos seguros até o desembarque.

— Bom, quem diria.

— O que foi mesmo que você disse? — Gwyn perguntou. — As palavras em francês?

— La Maison Juste. É um ramo do Magisterium. Só isso que eu sei. Tive de distrair os dois antes que perguntassem do meu daemon.

— Eu não quis perguntar antes, pra não ser rude, mas... cadê ele?

— Está voando para casa para contar até onde eu cheguei. Mil e quinhentos quilômetros ou mais.

— Não consigo imaginar como deve ser não ter minha daemon por perto — disse Dafydd.

— Nunca é fácil. Mas algumas coisas são como têm que ser. — Lyra ergueu a gola do casaco e puxou o capuz da parca para a cabeça.

— Nossa, que frio — disse Gwyn. — Quer tentar voltar pra dentro? A gente fica com você.

— A gente pode ir pro outro salão — disse Dafydd. — É mais sossegado lá. Seria mais quentinho.

— Tudo bem — disse ela. — Muito obrigada.

Ela se levantou para ir com eles e seguiram pelo convés até o salão de popa, que parecia ocupado sobretudo por pessoas mais velhas dormindo. Era mais escuro que o salão da frente, o bar estava fechado e só havia algumas pessoas acordadas; um pequeno grupo jogava cartas e o resto lia.

Um relógio acima do balcão mostrava que era uma e meia. A balsa atracaria às oito.

— Podemos sentar aqui — disse Gwyn, e parou junto a um banco contra a parede onde havia lugar para os três. — Você pode dormir — disse a Lyra. — Não se preocupe. A gente fica de olho em tudo.

— Muita gentileza de vocês — disse ela. Sentou-se e apertou bem a mochila no colo. — Não vou me esquecer disso.

— Certo — disse Gwyn. — A gente te acorda quando for hora de desembarcar.

Ela fechou os olhos e a exaustão a dominou de imediato. Ao adormecer, ouviu Gwyn e Dafydd a seu lado, falando baixinho em galês, enquanto suas daemons faziam o mesmo junto a seus pés.

Na Gasthaus Eisenbahn de Munique, Olivier Bonneville foi diretamente para seu quartinho mal iluminado, depois de um jantar de carne de porco e bolinhos de massa, tentar encontrar Lyra. Ele havia notado algo a respeito do novo método... Não era fácil definir... Com ele, não conseguia encontrar nenhum sinal dela, o problema era esse, enquanto antes ele a via sem grande dificuldade. Alguma coisa devia ter ocorrido. Ela teria encontrado um jeito de se esconder? Esperava que não. Ele não tinha pretensões de desistir.

E houvera algo... quase um tranco, como se o aletiômetro tentasse lhe dar uma pista. Ele não achara que o aparelho trabalhava com pistas. Mas havia alguma coisa...

E como a luz da única lâmpada do teto era fraca, a letra dos livros roubados tão miúda, e como conhecia tão bem as figuras do mostrador, ele não tentou o método clássico. Sentou-se na poltrona estofada e mais uma vez focou a mente na garota. Tentou evocar seu rosto: sem sucesso. Uma garota de rosto inexpressivo, de cabelo loiro ou alourado. Talvez não loira. Castanho-claro? Não conseguia ver nada. Não conseguia ver nem o seu daemon.

Qual era o daemon dela, afinal? Alguma espécie de doninha ou furão? Algo assim. Tivera apenas um lampejo, mas lembrava-se de uma cabeça grande, marrom-avermelhada, uma mancha de cor mais clara no pescoço...

Um farfalhar entre os ramos e folhas.

Bonneville se endireitou na cadeira. Fechou os olhos e se concentrou. Estava escuro, claro que estava, porque era noite, mas havia uma espécie de luminescência de algum lugar: mato rasteiro, espinheiros sem folhas, água... Bonneville esfregou os olhos, o que não fez nenhuma diferença. Fez um esforço para relaxar e tentou controlar a náusea, nem um pouco ajudada por aqueles bolinhos. *Vou comer menos da próxima vez*, ele pensou.

Lá estava de novo, aquele farfalhar e um movimento visível... náusea imediata. Ele chegou à privada antes de vomitar. Mas tinha quase conseguido! Chegou tão perto! Lavou a boca com um copo de água e sentou-se outra vez.

O problema era... A questão era... De quem era o ponto de vista? Quais eram os olhos disponíveis? De ninguém. O ponto de vista não tinha base e, consequentemente, guinava por todo o lugar. Se parasse quieto, não haveria náusea... Mas não havia olhos ali. Nem câmera. Não havia razão para o ponto de vista estar *aqui* e não *ali*.

Tudo bem: tente não ver. Tente escutar, ou sentir o cheiro, ou ambas as coisas. Aquilo não dependia tanto de ponto de vista. Bonneville forçou seu olhar mental a ver nada além de escuridão e focou nos outros dois sentidos.

De pronto foi melhor. Podia ouvir um vento leve entre os arbustos e o farfalhar ocasional das patas de um animal sobre as folhas mortas, mas não as secas; sentia cheiro de umidade, e um cheiro de rio, maior e mais distante, o murmúrio leve de água quando ondas percorriam a margem.

Depois mais. Ele conseguia ouvir a ampla noite em torno. E sons que vinham sobre a água, de alguma coisa distante: um grande motor a óleo, o rumor da onda produzida por um barco, vozes distantes. O pio de uma coruja. Mais farfalhar do mato.

Ficou absolutamente imóvel, olhos fechados, olhando a escuridão profunda. A coruja piou de novo, mais perto. O barco se afastava para a sua direita. Então o cheiro de algum animal, muito próximo.

Surpreso, ele olhou e, por uma fração de segundo, viu a silhueta do daemon da garota contra o escuro de um grande rio, e sem a garota. Ela não estava em lugar nenhum. O daemon estava sozinho. Depressa ele fechou o olhar mental outra vez, antes que o enjoo atacasse, mas triunfara. Deixou tudo se apagar e ficou ali sentado, piscando, sorrindo, satisfeito.

Por isso ele não conseguia vê-la! Ela e seu daemon estavam separados! E o novo método: agora ele sabia como funcionava. Não era atraído à pessoa: era ao daemon. Tantas descobertas!

E o fato de ter conseguido ver fotogramas dela no apartamento de Delamare, como acontecera, devia-se à presença de seu daemon em cada uma delas.

Agora sabia que o daemon dela estava viajando sozinho, ao longo de um grande rio. Restava saber qual, e isso não ia demorar.

Uma noite excelente, afinal.

18. MALCOLM EM GENEBRA

Os olhos de Malcolm estavam lhe dando trabalho. O anel cintilante, que ele considerava sua aurora pessoal, havia dias vinha tremulando no limiar da visão; não continuamente, mas por mais tempo que o comum, e nunca visível de fato. Era como se o mundo fosse projetado por uma lanterna mágica em uma tela não muito bem esticada. Asta também, embora não pudesse ver o anel como ele, tinha consciência de algo inquietante na visão dos dois.

Chegaram a Genebra no final de uma tarde de vento, o céu escurecido tanto pela noite que chegava quanto por uma tempestade que se ameaçava. A cidade estava movimentada, porque o Congresso Magisterial chegava ao fim. Na verdade, Malcolm não precisava passar por Genebra e fazê-lo podia até ser considerado um descuido; mas seria útil saber o que tinham discutido. Além disso, sabia que Simon Talbot comparecera ao congresso e queria encontrá-lo, se pudesse.

Planejava sair da cidade de trem, mas chegara de ônibus, porque os terminais de ônibus eram geralmente menos observados pelas autoridades do que as estações ferroviárias. Ele e Asta desembarcaram em um subúrbio melancólico, área de pequenas fábricas, mercados abertos, pátios de madeireiras e coisas assim. A rua seguia pela margem do lago por um breve trecho e sob a escuridão que baixava depressa podiam ver as luzes do outro lado elegante da cidade, as grandes montanhas cobertas de neve, fantasmagóricas debaixo do céu sem lua. Havia um iate clube ou algo assim do outro lado, e no ar agitado podiam ouvir o bater dos cabos do cordame contra os mastros, como mil relógios suíços.

Caminharam um trecho. Malcolm parou e esfregou os olhos.

— Eu também sinto — disse Asta.

— É como se a coisa tivesse arrebentado e os brilhos se espalhado por toda parte. Se não resolver logo, nós vamos ter que deitar e eu preferia não ter que fazer isso.

— Talbot.

— Isso mesmo. Eu quero... espere um pouco. — Ele olhou atento o portão enferrujado e fechado com corrente de uma casa grande, atrás de um muro de pedra.

— O que foi? — Asta perguntou e saltou para seu ombro.

— Alguma coisa ali...

Estava quase escuro. Algo se movia ou flutuava no portão. De início, ele pensou que fosse uma folha presa em uma teia de aranha, em seguida que podia ser alguma espécie de vaga-lume, mas então se definiu como algo familiar: o próprio anel cintilante. Piscava na semiescuridão sobre o cadeado pesado e o atraiu em sua direção como se ele fosse um peixe no anzol. Ele foi voluntariamente. Asta não conseguia ver, mas sentiu a antiga excitação que o dominava.

Ele gesticulou na direção da visão tortuosa, tremulante. Queria pegá-la, segurar na palma da mão, sabendo que evidentemente não podia; mas, assim que tocou no cadeado, a trava deslizou para fora com um clique suave, como se tivesse sido lubrificada um pouco antes. O cadeado ficou pendurado no fecho.

— Bom — disse Asta. — Agora a gente tem que entrar.

Olharam para ambos os lados e não viram ninguém. Malcolm retirou o cadeado e abriu o portão, com o anel cintilante ainda tremulando no centro de sua visão. O portão rangeu, mas se abriu com facilidade pelo mato que encobria o cascalho. A casa em si era alta e estava toda escura, as janelas vedadas com tábuas, trepadeiras a subir pelas paredes. A entrada principal dava para o lago. Malcolm fechou o portão e seguiram na direção do prédio.

— Muito pouco suíço, esse desleixo todo — disse Malcolm. — Está vendo aquilo?

Ele apontou além da casa, na direção das árvores ao fundo do jardim, bem na margem do lago.

— Casa de barcos? — Malcolm perguntou.

— Acho que sim. É.

Para seus olhos humanos era apenas um retângulo escuro, mas o anel cintilante o circundava com brilho e definição. Seguiram o caminho até lá, onde o cascalho estava grosso de grama e ervas daninhas. Pelo menos não fazia barulho quando pisavam em cima.

A porta da casa de barcos estava trancada com cadeado, mas a madeira onde o fecho fora pregado encontrava-se macia e apodrecida. Malcolm o removeu com facilidade e entraram, Asta primeiro, por segurança, porque a visão de Malcolm estava quase totalmente tomada pelo brilho ofuscante do escotoma.

— Não se mexa — disse Asta. — Fique aí na porta. Eu vou ver para você. Tem um barco aqui, uma espécie de escaler ou iate pequeno... tem um mastro... e remos. Tem um nome... *Mignonne*.

Malcolm tateou a parede até se ajoelhar nas pranchas de madeira, depois estendeu a mão no escuro e encontrou a amurada do barquinho. Sentiu que oscilou ligeiramente quando uma onda passou debaixo dos portões, depois sentiu outro pequeno movimento quando Asta saltou para bordo.

— O que está fazendo? — ele perguntou.

— Apenas explorando. Está mais seco que um osso aqui dentro. Sem vazamentos. Como está sua visão agora?

— Clareando um pouco. E o mastro e as cordas?

— Não dá para dizer o que está aqui e o que não está... Mas parece em bom estado.

O anel cintilante ficava maior agora e deslizava para ele daquele seu jeito específico. O resto de sua visão voltava ao normal. Ele conseguia ver vagamente o barco contra a luz da água lá fora.

— Bom — disse. — Ótimo te conhecer, *Mignonne*.

Correu a mão pela amurada e se levantou para deixar Asta sair na sua frente. Como a madeira que segurava o fecho tinha perecido, ele pôs uma pedra no chão para manter a porta fechada. Asta pulou para seu ombro outra vez e olhou a toda a volta.

— Trouxe a gente aqui — disse quando voltaram pelo caminho para a rua.

— Claro que trouxe.

— Quer dizer, foi bem na cara.

— Seria grosseria ignorar isso — disse ele.

Com a mochila nas costas e a maleta na mão, ele partiu para a cidade, com Asta caminhando incansavelmente à frente.

O Congresso Magisterial realizava sua sessão plenária de encerramento. As discussões tinham sido meticulosas e exaustivas, mas prevalecera um espírito de harmonia e concórdia, e a eleição do novo conselho representativo ocorreu com serenidade e eficiência. Era quase um milagre, conforme mais de um delegado observou, como tudo tinha corrido tão bem, sem nem sombra de rancor, ciúme ou desconfiança. Era como se o Espírito Santo tivesse possuído todo o grupo. O chefe do Secretariado da Sagrada Presença, cuja eficiente equipe havia organizado tudo, foi muito elogiado.

O nome do primeiro presidente do Alto Conselho, como ia se chamar, pegou todos de surpresa. Foi realizada uma série de votações sob condições de extrema segurança e o vencedor, anunciado com grande solenidade, foi são Simão Papadakis, o Patriarca da Sublime Porta.

Foi uma surpresa, porque o patriarca era tão... velho. Mas imensamente santo, conforme todos concordaram; um homem muito espiritual; parecia iluminado por uma luz divina; fotogramas, uma vez cuidadosamente impressos, confirmavam o fato. Não podia haver melhor representante da santidade de todo o Magisterium, que não aquele homem modesto e gentil, tão culto, tão... espiritual.

A notícia de sua eleição foi anunciada em uma entrevista coletiva e posteriormente muito discutida, entre outros lugares, no Café Cosmopolitain. Malcolm sabia, por visitas anteriores, que era o lugar principal para fofocas políticas e diplomáticas. Quando chegou, encontrou o local lotado de visitantes, clérigos, correspondentes estrangeiros, funcionários de embaixada, acadêmicos e delegados ao congresso com suas comitivas. Alguns esperavam um trem; alguns continuavam agradáveis conversas, em refeições bancadas por suas empresas, com representantes da imprensa ou de agências de notícias, possivelmente até mesmo espiões. O congresso viria a ter profundos e duradouros efeitos nas relações internacionais, inclusive, decerto, sobre o equilíbrio do poder na Europa. Naturalmente, o mundo queria saber de tudo que acontecia.

Malcolm tinha sido jornalista diversas vezes em missões anteriores, e desempenhava bem o papel. Ao olhar em torno no Cosmopolitain, não havia nada que o distinguisse de uma dúzia de outros, e não demorou muito viu a pessoa que estava procurando, conversando com um homem e uma mulher cujos rostos conhecia: eram jornalistas literários de Paris.

Malcolm foi até a mesa deles e parou, fingindo surpresa.

— É o professor Talbot, não? — disse.

Simon Talbot ergueu a cabeça. Havia uma chance pequena de que ele reconhecesse Malcolm, que era, afinal de contas, catedrático de sua própria universidade, mas Malcolm estava disposto a arriscar e, em todo caso, sabia que não tinha feito, dito, nem publicado nada que pudesse chamar a atenção de Talbot.

— Isso mesmo — disse Talbot, em tom agradável. — Acho que não conheço o senhor.

— Matthew Peterson, *Baltimore Observer* — disse Malcolm. — Não quero interromper, mas...

— Acho que tínhamos terminado — disse o francês. Sua colega concordou e fechou o caderno. Talbot inclinou-se para apertar as mãos de ambos, com um sorriso caloroso, e deu a cada um o seu cartão.

— Posso? — Malcolm perguntou e apontou uma cadeira vazia.

— Por favor — disse Talbot. — Não conheço seu jornal, sr. Peterson. O *Baltimore...*?

— *Observer*. É um mensário especializado em literatura e assuntos culturais. Temos uma circulação de oitenta mil, mais ou menos, principalmente do outro lado do Atlântico. Eu sou o correspondente europeu. Gostaria de saber o que achou do resultado do congresso, professor.

— Intrigante — disse Talbot, com outro sorriso. Era um homem magro, elegante, de uns quarenta anos, com olhos que aparentemente podiam brilhar quando ele quisesse. A voz era leve e harmoniosa, e Malcolm conseguia imaginar como ele se destacava na sala de aula. Sua daemon era uma arara-azul. Ele continuou: — Acredito que muita gente vai ficar surpresa ao saber da elevação do patriarca a essa nova posição, a essa, ah, autoridade absoluta, mas depois de conversar com ele posso garantir que ele encarna uma bondade humilde. Foi uma sábia decisão, acredito, confiar a liderança do Magisterium a um santo e não a um funcionário.

— Um santo? Vi que se referem a ele como são Simão. Título de cortesia?

— O patriarca da Sublime Porta tem o título de santo ex officio.

— E o presidente do novo conselho será realmente o primeiro líder de toda a Igreja desde que Calvino renunciou ao papado?

— Sem dúvida. Para isso é que o conselho foi criado.

Malcolm tomava notas "taquigráficas" enquanto Talbot falava. Na verdade, estava escrevendo palavras ao acaso com o alfabeto tadjique.

Talbot ergueu o copo vazio e o pôs na mesa outra vez.

— Ah, desculpe — disse Malcolm. — Posso oferecer uma bebida?

— Kirsch, obrigado.

Malcolm acenou para o garçom e disse:

— Acredita que um líder único é a melhor forma de governo para o Magisterium adotar?

— No fluxo da história, todo tipo de liderança emerge e depois desaparece. Não tenho a pretensão de dizer que uma é melhor que outra. Esses termos são mais coisa do jornalismo, digamos, do que da academia.

Seu sorriso se tornou especialmente charmoso. Um garçom rabugento anotou o pedido de Malcolm, e Talbot acendeu um charuto.

— Estive lendo *O constante enganador* — disse Malcolm. — Foi um grande sucesso. O senhor esperava uma reação dessas?

— Ah, não. De jeito nenhum. Nem de longe. Mas acho que talvez tenha tocado uma corda que ressoou, principalmente entre os jovens.

— Sua explanação de ceticismo universal é muito poderosa. Acha que esse é o motivo do sucesso?

— Ah, não saberia dizer.

— Estou intrigado, sabe, ao ver alguém tão intimamente associado a esse pensamento elogiar alguém por sua bondade humilde.

— Mas o patriarca *é* bom. Basta ter contato com ele.

— Não deveria haver uma certa reserva?

O garçom trouxe as duas bebidas. Talbot recostou comodamente, deu uma baforada no charuto.

— Reserva? — perguntou.

— Por exemplo, o senhor poderia dizer que ele parece ser um bom homem, mas que a bondade em si é um conceito problemático.

Um alto-falante estalou, ganhou vida e anunciou em três línguas que o trem para Paris partiria em quinze minutos. Muitas pessoas terminaram suas bebidas, levantaram-se, pegaram seus casacos, procuraram a bagagem. Talbot tomou seu kirsch e olhou para Malcolm como se ele fosse um aluno promissor.

— Acho que meus leitores são capazes de identificar ironia — disse. — Além disso, o artigo que vou escrever para o *Jornal de Filosofia Moral* será expresso em termos bem mais nuançados do que eu usaria se escrevesse para o *Baltimore Observer*, digamos.

A piscada que acompanhou essa tentativa de humor acadêmico de repente o reduziu a mera vulgaridade. Malcolm achou interessante ver que Talbot não se dava conta disso.

— O que achou da qualidade do debate do congresso? — perguntou.

— Na medida do esperado. A maior parte dos delegados era do clero e suas preocupações naturalmente eram clericais: questões de lei eclesiástica, liturgia, coisas desse tipo. Embora um ou dois participantes tenham me impressionado com a abrangência de sua visão. O dr. Alberto Tiramani, por exemplo, que acredito ser chefe de uma das entidades representadas no congresso. Sem dúvida, de uma inteligência refinada. Coisa que nem sempre anda junto, o senhor com certeza entenderá, de uma notável clareza de expressão.

Malcolm escreveu durante um ou dois momentos.

— Recentemente eu li um artigo — disse, assim que o outro terminou — que fazia uma comparação interessante entre as suas observações sobre a veracidade e a natureza arbitrária da linguagem, de um lado, e o juramento de dizer toda a verdade nos tribunais, de outro.

— É mesmo? — disse Talbot. — Que fascinante. — O tom dele fazia as palavras soarem como um exemplo de ironia, enunciado em benefício do idiota. — Quem era o autor do artigo?

— George Paston.

— Acho que nunca ouvi falar — disse Talbot.

Malcolm observava de perto. A reação de Talbot era perfeita. Ele estava recostado, calmo, ligeiramente entretido, desfrutando seu charuto. Só sua daemon-arara reagiu, mudando de um pé para outro no ombro de Talbot, virando a cabeça um momento para olhar para Malcolm, e em seguida virando para o outro lado.

Malcolm fez outra anotação e perguntou:

— O senhor acha possível dizer a verdade?

Talbot deixou seus olhos se iluminarem.

— Ah, bom. Por onde começar? São tantas...

— Imagine que está falando para os leitores do *Baltimore Observer*. Gente objetiva, que gosta de respostas diretas.

— É mesmo? Que deprimente. Qual era mesmo a pergunta?

— É possível dizer a verdade?

— Não. — Talbot sorriu e continuou. — Melhor você explicar o paradoxo dessa resposta. Tenho certeza de que os seus leitores vão gostar, se for colocado com palavras simples.

— Então, em um tribunal, o senhor não se consideraria obrigado por juramento a dizer a verdade?

— Ah, naturalmente eu faria o possível para obedecer à lei.

— Fiquei intrigado com seu capítulo sobre daemons em *O constante enganador* — Malcolm continuou.

— Fico tão contente.

— Conhece *Os hiperchorasmianos*, de Gottfried Brande?

— Ouvi falar. Não é uma espécie de best-seller? Acho que não conseguiria encarar.

A daemon-arara estava definitivamente incomodada. Asta, sentada no colo de Malcolm, não se mexeu, os olhos fixos nela. Malcolm podia sentir sua tensão.

Talbot terminou a bebida e olhou o relógio.

— Bom, por mais fascinante que tenha sido, preciso ir. Não quero perder o trem. Boa noite, sr. Peterson.

Ele estendeu a mão. Malcolm se levantou para apertá-la e olhou diretamente para a arara, que o encarou por um momento, mas virou a cabeça.

— Obrigado, professor — disse Malcolm. — *Bon voyage*.

Talbot jogou uma capa de tweed marrom-ferrugem sobre os ombros e pegou sua pasta. Um aceno contido de cabeça, e se foi.

— Foi empate — disse Asta.

— Não tenho certeza. Acho que ele venceu. Vamos ver para onde realmente vai.

Um momento na chapelaria para colocar uns óculos grossos e uma boina preta, e Malcolm, com Asta no ombro, saiu para a rua lavada de chuva. Havia um chuvisco pesado e a maioria das pessoas andava depressa, cabeças baixas sob os chapéus ou capuzes. Os cogumelos pretos de uma dúzia ou mais guarda-chuvas encheram o campo de visão de Malcolm, mas não tinha como esconder a arara-azul.

— Lá está ela — disse Asta.

— Indo para longe da estação. Como achávamos.

As luzes das vitrines deixavam em destaque a daemon, mas Talbot andava rápido e Malcolm teve que se apressar para não perdê-lo de vista. O homem fazia o que o próprio Malcolm faria, se soubesse que era seguido; olhava a vitrine de uma loja em busca do reflexo do que estava atrás dele, diminuía o passo imprevisivelmente e depois se apressava de novo, e atravessava a rua no momento em que as luzes do semáforo mudavam.

— Deixe eu ir atrás dele — disse Asta.

Era muito mais fácil duas pessoas seguirem alguém, mas Malcolm balançou a cabeça. A rua estava movimentada demais, seria muito visível.

— Lá vai ele — disse Asta.

Talbot virou na rua estreita onde Malcolm sabia que ficava La Maison Juste. Depois de uns momentos, ele sumiu de vista. Malcolm não foi atrás.

— Acha mesmo que ele ganhou? — Asta perguntou.

— Ele é muito mais esperto que Benny Morris. Eu não devia ter tentado pegar ele desprevenido.

— Mas *ela* entregou tudo.

— Bom, talvez um empate. Mas ainda acho que ele levou vantagem. Melhor a gente encontrar um trem. Acho que não vou estar em segurança aqui por muito tempo.

— O nome dele é Matthew Polstead — disse Talbot. — É catedrático da faculdade Durham. Historiador. Eu reconheci na mesma hora. Quase com certeza agente deles. Ele sabia da minha ligação com aquele policial imbecil que estragou o... o... ah, aquele incidente no rio, o que quer dizer que agora o outro lado já deve estar de posse das anotações e outras coisas do Hassall.

Marcel Delamare escutou impassível e observou-o do outro lado da escrivaninha reluzente.

— Você revelou alguma coisa? — perguntou.

— Acho que não. Ele é bem perspicaz, mas basicamente um matuto.

— Não conheço essa palavra.

— Um grosseirão.

Delamare sabia que a filosofia de Talbot defendia que nada era alguma coisa, basicamente, mas não questionou o que o homem de Oxford disse. Se existisse no mundo a expressão "idiota útil", ela exprimiria com precisão a sua opinião sobre Talbot. A daemon-arara olhava a coruja branca de Delamare, arrumava as penas, balançava a cabeça, mudava de pata para pata. A coruja mantinha os olhos fechados e não prestava atenção.

Delamare puxou para si um bloco de anotações e pegou seu lápis de prata.

— Consegue descrever essa pessoa para mim? — disse.

Talbot podia e o fez, com consideráveis detalhes, muitos deles corretos. Delamare escreveu depressa, meticulosamente.

— Como ele sabia da sua ligação com o policial incompetente? — disse, ao terminar.

— Isso ainda não se sabe.

— Se ele é um matuto, você não deve ter escondido bem a situação. Se estava bem escondido, ele não é um matuto. Qual dos dois?

— Talvez eu esteja exagerando o...

— Não importa. Obrigado por vir, professor. Agora tenho outros compromissos.

Levantou-se para apertarem as mãos e Talbot pegou sua capa e pasta e saiu, estranhamente humilhado, embora não tivesse certeza de como; mas sua filosofia logo fez essa sensação desaparecer.

Na estação, Malcolm encontrou uma multidão confusa de viajantes esperando, frustrados, e um funcionário da ferrovia tentando explicar por que não podiam embarcar no trem para Veneza e Constantinopla, conforme as pessoas, e o próprio Malcolm, esperavam. Já estava lotado e, aparentemente, um vagão inteiro tinha sido requisitado no último minuto para uso exclusivo do novo presidente do Alto Conselho. Passageiros que tinham bilhetes para aquele vagão teriam de esperar o trem do dia seguinte. A companhia ferroviária tentara encontrar um vagão extra, mas não havia nenhum disponível, de forma que estavam agora tentando encontrar quartos nos hotéis para os decepcionados passageiros passarem a noite.

As pessoas em torno de Malcolm reclamavam alto.

— Um vagão inteiro!

— Diziam que era um homem humilde, modesto. Foi só dar um título e de repente ele vira essa arrogância toda.

— Não, não é culpa dele. É a comitiva dele, que insiste em novos privilégios.

— Parece que a ordem veio do chefe do Secretariado.

— Surpreendente, visto como todo o resto foi bem organizado...

— Absurdo! Absolutamente sem consideração.

— Eu tenho uma reunião extremamente importante em Veneza amanhã! Sabe quem eu sou?

— Deviam ter pensado nisso com antecedência.

— Por que ele precisa de um vagão inteiro, pelo amor de Deus?

E assim por diante. Malcolm examinou os painéis de informações, mas não havia mais nenhuma partida naquela noite, a não ser trens locais para pequenas cidades próximas, e mais um trem para Paris pouco antes da meia-noite. E ele não ia a Paris.

Asta olhou em torno.

— Não vejo ninguém que pareça perigoso — disse. — Talbot não ia pegar este trem, ia?

— Eu acho que ele ia na direção oposta. Vai tomar aquele para Paris mais tarde.

— Vamos esperar até eles arrumarem um quarto de hotel para a gente?

— Claro que não — disse Malcolm, enquanto observava mais três funcionários que corriam na multidão com folhetos, pranchetas e folhas de papel. — Vão fazer uma lista de quem é cada um e onde vão ficar. Acho melhor a gente ficar anônimo.

Com a mala na mão e a mochila nas costas, Asta caminhando a seu lado, ele deixou a estação discretamente e partiu em busca de um quarto para passar a noite.

O presidente do Alto Conselho do Magisterium, o patriarca da Sublime Porta, são Simão Papadakis, estava humildemente consciente de ser a causa de toda aquela confusão e, com profunda inquietação, acomodou-se em sua poltrona no vagão reservado.

— Não gosto nada disso, sabe, Michael — ele disse a seu capelão. — É injusto. Eu tentei argumentar, mas eles simplesmente não deram ouvidos.

— Eu sei, sereníssimo. Mas é para a sua proteção e conveniência.

— Isso não devia importar. Me aflige tanto ser motivo de inconveniência para esses passageiros. São todos pessoas dignas, todos em atividades sagradas, todos com compromissos a cumprir e baldeações a fazer... Acho que não está nada certo.

— Mas como novo presidente...

— Bom, eu não sei. Devia ter insistido mais, Michael. Devia ter começado pelo caminho que eu pretendo seguir. Simplicidade, não ostentação. Nosso abençoado salvador iria concordar em sentar separado de seus colegas passageiros? Deviam ter falado comigo primeiro, sabe, antes de causar todo esse problema. Eu devia ter batido o pé.

Inadvertidamente, o capelão olhou para os pés do patriarca e desviou os olhos de novo. O velho estava com galochas por cima dos sapatos pretos muito remendados que usava todo dia e alguma coisa o incomodava: ele parecia não encontrar posição confortável para as pernas.

— Não está confortável, santidade?

— Essas galochas estão me incomodando... Não sei se...

Mas não eram as galochas. Assim como todos os seus outros funcionários, o capelão sabia que o patriarca sofria com dores em uma perna. O velho tentava não mancar, e nunca falava disso, mas quando estava cansado não conseguia disfarçar. O capelão pensou se devia levantar a questão com o médico.

— Claro. Eu ajudo o senhor a tirar — disse ele. — Não vai precisar delas até a gente descer.

— Seria muita gentileza. Muito obrigado.

Enquanto removia delicadamente as galochas, o capelão disse:

— Mas sabe, santidade, um vagão de trem reservado especialmente para o presidente do Alto Conselho é o tipo de coisa muito semelhante ao cerimonial e ritual da própria sagrada Igreja. Marca a distância natural entre...

— Ah, não, não, não é a mesma coisa não. As cerimônias da Igreja, a liturgia, a música, as vestes, os ícones, são coisas intrinsecamente sagradas. Elas encarnam a santidade. Sustentaram a fé de gerações anteriores. Coisas sagradas, Michael. Não tem nada a ver com reservar um vagão inteiro e deixar aquela pobre gente na chuva. É muito ruim, sabe. Não devia ter acontecido.

Um funcionário jovem, de terno escuro, cabelo bem penteado, pairava respeitosamente ali perto. Quando as galochas do patriarca tinham sido removidas, ele deu um passo à frente e fez uma reverência.

— Jean Vautel, sua serenidade. Tive a sorte de ter sido nomeado como seu novo secretário para questões do Conselho. Se não for incômodo, gostaria de discutir os arranjos para a comemoração que vai marcar sua eleição como presidente. Depois, há a questão do...

— Comemoração? Como assim?

— Uma expressão natural de alegria do povo, sua serenidade. Seria conveniente...

— Ah, nossa. Eu não esperava nada desse tipo...

Por trás do novo secretário, são Simão viu outros homens, estranhos, mas todos ocupados acomodando caixas, arquivos e malas no compartimento de bagagem, e todos com o mesmo ar de zelo competente que monsieur Vautel transpirava por todos os poros.

— Quem é essa gente? — ele perguntou.

— Sua equipe, santidade. Assim que começar a viagem, vou trazer cada um e apresentar ao senhor. Fizemos o melhor possível para reunir um grupo muito talentoso.

— Mas eu já tenho meus funcionários... — disse o velho com um olhar desamparado para o capelão, que estendeu as mãos e não disse nada quando o trem começou a sair da estação. A plataforma ainda estava tomada por passageiros.

Malcolm encontrou um lugar barato chamado Hotel Rembrandt, não longe da margem do lago. Registrou-se sob um dos seus nomes falsos, foi até o seu quarto no terceiro andar, deixou ali a bagagem, e saiu em busca de algo para comer. Não havia nada incriminador em sua mala, mas ele arrancou um fio de cabelo e colocou entre a porta e o batente para saber se alguém teria entrado enquanto estava fora.

Encontrou uma pequena brasserie vizinha ao hotel e pediu um cozido de carne.

— Eu queria que... — disse ele.

— Eu também — disse Asta. — Mas ela foi.

— "Fui procurar sua imaginação." Que coisa difícil de ler. O que acha que ele quis dizer?

— Exatamente o que disse. Ele sentia que os dois estavam... não sei, diminuídos, talvez, por causa da maneira como ela estava pensando, como se parte dela tivesse desaparecido. Talvez ela tenha parado de acreditar na própria imaginação, por causa de Talbot, em parte. Então ele partiu em busca dela.

— Ela não pode ter se deixado levar por aquele charlatão. Não acha?

— Muitas pessoas se deixaram. É corrosivo, esse jeito de pensar. Chega a ser corruptor. Uma espécie de irresponsabilidade universal. Ele fala alguma coisa específica sobre a imaginação?

— Não. De vez em quando usa a palavra "imaginativo" como termo de menosprezo, como se estivesse entre aspas. Para que os leitores do *Baltimore Observer* consigam entender que ele está sendo irônico. O que você sentiu quando falou com ele em Oxford? Com Pantalaimon, quero dizer.

— Senti que estava deprimido. Ele não falou nada diretamente a respeito, mas estava no ar.

— Exatamente o que eu senti quando a vimos de novo — disse Malcolm. — Ela costumava ser impetuosa, desafiadora, insolente até, mas havia algo melancólico nela já naquela época, não acha?

Ele se recostou na cadeira quando o garçom trouxe a comida. Notou um homem sentado sozinho em uma mesinha no canto da sala, um homem magro e de aspecto frágil, de meia-idade, que podia ser da Ásia Central, malvestido, com óculos de aro metálico remendado muitas vezes. Ele viu que Malcolm o olhava e desviou o rosto.

Asta murmurou:

— Interessante. Ele está conversando com o daemon em tadjique.

— Um delegado do congresso?

— Talvez. Se for, ele não parece muito satisfeito com o resultado. Mas quanto a Talbot... Acho que outra razão para ele ser popular é que é fácil de ser imitado em um trabalho de universidade.

— E é bom em um palco também. E acho que ele leu, *sim, Os hiperchorasmianos*. Só não quis admitir.

— Esse é mais difícil de entender a popularidade.

— Não acho — disse Malcolm. — É uma história cativante que leva as pessoas a não se sentirem mal por serem egoístas. É um ponto de vista que atrai muita gente.

— Mas com certeza não é o caso da Lyra...

— Não consigo imaginar ela acreditando naquilo. Mas os dois juntos fizeram alguma coisa danosa com ela, com ela e o Pantalaimon.

— Deve ter outros motivos também.

Asta estava sentada como uma esfinge em cima da mesa, os olhos semicerrados. Os dois se comunicavam metade em murmúrios, metade em pensamento e seria difícil para ambos dizer se uma observação tinha vindo de um ou de outro. O cozido estava bom; o vinho que Malcolm bebia era passável; a sala quente e confortável. Era tentador relaxar, mas ele e Asta se mantinham alertas.

— Ele está observando a gente de novo — disse Asta.

— Olhou antes? Nós olhamos para ele.

— É, ele está curioso. Mas nervoso também. Vamos falar com ele?

— Não. Eu sou um respeitável empresário suíço, longe de casa para apresentar amostras dos meus produtos para comerciantes locais. Não teria razão para que eu me interessasse por ele. Continue observando, mas não deixe ele ver.

O homem tadjique comia uma refeição frugal o mais lentamente possível, ou foi o que pareceu a Asta.

— Talvez ele esteja aqui pelo aquecimento — disse Malcolm.

Ele ainda estava lá quando Malcolm terminou de comer e pagou a conta, e observou os dois saírem. Malcolm deu mais uma olhada ao fechar a porta; a expressão do homem era grave quando seus olhos se encontraram.

Malcolm estava com frio e cansado. Ninguém tinha forçado a porta. Foram para a cama e Asta adormeceu no travesseiro a seu lado enquanto ele lia parte do *Jahan e Rukhsana* antes de dormir.

Às duas da manhã, bateram na porta. Ele e Asta acordaram de imediato, embora as batidas fossem muito leves.

Em um segundo, Malcolm estava fora da cama. Ele sussurrou pela porta:

— Quem é?

— Monsieur, preciso falar com o senhor.

Era a voz do homem tadjique, sem dúvida nenhuma. Falava francês, assim como Malcolm, mas o sotaque era inconfundível, mesmo em um sussurro, mesmo através da porta.

— Um momento — disse Malcolm, vestindo calça e camisa.

Destrancou a porta o mais silenciosamente possível. Era o tadjique, e estava assustado. A daemon-serpente em torno de seu pescoço espiava o corredor mal iluminado. Malcolm ofereceu a ele a única cadeira e sentou-se na cama.

— Quem é você? — perguntou.

— Meu nome é Mehrzad Karimov. Monsieur, seu nome é Polstead?

— Sim. Por que quer saber?

— Para poder alertar o senhor sobre Marcel Delamare.

— Como conhece Marcel Delamare?

— Fiz negócios com ele. Ele não me pagou e não posso ir embora enquanto não pagar.

— Disse que queria me alertar. Sobre o quê?

— Ele sabe da sua presença na cidade e mandou vigiarem todas as ruas, a estação de trens e os terminais da balsa. Ele quer prender o senhor. Fiquei sabendo disso por um homem que ficou meu amigo em La Maison Juste, com pena da minha situação. E agora, monsieur, acho melhor o senhor ir embora discretamente, porque vi da minha janela que a polícia está revistando as casas próximas. Não sei o que fazer.

Malcolm foi até a janela, parou de um lado e afastou da parede a cortina surrada apenas o suficiente para olhar para fora. Havia movimentação no fim da rua, e três homens fardados conversavam debaixo do poste de luz.

Ele soltou a cortina e virou-se.

— Bom, monsieur Karimov, eu acho que... que horas são agora?... duas e meia da manhã seria uma boa hora para partir de Genebra. Eu vou roubar um barco. O senhor vem comigo?

19. O PROFESSOR DE CERTEZA

Pantalaimon nunca tinha se sentido tão exposto, a não ser pelas terríveis primeiras horas de separação de Lyra à margem do mundo dos mortos. Mas mesmo lá ele não estivera sozinho, porque junto com ele estava a daemon de Will, que não sabia nada a respeito de si mesma e nem sabia que existia até ser arrancada do coração dele. Quando o barquinho levou Will e Lyra para a escuridão, os dois daemons ficaram tremendo na margem enevoada, abraçados para se aquecer, e Pan tentara explicar tudo à criatura aterrorizada que não sabia o próprio nome, qual forma tinha, ou mesmo que podia mudar.

E em sua jornada rio Elbe acima, através de cidades, florestas e campos bem cuidados, ele muitas vezes pensou naquele momento desolado, aquecido pelo companheirismo deles, e desejou acima de tudo uma companhia. Chegou a desejar Lyra. Se ao menos estivessem fazendo juntos aquela viagem! Poderia ser uma aventura, seria cheia de amor e entusiasmo... O que ele tinha feito a ela? Como ela devia estar se sentindo agora? Ainda estaria na Truta, em Godstow? Ou estava à procura dele? Estaria em segurança?

Isso quase o fez parar e voltar. Mas estava fazendo aquilo por ela. Lyra estava incompleta; algo havia sido roubado dela e ele ia trazer de volta. Por isso se esgueirava por margens de rios, por centrais elétricas, deslizava a bordo de embarcações carregadas de arroz, de açúcar, de lajes, de guano, disparava por estaleiros e ao longo de atracadouros e aterros, sempre na sombra, escondido no mato, evitando a luz do dia, alerta a ameaças de todas as direções. Gatos não iam atrás dele, mas várias vezes teve de fugir de cachorros e uma vez de lobos; e sempre, em toda parte, se esconder de seres humanos e seus daemons.

Mas finalmente chegou a Wittenberg e aí chegou ao problema ainda mais difícil de encontrar a casa de Gottfried Brande.

O que Lyra faria? Bem, pensou ele, para começar ela provavelmente iria a uma biblioteca, consultaria os livros de referência locais, ou diferentes tipos de guias urbanos, e se essas coisas não funcionassem, passaria para perguntas diretas. Gente muito conhecida jamais conseguia manter secretos seus endereços; as autoridades postais saberiam, sem dúvida os jornais locais também. Até mesmo os transeuntes na rua ou no mercado podiam ter uma ideia de onde morava o residente mais famoso da cidade, e Lyra era muito boa em perguntar coisas para os outros.

Mas aquele curso de ação era impossível para um daemon sozinho.

A barcaça em que chegara estava amarrada a uma boia no rio, porque o cais mais próximo estava todo ocupado. Pan esperou até estar completamente escuro, então deslizou pelo lado e nadou na água gelada até um trecho de chão nu sob umas árvores. A terra estava dura de gelo, o ar parado, pesado com os cheiros de carvão, madeiras e algo doce que podia ser melado. Mais adiante, rio abaixo, pouco antes das muralhas da cidade, a barcaça havia passado por uma área de tendas e barracos, onde as pessoas cozinhavam ao ar livre ou dormiam enroladas em cobertores de lona ou debaixo de tetos de papelão. Ainda dava para ver a luz dos fogos, sentir o cheiro da fumaça de lenha, e por um minuto Pan sentiu-se tentado a voltar e investigar; mas se sacudiu para se secar e correu para longe do rio, para dentro da cidade, sempre junto às paredes e olhando tudo.

As ruas estreitas eram iluminadas por lampiões a gás, cuja luz macia lançava sombras suaves. Pan se movimentava com extremo cuidado, só deixando o escuro de uma alameda ou da varanda de uma igreja quando tinha certeza de que ninguém estava olhando, mantendo-se à margem de praças e mercados. Havia pouca gente na rua: era, claramente, uma cidade recatada que ia para a cama cedo e não via com bons olhos o prazer. Era tudo limpo; até o lixo diante das portas das cozinhas era separado em lixeiras municipais identificadas com precisão.

Pan pensou que ia ser impossível. Como poderia descobrir onde Brande vivia sem perguntar para alguém? Mas como podia ele, um daemon sozinho, falar com alguém sem se tornar horrivelmente suspeito? As dúvidas aumentavam e ele então se viu pensando em outra coisa: o que de fato ia fazer quando se visse cara a cara com o autor de *Os hiperchorasmianos*, supondo que conseguisse? Por que não tinha pensado nisso?

Ele se agachou debaixo de um arbusto de buxo em um gramadinho arborizado de um canteiro triangular no encontro entre três ruas. Era uma área residencial: casas altas bem-arrumadas, uma igreja com torre, algum outro tipo de edifício em um grande jardim. As árvores estavam nuas; faltava ainda algum tempo para que a primavera as despertasse. Pan estava com frio, cansado, desanimado, desejando mais que nunca os braços de Lyra, seu peito, seu colo. Ele tinha sido absolutamente irresponsável, absolutamente idiota; petulante, egoísta, orgulhoso. Odiava o que tinha feito. Odiava a si mesmo.

Havia uma placa acima do muro do jardim do outro lado da rua. Ficava debaixo de uma grande conífera e não havia poste de luz por perto; mas bem nessa hora passou um bonde, e à luz de seu farol e luminosidade interna, ele leu as palavras:

ST. LUCIA SCHULE FÜR BLINDE

Uma escola para cegos!

Assim que o bonde virou a esquina ele atravessou correndo a rua, saltou para cima do muro, dali para um pinheiro, e um minuto depois estava confortavelmente encolhido em uma bifurcação de ramos, onde adormeceu imediatamente.

Ao amanhecer, Pan examinou o terreno da escola e os edifícios. Era um lugar grande, mas muito organizado, tão limpo e arrumado quanto o resto da cidade. O prédio principal da escola era de tijolos, simples a ponto de ser severo, e chegava a ser tão parecido com a faculdade Sta. Sophia que a visão dele à luz da manhã trouxe uma pontada de saudade. Do lado oposto do prédio principal, havia um jardim bem cuidado, nu naquela época do ano, mas com uma pequena fonte acionada em um tanque e um caminho de cascalho que levava aos portões principais.

Pan não tinha certeza do que ia fazer, mas não ser visto seria como ser invisível e ele improvisaria quando chegasse a hora. Encontrou arbustos densos de um dos lados de um gramado roçado, do qual podia ver todo o prédio principal, e instalou-se em vigília.

Era um colégio interno para meninas. Ele conhecia o tipo de rotina de um lugar daqueles; ouviu o sino que indicava a hora de levantar e ir para o café da manhã, o som de vozes femininas, o tilintar de garfos e facas em pratos de porcelana, sentiu a fragrância de torrada e café; viu as venezianas das janelas do dormitório se abrirem totalmente, luzes se acenderem, figuras adultas indo e vindo. Então acabou o café da manhã, e de outra parte do prédio veio o som de vozes jovens que entoavam um hino. Era tudo tão familiar.

Em algum momento da manhã, as alunas iam sair para tomar ar, se exercitar, e ele então aproveitaria qualquer chance que surgisse. Nesse meio-tempo, explorou o terreno da escola. Atrás dos arbustos havia a continuação do muro de pedra que ele havia escalado para entrar e dava para ouvir uma rua movimentada do outro lado. Ele podia escapar por ali, se fosse realmente preciso, mas não queria saltar para o meio de pedestres e trânsito. Seria melhor encontrar um canto mais sossegado onde não chamaria muita atenção e encontrou um lugar assim atrás de um barracão de madeira que continha ferramentas de jardinagem.

No momento, porém, os arbustos eram o melhor lugar para se esconder, então voltou para lá e fez uma descoberta. Alguém havia criado um pequeno abrigo de galhos e folhas contra o tronco de um grande pinheiro, do lado oposto ao da escola. O caminho até lá estava com mato alto, seria difícil para um adulto passar, mas uma pessoa jovem, se fosse magra, passaria com facilidade. Dentro do abrigo, Pan encontrou uma caixa de lata debaixo de uma pilha de folhas secas. Estava trancada e era pesada como se guardasse um livro grosso. O diário secreto de alguém? Mas como a menina poderia escrever se não conseguia enxergar?

Ele ouviu o sino tocar e pôs de volta no lugar. Depois subiu um pouco no tronco da árvore e esperou.

Não demorou muito e ela apareceu. Tinha uns catorze anos, era magra, de cabelo escuro. Usava saia e blusa de algodão azul, avental manchado de tinta, e os joelhos estavam muito arranhados, sem dúvida pelos arbustos que tinha de atravessar para esconder sua caixa. Seu daemon era uma chinchila.

Pan olhou enquanto ela tateava as folhas, pegava a caixa e destrancava com uma pequena chave que tinha no pulso. Ela tirou um livro surrado, grosso e pesado, como Pan havia adivinhado, e acomodou-se encostada no tronco da árvore para ler. Ele só não tinha percebido que o livro era grosso porque, claro, estava escrito com o alfabeto em relevo que os cegos usavam para ler com os dedos. Enquanto deslizava a mão pela página, ela sussurrava para o pequeno daemon em seu ombro, lendo em voz alta para ele. Um minuto depois, ambos estavam completamente absortos na história.

Pan se sentiu mal de espionar os dois, então desceu do tronco, se certificando de arranhar a casca áspera com suas garras para eles perceberem a sua aproximação. Ambos ouviram e ergueram o rosto, alarmados.

— Desculpe interromper — disse Pan no alemão que ele e Lyra sofreram anos para aprender, até começarem a memorizar poesia nessa língua.

— Quem é você? — sussurrou a garota.

— Só um daemon — ele disse. — Minha garota está aqui perto, vigiando se vem alguém.

— Então vocês não são cegos? O que estão fazendo aqui?

— Apenas explorando. Meu nome é Pantalaimon. Como é o seu?

— Anna Weber. E Gustavo.

— Posso ficar um pouco com vocês?

— Pode, se me contar que forma você tem.

— Eu sou um... — Ele não sabia a palavra em alemão.

O daemon-chinchila não tinha mais visão do que ela, mas seus outros sentidos estavam muito alertas. Ele e Pan tocaram os narizes, farejaram, ele mexeu as orelhas e sussurrou com Anna. Ela assentiu com a cabeça.

— *Marder* — ela disse.

— Ah. Na minha língua é *marta*. O que você está lendo?

Ela ruborizou. Pan se perguntou se ela sabia que ele podia notar.

— É uma história de amor — disse ela —, mas que a gente não devia ler porque... é tipo de adulto. Por isso que eu escondi aqui. Minha amiga me emprestou.

— A gente lê muito, eu e Lyra.

— Que nome estranho.

— Você leu *Os hiperchorasmianos*?

— Não! Ah, mas a gente ia adorar. Estamos loucas para ler. Mas a escola não deixa. Uma garota mais velha ficou muito encrencada porque trouxe esse livro. Sabia que o autor mora aqui na cidade?

Pan sentiu uma lufada de sorte.

— É mesmo? Sabe onde?

— Sei. É famoso. Gente do mundo todo vem visitar ele.

— Onde é a casa dele?

— Numa rua atrás da Stadtkirche. Dizem que ele não sai nunca de casa, porque é tão famoso que as pessoas param para falar com ele o tempo todo.

— Por que a escola não deixa vocês lerem?

— Porque é perigoso — ela disse. — Um bando de gente acha isso. Mas parece tão empolgante. Você leu com a... Lyra?

— Li. Nós não concordamos sobre o livro.

— Eu adoraria saber o que ela achou. É tão empolgante como dizem?

— É, sim, mas...

O sino tocou. Anna fechou o livro imediatamente e tateou em busca da caixa.

— Tenho de ir — disse. — Não temos muito tempo de intervalo. Você volta para a gente conversar?

— Se eu puder. Eu gostaria. Você sabe qual é a aparência da casa do Brande? Desculpe, que pergunta boba.

— Bom, não sei, mas se chama *Kaufmannshaus*. É famosa. — Com pressa e habilidade ela trancou a caixa e escondeu de volta entre as folhas. — Tchau! — disse, e seguiu pelo meio do mato.

Pan sentiu-se mal por tê-la enganado. Se ele e Lyra um dia se reconciliassem, ele ia fazer questão de voltar ali para visitar Anna e trazer alguns livros para ela. Mas que sorte! Ele sentiu o mesmo que havia sentido na cidade de Trollesund, no Ártico, ao encontrar o aeronauta Lee Scoresby e Iorek Byrnison, o urso de armadura, os melhores aliados que jamais poderia ter achado. A sensação fora de que ele e Lyra tinham sido abençoados, ou que algum outro poder zelava por eles; e agora também.

Ele se deslocou depressa pelo terreno até chegar à cabana do zelador, saltou para o teto e dali para o muro. A ruela estreita do outro lado estava deserta, mas ele podia ouvir o som do tráfego na rua principal atrás da escola. Para ficar em segurança tinha de esperar escurecer e sabia disso; mas era tão tentador saltar para baixo e sair correndo...

Mas para que lado? Ela tinha falado da Stadtkirche, a igreja da cidade. Pan olhou em torno, mas as casas altas bloqueavam a visão. Cautelosamente, ele correu até chegar ao ponto onde havia entrado no jardim, na noite anterior. Através dos galhos das árvores nuas do pequeno canteiro triangular ele podia ver duas torres quadradas de pedra clara, cada uma encimada por uma cúpula escura e uma lanterna. Poderia ser aquilo.

Antes que pudesse pensar melhor, saltou do muro e correu pela rua logo depois que dois bondes se cruzaram. Um ou dois pedestres o viram, piscaram ou balançaram a cabeça, mas ele atravessou depressa demais para que qualquer pessoa o olhasse com clareza, então escalou o tronco do velho cedro e sumiu de vista. Olhou para baixo com cuidado e viu que os transeuntes caminhavam como se nada tivesse acontecido. Talvez pensassem que seus olhos os haviam enganado.

Subiu um pouco no tronco, procurou as torres da Stadtkirche e logo as encontrou de novo.

Talvez conseguisse chegar lá de telhado em telhado. As casas eram altas e estreitas, sem espaço entre elas, e abriam-se diretamente para a calçada, sem a pequena área de porão comum nas casas inglesas. Ele correu pela rua e entrou em uma alameda pequena, escalou um cano de calha, depois deslizou pela canaleta que o cano esgotava, daí para as telhas até a cumeeira de um telhado. Agora podia ver as torres à luz do sol pálido, e também muitos outros edifícios altos, e ninguém podia vê-lo. Era quase como estar no telhado da faculdade Jordan, tempos atrás. Acomodou-se para dormir junto a uma chaminé quente e sonhou com Lyra.

— Wittenberg! — disse Olivier Bonneville em voz alta, jubiloso. Não conseguiu se conter e não tinha importância, porque estava no velho vapor fluvial, sozinho em sua cabine, bem em cima da sala de máquina. As batidas, chiados e baques eram mais que suficientes para abafar sua voz, se alguém estivesse ouvindo do lado de fora.

Ele vinha observando Pantalaimon com o aletiômetro desde que o vira pela primeira vez na margem do rio, sempre em breves relances, para conter a náusea. Não demorou muito para ele se dar conta de que o daemon de Lyra estava subindo o Elbe. Imediatamente, Bonneville foi de trem para Dresden, rio acima, além de qualquer ponto em que Pantalaimon estivesse, onde reservou uma cabine em um barco a vapor decrépito, que viajava com esforço pelo rio entre Praga e Hamburgo. Estavam em Meissen quando viu Pan escalar a lateral de um prédio e olhar acima dos telhados na direção de uma igreja com duas torres. Era uma vista conhecida: havia uma gravura que mostrava a famosa Stadtkirche de Wittenberg na parede do escritório de Marcel Delamare.

Bonneville revirou os papéis espalhados sobre sua cama e encontrou a tabela de horários da companhia de navegação. Meissen ficava a seis horas de viagem de Wittenberg. Agora faltava pouco.

De telhado em telhado... Pan devia ter pensado naquilo antes. As velhas casas eram construídas uma colada à outra, ou com um espaço muito estreito entre elas, e as pessoas raramente olhavam para cima, porque sua atenção estava concentrada ao nível do chão, no tráfego, nos cafés, nas vitrines. A natureza de Pan era afeita a altitudes e seu passo era confiante, então: telhados.

Ele circulou por todo o bairro, sem ser visto, sem levantar a suspeita das pessoas abaixo. No começo da tarde, encontrou uma casa que parecia promissora, logo atrás da Stadtkirche, como a menina havia dito; desceu pelo cano de escoamento da calha, olhou do outro lado da rua e conseguiu até distinguir as palavras *Der Kaufmannshaus* em letras góticas em uma placa de bronze na porta da frente. Havia pouco trânsito: era uma rua bem sossegada. Ele arriscou, atravessou correndo na direção de uma alameda três ou quatro casas mais adiante, então escalou de novo e chegou ao telhado da casa de Gottfried Brande.

Era mais íngreme que o das casas vizinhas, mas as telhas davam bastante apoio a Pan. Ele seguiu pela cumeeira, passou por um grupo de altas chaminés de tijolos e desceu para a parte de trás da casa.

Havia alguém brincando no jardim.

Só de ter um jardim já era surpreendente, porque nenhuma das outras casas que ele via tinha mais que um pequeno pátio cimentado. Mas a *Kaufmannshaus* tinha um quadrado de grama, duas ou três pequenas árvores, e um gazebo onde uma menina jogava uma bola contra a parede de madeira e girava antes de pegá-la de novo. Dava para ouvir a batida regular da bola, os pequenos suspiros de satisfação quando a pegava, os chiados de decepção quando escapava. Seu daemon era algo tão pequeno que ele não conseguia distinguir: apenas um pequeno movimento no gramado. Talvez fosse um camundongo.

Fazia sentido esperar? Claro que não. Da calha, Pan olhou para baixo e, para sua satisfação, viu que a parede era coberta de hera. Um momento depois, descia entre as folhas, silenciosamente, observando a menina. Ela não notou. Quando ele chegou ao caminho de cascalho junto à parede, ela jogou a bola de novo, girou e dessa vez interrompeu o movimento, porque o viu.

A bola bateu no ombro dela e caiu no gramado. Ela soltou uma imprecação, pegou a bola e voltou a jogá-la, ignorando Pan.

Ele ainda estava ao pé da parede, debaixo de uma janela alta. Observou-a jogar a bola muitas vezes, sem dar atenção a ele, então atravessou o caminho sem fazer barulho, cruzou o gramado na direção dela e sentou-se à sombra da casa, a poucos metros da menina. Ela podia vê-lo sem nem virar a cabeça, mas continuou jogando como se ele não estivesse ali.

Tinha uns quinze anos, cabelo loiro, era magra, com uma expressão de desagrado que parecia permanentemente instalada em seu rosto. Duas pequenas rugas já marcavam sua testa. Usava um vestido branco formal, com mangas bufantes, o cabelo preso elaboradamente: o vestido era infantil demais para ela, o cabelo maduro demais; parecia que nada a seu respeito estava certo e ela sabia disso.

Jogar, bater, girar, pegar.

Seu daemon-camundongo tinha visto Pan e fez um movimento para se aproximar, mas ela viu e chiou. O daemon parou e voltou.

Jogar, bater, girar, pegar.

Pan perguntou:

— Esta é a casa de Gottfried Brande?

— E se for? — ela disse, pegando a bola do chão.

— Vim de muito longe para falar com ele.

— Ele não vai falar com você.

— Como você sabe?

Ela deu de ombros, jogou e pegou a bola de novo.

— Por que está brincando um jogo infantil? — Pan perguntou.

— Porque ele me paga para isso.

— O quê? Por quê?

— Porque ele gosta, acho. Ele olha da janela. Está trabalhando agora, mas mesmo assim gosta de ouvir o som.

Pan olhou a casa. Não havia sinal de movimento, mas uma janela do térreo que dava para o jardim estava ligeiramente aberta.

— Ele pode escutar a gente conversando?

Mais um dar de ombros, mais uma pegada da bola.

Ele perguntou:

— Por que ele não vai falar comigo?

— Não vai nem olhar para você. E o que você está fazendo sozinho? Não é natural. Cadê a sua pessoa?

— Estou procurando a imaginação dela.

— Acha que está com ele?

— Acho que ele roubou.

— Para que ele ia querer isso?

— Não sei. Mas vim aqui perguntar.

Ela então olhou para ele, com desdém. O que restava do sol escasso já tocava o alto das duas árvores; a sombra da casa já esfriava o ar sobre o jardim.

— Como é seu nome? — Pan perguntou.

— Não é da sua conta. Ah, isso está estranho demais para mim. — Ela jogou a bola no chão e virou-se, os ombros caídos. Então sentou-se no degrau do gazebo e seu daemon subiu correndo por seu braço e enterrou o rosto em seu cabelo.

— Ele paga para você brincar o dia inteiro? — Pan perguntou.

— Ele desistiu de todo o resto.

Ele tentou imaginar o que isso significava; não parecia provável que ela lhe desse uma resposta clara.

— Ele está em casa agora?

— Onde mais? Ele não sai nunca.

— Em que aposento ele está?

Ela endireitou o corpo, impaciente.

— Ah, pelo amor de Deus. No escritório, claro. Aquela janela aberta.

— Tem mais alguém em casa além dele?

— Tem os criados, claro. Não vai te ajudar em nada, sabe?

— Por que tem tanta certeza?

Ela deu um suspiro pesado, como se a pergunta fosse tola demais para merecer resposta. Depois virou-se, curvou-se e pousou a cabeça nos braços dobrados. Dois olhinhos pretos e brilhantes o encararam da fortaleza do cabelo dela.

— Vá embora — ela disse, a voz abafada. — Fantasmas demais. Você acha que é o primeiro? Eles continuam a voltar e ele não diz nem uma palavra.

Pan não entendeu bem o que ouviu. Queria saber muito mais sobre aquela garota infeliz. Lyra também gostaria, ele pensou, mas ela saberia como falar com a menina, ele não sabia.

— Obrigado — disse ele, baixo.

Deixou-a e atravessou o gramado. Havia luz na janela do escritório agora, ou talvez ele só tivesse notado porque a luz do fim de tarde estava escurecendo depressa. Ele viu a janela aberta acima, escalou a hera e entrou.

Viu-se em um quarto de dormir: austero como o de um monge, tábuas do piso nuas, sem fotos nem estantes, uma cama estreita, cobertas finas arrumadas à perfeição, uma mesa de cabeceira sem nada além de um copo de água.

A porta estava ligeiramente aberta. Ele saiu e desceu uma escada íngreme até um salão escuro, com uma porta próxima que levava (a julgar pelo cheiro de repolho) à cozinha, e outra porta da qual vinha um odor pungente de folha de fumo. Ele seguiu rente à parede, tentando não fazer barulho com as garras no piso de madeira encerada, e parou diante daquela porta.

A voz de Brande (só podia ser a dele: clara, poderosa, precisa) soava como se estivesse dando uma palestra.

— ... e é claro que não são necessários outros exemplos. Aqui o reinado de idiotice chega a sua fase final, caracterizada de início pelo florescimento da decadência e depois pelo florescimento de todo tipo de piedade extravagante, medrosa, crepuscular. A essa altura...

— Desculpe, professor — veio uma voz feminina. — Que tipo de piedade?

— Extravagante, medrosa, crepuscular.

— Obrigada. Desculpe.

— Você nunca trabalhou para mim antes, certo?

— Não, professor. A agência explicou que...

— Continue. A essa altura tudo está encaminhado para a vinda de um líder forte, que constituirá o assunto do próximo capítulo.

Ele parou. Houve um silêncio de alguns segundos.

— Isso é tudo — disse ele. — Por gentileza, diga para a agência que eu ficaria grato se mandassem uma estenógrafa diferente amanhã.

— Sinto muito, professor. Eu era a única pessoa disponível...

— Sente muito? Se é culpa sua, tem de sentir mesmo. Se não é, não existe nenhuma culpa para ser sentida. Um erro é culpa sua. Uma incapacidade, não.

— Sei que não estou acostumada... Meu treinamento foi para negócios e comércio e não sou familiar com os termos que o senhor usa... sei que o senhor quer que fique certo...

— Já está certo.

— Claro. Desculpe.

— Até logo — disse ele e Pan ouviu o som de uma cadeira sendo empurrada, papéis sendo empilhados, um fósforo sendo acendido.

Momentos depois, uma moça saiu da sala, tentando vestir um casaco surrado e impedir que uma pilha de papéis e um estojo de canetas caísse no chão. Inútil: as coisas caíram de seu braço e o daemon-papagaio que tinha voado para o poste do corrimão disse alguma coisa depreciativa.

Ela o ignorou, começou a recolher as coisas e ao mesmo tempo viu Pan, que não tinha onde se esconder. Ele tentou ficar o mais imóvel possível contra a parede.

Ela arregalou os olhos, respirou fundo, e seu daemon deu um pequeno grasnido de alarme.

Os olhos de Pan encontraram os dela. Ele balançou a cabeça.

— Não é possível — ela sussurrou.

— Não — ele sussurrou de volta. — Não é possível.

O papagaio estava choramingando. Vinha da porta um cheiro forte de folha de fumo. A moça recolheu os papéis e apressou-se a abrir a porta e sair, antes mesmo de vestir inteiramente o casaco. O papagaio voou atrás dela e a porta fechou com ruído.

Não tinha por que esperar. Pan entrou pela porta do escritório carregado de charuto e forrado de livros, onde Gottfried Brande estava sentado a uma escrivaninha grande e olhava para ele.

Era um homem de ossos grandes, macilento e duro, cabelo grisalho curto, olhos azuis muito claros. Estava vestido formalmente, como se pronto para dar uma palestra acadêmica, e sua expressão era de absoluto terror.

Pan procurou sua daemon. Era uma fêmea de pastor alemão muito grande, deitada no tapete a seus pés, aparentemente dormindo, ou fingindo dormir. Parecia tentar diminuir seu grande tamanho o máximo possível.

Brande não se mexeu, mas desviou o olhar de Pan e fixou o canto da sala. A menos que aquela fosse a expressão natural de seu rosto, ainda estava apavorado. Pan estava desconcertado: esperara qualquer tipo de reação, menos aquela.

Atravessou a sala e saltou para cima da mesa.

Brande fechou os olhos e afastou o corpo.

— Você roubou a imaginação de Lyra — disse Pan.

Nenhum movimento de Brande, nem uma palavra.

— Você roubou — disse Pan. — Ou corrompeu. Ou envenenou. Deixou a imaginação dela pequena e cruel. Vim até aqui para você desfazer o dano que causou.

Brande procurou o cinzeiro com mão trêmula e pôs nele o charuto. Os olhos ainda fechados.

— O que estava ditando agora?

Nenhuma resposta.

— Não parecia ser um romance. Desistiu de escrever ficção?

As pálpebras de Brande se entreabriram só uma frestinha, e Pan viu que ele tentava olhar de lado. Então se fecharam outra vez.

— Quem é a garota lá fora? Por que você paga para ela ficar naquela brincadeira boba? — Ao dizer isso, Pan se deu conta de que não ouvia a batida da bola na parede do gazebo desde que a deixara lá. — Qual é o nome dela? Quanto paga para ela?

Brande suspirou, mas furtivamente, como se tentasse não demonstrar. Pan ouviu a daemon dele se mexer silenciosamente no chão, talvez virando-se, e veio então um ganido abafado.

Pan foi até a beira da escrivaninha e olhou para baixo. A cachorra estava com uma pata cobrindo os olhos. Havia algo estranho nela, e não só porque uma criatura tão grande e poderosa demonstrasse tanto medo. Não fazia sentido e o fez pensar em uma coisa que a garota tinha dito.

Ele virou-se para o homem e disse:

— Ela me falou que existem fantasmas aqui. Fantasmas demais. Que continuam a voltar, ela disse. Acha que eu sou um fantasma? Acha que é isso que eu sou?

Brande estava com os olhos fechados com força. Parecia achar que se ficasse absolutamente imóvel ficaria invisível.

— Porque não pensei que você fosse acreditar em fantasmas — Pan continuou. — Achei que ia caçoar da ideia. Você não sente nada além de desprezo por alguém que acredite neles. Tem uma página justamente a esse respeito em *Os hiperchorasmianos*. Esqueceu suas próprias palavras?

Ainda nenhuma resposta.

— Sua daemon? Ela é um fantasma? Tem alguma coisa estranha nela. Ah, mas claro, eu esqueci: você não acredita em daemons. Ela finge que não está aqui, como você está fingindo. Fantasmas demais, a garota disse. Queria dizer daemons? Como eu? Eles vêm durante a noite ou de dia? Se abrir os olhos, consegue enxergar algum agora? O que eles fazem? Falam com você? Eles tateiam seus olhos e tentam puxar para abrir suas pálpebras? Ou quem sabe eles entrem sob as pálpebras e se apertem contra seus olhos? Consegue dormir com eles vigiando a noite inteira?

Brande finalmente se mexeu. Abriu os olhos e girou a cadeira para olhar sua daemon. Sua expressão era feroz e pela primeira vez Pan sentiu um pouco de medo dele.

Mas ele não disse nada, apenas chamou a daemon:

— Cosima! Cosima! Venha comigo.

A daemon se levantou contrafeita e, de cabeça baixa e rabo entre as pernas, foi na direção da porta. Brande levantou-se para ir com ela, mas a porta se abriu com estrondo.

Era a garota do jardim. A daemon-pastor alemão fugiu, acovardada. Brande fuzilou a garota com um olhar, sem se mexer, e Pan sentou-se na mesa para observar.

— Ach! — disse a garota, com uma careta, balançando a cabeça. — Esta sala está cheia deles! Devia fazer eles irem embora. Não devia deixar que eles...

— Silêncio! — Brande rugiu. — Não devemos falar dessas coisas. Você tem uma doença no cérebro...

— Não! Não! Estou tão *cansada* de tudo isso!

— Sabine, você é incapaz de pensar racionalmente. Vá para seu quarto.

— Não. Não vou fazer isso, não vou! Vim aqui porque achei que você me amava e estava interessado em mim, e não posso fazer nada que te agrade a não ser jogar aquela maldita bola. Odeio isso, odeio.

Então o nome dela era Sabine e ela achava que ele a amava. Por que pensaria isso? Seria filha dele? Pan se lembrava muito bem da conversa acalorada que Lyra e lorde Asriel tiveram na prisão luxuosa que os ursos tinham construído, e sua cabeça ressoou com os ecos do que ela havia dito na época.

A garota tremia violentamente. Lágrimas caíam de seus olhos enquanto ela arrancava os grampos do cabelo e sacudia a cabeça loucamente para dissolver o penteado elaborado em uma confusão de cachos loiros.

— Sabine, controle-se. Não vou tolerar uma cena dessas. Faça o que eu digo e...

— Olhe para ele! — ela gritou e apontou Pantalaimon. — Mais um fantasma saído das sombras. E acho que você fingiu que não viu também, como todos os outros. Odeio esta vida aqui. Não vou viver assim. Não consigo!

O daemon dela se transformou em um pássaro corruíra e voou em torno de sua cabeça, piando penosamente. Pan olhou para a daemon de Brande outra vez e viu que estava deitada de costas para a garota, a cabeça debaixo da pata. O próprio Brande parecia atormentado.

— Sabine — disse ele —, se acalme. São ilusões. Tire isso da cabeça. Não posso discutir com você quando age dessa forma.

— Não quero discutir! Não quero isso! Eu quero amor, quero afeto, quero um pouco de bondade! Será que você é completamente incapaz de...

— Já basta! — disse Brande. — Cosima! Cosima! Venha comigo.

A daemon-cachorra se pôs de pé e imediatamente a corruíra voou para cima dela como um dardo. A cachorra uivou e fugiu da sala, e Sabine deu um grito. Pan sabia muito bem por que: era o grito angustiado ao sentir que seu daemon a deixava para tentar perseguir a cachorra. Brande ficou parado observando enquanto ela apertava o peito e caía desfalecida no tapete, e Pan se viu tomado de surpresa: Brande e seu daemon podiam se separar! O homem não demonstrava nenhum sinal da dor que fizera Sabine gritar e estender os braços para o passarinho, tentando agarrá-lo no ar.

Por fim, o daemon voltou para ela e caiu em suas mãos. Então Brande passou por ela, seguiu sua daemon para fora do escritório, na direção da escada, e Pan deixou Sabine chorando no chão.

Brande pode se separar!, Pan pensou de novo, confuso, ao segui-lo pela escada. Então o professor e a cachorra pastor-alemão eram como ele e Lyra? Eles se odiavam? Mas não parecia ser esse o caso. Alguma outra coisa estava acontecendo. Brande entrou em seu quartinho espartano e, antes que pudesse fechar a porta, Pan correu atrás dele. A daemon estava acovardada nas tábuas nuas em frente à lareira vazia. Brande parou a seu lado e virou-se para encarar Pan. Agora ele parecia assombrado, trágico até.

— Quero saber sobre o Pó — disse Pan.

Isso surpreendeu Brande. Ele abriu a boca como se fosse falar, então pareceu lembrar-se de que tentava ignorar Pan e desviou o olhar outra vez.

— Me diga o que sabe a respeito — disse Pan. — Sei que pode me ouvir.

— Não existe nada desse tipo — Brande murmurou, olhos no chão.

— Nada como o Pó?

— Nada... desse... tipo.

— Bom, pelo menos agora você fala — disse Pan.

Brande olhou para a cama, depois para a janela, depois para a porta do quarto, que ainda estava aberta.

— Cosima — disse.

A daemon-cachorra não deu atenção.

— Cosima, por favor — ele disse. Sua voz quase sumida.

A cachorra enfiou o rosto ainda mais fundo nas patas. Brande grunhiu; sua angústia parecia genuína. Olhou para Pan outra vez, como se implorasse misericórdia a um torturador.

Pan disse:

— Você pode fingir que me vê, pode fingir que me escuta, pode fingir que fala comigo. Deve funcionar.

Brande fechou os olhos e deu um profundo suspiro. Depois foi até a porta e saiu do quarto. A daemon ficou onde estava e Pan foi atrás de Brande, que atravessou o patamar e subiu outra escada, mais escura e mais íngreme que a escada principal, e abriu o trinco de uma porta que dava para um sótão vazio. Pan logo atrás dele.

Ele entrou e mais uma vez Pan o seguiu antes que ele conseguisse fechar a porta.

— Está com medo de mim? — Pan perguntou.

Brande virou-se e disse:

— Não tenho medo de nada. Não reconheço o medo. Não é uma emoção válida. É um parasita da energia humana.

Havia três janelinhas no sótão, que deixavam entrar os resquícios da luz do dia. Chão de tábuas nuas, vigas nuas, teias de aranha pesadas, e pó, pó cotidiano por toda parte.

— Me fale do Pó, agora que pode falar.

— Isto é pó — disse Brande, passando a mão sobre uma viga e soprando para espalhar a poeira. Os grãos giraram sem rumo no ar e caíram no chão.

— Sabe o que eu quero dizer — disse Pan. — Você só se recusa a acreditar nele.

— Ele não existe. Acreditar ou desacreditar são ambos irrelevantes.

— E os cientistas que descobriram o Pó? Rusakov? E o campo Rusakov, e em relação a ele?

— Uma fraude. Os que falam de coisas assim estão iludidos ou são corruptos.

O desprezo daquele homem era como um maçarico que transformava as coisas em gelo. Pan estava com medo do impacto do que o homem falava, mas não recuou. Estava lutando por Lyra.

— E a imaginação?

— O que tem?

— Acredita nela?

— O que importa o que qualquer um acredita? Os fatos são indiferentes à convicção.

— Você imaginou a história de *Os hiperchorasmianos*.

— Construí a história a partir dos princípios primeiros. Construí uma narrativa para mostrar o resultado lógico da superstição e da estupidez. A composição de cada passagem do livro é impessoal e racional, em estado de pleno alerta, não em algum mórbido território fantasioso.

— Por isso é que os personagens parecem tão pouco com gente de verdade?

— Eu sei mais sobre gente do que você. A maioria das pessoas é fraca, boba, fácil de manipular. Só uns poucos são capazes de fazer alguma coisa original.

— Eles não parecem nada com gente de verdade. Tudo o que torna as pessoas interessantes simplesmente... simplesmente não está no livro.

— Você espera que o sol descreva sombras. O sol nunca viu uma sombra.

— Mas o mundo é cheio de sombras.

— Isso não é interessante.

— Sabine é sua filha?

Brande não respondeu. Ao longo de toda a conversa, ele não olhou para Pan mais do que três vezes e então voltou o rosto totalmente para as sombras do outro lado do sótão, que se aprofundavam rapidamente.

— Sim, então — disse Pan. — E como você aprendeu a se separar da sua daemon... como é que se chama... Cosima?

O filósofo baixou lentamente a cabeça para o peito. Ficou novamente em silêncio.

— Eu vim aqui porque a leitura do seu romance convenceu a minha Lyra de que as coisas em que ela acreditava eram falsas. Isso a deixou terrivelmente infeliz. Como se você tivesse roubado a sua imaginação e levado junto a esperança. Eu queria encontrar essas coisas e levar de volta para ela, por isso vim falar com você. Tem alguma coisa para eu dizer a ela quando voltar?

— Tudo é o que é, e mais nada — disse Brande.

— É isso? É só o que tem a dizer?

Brande ficou completamente imóvel. No escuro, ele parecia uma escultura abandonada depois que o museu foi saqueado.

— Você ama sua filha? — Pan perguntou.

Silêncio e imobilidade.

— Ela disse que veio pra cá — Pan continuou. — Onde ela vivia antes?

Nenhuma resposta.

— Quando ela veio? Quanto tempo faz que está aqui?

Talvez tenha havido um movimento muito ligeiro nos ombros do homem, mas não o suficiente para se dizer que os encolheu.

— Ela vivia com a mãe? Talvez em outra cidade?

Brande respirou fundo, com um tremor muito ligeiro.

— Quem escolhe a roupa dela? Quem penteia o seu cabelo? Você quer que ela tenha a aparência que tem?

Silêncio.

— Ela tem alguma opinião sobre esse tipo de coisa? Já perguntou? Ela vai para a escola? Como ela é educada? Ela tem amigos? Você deixa ela sair de casa e do jardim?

Brande começou a se mexer como se carregasse um grande peso. Arrastou os pés até o canto mais distante do sótão, que estava agora quase totalmente escuro, sentou no chão, dobrou os joelhos para o peito e escondeu o rosto nas mãos. Era como uma criança que pensava que se fechasse os olhos não ia ser vista por ninguém. Pan sentiu uma onda de compaixão começar a crescer dentro dele e tentou combatê-la por causa do que as ideias daquele homem tinham feito com Lyra; mas então se deu conta de que ela sentiria a mesma compaixão e que as ideias de Brande tinham fracassado.

A porta do sótão ainda estava aberta. Pan saiu silenciosamente e desceu a escada. Ao pé da escada principal, no hall, a garota estava sentada, rasgando uma folha de papel em pedacinhos que deixava cair como flocos de neve.

Olhou para Pan quando ele chegou e perguntou:

— Você matou ele?

— Não, claro que não. Por que a daemon dele é daquele jeito?

— Não faço ideia. Os dois são idiotas. Todo mundo é idiota. Isto é um horror.

— Por que não vai embora?

— Não tenho para onde ir.

— Onde está sua mãe?

— Morta, claro.

— Não tem nenhum outro parente?

— Não é da sua conta, droga. Não sei por que estou perdendo tempo com você. Por que não dá o fora?

— Se abrir a porta, eu vou.

Com um grunhido de desdém, ela abriu a porta. Ele desceu os degraus até a rua, onde os lampiões a gás brilhavam através de uma neblina que aumentava. Se passasse alguém, os passos seriam abafados, os contornos vagos, as sombras cheias de possibilidade, ameaça e promessa, mas claro que o sol não veria nada disso.

Ele não sabia aonde ir em seguida.

Ao mesmo tempo, a poucas ruas de distância, Olivier Bonneville desembarcava da balsa.

20. O HOMEM-FORNALHA

Ao mesmo tempo, Lyra estava em um vagão de trem nos arredores da cidade de Praga. Ela não teve problemas em comprar uma passagem em Paris sem despertar muita suspeita e parecia que seu método de imitação-de-Will funcionava. Isso ou os cidadãos das cidades europeias por onde passou eram estranhamente pouco curiosos ou estranhamente polidos. Ou preocupados: havia uma tensão nas ruas e ela tinha visto muitas fardas como as que encontrara na balsa: grupos de homens vestidos de preto em guarda em um edifício, ou conversando nas esquinas, ou em carros que saíam depressa de estacionamentos no subsolo com ásperos motores refrigerados a ar.

Ou talvez fosse porque uma pessoa sem um daemon visível não fosse impensável. Em Amsterdam, ela havia visto uma mulher sem daemon, linda, vestida na última moda, segura, arrogante até, e indiferente à curiosidade dos passantes; e um homem em Bruges não tinha daemon, e se entregava pela maneira infeliz e tímida e constrangida com que andava em uma rua movimentada procurando as sombras. Ela aprendeu com aqueles dois exemplos e portou-se com simplicidade e tranquila segurança. Não era nem de perto algo fácil de fazer, e de tempos em tempos, quando estava sozinha, se debulhava em lágrimas; mas ninguém saberia.

Tinha sido levada a Praga por uma memória que passou por sua cabeça ao ver o nome da cidade na tabela de horários da ferrovia. Anos antes, ela e Pan tinham passado uma noite analisando um velho mapa do lugar, construindo mentalmente uma imagem da cidade prédio a prédio. Fora ali que o aletiômetro tinha sido inventado, afinal; e quando viu o nome de novo, considerou aquela memória como a comunidade secreta em ação. Estava mais sensível àqueles apelos sussurrados, estava melhor em reconhecer quando não eram suposições.

Em Praga, porém, teria de tomar uma decisão. A cidade era um entroncamento da Companhia Ferroviária Centro-Europeia, onde os trilhos de uma bitola seguiam para norte e leste na direção de Kiev e Moscóvia, e linhas de bitola diferente, mais larga, seguiam para o sul pela Áustria-Hungria e Bulgária em direção a Constantinopla. A rota norte seria a óbvia se ela fosse diretamente para a Ásia Central e Karamakan; mas não servia para ela porque precisava encontrar Pan antes de tentar chegar ao lugar onde eram cultivadas as rosas.

E ele estava... onde? O Hotel Azul era a única pista que tinha e o nome em árabe sugeria que ficava bem mais longe que Moscóvia. Se tomasse o rumo norte e trocasse de trem em Kiev podia pegar outra rota sul para Odessa, atravessar o mar Negro de balsa até Trebizonda e dali seguir para o sul na direção das terras de língua árabe; mas sem uma pista mais sólida daria no mesmo que espetar um alfinete no atlas. A rota sul através de Constantinopla era menos complicada, mas podia demorar mais — ou ser mais rápida; de qualquer modo, ela não sabia seu destino, a não ser pelo nome árabe al-Khan al-Azraq.

Além disso, o aletiômetro era de pouca ajuda. O novo método tinha consequências físicas tão desagradáveis que depois de seu primeiro sucesso ela só tentara mais uma vez e não descobrira nada. Podia fazer algum progresso com o conhecimento que tinha dos símbolos, mas sem os livros era como tentar enfiar a linha na agulha usando luvas de boxe.

A única ideia que tinha sobre o que fazer se conseguisse encontrar Pan estava ligada à expressão *a Rota da Seda*, a antiga rota das caravanas de camelos que levava diretamente para a Ásia Central. Mas a Rota da Seda não era uma linha ferroviária. Não era nem mesmo uma única rota: era uma variedade de rotas diferentes. Não seria rápida, nem fácil; ela teria de seguir no passo de qualquer animal que usassem para transporte: camelos, provavelmente. Seria uma viagem longa e difícil, a não ser que ela e Pan se reconciliassem de alguma forma.

Ela vinha pensando naquilo havia algum tempo. Não tinha falado com ninguém, desde que se despedira dos mineiros galeses em Bruges; isto é, ninguém a não ser garçons e funcionários da ferrovia. Sentia falta de seu daemon; mas até mesmo o hostil Pan dos últimos tempos seria ao menos outra voz, outro ponto de vista. Como era difícil pensar quando faltava metade de si mesma!

Já estava escuro quando o trem entrou na estação no coração de Praga. Ela ficou contente por isso e pensou que talvez não fosse tão fora do comum ver uma mulher jovem viajando sozinha, porque Praga era uma cidade sofisticada, com estudantes de música e outras artes de todas as partes da Europa e de outros lugares.

Entregou seu bilhete na catraca, manteve distância da multidão de passageiros da hora do rush e procurou o balcão de informações onde podia encontrar horários e, se tivesse sorte, um mapa. O salão principal era construído e decorado em um estilo barroco pesado, esculturas de deuses e deusas nus sustentavam cada janela ou luminária a gás, trepadeiras de pedra subiam por todas as colunas. Todas as alas tinham pilastras e nichos. Não havia quase nenhuma superfície simples e lisa, e Lyra gostou daquilo porque se sentia mais segura em todo aquele excesso.

Esforçou-se para fixar com firmeza um ponto à sua frente e caminhar para ele com determinação. Não importava se era uma barraca de café ou a escada para a administração; qualquer coisa servia; ela só precisava passar a impressão de que fazia aquele trajeto todos os dias.

E conseguiu. Ninguém a deteve nem olhou, ninguém gritou em um alarme de medo para denunciar aquela moça esquisita sem daemon, ninguém pareceu notá-la em absoluto. Quando chegou ao fim do salão, olhou em torno em busca da bilheteria, onde torceu para encontrar alguém que falasse inglês.

Antes que encontrasse, porém, sentiu uma mão em seu braço.

Sobressaltou-se, alarmada, e instantaneamente pensou: *Errado! Não posso parecer assustada.* O homem que a tocou recuou, ele próprio alarmado por ter causado tal reação. Era de meia-idade, de óculos, terno escuro e gravata discreta, carregando uma pasta: a imagem perfeita de um cidadão respeitável e temente às leis.

Ele disse alguma coisa em tcheco.

Ela deu de ombros, tentou parecer consternada e balançou a cabeça.

— Inglês? — ele perguntou.

Ela assentiu, relutante. E então, com um choque ainda maior do que sentira um momento antes, se deu conta de que, assim como ela, ele não tinha daemon. Arregalou os olhos, abriu a boca para falar, olhou de um lado, de outro e fechou a boca de novo sem saber o que dizer.

— Sim — ele disse, baixinho. — Nós não temos daemons. Ande a meu lado com calma e ninguém vai notar. Finja que me conhece e que estamos conversando.

Ela assentiu e acertou o passo com ele através da multidão da hora do rush, na direção da saída principal.

— Como é seu nome? — ela perguntou, em voz baixa.

— Vaclav Kubiček.

Algo soou familiar, mas a impressão veio e se foi em um segundo.

— E o seu?

— Lyra da Língua Mágica. Como sabia que eu…? O senhor apenas me viu e teve o impulso de falar comigo?

— Eu estava esperando por você. Não sabia seu nome, nem nada a seu respeito a não ser que era uma de nós.

— Uma de… uma de quem? E como estava me esperando?

— Tem um homem que precisa da sua ajuda. Ele me disse que você viria.

— Eu… antes de qualquer outra coisa, eu preciso de uma tabela de horários.

— Fala tcheco?

— Nem uma palavra.

— Então deixe que pergunto para você. Aonde quer ir?

— Preciso saber os horários dos trens para Moscóvia, e os da outra ferrovia para Constantinopla.

— Por favor, venha comigo. Vou descobrir para você. Tem um posto de informações naquela porta — disse ele, e apontou o canto do grande salão.

Ela foi com ele. Dentro do posto, ele falou rapidamente com um funcionário atrás do balcão, que perguntou de volta alguma coisa. Kubiček olhou para Lyra e disse:

— Você quer ir até a parada final em Constantinopla, se for por essa linha?

— Sim, até o final.

— E igualmente até a final de Moscou?

— Além de Moscou. Até onde vai a linha? Vai até a Sibéria?

Ele se virou para traduzir. O funcionário ouviu, depois girou na cadeira para pegar dois folhetos de uma pilha a seu lado.

Kubiček disse:

— Ele não foi de muita ajuda. Mas eu sei que a linha Moscóvia vai até Irkutsk, no lago Baikal.

— Entendo — disse Lyra.

O funcionário empurrou os folhetos pelo balcão, os olhos cansados, distraídos, e continuou com o trabalho que estava fazendo. Lyra guardou os folhetos na mochila e virou-se para acompanhar Kubiček, então pensou que ele era um homem muito experiente na arte de Will; talvez pudesse aprender com ele.

Ela perguntou:

— Aonde vamos, sr. Kubiček?

— À minha casa, na cidade velha. Eu explico no caminho.

Saíram da estação e se viram diante da praça movimentada onde o tráfego passava depressa. As vitrines estavam muito iluminadas, havia cafés e restaurante lotados, bondes passavam com um zumbido macio dos fios ambáricos acima deles.

— Antes que diga qualquer coisa — Lyra falou —, o que quis dizer com eu ser uma de nós? Quem é *nós*?

— Os que foram abandonados pelos daemons.

— Eu não fazia ideia que... — Lyra começou a dizer, mas a luz do semáforo mudou e Kubiček atravessou a rua depressa, de forma que ela não pôde falar mais nada até chegarem ao outro lado. Ela começou de novo: — Até pouco tempo, eu não sabia que isso podia acontecer com alguém. Quer dizer, com alguém além de mim.

— Se sentiu solitária?

— Desesperadamente. Nós podíamos nos separar, mas é claro que mantivemos segredo o máximo que foi possível. Aí, nos últimos meses... não sei como descrever. Não sei nada do senhor.

— Tem alguns de nós em Praga. Um número pequeno. Nos conhecemos por acaso, ou apresentados por outras pessoas que não têm medo de nós. Temos, sim, alguns amigos, e descobrimos outras redes de semelhantes em outros lugares. É uma sociedade secreta, se quiser chamar assim. Se me disser para onde vai em seguida, posso dar nomes e endereços de algumas pessoas como nós nesses lugares. Elas vão entender e ajudar, se você precisar. Se posso fazer uma sugestão... devemos ficar longe dessa luz.

Ela fez que sim e caminhou ao lado dele, deslumbrada com o que Kubiček tinha dito.

— Eu não fazia ideia — ela repetiu. — Não sabia nada desse jeito de viver. Tinha certeza de que as pessoas iam notar na mesma hora e me odiar por isso. Algumas odiaram de verdade.

— Nós todos passamos por isso.

— Quando seu daemon foi embora? É uma pergunta rude? Veja bem, eu sei muito pouco.

— Ah, nós podemos falar disso muito abertamente entre nós. Uma coisa que eu posso dizer é que antes de a minha daemon ir embora, a gente sabia que podia se separar.

Ele olhou para Lyra, que percebeu e assentiu.

— Acho que existe um ponto comum entre nós — ele continuou. — Um perigo repentino, uma emergência, alguma razão absolutamente impositiva e você se separa pela primeira vez. É uma agonia, claro. Mas a gente sobrevive, não? E aí fica mais fácil. No nosso caso, começamos a discordar sobre muitas coisas e descobrimos que estávamos infelizes juntos.

— Sei...

— Aí, um dia minha daemon resolveu que íamos ficar menos infelizes se nos separássemos — ele continuou. — Talvez tivesse razão. De qualquer forma, ela foi embora. Talvez exista uma sociedade secreta de daemons também, como existe a nossa. Talvez eles também possam ajudar uns aos outros. Talvez observem a gente. Talvez se esqueçam totalmente de nós. Mas conseguimos viver, mesmo assim. Somos discretos, não chamamos atenção. Não causamos problemas.

— Tentou encontrar sua daemon?

— Toda vez que abro os olhos, torço para que esteja ao meu lado. Passei por todas as ruas, todas as vielas. Procurei em cada parque, cada jardim, cada igreja, cada café, mas nós todos fazemos isso, nós todos começamos fazendo isso. Meu maior medo é ver minha daemon com um homem que seja eu, que seja meu duplo. Mas até agora... nada.

"Mas não encontrei você para falar de mim. No começo desta semana, aconteceu uma coisa. Um homem chegou à cidade e veio até minha casa, que... gostaria de descrever essa pessoa para você, mas não encontro as palavras, nem em tcheco, nem em inglês, nem em latim. É a pessoa mais estranha que já encontrei e a situação dele é desesperadora. Ele sabe de você, disse que poderia ajudá-lo. Eu concordei em convidar você para encontrar com ele e ouvir o que tem a dizer."

— Ele disse que eu... Mas como ele sabia de mim?

E ela pensara que podia atravessar a Europa e chegar à Ásia sem chamar atenção, insuspeitada.

— Eu não sei. Tem muito mistério a respeito dele. Ele também perdeu a daemon, mas de outro jeito... É muito difícil de descrever, mas você vai entender assim que encontrar com ele. Você vai entender, mas talvez não acredite no que está vendo. Talvez seja o tipo de coisa em que nós, aqui em Praga, achamos mais fácil de acreditar do que pessoas que vivem em outros lugares. O mundo oculto é real, com suas paixões e preocupações, e de vez em quando suas questões vazam para o mundo visível. Em Praga, o véu entre os mundos talvez seja mais tênue do que em outros lugares... não sei.

— A comunidade secreta — disse Lyra.

— É mesmo? Não conhecia a expressão.

— Bom, se eu puder ajudar, eu vou. Claro. Mas minha tarefa mais importante é ir para o leste.

Eles seguiram na direção do rio, o Vltava. Kubiček explicou que o rio era a rota por onde a maioria dos viajantes entrava e saía da cidade, embora a ferrovia estivesse começando a rivalizar em popularidade. A casa dele, disse Kubiček, ficava do outro lado do rio, em Malá Strana.

— Já ouviu falar de Zlatá ulička? — ele perguntou.

— Não. O que é?

— É a rua onde as pessoas acham que os alquimistas faziam ouro. Fica bem perto do meu apartamento.

— As pessoas ainda acreditam em alquimia?

— Não. Gente instruída não acredita. Acham que os alquimistas são tolos perseguindo um objetivo inexistente, não dão nenhuma atenção a eles, e não entendem o que eles estão realmente fazendo.

Um alerta soou na memória de Lyra: Sebastian Makepeace, o alquimista de Oxford. Ele tinha lhe dito quase a mesma coisa, quatro anos antes.

Chegaram ao rio. Kubiček olhou cuidadosamente para todos os lados antes de ir para a ponte, uma estrutura larga e antiga com estátuas de reis e santos ao longo do parapeito. As casas do outro lado eram antigas, geminadas, as ruas estreitas com vielas tortuosas entre elas, e ao longe, acima e atrás delas, um castelo iluminado por holofotes. Apesar do frio, a ponte estava movimentada, as ruas lotadas; brilhavam luzes em cada vitrine e taverna, e lampiões a gás brilhavam entre as estátuas da ponte.

Ao pé da ponte, do lado de Malá Strana, havia uma plataforma de desembarque da qual um barco a vapor com pás se aproximava cuidadosamente. Enquanto Lyra e Kubiček atravessavam, viram uma quantidade de passageiros à espera de a rampa baixar para poderem desembarcar. Não eram turistas; levavam malas, sacos, caixas amarradas com barbante, cestos abarrotados e sacolas. Pareciam estar fugindo de alguma tragédia.

— Esse seu homem estranho chegou em um barco assim? — Lyra perguntou.

— Sim.

— De onde vem essa gente?

— Do Sul. Basicamente do mar Negro e de mais adiante. Os barcos vêm de lá para o norte, onde este rio encontra o Elbe e de lá para Hamburgo e o oceano Alemão.

— Todo barco que aporta traz passageiros assim? Eles parecem refugiados.

— Cada dia chegam mais e mais. O Magisterium começou a orientar cada província da Igreja a controlar seu território com mão mais firme. Na Boêmia, as coisas ainda não estão tensas como em outros lugares; os refugiados ainda recebem santuário. Mas essa situação não pode continuar indefinidamente. Não demora muito, vamos ter de mandar essa gente de volta.

Na curta caminhada deles pela cidade, Lyra já havia notado algumas pessoas encolhidas em portas ou dormindo em bancos. Ela achara que eram mendigos e sentiu pena de uma cidade tão bonita tratar tão mal os seus pobres. Agora, via uma família descer a rampa para a plataforma: uma velha apoiada em uma bengala, uma mãe com um bebê nos braços e quatro crianças, todas aparentando ter menos de dez anos. Cada criança levava uma caixa, ou uma sacola, ou uma mala, e todas com esforço. Atrás delas, vieram um velho e um garoto no começo da adolescência, carregando juntos um colchão enrolado.

— Aonde eles vão? — Lyra perguntou.

— Primeiro para a Divisão de Asilo. Depois, para a rua, se não tiverem dinheiro. Venha. Por aqui.

Lyra andou um pouco mais depressa, atrás dele. Uma vez do outro lado do rio, partiram para um tortuoso labirinto de vielas abaixo do castelo. Kubiček virou tantas esquinas que ela logo perdeu a noção de onde podiam estar.

— O senhor vai me ajudar a encontrar o caminho de volta para a estação? — ela perguntou.

— Claro. Estamos bem perto agora.

— Pode me dizer alguma coisa sobre esse homem que quer que eu veja?

— O nome dele é Cornelis van Dongen. Holandês, como pode imaginar. Prefiro que ele conte o resto.

— E se eu não puder ajudar? O que ele vai fazer então?

— Então ficará muito ruim para mim, para todos os cidadãos de Malá Strana e além de Malá Strana também.

— Isso é muita responsabilidade nos meus ombros, sr. Kubiček.

— Sei que você suporta.

Ela não disse nada, mas sentiu pela primeira vez o quanto era irresponsável andar por aquele labirinto de casas antigas e vielas com um homem sobre quem não sabia nada.

Aqui e ali, um lampião a gás em um suporte brilhava na rua molhada, nas pedras, nas venezianas das janelas. O ruído de trânsito, o bater de rodas de ferro na pedra, o zunido dos bondes ambáricos ficavam menos e menos perceptíveis quanto mais avançavam. Havia menos pessoas à vista, embora às vezes passassem por uma porta com um homem encostado na parede, ou uma mulher parada debaixo de um lampião. Olhavam para Kubiček e Lyra, murmuravam algo, ou tossiam, ou simplesmente suspiravam.

— Não está longe agora — disse Kubiček.

— Estou completamente perdida — disse Lyra.

— Eu mostro o caminho de volta, não se preocupe.

Mais uma esquina e então Kubiček tirou do bolso uma chave e destrancou a pesada porta de carvalho de uma casa alta. Entrou na frente de Lyra, riscou um fósforo e acendeu um lampião de nafta que ergueu bem alto para ela enxergar o caminho entre montanhas de livros de ambos os lados do estreito hall. Havia estantes também, que subiam até o teto, mas ficava claro que Kubiček as esgotara muito tempo antes e recorrera ao chão. Os próprios degraus da escada que subia para a escuridão estavam tomados por livros de ambos os lados. O ar era frio e úmido, com o cheiro das encadernações de couro e do papel velho sobreposto ao de repolho e bacon.

— Por favor, venha por aqui — disse Kubiček. — Meu hóspede não está realmente dentro do prédio. Sou livreiro e... Você vai entender dentro de um minuto.

Com o lampião erguido, ele levou Lyra a uma pequena cozinha, que era limpa, arrumada e sem livros, a não ser por três pequenas pilhas em cima da mesa. Kubiček pousou o lampião e destrancou a porta dos fundos.

— Pode vir por aqui, por favor? — pediu ele.

Apreensiva, Lyra o acompanhou. Kubiček tinha deixado o lampião lá dentro e o quintalzinho atrás da casa estava quase escuro, mas a luminosidade da cidade se espalhava no ar acima deles. Não fosse isso e...

Lyra prendeu a respiração.

No quintalzinho estava um homem com roupas grosseiras que emitia tamanho calor que ela não conseguia chegar perto. Ele era como uma fornalha. Ela viu seu rosto emaciado, tomado de angústia, e arquejou quando duas pequenas chamas brotaram das pálpebras dele, enxugadas com um gesto raivoso, como se fossem lágrimas. Seus olhos brilhavam como brasas: negros sobre um vermelho ofuscante, vivo. Lyra não viu nenhum daemon.

Ele falou com Kubiček e de sua boca saiu fogo. Sua voz tinha o som rouco, borbulhante, de um fogo grande demais para uma lareira pequena, uma espécie de fogo que ameaçava queimar a chaminé.

Kubiček disse em inglês:

— Esta é Lyra. Miss Lyra, permita que apresente Cornelis van Dongen.

Van Dongen disse:

— Não posso apertar sua mão. Saudações. Por favor, imploro que me ajude.

— Se eu puder, ajudo, mas... como? O que posso fazer pelo senhor?

— Encontre minha daemon. Ela está perto. Está em Praga. Encontre para mim.

Ela imaginou que ele falava do aletiômetro. E teria de usar o novo método, o que a deixaria tomada por náusea.

— Eu preciso saber... — começou ela, mas sacudiu a cabeça, desamparada.

O homem moreno que queimava como uma fornalha estava parado com as mãos estendidas, palmas para cima, suplicando. Uma fileira de pequenas chamas irrompeu debaixo das unhas de sua mão esquerda e ele as apagou com a direita.

— O que precisa saber? — ele perguntou, com uma voz que soava como uma chama de gás.

— Ah, tudo... não sei! Sua daemon... é como o senhor?

— Não. Eu sou todo fogo, ela é toda água. Sinto falta dela. Ela sente falta de mim...

Lágrimas de chamas escorreram de seus olhos, ele se curvou, pegou um punhado de terra e esfregou nelas até as chamas se apagarem. Lyra estava cheia de pena e horror. Conseguia vê-lo um pouco melhor agora que seus olhos estavam acostumados com o escuro, e o rosto dele parecia o de um animal ferido, consciente do próprio sofrimento, mas de nada que pudesse explicá-lo, então todo o universo era cúmplice de sua dor e terror. A roupa do homem, ela notou de passagem, era de tecido de amianto.

Ele devia ter percebido a expressão no rosto dela, que o fez recuar, envergonhado, o que aumentou a vergonha que ela própria sentia. O que podia fazer? O que poderia realmente fazer?

Mas tinha de fazer alguma coisa.

— Preciso saber mais sobre a daemon — ela disse. — O nome, por exemplo. Por que vocês estão separados. De onde o senhor é.

— O nome dela é Dinessa. Somos da República Holandesa. Meu pai é um filósofo natural e minha mãe morreu quando eu era pequeno. Minha daemon e eu gostávamos de ajudar meu pai no atelier, no laboratório, onde ele trabalhava na *magnum opus* dele, que era isolar os princípios essenciais da matéria...

Enquanto ele falava, o calor que vinha de seu corpo parecia aumentar e Lyra se viu recuando. Kubiček estava parado na porta, ouvindo com atenção tudo o que ele dizia. O quintal em que estavam parecia ser usado também pelos outros prédios atrás, cujas janelas davam para ele, e quando Lyra desviou o rosto para um momento de respiro do calor, viu luzes acesas e uma ou duas pessoas se movimentando; mas ninguém olhava para fora.

— Por favor, continue — ela pediu.

— Eu disse que Dinessa e eu gostávamos de ajudar meu pai no trabalho. Nos parecia grandioso, importante. Tudo o que a gente sabia era que ele tinha conversas, intercâmbio, com espíritos imortais e o que eles tinham a dizer ficava muito além do nosso entendimento. Um dia, ele nos falou dos elementos fogo e água... — Ele se interrompeu uns momentos para soluçar, impotente, em grandes jatos de chama.

Kubiček disse:

— Van Dongen, por favor... não tanto... — Ele olhava ansiosamente para as janelas que davam para o pequeno quintal.

— Eu sou um ser humano — exclamou o homem-fornalha. — Mesmo agora, eu sou *humano*!

Apertou os olhos com as mãos e balançou o corpo para a frente e para trás. Não havia nada de que precisasse mais do que um abraço, mas tal contato humano jamais seria oferecido.

— O que aconteceu? — Lyra insistiu, cheia de pena.

— Meu pai estava interessado em mudanças — disse van Dongen depois de um momento. — Em uma coisa se transformar em outra, enquanto outras coisas não mudavam. Naturalmente nós confiamos nele, achamos que não haveria mal no que ele fazia. Ficamos orgulhosos de ajudar em tarefa tão importante. Então, quando ele quis trabalhar conosco, com a relação entre nós dois, enquanto Dinessa ainda podia mudar, nós concordamos na mesma hora.

"Foi um longo processo que nos cansou e perturbou, a mim e a minha daemon, mas nós perseveramos e fizemos tudo o que ele pediu. Meu pai estava preocupado com nossa segurança, preocupado com tudo, porque ele nos amava de verdade, tanto quanto amava o conhecimento. E no decorrer da experiência, ele assimilou nosso eu essencial aos elementos: eu à natureza do fogo elemental, ela ao da água elemental. Aí, ele descobriu que não conseguia desfazer essa operação, que era permanente. Eu sou dessa maneira e minha daemon não pode viver no ar, tem de respirar água e passar a vida nela."

Uma chama irrompeu em sua testa e ele passou a mão para apagá-la.

— Por que se separaram? — Lyra perguntou.

— Depois que nos transformamos desse jeito, éramos o único conforto e consolo um do outro, mas não podíamos nunca mais nos tocar, nos abraçar.

Era um tormento. Tínhamos de ficar escondidos em casa e no jardim, minha daemon em uma poça de água e eu em uma cabana construída com chapas de ferro. Subornamos os criados para não falarem sobre nós. Meu pai fez todo o possível para nos manter escondidos, mas custava muito dinheiro; ele estava vendendo tudo que tinha para custear as despesas. A gente não sabia. Como podíamos? Não sabíamos de nada. Enfim, ele veio a nós e falou: "Eu sinto muitíssimo, meu filho, mas eu não tenho mais condições de manter você escondido. O Magisterium ouviu rumores e se descobrirem a seu respeito vão me prender e te matar. Tive de pedir a ajuda de um grande mago. Amanhã ele vem ver vocês. Talvez consiga ajudar".

"Palavras falsas! Ah, esperanças falsas e palavras falsas!"

Cascatas de chamas desceram por seu rosto e o rebrilhar iluminou os fundos de todas as outras casas, produzindo grandes sombras nas paredes. Lyra ficou olhando, impotente. Van Dongen passou a manga de amianto pelo rosto e limpou pequenas fagulhas que caíram no chão, se retorceram e apagaram depressa.

Kubiček deu um pequeno passo à frente e disse:

— Por favor, Van Dongen, por favor, tente evitar ficar nervoso. Este é o único espaço em que podemos falar sem colocar a casa em risco, mas alguém pode olhar para fora a qualquer momento e...

— Eu sei. Eu sei. Me desculpe, por favor.

Ele suspirou e uma nuvem de chama e fumaça saiu de sua boca e sumiu no ar.

Van Dongen caiu de joelhos, depois se retorceu para se sentar no chão de pernas cruzadas. Baixou a cabeça, as mãos no colo.

— O mago veio. Ele se chamava Johannes Agrippa. Olhou para nós, para mim e para Dinessa, e foi para o estúdio de meu pai para conversar em particular. Então, fez uma proposta a meu pai: ele pagaria uma quantia considerável para levar embora minha daemon, mas me deixaria. Meu pai aceitou a oferta. Como se ela fosse um animal, como se fosse um pedaço de mármore, deu para aquele homem a minha daemon, minha única companhia, o único ser que podia entender totalmente a desgraça da nossa existência. Ela implorou, suplicou, eu chorei, roguei, mas ele era mais forte, sempre foi mais forte e seguiu em frente com a transação. Minha querida daemon foi vendida ao mago e fizeram os arranjos para que fosse levada para

Praga, onde ele vivia. A agonia da separação foi indescritível. Me mantiveram longe deles à força até estarem distantes e assim que me vi livre parti à procura dela. Mas ela ainda está aqui, em algum lugar, e eu derrubaria qualquer parede e incendiaria qualquer casa, produziria uma rebelião maior do que qualquer incêndio que já ocorreu, mas minha daemon morreria no processo e eu seria destruído antes de encontrar com ela de novo.

"Preciso saber onde ela está, miss Lyra. Acredito que possa me dizer. Por favor, me diga onde encontrar a minha daemon."

Lyra perguntou:

— Como sabe sobre mim?

— Seu nome é conhecido no mundo dos espíritos.

— O que é o mundo dos espíritos? Não sei do que se trata. Não sei o que é espírito.

— Espírito é o que a matéria faz.

Aquilo a desconcertou. Não sabia o que responder e Kubiček disse:

— Talvez seja a sua comunidade secreta.

Lyra virou-se para Van Dongen e disse:

— Sabe como funciona o aletiômetro? Como se usa?

Ele pareceu confuso. Estendeu as mãos e imediatamente uma chama brotou no centro de cada palma. Ele bateu as mãos no chão para extingui-las.

— Aleti... — Balançou a cabeça. — Não conheço essa palavra. O que é isso?

— Achei que fosse isso que queria que eu usasse. O aletiômetro. Ele revela a verdade, mas é muito difícil de ler. Não era isso que queria dizer?

Ele balançou a cabeça. Pequenas lágrimas correram por suas faces como lava.

— Não sei! Não sei! — exclamou. — Mas você sabe! Você sabe.

— Mas isso é tudo o que eu tenho... Não, espere. Tenho isto aqui também.

Era o caderninho surrado que Pan tinha deixado junto com seu recado cruel, aquele levado da Ásia Central por Hassall, o homem assassinado. Ela se deu conta de que era ali que tinha visto antes o nome de Kubiček e porque tinha sentido um lampejo na memória. Tirou o caderninho de dentro da mochila, folheando depressa até encontrar a parte de Praga.

Estava escuro demais para ler, então ela se ajoelhou ao lado do homem-fornalha para usar a enorme luz dos olhos dele para enxergar. E ali estava

Kubiček, com seu endereço em Malá Strana. Havia cinco nomes com endereços em Praga, incluindo o de Kubiček, cada um escrito com caligrafia e caneta diferentes. Mas havia também outro anotado a lápis, de lado, para caber na página, e ali estava: *Doutor Johannes Agrippa*.

— Achei! — disse Lyra e tentou olhar mais de perto, mas a luz dos olhos de Van Dongen era quente demais para suportar. Ela se pôs de pé e disse: — Sr. Kubiček, consegue ler? Não entendo o endereço.

Van Dongen também se pôs de pé, ansioso para olhar. Batia as mãos, lançando fagulhas de si mesmo que giravam no ar como pequenos fogos de artifício. Uma delas voou até a mão de Lyra e a picou como uma agulha. Ela a apagou com um tapa e recuou depressa.

— Ah... desculpe... desculpe... — disse o holandês. — Leia. Leia.

— Por favor, não tão alto! — disse Kubiček. — Eu imploro, Van Dongen, mantenha a voz baixa! O endereço é... Ah. Estou vendo.

— Qual é? Onde ele mora? — Um abafado rugir de chamas veio da boca de Van Dongen.

— *Starý Železnični Most*, 43. Não fica longe. É um lugar onde... acho que é tipo uma área de oficinas. Debaixo de uma velha ponte ferroviária. Eu não acho que...

— Me leve até lá! — disse Van Dongen. — Vamos agora.

— Se eu te disser onde é... se te der um mapa...

— Não! Impossível. Tem de me ajudar. Você, miss, você vem também. Ele vai respeitar você, ao menos.

Lyra duvidava, mas teria de ir com eles se quisesse que Kubiček a levasse de volta à estação depois. Fez que sim com a cabeça. De qualquer forma, estava curiosa e aliviada por não ter de fazer uma sessão com o novo método.

— Por favor, Van Dongen, ande devagar e fale pouco. Somos apenas três pessoas indo para casa, nada mais que isso — disse Kubiček.

— Claro, claro. Vamos.

Kubiček seguiu na frente pela casa até o lado de fora, o holandês caminhando com o maior cuidado entre as pilhas de livros e Lyra mantendo distância dele ao acompanhar.

As alamedas e vielas tortuosas de Malá Strana estavam quase todas vazias, com apenas um ou dois gatos explorando ou um rato que corria por uma ruela. Não viram nenhum ser humano até chegarem a um trecho áspero de terreno, ao lado do muro alto de uma fábrica. Havia um grupo de homens reunidos em torno de um braseiro, sentados em caixas ou pilhas de sacos, fumando, que olhou para eles ao passarem. Kubiček murmurou um cumprimento polido, que os homens ignoraram, e Lyra sentiu a força do interesse deles quando viraram as cabeças para ela, que tropeçou no chão irregular ao evitar os buracos e poças oleadas. Van Dongen pareceu nem ver os homens, que não demonstraram interesse nele, atento apenas aos arcos de pedra da velha ponte ferroviária para a qual se dirigiam.

— É esse o lugar? É aí? — perguntou, e um jato de chama irrompeu e se expandiu à frente dele antes de apagar. Lyra ouviu um grunhido de alarme dos homens em torno do braseiro.

Na frente deles, a velha ponte se erguia acima do terreno baldio. Debaixo de cada arco havia uma porta, algumas de madeira, algumas de ferro enferrujado, algumas de pouco mais que papelão. A maior parte estava trancada, mas duas estavam abertas, com lampiões de nafta emitindo um feixe de luz amarela no chão do lado de fora. Em uma delas, um mecânico montava um motor com peças que sua daemon-macaca lhe passava e na outra, uma mulher velha vendia pacotinhos de ervas a uma mulher mais jovem de aspecto arrasado, que parecia estar grávida.

Van Dongen andou de um lado para outro da fileira de portas, à procura do número 43.

— Não é aqui! — disse ele. — Não tem número 43!

Suas palavras vieram acompanhadas de labaredas. O mecânico parou com um carburador na mão e olhou para eles.

— Van Dongen — pediu Kubiček e o holandês calou a boca. Sua respiração estava pesada. Os olhos brilhavam como faróis.

— Os números não estão em ordem — disse Lyra.

— As casas em Praga são numeradas na ordem que foram construídas — Kubiček sussurrou. — Com as oficinas é a mesma coisa. Tem de conferir uma por uma.

Ele ficava olhando os homens em torno do braseiro. Lyra olhou também e viu que dois tinham se posto de pé e observavam. Van Dongen corria de porta em porta ao longo de toda a extensão do terreno baldio, vendo depressa cada uma, deixando uma trilha de cinzas e relva queimada. Lyra foi atrás dele, conferindo cada porta, e encontrou algumas com números fáceis de ler, pintados grosseiramente em branco ou rabiscados com giz, mas outros descoloridos, descascados, quase impossíveis de distinguir.

Mas então viu uma porta mais sólida que a maioria, de carvalho escuro com pesadas dobradiças de ferro. Ao lado dela, nos tijolos do próprio arco, uma máscara de leão em bronze. No centro da porta, o número 40 e parecendo riscado com um prego.

Ela deu um passo atrás e chamou baixinho:

— Sr. Kubiček! Sr. Van Dongen! É esta aqui!

Os dois vieram ao mesmo tempo. Kubiček pisando com cuidado entre as poças, Van Dongen apressado. Lyra estava liderando agora, embora não soubesse como. Bateu na porta com firmeza.

Imediatamente, uma voz saiu do leão de bronze e perguntou:

— Quem são vocês?

— Viajantes — Lyra respondeu. — Ouvimos falar da sabedoria do grande mestre dr. Johannes Agrippa e viemos atrás de seu conselho.

Só então ela se deu conta de que a voz tinha falado em inglês e que ela respondera automaticamente na mesma língua.

— O mestre está ocupado — disse a máscara de leão. — Voltem semana que vem.

— Não, porque semana que vem já estaremos longe. Precisamos falar com ele agora. E... Tenho um recado da República Holandesa para ele.

Kubiček segurava o braço de Lyra e Van Dongen apagava as pequenas chamas que irrompiam em torno de sua boca. Esperaram um momento e a máscara falou outra vez:

— Mestre Agrippa vai oferecer cinco minutos a vocês. Entrem e esperem.

A porta se abriu sozinha e uma rajada de ar enfumaçado, carregada dos cheiros secos de ervas, especiarias e minerais, os envolveu. Van Dongen tentou imediatamente passar à frente de Lyra, mas ela estendeu a mão e o impediu. E se arrependeu na hora porque foi como se sua palma e os dedos tivessem tentado pegar um ferro em brasa.

Apertou a mão no peito, reprimindo um grito, e entrou na oficina à frente dos outros dois. Imediatamente a porta se fechou ao passarem. As paredes de tijolos e o piso de concreto eram fracamente iluminados por uma única pérola pendurada do teto por um fio e seu brilho aumentava e diminuía com o ritmo de uma respiração. À sua luz eles viram... nada. O lugar estava vazio.

— Para onde vamos? — Lyra perguntou.
— Para baixo. — Veio um sussurro no ar.
Van Dongen apontou o canto.
— Ali! — Uma grande onda de chama saiu de sua boca e espalhou-se pelo teto antes de desaparecer.

À luz de sua voz, viram um alçapão. Van Dongen correu para puxar a argola de ferro de um lado, mas Lyra disse:

— Não! Não toque em nada. Na verdade, não desça. Fique aqui em cima até eu chamar. Sr. Kubiček, se certifique de que ele faça isso.

— Não vai demorar — disse Kubiček para o holandês e ambos recuaram para o canto mais distante enquanto Lyra erguia o alçapão.

Um lance de escada levava quase imediatamente para dentro de um porão iluminado por uma chama lívida. Lyra desceu, parou ao pé da escada e olhou a sala. Tinha o teto abobadado, preto com a fumaça de séculos. No centro, havia uma grande fornalha, debaixo de um funil de cobre com chaminé que atravessava o teto. Pelas paredes, pendurados do teto ou apoiados no chão, milhares de objetos distintos: retortas e caldeiras; jarras de cerâmica; caixas sem tampa que continham sal, pigmento, ou ervas secas; livros de grande tamanho e idade, alguns abertos, outros empilhados em estantes; instrumentos filosóficos, bússolas, um moinho de luz, uma *camera lucida*, uma prateleira de garrafas de Leyden, um gerador Van der Graaf; uma pilha de ossos, alguns dos quais podiam ser humanos, várias plantas debaixo de redomas empoeiradas e uma imensidão de outros objetos. Lyra pensou: *Makepeace!* Lembrou-se intensamente do laboratório do alquimista de Oxford.

E parado ao lado da fornalha, na luz vermelha dos carvões em brasa, um homem em roupa grosseira de operário que mexia um caldeirão no qual fervia algo acre. Ele recitava o que podia ser um encantamento em uma língua que talvez fosse hebraico. O que conseguia ver de seu rosto mostrava que era de meia-idade, orgulhoso, paciente e forte, dono de considerável força intelectual. Ele parecia não ter percebido a presença dela.

Por um momento, ela se lembrou de seu pai, mas afastou de imediato esse pensamento e olhou para o outro objeto grande no porão, que era um tanque de pedra de uns três metros de comprimento por quase dois de largura, da altura de sua cintura.

O tanque estava cheio de água e ali, revirando, nadando de um lado a outro e de volta, se retorcendo como madressilva em torno de um galho, nunca parada, nunca menos que perfeitamente elegante e bela, a daemon-sereia de Cornelis van Dongen: Dinessa, o espírito da água.

Ela era linda, nua, o cabelo preto fluindo atrás dela como frondes da mais delicada alga. Ao virar no extremo do tanque, viu Lyra, e, como o mais rápido dos peixes, nadou até ela.

Antes que pudesse chegar à superfície, Lyra pôs o dedo nos lábios e apontou para o mago absorto em seu encantamento. O espírito da água entendeu, se imobilizou, olhou para Lyra através da superfície com olhos suplicantes. Lyra fez que sim com a cabeça e tentou sorrir, então notou o que havia acima do tanque: uma vasta complexidade de pistões de ferro, válvulas, bastões de conexão, rodas, manivelas e outras peças cujos nomes não conhecia e cuja função era impossível de adivinhar.

Lyra ouviu um grito atrás dela e um jato de fogo queimou o ar. Virou-se e viu Van Dongen no meio da escada, com Kubiček tentando segurá-lo, mas retorcido de dor. A palma da mão de Lyra, queimada, latejou em solidariedade.

Então eles chegaram ao fim da escada, no piso do porão...

Imediatamente, irrompeu um tumulto. O crocodilo empalhado que pendia do teto enrolado em correntes se retorceu, golpeou com a cauda e rugiu; uma fileira de frascos de vidro do tamanho de um galão ou maiores, que continham estranhos espécimes, fetos, homúnculos, cefalópodes, brilhou iluminada quando as criaturas mortas no interior deles bateram os punhos no vidro ou soluçaram de fúria ou se lançaram de um lado a outro; um pássaro de metal em uma gaiola empoeirada cantou, rouco; a água do tanque de Dinessa recuou para longe de Van Dongen e subiu em uma grande onda suspensa que tremia no ar com a daemon-água dentro dela, como um inseto preso no âmbar, embora ela visse o seu humano, os dois braços estendidos para ele, e chamasse:

— Cornelis! Cornelis!

Tudo aconteceu depressa demais para alguém conseguir impedir. Van Dongen gritou:

— Dinessa! — Ele saltou para a onda e Dinessa lançou-se para os braços dele.

Os dois se juntaram em uma explosão de vapor e chamas. Durante um segundo, Lyra conseguiu ver seus rostos, vívidos, arrebatados, colando-se em um abraço final. Então desapareceram e algo aconteceu com a maquinaria acima do tanque. Jatos de vapor superaquecido forçaram passagem nos cilindros, moveram os pistões em vaivém, fazendo os bastões a eles ligados rodarem para a frente e para trás ao girarem a roda gigantesca, tudo se mexendo com o tique-taque macio de uma máquina bem lubrificada.

Lyra e Kubiček ficaram imóveis, em choque. Ela então se voltou para o feiticeiro, que fechava o livro com o ar de ter completado uma longa e árdua tarefa.

— O que você fez? — ela se viu perguntando.

— Dei partida ao meu motor — ele disse.

— Mas como? Onde estão eles, o homem e sua daemon?

— Os dois estão cumprindo o destino para o qual foram criados.

— Não foram criados para isso!

— Você não sabe de nada. Eu providenciei o nascimento deles, eu trouxe a daemon dele para cá para com esse propósito, mas o rapaz escapou. Não importa. Arranjei para você encontrá-lo e trazê-lo para cá. Agora seu papel terminou e você pode ir embora.

— O pai deles traiu os dois e você fez isso com eles.

— Eu *sou* o pai deles.

Lyra estava atordoada. A máquina agora funcionava mais depressa. Ela sentia todo o porão tremer com sua força. O crocodilo tinha parado, a não ser pelo lento movimento do rabo; os homúnculos em seus frascos tinham deixado de gritar e bater no vidro e flutuavam contentes no fluido que os continha, que agora brilhava com um vago e constante tom rubro; o pássaro de metal em sua gaiola, as penas de ouro agora brilhando como rico esmalte e pedras preciosas, cantava doce como um rouxinol.

Agrippa parecia tranquilo, livro na mão, como se esperando pela pergunta de Lyra.

— Por quê? — ela perguntou. — Por que fazer desse jeito? Por que sacrificar duas vidas? Não podia acender um fogo do jeito normal?

— Não é um fogo normal.

— Me diga *por quê* — Lyra repetiu.

— Não é um motor normal. Nem um fogo normal. Nem vapor normal.

— É só isso que eles eram? Só um *vapor* diferente? Vapor é vapor.

— Nada é só o que é.

— Não é verdade. Nada é mais do que é — disse Lyra, citando Gottfried Brande, e se sentindo incomodada com isso.

— Você caiu nessa mentira, foi?

— Acha que é mentira?

— Uma das maiores mentiras jamais ditas. Achei que você teria imaginação suficiente para não acreditar nisso.

Isso a deixou chocada.

— O que você sabe sobre mim? — perguntou.

— O tanto que preciso saber.

— Vou encontrar meu daemon algum dia?

— Sim, mas não do jeito que você acha.

— O que isso quer dizer?

— Tudo está conectado.

Lyra pensou a respeito.

— Qual é a *minha* conexão com isto aqui? — perguntou.

— Serviu para trazer você para o único homem que pode te dizer se deve ir para o leste ou para o sul no próximo estágio da sua viagem.

Ela então sentiu-se tonta. Aquilo era tudo impossível e estava tudo acontecendo.

— Então? — disse ela. — Para que lado eu devo ir?

— Olhe na sua *clavicula*. — Ele apontou o caderno.

Ela virou a página que tinha linhas acrescentadas a lápis e encontrou abaixo do nome e endereço dele uma coisa que tinha deixado escapar antes: as palavras *diga para ela ir para o sul*.

— Quem escreveu isto? — ela perguntou.

— O mesmo homem que escreveu meu nome e endereço: mestre Sebastian Makepeace.

Lyra precisou se apoiar na beira do tanque de pedra.

— Mas como ele...

— Você vai descobrir quando for a hora. Não faz sentido contar agora. Você não ia entender.

Ela sentiu um toque leve no braço, olhou em torno e viu Kubiček, que parecia pálido e nervoso.

— Um momento — falou Lyra, e para Agrippa ela disse: — Me fale do Pó. Você sabe o que eu quero dizer com Pó?

— Ouvi falar do Pó, do campo Rusakov, claro que ouvi. Acha que eu ainda vivo no século XVII? Leio todos os periódicos científicos. Alguns são muito engraçados. Deixe eu te dizer outra coisa. Você tem um aletiômetro, não tem?

— Tenho.

— O aletiômetro não é o único jeito de ler o Pó, nem mesmo o melhor.

— Que outros jeitos existem?

— Só vou dizer um, mais nada. Um baralho.

— Quer dizer o tarô?

— Não, não é isso. Isso é uma notória fraude moderna para tirar dinheiro de românticos ingênuos. Falo de um baralho com figuras. Figuras simples. Você vai saber quando encontrar um deles.

— O que pode me dizer de uma coisa chamada comunidade secreta?

— É um nome para o mundo com que eu lido, o mundo de coisas e relações ocultas. É a razão de nada ser só o que é.

— Duas perguntas mais. Quero encontrar um lugar chamado Hotel Azul, al-Khan al-Azraq, para procurar meu daemon. Já ouviu falar?

— Já. Tem outro nome: às vezes é chamado de Madinat al-Qamar, a Cidade da Lua.

— E onde fica?

— Entre Selêucia e Alepo. Dá para chegar lá por qualquer uma dessas cidades. Mas não vai encontrar seu daemon sem grande dor e dificuldade, e ele não vai poder ir com você a menos que você faça um grande sacrifício. Está disposta a isso?

— Estou. Minha segunda pergunta: o que quer dizer a palavra *akterrakeh*?

— Onde ouviu essa expressão?

— Em relação a um lugar chamado Karamakan. É um jeito de viajar ou algo assim. Quando se tem de ir *akterrakeh*.

— É latim.

— O quê? Mesmo?

— *Aqua terraque*.

— Água e terra...

— Por água e por terra.

— Ah. Então quer dizer... o quê?

— Que existem lugares especiais onde só se pode ir se você e o seu daemon viajarem separados. Um tem de ir por água, o outro por terra.

— Mas esse lugar fica no meio do deserto! Não tem água nenhuma.

— Não é verdade. O lugar de que você fala fica entre o deserto e um lago errante. Os pântanos salgados e as fontes rasas do Lop Nor, onde os cursos de água mudam e se movem, imprevisíveis.

— Ah! Entendi — disse ela.

O que Strauss tinha escrito naquelas páginas surradas que encontrara na mochila de Hassall de repente ficou claro. Tanta coisa ficou clara! Os homens tinham precisado se separar de seus daemons para viajar até o edifício vermelho, e a daemon de Strauss tinha conseguido chegar, de forma que os dois puderam entrar; mas a daemon de Hassall não chegou, embora devessem ter se encontrado depois. Então era assim que funcionava; ela mesma só conseguiria chegar lá se Pan concordasse em ir pelo Lop Nor, enquanto ela seguia pelo deserto; e aí conseguiria entrar no edifício vermelho. E enquanto a compreensão se espalhava em sua mente, dispersando toda névoa e dúvida, ela se lembrou da sensação que tivera ao ler o diário de Strauss: tinha certeza de que sabia o que havia no edifício. Aquele conhecimento tremulava como uma miragem, mas ainda fora de seu alcance.

Parada no porão enfumaçado, com o bater confiante dos pistões, dos bastões conectores e das válvulas acima dela atestando a união final entre Cornelis e Dinessa, ela forçou a atenção de volta para Agrippa.

— Como sabe disso? — perguntou. — Já fez essa viagem?

— Basta de perguntas. Siga seu caminho.

Kubiček a puxou pela manga e Lyra foi com ele até a escada. Olhou para o porão, onde estava tudo vivo e onde grandes desígnios aconteciam. Agrippa já pegava uma caixa de ervas, abria espaço na bancada, pegava um conjunto de balanças. O motor a vapor tinha entrado em um ritmo calmo, poderoso, e Lyra então viu o mago estender a mão e pegar uma caixinha que parecia ter voado sozinha para ele. Pequenas luzes brilhavam em uma porção de diferentes frascos, garrafas e caixas pelas estantes e ao lado de duas gavetas em um grande gabinete de mogno. O feiticeiro tirou alguma coisa de todos os recipientes que brilhavam assim, e ao fazê-lo o espírito (Lyra não conseguiu pensar em outra palavra) responsável pela luz voou pelo porão e se juntou a seu parceiro à bancada. Tudo em seu porão parecia vivo e cheio de propósito e Agrippa estava ocupado, absolutamente calmo, concentrado no que estava fazendo, completamente realizado e animado com o próximo estágio de seu trabalho.

Ela seguiu Kubiček escada acima e saíram para o terreno baldio. Os homens tinham ido embora e o braseiro queimava com fogo baixo. O ar frio inundou os gratos pulmões dela e a conectaram com o céu noturno, como se fosse um vento de milhões de estrelas.

— Bom, está óbvio que eu preciso pegar o trem para o sul — disse. — Será que chego a tempo na estação?

Um sino na catedral próximo tocou duas horas.

— Se a gente for para lá imediatamente — disse Kubiček.

Ela atravessou com ele a cidade velha até o rio, cruzando a ponte. Luzes brilhavam em alguns barcos na água; uma embarcação de carga passou, seguindo na correnteza com um carregamento de grandes troncos de pinheiro na direção do Elbe, de Hamburgo e do oceano Alemão; um trem trepidou sobre os trilhos no extremo da ponte, com três passageiros no interior iluminado.

Nenhum dos dois falou até chegaram à estação. Então Kubiček disse:

— Vou ajudar você a comprar a passagem. Mas primeiro, deixe eu ver sua *clavicula*.

Ele folheou o caderninho.

— Ah — disse, satisfeito.

— O que está procurando?

— Queria ver se tinha o nome e o endereço de uma pessoa em Esmirna. Não existe ninguém como nós em Constantinopla, mas se você for a Esmirna vai encontrar esta senhora muito atenciosa.

Ela guardou o caderninho e apertou a mão dele, tendo esquecido, até ser tarde demais, que sua mão estava dolorosamente queimada.

— Você passou uma noite estranha em Praga — disse Kubiček enquanto se encaminhavam para a janela iluminada da bilheteria.

— Mas valiosa. Obrigada por sua ajuda.

* * *

Cinco minutos depois, estava na cabine de um vagão-leito, sozinha, exausta, com a mão queimada latejando um pouco, mas viva e exultante, com um destino e um propósito claro, afinal. E cinco minutos depois, quando o trem começou a rodar, ela estava profundamente adormecida.

21. CAPTURA E FUGA

Marcel Delamare raramente ficava zangado. Sua reprovação tomava a forma de um castigo calado, frio, medido com precisão e administrado àqueles que o incomodavam. Era feito com tamanha sutileza que quem o sofria ficava primeiro lisonjeado por ter atraído a sua atenção, até se dar conta das consequências desagradáveis.

Mas o que Olivier Bonneville tinha feito era mais que irritante. Era desobediência direta e flagrante, e merecia castigo exemplar. O Tribunal Consistorial de Disciplina era a instituição mais capacitada para lidar com transgressões daquele tipo e Delamare tinha certeza de ter todos os detalhes necessários para encontrar Bonneville, prendê-lo e interrogá-lo, inclusive alguns fatos sobre seu passado que o próprio Bonneville desconhecia.

O rapaz não era tão esperto quanto pensava e sua trilha não era difícil de seguir. O bilhete que comprara em Dresden o levaria até Hamburgo, rio abaixo, de forma que os agentes do TCD de várias cidades ao longo do Elbe vigiavam todas as paradas; e, assim que Bonneville desembarcou no cais de Wittenberg, ele foi visto e seguido pelo único agente que havia ali, que prontamente mandou mensagem a Magdeburg, apenas poucas horas rio abaixo, pedindo reforços.

A presa em si não sabia que era seguida. Era um amador e seu perseguidor, afinal de contas, um profissional que viu Bonneville se hospedar em uma pequena e modesta estalagem e depois sentou-se em um café em frente à espera de seus colegas de Magdeburg. Eles tinham alugado um rápido barco a motor; não deviam demorar.

Bonneville havia passado a maior parte do dia com o aletiômetro, curvado sobre o colo na cabine abafada, observando os movimentos de Pantalaimon pela cidade, desde sua conversa com a menina na escola para cegos até a jornada pelos telhados e sua segunda conversa com uma garota, que era bem mais bonita que a primeira. Mas a náusea foi demais para Bonneville àquela altura e ele precisara sentar no convés para clarear a cabeça e, quando se recuperou, o daemon de Lyra conversava com algum velho sobre filosofia. Era tão difícil: olhar o deixava enjoado, mas ouvir a conversa em nada revelava onde estava o daemon. Ele tinha de olhar de vez em quando, ou não saberia de nada.

Seu quarto na estalagem não era menos abafado que a cabine no barco, a única diferença era o cheiro de repolho em vez do cheiro de óleo; então, em vez de provocar outro ataque de náusea, ele resolveu sair para um passeio pelas ruas noturnas e clarear a cabeça. Se ficasse atento, poderia até ver a criatura.

O homem do TCD vigiava do café quando Bonneville saiu com sua daemon, uma espécie de falcão, sobre o ombro. Levava uma pasta, mas deixara a mala na hospedaria, então provavelmente ia voltar. O agente deixou umas moedas na mesa e o seguiu.

Quanto a Pantalaimon, ele estava no jardim da Escola para Cegas Santa Luzia, encolhido no alto da árvore onde tinha se escondido de manhã. Não estava dormindo; observava toda atividade noturna através das janelas acesas e esperava que Anna, a garota, saísse para visitar seu livro outra vez. Mas claro que ela não saiu: estava frio e úmido e ela devia estar jantando com as amigas no calor. Pan ouvia suas vozes do outro lado do gramado escuro.

Pensou em Gottfried Brande e Sabine. Talvez ainda estivessem lá, ainda brigando, naquela casa alta com o sótão estéril. Pan se censurou: devia ter questionado Brande de outro jeito. Devia ter tentado falar com aquela daemon misteriosa, Cosima. Devia ter sido mais paciente com a garota, acima de tudo. Ela era tão parecida com Lyra sob alguns aspectos; e essa ideia lhe causou uma pontada quase física de saudade. Ele imaginou que Lyra ainda estava na Truta e pensou nela conversando com Malcolm, e em Asta, a linda gata ouro-avermelhada acompanhando. Pensou em Lyra tentada a estender a mão para tocá-la sabendo muito bem o que aquele gesto significava. Mas não: impossível. Ele afastou imediatamente o pensamento.

Mas não podia voltar para ela sem o que tinha ido buscar. Estava inquieto. Pela primeira vez, se perguntou o que quisera dizer quando falou da imaginação de Lyra. Ele não sabia, mas sabia que não ia voltar sem ela.

Era inútil: nunca ia conseguir dormir. Estava irritado demais consigo mesmo. Levantou-se, espreguiçou-se, saltou para o muro e saiu do jardim para a escuridão das ruas.

Bonneville passeou na direção da Stadtkirche, olhou cada porta, cada viela, cada telhado; para não chamar atenção, ele tentou se passar por um turista ou um estudante de arquitetura. Perguntou-se se ajudaria levar um bloco e um lápis, mas a névoa estava baixando e ninguém iria desenhar naquelas condições.

Na bolsa levava, além do aletiômetro, uma rede de seda-carbono extremamente forte e leve, com a qual pretendia capturar o daemon da garota antes de levá-lo para algum lugar privado e interrogá-lo. Podia ver a cena em sua cabeça, porque tinha ensaiado várias vezes; e era tão rápido com a rede, tão hábil, que achava uma grande pena ninguém poder vê-lo em ação com ela.

Parou em um café na praça principal, tomou um copo de cerveja, olhou a toda a volta, ouviu as conversas próximas, conversou baixinho com sua daemon.

— Aquele velho — disse ele. — Aquele velho no sótão.

— Já ouvimos aqueles argumentos antes. As coisas que ele disse. É provável que seja famoso.

— Estou tentando lembrar quem é.

— Acha que o daemon ainda está com ele?

— Não. Não eram amigáveis. O daemon acusava o velho de alguma coisa.

— Alguma coisa a ver com *ela*.

— É...

— Acha que ele vai voltar lá?

— Talvez. Se a gente ao menos soubesse onde era a casa...

— Podíamos falar com ele.

— Não sei, não — disse Bonneville. — Se o daemon foi embora, não é certo que o velho saiba para onde. Não estavam nesses termos.

— A outra garota pode saber alguma coisa — disse a daemon. — Talvez ela seja filha dele.

Bonneville achou a sugestão mais interessante. E ele era bom com garotas. Mas balançou a cabeça e disse:

— É tudo pura especulação. Precisamos focar *nele*. Vou tentar uma coisa...

Pôs a mão na bolsa. A daemon-falcão, que sentia náusea tanto quanto ele, disse depressa:

— Não, não, agora não.

— Não vou olhar. Só ouvir.

Ela balançou a cabeça e virou para o outro lado. Havia meia dúzia de clientes no café, sobretudo homens de meia-idade que pareciam se acomodar para a noite, conversando, fumando, jogando cartas. Nenhum deles estava interessado no rapaz da mesa do canto.

Ele pôs o aletiômetro no colo, com ambas as mãos em torno dele. Sua daemon voejou do encosto da cadeira para a mesa. Ele fechou os olhos e pensou em Pantalaimon. De início, só conseguiu invocar imagens da aparência dele e a daemon-falcão murmurou:

— Não. Não.

Bonneville respirou fundo e tentou mais uma vez. Manteve os olhos abertos dessa vez, fixos no copo semivazio, e ficou atento para o raspar de garras no cascalho, o ruído do trânsito, ruas urbanas movimentadas; mas tudo que ouviu foi o ruído melancólico de uma buzina de neblina.

Ele então se deu conta de que estava ouvindo a buzina na vida real, porque viu dois homens em outras mesas virarem a cabeça na direção do rio e falarem um com o outro, balançando a cabeça. A buzina soou de novo, mas, na cabeça de Bonneville, veio de um lugar absolutamente diferente o raspar de garras, vozes de homens, ruído de água, um ruído surdo como se alguma coisa grande e pesada batesse em alguma coisa grande e imóvel, o ranger de corda na madeira molhada. Um vapor atracando no cais?

Então o daemon de Lyra estava em movimento outra vez.

— É isso — disse Bonneville. Pôs-se de pé e guardou o aletiômetro na bolsa. — Se a gente for para lá agora, podemos pegá-lo embarcando.

Pagou a conta depressa e saíram.

Pantalaimon estava olhando das sombras ao lado da bilheteria. Segundo o aviso na parede, aquele barco ia subir direto até Praga. Servia para continuar.

Mas o cais era bem iluminado e a quantidade de gente que descia ou subia na plataforma tornava quase impossível para ele subir a bordo daquele jeito, mesmo que a névoa borrasse os contornos de tudo à vista.

Mas sempre havia a água. Sem parar para pensar, ele correu da lateral da bilheteria para a beira do cais. Mas não tinha chegado nem à metade quando alguma coisa caiu em cima dele: uma rede...

Preso, ele caiu e foi arrastado pelas pedras, lutou, retorceu-se, saltou, debateu-se, mordeu; mas a rede era muito forte e o rapaz que a segurava era impiedoso. Pan se sentiu ser arrebatado no ar e viu de relance o rosto de seu capturador — olhos escuros, perversos —, os passageiros atônitos e paralisados, e então aconteceram várias coisas ao mesmo tempo. Ele ouviu o rugir de um barco menor em marcha a ré ao entrar no cais, exclamações dos passageiros que assistiam, um palavrão violento do rapaz que girava a rede, então o som de pés que corriam nas pedras e uma voz grave de homem dizendo:

— Olivier Bonneville, você está preso.

A rede caiu no chão com Pan se debatendo mais que nunca para se soltar e só ficando mais embaraçado.

Ele não parou de lutar para observar, mas tinha consciência dos homens que corriam do barco a motor, do rapaz (Bonneville! *Bonneville!*) protestando alto, da palavra *daemon* pronunciada por diferentes vozes em tom de choque e medo, e então o hediondo toque de uma mão humana desconhecida em torno de seu pescoço. Ela o levantou e o segurou perto do rosto de um homem com o cheiro de cerveja, folha de fumo, perfume barato, e olhos injetados terrivelmente saltados.

A rede ainda estava emaranhada em torno dele. Ele tentou morder através dela, mas a mão em seu pescoço apertava com muita força. Ouviu a voz abafada do rapaz que dizia, furiosa:

— Fiquem sabendo que meu patrão, Marcel Delamare, de La Maison Juste, não vai gostar nada disso. Me levem para algum lugar mais calmo e eu explico...

Foi a última coisa que Pan ouviu antes de desmaiar.

Mignonne prometia ser tão leve e elegante como a canoa de infância de Malcolm, *La Belle Sauvage*, mas a vela que encontrou e tentou instalar estava frágil e apodrecida. Isso ficou claro mesmo no escuro: ela se desfez em suas mãos.

— Remos, então — disse Malcolm, que sabia que um barco que velejava bem podia ser muito difícil para remar. Mas não tinha escolha e, de qualquer maneira, a vela era branca, ou tinha sido, e ficaria muito visível em uma noite escura.

À luz de um fósforo, ele viu que os portões da casa de barcos estavam fechados com outro cadeado que ele achou mais difícil de abrir do que o da porta. Finalmente conseguiu soltá-lo e havia um lago à sua frente.

— Pronto, monsieur? — disse ele e estabilizou o barquinho contra a plataforma de embarque, para o outro homem subir a bordo.

— Pronto, sim. Se Deus quiser.

Malcolm empurrou e deixou o barco flutuar para longe da margem até ter espaço para instalar os remos e começar a remar. A casa de barcos ficava em uma pequena baía sob o abrigo de uma costa rochosa e ele esperava que a água estivesse mais ou menos calma ali e agitada mais ao largo da baía; mas para sua surpresa, assim que se encontraram em água aberta, com o grande lago inteiro curvando-se adiante deles, a superfície era mais lisa que um espelho.

O ar parecia pesado e úmido; tudo estava estranhamente parado. Malcolm gostou da sensação de usar os músculos outra vez, depois de dias de viagem, mas era quase como estar dentro de casa. Ao falar com Karimov, se viu baixando a voz.

— O senhor disse que tinha um acordo com Marcel Delamare. Qual era o negócio dele com o senhor?

— Ele me contratou para trazer um pouco de óleo de rosa do deserto de Karamakan, mas ainda não me pagou, e eu estou com medo que ele esteja segurando meu dinheiro para me reter em Genebra porque quer me fazer algum mal. Eu teria ido embora antes, mas estou sem um tostão.

— Me fale desse óleo.

Karimov contou tudo o que tinha dito a Delamare e acrescentou:

— Mas houve algo curioso. Quando contei para ele que tinham destruído a estação de pesquisa em Tashbulak, ele não pareceu surpreso, embora tenha fingido que estava. Aí me fez perguntas sobre os homens das montanhas que atacaram a estação e eu disse a verdade, mas de novo senti que ele sabia o que ia ouvir. Então, omiti uma coisa.

— Que coisa?

— Os homens das montanhas não destruíram totalmente o lugar. Tiveram de fugir por causa de... E aí é que a coisa fica difícil de acreditar, monsieur, porque eles tiveram de fugir de um pássaro monstruoso.

— O Simurgh?

— Como sabe disso? Eu não ia dizer o nome, mas...

— Li a respeito em um poema.

Era verdade: foi um grande pássaro que guiou Jahan e Rukhsana ao jardim de rosas, no poema tadjique. Mas não era toda a verdade: Malcolm se lembrava disso também do diário do dr. Strauss, que o falecido Hassall tinha levado com ele de Tashbulak. O condutor de camelos Chen tinha dito a eles que as miragens que viam no deserto eram aspectos do Simurgh.

— O senhor leu *Jahan e Rukhsana*? — Karimov perguntou, evidentemente surpreso.

— Li, sim. Claro que achei ser uma fábula. Está me dizendo que existe mesmo algo como o Simurgh?

— São muitas as formas de existência, monsieur. Eu não diria que foi esta, nem aquela, nem aquela outra. Talvez uma de que a gente não sabe nada.

— Entendo. E não falou nada para Delamare?

— Correto. Eu acredito, com base no que observei durante a entrevista com ele, que ele sabe muito sobre os homens das montanhas e não queria que eu soubesse que ele sabia. Tenho medo que ele mande me prender, ou pior, e por isso que ele está me segurando nesta cidade. Quando eu soube da sua situação, monsieur, senti ser meu dever contar o que eu sabia.

— Fico contente que tenha feito isto.

— Em troca, posso perguntar o que monsieur Delamare quer com o senhor?

— Ele acredita que eu sou inimigo dele.

— E ele tem razão?

— Sim. Na questão de Tashbulak e do óleo de rosa principalmente. Acho que ele quer usar o óleo para algum propósito maligno e, se eu puder, vou impedir. Mas primeiro preciso saber mais a respeito. O senhor encontrou alguém que vendia o óleo, por exemplo. Existe muito comércio para esse óleo?

— Não muito. É extremamente caro. Era muito usado antigamente, quando as pessoas acreditavam em xamãs que conseguiam entrar no mundo dos espíritos. Mas agora não tem tanta gente que acredite nisso.

— É usado para alguma outra coisa? As pessoas usam por prazer, por exemplo?

— Não tem muito prazer envolvido, monsieur Polstead. A dor é extrema e é mais fácil conseguir os efeitos visuais com outras drogas. Acho que existem alguns médicos que usam o óleo para aliviar vários estados crônicos, tanto físicos como mentais, mas é tão caro que só os muito ricos podem pagar. Só os investigadores instruídos em Tashbulak tinham interesse nele e boa parte do trabalho deles era secreta.

— O senhor chegou a visitar a estação de Tashbulak?

— Não, monsieur.

Malcolm continuou remando. O silêncio sobre o lago era profundo, o ar sufocante, quase como se tivessem removido o oxigênio.

Depois de algum tempo, Karimov perguntou:

— Aonde estamos indo?

— Está vendo aquele castelo? — Malcolm disse e apontou um penhasco na margem à frente deles. No alto, havia um edifício cujas sólidas torres se avolumavam no horizonte quase invisíveis, porque não havia luz da lua, nem das estrelas.

— Acho que sim — disse Karimov.

— Marca a fronteira com a França. Assim que a gente passar por ele vamos estar em segurança, porque estaremos fora de jurisdição de Genebra. Mas...

Entre o "m" e "s" dessa palavra, todo o céu se acendeu e escureceu novamente. Veio então outro relâmpago, ainda mais brilhante, e dessa vez Malcolm e Karimov viram a forquilha e os muitos ramos de um raio abrirem caminho até o chão no mesmo instante em que sentiam as primeiras gotas de chuva, pesadas, baterem forte em seus rostos. Só depois que os dois homens tinham levantado as golas e afundado mais os chapéus foi que veio o trovão, com um estalo ensurdecedor que pareceu rachar suas cabeças. Ele passou sobre o lago, ressoou nas montanhas e deixou a cabeça de Malcolm tinindo com sua força.

Um vento já estava se formando. Agitou ondas na água e a fez borrifar contra o rosto de Malcolm ainda mais forte que a chuva. Ele tinha velejado em lagos e sabia como tempestades podiam chegar de repente, mas aquela era excepcional. Não fazia sentido tentar ultrapassar o castelo à frente: ele virou o barco para estibordo e remou o mais forte que podia até a margem mais próxima, enxergando o caminho nos relâmpagos de raios que, como imensos chicotes incandescentes, golpeavam o chão e projetavam uma luz sinistra sobre as montanhas. O trovão agora vinha logo em seguida, alto a ponto de fazer tremer o barquinho, ou pelo menos era a sensação que tinham. Asta se aninhara dentro do sobretudo de Malcolm e lá ficou, quente e relaxada, com uma perfeita segurança que se transmitia a ele, o que Malcolm sabia ser a intenção dela, e era grato por isso.

O pequeno *Mignonne* sacudia para lá e para cá naquele caos e depressa se enchia de água. Karimov usava o chapéu de pele para remover o máximo que podia. Malcolm punha toda a força de braços e costas no trabalho, mergulhava fundo os remos na água e forçava todos os músculos para impedir que o barco virasse ou fosse levado mais para o centro do lago.

Quando olhou para trás, não conseguiu ver nada além de escuro e mais escuro, porém a escuridão mais profunda assomava sobre eles. Era uma floresta que margeava o lago. Dava para ouvir o vento nos pinheiros agora, mesmo por baixo do tamborilar ensurdecedor da chuva e as monstruosas explosões do trovão.

— Não está longe — Karimov gritou.

— Vou entrar direto. Veja se consegue agarrar um galho.

Malcolm sentiu um baque e uma sensação de algo se quebrando quando o casco de madeira do *Mignonne* bateu em uma pedra. Não tinha como evitar: ele mal conseguia enxergar e não havia praia de areia para o barco atracar suavemente. Pedras, mais pedras, e depois de um baque e raspada final, a canoa se imobilizou. Karimov estava tentando se pôr de pé e encontrar um galho para agarrar, mas toda hora perdia o equilíbrio.

Malcolm agarrou-se à amurada e pulou pela lateral, com a água chegando até a coxa antes de seu pé encontrar algo sólido. As pedras eram amontoadas, irregulares, mas ao menos grandes o bastante para não rolarem com seu peso e fazê-lo quebrar um tornozelo.

— Onde está o senhor? — Karimov perguntou.

— Quase na margem. Não se mexa. Vou amarrar a canoa assim que possível.

Ele tateou até a proa e encontrou o cabo de amarração. Quando o soltara, na casa de barcos, vira que era velho e usado, mas de bom cânhamo de manila, e talvez tivesse ainda alguma força. Asta subiu para seu ombro e disse:

— Para cima e para a direita.

Ele estendeu o braço naquela direção e encontrou um ramo baixo, que parecia bem sólido e confiável; mas estava longe demais do cabo de amarração.

— Karimov! — gritou. — Vou firmar o barco e você desce. Vamos ter de tatear o caminho até a margem, mas já estamos bem molhados. Pegue tudo o que for necessário e vá com cuidado.

Um raio brilhou, muito próximo, lançando uma repentina luz sobre eles. A margem estava a apenas um ou dois metros da proa, cerrada de arbustos, e se erguia íngreme da água. Desequilibrado, Karimov passou a perna esquerda pela amurada e tateou em busca de algo sólido.

— Não consigo alcançar... Não encontro pedra nenhuma...

— Segure no barco e passe as duas pernas para fora.

Outro raio. Malcolm pensou: o que se faz para sobreviver a uma tempestade quando se está em uma floresta? Evitar árvores altas, para começar; mas se não dá para ver nada... O raio provocara outro de seus episódios com o anel cintilante. Aquela pequena coisa se contorceu, cintilou diante da imensa escuridão em torno, justamente no momento em que sua mão encontrou um galho suficientemente baixo para alcançar com a corda.

— Aqui — ele gritou. — Por aqui. A margem está aqui.

Karimov chapinhava na direção dele. Malcolm encontrou sua mão, agarrou com força e puxou o homem mais velho para os arbustos e para fora da água.

— Pegou tudo de que precisa?

— Acho que sim. O que a gente faz?

— Ficamos juntos e subimos para fora da água. Se tivermos sorte vamos encontrar algum abrigo.

Malcolm ergueu a mochila e a mala para fora do barco e puxou-as para cima das pedras, no mato. Parecia que estavam na base de uma encosta íngreme, talvez ao pé de um rochedo... Talvez houvesse uma plataforma de rocha, se tivessem sorte.

Subiam fazia apenas um minuto quando encontraram algo ainda melhor.

— Acho que... aqui tem... Em cima desta pedra...

Malcolm jogou a mala à frente e estendeu a mão para puxar Karimov.

— O que é? — perguntou o tadjique.

— Uma caverna — disse Malcolm. — Uma caverna seca! Eu não disse?

Os policiais levaram Olivier Bonneville para a delegacia mais próxima e pediram a sala de interrogatório. O TCD não tinha, estritamente, nenhuma relação formal com a força policial de Wittenberg, nem de nenhum outro lugar na Grande Alemanha; mas o distintivo do TCD funcionava como uma chave mágica.

— Como ousa me tratar desse jeito? — Bonneville perguntou, sem rodeios.

Com toda calma, os dois agentes se acomodaram nas cadeiras do lado oposto da mesa. Suas daemons (raposa e coruja) observavam a dele com desagradável vigilância.

— E o que você fez com aquele daemon? — Bonneville continuou. — Estou atrás dele, por ordens expressas de La Maison Juste, desde a Inglaterra. Melhor que vocês não tenham perdido o daemon. Se eu descobrir que...

— Diga seu nome completo — falou o agente que o tinha visto primeiro. O outro homem tomava notas.

— Olivier de Lusignan Bonneville. O que vocês fizeram com...

— Onde está hospedado em Wittenberg?

— Não é da sua...

O interrogador tinha braços compridos. Um deles se estendeu antes que Bonneville conseguisse se mexer e deu-lhe uma bofetada forte. A daemon-falcão guinchou. Bonneville não apanhava desde a época do primário, tendo aprendido desde cedo que havia métodos melhores que a violência para infernizar a vida de seus inimigos, e não estava acostumado a choque e dor. Encostou na cadeira e respirou pesadamente.

— Responda à pergunta — disse o agente.

Bonneville piscou várias vezes. Seus olhos lacrimejavam. Um lado de seu rosto estava vermelho-vivo e o outro muito branco.

— Que pergunta? — conseguiu dizer.

— Onde está hospedado?

— Numa pensão.

— Endereço?

Bonneville teve de fazer um esforço para lembrar.

— Friedrichstesse, 17 — disse. — Mas aconselho vocês a...

O braço comprido se estendeu outra vez e o agarrou pelo cabelo. Antes que Bonneville pudesse resistir, sua cabeça bateu de cara na mesa. A daemon guinchou de novo, bateu as asas loucamente e despencou.

O agente soltou. Bonneville tremia ao endireitar o corpo, sangue escorrendo do nariz quebrado. Um dos agentes devia ter tocado uma campainha, porque a porta se abriu e entrou um policial. O homem que anotava se levantou e falou baixinho com ele. O policial assentiu com a cabeça e saiu.

— Você não aconselha nada — disse o interrogador. — Espero que aquele aletiômetro não esteja danificado.

— Comigo é pouco provável — disse Bonneville, a voz arrastada. — Eu leio o aletiômetro melhor que ninguém, sei tudo a respeito, trato o aparelho com o máximo cuidado. Se estiver danificado, não foi por mim. É propriedade de La Maison Juste e eu leio por instruções específicas do secretário-geral, monsieur Marcel Delamare.

Para seu aborrecimento, não conseguia manter a voz firme ou impedir que suas mãos tremessem. Tirou um lenço do bolso e segurou contra o rosto. Sentia uma dor abominável no nariz e o peito da camisa estava encharcado de sangue.

— Curioso — disse o interrogador. — Uma vez que foi o próprio monsieur Delamare que informou o roubo do aletiômetro e nos deu sua descrição.

— Prove — disse Bonneville. Sua cabeça confusa estava começando a se organizar, e em meio à dor e ao choque ele começava a elaborar um plano.

— Acho que você ainda não entendeu como funciona isto aqui — disse o interrogador, com um sorriso. — Eu pergunto, você responde. A qualquer minuto vou te bater de novo, só para fazer você lembrar. E também não vai nem saber de onde veio o golpe. Onde está Matthew Polstead?

Bonneville ficou intrigado.

— O quê? Quem é Matthew Polstead?

— Não me provoque. O homem que matou seu pai. Onde ele está?

Bonneville sentiu como se sua mente se soltasse do corpo. A daemon, agora em seu ombro de novo, apertou firme com as garras e ele entendeu o que queria dizer.

— Não o conhecia por esse nome — disse. — Tem razão. Estou à procura dele. O que fizeram com aquele daemon que eu capturei? Ele ia me levar a esse tal de Polstead.

— A doninha, ou seja lá o que for, está bem presa na sala ao lado. Suponho que não seja o daemon de Polstead. De quem é?

— Da garota que está com o aletiômetro do meu pai... ele é dela. Confesso estar surpreso de o leitor de Genebra descobrir isso tudo. Em geral ele não é tão rápido.

— Leitor? O que é isso de leitor?

— Leitor de aletiômetro. Olhe, eu não consigo me concentrar com esse sangramento. Preciso de um médico. Me trate primeiro que converso com vocês depois.

— Vai tentar impor condições agora? Eu não faria isso se fosse você. O que o daemon da garota tem a ver com Polstead? E como é que o daemon anda correndo por aí sem ela? Assustador, isso é que é. Antinatural.

— Ora, alguns aspectos dessa questão são confidenciais. Qual é o nível de acesso que o senhor tem?

— Está fazendo perguntas de novo. Eu avisei. Sabe que vai receber outra porrada a qualquer segundo, acredito.

— Não vai adiantar — disse Bonneville, que a essa altura já conseguira controlar o tremor da voz. — Não me importo de contar o que tenho de fazer, uma vez que a gente esteja do mesmo lado, mas como eu disse, preciso saber o seu nível de acesso de segurança. Se me contar isso, posso até ajudar você.

— Ajudar com quê? O que acha que nós estamos fazendo? A gente estava procurando você, rapaz. Te pegamos agora. E por que você haveria de nos ajudar, porra?

— Tem mais coisa em jogo. Vocês sabem *por que* estavam me procurando?

— Eu sei. Porque o chefe mandou. Por isso, seu imbecil.

Os olhos de Bonneville estavam começando a se fechar. O golpe devia ter machucado sua face, ou as órbitas dos olhos, ou alguma coisa, ele pensou, mas não demonstraria dor, não se deixaria distrair. *Fique calmo.*

Ele disse, firme:

— Existe uma ligação entre meu pai, o que meu pai estava fazendo, a morte dele, esse sujeito Polstead e a garota chamada Lyra Belacqua. Certo? Monsieur Delamare me encarregou de descobrir mais a respeito, porque eu sei ler o aletiômetro e porque já descobri muita coisa. Para começar, a conexão envolve o Pó. Entendeu? Sabe o que é isso? Sabe o que isso quer dizer? Meu pai era um cientista, como dizem hoje. Um teólogo experimental. Estava investigando o Pó, de onde vem, o que significa, que ameaças contém. Ele foi morto e roubaram as anotações dele, assim como o aletiômetro. A garota Belacqua sabe alguma coisa, como também esse Polstead. Por isso é que eu estou aqui. É isso que eu estou fazendo. Por isso é que é muito mais aconselhável o senhor me ajudar do que perder tempo com esse tipo de coisa.

— Então por que monsieur Delamare disse para o TCD que queria que você fosse preso?

— Tem certeza de que ele disse isso?

O interrogador piscou. Pela primeira vez, pareceu um pouco inseguro.

— Eu sei as ordens que recebemos e elas nunca vieram erradas antes.

— O que acabou de acontecer em Genebra? — Bonneville perguntou.

— Do que está falando?

— Estou falando do que está acontecendo. Por que a cidade está cheia de padres, bispos, monges e tal? Esse congresso, é disso que eu estou falando. Evidentemente, uma vez que é o acontecimento mais importante do Magisterium há séculos, é importante garantir a segurança.

— E?

— Então as mensagens são codificadas. As instruções são enviadas por diversas vias. Usam codinomes. Às vezes, a informação é deliberadamente embaralhada. Esse Polstead, por exemplo. Deram uma descrição dele?

Pela primeira vez, o interrogador olhou para o colega, o homem que tomava notas.

— Deram — disse o escriba. — Homem grande. Ruivo.

— Exatamente o que quero dizer — Bonneville falou. — A informação não é para conhecimento geral. Eu sei o verdadeiro nome dele e sei que não tem essa aparência. O cabelo vermelho e o tamanho: esses detalhes revelam alguma *outra* coisa a respeito dele.

— O quê?

— Não posso revelar, obviamente, a menos que eu saiba o nível de acesso de segurança de vocês. Talvez nem então, dependendo do nível.

— Nível três — disse o escriba.

— Os dois?

O interrogador fez que sim.

— Bom, então não posso — disse Bonneville. — Olhem, vou dizer uma coisa. Deixe eu falar com esse daemon. Vocês podem ficar perto, ouvir o que ele me disser.

Bateram na porta e ela se abriu. O policial que tinham mandado investigar a pensão entrou com a mochila de Bonneville.

— Está aí dentro? — perguntou o interrogador.

— Não — respondeu o policial. — Revistei o quarto, mas não tinha mais nada.

— Se estão procurando o aletiômetro — disse Bonneville —, é só me perguntar. Estou com ele, claro.

Tirou-o do bolso e pôs em cima da mesa, na sua frente. O interrogador estendeu a mão, mas Bonneville puxou de volta o aparelho.

— Pode olhar, mas não tocar — disse. — O leitor desenvolve uma conexão com o instrumento, que é facilmente perturbada.

O interrogador o examinou de perto, e o outro homem também. Bonneville pensou: *Uma faca no olho dele agora... ia ensinar uma lição.*

— E como você lê?

— Funciona por símbolos. Tem de saber o sentido de cada figura dessas. Algumas têm mais de cem, então não é uma coisa que dê para pegar e fazer de cara. Este aqui pertence ao Magisterium e vai voltar para lá assim que eu tiver terminado a missão para a qual fui designado. Então, vou repetir: me deixem falar com aquele daemon antes que ele pense em uma boa história.

O interrogador olhou para seu colega. Os dois se levantaram e foram para o canto da sala, onde falaram baixinho demais para Bonneville conseguir escutar. Na pausa, a tensão que ajudava Bonneville a manter a calma e impedir que suas mãos tremessem começou a se esvair. Sua daemon sentiu isso e agarrou seu ombro com tal ferocidade que tirou sangue. Era exatamente do que ele precisava. Quando os homens voltaram, ele estava calmo e controlado, apesar do estrago sangrento no meio do rosto.

— Vamos lá, então — disse o interrogador, enquanto o outro abria a porta.

Bonneville guardou o aletiômetro e pegou a mochila para ir atrás deles. Os homens falaram com o policial, que se virou, tirou um molho de chaves do bolso e procurou a certa.

— Nós vamos acompanhar — disse o interrogador. — E tomar nota de tudo o que você perguntar e tudo o que ele responder.

— Claro — disse Bonneville.

O policial abriu a porta e estacou de repente.

— O que foi? — perguntou o interrogador.

Bonneville empurrou o policial e passou por ele. Era uma sala exatamente igual à sala vizinha, com uma mesa e três cadeiras. A rede de seda-carbono estava na mesa, rasgada a mordidas, e a janela estava aberta. Pantalaimon tinha escapado.

Bonneville virou-se para os homens do TCD em uma fúria intensa. O sangue escorria, abundante, por sua boca e queixo, e quase cego de dor ele condenou os dois e o policial pela sua estupidez teimosa e descuido criminal, e os ameaçou com a fúria de todo o Magisterium naquela vida e a certeza do inferno na próxima.

Foi uma ótima performance. Ele próprio achou isso, uns minutos depois, ao sentar em uma cadeira confortável sob os cuidados do médico da polícia, e logo em seguida caminhava para a estação ferroviária, com suas posses intactas e seu orgulho em pleno domínio. O curativo que lhe cobria o nariz era emblema de um ferimento honroso; a perda de Pantalaimon, irrelevante. Ele agora tinha um novo alvo, tão interessante e inesperado que era como uma revelação, uma epifania.

Ressoava em sua cabeça como um toque de sino: o homem que matara seu pai, aquele homem grande com cabelo ruivo, aquele homem chamado Matthew Polstead.

22. O ASSASSINATO DO PATRIARCA

Lyra chegou a Constantinopla cansada e ansiosa, totalmente incapaz de parar de pensar no que tinha acontecido em Praga, nem entender que sentido tinha. Sua sensação de certeza e determinação tinha sido breve e evanescente. Ela sentiu como se tivesse sido usada por algum poder oculto, como se todos os acontecimentos de sua viagem e de um longo período anterior tivessem sido meticulosamente preparados com apenas um propósito; e um propósito que nada tinha a ver com ela, que nunca teria entendido, mesmo que soubesse qual era. Ou pensar dessa forma seria um sinal de loucura?

A única coisa em que ainda conseguia encontrar alguma satisfação era na questão de não ser notada. Tinha um *checklist* mental: para onde estou olhando? Como estou me movimentando? Estou demonstrando algum sentimento? Ela repassava tudo o que pudesse despertar atenção e eliminava. O resultado era que agora podia andar por uma rua lotada e mal ser notada. Dava-lhe certa alegria melancólica lembrar como, apenas alguns meses antes, havia às vezes despertado olhares de admiração ou desejo e tinha brincado de ignorá-los altivamente, até contente com o poder que lhe davam. Agora tinha de se contentar com ser ignorada.

O mais difícil de tudo era estar sem Pantalaimon.

Tinha consciência de algumas coisas em relação a seu daemon. Ele não estava em perigo; estava viajando; concentrado em alguma coisa, mas só isso. E embora pegasse o aletiômetro várias vezes, na solidão do quarto de hotel ou na cabine-leito do trem, logo o deixava de lado. A náusea provocada pelo novo método era insuportável. Ela tentou, sim, o método clássico, debruçada sobre as imagens, tentou lembrar uns dez sentidos de cada uma e formular uma pergunta; mas as respostas que conseguia eram enigmáticas, contraditórias ou simplesmente opacas. De vez em quando, sentia um espasmo de medo arrebatador, ou de pena, ou de raiva, e sabia que ele também sentia essas coisas; mas não fazia ideia do porquê. Tudo que podia fazer era ter esperança e tentava, apesar do medo e da solidão.

Passava algum tempo escrevendo a Malcolm. Contava a ele tudo o que tinha visto e ouvido. Relatou os acontecimentos com o holandês em chamas e o alquimista, contou a ele o conselho que Agrippa lhe dera sobre sua viagem e postou as cartas aos cuidados da Truta, em Godstow; mas não fazia a menor ideia se elas chegariam até ele ou se receberia uma resposta.

Sentia-se muito solitária; como se sua vida tivesse entrado em uma espécie de hibernação, como se uma parte dela estivesse adormecida e talvez sonhasse o resto. Permitiu-se ficar passiva; aceitar o que quer que acontecesse. Quando descobriu que a balsa de Esmirna tinha acabado de partir e que teria de esperar dois dias pela próxima, ouviu a informação com calma, encontrou um hotel barato e vagou pela cidade antiga de Constantinopla, discreta e reservada. Olhou as igrejas, os museus, as grandes casas comerciais ao longo da margem, sentou-se em um dos muitos parques debaixo de árvores ainda nuas. Comprou um jornal em língua inglesa e leu cada palavra de cada artigo, enquanto tomava um café em uma cafeteria quente e enfumaçada perto da vasta basílica da Sagrada Sabedoria, que se erguia como uma bolha gigantesca de pedra acima dos prédios em torno.

O jornal lhe contou de ataques a propriedades no campo, de roseirais incendiados ou derrubados, de trabalhadores e suas famílias assassinados ao tentarem defender seu local de trabalho. Tinha havido um grande número daqueles ataques ao sul, até Antalya, e ao leste até Yerevan. Ninguém sabia o que havia iniciado aquele frenesi de destruição. Os atacantes eram conhecidos simplesmente como "homens das montanhas" e, segundo alguns relatos, esses homens exigiam que suas vítimas renunciassem à própria religião e assumissem outra nova, mas ninguém dava detalhes. Outros relatos não falavam nada de religião, só mencionavam os saques e a destruição, e o inexplicável ódio expresso pelos atacantes às rosas e seu perfume.

Outras notícias eram referentes à comemoração em honra do patriarca são Simão Papadakis, por sua eleição como presidente de um novo Alto Conselho do Magisterium. Haveria um longo ritual na basílica da Sagrada Sabedoria, na presença de mais de cem clérigos sêniores de toda a província, seguido de uma procissão pela cidade. As comemorações abarcavam a consagração de um novo ícone da Virgem Maria, que tinha aparecido miraculosamente no túmulo de um mártir do século IV, acompanhado de diversos presságios que atestavam sua origem sobrenatural, como o florescimento de uma madressilva que crescia no túmulo, vários odores adocicados, o som de flautas celestiais e assim por diante. Odores adocicados, Lyra pensou... Para os homens das montanhas, aquelas coisas eram anátemas. Para a hierarquia estabelecida da Igreja, eram sinal de favor celestial. Se o mundo religioso ia se dividir, podia muito bem ser por causa de uma coisa tão miúda como o perfume de uma rosa.

Malcolm saberia por que tudo aquilo estava acontecendo. Ela ia escrever a ele a respeito em sua próxima carta. Ah, mas como estava sozinha.

Se forçou a ler mais sobre o novo Alto Conselho. As comemorações em honra do patriarca iam acontecer naquela mesma manhã, seu segundo dia em Constantinopla, e ela resolveu ir assistir. Seria algo para fazer.

E enquanto Lyra pensava sobre ele, são Simão se agitava, inquieto, em sua banheira de mármore, e pensava no mistério da Encarnação. Sua daemon, Philomela, que tinha uma voz doce, se balançava a seu lado, em seu poleiro de ouro. As ondas que o corpo do santo causava na água espumosa estavam agora incomodamente frias e ele chamou:

— Menino! Menino!

Nunca se lembrava do nome de nenhum dos garotos, mas não importava. Eram todos muito parecidos. Porém os passos que ouviu em resposta a seu chamado não eram passos de menino, mas pesados e lentos: um arrastar de pés em vez de um passo leve e rápido.

— Quem é? Quem é? — perguntou o santo, e sua daemon respondeu:

— É Kaloumdjian.

O patriarca estendeu uma mão trêmula e olhou a forma volumosa do eunuco.

— Me ajude, Kaloumdjian — disse. — Onde está o menino?

— O chefe dele, o diabo, veio a noite passada e levou ele embora. Como eu vou saber onde está o menino? Não tem menino nenhum.

Na penumbra do lampião era difícil ver Kaloumdjian a não ser como uma sombra gigantesca, mas sua voz graciosa e delicada era inconfundível.

O santo sentiu-se erguido e colocado, ainda molhado, na prancha de madeira no chão, e um momento depois envolto em algodão limpo.

— Não tão forte — disse o santo. — Vou terminar caindo se me sacudir assim. O menino teria sido mais gentil. Para onde ele foi?

— Ninguém sabe, sua santidade — disse o eunuco, enxugando com menos força. — Logo teremos outro.

— Sim, sem dúvida. E a água, sabe, fica mais gelada do que antes. Tenho certeza de que tem alguma coisa errada. O óleo... acha que o óleo pode fazer a água perder calor? Algum tipo novo de óleo, talvez? Não tem o mesmo cheiro. Parece ser um pouco mais grosseiro. A composição química é ligeiramente diferente, sabe, e pode permitir que as moléculas de calor passem através da película de óleo com mais facilidade. Tenho certeza de que alguma coisa está acontecendo. Tenho de pedir para são Mehmet dar uma olhada.

Atrás dele, a daemon-gansa de Kaloumdjian chegou a cabeça perto da água do banho e cheirou. O eunuco disse:

— Não é o mesmo óleo porque o comerciante que fornecia antes foi convocado pelo Tribunal das Três Janelas.

— É mesmo? Que malandro! O que ele fez?

— Se envolveu com dívidas, sua santidade. O resultado é que não tinha mais crédito com os fornecedores e além disso eles também estão com problemas e é provável que percam seus negócios.

— Mas e o meu óleo de rosa?

— Este é um produto inferior do Marrocos. Foi tudo que conseguimos.

São Simão fez um pequeno ruído de decepção. Kaloumdjian se ajoelhou com esforço para enxugar as canelas sagradas, enquanto a mão frágil do patriarca se apoiava em seu ombro.

— Sem meninos, sem óleo... O que está acontecendo com o mundo, Kaloumdjian? Espero que o menino esteja bem, pelo menos. Eu gostava daquele malandrinho. Acha que eles simplesmente fogem?

— Como saber, sua santidade? Talvez ele achasse que iam fazer ele virar eunuco.

— Imagino que ele possa ter pensado nisso. Coitadinho. Espero que esteja bem. Agora, Kaloumdjian, você se certifique para a água ser vendida barato. Seria errado deixar as pessoas pensarem que estão comprando a mesma qualidade de antes. Insisto nisso.

A água do banho do santo, santificada pelo contato com sua pessoa, era engarrafada e vendida nos portões do palácio. São Simão era a única pessoa no palácio que não sabia que os funcionários assumiam uma visão homeopática com sua qualidade e diluíam a água muitas vezes. Mas não se esperava que santos se ocupassem com essas questões; um patriarca anterior, quando expressou surpresa ao descobrir galões e galões à venda, teve de ser convencido de que a santidade da água fazia com que se expandisse de tamanho, e que várias garrafas explodiam rotineiramente de exuberância sacramental.

— A ceroula, Kaloumdjian, por favor — disse o patriarca e, ainda apoiado no volume macio do ombro do eunuco, vestiu, trêmulo, a roupa de seda e deixou que o homem amarrasse o cordão em sua pequena barriga protuberante. No processo, Kaloumdjian deu uma olhada atenta na úlcera supurada na canela direita do santo, que devia estar causando uma dor terrível, mas sobre a qual ele não dizia uma palavra. *Vai matar o santo dentro de seis meses*, Kaloumdjian pensou, ao ajeitar ternamente as mangas da veste interna nos braços do velho e ajudar os pés úmidos e ossudos a calçar os chinelos.

De sua parte, são Simão estava grato, afinal, de ser Kaloumdjian e não o menino que o vestia, porque o menino não fazia ideia de que lado segurar a capa, por exemplo, e uma vez tinha fechado os trinta e cinco botões do colete até descobrir que não havia casa para o último e teve de desabotoar todos e começar de novo; então o santo tinha de prestar atenção e dirigir a operação, o que era cansativo. Kaloumdjian não precisava de orientação e o patriarca pôde divagar e tentar mais uma vez pensar no mistério da Encarnação, o que era cansativo de sua própria maneira.

Então parou de pensar nisso e perguntou:

— Kaloumdjian, me diga: esses homens da montanha de quem ouvimos falar tanto, você sabe alguma coisa sobre eles?

— Tenho um primo distante em Yerevan, sua santidade, cuja família foi passada ao fio da espada por um bando de homens que queria que ele abjurasse a santa igreja e principalmente a doutrina da Encarnação.

— Mas isso é um horror — disse o velho. — E esses hereges foram encontrados e castigados?

— Infelizmente não.

— A família dele inteira?

— Quase todos, menos o meu primo Sarkisian, que estava no mercado quando aconteceu, e uma menina, uma criada, que se salvou porque jurou acreditar no que os homens mandavam.

— Pobre menina! — Os olhos fracos do santo se encheram de lágrimas pela menininha que agora iria para o inferno. — Você acha, Kaloumdjian, que esses homens das montanhas deram um fim no menino?

— É muito possível, sua santidade. Agora segure a minha mão.

Obediente, o santo pegou a mão grande e macia que viu à sua frente e com a ajuda de Kaloumdjian suportou o peso da pequena daemon-rouxinol que se esforçava para ficar em seu ombro, embora, na verdade, ela pesasse menos que um punhado de pétalas. Com a daemon-gansa de Kaloumdjian marchando à frente, saíram da sala de banho para o vestiário, onde estavam sendo preparadas as outras vestes do patriarca. O processo era menos vestir e mais escalar as roupas e, de fato, as peças mais externas eram produzidas não muito diferentes de uma tenda ou barraca mongol, com uma estrutura de varas e tela que permitia ao santo descansar sobre ela durante os rigores da longa liturgia. Havia até um recipiente habilmente colocado para coletar a urina do santo, de forma que nada interrompesse o ritual ou incomodasse o patriarca, que, assim como muitos velhos, cada vez mais se desentendia com sua bexiga.

Kaloumdjian entregou o patriarca aos cuidados de três subdiáconos. São Simão largou sua mão com certa relutância e disse:

— Obrigado, caro Kaloumdjian. Por favor, veja se consegue descobrir mais, você sabe, sobre os assuntos que discutimos. Eu ficaria muito grato.

O eunuco viu o que o patriarca não viu, o olhar brilhante, inquisitivo e compassivo do pequeno irmão Mercurius cintilar imediatamente debaixo do cabelo encantadoramente emaranhado, em um relance para o rosto do patriarca, depois para o eunuco, de volta ao patriarca. O olhar intenso de Kaloumdjian pousou no subdiácono por um momento mais longo do que o irmão Mercurius achou confortável, mas o rapaz entendeu a mensagem, juntou as mãos e voltou sua modesta atenção para o santo.

O velho fez a primeira oração e vestiram a sotaina. O irmão Mercurius ajoelhou-se depressa, as mãos voejaram sobre os botões, alisaram a seda pesada sobre as pernas do patriarca como para acertar o caimento, mas atento à contração involuntária quando sua mão passou em cima da canela direita. Pior que da última vez! Bom tomar nota.

Outra oração quando puseram o solidéu, outra para o capuz, mais uma para a sobrepeliz, outra para a estola, mais uma para o cinto, uma para cada manga, esquerda e direita, que cobriam os braços por debaixo da sobrepeliz. Cada veste era bordada com tanto ouro e pedras preciosas que o patriarca ia ficando cada vez mais parecido com um mosaico antigo do que com um ser humano, e o peso de tudo somado fazia o velho tremer.

— Já acaba, santidade, já acaba — murmurou o irmão Mercurius e ajoelhou-se de novo na frente da veste inferior enquanto manobravam em torno dos ombros do santo a grande capa com sua estrutura de esteios e travessões.

— Irmão — alertou o subdiácono sênior, e o irmão Mercurius humildemente se pôs de lado, conseguindo comunicar tanto um simples desejo de servir como uma triste autodepreciação: que bobagem esquecer que aquela era a função do irmão Ignatius! Sua pequena daemon-gerbo saiu do caminho, solícita.

— Irmão... Irmão... Jovem irmão — disse o velho —, faça o favor de ajeitar as luzes do corredor da sala do conselho. Duas vezes eu quase caí lá.

— Claro, Abençoado — disse o irmão Mercurius e curvou-se para disfarçar seu desapontamento. Agora os outros dois é que apoiariam o santo em sua entrada.

O subdiácono deslizou para fora do vestíbulo e encontrou o eunuco à espera no corredor, à espera de alguma coisa, ou só parado ali, mas ambos os casos eram desconcertantes. Aquela cara, uma grande lua sem expressão! O irmão Mercurius lançou a ele um rápido sorriso modesto e foi ajustar as luzes, que não precisavam de nenhuma alteração, como ele bem sabia. As que ficavam mais no fim, perto da sala do conselho, eram montadas um pouco mais altas que as outras, o que permitia ao irmão Mercurius aproveitar a dificuldade de lidar com elas para escutar qualquer trecho de conversa que pudesse, através da porta.

Mas eles eram espertos, aqueles bispos, arcebispos e arquimandritas. Dois mil anos de sutil governança não eram facilmente superados por um jovem subdiácono bonito e charmoso. Atrás da porta diante da qual o irmão Mercurius se detinha dissimuladamente, três prelados da Síria discutiam sobre uvas-passas. Seus colegas membros do sínodo, todos os cento e quarenta e sete, dispostos em torno da grande sala do conselho, envolvidos em conversas igualmente ordinárias. Não começariam a falar sobre coisas sérias enquanto não tocasse o Sino do Esvaziamento, indicando que todos, menos eles, deviam ser escoltados para fora do palácio.

Ao ouvir se abrirem as portas do vestíbulo, o irmão Mercurius afastou-se da lâmpada em que estava mexendo, esfregou as mãos em seus quadris estreitos e se pôs humildemente de lado, pronto para correr e abrir a porta da grande sala.

— Para trás, tolo, para trás — veio o sussurro de uma voz muito familiar.

O arquidiácono Phalarion, que tinha surgido do vestíbulo, era o supervisor do ritual e a ação de abrir a porta era sempre reservada a ele. O irmão Mercurius fez uma reverência e voltou na ponta dos pés pelo corredor, tão rente à parede que caminhava de lado mais que para a frente. Porque estava agindo assim, e porque estava no meio do caminho, foi que viu melhor que todos eles o que aconteceu em seguida.

A primeira coisa foi que a daemon-ganso do eunuco, na porta do vestíbulo, grasnou de repente, muito alto: um grande grasnido de medo e perigo.

Kaloumdjian virou-se para ver o que a assustara e no instante seguinte uma cimitarra separou sua cabeça dos ombros. A cabeça caiu com um baque surdo e um ou dois longos segundos depois, seu corpo caiu também, jorrando sangue. Sua daemon já tinha desaparecido.

O arquidiácono Phalarion lançou-se sobre as figuras que saíam do vestíbulo e foi jogado no chão em um momento. O patriarca, apoiado em dois subdiáconos, estava rígido demais para se virar e olhar, atônito demais para falar, e os próprios subdiáconos, colhidos entre o medo horrível e o desejo de protegerem o velho, também não se mexeram, mas foram ambos mortos ao olhar para trás. Caíram de um lado e outro, como o molde de uma escultura que acabou de ser vazada em bronze: coisas rígidas e mortas que serviam apenas para conter a obra de arte, agora nascida e visível pela primeira vez.

Essa obra de arte, o próprio patriarca, radiante em suas vestes, ficou mantido em pé pela estrutura interna da capa. Sua expressão, que o irmão Mercurius via com muita clareza na luminosidade das lâmpadas, era a de alguém que acabara de entender a solução para um problema complexo e profundo, talvez até o mistério da Encarnação. Mas ao contrário do eunuco e dos subdiáconos, o santo não teve a sorte de morrer do primeiro golpe que lhe desferiram. Seus atacantes, três deles, cortavam, furavam, serravam a figura rígida, dura, enquanto sua assustada daemon voejava no alto, caía, batia nas paredes, girava para o chão e gotas de música líquida voavam em torno.

Enquanto isso, são Simão agitava os braços devagar, como um besouro caído de costas, apesar do fato de um deles ter perdido a mão; então o canto do rouxinol silenciou e o velho amoleceu nas roupas que o sustentavam, incapaz de cair.

O irmão Mercurius viu os três espadachins de roupas brancas, agora muito mais coloridas que alguns segundos antes, virarem o velho para ter certeza de que estava morto. Viu quando eles olharam em torno e para trás, de onde vinham gritos e berros de raiva e ouvia-se agora uma movimentação, pés que corriam, bater de lanças; viu quando voltaram seus rostos de falcão para ele, sentiu a horrenda beleza de seu olhar, quase desmaiou quando viu que corriam em sua direção e pensou na porta atrás de si, a porta...

Ela abria *para dentro* e, se ele plantasse as costas nela e esperasse ser abatido, talvez pudesse manter os homens ali por tempo suficiente para chegarem os guardas do palácio. O irmão Mercurius entendeu isso em uma minúscula fração de segundo. Entendeu também que não era de sua natureza fazer uma coisa daquelas, que sua natureza era ser agradável, tornar as coisas fáceis e convenientes, Deus o tinha feito desse jeito e não havia como mudar agora.

Então, no mesmo instante e antes que os assassinos chegassem à metade do corredor, o irmão Mercurius virou-se, agarrou a maçaneta e abriu a grande porta. Os prelados aterrorizados lá dentro, ao ouvir os gritos e sons de luta do corredor, tinham se reunido como carneiros no centro da sala, e os assassinos puderam se lançar sobre eles de imediato pela porta aberta e abater talvez uma dúzia, antes que os guardas chegassem e caíssem em cima deles por trás.

O irmão Mercurius não quis olhar o corpo do patriarca, mas sabia que seria uma boa coisa ser encontrado rezando ao lado dele, então, enquanto a matança, os gritos, o chapinhar, baquear, raspar, os gemidos e conflitos da sala do conselho enchiam seus ouvidos, ele voltou delicadamente até a estrutura caída que continha o que restava do santo, pôs-se de joelhos, com o cuidado de se besuntar de tanto sangue quanto conseguiu aguentar e deixar as lágrimas rolarem soltas pelas faces.

    Seria errado dizer que Mercurius já conjeturasse sobre os ícones que, com o tempo, representariam o martírio do santo Simão Papadakis com a garantia de que um componente essencial da cena, talvez até seu elemento definidor, fosse a presença do jovem e devotado subdiácono manchado com o sangue do mártir e com olhos voltados para o alto, em oração.

    Quer dizer, esse quadro estava de fato em sua mente, mas não em primeiro plano. Ele estava preocupado principalmente com as interessantes questões da sucessão, das semanas de política que iam se desdobrar agora, da possibilidade de promoção agora que dois outros subdiáconos da casa de banhos tinham sido mortos. Ele estava também embriagado com a expressão dos belos olhos dos assassinos quando avançaram para ele no corredor. Nunca em sua vida tinha visto algo tão fascinante.

Enquanto isso, no corpo principal da grande catedral, longe da notícia do assassinato de são Simão, a congregação, inclusive Lyra, encontrava-se às centenas debaixo da vasta cúpula, à espera da cerimônia em si começar, enquanto um coro de graves vozes masculinas cantava um hino cuja duração e ritmo lento passava uma forte impressão de eternidade.

    Parte da política de discrição de Lyra consistia em não fazer perguntas nem começar conversas, de forma que tinha de se virar com o que conseguisse recolher de tudo o que acontecia à sua volta. Ela absorveu a paciência e imobilidade da congregação quase em transe, intensificadas pela música, até o momento em que um dos cantores hesitou.

    Parecia que ele tinha sido golpeado no coração durante uma prolongada nota aguda. Uma espécie de tosse ou respiração ruidosa interrompeu a linha da música, seguida de um suspiro inseguro das outras vozes. Depois de um minuto, talvez, eles pareceram se recuperar e continuar, mas pararam de novo depois de uma frase, embora claramente não fosse o fim do hino.

    O coro estava escondido, de forma que ninguém conseguia ver o que havia causado a interrupção. O aspecto enlevado da cerimônia desaparecera em um segundo; a congregação unificada tinha se fragmentado em várias centenas de indivíduos ansiosos. As pessoas olhavam em torno, tentavam espiar por cima da cabeça dos que estavam na frente e durante um momento vieram outros sons do coro: gritos, o tinir de aço contra aço e mesmo, a certa altura, um tiro que fez a congregação toda se sobressaltar, de forma a parecer um campo de trigo debaixo de uma rajada de vento repentina.

As pessoas se deslocaram primeiro para longe das paredes e se juntaram no centro do vasto edifício. Lyra foi com elas, incapaz de enxergar muito, mas ouvindo com atenção o vozerio e a luta violenta que ocorria além do iconostásio. Somando ao barulho, várias pessoas tinham começado a rezar em voz alta, em tom de desespero.

Lyra virou-se para sussurrar com Pan, mas claro, ele não estava ali, e ela sentiu novamente uma pontada de abandono. Controlou-se e repassou sua lista, conferindo uma a uma as coisas que podiam torná-la conspícua, de forma que quando terminou parecia a mais mansa, mais passiva, menos determinada dos espectadores, indigna de despertar qualquer interesse.

Com essa máscara de modéstia, ela se dirigiu para a borda da vasta sala e seguiu a parede até a porta. Várias outras pessoas já se apressavam a sair e Lyra viu que haveria um problema se a saída ficasse bloqueada. Em vez de esperar e se ver presa ali dentro, ela deslizou pela multidão, abrindo caminho com força até estar do lado de fora, na escada de mármore, piscando ao sol, forçada a descer quando mais e mais gente saiu pela porta e se espalhou na frente da catedral.

A praça pública estava uma confusão, com rumores de assassinato, massacre, derramamento de sangue, espalhados com a velocidade do fogo. Lyra só podia adivinhar o que diziam, mas então ouviu umas palavras em inglês e virou-se para quem falava.

Era um homem macilento, tonsurado, com uma espécie de roupa clerical, algo severo e monástico, que falava depressa com um grupo de homens e mulheres ingleses, a maioria de meia-idade ou mais velhos, que parecia amedrontado e penalizado.

Uma mulher na beira do grupo tinha um rosto bondoso e cheio de preocupação, e o daemon-verdilhão dela estava olhando para Lyra com pena.

— O que está acontecendo? Alguém sabe? — disse Lyra, quebrando a própria regra.

Escutando uma voz inglesa, a mulher virou-se para ela e disse:

— Acham que ele foi morto... o patriarca... ninguém sabe ao certo...

Outro membro do grupo falou com o monge:

— O que o senhor viu de fato?

O homem pôs a mão na testa em um gesto de impotência desesperada e elevou a voz:

— Vi homens com espadas... vestidos de branco... estavam matando todo o clero... sua santidade, o patriarca, foi o primeiro a cair...

— Eles ainda estão lá?

— Não sei dizer... eu fugi... tenho vergonha de admitir... fugi em vez de ficar e morrer como os outros...

Lágrimas rolavam por suas faces, sua voz aguda, abalada, a boca trêmula.

— É importante dar testemunho — disse alguém.

— Não! — exclamou o monge. — Eu devia ter ficado! Fui chamado a ser mártir e fugi como um covarde!

A mulher que tinha falado com Lyra sacudiu a cabeça e murmurou, abalada:

— Não, não!

A daemon do monge era uma criaturinha parecida com um macaco, que subia e descia por seu braço e esfregava os punhos nos olhos, gemendo de autopiedade. A mulher franziu a testa e desviou o olhar, mas então seu daemon sussurrou alguma coisa em seu ouvido e ela virou e olhou para Lyra de novo.

— Você... desculpe... eu não posso acreditar que você... estou errada? Seu daemon...

— Não, está certa — disse Lyra. — Meu daemon não... ele foi embora.

— Tadinha — disse a mulher, com genuína simpatia.

Era algo tão diferente da reação que Lyra esperava que ela não soube responder.

— Você, hã... faz parte deste grupo?

— Não, não. Só ouvi falarem inglês, então... Você estava dentro da catedral? Sabe o que está acontecendo?

— Não... o coro parou de cantar e então... mas olhe, tem alguém saindo.

Houve uma perturbação na multidão reunida no alto da escada, diante da entrada; as pessoas foram empurradas e saíram quatro ou cinco soldados da guarda patriarcal, com suas fardas cerimoniais. Formavam um quadrado protetor em torno de um jovem em traje clerical, cujo rosto manchado de sangue e grandes olhos brilhantes pareciam, mesmo naquele sol matinal, estarem iluminados por um holofote, tão claras eram as mudanças de expressão que iam de tristeza para pena, para coragem paciente e aceitação arrebatadora do martírio do santo. Ele falava, e quase entoando palavras que eram evidentemente orações conhecidas, porque a multidão pareceu se transformar em uma repentina congregação e murmurava respostas sempre que ele fazia uma pausa.

A mulher sussurrou:

— Acho que nunca vi um oportunista tão descarado. Ele vai se aproveitar bem dessa história terrível.

Lyra achou a mesma coisa. O pequeno janota então pareceu desfalecer e agarrou o braço do guarda mais bonito, que enrubesceu ao segurá-lo. A daemon do padre disse alguma coisa que despertou um suspiro de cálida compaixão nos que estavam em torno. Lyra virou o rosto, a mulher também.

— Não vá embora — disse a mulher, e Lyra olhou direito para ela pela primeira vez. Era uma mulher de meia-idade, bem conservada, com um rosto comum, bem-humorado, com faces vermelhas não totalmente devido ao sol.

— Não posso ficar aqui — disse Lyra, embora não houvesse nenhuma razão para não poder, e como (do ponto de vista da Oakley Street) era onde estavam acontecendo as coisas mais importantes, sem dúvida ela devia ficar e prestar atenção.

— Cinco minutos — disse a mulher. — Venha tomar um café comigo.

— Bom — disse Lyra —, tudo bem. Eu vou.

A sirene de uma ambulância soou através da praça que ficava mais cheia a cada minuto, com mais gente que saía da catedral e ainda mais que vinha depressa pelas quatro ruas que se encontravam em frente. Outra ambulância chegou e juntou-se à primeira na tentativa de abrir caminho na multidão.

O jovem padre nos degraus, ainda se segurando ao guarda, agora falava com três ou quatro pessoas que escreviam furiosamente em cadernos.

— Já tem repórteres — disse a mulher. — Ele está adorando.

Ela virou as costas e marchou rapidamente através da multidão. Lyra foi com ela. Quando saíram da praça, ouviram um outro tipo de sirene que vinha dos primeiros carros de polícia que chegavam.

Cinco minutos depois, elas estavam sentadas em um pequeno café em uma rua lateral. Lyra estava contente com a presença da mulher à mesa com ela.

Ela se chamava Alison Wetherfield, como disse a Lyra, e trabalhava como professora em uma escola de inglês em Alepo. Tinha vindo a Constantinopla de férias.

— Mas não sei quanto tempo mais a escola vai conseguir sobreviver — disse ela. — A cidade está resistindo, mas o pessoal do interior está ficando muito tenso.

— Eu sinto que devia saber o que está acontecendo — disse Lyra. — Por que as pessoas estão tensas agora?

— Existe muita inquietação. Essa história horrível agora de manhã é parte disso. As pessoas se sentem brutalizadas pelas leis, exploradas pelos patrões, discriminadas pelas estruturas sociais que não têm os meios para mudar. É desse jeito há anos: não é nenhuma novidade. Mas é terreno fértil para alimentar o pânico da rosa...

— Pânico da rosa?

— Um novo tipo de fanatismo. Os plantadores de rosas são perseguidos, têm seus jardins queimados ou destruídos por esses homens das montanhas, como chamam, que dizem que a rosa é uma abominação à Autoridade. Eu não sabia que tinha chegado até aqui.

— Em Oxford já se sentem os efeitos — disse Lyra e contou a ela o problema da água de rosas na faculdade Jordan. Ela devia ter o cuidado de não revelar de onde vinha, uma vez que ia contra todos os princípios que estava tentando respeitar, mas o simples alívio, o prazer de conversar com alguém solidário era grande demais para resistir.

— Mas o que você está fazendo neste lado do mundo? — perguntou Alison Wetherfield. — Viajando a trabalho?

— Estou apenas de passagem. A caminho da Ásia Central. Só estou esperando pela balsa.

— Então ainda tem muito chão pela frente. O que vai fazer lá?

— Pesquisa para uma tese que tenho de escrever.

— Qual o assunto?

— História, basicamente, mas quero ver as coisas que não se encontram em bibliotecas.

— E... você... essa coisa que eu notei a seu respeito...

— Sem daemon.
— É. Sua viagem tem a ver com ele também?

Lyra fez que sim.

— Principalmente por causa dele?

Lyra suspirou e desviou o olhar.

— Você vai para Madinat al-Qamar — disse Alison.

— Bom...

— Não precisa tentar esconder. Não estou chocada, nem surpresa. Conheço alguém que foi para lá, mas não sei o que aconteceu com ele. Eu te diria para tomar cuidado, mas você me parece sensata o suficiente para já saber disso. Sabe como chegar lá?

— Não.

— Tem tantas cidades mortas, aldeias mortas, nessa parte do deserto. Dá para passar anos procurando o lugar certo. Você precisa de um guia.

— Então o lugar existe?

— Pelo que eu sei, sim. Achei que era só uma lenda, uma história de fantasmas, quando ouvi falar. Para falar a verdade, eu acho esse tipo de coisa... bom, não sei... fantasiosa. Irrelevante, na verdade. Já tem muito problema e dificuldade no mundo, muita gente doente para se cuidar, muita criança para ensinar, muita pobreza e opressão para se combater sem precisar se preocupar com o sobrenatural. Mas eu tenho sorte. Me sinto perfeitamente à vontade no mundo e perfeitamente feliz com meu daemon e com o trabalho que eu faço. Sei que outras pessoas não têm essa sorte. Por que o seu daemon foi embora?

— Nós brigamos. Não tinha ideia de que chegaria a esse ponto. Não pensei que fosse possível. Mas ficamos sem nos falar um longo tempo e um dia ele desapareceu.

— Que doloroso para você!

— Ah, a dor... Sim, mas o mais difícil era não ter ninguém com quem conversar. E às vezes me dar bons conselhos.

— O que acha que ele te diria agora?

— Sobre a viagem ou sobre hoje?

— Hoje.

— Bom, ele teria desconfiado daquele jovem padre.

— Com certeza.

— E teria me falado para anotar tudo.

— Ele seria um bom jornalista.

— E teria ficado amigo de seu daemon imediatamente. Isso é uma das coisas de que eu sinto mais falta.

O daemon-verdilhão de Alison escutava, atento, e então cantou algumas notas em solidariedade. Lyra achou que devia mudar de assunto, antes que revelasse demais.

— E esse novo Alto Conselho? — perguntou. — O que você acha que vai mudar?

— Acho que ninguém sabe ainda. Surgiu bem do nada. Espero que não signifique que está vindo uma ortodoxia muito mais feroz. O sistema que nós temos há centenas de anos é falho, ninguém nunca disse que era perfeito, mas um mérito que tinha era deixar espaço para discordância, até certo ponto. Se houver só uma voz impondo uma vontade sobre todos nós... Temo que nada de bom possa sair disso.

O ruído das ambulâncias ao fundo era contínuo. Agora outro som se juntava a ele: o dobrar forte de sinos do campanário próximo. Poucos segundos depois, outro sino juntou-se àquele. Por um momento, Lyra pensou nos sinos de Oxford e sentiu uma intensa saudade de casa, mas só por um momento. Em outros edifícios da área, começaram a soar outros sinos e então um outro som chegou a elas: o áspero tu-tu-tu de um giroptero.

Lyra e Alison olharam para cima e viram uma e depois mais duas aeronaves circundando a cúpula da Sagrada Sabedoria.

— O mais provável — disse Alison — é que isso seja o primeiro sinal oficial de pânico. Logo mais, imagino que a qualquer minuto mesmo, patrulhas da polícia vão pedir para ver os documentos de todo mundo e vão prender qualquer um de quem eles desconfiarem. Como você, querida. Se posso dar um conselho, vá direto para o hotel e fique lá até a partida da sua balsa.

Lyra sentiu um grande cansaço baixar sobre ela. *Ah, Pan*, pensou. Fez um esforço para se levantar e apertar a mão da mulher.

— Muito obrigada por conversar comigo — disse ela. — Vou me lembrar de você.

Ela saiu e voltou para o hotel. A caminho, viu uma patrulha da polícia no processo de prender um rapaz que reagia ferozmente e em outra rua viu outra patrulha que recuava de uma multidão de homens enfurecidos que arrancavam paralelepípedos e atiravam nos policiais. Caminhou com cuidado, ficou invisível na medida do possível; nem mesmo o recepcionista em seu balcãozinho esquálido notou quando ela passou.

Ao entrar no quarto, trancou a porta.

A notícia do assassinato espalhou-se muito e depressa. Várias agências de notícias enfatizaram o fato de que o patriarca martirizado, tão velho, tão santo, era também presidente do novo Alto Conselho do Magisterium.

Genebra registrou o fato imediatamente. O Conselho, ou os membros do Conselho que viviam e trabalhavam na cidade e cujo número, por obra e graça da Providência, constituía um quórum, se reuniu de imediato e deu início aos trabalhos com chocadas orações pelo falecido são Simão, cuja presidência fora tão breve.

Então, voltaram-se imediatamente para a questão da sucessão. Estava claro que, em tempos tão difíceis, aquela questão precisava ser resolvida rapidamente, e era claro também que o único candidato possível era Marcel Delamare. Mais de um membro do Conselho viu também aí o toque da Providência.

De forma que ele foi eleito por unanimidade. Triste e relutante, ele aceitou a grande responsabilidade, proclamou ser indigno com frases tão perfeitas que poderiam ter sido escritas antes dos terríveis e absolutamente imprevisíveis acontecimentos de Constantinopla.

Mas mesmo em sua evidente modéstia e hesitação ele teve a calma e a clareza de visão de sugerir ligeiras alterações na constituição, todas no interesse da estabilidade, da determinação e eficiência de tempos difíceis, conforme se dizia. A fim de não dispersar o trabalho sagrado do Conselho com eleições desnecessárias, o mandato do presidente foi ampliado de cinco para sete anos, e não haveria restrição ao número de vezes que um indivíduo podia ser eleito. Além disso, o presidente adquiria poderes executivos que seriam necessários a fim de permitir ação rápida em tempos difíceis etc.

Assim, pela primeira vez em seis séculos, o Magisterium tinha um único líder, investido de toda autoridade e poder antes exercidos através de muitos canais. Amparado e não mais fragmentado, o poder da Igreja fluía agora através do posto e da pessoa de Marcel Delamare.

E o primeiro a sentir como o novo regime podia ser rápido e o quanto suas ações podiam ser desagradáveis foi Pierre Binaud, presidente do Tribunal Consistorial de Disciplina. Na primeira hora, foi removido do posto, e nunca mais interromperia ninguém.

Enquanto assinava a ordem, Marcel Delamare pensou na irmã que ele tanto havia admirado. Pensou também em sua mãe, ansioso para vê-la de novo.

23. A BALSA DE ESMIRNA

Depois da noite no hotel, escutando as sirenes, os gritos, as janelas quebradas, os girocópteros roncando no céu e, de vez em quando, tiros, Lyra sentia-se cansada e oprimida. Mas a balsa de Esmirna ia partir naquele dia e ela não podia se esconder no hotel para sempre.

Desceu para o café da manhã, depois ficou em seu quarto até o horário de saída. De acordo com o recepcionista, que tinha lido os jornais matutinos, os assassinos tinham sido todos mortos quando a guarda invadiu a catedral. O tumulto em seguida foi obra de alguns homens das montanhas que exploraram o pânico geral; ele não sabia mais nada. Agora estava tudo acabado, ele disse. A polícia civil estava no comando.

O pessoal do hotel ficou feliz que ela foi embora, porque todos tinham medo dela. Lyra sentia o alarme e temor deles, e, como não fazia sentido ser invisível para eles, tentara dissipar o sentimento sendo simpática, mas nada podia fazer para adquirir um daemon. Ela ficou contente de deixar para trás o hotel e ir para o porto.

A balsa partia no fim da tarde e ela chegaria a Esmirna duas manhãs depois. Lyra podia ter pagado por uma cabine, mas, depois de seu aprisionamento temporário no hotel, queria passar o máximo de tempo possível ao ar livre. Na primeira noite, ela comeu sozinha no restaurante simples, depois sentou-se no convés, enrolada em um cobertor, em uma espreguiçadeira de vime, e observou as luzes do litoral ao passarem os pesqueiros noturnos e o céu estrelado.

Pensava naquela mulher, Alison Wetherfield. Uma professora, uma mulher evidentemente confiante e íntegra, alguém que ela gostaria de ser... Ela lembrava a Lyra Hannah Relf. Os temores que Alison expressou a respeito do novo conselho eram iguais aos dela, embora Lyra não tivesse parado para pensar neles. Desde que Pan fora embora, seu foco estava totalmente na própria condição e... Não. Tinha começado antes disso. A primeira vez que se estranharam? Provavelmente. O egocentrismo não era algo que Lyra admirasse nos outros, mas ali estava ela, sem pensar em mais nada. Boas mulheres como Hannah e Alison encontravam outras coisas com que se preocupar, ou melhor ainda, não se preocupavam com nada. Boas mulheres...

Era tão complicado. Lembrou-se da descrição que Malcolm fez das irmãs do convento de Godstow, tão bondosas com ele quando menino e como tinham recebido Lyra bebê e cuidado dela antes da inundação. Obviamente o que elas fizeram foi bom e óbvio também que grande parte do que o Magisterium fazia não era; mas elas faziam parte do Magisterium, por suas convicções ou por outro fator devido a suas atividades? Ela achava que tinha certeza das coisas quando voltou do Norte, mas as coisas que aprendera durante suas aventuras lá pareciam muito distantes agora; tudo o que restava era um punhado de impressões vívidas, de personalidades como Lee Scoresby e Mary Malone, de acontecimentos como a luta de ursos, e acima de tudo do momento em que ela e Will se beijaram na pequena floresta do mundo das mulefas. Ela guardara para si a expressão "a república do céu", mas nunca analisara o seu significado. Quando pensava nisso, achava que a racionalidade era a própria pedra fundamental da república do céu.

Aquela era a Lyra que escrevia ensaios e passava em exames. Aquela Lyra que gostava de debater com catedráticos e de procurar pontos fracos nos argumentos dos outros, desmontá-los com agilidade para revelar as suposições, inconsistências, desonestidades neles escondidas. Aquela era a Lyra que achara os escritos de Gottfried Brande tão cativantes e os de Simon Talbot tão perturbadores.

Não estava preparada para a revolução em sua mente provocada por Giorgio Brabandt e suas histórias da comunidade secreta. Houve tempo em que ela descartaria aquelas coisas com desdém. Mas agora, debaixo do cobertor no convés, ao olhar os pontos de luz no céu escuro ou na costa escura, ao sentir a vibração do motor e o suave oscilar constante da balsa que avançava pelo mar calmo, ela se perguntou se teria entendido tudo errado.

Uma ideia que veio naturalmente em seguida: por isso Pan a tinha deixado?

O tempo parecia suspenso durante aquela noite tranquila no mar. Calma e sistemática, ela relembrou o momento de sua primeira desavença com Pan. As lembranças vieram certeiras do escuro, elos de uma longa corrente. A raiva dele quando ela foi rude com uma menina na escola, contrariando seu pendor natural e apesar de toda a advertência dele, caçoando da incapacidade dela de distinguir entre o autor e o narrador de um romance que tinham de analisar. Uma palavra impaciente com uma empregada da Sta. Sophia. A recusa sarcástica a ir a uma exposição de pinturas de tema religioso do pai de uma amiga. Seu prazer diante de tanta filosofia dilacerada e pisada por Gottfried Brande. Seu comportamento (e agora tudo lhe voltava e a enchia de vergonha) com Malcolm quando ele era apenas o dr. Polstead. Pequenas coisas, talvez, mas uma centena delas, e continuavam vindo. Seu daemon tinha visto aquilo tudo, não tinha gostado e foi o que bastou para ele.

Ela tentou se defender contra aquele tribunal autoconvocado. Mas sua defesa era fraca e ela logo parou de fingir. Estava profundamente envergonhada. Tinha errado, *sim*, e seu erro estava ligado, de alguma forma, a uma visão de mundo da qual a comunidade secreta era excluída.

As estrelas giravam lentamente em torno do polo. A balsa seguia firme ao longo da costa. De quando em quando, as luzes de uma aldeia cintilavam no litoral, seus reflexos rebrilhavam como milhares de flocos de prata ou de ouro na miríade de movimentos da água. Uma ou duas vezes, ela viu um tipo de luz diferente, uma luminosidade dos barcos de pesca, cada um com uma lanterna na proa, lançando suas redes para pescar anchovas ou lulas. Eles fizeram surgir outra imagem: ela atraía monstros do escuro de si mesma. E lembrou do que o menino morto, Roger, que um dia fora seu melhor amigo, tinha lhe dito sobre as harpias do mundo dos mortos: elas sabem cada coisa ruim que você fez e as sussurram para você o tempo todo. Ela estava antecipando aquilo agora.

Perguntou a si mesma: as harpias faziam parte da comunidade secreta? Seria o mundo dos mortos, o mundo que habitavam, parte dela? Ou tinha imaginado e sua imaginação era apenas lampejos de falsidade?

Bem, pensou ela, o que era, afinal, a comunidade secreta? Era um estado de espírito que não tinha lugar no mundo de Simon Talbot ou no mundo diferente de Gottfried Brande. Era absolutamente invisível para a visão cotidiana. Se existia de fato, era vista pela imaginação, fosse o que fosse, e não pela lógica. Incluía fantasmas, fadas, deuses e deusas, ninfas, aparições, diabos, joão-galafoices e outras entidades semelhantes. Por natureza, não era nem mal nem bem-intencionada com seres humanos, mas às vezes seus propósitos cruzavam ou coincidiam com os dos homens. Tinha certo poder sobre vidas humanas, mas podia ser derrotada também, como a fada do Tâmisa tinha sido enganada por Malcolm quando quis ficar com Lyra...

Um camareiro veio ao convés dizer aos passageiros ainda ali fora (havia apenas um punhado deles) que o bar iria fechar logo. Dois homens se levantaram das espreguiçadeiras e entraram.

— Obrigada — disse Lyra. A única palavra em anatólio que sabia. O camareiro assentiu e seguiu em frente.

Ela voltou a seus pensamentos. Será que as aparições, fadas, joão-galafoices e outros cidadãos da comunidade secreta existiam apenas em sua imaginação? Havia uma explicação lógica, racional, científica para aquelas coisas? Ou eram inacessíveis para a ciência e intrigantes para a razão? Existiriam de fato?

"Aquelas coisas" incluíam daemons, sem dúvida. Com toda certeza, se Brande e Talbot tinham razão. Nenhum daqueles intelectuais veria qualquer problema em uma moça sem daemon. Alison Wetherfield, por outro lado, tinha visto imediatamente o que havia de diferente em Lyra, como a maioria das pessoas; mas, ao contrário da maioria, fora calorosa em sua solidariedade. O homem estridente na balsa do Canal tinha visto e foi caloroso em seu ódio e medo. Daemons sem dúvida existiam para a maioria das pessoas.

Ela não conseguiu ir além desse ponto. O céu cheio de estrelas parecia morto e frio, tudo nele resultado das interações mecânicas, indiferentes, de moléculas e partículas que seguiriam pelo resto dos tempos, quer Lyra vivesse ou morresse, quer seres humanos tivessem consciência ou não: uma vasta indiferença silenciosa, tudo absolutamente sem sentido.

A razão a tinha levado àquele estado. Ela havia exaltado a razão acima de todas as outras capacidades. O resultado tinha sido, e era agora, a infelicidade mais profunda que jamais sentira.

Mas não devemos acreditar em coisas porque nos dão prazer, ela pensou. *Devemos acreditar nas coisas porque são verdadeiras e se isso nos deixa infelizes é lamentável, mas não é culpa da razão. Como podemos saber que coisas são verdadeiras? Elas fazem sentido. Coisas verdadeiras são mais econômicas que coisas falsas: a navalha de Occam; as coisas tendem a ser mais simples que complicadas; se existe uma explicação que deixa de fora coisas como imaginação e emoção, o mais provável é que ela seja mais verdadeira do que uma que as inclua.*

Mas então lembrou-se do que tinham dito os gípcios. *Inclua coisas, não as deixe de fora. Olhe para as coisas dentro de seu contexto. Inclua tudo.*

Ela sentiu um pequeno ímpeto de esperança ao se lembrar disso. Pensou: *Quando eu acreditava em joão-galafoices, eu via mais deles. Era ilusão? Eu estava inventando ou vendo mesmo? Foi irracional erguer a frutinha vermelha aos lábios de Will, naquela pequena floresta ensolarada, e reviver o ato que tinha ouvido Mary Malone descrever, o ato que a fizera se apaixonar? Teria a razão jamais criado um poema, uma sinfonia, uma pintura? Se a racionalidade não consegue ver coisas como a comunidade secreta, é porque a visão da racionalidade é limitada. A comunidade secreta está* aqui. *Não conseguimos vê-la com a racionalidade mais do que conseguimos pesar algo com o microscópio: é o instrumento errado. Precisamos imaginar, além de medir...*

Mas então ela se lembrou do que Pan tinha lhe dito a respeito de sua imaginação e daquela mensagem cruel deixada no quarto da Truta. Pan tinha ido embora para procurar uma qualidade que ela não tinha.

E o Pó? Onde ele entrava? Era uma metáfora? Fazia parte da comunidade secreta? E o holandês em chamas! O que a razão diria dele? Ele não podia existir. Era uma ilusão. Ela havia sonhado tudo. Não tinha acontecido...

Antes que pudesse examinar essa questão, a balsa bateu em alguma coisa. Lyra sentiu o choque quase antes de ouvir o baque e o som de metal rasgando, e então veio um rugido dos motores quando o timoneiro assinalou imediatamente, À POPA A TODO VAPOR. A balsa estremeceu, sacudiu desajeitada como um cavalo que se recusava a saltar, e, quando a hélice bateu na água, Lyra ouviu mais alguma coisa: vozes humanas gritando de dor ou pânico.

Ela jogou o cobertor de lado e correu até a amurada. Podia ver muito pouco de onde estava, no meio do barco, então se adiantou para a frente, tendo que se segurar na amurada enquanto o barco sacudia.

Mais gente saía para ver o que acontecia, do bar, das cabines, ou, como ela, dos lugares onde dormiam no convés. Soavam vozes por toda parte, o sentido claro em qualquer que fosse a língua:

— O que foi?

— Encalhamos em terra?

— Estou ouvindo um bebê...

— Alguém acenda uma luz!

— Olhe... na água...

O impulso do barco ainda era maior que a força da hélice e ele ainda não tinha parado. Lyra olhou para onde apontava a última pessoa que falou e viu tábuas, madeira quebrada, um salva-vidas e outros objetos não identificáveis de um barco destroçado. E gente, corpos na água, cabeças, rostos, braços, que gritavam, acenavam, afundavam e voltavam à tona. Pareciam passar flutuando pela balsa, mas era a balsa que continuava em frente.

Por fim, a força da hélice na água superou o impulso e fez a balsa parar. O som dos motores parou imediatamente.

Mais vozes agora gritavam do convés, da ponte de comando, vozes masculinas em anatólio, e marujos acorreram para lançar cordas e salva-vidas sobre a amurada, e para baixar um bote que balançava em seu guindaste sobre o convés.

O cenário na água era iluminado por um holofote suspenso às pressas no deque de proa e pela luz de todas as janelas ou escotilhas de bombordo. Ficou claro que a balsa tinha abalroado aquele pequeno barco que não devia ter luzes e que o barco levava um grande número de passageiros, muito mais do que seu tamanho sugeria; porque toda a lateral do barco agora flutuava à vista, imóvel na água, com uma dúzia ou mais de homens e mulheres agarrados a ele.

Uma mulher tentava erguer um bebê para o barco, mas ela própria afundava cada vez que tentava, o bebê gritava, se debatia, e ninguém ajudava.

Lyra não conseguiu deixar de gritar:

— Ajudem essa mulher! Ajudem!

Cada homem em cima do barco virado temia pela própria vida, e não lhes sobrava força para ajudar a mulher. Depois de várias tentativas de pôr o bebê a salvo, a mulher afundou; o bebê ainda se debatia, sua vozinha engasgada com a água. Lyra, assim como outros passageiros que observavam, só conseguia gritar, horrorizada, e apontar, até que finalmente um dos homens soltou-se, agarrou o bebê pelo braço e jogou-o para cima das tábuas oscilantes antes de afundar e deslizou para longe no escuro.

Os marujos conseguiram baixar o bote para a água; dois homens manejavam os remos, outro, debruçado na proa, puxava os sobreviventes para bordo. Enquanto isso, outros tinham descido uma rampa de uma abertura lateral da balsa, de onde a luz se despejou na água e mostrou o barco destroçado, sobreviventes ainda lutando, algumas pessoas já afogadas flutuando na água agitada, de cara para baixo.

Lyra pensou que, se a balsa tivesse cortado o barco em dois, teria gente a estibordo também, além de bombordo. Ela correu pelo convés, agora cheio de passageiros que tentavam ver o que acontecia, e descobriu que tinha razão: havia pessoas daquele lado também, não tantas, mas igualmente desesperadas, e ninguém as tinha visto. Não tinham nada em que se agarrar a não ser pedaços do casco e gritavam por socorro, mas ninguém ouvia.

Lyra viu um oficial descer depressa a escada da ponte e agarrou sua manga:

— Veja! Mais gente deste lado! Eles também precisam de um bote salva-vidas!

Ele balançou a cabeça sem entender, mas ela puxou seu braço e apontou.

Ele disse algo breve e ríspido e arrancou a mão dela da manga. Sua daemon, uma espécie de lêmure, falava amedrontada e apressada no ouvido dele e apontava para Lyra. O homem a olhou com repulsa ao não ver nenhum daemon e disse algo raivoso.

— O bote! — ela gritou. — Baixe o bote deste lado! Eles estão se afogando!

Um marujo a ouviu, olhou, viu o que ela apontava e falou depressa com o oficial, que assentiu rápido e se foi. O marujo correu para o bote e começou a fazer o guindaste baixar. Outro homem juntou-se a ele.

Lyra correu para dentro e desceu os degraus de dois em dois, na direção da prancha. Encontrou uma porção de gente já resgatada a bordo, encolhidos, tremendo. Passageiros e funcionários distribuíam cobertores e ajudavam os feridos. Ela abriu caminho pela multidão de observadores e saiu para a prancha a fim de ajudar a puxar as vítimas que restavam. Eram sobretudo rapazes, mas havia mulheres e crianças também, gente de todas as idades. Parecia que vinham do norte da África ou dos países levantinos. Usavam roupas gastas, finas, e, embora um ou dois estivessem agarrados a mochilas ou sacos de compras, não tinham nenhuma outra posse. Talvez as poucas coisas que tinham tivessem afundado com o barco.

O bote salva-vidas de estibordo agora estava na água e mais e mais vítimas eram trazidas para segurança. Lyra ajudou a puxar dois rapazes e cinco crianças para a plataforma, e a última pessoa que conseguiu subir foi uma mulher muito velha, rígida de medo, puxada junto com um menino de uns doze anos, que poderia ser seu neto. Lyra o levantou primeiro e depois os dois juntos puxaram a mulher para bordo.

Ela tremia de frio, estavam todos com frio, e Lyra, apesar do esforço e do casaco quente, logo estava tremendo também. Olhou para a água agitada, cheia de detritos, pedaços de roupas e objetos não identificáveis que um dia foram tão importantes que as pessoas resolveram levar com elas ao fugir. Estariam fugindo de alguma coisa? Parecia que sim.

— Lyra?

Ela se virou, alarmada. Era Alison Wetherfield, afetuosa e ansiosa. Lyra não sabia que ela estava na balsa.

— Acho que pegaram todo mundo deste lado — disse Lyra.

— Venha ajudar. Esses marinheiros não sabem o que fazer depois que trazerem eles para bordo.

Lyra foi com ela.

— De onde você acha que vem essa gente? — ela perguntou. — Parecem refugiados.

— É exatamente o que são. Provavelmente agricultores ou jardineiros de rosas, fugindo dos homens das montanhas.

Lyra pensou nas pessoas que tinha visto desembarcarem em Praga: teriam vindo daquela parte do mundo também? Estaria acontecendo a mesma coisa por toda a Europa?

Mas não havia tempo para pensar nisso. No salão, elas encontraram sessenta, talvez setenta pessoas, todas encharcadas, todas geladas, as crianças chorando, os velhos caídos, desamparados, seus daemons agarrados sem força a suas roupas; e mais gente surgia mancando ou cambaleando a cada minuto, à medida que os últimos sobreviventes eram içados do mar. E não só os sobreviventes: os marinheiros também recolheram muitos corpos da água e os lamentos dos parentes quando reconheciam uma criança, uma mulher, faziam o coração de Lyra se retorcer de tristeza.

Mas Alison estava em toda parte, dando instruções à tripulação, confortando uma mãe assustada, enrolando um bebê em um cobertor tirado de um passageiro; ela chamou o cozinheiro da balsa e pediu bebidas quentes, sopa, pão e queijo para os sobreviventes, alguns dos quais pareciam perto de morrer de fome. Lyra ia atrás dela e ajudava a cumprir as suas instruções, distribuía cobertores, carregou um bebê que parecia não pertencer a ninguém, assustado ou chocado demais até para chorar, e o embalou no colo.

Pouco a pouco o caos se cristalizou em uma espécie de ordem rústica. A responsável por isso era Alison. Ela era severa, era rude, era impaciente, mas tudo o que dizia era claro, as instruções que dava faziam sentido, e, além de dar para os passageiros da balsa coisas a fazer que eram obviamente úteis, ela irradiava um ar de segurança e experiência.

— Está procurando roupa seca para essa criança? — ela perguntou ao ver Lyra perdida com o bebê.

— Ah, sim.

— Aquela mulher ali de casaco verde tem algumas. Tem de trocar a fralda do bebê. Já fez isso antes?

— Não.

— Bom, basta senso comum. Descubra como. Deixe esse bebê seco, limpo e quente antes de qualquer outra coisa.

Lyra obedeceu contente e sentiu que conseguiu fazer um trabalho decente. Assim que o bebê (que era um menino) estava lavado e embrulhado e quentinho, ela achou que devia ser alimentado e começou a procurar alguma coisa que ele pudesse comer, até ser detida por uma mulher de olhos selvagens, ainda vestida com a roupa encharcada com que tinha sido tirada do mar, que apontou o bebê, apontou a si mesma, chorando de alívio. Lyra o entregou a ela e imediatamente a mulher o pôs ao peito, mesmo fria e molhada como estava; um minuto depois a criança mamava com fervor.

Então Alison a chamou para ajudar com outro problema. Uma menina de cinco ou seis anos, completamente sozinha, quente e seca pelo menos no momento, com as roupas de outra criança ligeiramente maior, parecia estar em transe ou congelada de horror. Mal conseguia se mexer; o daemon-camundongo agarrado a seu pescoço tremia; os olhos da menina estavam fora de foco, independentemente do que estivesse à sua frente.

— A família dela inteira se afogou — disse Alison. — Se chama Aisha. Ela só fala árabe. Está por sua conta agora.

E virou-se para cuidar de um menino que soluçava. Lyra quase deu para trás, mas o olhar paralisado da menina e o terror nos olhos de seu minúsculo daemon a fizeram se mexer. Ela se agachou ao lado da menina e pegou sua mão mole, gelada.

— Aisha — sussurrou.

O daemon mergulhou no decote da malha grande que a menina usava e Lyra pensou: *Pan, você devia estar aqui. Este daemon precisa de você. Você não devia ter me deixado.*

— Aisha, *ta'aali* — ela disse, tentando lembrar o vocabulário árabe que os catedráticos da Jordan haviam lhe obrigado a aprender, tantos anos antes. — *Ta'aali* — repetiu, com a esperança de que estivesse falando "venha".

Ela se levantou, segurando a mão quase sem vida da menina, e puxou suavemente. A menina não resistiu, não obedeceu, simplesmente pareceu flutuar com ela, como se não tivesse nenhuma presença física. Lyra estava desesperada para levá-la para longe do choro, do ruído de vozes perturbadas pela tristeza ou pelo desespero, da visão das fileiras de mortos semicobertos por mantas ou lençóis, de toda a confusão e aflição.

A caminho do salão, ela pegou no bufê um pão sírio redondo e uma pequena caixa de leite. Levou a menina para a cadeira de vime onde estivera quase dormindo quando a balsa se chocou com o outro barco; era larga o suficiente para as duas e o cobertor ainda estava ali. Ela deixou o pão e o leite no convés ao lado dela e enrolou a si e à menina no cobertor. Evitou escrupulosamente tocar o pequeno daemon, que tremia e sussurrava junto ao pescoço da garota, aparentemente mais vivo do que a própria Aisha.

Lyra pegou o pão.

— Aisha, *khubz* — disse. — *Inti ja'aana?*

Partiu um pedaço e ofereceu a ela. Aisha pareceu não escutar, nem ver. Lyra mordiscou o pão, à espera de que a menina visse que era inofensivo, mas novamente não recebeu resposta.

— Bom, vou então só te abraçar e o pão estará aqui quando você quiser — sussurrou. — Eu diria isso em árabe, mas não prestei atenção suficiente nas aulas quando era pequena. Sei que você não entende, mas já passou por muita coisa esta noite e não vou testar você. Só espero que consiga te aquecer.

A menina ficou deitada ao lado de Lyra, sobre seu braço esquerdo, e um grande frio parecia emanar de seu corpo frágil. Lyra ajeitou o cobertor em torno dela outra vez, para ter certeza de que estava coberta.

— Bom, você está gelada mesmo, Aisha, mas é um cobertor grande e logo vai esquentar. Vamos esquentar uma a outra. Você pode dormir se quiser. Não se preocupe se não me entender. Claro que, se você falasse comigo, eu também não entenderia. Vamos ter só de fazer mímica. E apontar. Provável que a gente acabe se entendendo.

Ela mordiscou outro pedaço do pão.

— Olhe, se você não pegar logo um pouco, eu vou comer tudo e imagine o que iam pensar de mim, não é, eu devorar a comida que trouxeram para você e para as outras pessoas do seu barco. Seria um escândalo. Vai sair em todos os jornais, me expor como ladra, como exploradora de necessitados, e vai ter uma foto de mim com cara de culpada e você com cara de censura... Tenho certeza de que isto não está ajudando. Só pensei que se eu continuasse sussurrando... Já sei! Vou cantar uma música para você.

De algum lugar muito profundo e muito distante, vieram os versos de uma canção de ninar atrás da outra, pequenos trechos de bobagens com rimas, melodias, ritmos que a Lyra bebê tinha adorado sem entender nada. Tinha estado em algum lugar quente no colo ou nos braços de alguém e o embalo das palavras e das melodias simples eram parte do calor e da segurança, e ela as cantou suavemente para a menina, fingiu que Aisha era Lyra e Lyra era... Quem poderia ter sido? Devia ter sido Alice, a cáustica Alice da língua afiada com o peito macio e os braços quentes.

Depois de alguns minutos, sentiu uma pequena presença fria no pescoço. O daemon da menina estava se acomodando junto dela, sem saber o que fazia, e Lyra teve que se esforçar para manter a voz firme ao cantar, porque ela própria sentira tanta falta daquele toque, tanta. E então todos adormeceram juntos.

E ela sonhou com a gata de novo, a daemon-gata. Ela se enrolava nas pernas de Lyra, as duas paradas no gramado ao luar, e a atmosfera de amor e plenitude ainda estava ali, mas agora misturada com ansiedade. Tinha algo que precisava fazer. Tinha de ir a algum lugar. A gata insistia que a seguisse, afastava-se uns poucos passos, virava-se para olhar para ela, voltava e avançava de novo, e então ela não tinha mais certeza se realmente era a daemon de Will. O luar lavava todas as outras cores: era um mundo em preto e branco.

Ela tentou acompanhar a gata, mas suas pernas não se moviam. No limiar das árvores, a daemon virou para trás mais uma vez e então avançou para o escuro. Lyra estava tomada por amor, perda, tristeza, e lágrimas corriam por seu rosto adormecido.

Acordaram para uma manhã luminosa. O céu ainda não tinha aparecido sobre as montanhas, mas o ar estava claro e limpo, o mar liso como espelho. O bater abafado do motor era o único ruído, até Lyra ouvir também os chamados de pássaros e de vozes humanas próximas.

— Aisha — ela sussurrou. — Está acordada? *Sahya?*

Ela sentiu uma pequena corrida assustada. O daemon da menina estivera dormindo entre as duas, acordou e sentiu a alarmante presença de uma estranha. Correu para o peito de Aisha, a menina sentiu o medo dele e sentiu medo também, recuando com um pequeno gemido de temor.

Lyra endireitou o corpo delicadamente e ajeitou o cobertor em torno da menina. Fazia um frio cortante sem ele. Aisha observava cada movimento dela, como se Lyra a fosse matar se ela se distraísse.

— Não tenha medo de mim, Aisha — Lyra disse baixinho. — Nós dormimos e agora é de manhã. Aqui, olhe, coma este pedacinho de pão. Está bem amanhecido, mas dá para o gasto.

Deu à menina o que restava do pão sírio. Aisha o pegou, mordiscando a beirada sem ousar tirar os olhos de Lyra, que sorriu para ela. Não houve um sorriso de volta, mas Lyra ficou contente de a ver livre da paralisia aterrorizada da noite anterior.

— Tem leite também — disse.

Dobrou o topo da caixa e rasgou a aba. Aisha pegou, bebeu e devolveu a Lyra quando estava satisfeita. Aquela pequena reação em si era animadora. Lyra segurou o leite para ela enquanto Aisha comia um pouco mais de pão.

Em algum momento ela vai se lembrar do que aconteceu e se dar conta de que perdeu todo mundo. E aí? Sua mente repassava diversas possibilidades: Aisha na companhia de outros como ela, seguindo corajosamente para oeste na esperança de refúgio, com fome, com frio, privada do pouco que tinha. Ou recebida por uma família que não falava sua língua, que a tratava como escrava, que batia nela e a deixava passar fome, que a vendia a homens que usariam seu pequeno corpo como quisessem. Ou recusada de casa em casa, mendigando abrigo em uma noite de inverno. Mas as pessoas eram melhores que isso, não eram? A espécie humana não era melhor que isso?

Ela enrolou o cobertor melhor em torno da menininha e abraçou-a, a cabeça virada para o outro lado de forma que suas lágrimas não caíssem no rosto de Aisha.

Ao redor delas, devagar, a balsa começava a acordar. Outras pessoas tinham dormido no convés embrulhadas em cobertores ou abraçadas e agora começavam a se mexer, conversavam em voz baixa ou sentavam-se, rígidas.

Aisha disse alguma coisa. Lyra mal conseguia ouvi-la e, de qualquer forma, não entendia, mas algo na maneira como a menina se mexia deixava claro o que queria dizer. Lyra se levantou e ajudou-a a se levantar também, enrolou nela o cobertor para guardar o calor, e a levou ao banheiro. Esperou do lado de fora, semiadormecida, atenta às vozes em torno, na esperança de ouvir uma ou duas palavras que entendesse. Pequenos retalhos, fiapos, lascas de sentido, como peixes-voadores que apareciam por um momento acima da água e desapareciam de novo: isso era tudo.

Então o som do motor ficou mais lento e o ligeiro movimento mudou quando o barco pareceu dar uma virada abrupta. *De novo, não*, Lyra pensou, mas momentos depois o barco começou a avançar um pouco e a se inclinar ao virar. No corredor confinado e muito abafado, sem enxergar o mar, Lyra começou a se sentir um pouco enjoada. Quando Aisha saiu, ela pegou a mão da menina e levou-a de volta ao convés onde havia ar fresco. Aisha segurou a mão dela prontamente e seu daemon pareceu mais ativo, menos medroso do que tinha estado à noite. Ele sussurrava no ouvido da menina e observava Lyra o tempo todo. Aisha murmurou uma palavra ou duas para ele.

Lyra viu se formar uma fila no convés, diante do salão principal, e levou Aisha com ela, na esperança de que fosse para o café da manhã. E era mesmo: pães sírios e um pouco de queijo. Lyra pegou sua cota e voltou para a espreguiçadeira, onde Aisha sentou-se enrolada no cobertor, pão em uma mão, queijo na outra, e comeu com gosto.

Então Lyra notou que a balsa tinha de fato mudado de direção; diminuía a velocidade agora e seguia na direção de um porto abaixo das montanhas rochosas de uma ilha.

— Onde será isto? — perguntou a Aisha.

A menina simplesmente olhou para ela, depois para as montanhas, uma pequena cidade de casas caiadas, barcos pesqueiros no porto.

— E então, como ela está? — perguntou Alison Wetherfield, aparecendo de repente ao lado das duas.

— Pelo menos está comendo — disse Lyra.

— E você? Comeu alguma coisa?

— Achei que a comida fosse para os refugiados.

— Bom, vá comprar alguma coisa no café. Eu espero aqui. Você não vai servir para nada se estiver com fome.

Lyra foi e voltou com pão e queijo para si e um bolo de especiarias para a menina. A única bebida que havia era chá de hortelã adoçado, que pelo menos era quente. Cada canto da balsa estava cheio, ruidoso, pulsante com vozes que expressavam medo, curiosidade, raiva e tristeza; e Lyra sentiu-se agradecida por isso, porque ela definitivamente era menos interessante que a situação em que todos se encontravam e podia passar entre as pessoas sem ser notada.

Quando voltou para o lado da menina, encontrou-a falando abertamente com Alison. Abertamente, mas baixinho, olhos no chão, em tom monótono. Lyra tentou acompanhar as palavras, mas entendeu muito pouco; talvez Aisha falasse um dialeto de árabe diferente do tipo clássico que tinham ensinado na faculdade Jordan. Ou talvez Lyra simplesmente não tivesse prestado atenção nas aulas.

Ela ofereceu o bolo de especiarias, a menina ergueu os olhos só uma vez para aceitar e baixou-os de novo. Lyra entendeu em um momento que a confiança da noite passada havia desaparecido e que Aisha sentia agora o medo que todo ser humano sentia de alguém tão mutilado a ponto de não ter daemon.

— Vou me lavar — disse a Alison, sem notar que a mulher tinha visto o medo de Aisha e a tristeza imediata que causara a Lyra.

Quando voltou, esperando parecer refeita, perguntou:

— Onde a gente está? Que lugar é este?

— Uma das ilhas gregas. Não sei qual. Os refugiados vão desembarcar aqui, sem dúvida. Não imagino que os gregos vão impedi-los de irem para a terra. Vão acabar levando todos para o interior e eventualmente vão se instalar em algum lugar.

— O que vai acontecer com ela?

— Falei com uma mulher que vai cuidar dela. É o máximo que podemos fazer, Lyra. Chega um ponto em que a gente tem de aceitar que outras pessoas conseguem fazer mais.

Aisha estava terminando o bolo de especiarias, os olhos ainda resolutamente baixos. Lyra queria acariciar seu cabelo, mas controlou-se por não querer assustá-la.

A balsa tinha parado contra um cais e marujos a amarravam firme a postes de atracação na proa e na popa. Houve um forte ruído de correntes quando baixaram a rampa e uma pequena multidão já se reunira no cais para ver o que trouxera a balsa a seu porto.

Lyra parou na amurada, observou a atividade e gradualmente entrou em uma espécie de transe. Talvez não tivesse dormido bem, talvez tivesse esgotado sua energia, mas se viu recuando pouco a pouco para um labirinto de divagação, de especulação, todas a respeito de daemons.

A parte da noite em que o pequeno daemon-camundongo se aninhou nela: tinha realmente acontecido? Tinha tanta certeza disso quanto de qualquer outra coisa, mas (como acontecia tanto ultimamente) o sentido daquilo era um mistério.

Talvez não tivesse sentido. Era o que diria Simon Talbot. Ela sentiu um ímpeto de repugnância e então pensou em outra coisa: naquele momento, sentira que o pobre daemonzinho ficara atraído por seu calor, pela segurança que representava como adulta, pelo simples fato de ela estar no controle e oferecendo conforto. Então lhe ocorreu que havia outra interpretação. Talvez o próprio daemonzinho tivesse sentido a solidão e desolação de Lyra e foi lhe dar conforto, não o contrário. E funcionara. Essa ideia foi um choque, mas a deixou convencida. Ela queria expressar sua gratidão, mas, quando se voltou para olhar a menina de novo, descobriu que seria impossível; não havia como se falarem e se entenderem. Aquele momento na noite era um ponto final, não um ponto de partida.

— Posso ajudar com alguma coisa? — ela perguntou a Alison, quando a mulher se levantou e pôs a menina de pé.

— Resolvi que eu devo ir a terra para garantir que recebam os devidos cuidados. Não tenho nenhuma autoridade; tudo o que posso fazer é mandar nos outros, mas parece dar certo. Vou esperar um barco mais tarde: duvido que o capitão vá querer perder mais tempo do que o preciso. Você fique a bordo, se refaça e vá procurar seu daemon. É isso que precisa fazer. Se for via Alepo, não deixe de ver o padre Joseph na escola Inglesa. Não é uma pessoa difícil de achar e ele é um homem muito bom. Adeus, minha querida.

Um beijo rápido e ela levou Aisha embora. A menina não olhou para trás. Seu daemon agora era um passarinho, de um tipo que Lyra não reconheceu, e provavelmente já tinha esquecido o que fizera à noite, embora Lyra soubesse que ela nunca esqueceria.

Lyra sentou-se na espreguiçadeira de vime. No calor da manhã no mar Egeu, logo estava dormindo.

24. O BAZAR

Malcolm e Mehrzad Karimov passaram a noite na caverna seca e acordaram para uma manhã quente e ensolarada. Mantiveram-se na floresta e assim conseguiram atravessar a fronteira sem serem descobertos. De sua trilha entre as árvores no alto da montanha, podiam ver as longas filas de tráfego que se formara de ambos os lados do posto de fronteira e trocaram um olhar silencioso de alívio. Daquele ponto em diante a viagem foi tranquila. Malcolm pagou a passagem de Karimov para Constantinopla e chegaram dois dias depois do assassinato do patriarca.

Encontraram a cidade em estado de febril ansiedade. Seus documentos de viagem foram examinados três vezes antes de conseguirem sair da estação ferroviária e a identidade secreta de Malcolm como um catedrático em viagem para estudar diversos documentos nas bibliotecas da cidade foi esquadrinhada nos últimos detalhes. Resistiu porque era genuína e os detalhes de seus contatos, patrocinadores e anfitriões tinham sido rigorosamente conferidos antes de ele sair de Londres; mas a atitude dos soldados que checavam era hostil e desconfiada.

Ele se despediu de Karimov, de quem passara a gostar muito. Ele tinha contado a Malcolm tudo o que sabia acerca de Tashbulak e do trabalho dos cientistas lá, sobre o deserto de Karamakan e sobre o poema *Jahan e Rukhsana*, do qual Karimov sabia longos trechos de cor. Ele ia fazer alguns negócios em Constantinopla, disse, e juntar-se a uma caravana mais adiante na Rota da Seda.

— Malcolm, obrigado por sua companhia nesta viagem — disse ele quando se despediram diante da estação. — Que Deus te proteja.

— Espero que faça o mesmo por você, meu amigo — disse Malcolm. — Vá em paz.

Depois de encontrar um hotel barato, ele foi visitar um velho conhecido, um inspetor da polícia turca que era amigo extraoficial da Oakley Street. Mas a caminho da central de polícia, percebeu que estava sendo seguido.

Não era difícil de ver, nas vitrines das lojas, nas portas de vidro dos bancos e prédios de escritório, o jovem que estava em seu encalço. O único jeito de seguir alguém com sucesso real, sem ser notado, era ter um grupo de pessoas envolvido, todas treinadas e experientes; mas aquele rapaz estava sozinho e precisava se manter por perto. Sem olhar diretamente para ele, Malcolm teve muito tempo para examiná-lo: sua beleza morena, o corpo esguio, os movimentos nervosos, as pausas repentinas eram claramente visíveis na quantidade de reflexos que Malcolm tinha à sua volta. Ele não parecia turco; podia ser italiano; de fato, podia ser inglês. Usava camisa verde, calça escura e um paletó de linho claro. Sua daemon era um falcão pequeno. Seu rosto estava muito machucado e havia um curativo na ponte do nariz.

Gradualmente, Malcolm seguiu para as ruas mais cheias, onde seu perseguidor teria de se aproximar. Ele se perguntou se o rapaz conhecia a cidade: seu palpite era que não. Estavam nas proximidades do Grande Bazar e Malcolm tinha a intenção de levá-lo às alamedas lotadas do bazar em si, onde ele teria de ficar ainda mais perto.

Chegou ao grande arco de pedra que levava ao bazar e parou para olhar, o que deu a seu perseguidor o tempo suficiente para ver aonde ele ia, e entrou. Imediatamente, antes que o rapaz pudesse ver, pôs-se dentro de uma lojinha que vendia tapetes e tecidos. No bazar, havia mais de sessenta vielas diferentes, e centenas de lojas. Não seria difícil escapar de seu perseguidor, mas Malcolm tinha outra intenção: virar o jogo e seguir a *ele*.

Poucos segundos depois, o rapaz passou depressa pelo grande portal e olhou em torno. Esticou o pescoço para espiar a viela movimentada, olhou depressa à direita e à esquerda, depressa demais para ver qualquer coisa com clareza. Estava agitado. Malcolm estava de costas para a viela, entre os tapetes pendurados, mas olhava pela parte de trás do relógio de pulso, que era um espelho. O vendedor de tapetes estava ocupado com um cliente e não deu a Malcolm mais que um olhar de relance.

O jovem começou a seguir depressa pela viela e Malcolm saiu em perseguição. Tinha um boné de tecido no bolso e o colocou para esconder o cabelo ruivo. A viela em que estavam era uma das mais largas, mas as lojas e barracas se aglomeravam de ambos os lados, cheias de roupas, sapatos, tapetes, escovas, vassouras, malas, lâmpadas, panelas de cobre e milhares de outras coisas penduradas.

Malcolm se movimentava discretamente por tudo aquilo, seguindo o rapaz sem nunca olhar diretamente para ele, para o caso de ele de repente olhar para trás. O nervosismo do jovem o envolvia como um vapor. A daemon-falcão, pousada em seu ombro, virava a cabeça para cá e para lá, de vez em quando parecendo girar a cabeça e olhar para trás como uma coruja, e Malcolm acompanhava cada movimento e se aproximava mais e mais.

Então o rapaz (não era propriamente um adulto) disse alguma coisa a sua daemon e Malcolm viu seu rosto com mais clareza. E isso despertou uma aparição em sua mente, nada mais que um fantasma de lembrança de outro rosto, e estava de volta à hospedaria de seus pais em uma noite de inverno com Gérard Bonneville sentado junto ao fogo com sua daemon-hiena, oferecendo a Malcolm um cordial sorriso de cumplicidade que...

Bonneville!

Aquele era seu filho. Era o célebre aletiometrista do Magisterium.

— Asta — Malcolm sussurrou e sua daemon saltou para seus braços e subiu em seu ombro. — É ele, não é? — murmurou.

— É. Sem dúvida nenhuma.

As vielas estavam cheias e Bonneville, inseguro; parecia tão jovem, tão inexperiente. Malcolm seguiu o rapaz até o coração do bazar, mais e mais perto, pouco a pouco, deslocando-se pela multidão como um fantasma, invisível, insuspeitado, desaparecido; abafava a própria personalidade, olhava sem olhar, via sem encarar. Bonneville estava se desesperando, a julgar por seu comportamento; tinha perdido a presa; não tinha certeza de nada.

Chegaram a uma espécie de cruzamento, onde havia uma fonte ornamentada debaixo do alto teto em arco. Malcolm adivinhou que Bonneville ia parar ali e olhar em torno, e foi o que fez, Malcolm vigiando nas costas do relógio, a cabeça virada para o outro lado.

— Ele está bebendo — disse Asta.

Malcolm movimentou-se depressa e, enquanto a cabeça do rapaz ainda estava curvada para a água, se pôs logo atrás dele. A daemon-falcão olhava para a direita e a esquerda e então, como Malcolm previra, virou e o viu a um braço de distância.

Foi um grande choque para Bonneville. Ele saltou para trás, para longe da água, e girou, uma faca em sua mão direita.

Imediatamente, Asta saltou em cima da daemon do rapaz e derrubou-a na calha onde corria a água. Malcolm reagiu no mesmo instante, justamente quando a lâmina afiada cortou a manga esquerda de seu paletó e a pele abaixo. Bonneville girara o braço com tanta força que perdeu o equilíbrio por uma fração de segundo, e nesse momento Malcolm deu um soco com toda força no plexo solar do rapaz, o tipo de golpe que encerraria de imediato uma partida de boxe; e Bonneville, totalmente sem ar e sem forças, caiu para trás na calha e derrubou a faca.

Malcolm chutou-a para longe e ergueu o rapaz agarrando com uma mão o peito da camisa.

— Minha faca — Bonneville murmurou em francês.

— Sumiu. Você vem comigo e vamos conversar — disse Malcolm, na mesma língua.

— O cacete que vou.

Asta estava com as garras firmes na garganta da daemon-falcão. Apertou mais forte e ela gritou. Ambas as daemons estavam encharcadas, e o próprio Bonneville estava totalmente molhado, ao mesmo tempo assustado e atrevido.

— Você não tem escolha — disse Malcolm. — Vai vir comigo, vai sentar, tomar um café e conversar. Tem um café aqui na esquina. Se eu quisesse te matar, teria feito isso a qualquer momento dos últimos quinze minutos. Eu estou no comando. Você faz o que eu digo.

Bonneville estava sem fôlego e tremia, curvado como se tivesse as costelas quebradas, o que até podia ser verdade. Não estava em condições de discutir. Ele tentou inutilmente se livrar das mãos de Malcolm em seu braço. Acontecera tudo tão depressa que praticamente ninguém notou. Malcolm o levou ao café e fez com que se sentasse no canto, de costas para uma parede cheia de fotografias de lutadores e estrelas de cinema.

Malcolm pediu café para os dois. Bonneville sentou-se curvado, acariciando sua daemon com dedos trêmulos, removendo a água de suas penas.

— Vá se foder, cara — resmungou. — Você quebrou alguma coisa. Uma costela ou, sei lá, alguma coisa no meu peito. Filho da puta.

— Já passou por alguns apertos, não? Como conseguiu esse nariz quebrado?

— Não enche.

— O que sabe sobre o assassinato do patriarca? — Malcolm perguntou. — Monsieur Delamare mandou você aqui para garantir que desse certo?

Bonneville tentou esconder a surpresa.

— Como sabe que... — começou a dizer, mas se deteve.

— Eu faço as perguntas. Onde está o seu aletiômetro agora? Não está com ele, senão eu saberia.

— Não vai pegar nunca.

— Não, porque Delamare é que vai. Você levou sem permissão, não foi?

— Vá se foder.

— Foi o que pensei.

— Você não é tão esperto quanto pensa.

— Não discordo, mas sou mais esperto do que você pensa. Por exemplo, eu sei os nomes e endereços dos agentes de Delamare em Constantinopla e agora que você sabe que posso te seguir, sabe que logo vou saber onde está hospedado. Dez minutos depois, eles vão saber.

— Qual é o nome deles então?

— Aurelio Menotti. Jacques Pascal. Hamid Saltan.

Bonneville mordeu o lábio inferior e olhou para Malcolm com ódio. O garçom chegou com o café e não pôde deixar de notar a camisa molhada do rapaz, o curativo no nariz e o sangue que agora escorria do corte na manga de Malcolm.

— O que você quer? — Bonneville perguntou quando o garçom se afastou.

Malcolm ignorou a pergunta e tomou um gole do café escaldante.

— Não vou dizer nada a Menotti e os outros se me contar a verdade agora.

Bonneville deu de ombros.

— Você não teria como saber se é verdade ou não — disse.

— Por que você veio para Constantinopla?

— Não tem nada a ver com você.

— Por que estava me seguindo?

— Assunto meu.

— Não depois que você puxou uma faca para mim. É meu também.

Outro dar de ombros.

395

— Onde está Lyra agora? — disse Malcolm.

Bonneville piscou. Abriu a boca para falar, mudou de ideia, tentou beber o café, queimou a boca, pôs a xícara na mesa.

— Então não sabe? — o rapaz disse por fim.

— Ah, eu sei exatamente onde ela está. Sei por que está atrás dela. Sei o que você quer com ela. Sei como você usa o aletiômetro. Sabe como eu sei? Porque deixa uma trilha, sabia?

Bonneville olhou para ele, olhos estreitados.

— Ela descobriu isso imediatamente — Malcolm continuou. — Você deixou uma trilha pela Europa inteira e estão te seguindo. Vão acabar te pegando.

Os olhos do rapaz cintilaram por um momento no que poderia ter sido um sorriso, se ele permitisse. *Ele sabe alguma coisa*, Asta pensou para Malcolm.

— Para ver o quanto você sabe — Bonneville falou. — De qualquer forma, que trilha é essa? O que quer dizer com isso?

— Não vou te dizer. O que Delamare quer?

— Ele quer a garota.

— Além disso. O que ele pretende fazer com esse novo Alto Conselho?

Por que Delamare quer Lyra? era a única pergunta que Malcolm desejava fazer, mas sabia que nunca conseguiria uma resposta dessa maneira.

— Ele sempre quis o poder — disse Bonneville. — É isso. Agora ele tem.

— Me fale dessa história com as rosas.

— Não sei nada a respeito.

— Sabe, sim. Me diga o que sabe.

— Não me interessa, então não prestei atenção.

— Você tem interesse em qualquer coisa que te dê algum poder, então eu sei que ouviu falar da questão das rosas. Me conte o que Delamare sabe.

— Não é vantagem para mim te contar nada.

— É disso que estou falando. Você não enxerga longe. Erga os olhos para o horizonte. Seria uma grande vantagem para você não ter a mim como inimigo. Me diga o que Delamare sabe da questão das rosas.

— O que eu ganho em troca?

— Eu não quebro o seu pescoço.

— Quero saber dessa trilha.

— Você consegue descobrir isso sozinho. Vamos lá, rosas.

Bonneville deu outro gole no café. A mão estava mais firme agora.

— Um homem foi falar com ele faz umas semanas — disse. — Um grego, sírio, não sei. Talvez mais do leste. Tinha uma amostra de óleo de rosa de um local longe no Cazaquistão ou algum outro lugar. Lop Nor. Mencionaram Lop Nor. Delamare mandou analisar a amostra.

— E?

— É só isso que eu sei.

— Não basta.

— É tudo que eu sei!

— E aquele negócio em Oxford que deu errado?

— Não teve nada a ver comigo.

— Então você sabe a respeito. É útil. Delamare está por trás disso também, claro.

Bonneville deu de ombros. Estava começando a recuperar a segurança. Era hora de abalá-la de novo.

— Sua mãe sabia como seu pai morreu? — Malcolm perguntou.

O rapaz piscou, abriu a boca, fechou de novo, balançou a cabeça, pegou a xícara de café, mas botou na mesa de volta quase imediatamente ao ver que sua mão tremia.

— O que você sabe sobre meu pai?

— Mais do que você, obviamente.

A daemon-falcão soltou-se das mãos de Bonneville e foi para cima da mesa, as garras fazendo dobras na toalha, os olhos ferozes fixos em Malcolm, e Asta se pôs em pé na cadeira ao lado dele, observando-a.

— Sei que você matou meu pai — disse Bonneville. — Você matou.

— Não fale bobagens. Eu tinha dez, onze anos, por aí.

— Eu sei o seu nome. Sei que você o matou.

— Como é meu nome?

— Matthew Polstead — disse Bonneville com desprezo.

Malcolm tirou o passaporte, o verdadeiro, e mostrou seu nome ao rapaz.

— Malcolm, está vendo? Não Matthew. E olhe a minha data de nascimento. Eu tinha apenas onze anos quando seu pai morreu. Houve uma grande enchente e ele morreu afogado. Quanto a Matthew, ele é meu irmão mais velho. Encontrou o corpo do seu pai no Tâmisa, perto de Oxford. Não teve nada a ver com a morte dele.

Malcolm pegou de volta o passaporte. O rapaz parecia igualmente revoltado e desconcertado.

— Se ele encontrou o corpo, deve ter roubado o aletiômetro do meu pai — disse, amuado. — Eu quero de volta.

— Ouvi falar do aletiômetro. Ouvi falar também do que seu pai fez com a daemon dele. Você sabia disso? Achei que podia ser um traço de família.

A mão de Bonneville foi para o pescoço da sua daemon, para afagá-la ou mantê-la quieta, mas ela agitou as asas, impaciente, e se afastou para mais longe na mesa. Asta pôs as patas da frente sobre a mesa e ficou observando, atenta.

— O quê? — disse Bonneville. — Me diga.

— Me diga primeiro o que eu quero saber. Rosas. Oxford. O aletiômetro. A garota. A morte do patriarca. Tudo. Aí eu te conto sobre seu pai.

Os olhos do rapaz faiscavam como os de sua daemon. Estava sentado, tenso, na ponta da cadeira, as mãos sobre a mesa, e Malcolm o encarava de volta, implacável. Depois de vários segundos, Bonneville baixou os olhos, encostou na cadeira e começou a roer uma unha.

Malcolm esperou.

— O que você quer primeiro? — Bonneville perguntou.

— O aletiômetro.

— O que tem?

— Como você começou a ler o aletiômetro.

— Quando eu era menino, minha mãe me contou que meu pai tinha ganhado o dele de uns monges da Boêmia ou de algum lugar. Estava com eles há séculos, mas reconheceram que meu pai era um gênio na leitura e viram que tinha de ficar com ele. Quando eu soube disso, soube que um dia seria meu, então comecei a ler tudo sobre os símbolos e como interpretar o sentido deles. E quando toquei o do Magisterium, descobri que conseguia ler com facilidade. Então começaram a confiar em mim. Eu conseguia ler mais depressa e melhor, com mais precisão, do que qualquer um que eles conheciam. Então passei a ser o leitor-chefe. Eu usei para perguntar o que tinha acontecido com meu pai, como ele tinha morrido, onde estava agora o aletiômetro dele, uma porção de coisas assim. Elas me levaram à garota. Aquela escrota está com ele. Ele foi assassinado e ela roubou o aletiômetro.

— Quem matou ele?

— O pessoal de Oxford. Talvez o seu irmão.
— Ele morreu afogado.
— Que merda você sabe, se tinha apenas dez anos?
— Me fale desse novo método.
— Eu acabei de descobrir.
— Como?

Bonneville era vaidoso demais para não responder.

— Você não ia entender. Ninguém entende a menos que tenha um treinamento clássico completo. Então você tem de se rebelar contra ele e encontrar alguma coisa nova, como eu fiz. No começo, me fazia vomitar, eu não via nada e ficava enjoado. Mas insisti. Tentei e tentei. Não ia deixar isso me derrubar. E apesar da náusea eu conseguia fazer conexões muito mais depressa. Meu novo método ficou famoso. Os outros leitores experimentaram. Mas só conseguiam usar mal, sem firmeza, não aguentavam. Foi falado por toda a Europa. Mas ninguém consegue fazer direito, a não ser eu.

— E a garota? Achei que ela conseguia.

— Ela é melhor que a maioria. Admito. Mas não tem força suficiente. Precisa ter uma espécie de poder, resistência, força, e acho que garotas não têm isso.

— Por que acha que ela está com o aletiômetro do seu pai?

— Não preciso achar. Eu sei. É uma pergunta idiota. É como perguntar como eu sei que esta toalha de mesa é branca. Não precisa pensar.

— Tudo bem. Agora me conte por que o patriarca Papadakis foi morto.

— Tinha de acontecer. Assim que Delamare manipulou para ele chefiar o novo Alto Conselho, o coitado do velho estava condenado. Olhe, Delamare estava com tudo planejado desde o começo. O único jeito de ele conseguir ser o líder único e incontestável era estabelecer uma estrutura em que *houvesse* um líder. O Magisterium não tinha isso desde, não sei, cem anos atrás, mas assim que tivesse um único líder, tudo o que Delamare precisava era fazer com que ele fosse assassinado em circunstâncias que levassem ao pânico, e aí entrar em cena, colocar panos quentes com algumas medidas emergenciais e humildemente se oferecer para o cargo. Ele agora está feito, para toda a vida. Poderes ilimitados. Não tem como não admirar esse tipo de determinação. Eu conseguia lidar com Delamare, mas ninguém mais consegue.

— Nesse caso, por que você está fugindo?

— Que porra você está dizendo? Não estou fugindo — Bonneville explodiu. — O próprio Delamare me mandou em uma missão secreta.

— Estão à sua procura. Existe uma recompensa, não sabia?

— Quanto?

— Mais do que você vale. Alguém vai acabar te traindo. Agora me fale das rosas. O que eles fizeram com a amostra de óleo?

— Analisaram. O óleo daquele lugar tem várias propriedades que eles ainda não esgotaram. Precisam de uma amostra maior. Eu consegui uma quantidade mínima... conheço uma garota em um laboratório de Genebra e em troca de... Bom, ela me deu um pedaço de mata-borrão com algumas gotas do óleo. Logo de cara descobri uma coisa. Ele protege contra a náusea do novo método. Se tiver o suficiente, você pode usar o novo método e nunca sofrer os efeitos colaterais. Mas eu só tinha um pouquinho.

— Continue. O que mais?

— Sabe o que querem dizer com Pó?

— Claro.

— Com o óleo, eles conseguem ver isso. E as linhas de força. Ou campos. Talvez campos. A garota do laboratório disse que era um campo. E conseguiram ver não só elementos químicos e tipos de luz, mas interações humanas. Se o professor Zotski tocou este espécime, mas não aquele, ele mostrava de alguma forma, porque podiam conferir com outras coisas que ele tinha tocado. E o professor Zotski também teria a marca dele, se tivesse tocado. Se Zotski estivesse pensando na coisa, ou determinasse como o experimento deveria ser feito, ele apareceria no campo.

— E qual foi a reação de Delamare?

— Você tem de entender que ele não é um homem simples. Ele tem camadas e camadas de complexidade, é sutil, parece estar se contradizendo e então você vê que ele está muitos passos à frente... O novo Alto Conselho vai permitir que ele faça coisas antes impensáveis. Ele vai mandar uma expedição para esse lugar das rosas, Lop Nor, não sei quando. Mas não para comerciar. Armada mesmo. Vão tomar o lugar. Ele vai controlar tudo. Não vai deixar ninguém mais ter acesso ao óleo.

— O que você sabe sobre essa expedição armada? Quem vai comandar?

— Porra, sei lá — disse Bonneville. Ele soava impaciente, entediado, e Malcolm podia ver que precisava da atenção constante de um ouvinte para impedir que perdesse a concentração e se irritasse.

— Quer mais café?

— Tudo bem.

Malcolm fez sinal para o garçom. A daemon de Bonneville tinha fechado os olhos e deixado que ele a colocasse no ombro.

— Essa garota do laboratório — disse Malcolm. — Em Genebra.

— Belo corpo. Mas sentimental demais.

— Ainda tem contato com ela?

Bonneville colocou o indicador direito no punho esquerdo em um movimento de entra e sai, diversas vezes. Malcolm então percebeu o que o rapaz queria: a admiração sexual vinda de um homem mais velho. Deixou um ligeiro sorriso aparecer em sua expressão.

— Ela descobre coisas para você?

— Ela faz qualquer coisa. Mas não tem mais óleo, eu já disse.

— Já tentaram sintetizar?

Bonneville estreitou os olhos.

— Você parece que está tentando me recrutar como espião. Por que eu deveria contar qualquer coisa a você?

O garçom voltou com o café. Malcolm esperou que se afastasse e disse:

— As circunstâncias mudaram.

Não estava mais sorrindo. Bonneville deu de ombros ostensivamente.

— Já falei bastante. Agora você me diz alguma coisa. Como essa menina Belacqua conseguiu o aletiômetro do meu pai?

— Pelo que eu sei, foi dado a ela pelo reitor da faculdade do pai dela em Oxford. A faculdade Jordan.

— Bom, como *ele* tinha o aletiômetro?

— Não faço ideia.

— Então por que ele deu para ela?

— Não sei absolutamente nada a respeito.

— Como você conhece a garota?

— Fui professor dela.

— Quando? Quantos anos ela tinha? Ela já tinha o aletiômetro nessa época?

— Tinha uns catorze, quinze anos. Dei aula de história. Ela nunca falou do aletiômetro. Eu, com certeza, nunca vi. Não fazia ideia de que estava com ela até recentemente. É por isso que Delamare quer encontrar a garota?

— Ele adoraria ter o aletiômetro, com certeza. Ele gostaria de ter mais um. Aí vai poder me comparar com os outros leitores. Mas não é por isso que ele está atrás da garota.

— Bom, por que então?

Malcolm viu a tentação passar pela expressão de Bonneville. Ele sabia algo que Malcolm não sabia e o prazer de contar era forte demais para ser ignorado.

— Quer dizer que você não sabe?

— Eu não sei uma porção de coisas. O que é, nesse caso?

— Não sei como deixou isso passar. Suas fontes claramente não são grande coisa.

Malcolm deu um gole no café e observou o sorriso astuto de Bonneville ficar mais largo.

— Evidentemente — disse Malcolm. — E então?

— Delamare é tio dela. Ele acha que a garota matou sua irmã, mãe dela. Se quer saber a minha opinião, ele devia ser apaixonado pela irmã. Obcecado por ela, no mínimo. Ele quer castigar essa Belacqua, ou seja lá qual for o nome dela. Quer fazer ela pagar.

Malcolm estava profundamente surpreso. Não fazia ideia de que a sra. Coulter, que tinha encontrado uma vez na casinha de Hannah Relf, em uma tarde de inverno, pouco antes da grande enchente, tivesse irmãos. Mas por que não teria? As pessoas tinham irmãos. E será que Lyra sabia daquele irmão, daquele tio? Queria falar com ela urgentemente, agora, naquele minuto. E não podia demonstrar nenhuma reação. Tinha de parecer não mais que ligeiramente interessado.

— Ele sabe onde ela está agora? — perguntou. — Contou para ele?

— Sua vez — disse Bonneville. — Me conte do meu pai. Quem matou ele?

— Já disse. Ninguém matou seu pai. Ele morreu afogado.

— Não acredito em você. Alguém matou. Quando eu descobrir quem foi, eu mato.

— Tem coragem para isso?

— Sem dúvida. Me conte da daemon dele. Você disse alguma coisa da daemon dele.

— Era uma hiena. Tinha perdido uma perna por causa dos maus-tratos dele. Ele batia nela selvagemente. Ouvi isso de um homem que presenciou a cena. Disse que o fez passar mal.

— Acha que eu acredito nisso?

— Não me interessa a mínima se você acredita ou não.

— Você chegou a encontrar meu pai?

— Só uma vez. Vi a daemon dele e fiquei com medo. Ela saiu dos arbustos no escuro, olhou para mim e mijou no caminho onde eu ia passar. Aí ele saiu, viu o que ela tinha feito e deu risada. Depois eles entraram na floresta e eu esperei um longo tempo até ter coragem para seguir em frente. Mas nunca mais vi.

— Como sabia o nome dele?

— Ouvi pessoas falando dele.

— Onde?

— Em Oxford, durante a enchente.

— Está mentindo.

— E você se gabando. Tem muito menos controle sobre o aletiômetro do que acha que tem. Você lê os sinais em estado de confusão, náusea e adivinhação. Não confio nada em você, porque você não passa de um moleque perverso e evasivo. Mas te dei a minha palavra. Não vou contar a Menotti e aos outros onde está. A menos que você tente alguma coisa contra mim, nesse caso não vou me dar ao trabalho de falar com eles: eu mesmo encontro você e te mato.

— Fácil falar.

— Fácil de fazer.

— Quem é você, afinal?

— Um arqueólogo. Meu melhor conselho é você rastejar de volta para Delamare e se desculpar efusivamente. Depois, sossegar.

Bonneville deu uma risada de escárnio.

— Sua mãe ainda está viva? — Malcolm perguntou.

Um rubor tomou conta das faces do rapaz.

— Nem pense nisso, porra — disse ele. — Ela não tem nada a ver com você.

Malcolm olhou para ele e não disse nada. Depois de um minuto, Bonneville se levantou.

— Para mim basta — disse.

Ele carregou sua daemon e passou apertado pela mesa ao lado. Malcolm sentiu o cheiro do perfume que ele usava e reconheceu como aquele de que muitos rapazes pareciam gostar: um produto de base cítrica chamado "Galeão". Então Bonneville acompanhava a moda e queria ser atraente, e talvez fosse: era outro fato que podia ser útil. O rapaz se movimentava oscilante, como se ainda sentisse dor nas costelas. Malcolm observou quando saiu do café, passou pela fonte e perdeu-se na multidão.

— Acha que ele sabe que Lyra e Pan não estão juntos? — Asta perguntou.

— Difícil dizer. Seria o tipo de coisa de que ele ia se gabar se soubesse.

— Ele vai matar ela se a encontrar.

— Então precisamos encontrar Lyra primeiro.

25. A PRINCESA ROSAMOND

A balsa só chegou a Esmirna no fim da tarde seguinte. Durante o dia, Lyra mal se mexeu, ficou na cadeira de vime, saindo apenas para pegar café e pão, pensando sobre o que fazer em seguida e examinando o caderninho, a *clavicula*. O nome que Kubiček tinha escrito nele era o da princesa Rosamond Cantacuzino e foi o "rosa" em seu nome que a fez se decidir. Lyra seguiu para a casa dela assim que desceu da balsa.

A princesa vivia em uma das grandes casas mais distantes, no litoral. A cidade era um famoso centro comercial; outrora, comerciantes tinham feito enormes fortunas com a compra e venda de tapetes, frutas secas, grãos, especiarias e minerais preciosos. Por causa da brisa fresca do verão e da vista das montanhas, as famílias mais ricas haviam se instalado há muito em esplêndidas mansões ao longo da estrada costeira. A casa de Rosamond ficava recuada da rua, atrás de um jardim cuja elegância e complexidade demonstravam grande fortuna. Lyra pensou que muito dinheiro viria bem a calhar, se você perdesse seu daemon; poderia pagar por muita privacidade.

E, ao pensar nisso, se perguntou se chegaria a entrar na casa para conhecer a princesa. Quase fraquejou. Por que queria conhecer a princesa, afinal? Bem, evidentemente para se aconselhar sobre o resto da viagem. E, se ela estava na lista de Kubiček, devia ter havido ao menos uma ocasião em que ela concordou em ajudar àqueles iguais a ela. *Coragem!*, Lyra pensou.

Passou pelo portão e seguiu um caminho de cascalho entre os canteiros simétricos de roseiras bem podadas, cujos botões começavam a aparecer. Um jardineiro que trabalhava em um canto ergueu o rosto e a viu, então endireitou as costas e ficou observando enquanto ela, com toda a confiança de que era capaz, subia a escada de mármore da entrada.

Um criado mais velho atendeu a campainha. Sua daemon-corva crocitou, rouca, assim que viu Lyra, e os olhos apagados do velho faiscaram em um imediato entendimento.

— Espero que o senhor entenda inglês — disse Lyra —, porque eu falo pouco grego e nada de anatólio. Vim apresentar meus cumprimentos à princesa.

O criado olhou para ela de alto a baixo. Lyra sabia que sua roupa estava surrada, mas lembrou-se do conselho de Farder Coram e tentou imitar a maneira como se portavam as feiticeiras: extremamente à vontade com seus farrapos de seda preta, como se vestissem a mais elegante alta-costura.

O mordomo inclinou a cabeça e disse:

— A quem devo anunciar para a princesa?

— Meu nome é Lyra da Língua Mágica.

Ele deu um passo de lado e convidou-a a esperar no hall. Ela olhou em torno: madeira escura, pesada, uma escada rebuscada, um lustre, altas palmeiras em vasos de cerâmica, o cheiro de polidor de cera de abelha. Tudo fresco, tranquilo. O ruído do tráfego na estrada costeira, a agitação do ar no mundo exterior, tudo abafado por trás de camadas de riqueza e privacidade que pendiam como cortinas pesadas à toda volta.

O mordomo voltou e disse:

— A princesa vai recebê-la agora. Por favor, venha comigo.

Ele tinha saído de uma porta do térreo, mas agora começou a subir a escada. Andava devagar, ofegando um pouco, mas sua postura era militar, ereta. No primeiro andar, ele abriu uma porta e a anunciou. Lyra entrou em uma sala inundada de luz que dava para a baía, o porto e as montanhas distantes. Era muito grande e parecia cheia de vida: um piano de cauda cor de marfim coberto com uma dúzia ou mais fotogramas em molduras de prata, muitas pinturas modernas, estantes pintadas de branco cheias de livros, mobília clara, elegante, e Lyra gostou de tudo imediatamente. Uma senhora muito idosa estava sentada em uma poltrona de brocado perto das grandes janelas, toda vestida de preto.

Lyra se aproximou. Hesitou por um momento, pensando se devia fazer uma mesura, mas decidiu imediatamente que pareceria ridícula e disse apenas:

— Boa tarde, princesa. Muita gentileza sua me receber.

— Foi assim que te ensinaram a se dirigir a uma princesa? — A voz da senhora era seca, severa, divertida.

— Não. Isso nunca fez parte dos meus estudos. Mas sei fazer várias outras coisas bastante bem.

— Bom saber. Traga aquela cadeira e sente. Deixe eu olhar para você.

Lyra obedeceu e olhou de volta enquanto a senhora a examinava. A velha era ao mesmo tempo feroz e vulnerável, e Lyra se perguntou qual teria sido o seu daemon e se seria polido perguntar.

— Qual era a sua família? — perguntou a princesa.

— O nome do meu pai era Asriel, lorde Asriel, e minha mãe não era esposa dele. Chamava-se sra. Coulter. Como a senhora sabia... quer dizer, por que disse *era*? Como sabia que não estão vivos?

— Identifico um órfão só de olhar. Conheci seu pai.

— Verdade?

— Em uma recepção da embaixada egípcia, em Berlim. Deve ter sido uns trinta anos atrás. Ele era um jovem muito bonito e muito rico.

— Ele perdeu a fortuna quando eu nasci.

— Por quê?

— Ele não era casado com minha mãe, houve um processo judicial...

— Ah! Advogados! *Você* tem algum dinheiro, filha?

— Nada.

— Então os advogados não vão se interessar por você. Sorte sua. Quem te passou o meu nome?

— Um homem em Praga. Chamado Vaclav Kubiček.

— Ah. Pessoa muito interessante. Catedrático de certo nome. Modesto, despretensioso. Já se conheciam antes de você ir a Praga?

— Não, não mesmo. Eu não fazia ideia de que podia haver mais alguém que... quer dizer, sem... Ele me ajudou muito.

— Por que está viajando? E para onde vai?

— Vou para a Ásia Central. A um lugar chamado Tashbulak, onde existe uma estação de pesquisa botânica. Vou lá para encontrar a resposta para um enigma. Um mistério, na verdade.

— Me fale do seu daemon.

— Pantalaimon...

— Um bom nome grego.

— Ele se definiu na forma de uma marta. Ele e eu descobrimos que podíamos nos separar quando eu tinha uns doze anos. Tivemos de nos separar. Pelo menos eu tinha de cumprir uma promessa que exigia que ele ficasse para trás, e que eu fosse a um lugar aonde ele não podia ir. Nada... quase nada foi pior. Mas depois de um tempo nos encontramos de novo e achei que ele tinha me perdoado. Ficamos juntos depois disso, embora a gente tivesse de manter muito segredo da nossa separação. Pensamos que ninguém podia fazer isso além das feiticeiras. Mas durante esse último ano andamos brigando. Não nos suportávamos. Foi horrível. Um dia eu acordei e ele tinha ido embora. Então estou procurando por ele. Seguindo pistas... Pequenas coisas que não fazem sentido racional... Em Praga, encontrei um mago que me deu uma pista. E estou contando com o acaso. Foi por acaso que conheci o sr. Kubiček.

— Tem muita coisa que não está me contando.

— Não sei até que a ponto a senhora vai se interessar.

— Você acha que a minha vida é tão cheia de acontecimentos fascinantes que posso deixar passar a chance de ouvir uma estranha na mesma condição reduzida que eu?

— Bom, pode ser. Cheia de acontecimentos fascinantes, quero dizer. Tenho certeza de que há muita gente interessante que gostaria de conhecer a senhora, ou muitos amigos para vir conversar. Talvez tenha uma família.

— Não tenho filhos, se é isso que quer dizer. Nem marido. Mas em outro sentido sou sufocada pela família; esta cidade, este país, cheio de Cantacuzinos. O que eu tenho em lugar de família é... sim, um punhado de amigos, mas eles ficam com vergonha de mim, fazem concessões, evitam assuntos dolorosos, cheios de compreensão, e o resultado é que conversar com eles vira uma espécie de purgatório. Quando o sr. Kubiček veio me ver, eu estava quase morta de tédio e desespero. Agora, as pessoas que vêm aqui através dele ou através de duas ou três outras pessoas parecidas com a gente em outros lugares são os convidados mais bem-vindos. Aceita tomar um chá comigo?

— Eu adoraria.

A princesa tocou um sininho de prata na mesa a seu lado.

— Quando chegou em Esmirna? — ela perguntou.

— Hoje à tarde. Vim direto do porto. Princesa, por que seu daemon foi embora?

A velha senhora ergueu a mão. Ouviu a porta se abrir. Quando o mordomo entrou, ela disse:

— Chá, Hamid. — Ele fez uma profunda mesura e saiu de novo.

A princesa ficou ouvindo. Quando teve certeza de que o criado tinha se afastado, voltou-se para Lyra.

— Ele era um gato preto especialmente bonito. Me deixou porque se apaixonou por outra pessoa. Ficou absolutamente fascinado por uma dançarina, uma dançarina de boate.

Seu tom deixava claro que ela queria dizer "alguém pouco acima de uma prostituta". Lyra ficou quieta, intrigada.

— Você deve estar pensando — continuou a princesa — como ele pode ter vindo a conhecer uma mulher dessas. O meu círculo social e o dela normalmente nunca se misturam. Mas eu tinha um irmão cujos apetites físicos eram insaciáveis e cujo dom para fazer associações impróprias causou à família muitos embaraços. Uma noite, ele apresentou essa mulher em uma soirée, de maneira absolutamente franca: "Esta moça é minha amante", ele dizia ao encontrar as pessoas, e, para fazer justiça a ela, era incrivelmente bonita e elegante. Eu mesma sentia a sua atração e meu pobre daemon ficou enfeitiçado imediatamente.

— Seu *pobre* daemon?

— Ah, fiquei com pena dele. Ficar tão abjetamente dependente de uma mulher daquele tipo. Era uma espécie de loucura. Eu sentia cada pequeno tremor dele, claro, e tentei conversar a respeito, mas ele se recusou a ouvir, se recusou a controlar seus sentidos. Bem, ouso dizer que estavam fora de controle.

— E o daemon dela?

— Era um sagui ou algo parecido. Preguiçoso, desinteressado, vaidoso. Bastante indiferente ao que estava acontecendo. Meu irmão continuou a levar a moça à ópera, a corridas, a recepções, e sempre que eu também estava presente a obsessão do meu daemon me obrigava a buscar a companhia dela e vivenciar a paixão dele por ela. Ficou insuportável. Ele chegava o mais perto possível e conversava baixinho, sussurrava no ouvido dela, enquanto seu daemon cuidava do pelo e bocejava por perto. No fim...

A porta se abriu e ela se calou quando o mordomo entrou com uma bandeja que colocou na mesinha à direita dela. Ele fez uma mesura, saiu, e ela completou a frase:

— No fim ficou notório. Todo mundo sabia. Nunca fui tão infeliz.

— Quantos anos a senhora tinha?

— Dezenove, vinte, não me lembro. Devia ter sido natural para mim aceitar as atenções de qualquer dos muitos rapazes que meus pais achavam adequados, me casar e tudo. Mas esse absurdo tornou isso impossível. Passei a ser objeto de chacotas.

Ela falava com calma, como se a moça que tinha sido aos vinte anos fosse outra pessoa totalmente diferente. Ela se virou para a bandeja e serviu o chá em duas lindas xícaras.

— Como terminou? — Lyra perguntou.

— Eu implorei, supliquei a ele, mas ele estava perdido em sua loucura. Eu disse que nós dois íamos morrer se ele não parasse, mas nada o convencia a ficar comigo. Eu cheguei a... e isso revela como um ser humano pode ser vil... cheguei a deixar os meus pais e passei a viver com ela.

— A dançarina? Foi morar com ela?

— Foi uma loucura. Fingi que estava apaixonada por ela e ela ficou satisfeita com isso. Morei com ela, abandonei todas as minhas responsabilidades familiares, compartilhei a sua cama, sua mesa, sua triste profissão, porque eu sabia dançar também, era elegante, não menos bonita que ela. Ela tinha certo talento, mas nada mais que isso. Juntas, nós atraímos uma plateia maior; fizemos muito sucesso. Dançamos em todas as boates de Alexandria a Atenas. Nos ofereceram uma fortuna para dançar no Marrocos e uma maior ainda para dançar na América do Sul. Mas meu daemon queria mais, sempre mais. Ele queria ser dela e não meu. O daemon dela virou um escravo do ópio, o que não afetava a ela; mas ela se voltou para o meu daemon e, quando ele sentiu que sua obsessão era correspondida, entendi que estava na hora de eu ir embora.

"Estava pronta para morrer. Uma noite, em Beirute, me separei dos dois. Ele estava agarrado nela, ela o segurava com força, apertado no peito, nós três chorando de dor e terror; mas eu não parei; me afastei dele, deixei que ficasse lá com ela. Desde esse dia até hoje, vivi sozinha. Voltei para minha família, que considerou tudo como um acréscimo ligeiramente engraçado às histórias familiares. Não me casei, claro; no meu estado solitário, ninguém me queria."

Lyra tomou um gole do chá. Tinha um delicado aroma de jasmim.

— Quando encontrou com meu pai?

— Um ano antes disso tudo.

Lyra pensou: *Mas não tem como. Ele não teria idade suficiente.*

— Do que a senhora mais se lembra da sua época com a dançarina? — ela perguntou.

— Ah, fácil responder. Das noites quentes, nossa cama estreita, seu corpo esguio, o aroma de sua pele. Isso nunca me deixará.

— E a senhora estava apaixonada por ela ou ainda estava fingindo?

— Pode-se fingir e fingir esse tipo de coisa até que se torne verdade, sabe. — O rosto da velha senhora era calmo, com rugas profundas. Seus olhos muito pequenos entre as rugas, mas claros e serenos.

— E seu daemon...

— Nunca voltou. Ela morreu, a dançarina, ah, muito tempo atrás. Mas ele nunca voltou para mim. Acho que deve ter ido para al-Khan al-Azraq.

— O Hotel Azul... é... é verdade essa história? Da cidade em ruínas onde só daemons podem viver?

— Acredito que sim. Alguns dos meus convidados, gente do sr. Kubiček, já foi para lá. Pelo que sei, ninguém voltou.

A mente de Lyra voava por desertos e montanhas, para uma cidade em ruínas desolada e silenciosa sob o luar.

— Agora que te contei a minha história — disse a princesa —, você tem de me contar alguma coisa de interesse. O que você viu em sua viagem que pode despertar a curiosidade de uma velha dama sem daemon?

Lyra disse:

— Quando eu estava em Praga... Parece que faz tanto tempo, mas foi na semana passada. Desci do trem e, antes de eu sequer tentar encontrar a tabela de horários, o sr. Kubiček falou comigo. Como se estivesse à minha espera, e, como descobri, estava...

Ela contou toda a história do homem-fornalha e foi recompensada com absoluta imobilidade e concentração. Quando terminou, a princesa deu um suspiro de satisfação.

— E ele era filho do mago? — ela perguntou.

— Bom, foi o que disse Agrippa. Cornelis e Dinessa...

— Foi um jogo cruel com ele e sua daemon.

— Eu também achei. Mas ele estava decidido a encontrar a Dinessa e encontrou.

— Amor... — disse a princesa.

— Me fale mais do Hotel Azul — disse Lyra. — Ou como é o outro nome... Madinat al-Qamar, a Cidade da Lua. Por que se chama assim?

— Ah, ninguém sabe. É uma ideia muito antiga. Minha babá me contava histórias de fantasmas quando eu era muito nova e foi ela que me falou do Hotel Azul. Para onde você vai em seguida?

— Alepo.

— Então vou te dar os nomes de algumas pessoas de lá que estão na nossa condição. Uma delas pode saber um pouco a respeito. Claro, é motivo de horror e repulsa supersticiosa. Não é para ser mencionado na frente de pessoas que são inteiras e que se assustam com facilidade.

— Claro — disse Lyra e tomou o que restava do chá. — Esta sala é tão linda. A senhora toca piano?

— Ele toca sozinho — disse a princesa. — Vá e puxe aquele botão de marfim à direita do teclado.

Lyra foi e imediatamente o mecanismo dentro do piano começou a tocar as teclas, pressionadas como se por um par de mãos invisíveis. O som de uma canção de amor sentimental de cinquenta anos antes encheu a sala. Lyra ficou encantada e sorriu para a princesa.

— *L'Heure bleue* — disse a velha dama. — A gente dançava essa música.

Lyra olhou de novo para o piano, para a multidão de fotogramas com molduras de prata e de repente se imobilizou.

— O que foi? — perguntou a princesa, surpresa com a expressão de Lyra.

Lyra apertou o botão para parar a música e pegou um dos fotogramas com mão trêmula.

— Quem é este? — perguntou.

— Traga aqui.

A velha dama pegou e olhou através dos oclinhos de leitura.

— É meu sobrinho, Olivier — disse. — Meu sobrinho-neto, na verdade. Você conhece? Olivier Bonneville?

— Conheço. Quer dizer, não pessoalmente, mas ele... ele acha que eu tenho uma coisa que pertence a ele, e está tentando recuperar.

— E você tem?

— Pertence a mim. Meu pai... meu pai me deu. Monsieur Bonneville está errado, mas não aceita o fato.

— Um rapaz muito teimoso. O pai dele era um inútil que provavelmente teve uma morte violenta. Olivier é meu parente pelo lado da mãe, que também já morreu. Acha que vou deixar uma herança para ele. Se não fosse por isso, provavelmente eu nunca o veria.

— Ele está em Esmirna agora?

— Espero que não. Se vier aqui não vou dizer nada de você e se perguntar eu mentirei. Sou uma boa mentirosa.

— Eu também mentia bem quando era mais nova — disse Lyra. Estava mais calma. — Hoje em dia acho mais difícil.

— Venha aqui e me dê um beijo, querida — disse a princesa, e estendeu as mãos.

Lyra ficou contente de beijá-la. A face enrugada da velha dama tinha cheiro de lavanda.

— Se for mesmo para al-Khan al-Azraq — disse a princesa —, e se realmente existir uma cidade em ruínas habitada por daemons, e se encontrar um gato preto com o nome de Phanourios, diga que eu gostaria de encontrar com ele mais uma vez antes de morrer, mas que é melhor ele não demorar muito.

— Eu digo.

— Espero que sua busca dê certo e que resolva o seu mistério. Imagino que exista um jovem envolvido.

Lyra piscou. A princesa devia estar falando de Malcolm. Claro, ele *era* jovem perto dela.

— Bom — disse —, não...

— Não, não, não meu sobrinho-neto, claro. Agora, se passar por aqui de novo não deixe de vir me ver. Senão vou te assombrar.

A princesa virou-se para uma pequena escrivaninha dourada a seu lado, pegou uma folha de papel e uma caneta-tinteiro, e escreveu por quase um minuto. Depois soprou para secar a tinta e dobrou em dois antes de entregar a Lyra.

— Uma dessas pessoas vai poder te ajudar, com certeza — disse.

— Até logo. Fico muito agradecida, de verdade. Não vou esquecer das coisas que me disse.

Lyra saiu e fechou a porta silenciosamente. O mordomo estava esperando no hall para acompanhá-la até a porta. Quando saiu do jardim, andou um pequeno trecho até estar fora da vista da casa e se encostou na parede para recuperar a compostura.

Tinha ficado tão chocada como se o próprio Bonneville tivesse entrado na sala em pessoa. Ele tinha a capacidade de perturbá-la, mesmo em fotograma. O fato tinha toda a característica de um alerta da comunidade secreta. Dizia: "Fique atenta! Você nunca sabe quando ele vai surgir".

Mesmo em Esmirna, Lyra pensou, ele poderia encontrá-la.

26. A IRMANDADE DESTE SAGRADO PROPÓSITO

Na noite seguinte ao seu encontro com Olivier Bonneville, Malcolm estava em uma cidade a quatrocentos e oitenta quilômetros de Constantinopla. Era a capital do distrito produtor de rosas na antiga província romana de Pisidia e ele foi até lá para encontrar um jornalista inglês chamado Bryan Parker, correspondente estrangeiro especializado em questões de segurança, que ele conhecia por assuntos da Oakley Street. Malcolm contou a ele um pouco da viagem à Ásia Central e o que o lançara naquela busca. Parker disse imediatamente:

— Então você precisa ir comigo a uma reunião pública hoje à noite. Acho que posso te mostrar uma coisa interessante.

A caminho do teatro onde aconteceria a reunião, Parker explicou que o cultivo de rosas e a indústria de processamento era parte valiosa da economia da região e encontrava-se agora sob grande pressão.

— Qual é a fonte do problema? — Malcolm perguntou quando entraram no antigo teatro.

— Um grupo de homens, ninguém sabe de onde, mas chamados sempre de homens das montanhas. Eles vêm queimando as plantações de rosas, atacam os agricultores, destroem suas fábricas... As autoridades parecem incapazes de fazer algo a respeito.

O auditório já estava cheio, mas acharam dois lugares no fundo. Havia um grande número de homens de meia-idade e idosos, com ternos e gravatas respeitáveis, e Malcolm deduziu serem os donos das plantações. Havia várias mulheres também, os rostos bronzeados de sol; soubera, através de Parker, que a indústria era intensamente conservadora, com papéis diferentes desempenhados por trabalhadores homens e mulheres, então talvez aquelas fossem algumas das mulheres que colhiam as flores, enquanto os homens envolviam-se com a destilação da água de rosas e a produção do óleo. Além deles, os outros membros da plateia pareciam gente da cidade, alguns possivelmente jornalistas ou políticos locais.

No palco, homens se ocupavam em erguer uma grande bandeira que Parker disse ser da associação comercial que patrocinava a reunião.

Os lugares acabaram sendo todos ocupados, com pessoas em pé no fundo e ao longo das laterais. Lotado demais para cumprir qualquer norma de incêndio que Malcolm conhecesse; mas talvez ali tivessem uma atitude mais relaxada a esse respeito. Havia, porém, guardas armados em todas as entradas, que Malcolm achou que pareciam nervosos. Se houvesse algum problema naquela noite, muita gente podia acabar ferida.

Os organizadores enfim resolveram que estavam prontos para começar. Um grupo de homens de terno, com pastas ou volumosas pilhas de papel, subiu ao palco, e alguns foram reconhecidos, aplaudidos e saudados pela plateia. Quatro sentaram-se à mesa e um quinto chegou ao atril e começou a falar. De imediato, os alto-falantes guincharam e ele deu um passo atrás, alarmado, bateu no microfone e um técnico correu para ajustar. Malcolm observava tudo, olhava em torno sem ser notado, e quando o orador começou a falar percebeu uma coisa: a polícia armada havia desaparecido silenciosamente. Antes havia um homem em cada uma das seis entradas. Agora não havia nenhum.

Parker sussurrava um resumo do que dizia o orador:

— Bem-vindos todos... momento de crise na indústria... logo ouviremos um relatório de cada região produtora de rosas. Agora ele está lendo alguns números... esse sujeito não é o melhor orador do mundo... Basicamente, a produção caiu, o faturamento caiu... agora ele está apresentando o primeiro produtor... de Baris.

Houve algum aplauso quando o orador seguinte deixou a mesa e foi para o atril. O sujeito anterior tinha maneiras burocráticas e uma voz soporífica, mas esse homem mais velho falou com força e ardor desde o começo.

Parker disse:

— Ele está contando o que aconteceu na fábrica dele. Alguns homens das montanhas chegaram de manhã cedo, reuniram todos os trabalhadores e, com armas apontadas, fizeram com que queimassem a fábrica, alimentando as chamas com o óleo precioso. Depois levaram uma retroescavadeira e revolveram todos os cantos da plantação, despejaram não sei que tipo de veneno na terra, para nada mais crescer ali. Olhe, ele está chorando, desolado: o lugar tinha pertencido a seu trisavô, gerido pela família ao longo de centenas de anos, empregava todos os filhos dele e trinta e oito funcionários...

Murmúrios de raiva, ou solidariedade, ou concordância, partiam da plateia. Evidentemente, muitos outros tinham tido experiências semelhantes.

— Ele está dizendo: onde estava a polícia? Onde estava o Exército? Onde estava qualquer proteção para cidadãos honestos como ele e a família? Parece que o filho dele morreu em um conflito com esses homens, que simplesmente desapareceram em seguida. Ninguém foi preso, ninguém punido... onde está a justiça? É isso que ele diz.

A voz do homem tinha subido para um tom de raiva e tristeza e a plateia foi junto, aplaudindo, gritando, batendo os pés. Em prantos, balançando a cabeça, o fazendeiro deixou o atril e sentou-se.

— Tem alguém do governo aqui? — Malcolm perguntou.

— Os únicos políticos aqui são da administração local. Nenhum representante nacional.

— Qual foi a reação do governo nacional até agora?

— Ah, de preocupação, claro, de solidariedade, reprimendas severas, mas também um curioso tom de cautela, como se estivessem assustados demais para criticar esses vândalos.

— Curioso, como você diz.

— É, e as pessoas estão zangadas. Esse próximo orador é da associação comercial do atacado...

Era outro orador apagado. Parker sussurrou o resumo do que ele dizia, mas Malcolm estava mais interessado no que acontecia na plateia.

Parker notou e perguntou:

— O quê? O que você está olhando?

— Duas coisas. Primeiro, a polícia sumiu, e segundo, fecharam todas as saídas.

Eles estavam sentados na extremidade direita da penúltima fileira, próxima da saída daquele lado. Um som vindo dali tinha alertado Malcolm: um ruído como o deslizar de uma trava.

— Quer que eu continue traduzindo esse chato?

417

— Não. Mas se prepare para arrombar essa porta junto comigo quando chegar a hora.

— As portas abrem para dentro.

— Mas não são pesadas nem fortes. Vai acontecer alguma coisa, Bryan. Obrigado por sugerir esta vinda.

Não tiveram de esperar muito.

Antes que o orador terminasse, apareceram três homens atrás dele, com armas na mão: dois rifles e um revólver.

A plateia prendeu a respiração e ficou estática, o orador virou-se para olhar o que acontecia, agarrou-se ao atril e empalideceu. Pelo canto dos olhos, Malcolm percebeu um movimento do outro lado da sala. Virou um pouco a cabeça para olhar e viu uma porta se abrir brevemente daquele lado para deixar entrar um homem com um rifle. E fechar-se de novo. Malcolm olhou à toda volta: a mesma coisa tinha acontecido em todas as seis saídas.

O rapaz com o revólver tinha empurrado o orador e começara a falar em seu lugar. Tinha olhos claros, mas o cabelo e a barba pretos eram compridos e cerrados. A voz era nítida, leve, com um tom áspero, e cheia de calma convicção.

Malcolm inclinou um pouco a cabeça para o lado e Parker sussurrou:

— Está dizendo que tudo o que nós sabemos vai mudar. As coisas com que estamos acostumados vão ficar estranhas, sem sentido, e coisas que nunca imaginamos vão se tornar normais. Isso já está começando em várias partes do mundo, não só em Pisidia...

Os homens que entraram com ele se colocaram dos dois lados do palco e encaravam a plateia. Ninguém se mexia. Malcolm sentia todo mundo prendendo a respiração.

Parker continuou traduzindo:

— Vocês, suas famílias e seus trabalhadores cuidam das suas plantações faz muito tempo. A Autoridade não quer rosas e vocês a estão contrariando ao produzir tantas. Ela está enjoada com o cheiro das rosas. É como o estrume do próprio diabo. Quem planta rosas e quem produz óleos e perfumes agrada ao diabo e ofende a Deus. Viemos dizer isso a vocês.

Ele fez uma pausa e então o fazendeiro que tinha falado apaixonadamente não conseguiu mais se controlar. Empurrou a cadeira e se pôs de pé. Os três pistoleiros no palco se viraram imediatamente para ele, armas apontadas para seu coração. O homem falou, sem microfone, mas com voz tão alta e clara que todos escutaram.

Parker sussurrou:

— Ele diz que é uma doutrina nova. Ele nunca ouviu antes. Os pais, a família, os primos que plantam rosas na aldeia vizinha, todos pensavam que estavam cumprindo a vontade de Deus ao cuidar das flores que Ele criou e preservar a beleza do seu perfume. Essa doutrina é nova e estranha e vai ser estranha para todo mundo que ele conhece, para todo mundo nesta sala.

O pistoleiro falou e Parker traduziu:

— Ela substitui todas as outras doutrinas, porque é a palavra de Deus. Não há necessidade de nenhuma outra doutrina.

O fazendeiro saiu de trás da mesa e enfrentou o pistoleiro diretamente. Seu corpo largo e forte, o rosto vermelho, a paixão em seus olhos eram um contraste vivo com o jovem frio e magro que segurava o revólver.

O fazendeiro falou de novo, ainda mais alto, no que era quase um berro:

— O que vai ser da minha família, dos meus funcionários? O que vai ser dos comerciantes e artesãos que dependem das rosas que a gente planta? Vai agradar a Deus ver todos miseráveis, passando fome?

O pistoleiro respondeu e Malcolm se inclinou mais para ouvir o sussurro de Parker:

— Vai agradar a Deus ver que eles não estão mais envolvidos nesse comércio do mal. Vai agradar a Deus ver que eles dão as costas para esses falsos jardins e voltam os olhos para o único jardim verdadeiro, que é o Paraíso.

Sem mexer a cabeça, Malcolm olhou à esquerda e à direita, viu os homens vigiando lentamente a plateia, de trás para a frente e de volta, os rifles mexendo sem tremer de um lado para outro junto com o olhar, à altura das cabeças do público.

O fazendeiro perguntou:

— E o que vocês vão fazer?

O pistoleiro respondeu:

— A questão não é o que nós vamos fazer. Não é preciso questionar nada a nosso respeito, porque nós nos submetemos à vontade de Deus, que é inquestionável.

— Eu não vejo a vontade de Deus! Vejo minhas rosas, meus filhos, meus funcionários!

— Não se preocupe. Nós diremos a você qual é a vontade de Deus. Nós entendemos que a sua vida é complicada, que as coisas parecem se contradizer, que tudo está cheio de dúvidas. Nós viemos para esclarecer as coisas.

O fazendeiro balançou a cabeça e baixou-a como um touro; parecia estar reunindo forças. Separou as pernas, como se procurasse uma base mais firme no chão, embora fosse apenas um palco de madeira; por fim, disse:

— E qual é a vontade de Deus?

O jovem pistoleiro falou e Parker sussurrou:

— Que você arranque e queime todas as suas roseiras e quebre todas as peças dos seus aparelhos de destilação. Que você destrua cada frasco que contém o esterco de Satã, que você chama de perfume e óleo. Essa é a vontade de Deus. Em sua infinita misericórdia, ele mandou a mim e a meus companheiros para informar vocês e garantir que isso seja feito, para que suas esposas e seus funcionários possam levar vidas que agradem a Deus em vez de encher o ar com o fedor pestilento das entranhas do inferno.

O fazendeiro tentou dizer alguma coisa, mas o pistoleiro ergueu a mão e pôs o revólver a trinta centímetros da cabeça do velho.

— Quando acender aquele fogo — disse ele —, o incêndio que vai consumir as suas plantações e as suas fábricas vai acender um farol de verdade e pureza para brilhar sobre o mundo. Você deveria ficar contente por ter essa oportunidade. Meus companheiros na Irmandade deste Sagrado Propósito são milhares e milhares. A palavra de Deus se espalha tão depressa que é como fogo de queimada, e vai se espalhar ainda mais rápido até o mundo inteiro estar ardendo com o amor de Deus e a alegria da perfeita obediência à Sua vontade.

Aquele tempo todo, a daemon do fazendeiro, uma velha corva de bico pesado, erguia as asas e bicava seu ombro; e a do pistoleiro, uma gata do deserto grande e bonita, cor de areia, estava parada, tensa e vigilante a seu lado.

Então o fazendeiro gritou:

— *Eu nunca vou queimar minhas roseiras!* Nunca vou negar a verdade dos meus sentidos! As flores são belas e seu perfume é o próprio hálito do céu! Você está errado!

E a corva mergulhou em cima da gata, que saltou para a corva, mas, mesmo antes de se encontrarem, o pistoleiro puxou o gatilho e colocou uma bala na cabeça do velho. A corva desapareceu no ar e o fazendeiro caiu morto, sangue pulsando para fora do buraco em sua cabeça.

O público gritou, mas qualquer outro movimento foi imobilizado de imediato pela ação dos pistoleiros, que deram um passo à frente, todos, e levaram os rifles aos ombros. Ninguém disse nem uma palavra, mas ouviram-se soluços em diversas partes do auditório.

O jovem falou de novo e Parker traduziu:

— Isto é um exemplo do que vocês não devem fazer daqui para a frente, uma demonstração do que vai acontecer se nos desobedecerem...

Ele continuou no mesmo estilo. Malcolm pôs a mão na manga de Parker: tinha ouvido o suficiente. Sussurrou:

— Para onde dá a porta do palco?
— Para uma viela do lado direito do prédio principal.
— Tem outra escapatória da viela ou é um beco sem saída?
— A única saída passa pela frente do teatro.

O pistoleiro terminou seu discurso e deu outra instrução.

— Reféns — Parker sussurrou.

Os oradores que ainda estavam no palco receberam ordem de deitar de bruços no chão, com as mãos atrás da cabeça. Um ou dois eram velhos, ou prejudicados pela artrite: os pistoleiros os obrigaram a deitar mesmo assim. Então, com outra ordem, os seis homens às saídas deram um passo à frente e cada um indicou ao espectador mais próximo que ele ou ela devia se levantar e seguir com ele.

A mulher sentada à frente de Malcolm começou a fazer isso, mas Malcolm levantou-se antes. Virou-se para o pistoleiro e apontou a si mesmo. O pistoleiro deu de ombros e a mulher sentou-se, tensa.

— O que está fazendo? — Parker perguntou.
— Espere para ver.

Malcolm saiu para o corredor com as mãos erguidas, como o pistoleiro mandou. Outros reféns, dois deles mulheres, faziam a mesma coisa e foram mandados para o palco. Malcolm observou e seguiu o exemplo.

Chegou ao palco com o rifle espetado nas costas. Havia uma escada de cada lado e ele subiu, como os outros. Quando a primeira mulher teve de passar pelo corpo do velho fazendeiro, onde uma poça de sangue aumentava, seu daemon-cachorro de repente uivou e se recusou a pisar nela. Ela tentou carregá-lo, mas o pistoleiro atrás dela a empurrou com força com seu rifle e ela caiu em cima do sangue. A mulher gritou de horror e outro refém a ajudou a se levantar, apoiando-a nos braços chorando e parecendo prestes a desmaiar.

Malcolm observou com atenção. O rapaz encarregado tinha cometido um grave erro. Devia ter deixado sua daemon-gata dar conta da daemon-corva e evitar por completo o tiro. A situação ficava mais complicada segundo a segundo e os pistoleiros não tinham nenhum plano para lidar com ela: uma morte, reféns, toda uma plateia prisioneira, mas agora sem ninguém apontando uma arma para ela, os intrusos todos no palco com seus reféns: a qualquer momento, alguém correria para uma saída e tentaria ir embora, e criaria um pânico no qual tudo podia acontecer. Malcolm viu o rapaz analisar isso tudo, calcular rapidamente, entendendo, e em seguida dar ásperos comandos.

Três homens que tinham vindo da plateia voltaram e apontaram os seus rifles para o público. Os outros três indicaram aos seis reféns, incluindo Malcolm, que seguissem o líder pela coxia esquerda do palco. Malcolm tinha certeza de que o líder estava improvisando, que os reféns nunca tinham sido parte do plano, mas tinha de admitir que o rapaz era enérgico e decidido. Se ia ser detido, tinha de ser logo.

E era Malcolm que tinha de fazer isso. Não entrara em muitas brigas quando era criança, porque era grande e forte, e a maioria das pessoas gostava dele; e nas brigas do recreio de que tinha se visto obrigado a participar descobriu-se limitado por um senso de cavalheirismo e justiça. A Oakley Street o livrara disso. E, assim que entrou na coxia, teve uma sorte absurda. A Oakley Street o ensinara o que fazer naquele caso também: usá-la de imediato e não esperar.

Ele se viu em uma confusa profusão de longas cortinas pretas, que balançavam e soltavam uma fina chuva de poeira. E bem à sua frente, com o revólver na mão, estava o rapaz que matara o fazendeiro, a ponto de espirrar.

Ao ver isso, Malcolm sacudiu com força a cortina mais próxima e a poeira caiu mais intensa. Por não mais que dois segundos, as cortinas o isolaram de todos os outros, e assim que o rapaz abriu a boca, balançou a cabeça e piscou na chuva de poeira, tentando controlar o espirro, Malcolm deu-lhe um chute forte na virilha.

O espirro veio nesse mesmo momento. Sem ação, o homem derrubou a arma e deu um gemido contido. Malcolm deu um passo à frente, agarrou o rapaz pelo cabelo com ambas as mãos e baixou sua cabeça ao mesmo tempo que levantava o joelho com força para seu rosto. Então soltou uma mão, agarrou a barba dele e puxou com força de lado enquanto segurava o cabelo para o lado oposto. Houve um sonoro *crack* e a daemon do pistoleiro desapareceu antes que ele caísse ao chão.

— Por aqui! — disse Asta baixinho junto à cabeça de Malcolm.

Ele viu que ela estava pendurada em uma escada feita de aros de ferro pintados de preto cravados nos tijolos, e ele subiu em silêncio, respiração presa até se ver acima da altura das pessoas. Sua roupa era escura; havia muito pouco para ver, mesmo que alguém olhasse na direção certa. E à toda volta pendiam as cortinas escuras, balançando em confusão enquanto os homens e seus reféns tentavam passar.

E Asta já estava mais no alto, em uma galeria, olhando através da grade de aço do piso o caos e as dúvidas lá embaixo, onde alguns homens tinham parado, alguns reféns gritavam assustados e onde o corpo do líder estava caído, meio escondido por uma cortina. Um momento depois, Malcolm subia a escada de novo. Ele passou para a galeria e esperou.

— E agora? — Asta sussurrou.

— Vão encontrar o corpo daqui a um minuto e...

Demorou menos que isso. Um dos pistoleiros caiu em cima do cadáver e gritou, primeiro de surpresa e irritação, depois, quando se deu conta do que era, em profundo alarme.

Malcolm observou enquanto os outros reagiam de diversas maneiras: primeiro nenhum deles conseguiu ver o que causara o alarme e alguns gritaram, perguntando, enquanto outros, mais próximos, tatearam por entre as cortinas e quase caíram em cima dos corpos de seu líder e do homem que ainda estava a seu lado, cheio de terror.

Para complicar a cena, havia os reféns, aterrorizados e confusos. Um ou dois aproveitaram imediatamente a distração e fugiram pelo labirinto de cortinas e escuridão da coxia. Outros se aglomeraram, assustados demais para reagir, e isso significou mais colisões e alvoroço.

— Eles não planejaram muito bem — disse Asta.

— Nós também não.

Os pistoleiros agora estavam tendo uma discussão desesperada. Não valia de nada Malcolm desejar que todos os reféns pudessem estar magicamente em segurança: as coisas eram o que eram. Em algum momento, os pistoleiros iam concluir que a única pessoa que podia ter matado seu chefe era o refém que tinha desaparecido e começariam a procurar por ele. Aí, iam encontrar a escada, olhar para cima e atirar nele.

Mas ali ela uma galeria. Que ia de um lado a outro do palco. Com certeza havia outra escada na outra ponta. Asta correu para olhar e voltou: havia. Poucos momentos depois, Malcolm tinha descido e estava em um espaço também cheio de cortinas à direita do palco.

E agora o que o detinha era a dúvida. A única coisa que não devia fazer era correr o risco de mais gente inocente ser baleada: mas como resolver isso? Ele talvez conseguisse encontrar a saída do edifício sem ser visto, mas será que não devia ficar e achar um jeito de salvá-los?

— Apenas vá — Asta sussurrou. — Não seja imprudente. Não dá para impedir esses homens sem argumentar com eles e não falamos a sua língua. Vamos ser muito mais úteis lá fora. O que vai adiantar para a Lyra se a gente morrer aqui dentro? Eles vão fazer isso assim que virem você. *Vamos*, Mal.

Ela tinha razão. Ele foi para a parede dos fundos: devia haver uma porta ali, em algum lugar. Havia. E estava destrancada. Girou a maçaneta com muito cuidado, abriu a porta, saiu e fechou de novo. Agora estava em quase total escuridão, mas à tênue luminosidade de um alarme de incêndio ambárico conseguiu ver uma escada estreita. Antes de subir, ele olhou para a porta e, claro, havia um fecho. Ele ouvia as vozes que discutiam cada vez mais alto; alguém gritava e havia o som de pés que corriam no palco. Mais vozes se juntaram, vindas da plateia.

Ele deslizou o fecho com o mínimo de ruído possível.

Do pé da escada, Asta olhava para ele, pensando: *??*

— Não — ele disse. — Tem outra porta por aqui.

Ele passou adiante da escada, por um corredor curto, sem enxergar muito, mas confiante: os olhos de Asta captavam cada fóton que havia.

A porta não tinha maçaneta, mas uma barra de empurrar, como uma saída de incêndio.

— Essas fazem barulho — disse Malcolm. — Será que consigo travar sem bater...

Mão esquerda na trava vertical, mão direita na barra. Parar, ouvir. Havia um rumor distante, mas de vozes, não de tiros. Ele soltou a barra para dentro e sentiu a trava deslizar para baixo.

Um sopro de ar frio, carregado com os cheiros de tinta, terebintina e cola, veio do escuro quando ele empurrou a porta. Veio também a sensação de um vasto espaço com teto alto.

— Pintura de cenários — Asta falou.

— Isso quer dizer que deve haver uma porta para fora, para entregas. Está vendo? Uma porta grande.

— Tem uma bancada bem na sua frente... uma bancada de trabalho... um pouco para a esquerda... aí. Agora pode seguir direto em frente... Mais cinco passos... aí está a parede dos fundos.

Malcolm tateou a parede e seguiu por ela para a direita. Quase imediatamente suas mãos encontraram uma entrada larga com persianas e ao lado dela uma entrada de tamanho normal. Estava trancada.

— Mal — disse Asta —, tem uma chave em um prego ao lado da porta.

A chave coube na fechadura e um momento depois estavam fora do edifício, em um pequeno pátio aberto para a viela em frente.

Malcolm escutou cuidadosamente, mas não ouviu nada mais que os sons normais de trânsito urbano. Nada fora do comum: nem carros de polícia, nem multidões correndo para fora, nem tiros, nem gritos. Eles saíram e viraram para a direita para chegar à entrada do teatro.

— Até aqui tudo certo — disse Asta.

O saguão do teatro estava todo iluminado. Estava vazio. Malcolm deduziu que os funcionários tinham todos fugido. Ele entrou e ouviu com atenção enquanto Asta corria para a escada e subia para o balcão. Malcolm ouviu vozes alteradas na plateia, várias vozes, mas não com raiva, nem acusação, nem súplica. Soavam como um grande comitê debatendo.

Passou um minuto e Malcolm estava a ponto de seguir em frente quando uma pequena sombra apareceu na escada e Asta saltou para cima do balcão da bilheteria para falar baixinho.

— Não consigo distinguir — disse. — Os homens armados estão no palco, discutindo com algumas pessoas na plateia, fazendeiros talvez, difícil dizer, mas algumas mulheres também, e alguém encontrou um tapete e pôs em cima do corpo do homem que eles mataram. Também levaram o corpo do líder para o palco e alguém estava arrancando as cortinas para cobrir.

— O que o público está fazendo?

— Não consegui ver bem, mas a maioria ainda está sentada nas poltronas e parece que estão escutando. Ah, e Bryan está lá! No palco, quero dizer. Parece que está tomando notas.

— Sem ameaças então? Nada de armas?

— Estão com as armas na mão, mas sem apontar para ninguém.

— Será que eu deveria entrar de novo?

— Para quê?

Um questionamento válido naquela situação. Parecia não haver muito que ele pudesse fazer.

— De volta para o Calvi, então — ele disse.

Calvi era o bar onde ele tinha combinado de encontrar com Bryan Parker no começo da noite.

— Pode ser — disse Asta.

Meia hora depois, Malcolm estava a uma mesa com uma taça de vinho e um prato de carneiro grelhado. Como se tivessem combinado, Parker entrou, puxou uma cadeira e chamou o garçom.

— Bom, o que aconteceu? — Malcolm perguntou.

— Eles estavam absolutamente desnorteados. Levaram os reféns de volta para o palco. Dava para perceber que alguma coisa tinha saído errado, mas é claro que a gente não fazia ideia do quê. Vou querer o mesmo que o cavalheiro — disse Parker ao garçom, que assentiu e afastou-se.

— E aí?

— Então tivemos um lance de sorte. Acontece que Enver Demirel estava na plateia. Já ouviu falar dele? Não? Político conservador na assembleia provincial, jovem, muito brilhante. Ele se levantou e falou, o que exigiu certa coragem porque os pistoleiros estavam muito assustados, muito nervosos, e se ofereceu para mediar a discussão entre todas as partes. Foi quando nos demos conta de que o líder não estava lá, porque do jeito que foi o discurso dele antes ficou claro que ele não estava aberto a nenhum tipo de debate.

"De qualquer forma, aceitaram o oferecimento de mediação de Demirel e confesso que ele foi soberbo, embora eu nunca tenha sido seu fã. Ele acalmou a situação, explicou tudo para a plateia. E então soubemos o que tinha assustado os pistoleiros: o líder deles tinha sido assassinado, ninguém tinha visto quando aconteceu e o assassino tinha desaparecido."

— Incrível.

— Então eu resolvi participar. Assunto de interesse. Ofereci meus serviços como secretário da discussão. Demirel me reconheceu e insistiu com os homens para concordarem e eles concordaram. Pouco a pouco, sabe, ele foi levando a coisa para a conversa e não para a violência.

— Inteligente.

— Mais inteligente ainda. O grande mistério de quem tinha matado o líder. Ele foi encontrado na coxia com o pescoço quebrado. Tinha caído? Tinha sido atacado? Se sim, por quem? Não havia sinal de mais ninguém por perto e todos os reféns estavam tão surpresos quanto os pistoleiros, tão assustados quanto. Foi nesse ponto que Demirel veio com a ideia da justiça divina. Na verdade, deixe eu contar direito, ele ouviu a expressão de um dos reféns e manipulou habilmente, sem dar nenhuma opinião própria; só permitiu que a ideia tivesse tempo de se desenvolver. O líder morto era o que tinha matado o fazendeiro. O castigo veio tão depressa que parecia provável que tivesse causa sobrenatural.

— Muito possível.

— Então alguém perguntou se todos os reféns que subiram ainda estavam lá. Fizeram uma contagem, uma porção de sim-ele-estava e não-ele-não e sim-ele-sim e não-ele-não, e por fim concordaram que como todas as outras explicações pareciam impossíveis, devia ser o caso de haver um anjo entre os reféns, que tinha abatido o líder como castigo pelo assassinato do fazendeiro e depois desaparecido, talvez voando para o céu.

— Sem dúvida.

— Ou para o Calvi.

— Improvável — Malcolm disse, impassível.

O garçom trouxe a comida de Parker e Malcolm pediu outra garrafa de vinho.

— De qualquer forma — Parker continuou —, Demirel convenceu os pistoleiros a deixar as armas com ele, em troca de poderem sair do teatro e desaparecer. Eles discutiram a respeito e concordaram. Foi o que fizeram. Confesso que mudei minha opinião sobre esse cara. Ele foi brilhante. Desviou o clima da coisa toda, de toda a situação complicada, da paixão para a racionalidade, e quando chegaram nisso ficou claro para todo mundo que permitir que eles fossem embora sem um castigo seria melhor que um massacre. Então, no fim, todo mundo saiu ganhando. Menos o pobre fazendeiro, claro.

— É mesmo. Bryan, tem uma expressão que o rapaz usou: "a Irmandade deste Sagrado Propósito". Já ouviu isso antes?

Parker balançou a cabeça.

— Novidade para mim. Por quê? Parece bem o tipo de slogan que agradaria um desses fanáticos.

— Talvez seja. Seja como for, você cumpriu a sua promessa.

— Que promessa?

— De me mostrar algo interessante. Mais uma taça?

27. O CAFÉ ANTALYA

A tarde já estava muito avançada; o sol já tinha se posto atrás das montanhas e o ar esfriava rapidamente. Lyra tinha de agir: precisava de um lugar para ficar. Partiu para o centro da cidade, passou por prédios residenciais e comerciais, por instituições governamentais e bancos, e logo a luz do dia acabou e a luz que a substituiu era das lâmpadas de nafta penduradas diante das lojas, ou dos lampiões a gás mais brilhantes nas vitrines e portas abertas. O ar estava fragrante com os aromas de carne grelhada e grão-de-bico temperado, e Lyra se deu conta de que estava com fome.

O primeiro hotel que ela tentou a dispensou de imediato: a expressão de horror supersticioso da recepcionista deixou bem claro o porquê. O segundo lugar fez a mesma coisa, com efusivas expressões de lamento e desculpas. Eram lugares pequenos, negócios de família em ruas tranquilas, não os palácios cintilantes que recebiam estadistas, plutocratas e turistas endinheirados. Talvez ela se desse melhor em um desses, pensou, mas hesitou diante da despesa.

O terceiro lugar que tentou foi mais receptivo, simplesmente por desinteresse. A jovem no balcão foi absolutamente indiferente quando Lyra assinou o registro e pegou a chave do quarto, e voltou de imediato para sua revista ilustrada. Só o seu daemon-cachorro pareceu interessado, ganiu baixinho e se escondeu debaixo da cadeira dela quando Lyra passou.

O quarto era pequeno, deteriorado, superaquecido, mas as luzes funcionavam, a cama era limpa e havia uma pequena varanda que dava para a rua. Lyra descobriu que podia se sentar em uma cadeira metade dentro do quarto, metade na varanda e ver a rua em ambas as direções.

Ela trancou o quarto, saiu rapidamente e voltou com um saco de papel impermeável que continha carne grelhada, pimentões, um pouco de pão e uma garrafa de refrigerante de laranja de cor berrante. Sentou-se na cadeira, comeu e bebeu, sem apreciar muito a carne cheia de nervos e o líquido pegajoso, mas pensando, sombria, que pelo menos estava conservando as forças.

A rua abaixo era estreita, mas limpa e bem iluminada. Do lado oposto de sua varanda havia um café cujas mesas na calçada estavam vazias, mas o interior lotado e claro. Lojas à direita e à esquerda vendiam ferramentas, sapatos, jornais e folhas de fumo, roupas baratas, doces. Era movimentada; parecia que tudo ia ficar aberto até tarde da noite. As pessoas circulavam devagar, ou passavam o tempo conversando com amigos, sentadas, fumando em conjunto um narguilé, ou pechinchavam com os lojistas.

Ela pegou um cobertor da cama, apagou a luz e acomodou-se confortavelmente para observar tudo. Queria ver as pessoas e seus daemons: estava ávida por sua completude. Havia um homem atarracado, baixo, careca, bigodudo, com uma camisa azul bufante, que estava parado na porta de sua loja quando Lyra começou a observar e que não dava nenhum sinal de sair dali, a não ser para abrir caminho quando um cliente queria passar. Sua daemon era uma macaca com um saco de amendoins e uma voz alta e alegre que dialogava, rouca, com ele e com qualquer amigo que parasse para passar o tempo. Pareciam ser muitos. Outra figura era um mendigo sentado na calçada com uma espécie de alaúde no colo e que de vez em quando tocava alguns compassos de uma melodia triste e parava para pedir esmola. Outra era uma mulher com lenço preto na cabeça envolvida em uma longa conversa com duas amigas enquanto seus filhos brigavam e roubavam doces na barraca atrás delas.

Lyra olhava: seus daemons observavam o dono da loja disfarçadamente e instigavam as crianças, que atacavam como cobras quando ele desviava o olhar por um segundo. As mães sabiam bem do que acontecia e aceitavam os doces das mãos dos filhos, sem interromper a conversa.

De vez em quando, uma dupla de policiais, armas no cinto, capacetes abaixados sobre os olhos, passava e olhava tudo. As pessoas evitavam retribuir o olhar. Suas daemons, grandes cachorras fortes, seguiam junto a seus calcanhares.

Lyra pensou na história da princesa. Perguntou-se qual seria o nome da dançarina, se haveria um retrato dela em algum arquivo de um jornal levantino. O que acontecia quando as pessoas se apaixonavam? Ela tinha ouvido bastante sobre os casos amorosos de suas amigas e sabia que os daemons complicavam as coisas, mas as deixavam mais profundas também, quando funcionava. Algumas garotas pareciam sentir atração por este ou aquele rapaz, mas seus daemons ficavam indiferentes ou mesmo hostis. Às vezes, era o contrário: os daemons ficavam perdidamente atraídos, mas suas pessoas mantinham-se distantes. Mas seria possível, como tinha dito a velha senhora, que o amor fingido se transformasse em amor de verdade?

Ela olhou a rua de novo e enrolou o cobertor em torno dos ombros. O homem atarracado de camisa azul agora fumava um charuto que passava para a daemon-macaca em seu ombro, e conversava animado com dois homens cujas daemons repartiam um saco de nozes, quebrando as cascas com os dentes e jogando-as dentro de um bueiro. O tocador de alaúde tinha encontrado outra melodia e até juntado uma plateia de duas crianças que o observavam de mãos dadas, o menino pequeno balançando a cabeça com sua daemon quase no ritmo. As mulheres com as crianças que roubavam doces tinham ido embora e o vendedor de doces estava ocupado dobrando e esticando uma meada de caramelo quebra-queixo.

Gradualmente, enquanto olhava, Lyra sentiu seu humor melhorar. Ela não percebera que estava se sentindo ansiosa, mas isso porque a ansiedade estava em toda parte, encravada nas próprias moléculas do mundo, ou pelo menos era o que parecia. Mas agora estava desaparecendo, como nuvens escuras e pesadas que ficavam mais ralas e se dispersavam, os grandes blocos de vapor transformados em fiapos soprados à invisibilidade, deixando o céu claro e aberto. Ela sentiu todo seu ser, inclusive o ausente Pan, ficar leve e livre. *Algo bom deve ter acontecido com ele*, ela pensou.

E se viu pensando em rosas, no Pó. A rua abaixo dela estava saturada de Pó. As vidas humanas o geravam, sustentadas e enriquecidas por ele; fazia tudo brilhar como se tocado por ouro. Ela quase podia ver. Trazia consigo um estado de espírito que não sentia havia tanto tempo que era desconhecido e ela lhe deu as boas-vindas quase apreensiva: era uma convicção calada, subjacente a toda circunstância, de que tudo ia bem e que o mundo era seu verdadeiro lar, como se existissem grandes poderes secretos que a deixariam em segurança.

Ficou ali sentada por uma hora, sem consciência do tempo, sustentada por esse novo e estranho estado, depois foi para a cama e adormeceu instantaneamente.

Pantalaimon se encaminhava para o sul. E leste. Era só isso que sabia. Ficava o quanto podia ao lado de cursos de água: rio, lago ou mar, não importava o que, contanto que estivesse próximo para mergulhar e nadar adiante. Evitava cidades e aldeias. Ao viajar por terrenos mais ásperos e estranhos, sentiu que se tornava mais selvagem, como se fosse realmente uma marta-dos-pinheiros e não um ser humano.

Mas ele era um ser humano, ou parte de um, e sentia-se exatamente como Lyra: infeliz e culpado, miseravelmente sozinho. Se um dia encontrasse Lyra de novo, correria para ela; visualizava ela se curvando para recebê-lo, braços abertos, e os dois jurariam eterno amor e prometeriam nunca mais se separar; tudo voltaria ao jeito que era antes. Ao mesmo tempo, ele sabia que não seria assim, mas tinha de se apegar a algo nas noites escuras, e a imaginação era tudo o que tinha.

Quando ele finalmente a viu, ela estava sentada à sombra de uma oliveira em uma tarde quente, e parecia estar dormindo. Seu coração deu um salto e ele correu para ela...

Mas claro que não era Lyra. Era uma garota alguns anos mais nova, talvez com uns dezesseis, com um xale na cabeça e roupas que não lhe pertenciam, porque eram uma mistura de roupas caras e surradas, novas e velhas, grandes demais ou pequenas demais. Ela parecia exausta. Parecia faminta e suja. Tinha chorado antes de dormir, ou mesmo durante o sono, porque ainda havia lágrimas em suas faces. Parecia ser de algum lugar no norte da África e não tinha daemon.

Pan olhou em torno, muito cauteloso e quieto, examinou-a de todos os lados, mas não estava errado: ela estava sozinha. Nem mesmo um daemon menor que o menor dos camundongos se escondia perto dela, ou se encolhia junto a sua cabeça pousada em um bloco de musgo empoeirado.

Então ela estava em perigo. Ele saltou para a oliveira acima dela, em perfeito silêncio, e subiu bem alto até poder enxergar à toda volta: o brilho azul do mar, a pedra quase branca da montanha em cuja encosta crescia a árvore, o verde seco da grama onde pastavam uns poucos carneiros magros...

Carneiros, portanto devia haver um pastor por perto. Mas Pan não viu ninguém, pastor ou não. Ele e a garota pareciam os únicos seres humanos vivos. Bem, ele podia cuidar dela e fingir ser seu daemon, para ao menos protegê-la da desconfiança.

Ele desceu e acomodou-se aos pés dela para dormir.

Quando ela acordou, logo depois, sentou-se devagar, dolorosamente, esfregando os olhos, e então, ao ver Pan, se pôs de pé em um salto e recuou.

Disse algo, mas ele não entendeu. Ela sabia que ele era um daemon, claro, e ficou procurando pela pessoa dele, aterrorizada.

Pan se levantou e curvou a cabeça em saudação.

— Meu nome é Pantalaimon — disse com clareza. — Fala inglês?

Ela entendeu. Olhou em torno de novo, olhos arregalados e ainda sonolentos, como se ele pudesse fazer parte de um sonho.

— Onde está sua...? — ela perguntou.

— Eu não sei. Estou procurando e ela provavelmente está me procurando. Onde está o seu daemon?

— Aconteceu um naufrágio. Nosso barco afundou. Achei que ele devia estar morto, mas não pode ser, porque eu estou viva, acho, apenas não consigo encontrar meu daemon em lugar nenhum. Como você disse que é o seu nome?

— Pantalaimon. Como é o seu?

— Nur Huda el-Wahabi — disse ela, ainda tonta de cansaço. Sentou-se devagar. — É muito estranho — disse.

— É mesmo. Mas eu tive mais tempo para me acostumar, talvez. Estamos separados faz... Bom, não lembro, mas parece que faz muito tempo. Quando seu navio afundou?

— Duas noites... três noites... não sei. Minha família... minha mãe, minha irmãzinha, minha avó... a gente estava em um barco, só um barquinho, por causa dos homens das montanhas... um navio grande passou por cima da gente. Ficamos todos na água, todo mundo, e os marinheiros do navio grande tentaram salvar a gente, mas alguns foram arrastados. Eu gritei e gritei, até minha garganta doer. Meu daemon não estava comigo, eu estava tão assustada, tudo doía, no escuro eu não conseguia ver nada nem ninguém, tinha certeza de que ia morrer afogada e o Jamal ia morrer, onde quer que ele estivesse... foi a pior coisa que eu senti na vida. Mas quando o sol nasceu, vi umas montanhas, tentei nadar para elas... finalmente vi uma praia, nadei para lá e dormi na areia. Tentei me esconder das pessoas quando acordei, para o caso de... você sabe.

— É. Claro que sim. Acho que a Lyra deve estar fazendo a mesma coisa.

— O nome dela é Lyra?... Tive de roubar coisas, como estas roupas. E comida. Estou com tanta fome.

— Como você fala inglês tão bem?

— Meu pai é diplomata. Moramos em Londres um tempo, quando eu era mais nova. Depois ele foi para Bagdá. Estávamos seguros até chegarem os homens das montanhas. Muita gente teve de fugir, mas meu pai precisou ficar. Ele mandou a gente embora.

— Quem são esses homens das montanhas?

— Ninguém sabe. Eles simplesmente vieram das montanhas e... — Ela encolheu os ombros. — As pessoas tentam escapar. Vêm para a Europa, mas onde... eu não sei. Eu queria chorar, mas já chorei tanto que não tenho mais lágrimas. Não sei se mamãe está viva, papai, Aisha, Jida...

— Mas você sabe que seu daemon está vivo.

— Sim, vivo em algum lugar.

— Quem sabe encontramos ele. Já ouviu falar do Hotel Azul? Al-Khan al-Azraq?

— Não. O que é isso?

— É um lugar aonde os daemons vão. Daemons sem pessoas. Eu mesmo estou indo para lá.

— Por que vai para lá se sua garota está por aí?

— Não sei mais para onde ir. Seu daemon pode estar lá.

— Como você disse que chama? O Khan Azul?

— Al-Kahn al-Azraq. Acho que as pessoas têm medo de lá.

— Parece com a Vila da Lua. Ou talvez Cidade da Lua. Não sei como seria em inglês.

— Sabe onde fica? — ele perguntou, ansioso.

— Não. Em algum lugar no deserto. Quando fui para a escola em Bagdá, meus colegas falavam desse lugar onde havia aparições, assombrações, e gente com cabeça cortada, coisas horríveis. Então eu tinha medo. Mas aí pensei que talvez nem fosse verdade. É verdade?

— Não sei. Mas vou descobrir.

— Acha mesmo que meu daemon pode estar lá?

Ela o lembrava de Lyra alguns anos atrás, antes que eles se distanciassem: animada, curiosa, afável, ainda meio criança, mas já tendo sofrido.

— Acho, sim — disse ele.

— Será que eu podia...

— Por que a gente não...

Os dois falaram ao mesmo tempo e se calaram.

Então:

— Eu podia fingir que sou seu daemon — ele disse. — Podemos ir juntos. Ninguém vai suspeitar se a gente agir normalmente.

— De verdade?

— Seria bom para mim também. Muito. Sinceramente.

Em algum lugar da encosta abaixo deles, alguém tocava uma flauta de junco. Um delicado tilintar de sinos veio em seguida quando os carneiros começaram a caminhar.

— Então vamos fazer isso — disse Nur Huda.

De manhã, Lyra se lembrou da sensação de calma e certeza como um sonho. Incompleta, mas ainda poderosa. Esperava reter aquilo durante um longo tempo e revisitar a sensação sempre que precisasse.

O dia prometia ser quente. A primavera estava chegando e por alguma razão isso a fez pensar em um dos papéis que tinha encontrado na carteira do falecido dr. Hassall: era aquele folheto de uma companhia marítima, com uma lista de portos de parada do ss *Zenobia*, com Esmirna entre eles; e alguém tinha escrito as palavras "Café Antalya, praça Süleiman, 11h" junto à data da visita do navio. Faltavam ainda várias semanas, mas ela podia ir dar uma olhada no Café Antalya e tomar café da manhã lá.

Primeiro, saiu e comprou roupas novas: uma saia florida, camisa branca e roupas de baixo. Lembrando a cultura local, pechinchou o preço até um nível que considerou digno. O atendente era o homem de camisa azul, indiferente à sua ausência de daemon, embora a daemon-macaca dele tivesse saltado para uma estante, o mais distante possível; mas Lyra conseguiu parecer tão calma e objetiva que a macaca ficou apenas desconcertada.

Então voltou para o hotel, lavou o cabelo, enxugando com a toalha, balançou a cabeça e deixou que assentasse naturalmente; depois vestiu a roupa nova, pagou a conta e foi procurar a praça Süleiman.

O ar estava fresco e claro. Lyra comprou um mapa turístico do centro da cidade e caminhou quase um quilômetro até a praça que era sombreada por árvores que começavam a ganhar folhas e que dava para a estátua de um general turco cheio de medalhas.

O Café Antalya era um lugar sossegado e antiquado, com toalhas de mesa brancas engomadas e painéis de madeira escura. Podia ser o tipo de lugar onde uma moça sozinha, ainda mais sem um daemon, talvez não fosse bem-vista; tinha um ar de antiquado formalismo e estilo masculino; mas o garçom idoso a levou a uma mesa com toda atenção e cortesia. Ela pediu café e folhados e olhou os outros clientes: homens de negócios, talvez, um pai e uma mãe com uma família jovem, um ou dois homens mais velhos vestidos com primorosa elegância, um deles usando um fez. Havia um homem sozinho ocupado em escrever em um caderno, e, enquanto ela esperava o café, deu uma de Oakley Street e o observou sem olhar diretamente. Ele usava terno de linho com camisa azul e gravata verde, o chapéu-panamá na cadeira ao lado. Tinha seus quarenta ou cinquenta anos, cabelo claro, magro, forte, de aparência ativa. Talvez um jornalista.

O garçom trouxe o café, um prato com pães e doces elaborados e uma pequena garrafa de água. *Pan diria que é melhor eu não comer mais que um desses*, ela pensou. Do outro lado do café, o jornalista fechou o caderno. Sem olhar, Lyra soube que sua daemon, uma pequena coruja branca com grandes olhos amarelos circundados de preto, a observava. Ela tomou o café que estava muito quente e doce. O jornalista se levantou, pôs o chapéu e veio diretamente para ela a caminho da saída; mas aí parou na sua frente, ergueu o chapéu e disse baixo:

— Miss Lyra Belacqua?

Ela ergueu os olhos, genuinamente perplexa. O olhar da daemon-coruja em seu ombro era feroz, mas a expressão do homem era amigável, intrigada, interessada, um pouco preocupada, mas sobretudo surpresa. Seu sotaque era da Nova Dinamarca.

— Quem é o senhor?

— Meu nome é Schlesinger. Bud Schlesinger. Se eu dissesse as palavras *Oakley Street*...

Lyra se lembrou da voz de Farder Coram, quando a instruiu em seu cálido barco ondulante, e disse:

— Se o senhor dissesse isso, eu deveria perguntar: *onde fica a Oakley Street?*.

— *A Oakley Street não fica em Chelsea.*

— *Até onde eu sei, é verdade.*

— *Ela vai até o Embankment.*

— *É o que se sabe...* Sr. Schlesinger, o que está acontecendo?

Falavam baixinho.

— Posso sentar com você um momento? — ele perguntou.

— Por favor.

O jeito dele era despreocupado, informal. Talvez estivesse mais surpreso por aquele encontro do que ela mesma.

— O que...

— Como...

Os dois falaram ao mesmo tempo, e estavam ambos ainda surpresos demais para rir.

— O senhor primeiro — ela disse.

— É Belacqua ou Língua Mágica?

— Era Belacqua. O outro nome é como sou chamada agora. Entre amigos. Mas... ah, é complicado. Como sabia de mim?

— Você está em perigo. Estou procurando você há uma semana. Houve um chamado geral por notícias sobre seu paradeiro, isto é, entre os agentes da Oakley Street, porque o Alto Conselho do Magisterium... você ouviu falar da nova constituição?... ordenou a sua prisão. Sabia disso?

Ela se sentiu atordoada.

— Não. Estou sabendo agora.

— A última notícia que tivemos foi que você estava em Buda-Pesth. Alguém viu você, mas não conseguiu fazer contato. Aí veio um relatório de que estava em Constantinopla, mas não chegou a ser avistada.

— Tentei não deixar rastos. Quando... o que... por que o Magisterium quer me prender?

— Blasfêmia, entre outras coisas.

— Mas isso não é contra a *lei*...

— Não em Brytain. Não ainda. Não é um assunto de conhecimento público, sua cabeça não está a prêmio, nem nada do tipo. O conselho deu a entender discretamente que a sua prisão seria agradável para a Autoridade. Do jeito que as coisas andam agora, uma palavra assim é justificativa suficiente para fazer acontecer.

— Como sabia quem eu era?

Ele pegou um caderninho e de dentro dele um fotograma impresso. Mostrava uma ampliação do rosto de Lyra tirada do fotograma de matrícula em que ela e suas colegas posaram no primeiro semestre da Sta. Sophia.

— Centenas de exemplares disto aqui estão circulando — disse ele. — Com o nome Belacqua. Fiquei meio de sobreaviso, não porque esperasse que viesse por Esmirna, mas porque conheço Malcolm Polstead e...

— Conhece Malcolm? — ela perguntou. — Como?

— Fiz meu doutorado em Oxford, ah, acho que vinte anos atrás. Por volta da época da grande enchente. Foi quando nos conhecemos, mas claro que ele era só um menino.

— Sabe onde ele está?

— O quê, neste momento? Não, não sei. Mas ele me escreveu não faz muito tempo, com uma carta para você, sob o nome de Língua Mágica. A carta está em segurança no meu apartamento. Ele pediu que ajudasse você.

— Uma carta... Seu apartamento fica perto?

— Não fica longe. Podemos ir lá buscar em um minuto. Parece que Malcolm estava a caminho do leste. Há uma grande operação envolvendo a Ásia Central, foi tudo o que ele disse, e soubemos de alguma coisa nas mesmas linhas por meio dos espiões locais.

— É. Acho que eu sei do que se trata. É sobre um deserto em Sinkiang, perto de Lop Nor, um lugar onde... Bom, um lugar onde daemons não podem ir.

— Tungusk — falou a daemon de Schlesinger.

— Algo assim — disse Lyra —, só que mais ao sul.

— Tungusk, onde as feiticeiras vão? — disse Schlesinger.

— É. Mas não isso. Parecido, mas em algum outro lugar.

— Não pude deixar de notar... — disse ele.

— Não. Ninguém deixa de notar.

— Sinto muito.

— Não precisa. É importante. Eu consigo fazer o que as feiticeiras fazem, me separar do meu daemon. Mas aí ele desapareceu e antes de qualquer outra coisa eu preciso encontrá-lo. Então vou para um lugar chamado... o Hotel Azul. Ou às vezes a Cidade da Lua, Madinat al-Qamar.

— Esse nome tem algo de familiar... O que é esse lugar?

— Ah, uma história. Talvez nada mais do que uma lenda de viajantes... Dizem que existe uma cidade em ruínas habitada por daemons. Pode ser bobagem. Mas eu tenho de tentar.

— Ah, tome cuidado — disse a daemon-coruja.

— Eu não sei. Talvez sejam fantasmas, não daemons. Não sei nem onde é, exatamente. — Ela empurrou o prato de folhados para ele, que pegou um. — Sr. Schlesinger, se quisesse viajar pela Rota da Seda até Sinkiang, até Lop Nor, como o senhor iria?

— Você quer ir especificamente para esse lado e não, digamos, de trem até Moscóvia e depois através da Sibéria?

— Sim. Quero ir por esse lado. Porque acho que na jornada vou poder ouvir uma porção de coisas, fofocas, histórias, informação.

— Tem razão. Bom, sua melhor escolha é Alepo. É o terminal oeste, se posso chamar assim, para uma das rotas principais. Você se junta a uma caravana lá e vai até onde te levarem. Posso dizer quem deve procurar.

— Quem?

— O nome dele é Mustafa Bey. O Bey é um título de cortesia. Ele é comerciante. Ele mesmo já não viaja muito, mas tem interesses em vários empreendimentos, caravanas, cidades, fábricas, empresas ao longo de toda a extensão da Rota da Seda. Não é uma estrada, acho que você sabe disso, mas uma porção de trilhas, estradas, pistas. Algumas vão para o sul contornando um deserto ou uma cadeia de montanhas, algumas vão mais para o norte. Depende do que o mestre da caravana decidir.

— E se eu for encontrar esse Mustafa Bey, ele não vai desconfiar de mim? Do jeito que eu estou?

— Acho que não. Não conheço esse homem muito bem, mas acho que o interesse dele é quase exclusivamente o lucro. Se quiser viajar em uma das caravanas dele, basta mostrar que pode pagar.

— Onde encontro com ele? É bem conhecido por lá?

— Muito conhecido. O melhor lugar é num café chamado Marletto. Ele frequenta todas as manhãs.

— Obrigada. Vou me lembrar disso. Sabe por que eu vim a este café hoje?

— Não. Por quê?

Lyra contou do folheto da companhia marítima e da anotação que marcava um encontro naquele mesmo café.

— Foi encontrado no corpo de um homem que tinha acabado de chegar a Oxford, vindo de Tashbulak, o lugar em que a Oakley Street está interessada. Ele era botânico, trabalhava com rosas. Nós achamos que foi morto por isso, mas não fazemos ideia de quem ia participar desse encontro, se era ele, outra pessoa ou ambas as coisas.

Schlesinger fez uma anotação em sua agenda.

— Vou me certificar de estar aqui nessa data — disse.

— Sr. Schlesinger, o senhor trabalha em tempo integral para a Oakley Street?

— Não. Sou diplomata. Estou ligado à Oakley Street por velhos laços de amizade, além de realmente acreditar em seu propósito. Esmirna é uma espécie de encruzilhada; sempre tem alguma coisa a observar, pessoas a vigiar. E, de vez em quando, alguma coisa para fazer. Agora me diga o que a Oakley Street sabe da sua situação atual. Sabem onde você está? Sabem do seu plano de visitar o Hotel Azul, se é que existe?

Ela pensou por alguns instantes.

— Não sei. Tem um homem chamado Coram van Texel, um gípcio dos Pântanos, agente aposentado da Oakley Street, que sabe; é um velho amigo e sei que posso confiar nele. Mas... para falar a verdade, nem tenho muita certeza sobre o Hotel Azul. Parece tão improvável. Coisa da comunidade secreta.

Ela usou a expressão para ver se ele a tinha escutado antes, mas o homem pareceu meramente intrigado.

— Agora que me contou, tenho de passar adiante — ele disse.

— Entendo. Qual o melhor jeito de ir para Alepo?

— Tem um bom serviço de trens, duas vezes por semana. Acho que amanhã parte um. Escute, Lyra, estou realmente preocupado com a sua segurança. Você é muito parecida com este retrato. Já pensou em um disfarce?

— Não — disse ela. — Achei que não ter um daemon poderia ser uma espécie de disfarce. As pessoas não gostam de olhar para mim, porque sentem medo, ou repulsa. Desviam os olhos. Estou começando a me acostumar. Tento não ser notada. Ou ficar invisível, como as feiticeiras. Funciona às vezes.

— Posso fazer uma sugestão?

— Claro. Qual?

— Minha esposa trabalhava no teatro. Já fez isso algumas vezes antes... mudar a aparência de uma pessoa. Nada drástico. Só alguns detalhes, para fazer as pessoas verem alguém diferente da sua aparência real. Você pode ir ao meu apartamento agora para ela te ajudar? Aproveitamos e pegamos a carta do Malcolm.

— Ela está em casa agora?

— Ela é jornalista. Hoje está trabalhando de casa.

— Bom — disse Lyra —, acho que pode ser uma boa ideia.

Por que ela confiou nesse Bud Schlesinger? Ele sabia da Oakley Street e que Malcolm também ia naquela direção, mas um inimigo podia saber daquelas coisas e usá-las para a encurralar. Em parte, era culpa de seu humor. A manhã estava cintilante; as coisas intensamente elas mesmas; até o general turco no pedestal de pedra tinha um brilho malandro nos olhos. Ela sentia que podia confiar no mundo.

Então, vinte minutos depois, saiu do elevador antigo, que sacudia e rangia no prédio de apartamentos de Schlesinger, e esperou enquanto ele abria a porta.

— Desculpe a falta de ambiente e decoração doméstica — disse ele.

Era, sem dúvida, um local colorido. Em todas as paredes pendiam tapetes e outros tecidos, havia dezenas de pinturas e diversas estantes de livros. A esposa de Schlesinger, Anita, também era colorida: magra, cabelo escuro, com vestido escarlate e chinelos persas. Seu daemon era um esquilo.

Enquanto Schlesinger explicava as circunstâncias, ela examinava Lyra, curiosa, mas com uma curiosidade profissional, animada e compreensiva. Lyra sentou-se num sofá e tentou lutar contra a timidez.

— Certo — disse Anita Schlesinger. Ela também era da Nova Dinamarca, o sotaque um pouco menos acentuado que o do marido. — Então, Lyra, vou sugerir três coisas. Uma é simples: use óculos. Sem grau. Eu tenho alguns. A segunda coisa é cortar seu cabelo muito mais curto. E a terceira coisa é tingir o cabelo. O que você acha?

— Fico intrigada — Lyra disse, cautelosa. — Essas coisas fariam uma grande diferença?

— Você não conseguiria enganar seus amigos, nem ninguém que te conheça bem. Para isso não funciona. O que vai tentar é fazer alguém que tem na cabeça a imagem de uma garota loira sem óculos não olhar para você duas vezes. Vão estar procurando alguém que não parece com você. É superficial, mas é assim que funciona a maioria das interações. Eles sabem que você não tem daemon?

— Não tenho certeza.

— Porque isso entrega muito.

— Eu sei. Mas eu tenho tentado ficar invisível...

— Ei! Eu adoraria fazer isso. Tem que me dizer como. Mas primeiro, posso cortar seu cabelo?

— Pode. E tingir. Eu entendo o motivo... tudo o que você disse faz sentido. Obrigada.

Bud trouxe para Lyra a carta de Malcolm e depois precisou sair. Apertou a mão de Lyra e disse:

— É sério, você está em perigo real. Não esqueça disso. Talvez seja mais seguro ficar em Esmirna até Mal chegar aqui. Podemos manter você fora de vista.

— Obrigada. Vou pensar nisso.

Lyra estava louca para ler a carta, mas a guardou por hora e se concentrou em Anita, que queria saber das feiticeiras e do jeito de ficar invisível. Lyra contou tudo o que sabia. E isso levou a Will e como ele fazia o mesmo tipo de encantamento sem saber; e isso levou a Malcolm, a tudo que ele havia lhe contado sobre a enchente, a como ela não sabia a respeito quando foi sua aluna, e a como o via diferente agora.

Era o tipo de conversa que ela não tinha havia muito tempo e não tinha noção do quanto sentia falta daquele tipo de papo amigo, fácil. Ela pensou: *Esta mulher seria uma interrogadora irresistível. Ninguém conseguiria deixar de lhe contar as coisas.* Ela se perguntou quantas vezes Anita devia ter ajudado o marido com as questões da Oakley Street.

Enquanto isso, Anita cortava o cabelo de Lyra, um pouco de cada vez, então dava um passo atrás e olhava criticamente, conferindo no espelho.

— A ideia é mudar o formato da sua cabeça — disse ela.

— Parece alarmante.

— Sem cirurgia. Seu cabelo é naturalmente ondulado, grosso e muito volumoso, mesmo não sendo muito comprido. Só queremos que fique um pouco discreto. Tingir vai fazer uma diferença maior. Mas boa parte do que você chama de ficar invisível depende do jeito como você se porta. Eu entendo isso. Uma vez, trabalhei com Sylvia Martine.

— É mesmo? Vi ela interpretando lady Macbeth. Apavorante.

— Ela conseguia fazer isso à vontade. Eu estava andando na rua com ela uma vez. Tínhamos acabado de ensaiar e era uma rua movimentada, e as pessoas passavam sem notar nada. E ela disse... você sabe que o nome verdadeiro dela era Eileen Butler... ela disse: "Vamos chamar a Sylvia". Eu não entendi o que ela quis dizer. Mas estávamos conversando sobre plateias, fãs e seguidores, ela disse isso e eu não sabia o que esperar.

"Bom, o daemon dela era um gato, como você deve lembrar, se viu a Sylvia em cena. Um gato absolutamente comum. Mas aí aconteceu alguma coisa com ele, ou ele fez alguma coisa e imediatamente ficou... bom, não sei como dizer. Ele ficou mais visível. Como se tivessem acendido um holofote, focado nele. E a mesma coisa aconteceu com ela. Em um segundo ela era Eileen Butler, mulher bonita, mas apenas uma transeunte comum. No momento seguinte ela era Sylvia Martine e todo mundo na rua sabia. As pessoas viam, paravam para conversar, atravessavam a rua para pedir um autógrafo e dentro de um minuto ela estava praticamente cercada. Aconteceu na frente de um hotel. Acho que ela sabia exatamente o que ia acontecer e fez aquilo onde podíamos escapar. O porteiro nos deixou entrar e manteve todo mundo fora. Então, ela virou Eileen Butler de novo. Eu não era uma atriz ruim, mas ela era uma estrela e a diferença é colossal, mágica. Tem alguma coisa sobrenatural. Eu era muito tímida para perguntar como ela

443

fazia aquilo, *virar* a Sylvia daquele jeito, mas o daemon dela tinha alguma coisa a ver com o processo. Ele falava muito pouco; ele apenas... não sei... ficava mais visível. Excepcional."

— Eu acredito — disse Lyra. — Acredito em cada palavra. Eu me pergunto se dá para aprender a fazer isso. Ou se é possível apenas para algumas pessoas.

— Não sei. Mas muitas vezes pensei que seria horrível ter essa habilidade e não ser capaz de desligar. A Sylvia era e tinha muito bom senso, mas no caso de alguém vaidoso ou tolo... Acabaria enlouquecendo. Virando um monstro. Bom, posso lembrar várias estrelas que são desse jeito.

— Eu queria fazer justamente o contrário. Posso ver como está agora?

Anita deu um passo de lado e Lyra se olhou no espelho. Nunca tinha usado o cabelo tão curto. Mas gostou, gostou da leveza, gostou do ar que lhe deu, de estar alerta, como um pássaro.

— É só o começo — Anita falou. — Espere para ver tingido.

— Que cor você sugere?

— Bom, escuro. Não muito preto, não ia combinar com a sua compleição. Um castanho-escuro.

Lyra se submeteu de boa vontade. Em toda sua vida nunca lhe ocorrera tingir o cabelo; era curioso se ver nas mãos de uma pessoa tão boa em tudo aquilo, tão interessada, tão bem informada.

Após aplicar a tintura, Anita preparou um almoço, apenas pão com queijo, tâmaras e café, e contou a Lyra sobre seu trabalho como jornalista. No momento, escrevia um artigo para um jornal em língua inglesa de Constantinopla, sobre o estado do teatro turco. O jornalismo às vezes coincidia com o trabalho diplomático do marido e ela tinha visto algo da crise do mundo dos roseirais e dos preciosos óleo e perfumaria. Contou a Lyra sobre a quantidade de roseirais que tinha visto serem destruídos e sobre os comerciantes daqueles bens que tiveram suas fábricas e depósitos queimados.

— Está acontecendo muito mais a leste também — disse ela —, até no Cazaquistão, ao que parece. Uma espécie de mania.

Lyra contou sobre sua amiga Miriam, cujo pai tinha ido à falência.

— Foi a primeira vez que ouvi falar disso. Apenas algumas semanas atrás... parece que foi há uma vida. Vou mesmo virar morena? Miriam não me reconheceria. Ela sempre quis que eu cuidasse mais do meu cabelo.

— Bom, vamos dar uma olhada — disse Anita.

Ela lavou o cabelo de Lyra, que depois se sentou impaciente enquanto Anita o secava.

— Acho que funcionou muito bem — disse. — Vamos só... — Ela passou os dedos pelo cabelo de Lyra, arrumou de um jeito ligeiramente diferente, deu um passo atrás. — Sucesso!

— Deixe eu ver! Cadê o espelho?

Foi um rosto diferente que olhou de volta para ela. O principal pensamento de Lyra, quase único, foi: *Pan gostaria disso?* Mas no fundo da cabeça havia outro: *Assim que Olivier Bonneville me encontrar de novo com o aletiômetro, ele vai saber que esta é a minha aparência e aí o Magisterium vai saber também.*

— Não terminou ainda — disse Anita. — Ponha isto aqui.

Eram uns óculos de aro de chifre. Então Lyra virou uma pessoa completamente diferente.

— Você vai ter de continuar fazendo todo aquele negócio de feiticeira de ficar invisível — Anita lembrou a ela. — Isso não vai mudar. Desleixada. Precisa ser desleixada. Sem graça. Desbotada. Precisa de roupas sem graça, nada de cores vivas. E vou te dizer mais uma coisa — acrescentou enquanto escovava o novo cabelo de Lyra —, vai ter de mudar de postura. Você tem um jeito natural de se movimentar, ágil, ativo. Pense em si mesma como pesada. Lenta.

Então o daemon dela falou. Estava observando tudo, falando pouco, de vez em quando balançando a cabeça, aprovando, mas agora, empoleirado no encosto de uma cadeira, disse diretamente:

— Deixe seu corpo pesado e lento, mas também preste atenção na sua cabeça. Precisa parecer alguém que sofre de depressão do espírito, porque isso afasta as pessoas. Elas não gostam de ver sofrimento. Mas é muito fácil ficar deprimida imitando a depressão. Não caia nessa armadilha. Seu daemon diria isso, se estivesse aqui. Seu corpo afeta a mente. Você precisa *representar*, não *ser*.

— Isso mesmo — disse Anita. — É o seu conselho de Telemachus.

— E um conselho ótimo — disse Lyra. — Muito obrigada. Vou fazer o contrário do que Eileen Butler fazia para virar Sylvia Martine, mas não na mente.

— E o que vai fazer agora? — Anita perguntou.

— Vou comprar uma passagem de trem para Alepo. Comprar algumas roupas sem graça.

— O trem para Alepo só parte amanhã. Onde vai passar a noite?

— Não no mesmo hotel. Vou encontrar outro.

— Não vai, não. Vai ficar aqui esta noite. De qualquer forma, preciso ajustar esses óculos. Estão escorregando pelo seu nariz.

— Tem certeza? Quer dizer, sobre ficar aqui.

— Claro. Sei que o Bud vai querer conversar mais com você.

— Então... obrigada.

Óculos ajustados, Lyra saiu com sua nova persona. Comprou uma saia marrom desbotada e um suéter tão apagado quanto conseguiu encontrar; comprou a passagem para o trem de Alepo; então encontrou um pequeno café e pediu um chocolatl quente. Quando estava na mesa à sua frente, uma montanha de chantili dissolvendo devagar no líquido, olhou seu nome no envelope na caligrafia nítida dele. Não era um dos envelopes pesados da faculdade, mas um fino, de papel amarelado, áspero, e tinha um selo da Bulgária. Que absurdo ver que suas mãos tremiam ao abri-lo!

Querida Lyra,

Gostaria que ficasse no mesmo lugar para que eu pudesse te alcançar. Esta parte do mundo fica mais instável a cada dia e as coisas que posso te dizer em uma carta, cada vez mais escassas, porque o mais provável é que esta carta seja aberta antes de chegar a você.

Se encontrar um amigo da Oakley Street em Esmirna, pode contar com ele em total confiança. Na verdade, se está lendo esta carta, você já sabe disso.

Você está agora sendo vigiada e seguida, embora talvez ainda não tenha notado. E os que te vigiam agora sabem que você foi alertada a respeito. Vou procurar você aí, se nossos caminhos não se cruzarem antes.

Tenho muitas coisas a dizer, mas nada que queira compartilhar com os outros olhos que lerão esta carta. Aprendi muitas coisas que quero conversar com você: inclusive questões filosóficas. Quero saber de tudo que viu e sentiu.

Espero, com todas as fibras do meu ser, que você esteja em segurança. Lembre-se de tudo o que Coram te disse e fique vigilante.
Com os meus votos mais calorosos,
Malcolm.

Poucas vezes Lyra se sentira tão frustrada. Todos aqueles alertas genéricos! E, no entanto, ele tinha razão. Ela olhou de novo o envelope, cuidadosamente, e viu que a aba tinha sido colada duas vezes, a segunda vez não exatamente em cima da primeira. Quando respondesse, o que faria assim que tivesse papel e caneta, teria de escrever nos mesmos termos de Malcolm.

Leu a carta inteira mais duas vezes, depois tomou o chocolatl que esfriava e foi a pé (cautelosa, deselegante, ciente de tudo em torno) de volta ao apartamento dos Schlesinger.

Mas, antes mesmo de virar a esquina para a rua sossegada onde ficava o prédio deles, ouviu o som de sirenes e o motor áspero de carros de polícia ou de bombeiros, e viu acima dos telhados um penacho de fumaça escura que subia no ar. As pessoas corriam; os motores e sirenes mais próximos.

Ela foi até a esquina e olhou em torno. Era o prédio dos Schlesinger e estava em chamas.

28. O MYRIORAMA

Lyra virou as costas para o edifício incendiado e caminhou (deselegante, pesada) na direção do centro da cidade. Sua mente estabeleceu um meio diálogo com Pan, urgente e assustada, mas nada disso transparecia em seu rosto ou sua postura.

Eu devia parar... devia descobrir se eles estão bem... eu sei que não posso... só ia piorar as coisas para eles, além de todo o resto... foi por minha causa que isso aconteceu... quem botou fogo provavelmente está vigiando para ver se alguém sai correndo ou... vou escrever para eles assim que... não posso ficar em Esmirna agora. Preciso ir embora o mais depressa possível. Quem sou eu? Como era meu nome de feiticeira? Tatiana... e um patronímico... Tatiana Asrielovna. Talvez isso revele demais. Giorgio... Georgiovna. Se eu ao menos tivesse um passaporte com esse nome... mas feiticeiras não precisam de passaportes... eu sou uma feiticeira. Uma feiticeira disfarçada de... como era mesmo? Uma garota deselegante... deprimida e sem graça... para as pessoas não olharem para mim. Ah, meu Deus, espero que Anita e Bud estejam bem. Talvez ele ainda esteja no escritório e não saiba... eu podia ir contar para ele... mas não sei onde fica... tenho de agir como Oakley Street neste caso. Se a intenção era me atingir, então eu só pioraria a situação para eles. O que eu faço? Vou embora. Mas o trem só parte em... ah, pegar outro trem. Onde o próximo trem para? Nenhum trem para Alepo. Tem um para um lugar chamado Selêucia... Agrippa falou disso! Vou para lá hoje e... O Hotel Azul. A Cidade da Lua. Entre Selêucia e Alepo. É isso que eu vou fazer. Talvez encontrar um lugar tranquilo e experimentar o novo método outra vez... As pessoas superam o balanço do barco e param de sentir náusea... Talvez eu possa tentar isso. E me encontrar com Malcolm. Isso! Mas não sei onde ele está... a carta foi enviada da Bulgária, mas ele pode estar em qualquer lugar agora... pode ter sido preso... na prisão... pode estar morto...

Não pense assim. Ah, Pan, se você não estiver no Hotel Azul não sei se posso ir mais além... Por que os daemons vão para lá? Mas eu tenho a lista de nomes da princesa em Alepo... e daquele comerciante que Bud Schlesinger me falou hoje de manhã, como era o nome dele... Mustafa Bey. Ah, que horror. Perigo por todos os lados... Gente que quer me matar... até o reitor da Jordan só queria me pôr em um quarto menor... não me matar... Como será que está a Alice? Pan, a gente pode não se gostar muito, mas pelo menos estamos do mesmo lado... e se me matarem, então você... você não vai sobreviver, nem no Hotel Azul, nem em lugar nenhum... autopreservação, Pan, ao menos por isso... por que você foi para lá? Por que lá? Alguém te sequestrou? É algum tipo de campo de prisioneiros? Vou ter de te resgatar? Quem te mantém preso? A comunidade secreta vai ter de ajudar... se eu chegar lá... se encontrar Pan... se...

A conversa unilateral a sustentou parte do caminho até a estação. Era tão difícil andar devagar, ser apagada e deprimida; cada partícula de seu corpo queria correr, atravessar as praças e espaços abertos, olhar em torno a cada segundo, e ela precisou manter firme controle da imagem que desejava projetar. Ser invisível era trabalho duro, trabalho não gratificante, esmagador para a alma.

Ela estava passando pelo bairro onde tinham erguido uma porção de acampamentos temporários para pessoas desalojadas de suas casas mais ao leste. Nos próximos dias, talvez, aquela gente tentasse achar passagem até o mar na Grécia e talvez algumas naufragassem e se afogassem. Havia crianças correndo pelo chão de pedra, pais reunidos em grupos conversando ou fumando na terra, mães que lavavam roupa em baldes galvanizados ou cozinhavam em fogos abertos, e havia uma barreira invisível e intangível entre eles e os cidadãos de Esmirna, porque eles não tinham casas; eram como pessoas sem daemons, pessoas a quem faltava algo essencial.

Lyra queria parar e perguntar sobre a vida deles, o que os levara àquele estado, mas tinha de ser invisível, ou pelo menos esquecível. Alguns rapazes olharam para ela, mas não por muito tempo; ela sentiu a atenção passageira deles como o toque da língua de uma cobra que logo se retira. Fora bem--sucedida em ser desinteressante.

Na estação ferroviária, ela tentou um balcão atrás do outro até encontrar alguém que falasse francês, que achou que seria mais seguro do que inglês. O trem para Selêucia era parador; aparentemente parava em todas as estações do caminho, o que era bom para ela. Comprou a passagem e esperou na plataforma ao sol do fim da tarde, com a esperança de ser ninguém.

Teria uma hora e meia de espera. Encontrou um banco vazio perto da cafeteria e ali ficou, alerta ao entorno, tentando parecer invisível. Foi um choque quando, ao chegar ao banco, viu seu reflexo na vitrine do café: quem era aquela estranha de cabelo escuro e óculos?

Obrigada, Anita, ela pensou.

Comprou algo para comer e beber na viagem e sentou-se no banco. Não conseguia impedir seus pensamentos de voltarem para o prédio dos Schlesinger. Se Anita não tivesse percebido o fogo a tempo... se ela não tivesse conseguido sair... Pensamentos que ela não ousava ter se acumulavam e sobrepunham-se a sua pretensa passividade.

Chegou um trem que despejou passageiros suficientes para encher a plataforma. Dentre eles, algumas famílias que pareciam pouco melhores que as pessoas que tinha visto no acampamento e nas ruas: mães com roupas pesadas e lenços na cabeça, crianças carregando brinquedos ou sacolas de compras rasgadas ou às vezes irmãos e irmãs menores, velhos esgotados, exaustos, carregando malas ou mesmo caixas de papelão que continham roupas. Ela se lembrou da doca do rio em Praga, dos refugiados que desembarcavam. Será que alguma daquelas pessoas conseguiria chegar até lá?

E por que aquele grande deslocamento humano não era noticiado em Brytain? Ela nunca tinha ouvido nada semelhante. Será que a imprensa e os políticos achavam que não afetava o seu país? Aonde aquela gente desesperada esperava chegar, afinal?

Não podia perguntar. Não devia demonstrar nenhum interesse. Sua única esperança de chegar à cidade dos daemons e encontrar Pan era manter a boca calada e reprimir todo instinto de curiosidade.

Então ficou observando enquanto os recém-chegados recolhiam suas posses e aos poucos se dispersavam. Talvez fossem para o porto. Talvez encontrassem abrigo em um dos acampamentos. Deviam ter um pouco mais de dinheiro do que as pessoas que ela vira no naufrágio, o que permitira que pegassem o trem; podiam achar algum lugar barato para morar. Pouco depois, todos tinham saído da estação e então Lyra viu a plataforma ocupada com gente da própria Esmirna que voltava para casa depois de um dia de trabalho. Quando o trem para Selêucia chegou, rapidamente ficou cheio desses passageiros. Ela se deu conta de que, se quisesse um lugar, tinha de ir depressa, então correu para embarcar e encontrou um bem a tempo.

Era um lugar de canto. Ela se fez pequena e insignificante. A primeira pessoa que sentou a seu lado era um homem pesado com chapéu de feltro que olhou para ela com curiosidade ao colocar sua pasta volumosa no chão a seu lado. Só quando sua daemon mangusto sussurrou em seu ouvido, enrolada em seu pescoço, com os olhos míopes em Lyra, foi que ele se deu conta de que havia algo errado. Ele disse algo ríspido em turco.

— *Pardon* — Lyra murmurou, continuando com o francês. — *Excusez-moi*.

Se ela fosse uma criança, seu daemon seria um cachorrinho abanando o rabo abjetamente para tentar acalmar aquele homem importante e poderoso. Foi esse estado de espírito que ela tentou projetar. Ele não ficou nada contente, mas como o único resultado de se afastar dela seria viajar em pé, permaneceu em seu lugar e virou para o lado com ostensiva repulsa.

Ninguém mais pareceu notar ou então estavam todos muito cansados para isso. O trem fumegou lentamente de uma estação de subúrbio para outra e depois para fora da cidade, através de uma série de vilas e aldeias, e o vagão se esvaziava no trajeto. O homem pesado com a pasta volumosa disse alguma coisa ao se levantar para sair, metade para ela, metade para as pessoas em torno, mas outra vez as pessoas não prestaram atenção.

Depois de mais ou menos uma hora, as cidades e aldeias começaram a rarear e o trem ganhou um pouco de velocidade. A noite avançava; o sol tinha desaparecido atrás das montanhas, a temperatura do compartimento caía, e, quando veio inspecionar as passagens, o condutor precisou primeiro acender os lampiões a gás para enxergar.

O vagão consistia de diversos compartimentos separados, ligados por um corredor de um dos lados. No compartimento de Lyra, depois que todos os passageiros dos subúrbios desembarcaram, ficaram três outros viajantes, e à nova luz do lampião a gás ela os estudou sem olhar diretamente. Havia uma mulher de seus trinta anos com uma criança pálida, de aspecto doentio, de uns seis anos, e um velho de bigode e pálpebras pesadas com um terno cinza imaculado e um fez vermelho. Sua daemon era uma pequena e elegante furoa.

Ele lia um jornal anatólio, mas, não muito depois de o condutor acender as luzes, ele dobrou o jornal com grande cuidado e o colocou no assento entre ele e Lyra. O menininho olhava solenemente para ele, polegar na boca, cabeça pousada no ombro da mãe. Quando o velho cruzou as mãos no colo e fechou os olhos, o menino voltou a atenção para Lyra, sonolento, intrigado, perturbado. Sua daemon-camundongo mantinha uma conversação sussurrada com o daemon-pombo da mãe e os dois lançavam olhares de relance para Lyra e desviavam os olhos de novo. A mulher era magra, cansada, malvestida, parecia esgotada de ansiedade. Tinham uma mala pequena, surrada e mal remendada no suporte acima deles.

O tempo passou. A luz do dia desapareceu e o mundo fora do compartimento estreitou-se ao pequeno espaço em si refletido na janela. Lyra começou a sentir fome, e abriu o saco de pães de mel que tinha comprado na estação. Ao ver que a criança olhava para eles com evidente desejo, ela estendeu o saco para ele, depois para a mãe, que recuou assustada; mas estavam ambos com fome e, quando Lyra sorriu e fez o gesto de "por favor, pegue um", primeiro para o menino, depois para a mãe, ela estendeu a mão devagar e aceitou.

A mulher murmurou um agradecimento quase baixo demais para se ouvir e cutucou o menino que repetiu as mesmas palavras.

Comeram os pães de mel imediatamente e ficou evidente para Lyra que era a primeira coisa que comiam em um bom tempo. O velho tinha aberto os olhos e observava a pequena operação com séria e estudada aprovação. Lyra estendeu o saco para ele e, depois de um breve momento de surpresa, ele pegou um e desdobrou um lenço branco como neve que colocou no colo.

Ele disse a Lyra uma ou duas frases em anatólio, evidentemente agradecendo, mas tudo o que ela pode responder foi *Excusez-moi, monsieur, mais je ne parle pas votre langue.*

Ele inclinou a cabeça e sorriu cordialmente, comendo o pão de mel em vários pequenos bocados.

— Um pão de mel delicioso — ele disse em francês. — Muita gentileza sua.

Ainda havia dois no saco. Lyra ainda estava com fome, mas tinha também um pouco de pão e queijo, então ofereceu os pães de mel à mãe e ao filho. O menino estava ávido, mas tenso, e a mulher primeiro tentou recusar; mas Lyra disse em francês "Por favor, aceite. Comprei demais para comer sozinha. Por favor!".

O homem traduziu as suas palavras e finalmente a mulher assentiu e deixou o menino pegar; mas não quis ficar com o último para ela.

O homem tinha uma pasta executiva de couro marrom e de dentro tirou uma garrafa térmica. Era do tipo que tinha duas xícaras na parte de cima, e ele soltou ambas e as colocou sobre a pasta a seu lado, onde a daemon-furoa as segurou enquanto ele enchia com café quente. Ofereceu a primeira xícara à mãe, que recusou, embora parecesse querer; depois para o menino, que balançou a cabeça, em dúvida; depois para Lyra, que aceitou, agradecida. Estava intensamente doce.

E isso a fez se lembrar da garrafa de refrigerante gaseificado de laranja que tinha comprado na estação. Ela a encontrou e ofereceu ao menino. Ele sorriu, mas olhou para a mãe, que também sorriu e agradeceu com um gesto de cabeça; Lyra removeu a tampa e entregou a ele.

— Vai viajar para longe, mademoiselle? — perguntou o velho. Seu francês era impecável.

— Muito longe — disse Lyra —, mas neste trem só até Selêucia.

— Conhece a cidade?

— Não. Não vou ficar muito tempo.

— Talvez seja melhor. Eu soube que a ordem civil está um tanto perturbada lá. Você não é francesa, creio, mademoiselle?

— Tem razão. Sou de mais ao norte.

— Está viajando muito longe de sua terra.

— Sim, estou. Mas é uma viagem que tenho de fazer.

— Hesito perguntar, e, se achar que sou mal-educado, por favor, me perdoe, mas me parece que você é uma das mulheres do extremo Norte que são conhecidas como feiticeiras.

Ele usou a palavra *"sorcières"*. Lyra olhou diretamente para ele, muito alerta, mas encontrou apenas interesse cortês.

— É verdade, monsieur — disse ela.

— Admiro sua coragem em vir dessa forma para as terras do Sul. Ouso falar assim porque eu próprio viajei muito em determinada época, e muitos anos atrás tive a sorte de me apaixonar por uma feiticeira do extremo Norte. Fomos muito felizes, e eu era muito jovem.

— Esses encontros acontecem mesmo — disse ela —, mas pela natureza das coisas, não podem durar.

— Mesmo assim, aprendi muito. Aprendi bastante a meu respeito, o que sem dúvida foi útil. A minha feiticeira, se posso usar esse nome, era de Sakhalin, no extremo Leste da Rússia. Posso saber o nome de sua terra natal?

— Em russo se chama Novy Kievsky. Nós temos nosso próprio nome que não tenho permissão para pronunciar fora de lá. É uma pequena ilha que muito amamos.

— Permite que pergunte o motivo de sua viagem entre nós?

— A rainha do meu clã adoeceu e a única cura para sua doença é uma planta que nasce perto do mar Cáspio. Talvez o senhor esteja se perguntando por que não voei até lá. A verdade é que fui atacada em São Petersburgo e queimaram meu pinheiro-nubígeno. Meu daemon retornou para casa para contar a minhas irmãs o que aconteceu e eu estou viajando assim, por terra, devagar.

— Entendo — disse ele. — Espero que sua jornada seja bem-sucedida e que volte com a cura para a moléstia de sua rainha.

— Gentileza sua, monsieur. O senhor vai até o fim desta linha?

— Só até Antalya. É lá que moro. Sou aposentado, mas ainda tenho relações com alguns negócios em Esmirna.

O menino observava os dois com o tipo de exaustão que estava além do sono. Lyra percebeu que ele estava doente: como não tinha percebido antes? O rosto pálido e abatido, a pele em torno dos olhos escura e murcha. Ele precisava dormir mais que qualquer outra coisa no mundo, mas seu corpo não deixava. Ainda estava com a garrafa de refrigerante pela metade nas mãos e sua mãe a pegou dos dedos fracos e recolocou a tampa.

— Vou contar uma história para este rapazinho — disse o velho.

Tirou do bolso interno do paletó de seda um baralho de cartas. Eram mais estreitas que as cartas comuns e, quando ele colocou uma em cima da pasta executiva sobre seus joelhos, voltada para o menino, Lyra viu que mostrava uma paisagem.

Alguma coisa mexeu-se em sua memória e ela estava de volta ao porão enfumaçado de Praga, com o mago falando de cartas e imagens...

A carta mostrava uma estrada que corria de um lado a outro e, além da estrada, uma extensão de água, um rio ou lago, com um barco a vela. Além da água havia parte de uma ilha com um castelo em uma montanha arborizada. Na estrada, dois soldados com fardas escarlates montando esplêndidos cavalos.

O velho começou a falar, descrevendo a cena, ou dando nome aos soldados, ou explicando aonde iam. O menino, recostado no corpo da mãe, observava com olhos exaustos.

O homem colocou outra carta ilustrada ao lado da primeira. As duas paisagens se encaixavam perfeitamente: a estrada continuava e, naquela carta, um atalho levava a uma casa entre árvores à beira da água. Evidentemente os soldados tinham saído da estrada e batiam na porta da casa, onde a esposa do fazendeiro lhes deu água de um poço ao lado do atalho. Ao mencionar cada acontecimento, cada pequeno objeto, o velho tocava a carta com um lápis de prata, para mostrar precisamente onde estava. O menininho olhou mais de perto, piscando como se tivesse dificuldade para enxergar.

Então o velho espalhou as outras cartas que tinha na mão, voltadas para baixo, e as ofereceu ao menino, pedindo que escolhesse uma. Ele escolheu e o velho a colocou ao lado da última. Como antes, a imagem tinha perfeita continuidade com a paisagem da carta anterior e Lyra entendeu que todo o baralho devia ser assim e que seria possível colocá-las lado a lado em um número incontável de possibilidades. Dessa vez, a imagem mostrava uma torre em ruínas, com a estrada atravessando na frente, como sempre, e o lago seguindo atrás. Os soldados estavam cansados, então entraram na torre, amarrando antes seus cavalos para deitar e dormir. Mas acima da torre voava um pássaro grande... lá estava ele... um pássaro gigante... um pássaro tão grande que mergulhou, agarrou cada cavalo em uma pata e levou-os para o céu.

Assim Lyra entendeu, pela maneira como o velho imitou o voo do pássaro e emitiu o relincho apavorado dos cavalos. Até a mãe ouvia atenta, os olhos tão arregalados como os do filho. Os soldados acordaram. Um deles estava a ponto de atirar no pássaro com seu rifle, mas o outro o detunha porque os cavalos certamente morreriam se ele os derrubasse. Então partiram a pé para seguir o pássaro e a história continuou.

Lyra recostou-se, atenta à voz do velho, sem entender, mas satisfeita em adivinhar e observar as expressões que iam e vinham nos rostos do menino e de sua mãe, gradualmente animando os dois, um rubor em suas faces pálidas, um brilho nos olhos.

A voz do velho era melodiosa e reconfortante. Lyra se viu deslizando para o sono, para o sono fácil de sua infância, com a voz de Alice, não tão musical, mas baixa e macia, contando uma história sobre esta boneca ou aquela imagem enquanto suas pálpebras pesavam e seus olhos se fechavam gentilmente.

Acordou algumas horas mais tarde. Estava sozinha no compartimento e o trem fumegava firme por uma encosta entre montanhas, visível pela janela: à luz das estrelas um panorama de rochas, rochedos e ravinas áridos.

Depois de um momento de lenta confusão, um pensamento repentino lhe ocorreu: o aletiômetro! Abriu a mochila depressa, enfiou a mão e encontrou a familiar forma redonda e pesada em seu saco de veludo. Mas havia algo mais, em seu colo, uma caixinha de papelão com um rótulo vistoso que dizia MYRIORAMA. Era o baralho de figuras do velho. Ele o deixara para ela.

A luz do lampião a gás era inconstante, brilhava brevemente antes de cair para um tênue tremular e depois subia de novo. Lyra se levantou e olhou de perto, mas não havia jeito de aumentar ou diminuir a luz. Devia haver algum problema com o fornecimento. Sentou-se de novo, tirou as cartas e em um dos lampejos da luz notou algo, palavras escritas nas costas de uma das cartas, em elegante caligrafia a lápis. Estava em francês:

Cara jovem dama,
    Por favor, aceite meu conselho e tome cuidado quando chegar a Selêucia. São tempos difíceis. Seria melhor se você passasse despercebida. Com meus mais sinceros votos para o seu bem-estar.

Não estava assinado, mas ela se lembrou do lápis de prata que ele usara para apontar os detalhes das figuras. Ficou ali sentada, perturbada e solitária à luz inconstante, incapaz de voltar a dormir. Pegou o pão e o queijo e comeu um pouco pensando que podia fortalecê-la. Depois pegou a última carta de Malcolm e releu, mas não serviu de grande consolação.

Ela a guardou e pegou o aletiômetro outra vez. Não tinha intenção de fazer uma leitura, nem usar o novo método: só segurar algo familiar e receber conforto disso. De qualquer forma, a luz era fraca demais para ver os símbolos com clareza. Segurou o instrumento no colo e pensou no novo método. Tentava o tempo todo resistir à tentação de experimentá-lo imediatamente. Procuraria por Malcolm, claro, mas não fazia ideia de por onde começar, seria inútil e a deixaria enjoada e fraca. Então não deveria fazer. De qualquer forma, o que estava pensando ao procurar Malcolm? Era Pan que devia procurar.

Juntou as pequenas cartas com um gesto automático. Foi essa a expressão que lhe veio, como se sua mão fosse puramente mecânica, como se não estivesse viva, como se as mensagens de sua pele e nervos fossem mudanças na corrente ambárica ao longo de um fio de cobre, não uma coisa consciente. Com essa visão de seu corpo como algo morto e mecânico veio uma sensação de ilimitada desolação. Sentiu não só como se estivesse morta agora, mas como se sempre tivesse estado morta e só sonhado estar viva, e que não havia vida no sonho também: era apenas um choque de partículas sem sentido e indiferente em seu cérebro, nada mais.

Mas esse pequeno fluxo de ideias provocou um espasmo de reação e ela pensou: *Não! É mentira! É falso! Eu não acredito nisso!*

Só que ela acreditava, sim, naquele momento, e isso a estava matando.

Fez um movimento desolado com as mãos, as mãos automáticas, que desarrumaram as cartas em seu colo, e algumas caíram no chão. Ela se inclinou para pegá-las. Na primeira que pegou viu que mostrava uma mulher, sozinha, atravessando uma ponte. Levava um cesto e estava enrolada em um xale por causa do dia frio. Ela olhava para fora do quadro, como se diretamente para Lyra, que a observou com um pequeno choque de autorreconhecimento. Pôs a carta no assento empoeirado a seu lado, pegou outra ao acaso e colocou ao lado da primeira.

Essa mostrava uma porção de viajantes que caminhava ao lado de alguns cavalos de carga. Iam na mesma direção da mulher, da esquerda para a direita, e os volumes nas costas dos cavalos pareciam grandes e pesados. Bastava trocar os cavalos por camelos, remover as árvores, substituídas por um deserto de areia, e poderia ser uma caravana na Rota da Seda.

Tão tênue como um único toque de um sino a dois quilômetros em uma tarde de verão, tão suave como a fragrância de uma única flor soprada para dentro de uma janela aberta, veio para Lyra a ideia de que a comunidade secreta estava envolvida naquilo.

Pegou mais uma carta. Era uma daquelas que o velho tinha tirado em sua história, com a casa de fazenda e o poço entre as árvores. Ela viu o que não tinha enxergado antes: havia rosas que cresciam por sobre o arco diante da porta.

Ela pensou: *Posso* escolher *acreditar na comunidade secreta. Não preciso ser cética a respeito. Se existe livre-arbítrio e eu o tenho, posso escolher. Vou tentar mais uma.*

Embaralhou as cartas, cortou e virou a de cima. Colocou-a ao lado da última. Mostrava um rapaz, mochila nas costas, que caminhava na direção dos cavalos de carga e da mulher com o cesto. Para alguém que fosse indiferente, provavelmente não parecia com Malcolm mais do que a mulher com o cesto parecia com ela, mas não importava.

O trem começou a rodar devagar. O apito soou com um som triste, que Lyra pareceu ouvir ecoar entre as montanhas. Havia um poema francês que ela conhecia, sobre uma corneta que soava em uma floresta... Havia luzes isoladas nas encostas e depois mais luzes surgiram, prédios iluminados e ruas: estavam chegando a uma estação.

Lyra recolheu todas as cartas e guardou junto com o aletiômetro na mochila.

O trem parou. O nome da estação, pintado em uma placa, não era nenhum que reconhecesse; de qualquer forma, não era Selêucia; não parecia um lugar grande, mas a plataforma estava lotada. Lotada de soldados.

Ela foi mais para o canto e segurou a mochila no colo.

29. NOTÍCIAS DE TASHBULAK

A mensagem levada a Glenys Godwin pelo mensageiro do Gabinete era breve e direta:

O CHANCELER DA BOLSA PRIVADA FICARIA GRATO SE A
SRA. GODWIN O ENCONTRASSE ESTA MANHÃ ÀS 10H20.

Estava assinada com o que parecia um arrogante e indecifrável rabisco, que Godwin reconheceu como a assinatura do chanceler, Eliot Newman. Chegou a ela no escritório da Oakley Street às 9h30, o que lhe dava tempo de atravessar Londres até o escritório do chanceler em White Hall, mas não o suficiente para consultar seus colegas ou fazer mais que informar a sua secretária:

— Jill, chegou a hora. Eles vão fechar a gente. Diga aos chefes de setor que Christabel está agora em andamento.

"Christabel" era o nome de um plano de longa data para remover e esconder os mais importantes de todos os documentos ativos. O status de Christabel era revisto constantemente e só os chefes de setor estavam a par. Se a notícia corresse o mais depressa possível, todos os documentos referentes ao grosso dos projetos atuais da Oakley Street estariam a caminho de vários locais — uns para uma sala trancada atrás de uma lavanderia em Pimlico, outros para o cofre de um comerciante de diamantes em Hatton Garden, mais outros para o armário do vestíbulo de uma igreja em Heme Hampstead — no momento em que Godwin entrasse na sala de White Hall para a qual havia sido convocada.

O assistente particular que a encontrou na porta era tão jovem que não devia ter nem um ano que começara a se barbear, pensou ela, e a olhou com uma condescendência elegantemente polida; mas ela tratou esse funcionário júnior como um sobrinho favorito e até conseguiu extrair dele uma pequena informação sobre o que a aguardava.

— Sinceramente, sra. Godwin, é tudo em função da visita próxima do novo presidente do Alto Conselho do Magisterium... mas é claro que não soube nada por mim — disse o rapaz.

— Uma pessoa inteligente sabe quando manter as coisas no escuro. Uma pessoa ainda mais inteligente sabe quando deixar entrar a luz — disse Glenys Godwin, séria, ao subirem a escada. Era a primeira vez que ouvia falar sobre a visita de Delamare a Londres.

O jovem assistente ficou devidamente impressionado com a própria sabedoria e a levou até uma antessala antes de bater suavemente em uma porta interna e anunciar a visitante em um tom cheio de deferência.

Eliot Newman, o chanceler da Bolsa Privada, era um homem grande, com cabelo preto liso e pesados óculos de aro preto, cuja daemon era uma coelha preta. Estava no posto havia menos de um ano; Glenys Godwin o encontrara apenas uma vez e tivera de ouvir uma prolongada e ignorante explicação de por que Oakley Street era inútil, dispendiosa e contramoderna, que era o mais recente adjetivo usado para descrever qualquer coisa de que o governo de Sua Majestade não gostasse. Newman não se levantou para cumprimentar a visitante e não estendeu a mão. Era exatamente o que ela esperava.

— Esse seu departamentozinho, como se chama mesmo, a... — O chanceler sabia perfeitamente, mas pegou um papel e leu como se para lembrar o nome. — A divisão de inteligência do departamento da Bolsa Privada — leu, meticuloso.

Ele se recostou na cadeira como se tivesse terminado uma frase. Como não tinha, Godwin não disse nada e continuou a olhar mansamente para ele.

— E então? — disse Newman. Todo tom de sua voz se destinava a expressar mal controlada impaciência.

— Sim, é o nome completo do departamento.

— Nós vamos fechar. Está descreditado. É uma anomalia. Contramoderno. Um abismo financeiro inútil. Além do que, a tendência política é iníqua.

— Preciso que explique o que quer dizer com isso, chanceler.

— Expressa uma hostilidade para com o novo mundo em que estamos. Existem maneiras novas de fazer as coisas, novas ideias, novas pessoas no poder.

— O senhor quer dizer o novo Alto Conselho de Genebra, imagino.

— Isso mesmo, claro que sim. Voltado para o futuro. Não limitado por convenção ou decoro. O governo de Sua Majestade é de opinião de que aí reside o futuro. É o jeito certo de avançar. Temos de estender uma mão amiga para o futuro, sra. Godwin. Todos os modos antigos, as suspeitas, as tramas, a espionagem, o acúmulo de infindáveis páginas de inúteis e irrelevantes supostas informações devem ter um fim. E isso inclui absolutamente toda a decadente equipe que a senhora vem alimentando há anos. Agora, não vamos tratar mal a senhora. Todo o estafe será destinado a outros postos no serviço público doméstico. A senhora terá uma pensão decente e algum tipo de posto, se é o que deseja. Aceite de bom grado e ninguém sairá mal. Dentro de um ou dois anos, Oakley Street... sim, eu sei como vocês se chamam... Oakley Street terá desaparecido para sempre. Sem deixar traço.

— Entendo.

— Uma equipe do gabinete virá esta tarde para iniciar a transição. A senhora vai tratar com Robin Prescott. Homem de primeira linha. Vai entregar tudo a ele, deixar seu escritório e até o fim de semana já vai estar em sua casa cuidando do jardim. Prescott vai lidar com todos os detalhes.

— Muito bem, chanceler — disse Godwin. — A autoridade para isso provém inteiramente deste escritório, acredito?

— O que quer dizer?

— O senhor apresentou isso como um passo para a modernidade, para longe dos hábitos do passado.

— Exatamente.

— E essa mudança para uma eficiência moderna está fortemente identificada com o senhor, aos olhos do público.

— Fico feliz de confirmar que sim — disse o chanceler, uma pequena suspeita infiltrando-se em sua expressão. — Por quê?

— Porque a menos que consiga fazer o anúncio com alguma cautela, vai parecer submissão.

— Submissão a quem, pelo amor de Deus?

— Submissão ao Alto Conselho. Soube que o novo presidente fará uma visita em breve. Eliminar a própria instituição que fez mais do que qualquer outro ramo do governo para limitar a influência de Genebra em nossos negócios iria parecer, àqueles que sabem sobre essas coisas, um ato de extraordinária generosidade, senão de abjeta autodepreciação.

O rosto de Newman enrusbeceu até um tom de carmesim.

— Saia e coloque seus negócios em ordem — disse.

Godwin assentiu e virou-se para sair. O assistente abriu a porta para ela e acompanhou-a escada de mármore abaixo, até a entrada, e ao longo de todo o trajeto deu a impressão de que tinha algo para dizer e não conseguia encontrar as palavras.

Ao chegarem às portas de mogno que davam para White Hall, o jovem finalmente encontrou algo para dizer:

— Posso... hã... poderia talvez chamar um táxi, sra. Godwin?

— Gentileza sua, mas acho que vou a pé uma parte do caminho — ela disse, e apertou a mão do rapaz. — Eu não me prenderia ao departamento da Bolsa Privada se fosse você — acrescentou.

— É mesmo?

— Seu chefe está serrando o galho em que está sentado e vai derrubar todo o departamento junto. É o meu palpite. Deixe guardadas algumas formas alternativas de poder. É sempre uma sábia precaução. Bom dia.

Ela saiu e caminhou por White Hall um breve trecho antes de virar no Ministério da Guerra e pedir ao porteiro para levar uma mensagem ao sr. Carberry. Ela escreveu algumas linhas em um de seus cartões e entregou para o homem, antes de seguir para os jardins do Embankment que davam para o rio. Era um dia claro e luminoso, com grandes nuvens ofuscantes a deslizar pelo céu, e o ar parecia quase cintilar. Glenys encontrou um banco perto da estátua de algum estadista morto havia muito e sentou-se para apreciar o rio. A maré estava alta; uma fileira de barcaças puxadas por um forte rebocador subia o rio com uma carga de carvão.

— O que vamos fazer? — perguntou o daemon dela.

— Ah, vamos prosperar. Vai ser como nos velhos tempos.

— Quando a gente era jovem e cheio de energia.

— Somos ardilosos agora.

— Mais lentos.

— Mais espertos.

— Mais frágeis.

— Vamos ter de lidar com isso. Olhe o Martin.

Martin Carberry era um secretário permanente no Ministério da Guerra e um velho amigo da Oakley Street. Glenys levantou-se para cumprimentá-lo e por uma concordância não expressa e antigo hábito começaram a passear para conversar.

— Não posso demorar — disse Carberry. — Reunião com o adido naval moscovita ao meio-dia. O que houve?

— Vão fechar a gente. Acabo de sair de uma reunião com Newman. Parece que somos contramodernos. Claro que vamos sobreviver, mas teremos de ficar um pouco clandestinos. O que eu quero saber agora, com bastante urgência, é o que o novo Alto Conselho de Genebra pretende. Soube que o chefe vem para cá dentro de dois dias.

— Parece que sim. Fala-se de um acordo de cooperação, o que vai mudar a maneira como trabalhamos com eles. O que eles pretendem... bom, eles estão reunindo uma grande força de ataque no Leste da Europa. É sobre isso que esse sujeito moscovita veio conversar, e não é para menos. Tem havido muita atividade diplomática no Levante... na Pérsia também... e mais para o leste.

— Sabemos disso, mas nossos recursos estão no limite, como você pode imaginar. Se tivesse de apostar, o que você diria que essa força de ataque pretende?

— Invadir a Ásia Central. Falam de uma fonte de produtos químicos valiosos, ou minerais, ou alguma coisa em um deserto no meio de uma imensa vastidão, e é questão de importância estratégica para o Magisterium não deixar mais ninguém chegar lá antes deles. Existe um interesse comercial muito forte também. Produtos farmacêuticos principalmente. É tudo um pouco *vago*, para dizer a verdade. Os relatos são baseados sobretudo em rumores, ou fofoca, ou boatos. Nosso foco no momento está em manter a paz com Genebra. Ainda não nos foi solicitado contribuir com a Brigada de Guardas, nem mesmo com alguns canhões de água de segunda mão, mas sem dúvida pegaria bem para nós se contribuíssemos.

— Eles não podem invadir um lugar sem motivo. Qual você acha que será?

— Toda essa diplomacia é por causa disso. Eu soube que há ou houve uma espécie de lugar científico, um instituto de pesquisa, algo assim, na margem do deserto em questão. Cientistas de vários países trabalhavam lá, inclusive nossos, e estão sofrendo pressão de fanáticos locais, que não são poucos, e o *casus belli* será provavelmente uma falsa indignação de que intelectuais inocentes foram brutalizados por bandidos ou terroristas, e o desejo natural do Magisterium de resgatar todos eles.

— Como é a política local?

— Confusa. O deserto e o lago itinerante...

— Lago itinerante?

— Chamado Lop Nor. Na verdade, é uma imensa área de pântanos salgados e lagos rasos onde movimentos de terra e mudanças de clima bagunçam a geografia. De qualquer forma, as fronteiras nacionais são flexíveis, ou mutáveis, ou negociáveis. Existe um rei que finge governar, mas que é na verdade um vassalo do império de Catai, o que equivale a dizer que Beijing resolve exercer poder ou não dependendo do estado de saúde do imperador. Qual o interesse da Oakley Street nisso tudo?

— Tem alguma coisa acontecendo lá e nós precisamos saber o que é. Agora que fomos oficialmente descreditados...

— Bela palavra.

— Cunhada por Newman, acho. De qualquer forma, agora que deixamos de existir, quero cobrir o máximo possível enquanto puder.

— Claro. Mas você tem um plano reserva? Devia saber que estava para acontecer.

— Ah, claro. Isso só acrescenta mais uma camada de dificuldade. Mas esse governo vai acabar caindo.

— Muito animador. Glenys, se eu precisar entrar em contato com você em algum momento...

— Um recado *chez* Isabelle vai sempre chegar a mim.

— Certo. Bom, boa sorte.

Apertaram-se as mãos e se separaram. Isabelle era uma mulher idosa que tinha sido agente até a artrite obrigá-la a se aposentar. Ela agora tinha um restaurante no Soho frequentemente usado como um correio informal para pessoas no campo da inteligência.

Glenys caminhou ao longo do Embankment. Um barco turístico passava devagar, com uma voz no alto-falante indicando os pontos de interesse. O sol brilhava no rio, nos arcos da ponte de Waterloo, na cúpula distante da catedral de São Paulo.

Carberry confirmara muito do que ela já suspeitava. O Magisterium sob o novo presidente tencionava capturar e dominar a fonte daquele óleo de rosa e estava disposto a convocar um exército e levá-lo a muitos milhares de quilômetros para tanto. Quem quer que se pusesse no caminho podia ter certeza de ser esmagado impiedosamente.

— Produtos farmacêuticos — disse Godwin.

— Thuringia Potash — disse o seu daemon.

— Só pode ser.

— Eles são gigantes.

— Bom, Polstead vai saber o que fazer — disse Godwin e quem não a conhecesse não ouviria em sua voz nada além de ilimitada confiança e certeza.

O porteiro do consulado da Nova Dinamarca em Esmirna disse:

— O sr. Schlesinger está ocupado. Não pode receber o senhor agora.

Malcolm conhecia o protocolo. Tirou uma nota de pequeno valor do bolso e pegou um clipe de papel da mesa.

— E este é o meu cartão — disse.

Com o clipe, prendeu o cartão ao dinheiro, que desapareceu imediatamente no bolso do porteiro.

— Dois minutos, senhor — disse o homem, e subiu a escada.

Era um prédio alto em uma rua estreita, perto do antigo bazar. Malcolm tinha estado ali duas vezes antes, mas aquele porteiro era novo e alguma coisa havia mudado no bairro. As pessoas estavam alertas agora; não havia mais uma sensação de tranquilo bem-estar. Os cafés estavam quase todos vazios.

Ele ouviu passos na escada e virou-se para cumprimentar o cônsul, mas Bud balançou a cabeça, pôs o dedo nos lábios e desceu ao seu encontro.

Um aperto de mão caloroso e Schlesinger indicou a porta com a cabeça.

— Não é seguro? — Malcolm perguntou baixinho enquanto caminhavam pela rua.

— Escutas por toda parte. Como vai você, Mal?

465

— Bem. Mas você parece péssimo. O que aconteceu?
— Uma bomba incendiária no meu apartamento.
— Não! Anita está bem?
— Saiu bem a tempo. Mas perdeu muito trabalho e... bom, não sobrou muita coisa. Já encontrou Lyra?
— Ela esteve com você?

Schlesinger contou como tinha visto Lyra no café e a reconhecera pelo fotograma.

— Anita a ajudou a mudar um pouco de aparência. Mas... ela saiu antes de bombardearem o lugar e nós nunca mais a vimos. Digo *nós*, mas andei perguntando e parece que ela foi a um café próximo, leu uma carta, que deve ter sido a sua que entreguei a ela, depois foi para a estação e tomou um trem para o leste, não o expresso para Alepo. Um que para em toda parte e se arrasta para.... acho que Selêucia é o ponto final, perto da fronteira. Foi tudo o que consegui descobrir.

— E ela ainda não encontrou o daemon dela?
— Não. Ela tinha essa ideia de que ele estava em uma das cidades mortas em torno de Alepo. Mas escute, Malcolm, uma outra coisa acaba de acontecer. É urgente. Vou levar você para ver um homem chamado Ted Cartwright. Por aqui.

Malcolm percebeu que Bud olhava para todos os lados e ele seguiu o exemplo, sem ver ninguém. Schlesinger virou em uma viela e destrancou uma porta verde e gasta. Quando estavam dentro, ele voltou a trancá-la e disse:

— Ele está em mau estado e acho que não tem muito tempo de vida. Subindo a escada.

Ao segui-lo, Malcolm tentou se lembrar de Ted Cartwright. Sabia que já tinha ouvido o nome antes: alguém o tinha dito com sotaque sueco e ele o tinha visto rabiscado em um pedaço de papel rasgado... Então lembrou.

— Tashbulak? — disse. — O diretor da estação de pesquisa?
— Isso. Ele chegou ontem, depois de uma viagem que só Deus sabe. Esta casa é segura e arrumei uma enfermeira e uma estenógrafa... Mas você precisa ouvir dele mesmo. Aqui estamos.

Outra porta, outra batida e estavam dentro de um pequeno estúdio. Uma moça de uniforme azul-escuro media a temperatura de um homem deitado em uma cama de solteiro. Ele estava coberto apenas com um lençol. Tinha os olhos fechados, suava, estava emaciado, o rosto com bolhas de queimadura de sol. Sua daemon-melro, empoleirada na cabeceira acolchoada, estava suja e exausta. Asta saltou para o lado dela e cochicharam juntas.

— Ele está melhor? — Bud perguntou.

A enfermeira balançou a cabeça.

— Dr. Cartwright? — disse Malcolm.

O homem abriu os olhos, injetados e congestionados. Eles se mexiam constantemente sem focalizar nada, e Malcolm não tinha certeza se Cartwright sequer o via.

A enfermeira removeu o termômetro, anotou na tabela e levantou-se para Malcolm ocupar a sua cadeira. Ela foi até a mesa onde caixas de comprimidos e outros suprimentos médicos estavam empilhados e em ordem. Malcolm sentou-se e disse:

— Dr. Cartwright, sou amigo de sua colega Lucy Arnold, em Oxford. Meu nome é Malcolm Polstead. Pode me ouvir bem?

— Posso — veio um sussurro rouco. — Mas não enxergo bem.

— O senhor é o diretor da estação de pesquisa de Tashbulak?

— Era. Destruída agora. Tive de escapar.

— Pode me falar dos seus colegas dr. Strauss e Roderick Hassall?

Um suspiro profundo que terminou em um gemido trêmulo. Então Cartwright respirou e disse:

— Ele conseguiu voltar? Hassall?

— Conseguiu. Com as anotações. Foram imensamente úteis. Que lugar era esse que estavam investigando? O prédio vermelho?

— Não faço ideia. Era de onde vinham as rosas. Insistiram em ir para o deserto. Eu não devia ter permitido. Mas eles estavam desesperados, estávamos todos desesperados. Os homens das montanhas... Logo depois que mandei Hassall de volta para casa... Simurgh...

Sua voz se apagou. Atrás dele, Schlesinger sussurrou para Malcolm:

— Qual foi essa última palavra?

— Já te digo. Dr. Cartwright? Ainda está acordado?

— Os homens das montanhas... tinham armas modernas.

— Que tipo de armas?

— Metralhadoras de último tipo, caminhonetes, tudo novo, muitos.
— Quem financiava eles? O senhor sabe?

Cartwright tentou tossir, mas não teve forças para limpar completamente a garganta. Malcolm viu o quanto isso lhe doía e disse:

— Sem pressa.

Tinha consciência de que, atrás dele, Bud tinha se virado para falar com a enfermeira, mas sua atenção estava focada em Cartwright, que gesticulava, pedindo ajuda para sentar. Malcolm passou o braço por suas costas, para erguê-lo, sentiu o quanto estava quente e como era leve, e mais uma vez Cartwright tentou tossir, afogado em chiados, reunindo forças que pareciam esgotar até seu esqueleto.

Malcolm voltou-se para pedir a Bud ou à enfermeira que trouxesse outro travesseiro ou uma almofada.

Não havia ninguém.

— Bud? — ele chamou.

Então se deu conta de que Bud estava ali, no chão, inconsciente, sua daemon-coruja deitada em seu peito. A enfermeira tinha sumido.

Ele deitou Cartwright com cuidado e correu para Bud, encontrando uma seringa ao lado dele no tapete. Um frasco vazio na mesa.

Malcolm abriu a porta e correu para a escada. A enfermeira já estava no final da escada, virou-se para olhar para ele e tinha um revólver na mão. Ele não tinha notado o quanto ela era jovem.

— Mal... — Asta começou a dizer, mas a enfermeira disparou.

Malcolm sentiu um grande impacto, mas não conseguia dizer onde fora atingido. Caiu imediatamente e rolou escada abaixo até desabar semi-inconsciente onde a enfermeira estivera parada um momento antes. Ele fez um esforço para se levantar e então viu o que ela estava fazendo.

— Não! Não faça isso! — ele gritou e tentou chegar até ela.

A enfermeira estava parada diante da porta de saída, o revólver encostado no queixo. Seu daemon-rouxinol gritava de medo e voejava diante de seu rosto, mas os olhos dela estavam límpidos, bem abertos e ardentes de certeza. Ela apertou o gatilho. Sangue, osso e cérebro explodiram contra a porta, a parede, o teto.

Malcolm caiu no chão. Uma multidão de sensações se juntava em torno dele, dentre as quais sentia o cheiro de comida velha, via o sol brilhando no sangue contra o verde apagado da porta, ouvia um tinido do tiro no ouvido, o uivar distante de cachorros vira-latas, um fio de sangue da enfermeira que o último pulsar de seu coração expulsava da cabeça destroçada e a voz suave de sua daemon sussurrando junto dele.

E dor. Ali estava ela. Uma pontada, depois outra e outra, depois um prolongado, profundo, focalizado e brutal ataque a seu quadril direito.

Ele tocou o local e viu sua mão molhada de sangue. Logo iria doer muito mais, mas tinha que ver como estava Bud. Será que conseguia subir a escada?

Não tentou se pôr em pé, apenas se arrastou pelo chão de madeira, passo a passo, se impulsionando com os braços e a perna esquerda.

— Mal, não force — Asta disse, fraca. — Você está sangrando muito.

— Ver se Bud está bem. Só isso.

Conseguiu ficar em pé no patamar e entrar no quarto do enfermo. Bud ainda estava inconsciente, mas respirava sem problemas. Malcolm virou-se para Cartwright e teve de sentar na beira da cama. Sua perna estava endurecendo rapidamente.

— Me ajude a sentar — sussurrou Cartwright e Malcolm tentou endireitar seu corpo com alguma dificuldade, e encostou-o à cabeceira da cama. Sua daemon caiu desajeitada em seu ombro.

— A enfermeira... — Malcolm tentou dizer, mas Cartwright balançou a cabeça, o que provocou outro ataque de tosse.

— Tarde demais — ele conseguiu dizer. — Ela é paga por eles também. Tem me dado drogas. Me fez falar. E agora há pouco, veneno...

— Paga por... pelos homens das montanhas, é isso? — Malcolm estava perplexo.

— Não, não. Não. Eles também. Tudo parte da grande companhia... — Mais tosse e vômito também. Um fio de bile saiu pelos lábios e escorreu pelo queixo.

Malcolm o enxugou com o lençol e disse, baixinho, urgente:

— A grande companhia...

— TP.

Não significava nada para Malcolm.

— TP? — ele repetiu.

— Farmacêutica... financiamento. TP. Letreiro da companhia nos caminhões deles...

Cartwright fechou os olhos. Seu peito arfou, a respiração trepidou na garganta. Todo seu corpo se contraiu e relaxou. Ele estava morto. Sua daemon dissipou-se em partículas invisíveis, dissolveu no ar.

Malcolm sentiu a força ser drenada de seu corpo e a dor no quadril ficou mais insistente. Tinha de cuidar do ferimento, tinha de cuidar de Schlesinger; tinha de entrar em contato com a Oakley Street. Nunca tinha sentido uma vontade tão intensa e urgente de dormir.

— Asta, não me deixe dormir — ele disse.

— Malcolm? É você? — veio do chão uma voz indistinta.

— Bud? Tudo bem?

— O que aconteceu?

A daemon de Schlesinger levantou-se, tonta, esticando as asas enquanto Bud tentava se sentar.

— A enfermeira te drogou. Cartwright morreu. Ela estava dando drogas a ele.

— Que diabos... Malcolm, você está sangrando. Fique aí, não se mexa.

— Ela injetou alguma coisa em você quando eu estava de costas. Depois correu para baixo, corri atrás dela feito um idiota e ela me deu um tiro antes de se matar.

Bud estava apoiado nos pés da cama. A droga que a enfermeira injetara nele era de curta duração, porque Malcolm conseguia ver a lucidez voltando para o rosto do amigo, segundo a segundo. Ele olhava para a perna da calça de Malcolm, encharcada de sangue.

— Tudo bem — disse ele. — A primeira coisa é tirar você daqui e chamar um médico. Vamos voltar por trás, pelo bazar. Consegue andar?

— Com dificuldade, devagar. Vai ter de me ajudar.

Bud se levantou e balançou a cabeça para clarear a mente.

— Então vamos — disse. — Ah, olhe aqui, vista isto. Vai esconder o sangue.

Ele abriu o guarda-roupas e pegou uma capa comprida, ajudando em seguida Malcolm a vesti-la.

— Estou pronto quando quiser.

* * *

Umas duas horas mais tarde, depois que um médico de confiança de Bud tinha examinado e cuidado do ferimento de Malcolm, sentaram-se para tomar chá com Anita no consulado, onde estavam morando até reconstruírem o apartamento.

— O que o médico disse? — Anita perguntou.

— A bala raspou, mas não quebrou o osso do quadril. Podia ter sido muito pior.

— Dói?

— Bastante. Mas ele me deu analgésicos. Agora me fale de Lyra.

— Não acho que reconheceria Lyra agora. Está com cabelo curto, escuro e de óculos.

Malcolm tentou imaginá-la assim, mas não conseguiu.

— Será que ela foi seguida por alguém até seu apartamento? — ele perguntou.

— Acha que a bomba foi por isso? — Bud perguntou. — Porque acharam que ela estava lá? Não creio. Em primeiro lugar, ninguém nos seguiu quando saímos do café. Depois, eles sabem onde eu moro, não é segredo nenhum. No geral, as agências não interferem umas com as outras, além da vigilância habitual do serviço secreto. Bomba, incêndio, não é a moda local. Estou preocupado com o que aconteceu com ela depois que pegou o trem para Selêucia.

— O que ela ia fazer lá? Contou para você?

— Bom, ela estava com uma ideia estranha... O tipo de coisa que qualquer um consideraria loucura, mas de alguma forma, quando ela falava a respeito... No deserto, entre Alepo e Selêucia, existem dezenas, talvez centenas de cidades e aldeias vazias. Cidades mortas, como dizem. Nada além de pedras, lagartos e cobras. E numa dessas cidades mortas, bom, dizem que daemons moram ali. Só daemons. Lyra ouviu uma história a respeito, ah, ainda na Inglaterra, contada por um velho em um barco. E ela encontrou uma senhora aqui em Esmirna chamada princesa Rosamond que também falou a respeito. E Lyra ia até lá, procurar seu daemon.

— Você não parece acreditar.

Schlesinger tomou um pouco do chá e disse:

— Bom, eu não fazia ideia, mas a princesa é uma mulher interessante; anos atrás ela se envolveu em um grande escândalo. Se ela um dia escrever suas memórias será um best-seller. De qualquer forma, o daemon dela foi embora, assim como o da Lyra. Se Lyra chegar até Selêucia...

— Como assim, *se* ela chegar lá?

— São tempos difíceis, Mal. Já viu a quantidade de gente que está fugindo da confusão mais ao leste? Os turcos estão mobilizando o Exército em resposta. Esperam problemas e eu também. Aquela garota está a caminho do centro de tudo. E como eu disse, se ela chegar a Selêucia, ainda terá de viajar de alguma forma até esse Hotel Azul. O que você vai fazer quando encontrar com ela?

— Viajar junto. Vamos mais para o leste, até o lugar de onde vêm as rosas.

— Em nome da Oakley Street?

— Sim, claro.

— Não tente me dizer que é só disso que se trata — Anita falou. — Você está apaixonado por ela.

Malcolm sentiu um grande cansaço oprimir seu coração. Isso devia ter transparecido em seu rosto, porque ela continuou.

— Desculpe. Ignore o que eu disse. Não é da minha conta.

— Um dia eu vou escrever as *minhas* memórias. Mas escute: antes de morrer, Cartwright disse algo sobre os homens das montanhas que atacaram a estação de pesquisa. Disse que eram financiados por uma coisa chamada TP. Já ouviram falar?

Bud soltou um suspiro.

— Thuringia Petroleum — disse. — Gente ruim.

— Potash — disse Anita. — Não Petroleum.

— Droga, verdade: Potash. Anita escreveu um artigo sobre eles.

— Não foi publicado — Anita continuou. — O editor ficou apreensivo. É uma companhia muito antiga. Mineram potassa na Turíngia há séculos. Costumavam fornecer para companhias que fabricam fertilizantes, explosivos, produtos químicos em geral. Mas, há uns vinte anos, a TP começou a diversificar, entrando também no ramo da manufaturação, porque é onde está o lucro. Armas e produtos farmacêuticos, principalmente. Eles são gigantes, Malcolm, mas costumavam detestar publicidade. Só que o mercado não funciona assim e tiveram de se adaptar às novas maneiras de fazer as coisas. Tiveram um grande sucesso com um analgésico chamado Treptizam, ganharam muito dinheiro e investiram tudo em pesquisa. É uma companhia privada: nada de acionista exigindo dividendos. E tem bons cientistas. O que você está procurando?

Incomodado, Malcolm procurou no bolso e tirou um pequeno frasco de comprimidos.

— Treptizam — leu.

— Está vendo? — disse Bud. — O nome de todos os produtos que manufaturam contém as letras T e P. Cartwright achava que eles estão financiando os terroristas? Os homens das montanhas?

— Ele viu as iniciais nos caminhões que chegaram.

— Estão atrás das rosas.

— Claro que estão. Isso explica muita coisa. Anita, posso ver esse seu artigo? Gostaria de saber mais a respeito.

Ela balançou a cabeça.

— A maioria dos meus arquivos foi embora com o apartamento — disse ela. — Todo aquele trabalho.

— Pode ter sido a razão para bombardearem?

Ela olhou para Bud. Ele assentiu, relutante.

— Uma delas — disse.

— Sinto muito. Mas por ora, é melhor eu seguir o rastro da Lyra.

— Falei para Lyra procurar em Alepo uma pessoa chamada Mustafa Bey. É um comerciante. Ele conhece tudo e todos. É provável que ela vá primeiro até ele, se chegar lá. Eu iria. De qualquer forma, você pode encontrar Bey no Café Marletto.

Bud comprou roupas para Malcolm substituir as ensanguentadas e uma bengala para ele poder andar. Foram juntos até a estação, onde ele ia pegar o expresso para Alepo.

— O que vai fazer com o refúgio? — Malcolm perguntou.

— A polícia já está lá. Alguém denunciou barulho de tiros. Nós saímos bem na hora, mas não vamos poder usar mais a casa. Vai estar tudo no meu relatório para a Oakley Street.

— Obrigado, Bud. Te devo muito.
— Mande um oi para Lyra, se...
— Eu mando.

Quando o trem partiu, Malcolm se acomodou dolorosamente no conforto do ar-condicionado e pegou da mochila de Hassall um exemplar muito usado de *Jahan e Rukhsana* na tentativa de tirar da cabeça a dor no quadril.

O poema contava a história de dois amantes e suas tentativas de derrotar o tio de Rukhsana, o feiticeiro Kourash, para ganhar a posse de um jardim onde cresciam rosas preciosas. Era muito episódico; a história tinha muitas reviravoltas e desvios, e trazia todo tipo de criaturas fabulosas e situações extraordinárias. A certo ponto, Jahan tinha de arrear um cavalo alado e voar até a Lua para resgatar Rukhsana, que tinha sido aprisionada pela Rainha da Noite, e em outro Rukhsana usava um amuleto proibido para superar as ameaças do demônio do fogo Razvani, e cada aventura vinha seguida de outras fabulações, como pequenos vórtices importantes girando para longe do fluxo principal. Aos olhos de Malcolm, a história era quase insuportável, mas a coisa toda era redimida pelas arrebatadas descrições que o poeta fazia do jardim de rosas em si, e pelo mundo físico em geral, e pelos prazeres dos sentidos que gozavam aqueles que atingiam um estado de conhecimento.

— Ou quer dizer alguma coisa — Malcolm disse a Asta —, ou não quer dizer nada.

— Aposto em alguma coisa — ela disse.

Estavam sozinhos no compartimento. O trem devia parar dentro de uma hora.

— Por quê? — ele perguntou.

— Porque Hassall não ia se dar ao trabalho de levar o livro se não tivesse um motivo.

— Talvez tivesse algum significado pessoal para ele e nada de maior importância.

— Mas precisamos saber sobre ele. É importante saber por que ele valorizava esse poema.

— Talvez não seja o poema, mas sim este livro em particular. Esta edição. Até mesmo este exemplar.

— Como um livro-código...

— Algo assim.

Se duas pessoas tivessem um exemplar do livro, podiam trocar mensagens à procura das palavras que queriam, anotando número de página, número de linha e número da palavra na linha, e se o livro fosse desconhecido para outras pessoas, o código seria praticamente indecifrável.

Por outro lado, o exemplar em questão podia trazer uma mensagem se as letras ou palavras desejadas estivessem indicadas de algum jeito, com um ponto a lápis ou algo semelhante. O problema com esse método era que a mensagem seria igualmente legível para o inimigo, se caísse nas mãos dele. Não seria nenhum segredo. Malcolm tinha passado algum tempo à procura daquelas marcas e várias vezes achou ter encontrado alguma, depois acabava concluindo que eram apenas falhas no papel rústico, mais do que algo intencional.

— Delamare é tio da Lyra — disse Asta.

— E daí?

Às vezes, ele podia ser muito lento.

— Kourash é tio de Rukhsana. Ele que está tentando capturar o jardim de rosas.

— Ah! Entendi. Mas quem é Jahan?

— Ah, faça o favor, Mal.

— Eles são amantes.

— É a essência da situação que importa.

— É uma coincidência.

— Bom — disse Asta —, se você está dizendo. Mas você está à procura de uma razão para achar que esse livro é importante.

— Não. Eu já acho que é importante. Estou procurando é o motivo disso. Uma ou duas coincidências acidentais não são convincentes.

— Sozinhas. Mas se houver uma porção delas...

— Você está pagando de advogado do diabo.

— Tem uma boa razão para que exista o advogado do diabo. É preciso ser cético.

— Achei que você estava sendo crédula.

Estavam debatendo. Faziam isso sempre, ele argumentava X, ela argumentava Y e então, em um relâmpago, os dois mudavam de lado, argumentavam o contrário e acabava surgindo alguma coisa que fazia sentido para os dois.

— Esse lugar que ela está procurando — disse Asta —, essa cidade morta: por que você acha que os daemons vivem lá? Tem algo desse tipo no poema?

— Nossa, tem sim. Roubam a sombra de Rukhsana e ela tem de pegar de volta na terra dos zarghuls.

— Quem são?

— Diabos que comem sombras.

— Ela consegue de volta?

— Consegue, mas não sem sacrificar alguma outra coisa...

Os dois ficaram em silêncio um tempo.

— E eu acho... — ele começou a dizer.

— O quê?

— Tem uma passagem em que Rukhsana é capturada pela feiticeira Shahzada, a Rainha da Noite, e resgatada por Jahan...

— Continue.

— O negócio é que ele engana a rainha ao amarrar o cinto dela com um nó complexo que ela não consegue desfazer e, enquanto ela está tentando, ele e Rukhsana escapam.

Ele esperou. E então ela disse:

— Ah! A fada do Tâmisa e a caixa que ela não conseguia abrir!

— Diania. É, o mesmo tipo de coisa.

— Mal, isso é...

— Muito semelhante. Não posso negar.

— O que *significa* essas coisas aparecerem? Pode ser só uma questão pessoal você achar que tudo faz sentido.

— Isso tornaria tudo sem sentido — ele observou. — Não deveria ser verdade, independentemente de acreditarmos ou não?

— Talvez se recusar a ver seja o erro. Talvez a gente devesse se comprometer. Decidir. O que acontece no fim do poema?

— Eles encontram o jardim, derrotam o feiticeiro e se casam.

— E vivem felizes para sempre... Mal, o que a gente vai fazer? Acreditar ou não? Será que significa o que parece? E afinal o que significa *significa*?

— Bom, essa é fácil — disse ele. — O significado de alguma coisa é a sua ligação com alguma outra coisa. Conosco em particular.

O trem diminuiu de velocidade ao atravessar as redondezas de uma cidade à beira-mar.

476

— Não ia parar aqui, ia? — Asta perguntou.

— Não. Podem ter diminuído a marcha porque estão trabalhando no outro trilho, algo assim.

Mas não era isso. O trem foi ainda mais devagar e entrou na estação se arrastando. À luz da tarde que sumia, Malcolm e Asta viram uma dúzia de homens e mulheres reunidos em torno de uma plataforma onde alguém fazia um discurso, ou talvez fosse uma despedida cerimonial. Um homem de terno escuro e colarinho alto desceu, houve apertos de mão e abraços. Claramente, era alguém importante a ponto de a companhia ferroviária mudar seus horários. Um atendente ao fundo pegou duas malas e foi colocá-las no trem.

Malcolm tentou se mexer, porque a perna estava dura, mas a dor era impiedosa. Não conseguia nem se levantar.

— Deite — disse Asta.

O trem começou a andar novamente e Malcolm sentiu uma grande resignação baixar sobre ele, como neve que cai. Sua força se esgotava a cada minuto. Talvez nunca mais se mexesse. Seu corpo estava falhando e a sensação o fez recuar vinte anos àquele horrendo mausoléu na inundação, onde ele tivera de ir ao limite de suas forças para salvar Alice de Gerard Bonneville... Alice saberia o que fazer agora. Ele sussurrou seu nome, Asta ouviu e tentou responder, mas ela estava em uma névoa de dor também, e quando ele desmaiou, ela foi junto. O inspetor das passagens a encontrou inconsciente no peito dele. Uma poça de sangue se formava no chão.

30. NORMAN E BARRY

Alice Lonsdale estava organizando a roupa de cama, separando os lençóis e fronhas que podiam ser remendados e rasgando os que não tinham mais jeito em panos de limpeza, quando o mordomo, sr. Cawson, abriu a porta e entrou.

— Alice — disse ele —, o reitor quer falar com você. — Ele parecia sério, mas essa era sua expressão habitual.

— O que ele quer comigo? — Alice perguntou.

— Quer falar com todos nós. Coleta para empregados, acho.

Coleta era o termo para a reunião anual entre estudante e tutor em que se avaliava o progresso do estudante.

— Ele já falou com você? — Alice perguntou enquanto pendurava o avental.

— Ainda não. Soube alguma coisa da Lyra?

— Não e confesso que estou morrendo de preocupação.

— Ela parece ter desaparecido da face da Terra. O reitor está na tesouraria porque estão reformando a sala dele.

Alice não estava preocupada com o chamado, embora nunca tivesse gostado dele; e, depois de ver como tratara Lyra, passara a detestá-lo totalmente. Ela sabia que era boa no seu trabalho e tinha ampliado os deveres para os quais havia sido originalmente contratada a tal ponto que, na opinião do tesoureiro, do mordomo e certamente na do antigo reitor também, ela era essencial para o funcionamento ideal da faculdade. Na verdade, duas ou três outras faculdades tinham dado o passo revolucionário de imitar e contratar governantes próprias, quebrando assim um costume secular de Oxford de só empregar criados seniores homens.

Então ela estava tranquila de que, qualquer que fosse o assunto do dr.

Hammond com ela, não seria insatisfação com seu trabalho. De qualquer forma, isso seria atribuição do tesoureiro doméstico, não do reitor. Curioso.

Ela bateu na porta da secretária da tesouraria, Janet, e entrou. O daemon de Janet, um esquilo, correu imediatamente para cumprimentar Ben, o daemon de Alice, e Alice sentiu um pequeno arrepio de apreensão, sem saber o motivo. Janet, uma mulher magra e bonita de seus trinta anos, parecia ansiosa e olhava a porta do tesoureiro. Levou o dedo aos lábios.

Alice se aproximou.

— O que foi? — perguntou baixinho.

Janet sussurrou:

— Tem dois homens do TCD com ele. Ele não falou que são, mas dá para perceber.

— Com quem mais ele falou?

— Ninguém.

— Achei que ia falar com todos os empregados.

— Não, foi isso que ele me mandou dizer para o sr. Cawson. Por favor, seja...

A porta se abriu. O reitor ali estava com um neutro sorriso de boas-vindas.

— Sra. Lonsdale. Muito obrigado por vir me ver. Janet, pode nos trazer café?

— Claro, senhor — ela disse, mais assustada e nervosa que Alice.

— Entre — disse Hammond. — Espero não estar atrapalhando seu serviço, mas achei que podíamos bater um papo.

Ele segurou a porta e Alice entrou. Havia dois homens com ele, como Janet tinha dito, ambos sentados. Nenhum dos dois se levantou, nem sorriu, nem ofereceu um aperto de mão. Alice era capaz de emitir um raio (era assim que ela pensava a respeito) de intensa frieza quando queria, e fez isso então. Os homens não se mexeram, nem mudaram de expressão, mas ela sabia que o raio tinha atingido o alvo.

Sentou-se na terceira cadeira diante da escrivaninha, entre os dois estranhos. Alice era magra, podia movimentar-se com grande elegância. Não era bonita, nunca tinha sido, nem graciosa, nem convencionalmente atraente, mas conseguia criar um ar de intensa sexualidade. Malcolm sabia disso. Ela deixou que isso transparecesse naquele momento, só para desconcertá-los.

479

O reitor foi para trás da escrivaninha e se sentou, fazendo uma observação inútil sobre o tempo. Alice ainda não tinha dito nem uma palavra.

— Sra. Lonsdale — disse Hammond, ao se acomodar —, estes dois cavalheiros são de uma entidade do governo que se ocupa de questões de segurança. Precisam fazer algumas perguntas e achei que seria melhor para toda a faculdade se acontecessem discretamente aqui na minha presença. Espero que esteja tudo bem com a senhora.

— O sr. Cawson me disse que o senhor ia falar com todos os empregados. Disse que era só uma questão interna. Doméstica. Ele obviamente não sabia desses dois policiais.

— Não são policiais, sra. Lonsdale. Funcionários públicos, talvez? Como eu disse, achei melhor manter certa discrição.

— No caso de eu não vir, se soubesse que eles estavam aqui?

— Ah, tenho certeza de que a senhora sabe qual é o seu dever, sra. Lonsdale. Sr. Manton, o senhor gostaria de começar?

O mais velho dos dois homens estava sentado à esquerda de Alice. Ela olhou para ele apenas uma vez, e viu um rosto bonito e insípido, terno cinza elegante, gravata listrada e o corpo de um homem que gostava de malhar. Sua daemon era uma loba.

— Sra. Lonsdale — disse ele. — Meu nome é capitão Manton. Eu...

— Não, não é — disse ela. — Capitão não é nome, é posto. Por sinal, capitão em quê? O senhor parece da polícia secreta. É isso que é?

Ao falar com ele, ela olhou diretamente para o reitor. Ele retribuiu seu olhar sem nenhuma expressão.

— Não temos polícia secreta neste país, sra. Lonsdale — o homem respondeu. — Capitão é meu posto, como a senhora observou. Sou oficial do Exército regular, destacado para serviços de segurança. Meu colega aqui é o sargento Topham. Estamos interessados em uma moça que a senhora conhece. Lyra Belacqua.

— O nome dela não é Belacqua.

— Acho que ela tem o apelido de Língua Mágica. Mas legalmente não é o nome dela. Onde ela está, sra. Lonsdale?

— Vá à merda — disse Alice, com calma. Seus olhos ainda estavam no rosto do reitor, e sua expressão não se alterou em nada. No entanto, um delicado tom de rosa começou a aparecer em suas faces.

— Essa atitude não vai ajudar a senhora — disse Manton. — Neste momento, neste encontro informal, é apenas grosseria. Mas devo avisar que...

A porta se abriu e Janet entrou com uma bandeja.

— Obrigado, Janet — disse o reitor. — Deixe na mesa, por favor.

Janet não conseguiu deixar de olhar para Alice, cujo olhar ainda estava fixo no reitor.

Alice disse para o agente:

— Então? O senhor ia me avisar de alguma coisa.

Uma pequena ruga surgiu na testa de Hammond e ele olhou para Janet.

— Pode deixar a bandeja — ele disse.

— Ainda estou esperando — disse Alice. — Alguém ia me avisar de alguma coisa.

Janet pôs a bandeja na mesa. Suas mãos tremiam. Ela foi para a porta quase na ponta dos pés e saiu. Hammond inclinou-se e começou a servir o café.

— Isso não foi muito sensato, sra. Lonsdale.

— Eu achei que fui bem esperta.

— Está colocando sua amiga em perigo.

— Não sei como o senhor chegou a isto. *Eu* estou em perigo?

O reitor passou uma xícara para Manton, outra para seu colega.

— Acho que seria de muita ajuda, sra. Lonsdale — disse ele —, se simplesmente respondesse às perguntas.

— Alice? Posso chamar de Alice? — disse Manton.

— Não.

— Muito bem, sra. Lonsdale. Estamos preocupados com o bem-estar dessa moça, essa jovem dama, que ficava sob seus cuidados na faculdade Jordan. Lyra Belacqua.

Ele disse o nome com firmeza. Alice não disse nada. Hammond agora observava com olhos estreitados.

— Onde ela está? — perguntou o outro homem, Topham. Era a primeira vez que falava.

— Eu não sei — Alice respondeu.

— Está em contato com ela?

— Não.

— Sabe para onde ela ia quando foi embora?

481

— Não.

— Quando a viu pela última vez?

— Faz um mês. Não sei. Quatro, cinco semanas. Vocês são do TCD, não são?

— Isso não faz...

— Aposto que são. Pergunto porque uns brutamontes seus vieram aqui, vieram nesta faculdade, no quarto dela, no último dia que estive com ela. Invadiram um lugar que devia ser seguro. Fizeram uma confusão lá. Então vocês devem saber essa data. Foi a última vez que eu soube dela. Pelo que eu sei, vocês mesmos podem ter levado ela embora. Ela pode estar trancada em algum calabouço imundo de vocês bem agora. Já procuraram?

Ela ainda encarava Hammond. O rosado sumiu de suas faces, que agora empalideciam.

— Acho que a senhora sabe mais do que está nos contando, sra. Lonsdale — disse Manton.

— Ah, o senhor acha? E é verdade só porque o senhor acha?

— Acho que a senhora sabe mais que...

— Responda a minha pergunta que talvez eu responda a sua.

— Não estou brincando, sra. Lonsdale. Tenho autoridade para fazer perguntas e, se não responder, eu prendo a senhora.

— Eu pensava que um lugar como a faculdade Jordan estava livre desse tipo de interferência violenta. Estou errada, dr. Hammond?

— Existia um conceito de santuário escolástico — disse o reitor —, mas está fora de uso há muito tempo. De qualquer forma, oferecia proteção apenas para catedráticos. Empregados da faculdade precisam responder a perguntas aqui, do mesmo jeito que lá fora. Aconselho a senhora a responder, sra. Lonsdale.

— Por quê?

— Coopere com esses cavalheiros e a faculdade garante que terá representação legal. Mas, se adotar uma atitude de hostilidade truculenta, não tem muito que possa fazer por você.

— Hostilidade truculenta — disse ela. — Gostei disso.

— Vou perguntar de novo, sra. Lonsdale — disse Manton. — Onde está Lyra Belacqua?

— Não sei onde ela está. Está viajando.

— Aonde ela vai?

— Não sei. Ela não me disse.

— Bom, sabe, isso é uma coisa que eu não acredito. A senhora é muito próxima dessa moça. Pelo que entendo, a conhece a vida inteira. Não acredito que ela simplesmente iria embora num capricho, sem contar para onde.

— Capricho? Ela foi embora porque os seus capangas estavam atrás dela. Estava com medo e eu entendo. Houve tempo em que existia justiça neste país. Não sei se o senhor lembra, dr. Hammond. Talvez o senhor estivesse em algum outro lugar. Mas na minha vida, para prender alguém era preciso de um motivo, e... como o senhor chamou? ... *hostilidade truculenta* não era o suficiente.

— Mas essa não é a questão — disse Manton. — A senhora pode ser tão truculenta quanto quiser, para mim dá no mesmo. Não dou a mínima. Se eu prender a senhora, não vai ser por causa da sua atitude emocional, mas porque se recusou a responder a uma pergunta. Vou perguntar de novo...

— Já respondi. Já disse que não sei onde ela está.

— E eu não acredito na senhora. Acho que sabe e vou fazer a senhora me contar de qualquer jeito.

— E o que o senhor vai fazer de qualquer jeito? Vai me trancar? Me torturar? O quê?

Manton riu. Topham disse:

— Não sei que histórias sinistras a senhora anda lendo, mas não torturamos pessoas neste país.

— É mesmo? — Alice perguntou a Hammond.

— Claro. A tortura é proibida pela lei inglesa.

Antes que qualquer deles pudesse reagir, Alice se levantou e andou rapidamente até a porta. Ben, seu daemon, geralmente discreto, letárgico até, era muito capaz de ferocidade, e rosnou e deu um bote nas daemons dos dois homens do TCD para mantê-los afastados enquanto Alice abria a porta e saía para a sala de Janet.

Janet ergueu o rosto da mesa, alarmada. O tesoureiro, sr. Stringer, tinha chegado e estava a seu lado, organizando umas cartas. Alice teve tempo de dizer:

— Janet... sr. Stringer... testemunhas... — antes que Topham a agarrasse pelo braço esquerdo.

Janet disse:

— Alice! O que...

O tesoureiro olhou perplexo, e sua daemon voou de um ombro para o outro. Um momento depois, Alice girou a mão direita e deu uma forte bofetada em Topham. Janet arquejou. Ben e as duas outras daemons rosnavam, mordiam, lutavam, e Topham segurava o braço de Alice com força, então girou seu corpo e torceu o braço de Alice às costas.

— Contem pros outros! — Alice gritou. — Contem pra faculdade inteira. Contem pra gente de fora! Estão me prendendo porque...

— Basta — disse Manton, que tinha se juntado a Topham e agora segurava o outro braço de Alice apesar de ela se debater.

— É isso que acontece agora nesta faculdade — Alice falou —, dirigida por esse homem. Ele permite isso. É desse jeito que ele gosta de...

Manton gritou para abafar sua voz.

— Alice Lonsdale, está presa por obstruir um oficial no cumprimento do dever...

— Eles querem encontrar a Lyra! — Alice gritou. — É dela que eles realmente estão atrás! Contem pra todo mundo...

Ela sentiu os braços puxados para trás e tentou resistir, mas então o clique de um fecho e a borda dura de metal cravada em seus pulsos lhe disse que estava algemada. Ela se imobilizou. Não fazia sentido lutar contra algemas.

— Dr. Hammond, eu devo protestar... — disse o tesoureiro, quando o reitor saiu de sua sala.

Topham tinha passado uma corrente em torno do pescoço de Ben, presa a um longo bastão forte envolto em couro. Era humilhante para o daemon e ele lutou furiosamente, rosnando, puxando, mordendo. Topham era bom naquilo, treinado, prático e impiedoso. Ben teve de se render. Alice sabia, porém, que Topham ia passar um mau bocado quando tentasse tirar a corrente.

Hammond disse ao tesoureiro:

— Raymond, esta é uma questão triste e bastante desnecessária. Peço desculpas. Eu me equivoquei achando que podíamos lidar com mais tato.

— Mas por que precisa usar esse grau de força? Eu estou absolutamente chocado, reitor. A sra. Lonsdale é empregada da faculdade há muito tempo.

— Estes sujeitos não são a polícia comum, sr. Stringer — disse Alice. — Eles são...

— Leve ela embora — disse Manton.

Topham começou a puxar e ela resistiu.

— Contem pras pessoas! — Alice gritou. — Contem pra todos que vocês conhecem! Janet, conte pra Norman e Barry...

Topham puxou com tanta força que ela perdeu o equilíbrio e caiu no chão. Ben avançou, rosnou, lutou na ponta da corrente, os dentes expostos, a centímetros da garganta de Manton.

— Raymond, entre aqui comigo um momento. — Foram as últimas palavras que Alice ouviu do reitor, ao ver que ele passava o braço pelos ombros do tesoureiro e o puxava para sua sala. A última coisa que ela viu foi o rosto aterrorizado de Janet, então sentiu a picada de uma agulha dura no ombro e perdeu a consciência.

Bem no começo da tarde, assim que Janet, a secretária do tesoureiro, conseguiu sair, pedalou forte sua bicicleta pela Woodstock Road na direção de Wolvercote. Seu daemon-esquilo, Axel, ia sentado no cesto no guidão, com frio e assustado.

Janet tinha estado na Truta várias vezes com Alice e outros amigos. Ela entendeu de imediato o que queriam dizer as últimas palavras de Alice: Norman e Barry eram os dois pavões da hospedaria. Os Norman e Barry originais tinham se afogado na grande enchente, mas seus sucessores tinham os mesmos nomes porque a mãe de Malcolm disse que poupava tempo.

Ela pedalou depressa por Wolvercote e ao longo de Godstow, e virou no jardim da Truta, acalorada e ofegante.

— Seu cabelo está todo despenteado — disse Axel.

— Ah, faça-me o favor. Pare de reclamar.

Ela ajeitou o cabelo e entrou na sala. Era um momento tranquilo do dia, havia dois homens bebendo no bar, fofocando junto ao fogo; a sra. Polstead polia os copos e deu um sorriso de boas-vindas.

— Nunca te vemos a essa hora — disse ela. — Tarde livre?

— Tenho de contar uma coisa urgente — Janet disse na voz mais baixa possível. Os clientes nem notaram.

A sra. Polstead falou:

— Vamos pra sala do terraço. — E seguiu à frente pelo corredor. Os dois daemons, esquilo e texugo, foram logo atrás.

Assim que a porta se fechou, Janet disse:

— Alice Lonsdale. Ela foi presa.

— O quê?

Janet contou o que tinha acontecido.

— E quando levaram ela embora, ela me falou "conte pra Norman e Barry" e claro que eu sabia que ela não estava falando dos pavões, sabia que era você e o Reg. Não sei o que fazer. Foi horrível.

— TCD, você acha?

— Ah, claro. Sem nenhuma dúvida.

— E o reitor não fez nada para impedir?

— Ele estava do lado dos dois! Ajudou eles! Mas agora a faculdade inteira já sabe, claro, sobre a Alice, e está todo mundo furioso. Como ficaram quando tiraram os aposentos da Lyra e ela depois desapareceu. Mas não dá para vocês fazerem nada, não é? Ele não foi contra nenhuma lei, está no direito dele... Mas coitada da Alice... Mas ainda bem que conseguiu dar uma boa bofetada em um daqueles bandidos...

— Imagino que sim. Melhor não irritar a Alice. Mas e o tesoureiro, o que ele disse?

— Depois que ele saiu da sala com o reitor, ele estava... não sei como dizer... subjugado. Não era o mesmo. Envergonhado, até. A Jordan agora é um lugar horrível — Janet concluiu, impetuosa.

— Ele quer fazer uma limpa — disse Brenda. — Por que não vem comigo?

— Aonde?

— Jericó. Eu conto o motivo no caminho.

As duas mulheres pedalaram juntas, com urgência, cruzando Port Meadow junto ao rio. Passando pelo estaleiro, atravessaram a ponte e pedalaram ao longo da rua Walton Well até Jericó.

A mãe de Malcolm conhecia Hannah Relf havia quase tanto tempo quanto o filho, e sabia que ela ia querer saber imediatamente sobre aquilo. Brenda Polstead fazia uma boa ideia das relações secretas que seu filho compartilhava com a dama Hannah, embora nunca tivesse perguntado a respeito para nenhum dos dois. Ela sabia que Hannah conheceria as pessoas certas a consultar, que seriam capazes de ajudar, saberiam quem mais alertar.

Viraram na rua Cranham, mas pararam imediatamente.

— Aquela é a casa dela — disse Brenda.

Diante da casa de Hannah havia uma van ambárica e um homem carregava nela várias caixas. As duas ficaram olhando enquanto ele saiu duas vezes, cada vez com uma pilha de caixas de papelão ou de pastas.

— Aquele é um dos homens de hoje de manhã — Janet sussurrou.

As duas empurraram suas bicicletas pela calçada até a van. Quando Topham saiu com uma terceira pilha de pastas, ele se virou e as viu. Fuzilou-as com o olhar, mas não disse nada e fechou a van antes de voltar para dentro.

— Venha — disse Brenda.

— O que a gente vai fazer?

— Simplesmente visitar a Hannah. Uma coisa perfeitamente normal.

Janet seguiu Brenda, que empurrava a bicicleta, decidida, até a casa e deixou-a encostada na mureta do jardim. O daemon-texugo de Brenda, de focinho largo, ombros pesados, estava rente a seus calcanhares quando ela tocou a campainha. Janet esperou uns passos atrás.

Havia vozes lá dentro, vozes masculinas e a de Hannah também. As deles alteradas, a dela não. Brenda tocou a campainha de novo. Procurou Janet, que retribuiu o olhar daquela mulher forte de seus cinquenta anos, o sobretudo de tweed um pouco apertado e uma expressão de calma determinação. Janet enxergou claramente Malcolm em sua mãe naquele momento. Ela o admirava muito (e em silêncio) fazia longo tempo.

A porta se abriu e Brenda virou-se para olhar o outro homem, o encarregado.

— Sim? — ele disse, frio e ríspido.

— Bom, quem é o senhor? — Brenda perguntou. — Vim visitar minha amiga Hannah. Está trabalhando pra ela?

— Ela está ocupada no momento. Vai ter de voltar mais tarde.

— Não, ela vai me receber agora. Está me esperando. Hannah — ela chamou, em alto e bom som. — É a Brenda. Posso entrar?

— Brenda! — Hannah exclamou e sua voz soou tensa, aguda, e foi silenciada.

— O que é isso? — Brenda perguntou ao capitão.

— Absolutamente nada a ver com a senhora. Dama Relf está nos ajudando com uma importante investigação. Tenho de pedir que a senhora...

— *Dama Relf* — disse Brenda com profundo desdém. — Saia da frente, seu ignorante grosseirão. Hannah! Nós vamos entrar.

Antes que a daemon do homem pudesse fazer mais do que rosnar, o daemon-texugo de Brenda estava com a pata da loba entre os maxilares esmagadores e arrastou-a para fora do caminho. O capitão pôs as mãos no peito de Brenda e tentou empurrá-la, mas ela girou a mão direita e bateu com tanta força na lateral da cabeça que ele cambaleou e quase caiu.

— Topham! — ele chamou.

Brenda já tinha passado por ele e estava na porta da sala. Viu Hannah lá dentro, sentada ereta e incômoda, enquanto o outro homem torcia seu braço para trás das costas.

— O que acha que está fazendo? — Brenda perguntou.

Atrás dele, ouviu movimentos e Janet disse em voz alta:

— Não me toque!

— Brenda... cuidado... — disse Hannah. Topham torceu mais o seu braço e Hannah fez uma careta.

— Solte ela imediatamente — Brenda ordenou. — Tire a mão, ande pra trás, saia agora. Vamos.

A resposta de Topham foi torcer ainda mais. Hannah não conseguiu evitar um pequeno suspiro de dor.

De repente, algo se chocou contra as costas de Brenda e ela caiu para a frente da pequena sala, bem em cima da cadeira onde Hannah estava sentada. Janet caiu com ela: Manton a tinha empurrado para se soltar dela e as três mulheres caíram na lareira, quase no fogo.

Topham tinha soltado o braço de Hannah e, sob o impacto das outras duas, ele caiu para trás, em cima do gabinete que guardava a coleção de porcelana e espatifou-se com ele no chão.

Brenda foi a primeira a se levantar e na mão dela estava o atiçador do suporte de ferros da lareira. Janet a imitou e pegou a pá. Hannah tinha caído de mau jeito e parecia incapaz de se mexer, mas Brenda passou por cima dela e confrontou implacavelmente os dois homens.

— Agora virem, saiam e vão embora — disse ela. — Não vão continuar com isto. Não sei o que vocês pensam que são ou o que pensam que estão fazendo, mas, por Deus, não vão sair impunes disso.

— Baixe isso — Manton disse a Brenda. — Estou avisando...

Ele tentou pegar o atiçador. Ela bateu com força em seu pulso e ele recuou.

Topham ainda estava lutando para se levantar do móvel quebrado e do vidro estilhaçado do gabinete. Brenda olhou para ele e ficou contente de ver que um corte em sua mão sangrava.

— E *você* — disse Brenda —, como ousa algemar uma senhora, seu capanga covarde. Vá, saia daqui.

— Aquelas caixas todas... — disse Janet.

— É, e roubando também. Podem tirar da van antes de ir.

— Eu me lembro de você — Manton disse a Janet. — É a secretária da faculdade Jordan. Pode dizer adeus a esse emprego.

— E o que você fez com Alice Lonsdale? — Brenda perguntou. — Pra onde levou ela? O que a estão acusando de ter feito?

Janet estava tremendo de choque, mas Brenda parecia não ter medo, confrontava os dois homens do TCD como se toda a força moral da situação pertencesse a ela, o que era fato.

— Você parece não entender que temos autoridade para conduzir investigações... — Manton começou a dizer, mas a voz de Brenda dominou a dele.

— Não tem, não, seu ladrão, covarde, valentão. Ninguém tem autoridade pra entrar na casa dos outros sem mandato, você sabe disso e eu sei disso. Todo mundo sabe. Também não tem autoridade pra prender gente sem motivo. Por que prendeu Alice Lonsdale?

— Não tem nada a ver com...

— Tem tudo a ver comigo. Conheço essa mulher desde criança. Não tem um fio de cabelo criminoso no corpo dela, e ela foi uma funcionária de primeira linha na faculdade Jordan também. O que você fez com o reitor que levou ele a desistir dela?

— Isso não tem nada...

489

— Não consegue me dar uma razão porque não tem nenhuma, canalha, cafajeste, vilão ordinário. O que fez com ela? Me diga!

Janet ajudou Hannah a se levantar. A manga do cardigã da velha dama estava chamuscada, até queimada: ela havia caído no fogo, por um momento, mas não tinha emitido nem um som. Pedaços de carvão em brasa começavam a queimar o tapete da lareira e Janet curvou-se para apagá-los depressa com a pá. Enquanto isso, Topham catava os cacos de vidro de sua mão e Manton virava as costas à feroz exigência de Brenda.

— Vamos — ele disse ao sargento.

— Você está desistindo? — Topham perguntou.

— Perda de tempo. Lá fora, agora.

— A gente vai encontrar a Alice — disse Brenda. — Vamos tirar ela da sua custódia, seus vermes malfeitores. Ainda veremos o dia em que o maldito TCD vai ser expulso deste país com o rabo entre as pernas.

— Nós não som... — Topham começou a dizer, mas Manton falou:

— Chega, sargento. Basta. Vamos embora.

— Capitão, a gente consegue *dominá-la*.

— Não vale a pena. Nós conhecemos *você* — ele disse, olhando para Janet —, e vamos pegar *você* não demora muito — continuou, olhando para Hannah —, e não vai ser difícil descobrir quem é *você*, e aí vai ter problemas pra valer — terminou, olhando para Brenda.

A simples frieza de seus olhos era o bastante para assustar Janet, mas ela se sentiu desafiadora também, depois de ter ajudado um pouco. Valia a pena perder o emprego para sentir aquilo durante um ou dois minutos.

Hannah espanava as últimas fagulhas da manga quando os homens saíram.

— Queimou? — Brenda perguntou. — Deixe eu dar uma olhada. Enrole a manga.

— Brenda, não sei como te agradecer — disse Hannah.

Janet notou que a velha dama não estava tremendo, embora sentisse que ela própria tremia. Pegou a vassourinha do suporte de ferros da lareira e varreu o que pôde das cinzas e da desordem, mas era difícil com as mãos tremendo.

— E agradeço a você também — Hannah continuou. — Desculpe, mas não sei quem é você. Foram muito corajosas, as duas.

— A Janet é secretária do tesoureiro da Jordan — disse Brenda. — Ela estava lá quando pegaram Alice hoje de manhã. Veio me contar assim que conseguiu sair e eu achei melhor alertar você. Eles levaram alguma coisa de valor?

— Só meus recibos de restituição e contas da casa, coisas assim. Para falar a verdade, é um alívio me livrar disso. As coisas de valor estão todas no cofre, mas vou ter de mudar de lugar agora. Sabe de uma coisa, eu adoraria uma xícara de chá, e vocês?

Na manhã seguinte, Janet foi trabalhar como sempre e achou que o porteiro olhou de um jeito estranho para ela quando passou. Encontrou o tesoureiro à sua espera no escritório dele. Ele a chamou assim que a ouviu chegar.

— Bom dia — ela disse, cautelosa.

Ele estava sentado à escrivaninha, brincando com um pedaço de papelão: batia-o no mata-borrão da mesa, dobrava para cá e para lá, alisava uma dobra. Não olhou para ela.

— Janet, desculpe, mas tenho uma má notícia — disse ele.

Falava depressa. Ainda sem olhar para ela. Janet sentiu o estômago despencar e ficou em silêncio.

— Eu... hã... deixaram muito claro para mim que seria difícil... hã... você continuar com o seu trabalho.

— Por quê?

— Parece que você, infelizmente, causou uma... hã, bom, uma má impressão nos dois oficiais que estiveram aqui ontem. Confesso que eu próprio não vi nada de mais... sempre apreciei seu total profissionalismo... e pode ser que a atitude deles tenha sido um pouco excessiva... no entanto, os tempos estão difíceis e...

— O reitor que mandou o senhor fazer isso?

— Como é?

— Ontem. Quando ele chamou o senhor lá dentro, depois que eles levaram a Alice. O que ele falou para o senhor?

— Bom, é confidencial, claro, mas ele enfatizou, sim, a extrema dificuldade de manter a independência numa instituição como esta, que é, afinal, parte da comunidade nacional e não separada dela. As pressões que existem sobre todos nós...

A voz dele foi sumindo, como se não tivesse mais forças. E para ser justa, ela pensou, ele parecia absolutamente miserável.

— Então, o reitor manda o senhor me demitir e o senhor faz?

— Não, não, não foi... Isso, esta história, veio de outra fonte. Muito mais, como posso dizer, autoritária...

— Antigamente era o reitor que tinha autoridade nesta faculdade. Não creio que o antigo reitor admitisse que alguém lhe desse ordens.

— Janet, você não está facilitando as coisas...

— Não é a minha intenção facilitar. Quero saber por que estou sendo demitida, depois de fazer bem o meu trabalho durante doze anos. *O senhor nunca teve uma queixa de mim, teve?*

— Bom, não mesmo, mas parece que ontem você interferiu com homens importantes na execução da tarefa deles.

— Mas não aqui. Não na faculdade. Eu interferi ontem quando eles estavam aqui?

— Não importa onde foi.

— Acho que importa muito. Eles contaram para o senhor o que estavam fazendo?

— Não falei diretamente com eles.

— Bom, eu conto para o senhor. Eles estavam roubando a propriedade de uma velha dama, de forma brutal, e por acaso eu e minha amiga vimos o que estava acontecendo e interferimos para ajudar. Só isso, sr. Stringer, foi só isso que aconteceu. É este o país em que nós estamos vivendo agora, em que a pessoa pode ser demitida de um emprego onde trabalhou bem porque impediu a ação de capangas violentos do TCD? Este lugar agora é assim?

O tesoureiro apoiou a cabeça nas mãos. Janet nunca tinha falado assim com um patrão em toda sua vida, e sentiu o coração bater depressa enquanto ele suspirava e três vezes tentava dizer alguma coisa.

— É muito difícil — disse ele. Ergueu os olhos, mas não para ela. — Não sei explicar certas coisas. As pressões e tensões de que... hã... os funcionários da faculdade e os criados estão muito devidamente protegidos. Este momento é diferente de tudo que... Eu tenho de proteger os funcionários de...

Ela não disse nada enquanto ele ficava sem palavras.

— Bom, se o senhor teve de se livrar de *mim* — ela disse, afinal —, por que eles prenderam a Alice? O que fizeram com ela? Onde ela está?

Tudo que ele conseguiu fazer foi suspirar e baixar a cabeça.

Ela começou a recolher seus pertences da mesa onde trabalhava. Sentia a cabeça leve, como se parte dela estivesse em outro lugar, sonhando tudo aquilo, e que acordaria logo e descobriria que tudo tinha voltado ao normal.

Então entrou de novo na sala dele. O homem parecia absolutamente diminuído.

— Se não pode me contar onde ela está como patrão, pode me contar como amigo? Ela é minha amiga. É amiga de todo mundo. Faz parte desta faculdade... está aqui há séculos, muito mais do que eu. Por favor, sr. Stringer, para onde levaram a Alice?

Ele fingiu não ter escutado. Rosto voltado para baixo; absolutamente imóvel na cadeira; fingiu que ela não estava ali, que ninguém lhe perguntava nada. Parecia achar que se ficasse ali sentado imóvel, sem olhar para ela, o que ele fingia se tornaria realidade.

Ela se sentiu um pouco nauseada. Pôs suas coisas em uma sacola de compras e saiu.

Muitas horas depois, Alice estava sentada, os tornozelos acorrentados, em um vagão de trem fechado, com uma dúzia de outras pessoas igualmente presas. Algumas tinham olhos e nariz inchados, narizes sangrando, maçãs do rosto esfoladas. O mais novo era um menino de uns onze anos, pálido como giz, olhos arregalados de medo; o mais velho um homem da idade de Hannah, abatido, tremendo. Duas lâmpadas âmbaricas fracas, uma em cada extremo do vagão, forneciam a única luz. Como um engenhoso meio extra de manter quietos os prisioneiros, havia debaixo dos bancos duros, ao longo de todo o vagão, jaulas de algum metal brilhante, cobertas com tela prateada, e o daemon de cada prisioneiro estava trancado em uma delas.

Havia pouca conversa. Os guardas os tinham jogado rudemente para dentro, prendido os daemons nas jaulas, fechado as correntes em seus tornozelos, sem falar palavra. O vagão estava em uma parte deserta de um campo quando os prisioneiros foram levados e uma locomotiva chegara cerca de uma hora depois para levar o vagão para... algum lugar.

O menino estava sentado na frente de Alice. Estavam rodando havia meia hora quando ele começou a ficar agitado e Alice perguntou:

— Tudo bem, querido?

— Preciso ir ao banheiro — ele sussurrou.

Alice olhou de um lado e outro do vagão. As portas em ambas as extremidades estavam trancadas, todos tinham ouvido o som e visto as grandes chaves, não havia banheiro e ela sabia muito bem que ninguém viria se chamassem.

— Levante, vire e faça atrás do banco — ela disse. — Ninguém vai se importar. A culpa é deles, não sua.

Ele tentou fazer o que ela disse, mas era muito difícil virar com os tornozelos acorrentados. Ele teve de urinar no chão, na frente. Alice desviou os olhos até ele terminar. O menino estava morto de vergonha.

— Como é seu nome, querido? — ela perguntou.

— Anthony — Ela mal conseguiu ouvir.

— Fique perto de mim — ela disse. — A gente se ajuda. Meu nome é Alice. Não se preocupe de fazer xixi no chão. Todo mundo aqui vai acabar fazendo isso. Onde você mora?

Começaram a conversar e o trem rodou noite adentro.

31. O BASTÃO PEQUENO

O ruído de vozes gritando, de botas pesadas no concreto, o trepidar de rodas de ferro quando um grande vagão cheio do que pareciam caixas de munição passou diante da janela do trem, tudo combinado com o chiar violento do vapor enchia o ar. Lyra se esforçou para ouvir alguma língua que reconhecesse ou uma voz que não fosse áspera, autoritária. Havia risadas masculinas altas também e mais ordem gritadas. Homens em fardas de camuflagem para deserto olharam para ela, fizeram comentários e foram para a porta do vagão.

Invisível, ela pensou. *Desleixada. Indesejável.*

A porta corrediça do compartimento se abriu com ruído. Um soldado olhou para dentro e disse alguma coisa em turco, e ela só pôde balançar a cabeça e encolher os ombros em resposta. Ele disse alguma coisa para os outros homens atrás e entrou, ergueu a pesada mochila para o suporte e soltou do ombro o rifle que levava. Outros quatro juntaram-se a ele; se empurravam, rindo, olhavam para ela, pisavam uns nos pés dos outros.

Ela manteve os pés longe da passagem e se fez a menor possível. As daemons dos soldados eram todas cachorras, ferozes, que se empurravam e rosnavam umas para as outras. Então uma delas parou, olhou para Lyra com interesse, lançou a cabeça para trás e uivou de medo.

Todos os outros sons pararam. O soldado daquela daemon se abaixou para acariciá-la e tranquilizá-la, mas todas as outras registraram o que tinha acontecido e começaram a uivar também.

Um soldado virou-se para Lyra e fez uma pergunta, feroz, hostil. Então um sargento apareceu na porta, evidentemente questionando o que se passava, e o soldado da primeira daemon apontou para Lyra e disse alguma coisa com um ar de ódio supersticioso.

O sargento rosnou uma pergunta a ela, mas ele também estava assustado.

Ela respondeu:

— *J'aime le son du cor, le soir, au fond des bois.*

Foi a primeira coisa que lhe veio à cabeça: um verso de poesia francesa. Os homens ficaram absolutamente imóveis, à espera de uma deixa, à espera de que o sargento indicasse qual devia ser a reação correta, e todos, ao que parecia, cheios de terror.

Lyra falou de novo:

— *Dieu! Que le son du cor est triste, au fond des bois.*

— *Française?* — perguntou o sargento, rouco.

Os olhos de todos os homens e daemons estavam nela. Lyra fez que sim, depois ergueu as mãos como se dissesse: *Eu me rendo! Não atirem!*

Devia haver algo no contraste entre o poder másculo e saudável deles, as armas que carregavam, os dentes à mostra de suas daemons e aquela garota sem daemon, desleixada, tímida, com roupas surradas e óculos, algo cômico; porque primeiro o sargento sorriu, depois começou a rir; e então os outros foram junto, viram o contraste também e acompanharam as risadas; Lyra sorriu, encolheu os ombros e se afastou um pouco para abrir espaço. O sargento disse de novo:

— *Française!* — E acrescentou: — *Voilà.*

O único soldado aparentemente disposto a sentar ao lado dela era um homem musculoso, de pele escura e olhos grandes, com um ar de quem gostava de rir. Ele disse a ela alguma coisa em um tom bastante amigável e ela respondeu com mais poesia francesa:

— *La nature est un temple où de vivants piliers / Laissent parfois sortir de confuses paroles.*

— Ah — ele disse, e assentiu, confiante.

Então o sargento falou com todos, deu ordens, olhando para ela algumas vezes como se as ordens incluíssem instruções de como se comportar com ela. Com um olhar final para Lyra e um aceno de cabeça, ele foi abrir caminho entre os outros soldados que ainda lotavam o trem.

Levou vários minutos para subirem todos a bordo e Lyra se perguntou quantos seriam e onde estaria o oficial encarregado. Ela logo descobriu, porque, evidentemente alertado pelo sargento, um rapaz alto com farda mais elegante que as do resto olhou para dentro do compartimento e falou com ela.

— É francesa, mademoiselle? — ele perguntou em um francês com forte sotaque.

— Sou — ela respondeu na mesma língua.

— Para onde está indo?

— Para Selêucia, monsieur.

— Por que não tem...? — Era claro que ele não sabia a palavra em francês e indicou sua própria daemon-falcão, agarrada à sua dragona, que a observava com olhos amarelos.

— Ele desapareceu — disse ela. — Estou à procura dele.

— Não é possível.

— É, sim. Aconteceu. Como pode ver.

— Vai procurar em Selêucia?

— Em toda parte. Vou procurar em toda parte.

Ele assentiu com a cabeça, intrigado. Parecia querer saber mais, ou proibir alguma coisa, ou exigir algo, mas não sabia o quê. Olhou os soldados no compartimento e retirou-se. Mais homens passavam pelo corredor; portas batiam; uma voz chamava da plataforma e um guarda soprava um apito.

O trem começou a rodar.

Assim que saíram da estação e deixaram para trás as luzes da cidade em direção ao escuro das montanhas de novo, o soldado mais próximo da porta debruçou para fora e olhou para ambos os lados do corredor.

Evidentemente satisfeito, acenou com a cabeça para o homem à sua frente, que tirou da mochila uma garrafa e destampou a rolha. Lyra sentiu o cheio acre de bebida forte e lembrou-se de outra ocasião em que teve a mesma sensação: diante do bar de Einarsson, na cidade ártica de Trollesund, ao ver o grande urso Iorek Byrnison beber em uma caneca de cerâmica. Se ela ao menos tivesse a companhia dele naquela viagem! Ou a companhia de Farder Coram, que também estivera com ela na época!

A garrafa passou de mão em mão. Quando chegou ao homem ao lado dela, ele tomou um longo trago, depois expirou com ruído e encheu o ar de vapores. O homem à frente dele abanou-os com fingida repulsa antes de pegar a garrafa. Ele então hesitou, olhou para Lyra com um sorriso e ofereceu a garrafa a ela.

Ela sorriu brevemente de volta e balançou a cabeça. O soldado disse alguma coisa e ofereceu de novo, mais insistente, como se a desafiasse a recusar.

Outro homem falou com ele, aparentemente em uma crítica. O soldado tomou um gole da bebida, disse algo ríspido e pouco amigável para Lyra antes de passar a garrafa. Ela tentou ficar invisível, mas se certificou de deixar seu bastão perto da abertura da mochila.

A garrafa circulou pelo compartimento outra vez; a conversa ficou mais ruidosa, mais solta. Estavam falando dela, não havia dúvida: os olhos deles passavam pelo corpo dela, um homem lambeu os lábios, outro apertou os fundilhos da calça.

Lyra trouxe a mochila para mais perto com a mão esquerda e começou a levantar, com a intenção de sair, mas o homem à sua frente a empurrou de volta para o banco e disse algo para o homem junto à porta, que esticou a mão e baixou a persiana da janela do corredor. Lyra se levantou de novo, e de novo o soldado a empurrou de volta, dessa vez com um aperto em seu seio. Ela sentiu uma onda de horror invadir seu corpo.

Bom, pensou, *vamos lá.*

Levantou-se uma terceira vez, a mão direita agarrada ao cabo do bastão Pequeno, e quando a mão do soldado avançou ela tirou o bastão da mochila e baixou com tanta força que ouviu o estalar de ossos um momento antes de ele gritar de dor. A daemon dele saltou em cima dela, e ela bateu o bastão na cara da cachorra e a lançou ao chão, uivando. O homem aninhava a mão quebrada, o rosto branco, incapaz de falar ou emitir qualquer som além de um trêmulo gemido.

Ela sentiu a mão de outro homem na cintura, segurou firme o bastão, girou-o para trás e por sorte o atingiu na têmpora com a ponta do cabo. Ele gritou, tentou agarrar o braço dela, então ela virou e cravou os dentes na mão dele, sentindo uma labareda de pura ferocidade queimar em seu coração. Tirou sangue: mordeu mais fundo... um pedaço de pele saiu em seus dentes e ela sentiu a mão soltar seu braço. O rosto dele estava próximo, enlouquecido de fúria: ela enfiou o bastão na carne mole abaixo do queixo e, quando ele recuou, ela bateu com mais força ainda em seu nariz e em sua boca. O homem gemeu e caiu para trás, jorrando sangue, e aí sua daemon também saltou para o pescoço de Lyra. Ela ergueu o joelho o mais forte que pôde, jogou a daemon de lado e então sentiu outras mãos, as mãos de dois homens em seu pulso, dentro da saia, tocando sua calcinha, rasgando, enfiando os dedos nela, e outras mãos no bastão, retorcendo, arrancando de seus dedos e então com pés, dentes, testa, joelhos, ela lutou como tinha visto Iorek Byrnison lutar, temerária, indiferente à dor, destemida, mas estava em desvantagem; mesmo em um compartimento pequeno e lotado, eles tinham mais espaço, mais força, mais mãos e pés do que ela; e tinham daemons, que agora uivavam, rosnavam, latiam com fúria, dentes expostos, saliva voando e mesmo assim ela lutou e lutou... e foi o barulho dos daemons que a salvou porque, de repente, a porta se abriu e lá estava o sargento, que percebeu tudo, disse uma palavra a sua daemon, uma enorme brutamontes, que dilacerou as daemons dos soldados, dentes em seus pescoços, jogou-as de lado como se não pesassem nada e os homens caíram de costas nos bancos, ensanguentados, ossos quebrados, e Lyra ainda parada ali, a saia rasgada, os dedos ensanguentados e torcidos, o rosto cortado e arranhado, sangue escorrendo pelas pernas, os olhos rasos de lágrimas, todos os músculos tremendo, e ela chorou, mas de pé, ainda de pé, enfrentou a todos.

Ela apontou o homem que pegara seu bastão. Teve de apoiar a mão direita com o punho esquerdo para fazer isso.

— Me dê — ela disse —, devolva.

Sua voz estava tomada por lágrimas, e ela tremia tanto que mal conseguia articular as palavras. O homem tentou esconder o bastão a seu lado no banco. Com suas últimas forças ela saltou em cima dele, arranhou seu rosto, suas mãos, com unhas, dentes, fúria, mas se viu erguida sem esforço e suspensa no ar pelo braço esquerdo do sargento.

Ele estalou os dedos da mão direita para o soldado, cujos olhos e nariz agora sangravam abundantemente. O homem entregou o bastão. O sargento o pôs no bolso e rosnou uma ordem. Outro soldado pegou a mochila de Lyra e entregou para ele.

Mais uma ou duas frases ásperas e ele levou Lyra para o corredor, a colocando no chão. Ele gesticulou com a cabeça, indicou que ela devia ir com ele, embora ela mal conseguisse ficar em pé; e ele então abriu caminho à força entre os homens que tinham saído ao corredor para ver o que acontecia. Lyra teve de ir com ele: o sargento estava com a mochila e o bastão. Tremendo violentamente, ela quase perdeu o equilíbrio. Sentia o sangue escorrer da boca, umedecer as pernas, mas fez um esforço para ir com ele.

Os olhos de todos os soldados observavam, absorviam cada detalhe, querendo saber mais. Ela tropeçou pelo meio deles, tentava apenas manter o equilíbrio; o trem passou por um trecho ruim e ela quase caiu, uma mão a segurou em pé; ela puxou o braço e continuou.

O sargento estava esperando diante do último compartimento do vagão seguinte. Parado na porta, o oficial, major, capitão, fosse o que fosse; e quando chegou a ele, o sargento devolveu a ela a mochila que nunca pareceu tão pesada.

— Obrigada — ela conseguiu dizer, em francês. — E o meu bastão.

O oficial perguntou algo ao sargento. O sargento tirou do bolso o bastão e entregou ao oficial, que olhou para ele, curioso. O sargento explicava o que tinha acontecido.

— Meu bastão — Lyra disse, controlando a voz o máximo possível. — Vai me deixar completamente indefesa? Me deixe pegar de volta.

— Você já deixou três dos meus homens fora de combate, segundo me contaram.

— Eu deveria ter permitido que eles me estuprassem? Mataria todos antes disso.

Ela nunca se sentira tão feroz e tão fraca. Estava quase caindo no chão e, ao mesmo tempo, pronta para pular no pescoço dele para recuperar o bastão.

O sargento disse alguma coisa. O oficial respondeu, fez que sim e, relutante, devolveu a Lyra o bastão. Ela tentou abrir a mochila, não conseguiu, tentou de novo, não conseguiu e começou a chorar, o que a encheu de raiva. O oficial deu um passo de lado e indicou o banco atrás dele. O compartimento estava vazio a não ser por sua mala, uma porção de papéis espalhados no banco em frente e uma refeição pela metade de pão e frios.

Lyra sentou-se e tentou uma terceira vez abrir a mochila. Dessa vez conseguiu, mas isso a fez perceber como seus dedos estavam feridos: unhas quebradas, juntas inchadas, um polegar deslocado. Enxugou os olhos com as costas da mão esquerda, respirou fundo várias vezes, rilhou os dentes, quando então descobriu que um deles estava quebrado, e ela o examinou com a língua. Faltava metade. *Dane-se*, pensou. Juntou toda sua força e mexeu com as fivelas da mochila, os dedos doloridos. A mão esquerda estava tão sensível, fraca e inchada que tocou as costas dela delicadamente e pensou sentir um osso quebrado. Finalmente conseguiu abrir a mochila, encontrou o aletiômetro, o baralho e a bolsinha de dinheiro. Guardou o bastão e afivelou a mochila de novo, depois recostou no banco e fechou os olhos.

Cada parte dela parecia doer. Ainda sentia aquelas mãos rasgando sua calcinha e desejava tomar um banho mais que qualquer coisa no mundo.

Ah, Pan, ela pensou. *Está contente agora?*

O oficial falava baixinho com o sargento. Ela ouviu que ele respondeu, foi embora, e o oficial voltou para o compartimento, deslizando a porta.

— Está sentindo dor? — ele perguntou.

Ela abriu os olhos. Um deles parecia preferir ficar fechado. Ela tocou a pele em torno com a mão direita: já estava inchado.

Lyra olhou para o jovem. Não era realmente necessário dizer nada. Ela estendeu as mãos trêmulas e mostrou o estrago.

— Se me permite — ele disse.

Sentou-se à frente dela e abriu um pequeno estojo de lona. Sua daemon-falcão desceu e olhou enquanto ele remexia o conteúdo: rolos de gaze, um potinho de unguento, frascos de comprimidos, pequenos envelopes que provavelmente continham misturas de diversos tipos. Ele desdobrou um pano limpo, destampou um frasco marrom e umedeceu com um líquido.

— Água de rosas — disse.

Entregou o pano a ela, indicando que devia limpar o rosto com ele. Era maravilhosamente fresco e confortante, e ela o deixou sobre os olhos até sentir que era capaz de olhar para ele de novo. Baixou o pano e ele umedeceu com mais água de rosas.

— Achei que fosse difícil obter água de rosas — ela disse.

— Não para oficiais.

— Entendo. Bom, obrigada.

Havia um espelho acima do banco em frente. Ela se levantou, olhou e quase caiu para trás ao ver todo o sangue na boca e no nariz. O olho direito quase fechado.

Invisível, ela pensou amargamente, e passou a se limpar. Mais aplicações de água de rosas ajudaram, assim como o unguento do potinho, que ardeu a princípio, depois emitiu um calor profundo, junto com um forte cheiro de ervas.

Por fim, ela sentou e respirou fundo. Sua mão esquerda era a que mais doía. Tocou-a de novo. O oficial olhava.

— Posso? — disse ele, e pegou sua mão com grande delicadeza. Suas mãos eram macias e sedosas. Ele a mexeu para a frente e para trás, um pouco para cá e para lá, mas doía demais para continuar. — Talvez um osso quebrado — ele disse. — Bom, se vai viajar em um trem com soldados, tem de esperar certo desconforto.

— Tenho um bilhete que me permite viajar neste trem. Não fala nada que a viagem inclui assédio e tentativa de estupro. Você *espera* que seus soldados se comportem assim?

— Não, e eles serão punidos. Mas, repito, não é sensato uma moça viajar sozinha na atual conjectura. Posso oferecer um pouco de *eau-de-vie* como restaurador?

Ela assentiu, o que fez sua cabeça latejar. Ele serviu a bebida em um pequeno copo de metal e ela tomou cautelosamente. Tinha gosto do melhor *brantwijn*.

— Quando este trem chega a Selêucia? — ela perguntou.

— Dentro de duas horas.

Lyra fechou os olhos. Com a mochila apertada ao peito, ela se permitiu cochilar.

Ao que pareceu ser apenas segundos mais tarde, o oficial apertou o ombro dela. Sua consciência relutava em deixar o sono; queria dormir durante um mês.

Mas do lado de fora da janela, ela viu as luzes de uma cidade e o trem estava parando. O oficial recolheu seus papéis e ergueu o rosto quando a porta se abriu.

O sargento disse alguma coisa, talvez informando que os homens estavam prontos para desembarcar do trem. Ele olhou para Lyra como se avaliasse o estrago. Ela baixou os olhos: hora de ser discreta outra vez, inconspícua, desleixada. Mas como não ser notada, ela pensou, com um olho roxo, uma mão quebrada, cortes e arranhões por toda parte? E sem daemon?

— Mademoiselle — disse o oficial. Ela ergueu os olhos e viu que o sargento estendia algo para ela. Eram seus óculos, com uma lente quebrada e sem uma haste. Ela os pegou sem uma palavra. — Venha comigo e ajudo você a ser a primeira a descer do trem.

Ela não discutiu. Levantou-se com alguma dificuldade e dor, e ele a ajudou a pôr a mochila nos ombros.

O sargento se afastou para deixar que saíssem do compartimento. Ao longo de todo o trem, até onde ela podia ver, os soldados recolhiam suas armas e pertences, abriam caminho para o corredor, mas o oficial elevou a voz e os mais próximos se afastaram. Lyra seguiu atrás dele para a porta.

— Um pequeno conselho — ele disse ao ajudá-la a descer, rígida, para a plataforma.

— Sim?

— Use um nicabe — ele disse. — Vai ajudar.

— Entendo. Obrigada. Seria melhor para todo mundo se disciplinasse os seus soldados.

— Você mesma fez isso.

— Não devia precisar fazer.

— Mesmo assim, você se defendeu. Eles vão pensar duas vezes antes de se comportarem dessa forma outra vez.

— Não vão, não. E você sabe disso.

— Talvez tenha razão. Eles são lixo. Selêucia é uma cidade difícil. Não demore muito aí. Mais soldados vão chegar em outros trens. Melhor seguir viagem depressa.

Ele então se virou e deixou-a sozinha. Seus homens olharam para ela pelas janelas do trem enquanto mancava pela plataforma até a bilheteria. Ela não tinha a menor ideia do que fazer em seguida.

32. HOSPITALIDADE

Ela se afastou da estação e tentou dar a impressão de que tinha todo o direito de estar ali, de que sabia aonde estava indo. Cada parte de seu corpo doía, cada parte parecia maculada pelas mãos que tinham penetrado sua carne. A mochila era um fardo horrendo: como tinha ficado tão pesada? Ela queria dormir.

Era noite profunda. As ruas vazias de gente, pouco iluminadas e sombrias. Não havia árvores, nem arbustos, nem relva; nenhum pequeno parque ou praça com um canteiro de verde; nada além de pavimento duro e depósitos construídos com pedra, ou bancos, prédios de escritório, nem um lugar onde pousar a cabeça. O lugar estava tão silencioso que ela pensou que devia haver um toque de recolher e que se fosse encontrada vagando poderia ser presa. Quase desejava isso: na cela poderia dormir. Não havia sinal de um hotel, nem um único café, nenhum lugar destinado a descanso e repouso de viajantes. Esse lugar transformava todo visitante em forasteiro.

Só uma vez ouviu um sinal de vida e foi quando, quase louca de exaustão, no limite da dor e da infelicidade, ela arriscou bater numa porta. Sua intenção era se abandonar à compaixão de quem morasse ali, na esperança de que a cultura local tivesse uma tradição de hospitalidade para estrangeiros, diante de todas as provas em contrário. Suas tímidas batidas, com dedos machucados, despertaram apenas um homem, claramente um vigia noturno ou guarda de segurança de algum tipo, a serviço ali dentro. Sua daemon o acordou com um frenesi de uivos e ele rosnou uma ofensa a quem quer que tivesse ousado bater. Sua voz estava cheia de ódio e medo. Lyra fugiu depressa. Ela o ouviu xingar e gritar por longo tempo.

Por fim, ela não conseguiu andar mais. Simplesmente despencou num ponto à sombra do brilho das luzes da rua próxima, perto da esquina de um prédio, enrolada em torno da mochila, e adormeceu. Estava machucada e cansada demais até para chorar; as lágrimas corriam de seus olhos sem força; ela as sentia frias na face, nas pálpebras, nas têmporas e não fez nada para enxugá-las; e então dormiu.

Alguém a sacudiu pelo ombro. Uma voz baixa sussurrava palavras ansiosas, urgentes que ela não entendia. Tudo doía.

Ainda estava escuro. Quando abriu os olhos não havia luz para ofuscá-la. O homem curvado sobre ela era escuro também, de um escuro mais profundo, e fedia terrivelmente. Havia outro vulto próximo, ela conseguia ver seu rosto, pálido contra a noite, que olhava para um lado e outro.

O primeiro homem deu um passo atrás para ela se sentar na pedra fria e esticar um pouco as pernas. Fazia muito frio. Eles tinham um carrinho e uma pá de cabo longo.

Mais palavras, naquela voz baixa e urgente. Eles faziam gestos: levante, fique em pé, levante. O fedor era nauseante. Ao mover dolorosamente os membros e fazer um esforço para se levantar, ela entendeu: eram os homens da limpeza noturna, em sua ronda a esvaziar as latrinas e fossas da cidade, atividade para a classe mais baixa e desprezada das pessoas.

Ela disse em francês:

— O que vocês querem? Eu estou perdida. Onde estamos?

Mas eles só falavam a própria língua, que não soava nem como anatólio, nem como árabe. De qualquer forma, ela não entendia, a não ser para perceber que estavam ansiosos, e ansiosos por ela.

Mas ela estava com frio, cheia de dores. Tentou parar de tremer. O primeiro homem disse mais alguma coisa que parecia ser: venha, venha conosco.

Mesmo com seu carro fétido, eles andavam mais depressa do que ela conseguia e uma parte da ansiedade deles a contaminou quando tiveram de ir mais devagar por sua causa. Eles não paravam de olhar ao redor. Finalmente, chegaram a uma viela entre dois imponentes edifícios e entraram.

No céu, havia apenas um mínimo indício de que a noite estava no fim: nada de luz de fato, apenas uma diluição do escuro. Ela entendeu: eles tinham de acabar seu turno ao alvorecer e queriam estar longe das vistas antes disso.

A viela era muito estreita, os edifícios opressivos em torno. Ela estava se acostumando ao cheiro... não, não estava; nunca se acostumaria; mas não estava pior do que antes. Um dos homens levantou a trava de uma porta e abriu-a silenciosamente. Imediatamente uma voz feminina ali dentro, pastosa de sono, mas imediatamente desperta, fez uma breve pergunta temerosa.

O homem respondeu, com igual brevidade, e deu um passo de lado para indicar Lyra. O rosto da mulher emergiu tenuemente do escuro, tenso, assustado, prematuramente envelhecido.

Lyra avançou para ficar mais visível. A mulher a examinou um momento, depois estendeu a mão para pegar a dela. Era a mão quebrada e Lyra não conseguiu evitar um grito de dor. A mulher recuou para o escuro e o homem falou com urgência de novo.

— Desculpe, desculpe — disse Lyra, baixinho, embora sentisse vontade de uivar de agonia. Sentiu que a mão tinha inchado e estava quente.

A mulher emergiu uma segunda vez e gesticulou com o cuidado de não tocar. Lyra se virou para expressar sua gratidão, mas os homens já estavam indo embora apressados com o carrinho fétido.

Ela avançou com cuidado, abaixando a cabeça sob a viga baixa. A mulher fechou a porta e o escuro total as envolveu; mas Lyra ouviu movimentos e então a mulher riscou um fósforo e acendeu um pequeno lampião a óleo. A sala cheirava a sono e comida. Na luz amarelada, Lyra viu que sua anfitriã era muito magra e mais jovem do que parecia.

A mulher apontou uma cama, ou melhor, um colchão com uma pilha de várias cobertas: era o único lugar para sentar, além do chão. Lyra deixou a mochila, sentou-se na ponta do colchão e disse:

— Obrigada... muita gentileza... *merci, merci*...

Só então ela notou que não tinha visto o daemon da mulher. E com um pequeno sobressalto deu-se conta de que os homens também não tinham daemons.

Ela perguntou:

— Daemon? — E tentou indicar a ausência de um, mas a mulher claramente não entendeu e Lyra apenas balançou a cabeça. Não havia mais nada a fazer. Talvez essa pobre gente tivesse de fazer o trabalho que fazia porque, como não tinham daemons, eram menos que humanos aos olhos da sociedade. Eram a casta mais baixa que havia. E seu lugar era com eles.

A mulher a observava. Lyra apontou o próprio peito e disse:

— Lyra.

— Ah — disse a mulher, apontando a si mesma e falando: — Yozdah.

— Yozdah — Lyra repetiu com cuidado.

A mulher disse:

— Ly-ah.

— Lyra.

— Ly-ra.

— Isso.

Ambas sorriram. Yozdah indicou que Lyra podia deitar e foi o que fez, sentindo uma coberta pesada ser colocada sobre ela e adormecendo imediatamente, pela terceira vez na mesma noite.

Acordou ao som de vozes baixas. A luz se filtrava através de uma cortina de contas na porta, mas era cinza, sem nenhum brilho solar. Lyra abriu os olhos e viu Yozdah e um homem, possivelmente um dos que a levaram ali, sentados no chão e comendo de uma mesma tigela grande. Ficou deitada, observando, antes de se mexer; o homem parecia mais jovem que a mulher e suas roupas maltrapilhas, mas não conseguiu sentir nada do fedor de sua profissão.

Ela se sentou com cuidado e descobriu que a mão esquerda doía tanto que não dava para abrir totalmente. A mulher viu que ela se mexeu, disse algo para o homem, que se virou para olhar e se levantou.

Lyra precisava urgentemente de um banheiro ou algo semelhante, e, quando tentou indicar isso, o homem desviou os olhos, a mulher entendeu e a levou por outra porta a um pequeno quintal. A latrina ficava no canto mais longe e estava meticulosamente limpa.

Yozdah estava esperando na porta quando ela saiu, com um jarro de água. Fez gestos para ela estender as mãos, Lyra obedeceu, protegendo como podia a mão esquerda do choque da água fria que Yozdah despejou. Ela ofereceu a Lyra uma toalha fina e a chamou para dentro.

O homem ainda estava de pé, à espera delas, e indicou que ela podia sentar no tapete com eles e comer da tigela de arroz. Ela comeu, com a mão direita, como eles.

Yozdah disse ao homem:

— Lyra. — E apontou para ela.

— Ly-ra — ele disse, apontou para si mesmo e falou: — Chil-du.

— Chil-du — Lyra repetiu.

O arroz era pegajoso e quase sem sabor a não ser por um pouquinho de sal. Mas era tudo o que eles tinham e ela tentou comer o mínimo possível, uma vez que eles não esperavam convidados. Chil-du e Yozdah conversavam baixinho e Lyra se perguntou que língua estariam falando; não parecia com nenhuma que tivesse ouvido antes.

Mas tinha de tentar se comunicar com eles. Dirigiu-se aos dois, virava de um para o outro e disse o mais claramente possível:

— Quero encontrar o Hotel Azul. Já ouviram falar do Hotel Azul? Al-Khan al-Azraq?

Os dois olhavam para ela. Ele parecia intrigado, ela estava ansiosa.

— Ou Madinat al-Qamar?

Essa eles conheciam. Recuaram, balançaram a cabeça, ergueram as mãos como para afastar qualquer menção desse nome.

— Inglês? Conhecem alguém que fale inglês?

Eles não entenderam.

— *Français? Quelqu'un qui parle français?*

Mesma reação. Ela sorriu, deu de ombros e comeu outro bocado de arroz.

Yozdah se levantou, pegou uma panela do fogo e despejou água fervente em duas tigelas de cerâmica. Em cada uma colocou uma pitada de um pó escuro e arenoso, raspou um pelote de algo que podia ser manteiga ou queijo pastoso e pôs em seguida. Depois mexeu cada tigela com um pincel duro até formar espuma e deu uma para Chil-du, outra para Lyra.

— Obrigada — Lyra disse —, mas... — Apontou a tigela e depois Yozdah. Isso parecia ir contra alguma regra de etiqueta, porque Yozdah franziu a testa e desviou o olhar, e Chil-du afastou delicadamente a mão de Lyra.

— Bom — disse Lyra —, obrigada. Imagino que você possa usar a tigela quando eu terminar. É muita gentileza sua.

O líquido estava quente demais, mas Chil-du bebia sugando pela borda com um ruído úmido. Lyra fez a mesma coisa. O gosto era amargo e rançoso, mas por baixo havia um sabor não diferente de chá. Depois de vários goles ruidosos, ela descobriu que era ácido e refrescante.

— É gostoso — ela disse. — Muito obrigada. Como chama?

Apontou a tigela e fez um ar inquisitivo.

— *Choy* — disse Yozdah.

— Ah. Então *é* mesmo chá.

Chil-du falou com a esposa durante cerca de um minuto, fazendo sugestões talvez ou apenas dando instruções. Ela ouviu criticamente, uma interjeição aqui, uma pergunta ali, mas por fim disse algo que era claramente uma concordância. Os dois olhavam para Lyra o tempo todo. Ela observou, preocupada, ouviu cada palavra que pudesse entender, tentando interpretar suas expressões.

Quando a conversa terminou, Yozdah se levantou, abriu um baú de madeira, que parecia feito de cedro e era a única coisa bonita ou de aparência cara na sala. Ela tirou um pedaço de pano dobrado, de cor preta, e sacudiu para desdobrar. Era surpreendentemente longo.

Yozdah olhou para ela e gesticulou, então Lyra se pôs de pé. Yozdah dobrou o pano de outro jeito, indicou que Lyra devia observar, e ela obedeceu, tentando memorizar a sequência de dobras. Então Yozdah ficou ao lado dela e começou a prender o pano em torno de sua cabeça, primeiro um lado sobre a ponte do nariz de Lyra, de forma que pendia sobre a parte inferior do rosto dela, depois enrolou o resto em torno de sua cabeça para esconder cada parte, menos os olhos. Ela prendeu as pontas de ambos os lados.

Chil-du observava. Gesticulou com a cabeça, Yozdah entendeu e escondeu a última mecha do cabelo escuro de Lyra.

Ele falou alguma coisa que demonstrava claramente uma aprovação.

— Obrigada — disse Lyra, com a voz abafada.

Ela detestava aquilo, mas conseguia entender o motivo. Estava impaciente para seguir seu caminho como se soubesse qual era seu caminho, ou para onde; e não havia nada que a detivesse ali, principalmente porque não tinham nenhuma língua em comum. Então ela juntou as mãos no que esperava fosse entendido como um gesto de agradecimento e de adeus, baixou a cabeça, pegou a mochila e saiu. Lamentava amargamente não ter nada para lhes dar além de dinheiro, e pensou brevemente oferecer umas moedas, mas teve medo de insultar sua hospitalidade.

Ela saiu da pequena viela, onde o carrinho de sujeira noturna estava parado, como se tivesse vergonha de si mesmo. Não estava trancado, nem nada; quem haveria de querer roubar aquele objeto? A rua estava ofuscante de sol brilhante e Lyra logo começou a sentir calor debaixo do abominavelmente opressivo véu e lenço de cabeça.

No entanto, ninguém olhou para ela. Tinha se tornado o que sempre quisera desde o começo da viagem: invisível. Combinado ao jeito de se movimentar desleixado-deprimido recomendado por Anita Schlesinger, o véu a deixava ativamente resistente ao interesse dos outros. Homens principalmente passavam na frente dela como se não tivesse mais substância ou importância que uma sombra, marchavam à frente nos cruzamentos, sem notá-la em absoluto. E pouco a pouco esse estado começou a despertar nela uma espécie de liberdade.

Mas era quente e ficava ainda mais quente com o sol subindo. Ela se encaminhou para onde achou ser o centro da cidade, na direção de mais trânsito, mais barulho, lojas maiores e ruas mais cheias. Em algum lugar, pensou, podia encontrar alguém que falasse inglês.

Havia um grande número de policiais armados, alguns sentados na calçada jogavam dados, alguns em pé examinavam todos os passantes, alguns inspecionavam os objetos que um pobre mascate tentava vender com sua mala, outros comiam e bebiam numa barraca de comida localizada ilegalmente na rua. Lyra os observou atenta, sentiu seus olhares quando se dignavam a prestar atenção nela, um breve relance desinteressado em seu rosto oculto, um olhar automático e inevitável para seu corpo, e desviavam o olhar. Nem mesmo a ausência de daemon provocava uma centelha de interesse. Apesar do calor, era quase como estar realmente livre.

Além da polícia, havia soldados em carros blindados ou patrulhando com armas cruzadas ao peito. Pareciam estar à espera de uma revolta que sabiam que viria, só não sabiam quando. A certo ponto, Lyra quase se chocou com um esquadrão que interrogava um grupo de meninos, alguns tão novos que suas daemons ficavam mudando de uma forma abjeta para outra, tentando aplacar os homens com armas e rostos acesos de ódio. Um menino caiu de joelhos e estendeu as mãos, implorando, e a coronha de um rifle se abateu sobre a lateral de sua cabeça e o jogou na rua.

Lyra quase gritou "Não!" e teve de se controlar para não correr para impedir. A daemon do menino tinha se transformado numa cobra e se retorcia convulsa na poeira, até a daemon do soldado pisar nela com pé pesado e ela e o menino se imobilizarem.

Os soldados notaram que Lyra estava observando. O homem que bateu no menino ergueu os olhos, gritou alguma coisa, ela virou-se e foi embora. Detestava a sensação de impotência, mas a violência do homem a fez sentir cada machucado, cada corte do ataque no trem, e a lembrança daquelas mãos por baixo de sua saia gelava de repugnância as suas entranhas. Sua primeira tarefa era sair daquele lugar tão agitado e isso significava continuar inconspícua, por mais difícil que fosse.

Avançou mais pelas ruas movimentadas, para uma área de lojas e pequenos negócios, consertadores de móveis, vendedores de bicicletas de segunda mão, fabricantes de roupas baratas e semelhantes. Sempre a presença da polícia, sempre a visão de soldados. Ela se perguntou sobre as relações entre as duas forças. Elas pareciam se manter escrupulosamente separadas, com uma polidez formal quando tinham de cruzar uma com a outra na rua. Queria que Bud Schlesinger aparecesse de repente para guiá-la calmamente pelo labirinto de problemas ali, ou Anita, para mantê-la alegre com animação e conversas; ou Malcolm…

Ela deixou essa ideia prolongar-se até se apagar.

Quanto mais perto do centro da cidade, mais incomodada se sentia, porque a dor na mão esquerda piorava um pouco a cada pulsação do sangue na artéria próxima ao osso quebrado. Ela olhava cada letreiro de loja, cada painel de avisos, cada placa de bronze nos prédios, à procura de um sinal de que ali se falava inglês.

Por fim, encontrou o aviso que procurava em uma igreja. Uma pequena basílica com cobertura de telhas de cerâmica, num cemitério empoeirado onde três oliveiras cresciam no cascalho, com uma placa que dizia em inglês, francês e árabe: SAGRADA CAPELA DE SÃO PHANOURIOS, seguida de uma lista de rituais e o nome do sacerdote encarregado, padre Jerome Burnaby.

A princesa Rosamond… Ela não tinha dito que seu daemon se chamava Phanourios? Lyra parou para olhar a área cercada. Ao lado da basílica, havia uma casinha num jardim sombreado por palmeiras onde um homem de camisa e calça azuis desbotadas regava umas flores. Ele olhou quando ela parou, acenou, alegre, e com isso encorajou Lyra a ir cautelosamente até ele.

Ele pôs de lado o regador e disse:

— *As-salamu aleikum*.

Ela se aproximou um pouco mais, entrando no vicejante jardim, com muitas espécies de folhagens, mas onde as únicas flores eram de um vermelho profundo.

— *Wa-aleikum as-salaam* — ela respondeu baixinho. — O senhor fala inglês?

— Falo, sim. Sou o encarregado aqui, padre Burnaby. Eu sou inglês. E você? Seu sotaque é inglês.

Ele soava como se fosse de Yorkshire. Sua daemon era um tordo que observava Lyra empoleirada na alça do regador com a cabeça de lado. O padre era robusto, de cara vermelha, mais velho do que ela pensara da rua e sua expressão irradiava uma espécie de preocupação inteligente. Ele estendeu a mão quando ela tropeçou numa pedra.

— Obrigada...

— Você está bem? Não parece bem. Não que seja fácil de se ver...

— Posso me sentar?

— Venha comigo.

Ele a levou para a casa, onde estava um pouco mais fresco que fora. Assim que a porta se fechou, Lyra desenrolou o lenço-véu e o tirou, aliviada.

— O que aconteceu com você? — ele perguntou, espantado com os cortes e escoriações no rosto dela.

— Eu fui atacada. Mas só preciso encontrar...

— Você precisa de um médico.

— Não. Por favor. Só me deixe sentar um minuto. Eu prefiro não...

— Mas pode tomar um copo d'água. Fique aqui.

Ela estava num pequeno saguão, onde havia uma cadeira de vime surrada. Ela esperou ele voltar com a água e disse:

— Eu não quis...

— Não se preocupe. Venha cá. Não está muito arrumado, mas pelo menos as cadeiras são confortáveis.

Ele abriu a porta que dava para uma sala que parecia meio escritório, meio loja de segunda mão com livros por toda parte, inclusive no chão. Ela se lembrou da casa de Kubiček em Praga: parecia ter sido há tanto tempo!

O padre tirou uma dúzia de livros de uma poltrona.

— Sente aqui — disse. — As molas ainda estão intactas.

Ela se sentou e observou enquanto ele distribuía os livros em três pilhas, correspondentes, pensou ela, aos três aspectos do assunto sobre o qual ele estava lendo, que parecia ser filosofia. Sua daemon-tordo, empoleirada nas costas da outra poltrona, a observava com olhos brilhantes.

Burnaby sentou-se e disse:

— É evidente que você precisa de cuidados médicos. Vamos dar isso por certo. Daqui a um minuto vou te dar o endereço de um bom médico. Agora me diga o que mais precisa. Além de um daemon. Vamos dar isso por certo também. Como posso ajudar?

— Onde nós estamos? Aqui é Selêucia, isso eu sei, mas a que distância está de Alepo?

— Algumas horas de carro. Mas a estrada não é muito boa. Por que quer ir para lá?

— Preciso encontrar uma pessoa.

— Entendo — disse ele. — Posso saber seu nome?

— Tatiana Prokovskaya.

— Tentou o cônsul moscovita?

— Não sou moscovita. Só meu nome que é.

— Quando chegou a Selêucia?

— Ontem, tarde da noite. Tarde demais para encontrar um hotel. Umas pessoas humildes foram muito bondosas em cuidar de mim.

— E quando foi atacada?

— No trem de Esmirna. Uns soldados.

— Não foi a nenhum médico?

— Não. Não falei com ninguém além das pessoas que me ajudaram e a gente não tinha uma língua em comum.

— Como era o nome deles?

— Chil-du e Yozdah.

— Um limpador noturno e a esposa.

— O senhor conhece?

— Não. Mas esses nomes não são anatólios: eles são tadjiques. Isso quer dizer, Onze, a mulher, e Quarenta e dois, o homem.

— Tadjique? — ela perguntou.

513

— É. Eles não têm permissão para ter nomes, então têm números, ímpar para mulheres, par para homens.

— Que horror. São escravos ou algo parecido?

— Algo assim. Eles só podem trabalhar num pequeno número de atividades: coveiro é uma bastante comum. E limpadores de sujeira noturna.

— Eles foram muito gentis. Me deram este véu, este lenço, este... nicabe, é isso?

— Fez bem de usar isso.

— Sr. Burnaby... Padre... como devo chamar o senhor?

— Jerome, por favor.

— Jerome, o que está acontecendo aqui? Por que tem soldados na rua e no trem?

— As pessoas estão inquietas. Assustadas. Tem havido tumultos, incêndios criminosos, perseguições... Desde o martírio de são Simeão, o patriarca, existe uma espécie de lei marcial-eclesiástica em ação. A questão dos roseirais é o motivo para tudo isso.

Lyra pensou um pouco. Então disse:

— As pessoas... ontem à noite... não tinham daemons. Como eu.

— Posso perguntar por que não tem daemon?

— Ele desapareceu. Só isso que eu sei.

— Foi sorte você não ser detida agora de manhã. As pessoas que não têm daemons, geralmente tadjiques, não podem ser vistas durante o dia. Se achassem que você era tadjique, teria sido presa.

Lyra ficou imóvel um momento e disse:

— Este lugar é horrível.

— Não posso discordar.

Ela tomou um gole de água.

— E você quer ir para Alepo? — ele perguntou.

— Seria difícil, neste momento?

— Esta é uma cidade comercial. Aqui se consegue qualquer coisa com dinheiro. Mas será mais caro agora, uma viagem dessa, do que seria em tempos de paz.

— Já ouviu falar de um lugar chamado Hotel Azul? — ela perguntou.

— Um lugar para onde vão os daemons perdidos?

Os olhos dele se arregalaram.

— Ah... por favor... tenha cuidado — ele disse. E chegou a se levantar da poltrona, patrulhar a sala, olhando pelas duas janelas, uma que dava para a rua, outra para a estreita horta ao lado da casa. Sua daemon-tordo trinava, alarmada e voou na direção de Lyra antes de voltar para a segurança do ombro do padre.

— Cuidado com quê? — Lyra perguntou. Estava um pouco confusa.

— O lugar que você mencionou. Existem poderes que não são deste mundo, poderes espirituais, poderes do mal. Eu realmente aconselho você a não ir lá.

— Mas estou tentando encontrar o meu daemon. O senhor sabe que estou. Se o lugar existe, ele pode estar lá. Tenho de ir, de tentar. Eu estou... estou incompleta. O senhor deve entender isso.

— Você não sabe se o seu daemon está lá. Eu já vi casos... posso te dar exemplos de verdadeiro mal espiritual surgir de lugares onde... Entre pessoas que... Não, não, eu realmente te aconselho a não ir lá. Mesmo que tal lugar exista.

— Mesmo que exista? Quer dizer que pode não existir?

— Se esse lugar existir mesmo, seria errado ir lá.

Lyra pensou: *Será Bolvangar outra vez?* Não podia perder tempo contando isso a ele.

— Se eu perguntasse como... não sei, simplesmente como jornalista talvez, se eu perguntasse como uma pessoa pode chegar lá, se quiser, o senhor me diria?

— Bom, em primeiro lugar, eu não sei chegar lá. É tudo rumor, mito, talvez até mesmo superstição. Mas acho que se há alguém que sabe pode ser seu amigo limpador noturno. Por que não pergunta para ele?

— Porque não falamos um a língua do outro. Olhe, não se preocupe. Não tenho força para ir para nenhum lugar no momento. Agradeço ao senhor por ter me escutado. E pelo copo de água.

— Sinto muito. Não pense que tem de ir embora. Só estou preocupado com seu bem-estar, espiritual e... Sente aí e descanse. Fique um pouco. Eu realmente acho que devia ver um médico por causa desses ferimentos.

— Vou ficar bem. Mas tenho de ir agora.

— Gostaria que me deixasse fazer alguma coisa.

— Tudo bem — disse ela. — Só me fale da viagem daqui para Alepo. Tem um trem?

— Tinha. Até bem recentemente, na verdade, mas proibiram. Tem um ônibus, duas vezes por semana, acho. Mas...

— Tem algum outro jeito de ir para lá?

Ele respirou fundo, tamborilou com os dedos, balançou a cabeça.

— Tem camelos — disse.

— Onde eu encontro um camelo? E alguém para me guiar?

— Você sabe que esta cidade é um ponto terminal de muitas trilhas da Rota da Seda? Os grandes mercados e depósitos ficam em Alepo, mas uma quantidade substancial de bens vem para cá para chegar ao mar. E existe o comércio com o interior também. Os chefes de caravanas carregam seus camelos aqui para viagens até Beijing. Alepo é só uma parada para eles. Se você for ao porto... é o que eu faria... vá ao porto e pergunte por um chefe de caravana. Eles falam todas as línguas do mundo. Esqueça a outra ideia, eu te imploro. É devaneio, ilusão, perigoso. Realmente. De camelo, Alepo estaria a uns dois dias. Talvez três. Tem amigos lá?

— Tenho — ela disse com facilidade. — Quando chegar lá vou estar em segurança.

— Bom, desejo boa sorte. Sinceramente. E não esqueça, a Autoridade nunca quer que sua criação se separe. Você foi criada com um daemon e ele está em algum lugar ansioso por se unir a você. Quando isso acontecer, a natureza será um pouco restaurada e a Autoridade ficará feliz.

— Ele está feliz com essa pobre gente tadjique vivendo desse jeito?

— Não, não. O mundo não é um lugar fácil, Tatiana. Provações nos são enviadas...

Ela se levantou, surpresa com o esforço necessário e teve de se apoiar no encosto da poltrona.

— Você não está bem — ele disse, e seu tom era gentil.

— Não.

— Eu...

Ele se levantou também e juntou as mãos. Seu rosto expressava um desencadeamento de pensamentos, de sentimentos e chegou a fazer um curioso movimento convulso como se quisesse romper correntes ou algemas.

— O que foi? — Lyra perguntou.

Ele disse:

— Sente de novo. Eu não contei toda... não contei toda a verdade. Por favor. Sente. Vou tentar.

Ele estava claramente emocionado. Lutava contra algo e ao mesmo tempo parecia envergonhado com a revelação.

Lyra sentou-se e observou cada expressão que surgia no rosto do padre.

— Seus amigos tadjiques — ele disse, baixinho —, os daemons deles devem ter sido vendidos.

Ela não tinha certeza se tinha ouvido bem.

— O quê? O senhor disse *vendidos*? As pessoas *vendem* seus daemons?

— É a pobreza — disse ele. — Existe um mercado de daemons. O conhecimento médico é muito avançado aqui, ao contrário de outras coisas. Grandes empresas por trás dele. Dizem que as companhias farmacêuticas fazem experimentos aqui antes de se expandir para o mercado europeu. Existe uma operação cirúrgica... Muitas pessoas agora sobrevivem. Pais vendem os daemons dos filhos em troca de dinheiro para continuar vivos. É teoricamente ilegal, mas as fortunas passam por cima da lei... Quando as crianças crescem, não são cidadãos plenos, são incompletos. Daí seus nomes e as ocupações que têm de assumir.

"Existem comerciantes... eu sei onde, posso até te dizer onde podem ser encontrados. Não é um conhecimento que eu tenha orgulho de transmitir. De fato, cada osso do meu corpo se rebela... não consigo me perdoar por saber disso. Existem homens que podem suprir daemons para quem não tem. Parece atroz. Parece absurdo. Quando ouvi falar disso, quando mudei para esta vida, para cuidar desta capela, pensei que era uma coisa para o confessionário e admito que sofri... lutei para acreditar. Mas ouvi de várias partes. As pessoas contam coisas assim para os padres. Parece que, se uma pessoa como você, que passou por isso, sofreu a perda de um daemon, se essa pessoa tiver dinheiro suficiente, pode procurar os serviços de um *negociante* que fornece um... que vende um daemon para passar como dela própria. Já vi gente nessas condições. Têm daemon: ela, ele vai com eles por toda parte, parece ser próximo e compreensivo, mas..."

— Dá para saber — disse sua daemon-tordo. A voz dela era doce e serena. — Eles parecem desconectados em algum nível profundo. É muito perturbador.

— Lutei com isso — o padre continuou. — Lutei para entender e aceitar isso, mas... Meu bispo não me deu nenhuma orientação. O Magisterium nega que isso aconteça, mas eu sei que sim.

— Não é possível, certamente! Por que um daemon haveria de concordar fingir ser de outra pessoa? Eles são *nós*. São parte de nós. Devem sentir falta da gente como nós sentimos deles. O *senhor* já se separou do seu daemon?

Ele balançou a cabeça. Sua daemon disse alguma coisa baixinho e ele a pegou nas mãos e levou junto ao rosto.

— E por que daemons ficam com estranhos? Como conseguem suportar?

— Deve ser melhor do que ficar onde estão... onde foram separados.

— E... *negociantes*? — Lyra continuou. — Isso é *permitido*? Eles têm alguma *licença*?

— Ouvi dizer... — ele começou, e então: — Isso é especulação e rumores, você sabe... Bom, alguns daemons que eles vendem são os que foram removidos dos tadjiques. A maioria morre, ao que parece... mas se trata em grande parte de uma atividade clandestina, você sabe, ilícita... as autoridades fingem não ver porque as empresas por trás são mais poderosas que a política atual. Ah, você falou a verdade quando disse que este lugar é horrível, Tatiana.

— Me conte mais sobre o Hotel Azul — disse Lyra.

Ele parecia infeliz.

— Por favor — ela acrescentou. — Vim de muito longe para encontrar o meu daemon. Se ele está em algum lugar perto daqui tenho de garantir que fique longe desses negociantes. E se o Hotel Azul é um lugar para onde vão os daemons, deve ser seguro para eles. Onde fica? O que é? O que o senhor sabe?

Ele suspirou.

— As pessoas evitam o lugar por medo... Acredito de verdade que existem poderes maléficos envolvidos. Pelo que ouvi dizer... eu tenho um paroquiano que foi procurar por curiosidade e voltou marcado, mudado, diminuído... Não é um hotel. Isso é só um eufemismo. É uma cidade morta. Uma de centenas. Não faço ideia por que chamam de Hotel Azul. Mas alguma coisa reina ali, alguma coisa atrai daemons, talvez daemons que tenham se separado e escapado... Não é um lugar bom, Tatiana. Disso eu tenho certeza. *Por favor* não...

— Onde eu posso encontrar um desses negociantes?

Ele apoiou a cabeça nas mãos e exclamou.

— Queria não ter dito nada!

— Fico contente que tenha dito. Onde posso encontrar?

— Tudo isso é ilegal, imoral. Tudo é perigoso. Tanto legal como espiritualmente. Entende o que eu quero dizer?

— Entendo, mas assim mesmo quero saber. Onde eu vou? O que eu pergunto? Essa gente tem um nome particular, para essa transação?

— Está decidida a fazer isso?

— É a única pista que eu consegui. Claro que estou decidida e o senhor também estaria. Essa gente que compra daemons... como eles encontram os negociantes? Por favor, sr. Burnaby, Jerome, se não me contar tudo o que sabe, posso correr ainda mais perigo. Existe um lugar especial onde eles vão? Um mercado, um café, algo assim?

Ele murmurou alguma coisa e Lyra ia pedir que repetisse quando percebeu que ele estava conversando com sua daemon. E foi ela que respondeu.

— Tem um hotel perto das docas — ela disse. — Chamado Park Hotel, só que não tem nenhum parque perto. Gente no seu estado vai lá, aluga um quarto por alguns dias. Os negociantes ficam sabendo e vão procurar a pessoa. A gerência do hotel é discreta, mas cobra um preço alto.

— Park Hotel — Lyra repetiu. — Obrigada. Vou lá. Em que rua fica?

— Numa rua chamada Osman Sokak — disse Burnaby. — Perto da ponte giratória.

— Osman...

— Osman Sokak. Uma viela, na verdade.

Lyra se levantou. Dessa vez, sentiu-se mais firme.

— Fico muito agradecida. Obrigada, sr. Burnaby.

— Não consigo nem imaginar como deve ser difícil se encontrar na sua posição, mas imploro, por favor, simplesmente vá para casa.

— Não é nada simples voltar para casa.

— Não — disse ele. — Falar é fácil.

— E eu não vou comprar um daemon. Seria uma transação horrível.

— Eu nunca deveria... — Ele balançou a cabeça e continuou: — Se em algum momento precisar de ajuda, por favor me procure.

— Muito obrigada. Não esquecerei. Mas agora vou embora, padre Burnaby.

Com um suspiro ela lembrou do véu. Arrumou-o cuidadosamente na ponte do nariz e em torno da parte de trás e do alto da cabeça, prendendo as pontas por dentro. Verificou como estava no espelho acima da mesa do hall: parecia bem. Seguro. E obscurecedor.

Apertou a mão do padre, saiu do frescor de sua casa para o calor da manhã, e começou a andar decidida para as docas. Viu os pescoços altos dos guindastes na distância tremulante, e talvez também os mastros de navios, portanto claramente esse era o rumo a tomar.

— Osman Sokak — repetiu para si mesma.

Se ela ainda não tivesse percebido que aquela cidade era um lugar menos agradável que Esmirna, a caminhada pelas docas a teria convencido. Aparentemente ninguém tinha jamais tido a ideia de plantar uma árvore, cultivar alguns arbustos ou mesmo um canteiro de grama, ou fazer dos arredores lugares de lazer e conforto, não apenas puramente de negócios. O sol queimava as ruas empoeiradas sem nada para mitigar seu brilho. Não havia bancos para descansar, nem mesmo nos pontos dos ônibus pouco frequentes, nem cafés à vista. Se quisesse descansar seria preciso sentar no chão e encontrar a sombra que conseguisse entre os edifícios, a maior parte dos quais era de fábricas de fachada neutra, depósitos ou blocos de apartamentos esquálidos. As únicas lojas eram pequenas e funcionais, os produtos expostos com indiferença a pleno sol, vegetais murchando no calor, pão acumulando a poeira do trânsito. Os cidadãos caminhavam sem olhar uns para os outros, de cabeça baixa, sem vontade de registrar nada nem ninguém. E patrulhas por toda parte: a polícia passava devagar em vans azuis, soldados a pé perambulavam, armas diante do peito.

Através de tudo isso, cada vez mais cansada, dolorida, oprimida, Lyra caminhava tristemente para as docas. Quando encontrou a ruazinha chamada Osman Sokak estava quase em lágrimas, mas conseguiu manter a compostura ao entrar no prédio desgastado que se chamava Par Hotel, o K tinha caído e desaparecido.

O recepcionista no balcão parecia ao mesmo tempo letárgico e amuado, mas um brilho de reptiliano interesse pareceu faiscar nos olhos de sua daemon-lagarta ao notar que Lyra não tinha daemon. Sem dúvida o recepcionista ganharia uma comissão quando espalhasse a notícia de que havia chegado um hóspede. Ele deu a Lyra a chave de um quarto no primeiro andar e deixou que ela encontrasse o caminho sozinha.

Uma vez dentro do quartinho quente, ela tirou o véu, jogou num canto e deitou-se cautelosamente na cama: cautelosa porque os ferimentos emergiam agora como uma grande dor única, passando a sensação de não estar nela, mas de que ela estava na dor. Sentia-se enojada e deprimida. Depois de chorar um pouco, adormeceu.

Acordou uma hora depois com o rosto ainda banhado em lágrimas e ouviu alguém bater na porta.

— Um momento — disse. E rapidamente arranjou o véu.

Abriu um pouco a porta. Era um homem de terno, de meia-idade, com uma pasta na mão.

— Pois não? — ela disse.

— Mademoiselle é inglesa?

— Sou.

— Estou em posição de ajudar a senhorita.

— Quem é o senhor?

— Meu nome é Selim Veli, dr. Selim Veli.

— O que tem para oferecer?

— A senhorita não tem uma coisa muito necessária e posso fornecer o que precisa. Posso entrar e explicar?

Sua daemon era uma papagaia que observava Lyra empoleirada no ombro dele, com a cabeça inclinada. Lyra se perguntou se era realmente sua daemon ou um que tinha comprado e sabia que normalmente seria capaz de dizer de imediato; mas agora todas as suas certezas pareciam ter sumido.

— Espere um pouco — ela disse, e fechou a porta até ter certeza de que o bastão estava por perto.

Abriu a porta de novo e deixou que ele entrasse. Ele era formal e correto em suas maneiras, a roupa limpa e recém-passada, os sapatos brilhantes.

— Por favor, sente-se, dr. Veli — ela disse.

Ele ocupou a única cadeira e ela se sentou na cama.

— Não sei se isso é uma questão — disse ela —, mas não estou acostumada a usar um nicabe e vou tirar este agora.

Ele assentiu gravemente. Seus olhos se arregalaram um pouco quando viu os ferimentos em seu rosto, mas ele nada disse.

— Me diga por que está aqui — ela falou.

— A perda de um daemon é um grave acontecimento na vida de qualquer um. Em muitos casos, até fatal. Existe a necessidade de um fornecedor daquilo que é desejado por aqueles que não têm daemon, e eu posso satisfazer essa necessidade.

— Eu quero encontrar o *meu* daemon.

— Claro que sim, e espero de todo coração que consiga. Quanto tempo faz que ele foi embora?

— Cerca de um mês.

— E a senhorita ainda está em boa saúde, apesar dos... — Ele apontou delicadamente o rosto dela.

— Estou.

— Então existe toda probabilidade de seu daemon estar igual. Como é o nome dele e que forma possui?

— Pantalaimon. É uma marta. Um roedor que mora nas árvores. Onde o senhor adquire os daemons que vende?

— Eles vêm até mim. É uma transação puramente voluntária. Lamento dizer que existem negociantes que compram e vendem daemons pegos à força ou sem consentimento.

— Quer dizer, daemons que pertencem aos pobres tadjiques?

— Tadjiques, sim, às vezes outros. Eles são vistos com repulsa e desdém por venderem seus daemons, mas se você visse a miséria em que são obrigados a viver, sentiria mais compaixão. Não tenho nada a ver com esse negócio. Não toco nisso.

— Então são daemons sozinhos.

— Só represento daemons que decidiram por livre vontade cortar sua conexão anterior.

— E quanto o senhor cobra?

— Depende da idade, da aparência, da forma... Outras características também entram em conta. As línguas faladas, a origem social... Procuramos uma combinação muito aproximada, entende. Sempre existe o risco de a pessoa de quem o daemon foi separado morrer e nesse caso o daemon também morre. Posso oferecer um seguro contra esse caso, que cobrirá os custos de uma substituição.

Lyra sentia repulsa, mas fez um esforço para perguntar:

— E qual é o preço?

— Para um daemon da mais alta qualidade, bem semelhante, o preço seria dez mil dólares.

— E o mais barato?

— Não trabalho com daemons de baixa qualidade. Outros negociantes podem cobrar menos, sem dúvida. Teria de negociar com eles.

— Mas e se eu pechinchar com o senhor?

— Ah, um preço é um número com o qual nós dois temos de concordar. — Suas maneiras eram de um comerciante de alta classe que discute a compra de um belo trabalho artístico.

— E como as pessoas se dão com seus novos daemons? — ela perguntou.

— Cada caso é único, claro. É um risco. Com boa vontade de ambas as partes, pode-se chegar com tempo a uma acomodação satisfatória. O objetivo é um modus vivendi que esteja à altura das exigências em situações sociais normais. A perfeita unicidade e solidariedade que cada parte perdeu, que possuem desde o nascimento... eu estaria mentindo se dissesse que se pode chegar a isso. Mas com certeza é possível chegar a uma tolerância satisfatória e até mesmo, com o tempo, um certo afeto.

Lyra se pôs de pé e foi até a janela. A tarde estava caindo; a dor que sentia não tinha diminuído em nada; o calor era quase intolerável.

— Não pode haver, na natureza deste tipo de operação — continuou o negociante —, nenhuma chance de publicidade. Mas pode ser de seu interesse saber os nomes de alguns clientes satisfeitos.

— Bom, a quem o senhor vendeu daemons?

— Ao signor Amadeo Cipriani, presidente do banco Genovese. A madame Françoise Guillebaud, secretária-geral do Fórum Europeu de Entendimento Econômico. Ao professor Gottfried Brande...

— O quê? *Brande*?

— Como eu disse, professor Gottfried Brande, o eminente filósofo alemão.

— Eu li os livros dele. É profundamente cético.

— Mesmo os céticos precisam ter o seu lugar no mundo e parecer normais. Encontrei para ele uma linda cadela pastor-alemão, muito parecida com sua daemon original, segundo me disse.

— Mas *ele*... Como foi que ele perdeu a daemon?

— Foi uma questão particular e nada da minha conta.

— Mas em um dos livros ele diz que daemons não existem.

— É um tema para ser discutido entre ele e os seus seguidores. Eu acredito que ele não vai tornar público o fato de ter feito essa transação.

— Não — disse ela, um pouco atordoada. — E o que os daemons acham de ser comprados e vendidos?

— Eles estão em um estado de solidão, de desolação. Ficam agradecidos de serem apresentados a alguém que vai cuidar deles.

Lyra imaginou Pan chegando a esse negociante para ser vendido a alguma mulher solitária e tentar se encaixar na vida de uma estranha, fingir afeição, ouvir confidências, suportar o tempo todo o contato físico com alguém que seria sempre um estranho. Ela sentiu um aperto na garganta, vieram-lhe lágrimas aos olhos e ela virou o rosto por um momento.

— Bom, tenho outra pergunta — ela disse, depois de uma pausa. — Como posso chegar ao Hotel Azul?

Ela virou e viu que ele estava um pouco surpreso. Quase de imediato ele se recuperou e disse:

— Não faço ideia. Eu nunca estive lá. Tendo a acreditar que esse lugar não existe.

— Mas já ouviu falar?

— Claro. Rumores, superstição, fofoca...

— Bom, é só disso que eu preciso saber. Até logo, dr. Veli.

— Com sua licença, vou deixar uma pequena coleção de fotogramas. E meu cartão. — Ele se inclinou e espalhou algumas fotos na cama.

— Obrigada e até logo — ela disse.

Depois de uma mesura, o negociante saiu. Lyra pegou um fotograma. Mostrava um daemon-gato, a pelagem falhada, rala, dentro de uma jaula de prata. Pelo que podia perceber, sua expressão era de raiva e desafio.

Pregada à parte de baixo da imagem, havia uma etiqueta com palavras digitadas, que dizia:

NOME: ARGÜLLES
IDADE: 24
LÍNGUAS QUE FALA: TADJIQUE, RUSSO, ANATÓLIO
Preço sob consulta.

O cartão trazia o nome do negociante e um endereço na cidade, mais nada. Ela rasgou as fotos e jogou no cesto de papel.

Minutos depois, outra batida na porta. Ela não se deu ao trabalho de pôr o véu dessa vez; o negociante era um grego velho, que teve a mesma reação quando ela perguntou do Hotel Azul. Ele foi embora em cinco minutos.

A terceira vez foi meia hora depois. Mais uma vez, ela disse que não queria comprar um daemon; tudo o que queria era chegar ao Hotel Azul. Ele não conhecia, então ela se despediu e fechou a porta.

Sentia um desconforto terrível, com calor, com fome, com sede; e uma forte dor de cabeça somava-se às outras infelicidades. A mão quebrada estava inchada, escura, e latejava de dor. Ela se sentou e esperou.

Passou-se uma hora. Ela pensou: *Já correu a notícia de que eu não quero comprar um daemon e eles desistiram de me incomodar.*

Sentia-se meio inclinada a deitar e morrer. Mas seu corpo queria comida e bebida e ela tomou aquilo por um sinal de que pelo menos alguma parte sua queria continuar vivendo. Pôs o véu e desceu para comprar pão, queijo, uma garrafa de água e, se conseguisse encontrar, algum analgésico.

Mesmo com véu, os lojistas a trataram com hostil desconfiança. Um se recusou a vender qualquer coisa para ela e fazia gestos para evitar alguma má influência; mas outro pegou seu dinheiro e vendeu o que ela queria.

Quando voltou ao hotel, encontrou um homem à sua espera na porta do quarto.

Os três primeiros estavam vestidos impecavelmente e se portavam como empresários com bens valiosos para vender. Este homem parecia um mendigo, as roupas pouco mais que trapos, as mãos encardidas de sujeira e tinha uma cicatriz que começava na face esquerda, passava pela ponte do nariz e continuava até a orelha direita, branca contra o rosto escuro, queimado de sol. Podia ter qualquer idade entre trinta e sessenta anos. Uma penugem cinzenta espalhada era todo o cabelo que tinha, mas seu rosto era expressivo e sem rugas. Os olhos eram inteligentes, alertas e ele falou com uma voz leve e rápida cujo sotaque parecia uma mistura de todo o Levante. Sua daemon era uma lagartixa sentada em seu ombro.

— Miss! Como fico contente com este encontro. Estive esperando ansiosamente aqui. Sei o que deseja. A notícia correu. A jovem dama quer comprar um daemon? Não, ela não quer. Está interessada em visitar as ruínas dos templos romanos? Outro dia talvez. Está esperando um comerciante de ouro ou marfim, de perfume, seda, frutas secas? Não. Vou me antecipar ao seu desejo mais profundo, jovem dama. Sei o que quer. Não é verdade?

— Eu quero abrir a porta e sentar no meu quarto. Estou cansada e com fome. Se quer me vender alguma coisa, me diga depois que eu comer e descansar.

— Com o maior prazer. Espero aqui. Não vou embora. Leve o tempo que quiser. Fique inteiramente à vontade, depois me chame e eu serei seu criado com toda a honestidade de que sou capaz.

Ele fez uma mesura e sentou-se de pernas cruzadas recostado à parede do corredor, diante da porta dela. Juntou as mãos num gesto que podia significar respeito, embora houvesse um ligeiro brilho de gozação em seus olhos. Ela destrancou a porta, entrou, trancou de novo antes de tirar o véu, sentou com o pão, o queijo, a água morna e engoliu dois comprimidos de analgésico.

Comeu e bebeu, sentindo-se um pouco melhor. Depois lavou as mãos e o rosto, arrumando o cabelo curto antes de abrir a porta.

Ele ainda estava ali, de pernas cruzadas, paciente, e se pôs de pé com ágil energia.

— Muito bem — ela disse. — Entre e me diga o que tem para vender.

— Estava boa a refeição, minha senhora? — ele perguntou quando ela fechou a porta.

— Não. Mas era preciso comer. Como é seu nome?

— Abdel Ionides, minha senhora.

— Por favor, sente-se. Não me chame de senhora. Pode me chamar de Língua Mágica.

— Muito bom. É um nome expressivo de qualidades pessoais e me permito perguntar sobre as pessoas interessantes que devem ter sido seus pais.

— Quem me deu esse nome foi um rei, não meus pais. Agora, o que tem para vender?

— Muitas coisas. Posso fornecer praticamente tudo. Acrescento "quase" para provar minha honestidade. Ora, a maior parte das pessoas que vem para este hotel está num estado deplorável, porque perderam seus daemons, mas continuam vivas. É muito triste seu sofrimento e meu coração é um órgão quente e que se emociona com facilidade, então se me pedem para encontrar um daemon para elas, é o que eu devo fazer. Já cumpri essa função muitas vezes. Posso dizer uma coisa sobre o estado de sua saúde, miss Lyra?

— O que quer dizer?

— Está sentindo dor. Tenho um bálsamo realmente maravilhoso, da região mais misteriosa do Leste mais profundo, que garanto que alivia dores de todo tipo e origem. Por apenas o equivalente a dez dólares, posso vender para a senhora este maravilhoso medicamento. — Ele tirou do bolso uma latinha, igual à embalagem de graxa de sapatos, mas menor e sem rótulo. — Por favor, experimente um pouquinho. Vai ficar convencida, eu garanto — disse ele, destampou e estendeu para ela.

O bálsamo era de cor rosada e gorduroso. Ela pegou um pouquinho com a ponta do indicador direito e aplicou na mão quebrada. Não sentiu nenhuma diferença, mas não estava com ânimo para discutir e o preço não era alto.

Pagou, o que o surpreendeu um pouco, e então se deu conta de que ele esperava que ela barganhasse. Bem, que seja. Ela pôs a latinha na mesa de cabeceira e disse:

— Conhece um homem chamado — pegou o cartão deixado pelo visitante anterior — dr. Selim Veli?

— Ah, conheço sim. Um homem de importância e renome.

— Ele é honesto?

— É como perguntar se o sol é quente. A honestidade do dr. Veli é proverbial em todo o Levante. Mas não confia nele, miss Lyra?

— Ele me disse que vendeu um daemon para alguém cujo nome eu conheço e me deixou surpresa. Não sei se acredito nele.

— Ah, pode acreditar nele sem hesitar nem ter medo.

— Entendo. Onde... Como as pessoas conseguem daemons para vender?

— Tem muitas maneiras. Posso ver que a senhora é uma dama de bom coração, então omitirei algumas maneiras como isso pode acontecer. De quando em quando, um daemon se perde, infeliz, até indesejado, se a senhora acredita nessa horrível verdade, e cuidamos dele ou dela, tentamos encontrar uma companhia adequada, na esperança de criar uma ligação que vai durar, afinal de contas, por toda a vida. Quando conseguimos, a felicidade que sentimos é quase igual à dos nossos satisfeitos clientes.

Sua daemon-lagartixa, verde e alaranjada, andava depressa por seus braços, ombros e alto da cabeça. Lyra viu quando ela pôs a língua para fora e lambeu a superfície dos olhos, depois sussurrou uma ou duas palavras rápidas na orelha de seu humano.

— Bom — disse Lyra —, não quero substituto para o meu daemon. Quero ir para Alepo.

— Posso guiar a senhora até lá com grande facilidade e conveniência, miss Lyra.

— E no caminho quero ir para um outro lugar. Ouvi falar de um lugar chamado Hotel Azul.

— Ah, sim. Também conheço esse nome. Às vezes, usamos o nome de Selenópolis ou Madinat al-Qamar. São palavras que querem dizer Cidade da Lua.

— Sabe como chegar lá?

— Estive lá duas vezes. Achei que nunca mais ia voltar, mas vejo onde quer chegar e posso dizer que podemos combinar um preço para eu levar a senhora até lá. Só que não é um lugar agradável.

Sua daemon-lagartixa falou em sua orelha esquerda:

— É horrível — ela disse, a voz alta e tranquila. — Nosso preço vai ser alto pelo sofrimento que vai me causar. Por escolha, a gente nunca iria lá de novo. Mas se for a sua vontade, então será nosso dever. Não direi que será nosso prazer.

— É longe daqui?

— Um, talvez dois dias a camelo — disse Ionides.

— Eu nunca montei um camelo.

— Então vamos ter de ensinar a senhora. Mas não tem outro jeito. Nenhuma estrada, nem trem. Só o deserto.

— Muito bem, diga o seu preço.

— Cem dólares.

— É muito alto. Parece algo que não valha mais do que sessenta.

— Ah, miss Lyra, não entende bem a natureza dessa viagem. Essa excursão para o mundo da noite não é só questão de *turismo*. Não é um templo romano, nem as ruínas de um teatro, com colunas pitorescas e alvenaria caída, uma barraquinha que vende refrescos e souvenirs. Vamos pisar o limiar do invisível, invadir o reino do mistério. Será que não vale um preço maior que a quantia que falou, que mal cobre o aluguel de um camelo? Ficamos por noventa.

— Ainda é muito. Posso invocar o mistério a hora que eu quiser. Passei semanas da minha vida na presença do invisível e do mistério. Não são desconhecidos para mim. O que eu quero é um guia que me leve para essa cidade, aldeia ou povoado da noite. Eu ofereço setenta dólares.

— Ai, a senhora quer viajar como mendiga, miss Lyra. Para uma viagem de tamanho perigo e consequência, é sinal de respeito aos seus habitantes, respeito a seu humilde guia, e, não menos, de respeito a seu próprio daemon, viajar de maneira que expresse a qualidade de sua origem e a amplitude de sua solidariedade. Oitenta dólares.

Ela estava cansada.

— Tudo bem, oitenta dólares — disse. — Vinte e cinco antes de partir, vinte e cinco quando a gente chegar ao Hotel Azul e trinta quando chegarmos em Alepo.

Ele balançou a cabeça tristemente. Sua daemon, empoleirada nela, mantinha os olhos em Lyra quando ele mexia a cabeça.

— Sou um homem pobre — disse. — E vou ser ainda mais pobre depois dessa viagem. Eu esperava guardar um pouco desse valor para os tempos de velhice, mas vejo que vai ser impossível. Mesmo assim, tem minha palavra. Então, trinta para cada etapa da viagem.

— Não. Vinte e cinco, vinte e cinco e trinta.

Ele baixou a cabeça. A daemon saltou para as suas mãos abertas e lambeu os olhos de novo.

— Quando gostaria de partir? — Ionides perguntou.

33. A CIDADE MORTA

Durante todo o dia seguinte, Lyra montou seu camelo dentro de uma pequena bolha de dor. Ionides conduzia tudo com bom humor e tato perfeito; sabia quando ficar quieto e quando ela não ia se importar com um comentário simpático; ele encontrou um lugar à sombra para descansar ao meio-dia e garantiu que ela bebesse bastante água.

Depois da parada do meio-dia, ele disse:

— Está real e verdadeiramente nada longe agora, miss Lyra. Calculo que vamos chegar aos arredores de Madinat al-Qamar ao pôr do sol.

— Já esteve nesse lugar? — ela perguntou.

— Não. Para ser imaculadamente sincero, miss Lyra, fiquei com medo. A senhora não deve subestimar o grau de medo que desperta numa pessoa completa a ideia de uma companhia de daemons separados, ou do processo de separação que deve ter ocorrido.

— Eu não faço isso. Eu mesma sentia. Venho provocando esse medo em outras pessoas há quatro mil quilômetros.

— Claro. Eu nunca pensei que não soubesse disso profunda e absolutamente, mas o resultado dessas reações emocionais é que sentia muito medo para acompanhar meus clientes aos arredores do Hotel Azul. Eu dizia isso a eles com toda franqueza. Eles iam sozinhos. Eu trazia até aqui, mas nunca garanti o resultado da busca deles. Tudo que eu prometia era levar os clientes até o Hotel Azul, o que eu fiz. Cem por cento. O resto dependia deles.

Ela assentiu; estava quase cansada demais para falar qualquer coisa. Continuaram. O potinho do bálsamo de Ionides estava em seu bolso; ela se equilibrou o melhor possível, abriu-o, aplicou um pouco na mão que doía abominavelmente e experimentou passar um pouco nas têmporas. A dor de cabeça que sentia havia dias ainda estava instalada com firmeza e o brilho da areia à toda volta não ajudava nada. Mas um maravilhoso frescor logo começou a abrandar sua testa e até o brilho pareceu diminuir ligeiramente.

— Sr. Ionides — ela disse —, me fale mais deste bálsamo.

— Comprei de um guia de caravana que tinha acabado de chegar de Samarcanda. Suas virtudes são bem conhecidas, eu garanto.

— De onde vem originalmente?

— Ah, quem sabe, muito para o leste, além das montanhas mais altas do mundo. Nenhuma caravana de camelos atravessa as passagens das montanhas. É alto e árduo demais até para camelos. Quem quer transportar produtos daquele lado para cá, ou de cá para lá, tem de negociar com os *bagazhkti*.

— O que é isso? Ou quem?

— São criaturas iguais a humanos porque têm idioma e podem falar, mas, ao contrário de nós, se têm daemons é interno, ou invisível. São como camelos pequenos, sem corcova, pescoço comprido. Eles se alugam para finalidades de transporte. Mal-humorados, muito desagradáveis, ah, nem sei dizer. Arrogantes. Mas eles escalam as passagens altas com cargas de tamanho inacreditável.

— Então se este bálsamo veio de um lugar além das montanhas...

— Foi carregado, parte do caminho, pelos *bagazhkti*. Mas os *bagazhkti* têm outra virtude. As montanhas são infestadas de aves carnívoras de rapina, conhecidas como *oghâb-gorgs*. Imensamente perigosas. Só os *bagazhkti* conseguem afastar essas aves. Os *bagazhkti* têm um jeito de cuspir sua saliva repulsiva e venenosa com muita precisão de uma distância considerável. As aves não acham isso nada agradável e é comum irem embora. Então, ao pagar os serviços dos *bagazhkti*, um guia de caravanas garante também sua sobrevivência e dos produtos que transporta. Mas como pode imaginar, miss Lyra, aumenta o custo. Posso perguntar como está sua dor agora?

— Ligeiramente melhor, obrigada. Me diga, o senhor conhecia este bálsamo? Pediu especificamente por ele?

— Conhecia, sim, e foi por isso que consegui encontrar um comerciante que provavelmente o carregava.

— Tem um nome especial?

— Chama *gülmuron*. Mas existem muitos tipos baratos que não têm efeitos benéficos. Esse é o verdadeiro *gülmuron*.

— Não vou esquecer. Obrigada.

A dor na mão estava apenas suportável, mas para aumentar todos os outros desconfortos ela começou a sentir uma cólica no baixo-ventre. Bom, estava na hora. Era até um tanto tranquilizador: *se essa parte está funcionando, então meu corpo está, pelo menos, em ordem*, ela pensou.

Mas era incômodo mesmo assim e ela ficou profundamente contente quando o sol tocou o horizonte e Ionides disse que era hora de montar acampamento.

— Já chegamos? — ela perguntou. — É aqui o Hotel Azul?

Ela olhou em torno e viu uma cadeia baixa de morros... nem morros: nada mais que elevações rochosas à direita e a planura sem fim do deserto à esquerda. À frente, uma massa de pedras quebradas, com pouco a revelar à primeira vista que houvera ali uma cidade, embora os últimos raios do sol iluminassem o alto de uma fileira de colunas feitas de calcário de cor clara, muito erodidas pelo vento, que ela podia não ter notado. Enquanto Ionides se ocupava com amarrar os camelos e acender um fogo, Lyra subiu à rocha mais próxima e olhou firme para a massa de pedras empilhadas. Na luz que caía rapidamente, ela começou a distinguir algumas formas regulares: um conjunto retangular de paredes em ruínas, um arco que se inclinara ligeiramente sem chegar a cair, um espaço aberto pavimentado que podia ter sido um mercado ou um fórum.

Tudo sem vida. Se havia daemons ali, estavam bem escondidos e silenciosos.

— Tem certeza de que estamos no lugar certo? — ela perguntou ao se juntar a Ionides do lado da fogueira, onde ele assava algum tipo de carne.

— Miss Lyra — ele disse com um tom de profunda censura. — Não pensei que fosse tão cética.

— Não tanto, só um pouco cautelosa. É este o lugar?

— Garantido. Tem as ruínas da cidade... todas essas pedras eram prédios. Até agora algumas paredes ainda estão de pé. Basta andar entre elas para saber que está no que era um centro de comércio e cultura.

Ela ficou olhando as sombras se alongarem enquanto Ionides girava a carne e misturava farinha com um pouco de água e esticava a massa em um frigideira enegrecida antes de cozinhar. Quando a comida ficou pronta, o céu estava quase escuro.

— Uma boa noite de sono, miss Lyra, e vai acordar animada e disposta para investigar as ruínas de manhã — ele disse.

— Vou entrar hoje à noite.

— Será totalmente cem por cento sensato?

— Não sei. Mas é o que eu quero fazer. Meu daemon está aí e quero encontrar com ele o mais depressa possível.

— Claro que quer. Mas pode ter outras coisas além de daemons aí.

— Que coisas?

— Fantasmas. Assombração de um ou outro tipo. Emissários do Senhor do Mal.

— Acredita nisso?

— Claro. Seria uma falha intelectual não acreditar.

— Existem filósofos que dizem que a falha é acreditar, não desacreditar.

— Então me desculpe, miss Lyra, mas eles excluíram suas inteligências das suas outras faculdades. E isso não é uma coisa inteligente.

Ela não disse nada, de início, porque concordava com ele, concordava instintivamente, não intelectualmente; parte dela ainda seguia a postura mental de Talbot e Brande. Mas lhe veio com clareza, ao engolir o último bocado de carne macia e pão quente, como era incongruente trazer algo desse ceticismo universitário para o Hotel Azul.

— Sr. Ionides, o senhor já ouviu o termo "a comunidade secreta"?

— Não. A que se refere?

— Ao mundo das coisas entrevistas, dos sussurros quase inaudíveis. A coisas que as pessoas inteligentes consideram superstição. Às fadas. Espíritos, assombrações, coisas da noite. Coisas do tipo que o senhor disse que tem muito no Hotel Azul.

— "A comunidade secreta"... Não, nunca ouvi essa expressão.

— Talvez tenha outros nomes.

— Com certeza deve ter muitos.

Ele limpou a frigideira com o último pedaço de pão e comeu devagar. Lyra estava tão cansada que se sentia à beira do delírio. Queria desesperadamente dormir, mas sabia que, se se entregasse e pousasse a cabeça, só acordaria quando a manhã enchesse o céu. Ionides perambulou pelo pequeno acampamento, cobriu o fogo, pegou as cobertas, enrolou um cigarro de folha de fumo. Por fim, se acomodou para encolher-se na sombra escura de uma pedra do tamanho de um camelo. Só a pequena brasa do cigarro revelava a sua presença.

Lyra se levantou, sentindo cada uma das dores e escoriações individuais. A mão era o pior; ela pegou um pouquinho do bálsamo de rosa no indicador e esfregou na mão com a delicadeza de uma borboleta que pousa numa haste de grama.

Então guardou o bálsamo na mochila com o aletiômetro, afastou-se da fogueira e foi na direção das ruínas. A lua subia no céu e a vastidão da Via Láctea se estendia no alto, cada um daqueles pequenos brilhos um sol com seu próprio sistema, a iluminar e aquecer planetas, talvez, e vida, talvez, e algum tipo de ser pensante, talvez, que olha para a estrelinha que é o sol dela, para este mundo, para Lyra.

Diante dela os ossos mortos da cidade quase brancos ao luar. Vidas tinham se passado ali, pessoas tinham se amado, comido, bebido, dado risada, traído, temido a morte e nem um único fragmento disso restara. Pedras brancas, sombras escuras. À toda sua volta as coisas sussurravam, ou talvez fossem apenas insetos noturnos conversando. Sombras e sussurros. Aqui a ruína de uma pequena basílica: pessoas rezaram aqui. Perto, um único arco, encimado com o clássico pedimento, se erguia entre nada e mais nada. Pessoas tinham passado pelo arco, conduzido carroças de burros por ali, parado e fofocado à sua sombra no calor de um longo dia morto. Havia um poço, ou uma fonte, ou uma nascente: de qualquer forma, alguém tinha achado que valia a pena cortar pedras e formar uma cisterna, com a representação de uma ninfa acima, agora indefinida e tornada lisa pelo tempo, a cisterna seca, o único som o dos insetos.

Então ela avançou mais e mais, no cenário enluarado adentro da Cidade da Lua, o Hotel Azul.

E Olivier Bonneville observava. Estava deitado entre algumas rochas na encosta mais próxima do pequeno acampamento; onde estivera desde pouco depois de Lyra e Ionides chegarem. Observou com binóculo Lyra caminhar entre as pedras da cidade morta e a seu lado estava um rifle carregado.

Ele se acomodou como pôde sem um fogo. Seu camelo ajoelhou-se a alguma distância atrás dele, mastigando algo resistente e parecia mergulhado em pensamentos.

Era a primeira vez que Bonneville via Lyra em pessoa. Ficou chocado diante da aparência dela, tão diferente do fotograma, o cabelo escuro curto, a expressão tensa e preocupada, a exaustão evidente e a dor em cada movimento. Seria a mesma garota? Teria seguido por engano alguma outra pessoa? Ela podia ter mudado tanto assim em menos de um mês?

Ele quase queria ir atrás dela nas ruínas e confrontá-la de perto. Ao mesmo tempo, temia fazer isso, sabendo que seria muito mais fácil atirar em alguém à distância, nas costas, do que de perto e face a face. Ele analisou o homem que estava com ela, o homem-camelo, o guia, como um ligeiro empecilho, mas não mais que isso. Alguns dólares o comprariam.

Lyra ainda estava totalmente visível ao luar, um alvo fácil enquanto procurava seu caminho entre as pedras. Bonneville atirava bem: os suíços gostavam de coisas como serviço militar, caçadas, tiro ao alvo. Mas, se queria dar um tiro limpo, era melhor fazê-lo antes que ela avançasse muito no Hotel Azul.

Deixou o binóculo, pegou o rifle, com cuidado, sabia tudo sobre seu peso, comprimento, a sensação da culatra contra o ombro. Ele baixou a cabeça para olhar ao longo do cano, mexeu o quadril alguns centímetros para se colocar com mais firmeza.

Então, sofreu um choque terrível.

Havia um homem deitado a seu lado, olhando para ele, a menos de um metro à sua esquerda.

Ele chegou a arquejar:

— Ah... — virou para o outro lado involuntariamente e sua daemon saltou no ar, batendo as asas em pânico.

O homem não se mexeu, apesar do tanto que o cano do rifle sacudia loucamente nas mãos trêmulas de Bonneville. Ele estava monstruosamente, inacreditavelmente calmo. Sua daemon-lagartixa, em cima de uma pedra atrás dele, lambia os olhos.

— Quem... de onde você saiu? — Bonneville disse, rouco. Falou em francês, por instinto. O daemon plainou para seu ombro.

O homem-camelo, guia de Lyra, respondeu na mesma língua:

— Não me viu porque desviou a atenção do que importava. Estou observando você faz dois dias. Escute, se matar essa moça vai cometer um grande erro. Não faça isso. Largue a arma.

— Quem é você?

— Abdel Ionides. Largue o rifle, agora. Largue.

O coração de Bonneville batia tão forte que ele achava que devia dar para ouvir. O sangue martelava sua cabeça quando relaxou as mãos e deixou o rifle cair.

— O que você quer? — ele perguntou.

— Quero que deixe a moça viva por enquanto — respondeu Ionides. — Existe um grande tesouro e ela é a única que pode encontrar. Mate ela agora e não será seu nunca. E mais importante, nem meu.

— Que tesouro? Do que você está falando?

— Não sabe?

— Repito: do que está falando? Onde está esse tesouro? Está falando do daemon dela?

— Claro que não. O tesouro está cinco mil quilômetros a leste e, como eu disse, ninguém além dela pode encontrar.

— E você quer que ela encontre para ficar para você?

— O que você acha?

— Por que deveria me importar com o que você quer? Não quero tesouro que está a cinco mil quilômetros. O que eu quero é o que ela tem agora.

— E se pegar isso, ela nunca vai encontrar o tesouro. Escute aqui: eu falo de forma grosseira com você, mas tenho de te admirar. Você é cheio de recursos, corajoso, resistente, inventivo. Eu gosto de todas essas qualidades e quero que sejam recompensadas. Mas no momento você é como o lobo da fábula que pega o carneiro mais próximo e chama atenção do pastor. Sua atenção está no lugar errado. Espere, olhe, aprenda, depois mate o carneiro e vai poder ficar com o rebanho inteiro.

— Está falando em enigmas.

— Estou falando em metáfora. Você é inteligente o suficiente para entender.

Bonneville ficou calado um momento. Depois disse:

— Que tesouro é esse, então?

Ionides começou a falar, baixo, confiante, confidencial. Na fábula que Bonneville conhecia era uma raposa, mas ele gostou de ser comparado a um lobo e acima de tudo gostou do elogio do homem mais velho. Enquanto a lua subia, enquanto Lyra à distância caminhava solitária pela cidade morta, assombrada por daemons, Ionides continuou falando e Bonneville escutou. Quando olhou para a cidade morta outra vez, Lyra tinha desaparecido.

Ela não estava visível porque tinha virado para evitar uma massa quebrada de mármore que um dia fora um templo. Viu-se em uma extremidade da colunata, que lançava faixas escuras de sombra nas pedras brancas como neve do caminho.

E havia uma garota sentada num pedaço de alvenaria quebrada, uma garota de uns dezesseis anos, de aparência norte-africana e roupa esfarrapada. Não era um fantasma: fazia sombra, como a própria Lyra também e, como ela, não tinha daemon. Ela se levantou assim que viu Lyra. Ao luar, parecia tensa, cheia de medo.

— Você é miss Língua Mágica — ela disse.
— Sou — disse Lyra, atônita. — Quem é você?
— Nur Huda al-Wahabi. Venha, venha depressa. Nós estávamos esperando você.
— Nós? Quem...? Não quer dizer...?

Mas Nur Huda puxou com urgência a mão direita de Lyra e correram juntas pela colunata, na direção do coração das ruínas.

Então lá ela esperou até o anoitecer
E não viu surgir qualquer criatura viva:
Agora sombras tristes começam a esconder o mundo
Dos olhos mortais, envolvendo-o em sonhos obscuros
Ainda assim ela não baixa seus braços cansados, por medo
De perigos ocultos, nem deixa o sono oprimir
Seus olhos pesados com os fardos naturais
Mas se afasta em sua doença,
Com suas armas afiadas junto a si.

Edmund Spenser, *A rainha das fadas*, Livro III, Canto XI, 55

Agradecimentos

Devo agradecer a muita gente pela ajuda na escrita desta história e mencionarei todas no final do último livro. Mas três agradecimentos eu gostaria de fazer agora. Um é à grande obra de Katherine Briggs, *Folk Tales of Britain* [Contos folclóricos da Grã-Bretanha], onde li pela primeira vez a história da lua morta. O segundo é ao poeta e pintor Nick Messenger, de cujo relato da viagem na escuna *Volga* em seu poema *Sea Cow* tomei emprestada a história da hélice de bronze fosforoso. E o terceiro é a Robert Kirk (1644-92), cujo maravilhoso livro *The Secret Commonwealth or an Essay on the Nature and Actions of the Subterranean (and for the most part) Invisible People heretofore going under the names of Fauns and Fairies, or the like, among the Low Country Scots as Described by those who have second sight* [A Comunidade Secreta ou um ensaio sobre a natureza e ações do povo subterrâneo e (em maioria) invisível, outrora conhecido como faunos e fadas, e similares, entre os escoceses dos Países Baixos, como descritos por aqueles que possuem sexto sentido] foi uma inspiração de muitas maneiras, incluindo me lembrar do valor de um bom título. Então o copiei, em parte.

Há três personagens neste romance cujos nomes são de pessoas reais cujos amigos queriam que fossem lembrados numa obra de ficção. Um deles é Bud Schlesinger, que vimos antes em *La Belle Sauvage*; a segunda é Alison Wetherfield, que veremos de novo no último livro; e a terceira é Nur Huda el-Wahabi, que foi uma das vítimas do terrível incêndio da torre Grenfell. Tenho o privilégio de poder homenageá-los.

Philip Pullman

ESTA OBRA FOI COMPOSTA PELA ABREU'S SYSTEM EM WHITMAN E IMPRESSA
EM OFSETE PELA LIS GRÁFICA SOBRE PAPEL PÓLEN SOFT DA SUZANO S.A.
PARA A EDITORA SCHWARCZ EM MARÇO DE 2020

A marca FSC® é a garantia de que a madeira utilizada na fabricação do papel deste livro provém de florestas que foram gerenciadas de maneira ambientalmente correta, socialmente justa e economicamente viável, além de outras fontes de origem controlada.